Barbara Bickmore ist eine ehemalige Universitätsprofessorin. Sie ist Mutter von drei Kindern und lebt in Eugene, Oregon.

Von Barbara Bickmore sind außerdem erschienen:

Simbayo – Jenseits der Sonne (Band 2887)
Ein ferner Stern in China (Band 60239)
Wer den Himmel berührt (Band 60352)

Vollständige Taschenbuchausgabe April 1995
Dieses Taschenbuch ist bereits unter der Bandnummer 3243 erschienen.

Titel der Originalausgabe »The Moon Below«

Originalverlag Ballentine Books, New York
Umschlaggestaltung Agentur ZERO, München
Umschlagfoto Superbild Eric Bach/Siegenthaler, Grünwald
Satz MPM, Wasserburg
Druck und Bindung Ebner Ulm
Printed in Germany
ISBN 3-426-60396-9

2 4 5 3

BARBARA BICKMORE

Der Mond am anderen Ende der Welt

Ein Australien-Roman

Aus dem Amerikanischen von
Uschi Gnade

Knaur

WIDMUNG

Ich widme dieses Buch meinen über alles geliebten Töchtern, die es mir immer ermöglicht haben, ich selbst zu sein. Von ihnen habe ich weit mehr gelernt, als ich ihnen beigebracht habe. Mit Worten läßt sich nicht ausdrücken, was sie mir bedeuten, um wieviel sie mir das Leben verschönert haben und welches Glück und welche Einsichten sie mir vermittelt haben. Aus vielen anderen Gründen danke ich:

DEBRA CLAPP dafür, daß sie mich eingeladen hat, 1985 zwei Monate mit ihr durch China zu ziehen.

LISA CLAPP für die ursprüngliche Idee, mit der sie mich dazu veranlaßt hat, über Australien in jener Geschichtsperiode zu schreiben.

Und

MEG RULEY, meiner Agentin, einer wirklich phantastischen Frau, die Wunder hat wahr werden lassen.

CON SELLERS, der mir ein hinreißender Lehrer und Freund war und außerdem der erste publizierte Schriftsteller, den ich überhaupt kennengelernt habe, und der mich mit Meg zusammengebracht hat und sich bemüht hat, mir durch seine ständigen Ermutigungen und Anregungen Selbstvertrauen zu geben.

Ferner möchte ich mich bedanken bei:

Boo Boo Cheatham dafür, daß er diesen Text gelesen hat, während ich noch daran geschrieben habe, und dafür, daß er mich oft aus einer Entfernung von tausend Kilometern angerufen hat, um mich zu ermutigen und seine Bereitschaft zu bekunden, Ideen spontan mit mir durchzusprechen und auf ihr Potential zu überprüfen, denn damit hat er mir geholfen, aus Sackgassen herauszukommen, in die ich mich hineinmanövriert habe. Und ich danke ihm außerdem für seine ständige Bereitschaft, alles zu lesen, was ich schreibe.

Joëlle Delbourgo und Sona Vogel für die Redaktion der letzten Manuskriptfassung und Joëlle für seinen andauernden Glauben an mich.

Der Volksbibliothek von Eugene in Oregon, die mir immer zur Verfügung stand.

1

Hallie hatte geweint, bis keine Tränen mehr übrig waren.
Ihr Vater trat zwei Schritte nach vorn und beugte sich vor, um die Schaufel aufzuheben; er warf Erde in das frische Grab auf den Sarg, der gerade erst in die Erde hinabgelassen worden war. Danny, ihr Zwillingsbruder, legte einen Arm um ihre schwarzgekleideten Schultern.
Der Trauerzug setzte sich langsam in Bewegung, verließ den Friedhof und lief über das Kopfsteinpflaster der Straßen, die im grauen Dunst von Newcastle dalagen.
Hallie war in allererster Linie erbost. Erbost über ein Leben, das ihnen das abverlangte, erbost über seine gräßliche Sinnlosigkeit. Sie sah zur Spitze der Prozession; ihre Mutter und die frisch verwitwete Ruth schritten stoisch voran, mit stocksteifem Rükken, und ihre Schultern stießen fast aneinander. Dada war es, der die Schultern hängen ließ.
Vor drei Tagen, am 28. November 1809, war Philip, ihr ältester Bruder, noch am Leben gewesen. Gemeinsam mit Dada und ihren anderen Brüdern war er um die Stunde direkt vor Tagesanbruch ins Bergwerk hinuntergefahren, wie es die Männer an sechs Tagen in der Woche jeden Morgen taten, zweiundfünfzig Wochen im Jahr.
»Es ist so ungerecht«, flüsterte Hallie Danny zu, und der beißende Wind wehte ihr Strähnen ihres langen blonden Haars ins Gesicht. Ihr Bruder nahm sie wieder an der Hand und umklammerte sie so fest, daß es weh tat. »Ich habe es satt.«
Ihr war gar nicht klar, wie laut sie gesprochen hatte, bis Danny »Pst« sagte.
Die Prozession der Trauergäste bewegte sich jetzt schneller voran; diejenigen, die enge Freunde waren, würden noch zu den Tho-

mas' nach Hause kommen, um zusammenzusitzen und zu versuchen, sie über das Unfaßbare hinwegzutrösten, für das es keinen Trost gab. Hallie starrte die Leute an, die vor ihr herliefen.
»Ich kann so nicht weitermachen«, sagte sie, und ihre Stimme klang vor Verzweiflung stockend.
»Aber du wirst so weitermachen«, sagte Danny mit ernstem Gesicht. »Du wirst George heiraten und mit ihm bei seiner Mutter leben und Babys bekommen, und das Leben wird weitergehen.«
Hallie blieb so abrupt stehen, daß das Paar hinter ihr stolperte. Sie zog Danny an den Rand der Menge, die sich zerstreute. »Aber ich muß es doch nicht tun, oder?« fragte sie flehentlich. »George heiraten und so leben, wie ich seit ewigen Zeiten schon lebe?«
Danny zuckte die Achseln. Darauf hatte er keine Antwort parat, ebensowenig, wie sie eine andere Wahl hatte.
»Und mit ansehen, wie er mit dir und Dada täglich ins Bergwerk runterfährt, und mich jedesmal, wenn ich die Sirene höre, fragen, ob es einer von euch ist? Söhne großziehen, damit sie ins Bergwerk hinunterfahren und sterben?«
»Jetzt komm schon, Hallie«, sagte Danny geduldig. Sein blondes Haar und seine klaren blauen Augen waren genau wie Hallies Haar und Augen, doch seine Züge besaßen eine Festigkeit, die ihr fehlte. »Es ist doch nicht immer so. Phil ist der erste aus unserer Familie ...«
»Der erste, aber gewiß nicht der letzte.« In ihrer Stimme schwang Erbitterung mit.
»So übel ist das Leben doch gar nicht gewesen, oder?« fragte er.
Ihr Blick fiel auf die Zeile von grauen Häusern, die alle gleich waren. Der Gestank nach altem Urin mischte sich mit dem nach gekochtem Kohl. »Ich bin fast achtzehn«, sagte Hallie. »Was werde ich je erleben, was ich nicht bereits erlebt habe, abgesehen davon, daß ich Babys kriegen werde? Nenne mir

etwas, nur eine Sache, die anders sein könnte, als alles, was wir bereits kennen.«

Danny sah sie an, und die Verwirrung spiegelte sich in seinen Augen wider. »Du bist nie so gewesen wie die anderen.«

Ja, das wußte sie, und sie hatte es schon immer gewußt.

»Du hast dich nicht damit zufriedengegeben, Walt oder Richie oder einen der anderen Jungen zu heiraten, die dich haben wollten. Und jetzt willst du George Burnham nicht heiraten. Was bleibt dir denn noch übrig?«

Hallie seufzte so tief, daß Danny stehenblieb und sie ansah. »Hast du denn nie mehr gewollt, Danny?«

Danny schaute sie einfach nur an, als sei er noch nie auf den Gedanken gekommen, sich diese Frage zu stellen. »Was willst *du* eigentlich, Hallie?«

»Ich weiß es nicht. Aber ich weiß, daß es einfach mehr als das hier geben *muß*.« Sie ließ den Blick über die rußbedeckten Häuser gleiten, die Straßen, in denen das ungeklärte Abwasser schwamm, alles so grau, so abgenutzt ... alles vor seiner Zeit schon tot. »Es muß Orte geben, an denen nicht alles von Kohlenstaub überzogen ist, wo das Leben mehr ist als eine Hochzeit und Babys und die Sorge um Ehemänner und Söhne, die in Bergwerken sterben. Es muß ganz einfach ein Leben geben, das mehr zu bieten hat als *das*.« Sie wies mit einer umfassenden Handbewegung um sich.

Sie waren zu Hause angekommen, vor dem kleinen, dunklen Haus mit seinen vier Zimmern, das genauso war wie alle anderen Häuser, die zu sehen waren. Hallie und Danny und ihre Geschwister waren in diesem Haus geboren worden. Mum und Dada waren am Tag ihrer Hochzeit hier eingezogen, und von da an beschränkte sich ihre Welt auf dieses Haus.

»Es ist mir eine unerträgliche Vorstellung, ein Leben weiterzuführen, das solche Tragödien mitbringt – und eine derartige Monotonie«, fuhr Hallie fort.

»*Willst* du dich denn nicht verheiraten?« fragte Danny neugierig.

»Doch, natürlich«, antwortete Hallie, die sich nicht vorstellen konnte, eine Frau könnte nicht heiraten. »Aber es *muß* doch außerdem noch etwas geben.«
»Tja, da gibt es die Arbeit«, sagte Danny, der sie nicht verstand. Jeder, den er kannte, arbeitete im Bergwerk, hatte eine Familie, schaute am Freitagabend vielleicht mal kurz im Wirtshaus vorbei und ging sonntags in die Kirche. Was gab es denn sonst?
Hallie schüttelte den Kopf. »Nicht alle arbeiten im Kohlenbergwerk.«
»In Newcastle schon.«
»Ich weiß. Und hier sterben sie auch.«
Hallie ließ ihn stehen, damit er die Nachbarn begrüßte, während sie ins Haus ging, um ihrer Mutter und ihren Schwestern dabei zu helfen, dem Dutzend von Leuten, die sich bald in das kleine Haus quetschen würden, etwas zum Essen vorzusetzen. Sie konnte sich an keinen einzigen Tag erinnern, an dem ihre Mutter die Möbel nicht abgestaubt und das Haus nicht ausgefegt hätte; nichtsdestoweniger hatte sich in all den achtzehn Jahren, seit es Hallie gab, täglich eine Rußschicht auf die Einrichtungsgegenstände und die Fensterbänke gelegt. Im Lauf der Jahre hatte sich der Ruß auch an den Wänden festgesetzt, und selbst durch das monatliche Abwaschen der Wände und das jährliche Streichen ließ sich die Schmutzschicht nicht entfernen, die sich dort abgelagert hatte.
Sophie, Hallies Mutter, stand in der Küchentür und hielt einen Teekessel in der Hand. Sie wirkte verwirrt, so als hätte sie keine Ahnung, wo sie sich befand. Philip war das erste ihrer erwachsenen Kinder, das gestorben war. Hallie lief durch das Zimmer und wollte ihr den Kessel abnehmen. »Gib her, Mum«, sagte sie leise. »Setz dich und laß mich das machen.«
Ihre Mutter schüttelte den Kopf. »Nein, ich bin froh, wenn ich etwas zu tun hab. Kümmere du dich um Ruth.«
Philips Witwe saß da, als sei sie in Trance. Ihr dreijähriger Sohn hielt sich an ihrem Rock fest, sein Gesicht war mit Marmelade

verschmiert, und er wimmerte um Aufmerksamkeit. Hallie hob ihn hoch. »Komm mit, Kevin. Jetzt waschen wir dir das Gesicht und sehen nach, ob wir ein Stück Kuchen für dich finden. Ist das nicht eine gute Idee?«

Irgendwie standen sie alle die nächste Stunde durch. Als sich die Tür hinter dem letzten Besucher schloß, rührte Ruth sich nicht von der Stelle. Niemand sagte ein Wort. Hallie und ihre Mutter sammelten die Teller und Tassen ein, die überall in dem kleinen Zimmer standen. Dada zündete seine Pfeife an, während Danny und Harry ins Leere starrten und Ruth auf dem Schaukelstuhl schaukelte und ihre achtzehn Monate alte Tochter auf dem Schoß hielt.

»Ich will nicht nach Hause gehen«, sagte sie mit ausdrucksloser Stimme. »Ich fürchte mich davor, allein zu sein.«

»Wir machen dir das Sofa zurecht«, sagte Mum, die auf sie zuging und ihr die Hand auf die Schulter legte, »und Kevin kann bei Hallie schlafen. Du brauchst nicht allein zu sein.«

»O doch«, sagte Ruth. »Ich werde für den Rest meines Lebens allein sein.« Sie war zweiundzwanzig Jahre alt.

Dada hustete, dieser trockene, rasselnde Husten, den er schon hatte, soweit Hallie zurückdenken konnte. Sie schaute ihn an. Im kommenden Januar würde er sechsundvierzig werden; er sah wie fünfundsechzig aus.

Sie hob Kevin auf den Arm und stieg die Treppe zu ihrem Bett unter den Dachtraufen hinauf. Es war wirklich zu schmal für zwei, aber Kevin war so schmächtig, daß es kaum einen Unterschied machen würde, dachte sie, als sie neben ihn ins Bett stieg und ihre Arme um die winzige Gestalt schlang. Sie konnte spüren, wie sich sein Körper entspannte, als er einschlief; sie hörte seinen gleichmäßigen Atem und fragte sich, was das Leben wohl für ihn bereit hielt. Vielleicht würde Ruth in die Wollfabrik gehen und vierzehn Stunden am Tag weben müssen. Mum konnte sich um die Kinder kümmern, obwohl sie eigentlich zu alt dafür wurde. Wenn ich George heirate, kann ich mich um die Kinder kümmern, während

Ruth zur Arbeit geht, dachte sie. Das ließ die Waagschalen für George ausschlagen. Und doch wußte sie, daß es für alle Zeiten ihr Untergang war, wenn sie George oder irgendeinen der anderen heiratete, die um ihre Hand angehalten hatten.
Es besteht keine Hoffnung, dachte sie, und eine Wildheit ergriff sie, eine Form von Verzweiflung.
Aus dem Reihenhaus nebenan hörte Hallie durch die dünnen Wände, wie Mrs. Munson weinte, ein erbärmliches Geräusch, das an einen Aufschrei grenzte, und genau diese Laute hörte Hallie zwei- oder dreimal in der Woche. Und dann folgten betrunkenes Gelächter und ein Knall, der klang, als würde Holz gespalten. Hallie wußte, daß Mrs. Munson am kommenden Morgen wieder ein blaues Auge haben würde.

Am nächsten Tag war Hallie müde, weil sie zu wenig geschlafen hatte, und sie machte sich mechanisch daran, die Wäsche zu waschen. Jeden Morgen wusch sie für die Damen in den großen Häusern, für die, die nicht ganz so wohlhabend waren, um sich ihre eigenen Wäscherinnen einzustellen, aber doch reich genug, um die Wäsche außer Haus waschen zu lassen. Als sie die gesamte Wäsche an die Leinen gehängt hatte, sah sie, daß die Teile bereits gelblich wurden, als sie in dem rußigen Dunst flatterten.
Um die Mittagszeit bereitete sie das Mittagessen für Dada und Danny zu. Ein Aufzug würde das Eßgeschirr runter zu den Männern befördern, und sie würden in dem feuchten Dunkel essen, wie sie es immer in den zweiunddreißig Jahren getan hatten, seit Dada dort unten arbeitete, und wie es war, seit jeder ihrer vier Brüder vierzehn geworden und ihm nach unten gefolgt war. Dann ging sie, weil Donnerstag war, zu Mrs. Adams und putzte ihr das Haus.
In der Abenddämmerung wurde sie damit fertig, um die Zeit, als sich die Grubenarbeiter auf den Heimweg machten. Erschöpfte Jungen, mit vierzehn schon alte Männer, trabten neben den Erwachsenen her, bis in alle Ewigkeit zu dem einzigen Leben

verdammt, das sie kannten. Lichter gingen flackernd in den Häusern an, als Hallie nach Hause kam. Ruth und ihre Kinder waren noch nicht fort, aber heute half Ruth Mum, das kalte Abendessen zuzubereiten. Reverend Macauley war da.

Dada saß auf seinem Stuhl und hatte die Hemdsärmel hochgekrempelt. Alle schauten sie erwartungsvoll an, als sie eintrat, aber niemand sagte etwas, bis sie zur Küche gehen wollte.

»Nein, Hallie, setz dich«, sagte Dada.

Es kam so unerwartet, daß Hallie ihn anstarrte.

»Reverend Macauley ist deinetwegen gekommen.«

»Meinetwegen?« Jetzt setzte sie sich wirklich.

Sie kannte den Geistlichen schon ihr Leben lang. Er war so streng, daß er einem Respekt abverlangte, aber er war nie furchterregend. In seiner dünnen, leisen Stimme schwang Wärme mit, obwohl er selten lächelte. Hallie dachte sich, vielleicht hatte er zu viel Leid gesehen, zu viele Philips, zu viele totgeborene Babys.

»Hallie, erinnerst du dich noch an Chadwick Morgan?«

Hallie kramte erfolglos in ihrem Gedächtnis herum. »Sollte ich mich an ihn erinnern?« fragte sie und überlegte sich, ob sie wohl etwas falsch gemacht hatte.

»Du hast ihn seit deiner Kindheit nicht mehr gesehen, zum letzten Mal vor etwa sieben oder acht Jahren.« Der Geistliche beugte sich vor und musterte sie.

»Morgan«, sagte Dada. »Sollte der etwa mit *dem* Mr. Morgan verwandt sein?«

Reverend Macauley nickte.

Der Mr. Morgan war der Besitzer der Kohlenbergwerke.

»Wie hätte Hallie je einen Verwandten von *dem* Mr. Morgan kennenlernen sollen?« fragte Dada.

Reverend Macauley sah sie an und wartete auf eine Antwort. »Er erinnert sich noch an dich, Hallie.« Die dünnen Lippen des Reverend verzogen sich zu einem kleinen Lächeln. »Er sagt, er hätte dich vor vielen Jahren in der Kirche kennengelernt.«

»Oh, Chad!« sagte sie und erinnerte sich plötzlich an klare graue Augen. »Ja, natürlich.« Der einzige Lichtblick ihrer Kindheit. Die flüchtigen Augenblicke ...

Der Geistliche wandte sich an Dada und sagte: »Als Junge war Chad eins der liebenswertesten Kinder, die mir je begegnet sind. Mit Begeisterung hat er Pferde geritten, so schnell sie nur laufen konnten; er war furchtlos. Nach seinem Abschluß in Eton hat Chad seinem Vater mitgeteilt, er wolle keine Universität besuchen. Er war nie ein allzu guter Schüler, obwohl ich immer fand, er hätte einen messerscharfen Verstand.«

Hallie mühte sich damit ab, sich wieder daran zu erinnern, wie Chad ausgesehen hatte, aber sie konnte sich nur noch die weiße Blesse auf dem Gesicht seines Pferdes vor Augen rufen.

»Seinem Vater war das nur recht, denn er fand es keineswegs zu früh, um Chad in die Geschäfte einzuführen«, fuhr Reverend Macauley fort. »Aber Chad hat sich geweigert. Er wußte, daß die Kohlenbergwerke nie ihm gehören würden. Er würde sie nicht erben, sondern sein älterer Bruder. Das Erstgeburtsrecht, Sie wissen schon ... Außerdem hat Chad die Bergwerke nie leiden können und Newcastle auch nicht. Er wollte sich die Welt ansehen. Es kam zu einem beträchtlichen Streit. Das weiß ich, weil sein Vater zu mir gekommen ist und mich gebeten hat, mit Chad zu reden. Ich mochte diesen Jungen immer. Aber sein Entschluß stand fest. Er hat mir gesagt, er hätte sein Leben lang gewußt, daß er fortgehen mußte.«

Wie schön für ihn, dachte Hallie. Und jetzt schossen ihr plötzlich ein paar Erinnerungen an ihn durch den Kopf.

»Als er ein Offizierspatent erworben hat, hat es seinem Vater das Herz gebrochen. In den letzten sieben Jahren ist er nur einmal zu Hause gewesen«, sagte der Geistliche.

Erwartungsvolle Stille hing im Raum. Hallie sah in der Erinnerung einen großen jungen Mann vor sich, der rittlings auf seinem wunderschönen schwarzen Pferd saß, und sie fragte sich, was er, der vor so langer Zeit fortgegangen war, mit ihr zu tun hatte.

»Chad ist jetzt in Neusüdwales«, fuhr Reverend Macauley fort. »Er hat geschrieben und mich gebeten, dir einen Brief zu übergeben und als sein Fürsprecher aufzutreten.«

»Wo ist Neusüdwales?« fragte Hallie. Auch sie träumte von fernen Orten.

»Ich bin nicht ganz sicher, aber es liegt auf der anderen Seite der Welt. Ganz unten. Chad schreibt, daß man acht bis neun Monate braucht, um mit dem Schiff dort hinzukommen.«

Am anderen Ende der Welt. Auf der Unterseite ... Hallie fragte sich, wie es dort sein mochte. Ob man irgendwo runterfallen und sinken konnte.

Der Geistliche fischte einen Brief aus seiner Brusttasche, den er Hallie gab. Sie starrte den Umschlag an; in großen, ausladenden Buchstaben stand mit schwarzer Tinte ihr Name darauf. Sie drehte den Brief in den Händen um. Sie konnte sich nur an einen einzigen Brief erinnern, den ihre Familie bekommen hatte, und das war vor Jahren gewesen, als Mums Bruder, Onkel Edward, ihnen aus Amerika geschrieben hatte.

Behutsam öffnete Hallie den Brief und bemühte sich, nichts zu zerreißen. Sie setzte sich an den Tisch, an dem ihre Familie zu Abend aß, und während alle sie ansahen, breitete sie die Seiten vor sich aus.

Meine liebe Hallie ...

Sie blickte auf, als Mum vorschlug: »Lies ihn laut vor, Hallie.«

»Es ist so viele Jahre her, daß Du Dich vielleicht gar nicht mehr an mich erinnerst. Möglicherweise bist Du inzwischen verheiratet. Aber ich erinnere mich noch an Deine Abenteuerlust und an die blaue Schleife, die Du an dem Tag im Haar getragen hast, als ich Dich das erste Mal gesehen habe. Sie hat zu Deinen Augen gepaßt. Du mußt acht Jahre alt gewesen sein, und ich war sechzehn. Ich kam aus der Kirche und sah Dich neben meinem Pferd stehen, und Du hast mit ihm geredet und die Hand ausgestreckt, um es anzufassen. Als ich näher kam, hast Du mich angelächelt und gesagt, Du hofftest, ich hätte nichts dagegen, aber es sei ein so schönes Tier, daß Du einfach mit ihm reden müßtest. Du hattest vorher noch nie ein Pferd aus der Nähe gesehen.«

Die Erinnerung schob sich in Hallies Bewußtsein. Ein großes schwarzes Pferd mit einer weißen Blesse im Gesicht und einem weißen Ring um die Fessel, und der große junge Mann hatte sie angelächelt und einen Hut in der Hand gehalten.

»Und vielleicht ein Jahr später habe ich Dich beim Ausreiten fast über den Haufen geritten, erinnerst Du Dich daran noch?«

Hallie sah von dem Brief auf und starrte ins Leere. Ja ... Sie war auf dem Hügel außerhalb der Stadt spazierengegangen, denn schon damals hatte sie sich danach gesehnt, dem Ruß der Stadt zu entkommen, als ein Pferd und ein Reiter aus dem Nichts aufgetaucht und so dicht an ihr vorbeigeflogen waren, daß sie den Wind spüren konnte. Später waren sie quer durch das Feld zurückgekommen, das wunderschöne ebenholzschwarze Pferd und der junge Mann. Er hatte angehalten, als er sie sah.
Sie hatte vergessen, was er gesagt hatte, aber er hatte herzlich gelacht, und seine Augen hatten gefunkelt. Sie erinnerte sich, wie sie die Hand ausgestreckt hatte und vor ihm auf den Sattel gezogen worden war. »Halt dich gut fest!« hatte er gerufen, und schon waren sie losgeritten, so schnell galoppiert, daß die Landschaft verschwamm. Ihr Haar war hinter ihr hergeflogen, und sie hatte die Wärme und die Geborgenheit gespürt, die sein Körper ausstrahlte, der sich an ihren Rücken anschmiegte. Zum ersten Mal hatte sie Freiheit gekostet.

Ihre Augen wandten sich wieder den schwarzen Buchstaben auf der Seite zu, die vor ihr lag.

> »Wir haben einander nicht oft gesehen, obwohl ich mich erinnere, daß ich mich jeden Sonntag in der Kirche umgedreht habe, um zu sehen, ob Du da bist. Und Du warst immer da. Ich wußte es, auch dann, wenn wir nicht miteinander geredet haben.«

Ja, jedesmal, wenn sie ihn gesehen hatte, hatte sie gehofft, er würde sie noch einmal zu einem Ausritt mitnehmen.

> »Ich erinnere mich, daß wir einmal ein paar Minuten lang auf den Stufen vor der Kirche gestanden und uns unterhalten haben, und damals waren wir uns darüber einig, daß wir Newcastle hassen und uns nach einem Ort sehnen, an dem man die Sonne sehen und die Luft riechen kann.«

Inzwischen mußte sie elf gewesen sein, und sie rannte auf derselben Wiese herum, als er und sein Pferd auf sie zukamen. Er war zu Fuß und sagte: »Ich hatte gehofft, daß ich dich sehe. Ich gehe fort.« Er wüßte nicht, wohin, hatte er ihr erzählt. Er war zur Armee gegangen und hoffte, man würde ihn weit fortschicken, nach Ägypten oder vielleicht nach Indien.
»Oder nach Amerika?« hatte sie gefragt. Ihr Onkel Edward war dort, und das verlieh der Existenz des Landes eine gewisse Glaubwürdigkeit.
»Nein«, seufzte der junge Mann. »Vor zwanzig Jahren hätte das noch Spaß gemacht. Ich hätte für England kämpfen können. Aber jetzt haben wir dort keine Truppen mehr. Mir ist es eigentlich ziemlich egal, wohin ich geschickt werde.«
»Kommt dein Pferd auch mit?« hatte Hallie gefragt.
Der junge Mann hatte gelacht. »Ich fürchte, nein.« Dann hatte

er noch hinzugefügt: »Ich wünschte, ich könnte es dir schenken.«
Aber das ging nicht. Ein so prachtvolles Tier hätte sie ohnehin nicht füttern können.

»Jetzt bin ich an einem solchen Ort, an dem die Sonne scheint und es warm ist, und es gibt Bäume und Tiere, wie Du sie noch nie gesehen hast, und der Himmel ist so klar, daß man das Gefühl hat, man könnte die Sterne berühren.
Neusüdwales ist ein Land, das noch auf Zivilisation wartet. Ich habe beschlossen, mein Glück hier zu versuchen. Ich bin aus der Armee ausgeschieden und habe ein Gesuch um Land eingereicht. Der Gouverneur hat mir fünfhundert Morgen bewilligt.
Ich wünsche mir eine Frau und eine Familie, Hallie. In diesem wilden Land gibt es sehr wenige Frauen. Und in der letzten Zeit habe ich öfter an Deine Abenteuerlust und an Deinen Wunsch gedacht, Newcastle zu verlassen. Geht es Dir immer noch so? Wenn ja, dann wäre ich sehr glücklich, wenn Du nach Neusüdwales kämst und meine Frau würdest. Reverend Macauley kann sämtliche Vorbereitungen treffen.

Chadwick Morgan«

Hallie fiel das Schlucken schwer. Das Feuer knisterte, als ein Holzscheit in der Mitte durchbrach.
»Was soll das heißen?« fragte Dada, als könne er nicht glauben, was er gehört hatte. »Der Sohn von *dem* Mr. Morgan will meine Hallie heiraten?« Sein Gesichtsausdruck und die hochgezogenen Augenbrauen zeigten, daß er besorgt und perplex zugleich war.
»Er war ein anständiger Kerl, als ich ihn kannte«, sagte der Geistliche. »Etwas Besseres könnte ihr gar nicht passieren.«

Etwas Besseres? dachte Hallie. Das ist weit mehr als alles, was ich mir je erträumt hätte.
»Also, ich weiß nicht«, sagte Dada. »Am anderen Ende der Welt ...«
»Er schreibt mir, daß er glaubt, dieses neue, rauhe – ja, das ist sein Wort dafür – dieses rauhe Land könnte Ihre Tochter faszinieren. Er verspricht Ihnen, daß sie dort weit besser leben wird als hier.« Als Reverend Macauley den zweifelnden Ausdruck auf Dadas Gesicht sah, hielt er inne und fügte hinzu: »Mr. Thomas, Ihre Enkel werden die Chance haben, wenn sie erwachsen sind, etwas Besseres zu sein als Grubenarbeiter, die ewig in den Eingeweiden der Erde hausen.« Er hustete gehemmt und fuhr dann fort: »Chad wird sich freuen, wenn Sie Ihre Einwilligung geben, Mr. Thomas.«
»Also, ich weiß nicht«, sagte Dada noch einmal.
Aber Hallie wußte es bereits. Chad bot ihr die Erlösung; ein Land, in dem die Sonne schien – eine neue Lebensform.
Kein George. Keine Kohlenbergwerke. Kein Grau.
»Ich willige ein«, rief Hallie aus und konnte das Beben ihrer Stimme nicht unterdrücken. »O ja, ich willige ein.«

2

Mum. Dada. Danny ...
Nie wieder.
Ihre Familie war am Horizont verschwunden, und sie würde sie nie wiedersehen. Aber das war auch das einzige, was sie vermissen würde. Sie wußte, was sie zurückgelassen hatte: Dunkelheit, Schmutz, Angepaßtheit. Sie hatte die Hoffnungslosigkeit und die Trostlosigkeit hinter sich gelassen.
Hallie atmete tief ein, sog die Seeluft ein, als würde sie ihre Lunge säubern. Diese letzten fünf Wochen auf See schienen trotz des Wogens des winterlichen Atlantiks auch ihre Seele geläutert

zu haben. Sie starrte zum endlosen Horizont, an einen Punkt, an dem der Himmel und das Meer so ununterscheidbar aufeinandertrafen, daß sie zu einem verschmolzen.
Ich atme blauen Himmel ein, dachte sie und lächelte vor sich hin.
Das sachte Schwanken des Schiffs lullte sie in einen Frieden ein, den sie nie gekannt hatte, und sie stand lange Zeit da. Die Nacht senkte sich herab, und sie starrte in ihre Endlosigkeit hinaus und spürte den samtig weichen Passatwind, ließ sich von unbekannten Sternen hypnotisieren. Ich weiß noch nicht einmal, wo ich bin, dachte sie.
Zum ersten Mal in ihrem Leben war sie von Hoffnung erfüllt ...

Am Tag nach Neujahr waren sie aus London ausgelaufen, knapp einen Monat, nachdem Reverend Macauley ihr Chads Brief überbracht hatte. Der Geistliche hatte sich anerboten, sie nach London zu bringen und dafür zu sorgen, daß sie unbeschadet an Bord der HMS Charleston ging. Mum hatte die Hände gerungen, Dada hatte sich geräuspert, weil er einen Kloß in der Kehle hatte, und Danny hatte sie mit Blicken bedacht, die dazu bestimmt waren, Schuldgefühle in ihr auszulösen. (»Ich wünsche dir, daß du glücklich wirst, das weißt du selbst. Aber wenn du fort bist, kann ich nie mehr so glücklich wie bisher sein.«)
Und doch hatte all das nicht genügt, um sie zu halten. Sie brach in ein Leben auf, von dem sie tief in ihrem Innersten spürte, daß es ihre Bestimmung war. Sie hatte keine Ahnung, wohin sie ging, aber sie wußte, sie wußte ganz einfach, daß sie für dieses ferne Land geschaffen war, von dessen Existenz sie vor sechs Wochen noch nichts gewußt hatte.
Hallie hatte ihre anderen Brüder und Danny umarmt, der der Teil ihrer selbst war, den sie zurückließ. Ihre Schwestern Myrna, Hester und Kate hatten ein wenig geweint, und Kate hatte gesagt: »Du könntest ebensogut sterben. Wir werden dich nie wiedersehen.«

Die Tränen waren gekommen, als Dada seine Arme um sie gelegt und geflüstert hatte: »Meine Hallie ...«
Niemand konnte verstehen, warum sich Hallie entschlossen hatte, fortzugehen ... außer ihrer Mutter, deren Augen trocken blieben. Hallie konnte Mum an den roten Augen ansehen, daß sie in der Nacht geweint hatte. »Ich weiß, daß du in ein besseres Leben aufbrichst«, sagte Sophie. »Ich weiß, daß du nie für dieses Leben bestimmt warst. Aber deshalb tut es nicht weniger weh.« Sie hatte Hallie ein Päckchen gereicht, das mit einer Schleife zugebunden war. »Es ist nicht viel«, hatte sie gesagt, »aber mir ist es wichtig, daß du es hast.«
Als Hallie das Päckchen geöffnet hatte, hatte sie darin eine Babydecke vorgefunden. »Eines Tages wirst du mein Enkelkind bekommen«, hatte Sophie mit zitternder Stimme gesagt, »und ich möchte irgendwie daran teilhaben.« Außerdem enthielt das Päckchen die hölzernen Stricknadeln, mit denen sie die Decke gestrickt hatte. »Irgendwann wirst du selbst stricken.« Es waren eben die Nadeln, die Hallie an nahezu jedem Abend ihres Lebens in den Händen ihrer Mutter hatte klappern hören, und im Lauf der vielen Jahre waren sie ganz glatt geworden. Sie glaubte nicht, daß ihre Mutter sonst noch etwas besaß, was ganz allein ihr gehörte. Sie küßte ihre Mutter auf die Wange und fühlte die Arme, die sich um sie schlangen und sie nicht loslassen wollten, spürte die Finger, die sich fest in sie gruben. Und doch hatte sie gewußt, daß sie ihre Entscheidung niemals in Frage stellen würde, nie einen Zweifel hegen würde, daß es richtig war, was sie tat.
Sie hatte keine Gewissensbisse verspürt, als sie Reverend Macauley beobachtet hatte, der ihr vom Anlegesteg aus zuwinkte, und als seine Gestalt immer kleiner wurde, hatte sie gewußt, daß ihr Leben entsprechend größer wurde ...

Die Charleston war Teil einer Viererflotte von Schiffen Seiner Majestät. Auf der Theseus und der Tigard waren vorwiegend Sträflinge untergebracht, mehr als zweihundertsechzig. Die

Wyckliffe war das Schiff, das Waren nach Neusüdwales brachte, Nahrungsmittel für die Gefangenen, die bereits dort waren, und Kleider und Möbelstücke, die von den Bewohnern bestellt worden waren. Sie hatte keine Passagiere oder Sträflinge an Bord. Auf Hallies Schiff wurden sämtliche zahlenden Passagiere befördert und zudem siebenundvierzig Gefangene, darunter dreizehn Frauen, vier von ihnen mit Kindern.
In den ersten drei Tagen war Hallie furchtbar seekrank, wie fast alle anderen auch. Das ganze Schiff roch nach Erbrochenem. Die zahlenden Passagiere wankten auf Deck, umklammerten die Reling und übergaben sich ins Meer. Aus dem Frachtraum, in dem die Sträflinge im Dunkeln zusammengepfercht waren, kam der Geruch von Urin und Erbrochenem und erstickte die Passagiere. Als das böige graue Meer sich glättete, wurde es den Gefangenen gestattet, in Zweier- und Dreiergruppen an Deck zu gehen, um sich Bewegung zu verschaffen. Bis dahin hatte der Geruch nachgelassen, wenn er auch nie ganz verschwand.
Mitte Februar legte das Schiff an den Kanarischen Inseln an. Solange sie im Hafen lagen, durften die Gefangenen noch nicht einmal um der Bewegung willen an Deck, doch die Passagiere gingen an Land, um durch die duftenden Gärten und die schmalen Sträßchen zu laufen und einen ersten Vorgeschmack auf tropisches Wetter auszukosten. Hallie hatte keine Ahnung, wo die Kanarischen Inseln lagen, aber sie hoffte, Neusüdwales würde ihnen ähneln. Sie nahmen frisches Wasser an Bord, Gemüse und Obst, um gegen Skorbut vorzubeugen; außerdem luden sie Fleisch und kistenweise Madeira-Wein ein.
Da der Kapitän es umgehen wollte, in eine Windstille zu geraten, die an der Westküste Afrikas unvermeidlich war, peilte er als nächste Anlegestelle Rio an. Es wurde unerträglich heiß, und die Luftfeuchtigkeit ließ die Passagiere in einen komaähnlichen Zustand versinken. Sämtliche Kielräume stanken. Ratten, Läuse und Küchenschaben krochen aus ihren Verstecken. Das Meerwasser im unteren Frachtraum vermischte sich mit Exkrementen

und Spuren von Urin und den Gerüchen verfaulender Lebensmittel; die Sträflinge in ihren kochendheißen Frachträumen erkrankten an den Ausdünstungen.
Sechs Personen, darunter fünf Sträflinge, waren gestorben, seit sie England verlassen hatten. Hallie dagegen blühte auf. Ihr blasser nordenglischer Teint färbte sich golden. Ihr blondes Haar war in der Äquatorialsonne ausgebleicht, und in ihren Augen spiegelte sich innere Ruhe wider.
Sie verwandelte sich jetzt in eine schöne Frau. Captain Dunsmere lud sie oft ein, beim Abendessen zu seiner Linken zu sitzen. Es zog sie immer wieder an Deck, zum Steuer, an dem der Kapitän viele Stunden verbrachte. Er kannte die Hintergründe des Landes, zu dem sie aufgebrochen waren, und sie hörte ihm stundenlang zu und sog seine Geschichten über die Gefangenen in sich auf, die er transportiert hatte.
1788, so erzählte er ihr, hatte der Gouverneur Neusüdwales als Strafkolonie gegründet. Niemand schien etwas von der Existenz des Landes gewußt zu haben, bis vor dreißig Jahren Captain Cook, der berühmte Entdecker, zufällig darauf gestoßen war. Wie groß es war und ob es mit dem asiatischen Festland verbunden war oder nicht, ob es sich um eine Insel handelte oder nicht – all das war noch ungeklärt.
»Warum eine Strafkolonie?« fragte Hallie. Sie erinnerte sich an das Gefängnis in Newcastle, einen großen, alten, häßlichen Backsteinbau mit winzigen vergitterten Fenstern. Sie war immer so schnell sie konnte daran vorbeigelaufen.
Weil, erklärte Captain Dunsmere, es in ganz England nicht genug Gefängnisse gab, um die Verbrecher aufzunehmen. Die schlimmsten, die Mörder und die Wiederholungstäter, wurden gehängt. Aber die anderen wurden zu Haftstrafen verurteilt, gewöhnlich sieben Jahre. Die Gefängnisse platzten aus den Nähten. Als Amerika noch eine britische Kolonie gewesen war, hatte dieses weite unbewohnte Land als Abladeplatz für Englands Verbrecher gedient. Tausende von Häftlingen waren jährlich nach

Amerika transportiert worden. Hundertfünfzig Jahre lang hatten die Sträflinge dabei geholfen, dieses unterbevölkerte Land zu besiedeln. Ihre Haftstrafen wurden verkürzt, und nach ein paar Jahren wurden sie unter der Voraussetzung aus dem Gefängnis entlassen, daß sie nie mehr nach England zurückkehrten. Auf die Art hatte England dabei geholfen, Amerika zu kolonialisieren, und gleichzeitig hatte es sich davor bewahrt, die Konsequenzen der Freilassung von Häftlingen selbst zu tragen. Außerdem war es weit billiger gewesen, die Gefangenen fünftausend Kilometer weit fortzuschicken, als sie in England unterzubringen und durchzufüttern.

Doch durch die amerikanische Revolution hatte sich all das geändert. Jetzt dienten Schiffe, die nicht länger seetüchtig waren, die Schiffe, die als verrottende Wracks in den Häfen von London und Liverpool lagen, zur Unterbringung dieser Gefangenen, die nicht mehr in die Gefängnisse paßten. Die Mehrheit tauchte nach ihrer Freilassung bald wieder in den Gefängnissen auf. Sie stellten eine Bedrohung für die braven Bürger Großbritanniens dar, erzählte ihr der Kapitän.

Als der König die ersten Schiffsladungen von Häftlingen nach Neusüdwales geschickt hatte, erklärte Dunsmere, hatte er die Soldaten angespornt, auch dorthin zu reisen. Er hatte sie mit Versprechungen auf Land angelockt, damit sie ihre Familien mitnahmen und dort eine anständige Zivilisation schufen, die Sträflingen nach ihrer Entlassung als ein Modell dienen konnte.

»Gibt es dort Indianer?« fragte Hallie, die so viel über Amerika wußte.

Das glaubte der Kapitän nicht, wenn es dort auch sehr schwarze Leute gab, die merkwürdiger aussahen als alle anderen Menschen, die er je gesehen hatte, und von denen er gehört hatte, sie äßen Insekten und Würmer.

»Igitt«, sagte Hallie und schnitt eine Grimasse.

»Genau«, erwiderte Captain Dunsmere, dem das Interesse der jungen Frau an seinen Berichten schmeichelte.

Der Aufenthalt in Rio gab ihnen Auftrieb. Die Mannschaft verbrachte drei Wochen damit, das Schiff zu waschen und frische Limonen, Zitronen und Früchte an Bord zu nehmen, die die Menschen aus den nördlichen Breiten nie zuvor gesehen hatten; Kleider wurden gewaschen, und das Schiff wurde repariert.

Hallie fand Rio aufregend. Noch nie hatte sie dunkelhäutige Menschen gesehen. Ihr Gelächter erfüllte die Straßen. Die jungen barfüßigen Brasilianerinnen trugen das Haar in langen Zöpfen. Ungepflegt schleifte es auf dem Fußboden. Hallie sah nie ihr gelöstes Haar, doch viele der Matrosen bekamen es zu sehen. Der Kapitän kaufte viele Säcke Mehl, in erster Linie wegen des Sackleinens, das sich für die zweiunddreißig weiblichen Häftlinge in derbe Kleidungsstücke umändern ließ, denn ihnen hingen die Kleider in Fetzen vom Leib. Während des Aufenthalts in Rio hatte die Mehrheit der diensttauglichen Matrosen jeden Morgen einen Kater. Der Arzt der CHARLESTON ging in Rio von Bord, da er selbst zu krank war, um die Reise fortzusetzen.

Sie brauchten sechs Wochen, um Kapstadt zu erreichen, die Südspitze Afrikas. Dort brachte die Mannschaft etliche Wochen damit zu, die Reparaturen für den letzten und schwierigsten Teil der Reise vorzunehmen. Kapstadt war zwar genauso heiß, aber im Gegensatz zu Rio staubig und unfreundlich. Dieser Aufenthalt war der letzte europäische Eindruck vor der endlosen Leere des Indischen Ozeans.

Mehr als vierhundert Tiere wurden an Bord genommen; da auf dem Frachtschiff kein Platz mehr war, wurden Schafe, Rinder, Pferde, Hausschweine und Geflügel in die ohnehin schon unmenschlich überfüllten Quartiere der Gefangenen gezwängt. Saatgut wurde erworben, und Frischwasser wurde in der Hoffnung an Bord genommen, daß es für die tropischen Windstillen der nächsten Monate reichen würde, wenn lange Zeit kein Land in Sicht sein würde.

Keiner der Passagiere war auf die Gewässer des Indischen Ozeans vorbereitet. Sie waren überwältigt und gerieten manchmal in Pa-

nik über die riesigen Wogen, die das Schiff erst hoch in die Luft warfen und es dann in den Wellentälern versinken ließen, in denen sie von Wasser umgeben waren, das sich wie Glasscheiben neben ihnen erhob. Die Furcht lähmte sie, und riesige graue Wale, die wie Phantome wirkten, begleiteten das Schiff oft tagelang.
Zum ersten Mal seit den allerersten Tagen der Reise wurde Hallie seekrank. Was als ein dumpfer, nur zeitweise auftretender Schmerz auf ihrer rechten Seite begann, wurde zu einem brennenden, sengenden Dauerschmerz. Sie krümmte sich gepeinigt und übergab sich auf dem Fußboden vor ihrem Bett. Übelkeit befiel sie, und sie lag da und ließ den Kopf über den Rand der schmalen Pritsche hängen, bis sie nur noch trocken würgte.
Schließlich kehrte eine ihrer Kabinengenossinnen, Mrs. Ellison, vom Mittagessen zurück und schnitt eine Grimasse, als ihr der saure Geruch aus der Kabine entgegenschlug. Dann sah sie Hallie, die ächzend dalag und den Kopf aus dem Bett hängen ließ. »Ach, du meine Güte!« rief sie aus.
Innerhalb von Minuten hatte sie einen Schrubber und einen Eimer gefunden und wischte den Boden mit einem angewiderten Gesichtsausdruck auf. Als Hallie weiterhin würgte, legte Mrs. Ellison eine Hand auf ihre glühendheiße Stirn. »Du bist nicht nur seekrank«, erklärte sie. »Du bist ernstlich krank. Ich werde den Kapitän holen.«
Die Welt drehte sich im Kreis, und die Kabine versank in einem Strudel, bis Hallie nichts mehr sehen konnte. Sie hörte, wie die Tür aufging und Captain Dunsmeres Stimme sagte: »Sie ist fiebrig, das stimmt«, aber sie konnte ihn nicht sehen. Die Stimmen kamen wie aus weiter Ferne, durch einen langen, hohlen Gang. Sie hörte Mrs. Ellisons vogelartiges Zwitschern. »Also, irgend etwas muß geschehen.«
Und dann war alles still.
Ab und zu nahm Hallie das Schlingern des Schiffs bewußt wahr, durchsetzt von Momenten betäubender Schmerzen. Sie wußte nicht, wieviel später es war – ob Stunden oder Tage vergangen

waren –, als sie die Stimme eines Mannes, die sie vorher noch nie gehört hatte, dicht an ihrem Ohr hörte: »Tut das weh?« Und obwohl sie merkte, daß die kalten Finger sich bemühten, sie sachte zu berühren, hörte sie auch die Schreie ihrer eigenen Stimme, als die schmerzende Gegend abgetastet wurde.
Dieselbe zarte Stimme, eine Stimme, die sie nie mehr vergessen würde, sagte: »Ihr Blinddarm steht kurz vor dem Durchbruch. Wenn sie nicht augenblicklich operiert wird, wird sie sterben. Ich meine jetzt, noch innerhalb einer Stunde.«
Sterben? Hallie kämpfte darum, durchzuhalten. Ich bin noch zu jung zum Sterben ...
Dieselbe Stimme fragte, wieder dicht neben ihrem Ohr: »Können Sie mich hören?«
Hallie zwang sich, die Augen zu öffnen. Freundliche dunkle Augen waren nur wenige Zentimeter von ihrem Gesicht entfernt. »Sie werden wieder gesund werden. Ich werde Ihnen helfen.«
Er hatte neben ihr gekniet; jetzt stand er auf, und sie sah, daß er bärtig war. Sein dunkles Haar, das schmutzig, aber gekämmt war, reichte ihm bis auf die Schultern. Das Hemd hing ihm in Fetzen am Leib. Wie konnte jemand, der so aussah, sie retten? Aber seine Augen, dachte sie. Ich vertraue seinen Augen.
»Ich werde Sie jetzt in die Krankenstation bringen.« Er beugte sich vor und hob sie hoch. Bei dieser Bewegung durchzuckte sie ein neuerlicher Schmerz. »Es wird alles gut werden«, murmelte er. Als er sie in dem engen Gang dicht an sich preßte, nahm Hallie wahr, daß er schlecht roch.
»Sind Sie denn Arzt?« Es erstaunte sie, wie matt ihre Stimme klang.
»Ja, das bin ich«, antwortete er, als er vornübergebeugt mit ihr durch die engen Gänge lief. »Und ich verspreche Ihnen, daß ich Sie retten werde. Nach der Operation werden Sie Schmerzen haben, aber nur noch ein Weilchen. Es wird nicht der Schmerz sein, den Sie jetzt spüren.« Er zog den Kopf ein, um einen Raum zu betreten.

Hallie schloß die Augen, als er sie auf einen Tisch legte. Sie hörte Stimmen, hörte, wie der Fremde zu ihr sagte: »Ich wasche mich jetzt, und dann komme ich wieder, und dann werde ich Ihnen den Blinddarm rausnehmen.«
Mrs. Ellison preßte ein kühles, feuchtes Tuch auf Hallies Stirn. Als der Kapitän und der Arzt zurückkehrten, hörte sie gesenkte Stimmen. Mrs. Ellison sagte: »O nein, das kann ich unmöglich tun.«
Die Stimme des Arztes war nicht mehr zart; sie war gereizt. »Sie können es nicht nur, sondern Sie werden es auch tun.« Und dann hörte Hallie seine Stimme leise an ihrem Ohr. »Sie werden jetzt schlafen ... wie heißen Sie?«
Ihre Lider öffneten sich flatternd. »Hallie Thomas ...«
»Du wirst jetzt schlafen, Hallie, und wenn du wach wirst, wird es dir besser gehen, und ich werde bei dir sein. Hab keine Angst. Ich werde dir jetzt dieses Tuch aufs Gesicht legen, und du wirst feststellen, daß du in Dunkelheit versinkst. Ich werde dir helfen.«
Hallie atmete den merkwürdigen Geruch der Mandragora ein, die Mrs. Ellison ihr auf einem Lappen aufs Gesicht preßte, und als sie das Bewußtsein verlor, machte sie sich Gedanken über diesen zerlumpt wirkenden, übelriechenden Mann mit den gütigen, vertrauenerweckenden Augen, und sie sagte laut: »Er wird mich retten«, doch keiner verstand die gurgelnden Worte.

3

Als Hallie aufwachte, sah sie nichts anderes als die dunkle Kabinendecke; sie drehte sich schnell im Kreis. Das Schwindelgefühl verging, als sie die Augen schloß. Dort, wo der stechende Schmerz gesessen hatte, spürte sie jetzt ein dumpfes Pochen, und ihr war nicht mehr übel. Sie hörte Wellen gegen die Schotte schlagen und das Schiff wiegen. Sie fühlte sich körperlos, weit von der Realität entfernt, weit fort von dem Schiff, weit fort von sich selbst. Sie schlief wieder ein.

Als ihre Lider sich das nächste Mal flatternd öffneten, sah sie ein Gesicht mit freundlichen braunen Augen – so dunkel, daß sie fast schwarz waren –, die sie voller Inbrunst und zugleich noch mit etwas anderem anstarrten, was sie für unendliche Güte hielt. Eine Hand berührte ihre. Sie schloß wieder die Augen, schlief aber nicht ein. Die Hand schloß sich um ihre und blieb liegen.

Wenn sie die Augen aufgeschlagen hätte und wach geblieben wäre, dann wäre die Hand zurückgezogen worden, so viel war ihr klar. Sie war unglaublich schwach; es hätte sie alle Anstrengung gekostet, die sie irgend aufbieten konnte, die Augen aufzumachen und offenzuhalten. Daher blieb sie einfach liegen, dachte an gar nichts und empfand die Hand als tröstlich.

Sie wußte nicht, wie lange es so blieb. Als die Hand sich öffnete und zurückgezogen wurde, rief sie unbeabsichtigt aus: »Nein, nicht«, und dann riß sie die Augen auf.

Der Mann, der neben ihr saß, hatte dieselben Augen wie der Mann, der sie aufgefordert hatte, ihm zu vertrauen, aber es war nicht derselbe Mann. »Was nicht?« fragte er.

Sie blickte zu ihm auf und sah ihn wie durch einen Schleier. »Nichts«, flüsterte sie.

Doch als hätte er verstanden, was sie gemeint hatte, legte er seine Hand wieder um ihre. »Sie werden wieder gesund«, versicherte er ihr.

»Wer sind Sie?« fragte sie.

»Tristan ... Dr. Tristan Faulkner.«

Jetzt wurde ihr klar, warum sie ihn nicht wiedererkannt hatte. Sein Haar und sein Bart waren nicht nur gewaschen, sondern geschnitten, und er trug saubere Kleidung. Da sie ihn während der gesamten sechs Monate der bisherigen Reise nicht gesehen hatte, ahnte sie, daß er ein Sträfling sein mußte.

»Sie haben mir das Leben gerettet, nicht wahr?« fragte sie.

»Ja, allerdings.« Seine Stimme wurde sanfter. »Und Sie haben mich gerettet.« Er lächelte sie an. »Es ist jetzt schon eine Verbindung auf Gegenseitigkeit.« Er drückte ihr die Hand.
Hallie fand, er sei der schönste Mensch, den sie je gesehen hatte. »Das verstehe ich nicht«, sagte sie. »Wie habe ich Sie gerettet?«
»Sie haben mich von der TIGARD rübergerudert. Und Captain Dunsmere wird mich für den Rest der Reise hierbehalten. Daß Sie mich brauchen, hat mich vor einem schlimmeren Schicksal als dem Tod bewahrt.« In seinen Augen stand eine vage Traurigkeit; die Härte seines Ausdrucks ließ seine Lippen schmaler werden. Dann zwang er sich wieder zu einem Lächeln, als fühle er sich schuldig, weil er sich selbst bemitleidete, und er sagte: »Sehen Sie, frische Kleider. Ich habe sogar ein Bad genommen. Die Läuse aus meinem Haar entfernt. Ich fühle mich wieder halbwegs menschlich.«
»Was ... was haben Sie getan?« Sie konnte nicht glauben, daß dieser Mann ein Verbrecher war.
Er stand abrupt von seinem Stuhl auf, der beinah umfiel. Aus seiner starren Körperhaltung konnte sie auf seinen Zorn schließen. »Verrat. Es heißt, ich sei des Verrats schuldig.«
»Verrat? ...« Das ging über Hallies Horizont. »Sind Sie schuldig?« Sie hätte sich die Zunge abbeißen können.
Er schaute auf sie herunter. »Ja«, erwiderte er mit gesenkter Stimme. »Wenn man die Liebe zu meinem Land als ein Verbrechen ansieht.«
»Waren Sie ein Spion?«
Er lachte, wenn es auch etwas spröde klang. »Nichts dergleichen.« Er setzte sich wieder. »Wissen Sie irgend etwas über Kanada?«
Hallie schüttelte den Kopf. »Das ist irgendwo in der Nähe von Amerika, nicht wahr?«
»Gewissermaßen ... ich bin Kanadier«, erklärte er. »Aber ich habe in den Vereinigten Staaten studiert, an der Harvard-Universität. Als ich nach Hause gekommen bin, habe ich meine

kanadischen Mitbürger zum Aufstand gedrängt, wie es die Amerikaner getan haben, um ein freies Volk zu werden.«

»Das ist alles?« fragte sie.

Er gestattete sich ein grimmiges Lächeln. »Mehr oder weniger.«

Sie wollte noch mehr wissen, war aber zu müde, um das Gespräch fortzusetzen. Statt dessen streckte sie die Hand aus und legte sie in seine, ehe sie die Augen wieder schloß. Sie fühlte, wie sich seine Hand um ihre legte; er saß da und hielt Wache, während sie wieder schlief.

Als Hallie das nächste Mal erwachte, stand der Arzt an der anderen Seite des Raums neben der Tür. Der Kapitän schaute auf sie herunter. »Ah, da sind Sie ja«, murmelte er, als er sah, daß sie die Augen öffnete. »Wie fühlen Sie sich?«

Ihr Unterleib schmerzte; sie wußte, daß sie sich unmöglich aufrichten konnte. Das Schwindelgefühl ging vorüber, aber sie fühlte sich immer noch lethargisch. »Ich habe Durst«, murmelte sie.

»Ich besorge ihr etwas zu trinken«, erbot sich der Arzt und verschwand.

Mrs. Ellison und der Kapitän waren nicht ihre einzigen Besucher. Alle zahlenden Passagiere an Bord besuchten Hallie. Und natürlich kam Dr. Faulkner oft. Hallie liebte seine Besuche; selbst wenn sie Stunden dauerten, erschienen sie ihr noch bei weitem zu kurz.

Tristan, wie er ihr vorgeschlagen hatte, ihn zu nennen, war der Raum neben der Krankenstation zugewiesen worden, den er sich mit Mr. Edwards, dem ersten Maat, teilen sollte. Anfangs hatte sich Edwards verärgert gezeigt, weil er seine Kabine mit einem Sträfling teilen sollte, doch er hatte es sich schon bald anders überlegt; beim abendlichen Schach entwickelte sich schnell eine Freundschaft mit seinem neuen Kabinengenossen. Er sah augenblicklich, daß es sich hier um keinen herkömmlichen Häftling handelte, und er stellte fest, daß er die Gesellschaft des Arztes genoß.

Da der Schiffsarzt in Rio von Bord gegangen war, kümmerte sich

Tristan jetzt um Beschwerden. Er stellte klar, daß die Sträflinge im Frachtraum dieselbe Aufmerksamkeit von ihm erfahren würden, wenn er die Patienten der CHARLESTON versorgen sollte. Captain Dunsmere war erfreut über die Wendung der Ereignisse.
Eine der ersten Fragen, die Tristan Hallie stellte, war die, warum sie diese gefährliche Reise in so weite Ferne auf sich nahm. Sie hatte ihm ehrlich geantwortet, daß ihr Herz nicht an ihrer Heimat hing, daß sie einen Mann heiraten würde, den sie seit ihrer Kindheit nicht mehr gesehen hatte, daß sie ihre eigenen Kinder an einem Ort aufziehen wollte, an dem es Sonnenschein und keine Kohle gab.
»Seltsam«, sagte Tristan versonnen. »Du glaubst, daß ein Paradies auf dich zukommt, und ich glaube, daß mir die Hölle bevorsteht. Das Ende der Welt bedeutet für uns ganz verschiedene Dinge, nicht wahr?«
Hallie durfte noch lange in der Krankenstation bleiben, nachdem sie schon wieder in die Kabine hätte ziehen können, die sie gemeinsam mit Mrs. Ellison und vier weiteren Frauen belegt hatte. Sie glaubte, es läge unter anderem daran, daß Tristan die persönlichen Gespräche mit ihr ebensosehr auskostete wie sie. Aber es kam der Tag, an dem es nicht mehr den geringsten Grund für sie gab, die Kranke zu spielen, noch nicht einmal die Rekonvaleszente, und daher zog sie wieder in ihr beengtes Quartier.
Jetzt saß sie oft an Deck und genoß die Sonne selbst dann, wenn das Schiff in den tropischen Windstillen festsaß. Ihr schien es nie zu heiß zu sein. Und wenn es keine Patienten gab, kam ihr Retter an Deck, um sich zu ihr zu setzen. Sie war froh darüber, denn sie wußte, daß es sich nicht gehört hätte, ihn in der Krankenstation aufzusuchen, um mit ihm zu reden.
Sie erzählte ihm, was sie über Australien in Erfahrung gebracht hatte, wie es in Newcastle gewesen war, und sie schilderte ihm ihre Familie. Und er erzählte ihr, wie es war, im Gefängnis zu sitzen. Er war zur Verhandlung nach England transportiert und dann

mehr als sechs Monate lang mit sechzehn anderen Gefangenen in einem modernden Verlies festgehalten worden. Er mußte viel abgenommen haben, sagte er ihr, denn so dünn sei er nie gewesen. Er glaubte, nach seiner Freilassung in fünfeinhalb Jahren würde er sich auf den Weg nach Amerika machen. Er wollte mit nichts Britischem mehr etwas zu tun haben. Und doch wurde seine Stimme sanfter, als er das sagte, und er dachte sehnsüchtig an das Kanada zurück, das er so sehr geliebt hatte – an das Schlittenfahren auf den Hügeln außerhalb von Quebec und an das Schlittschuhlaufen in den langen, kalten Wintern; an die Zeit des Ahornsirups im Frühjahr und die Rot- und Goldtöne des Herbstes. Sein Vater war in dem Jahr gestorben, in dem er von der Harvard-Universität zurückgekehrt war. Er glaubte, die Briten hätten es niemals gewagt, ihn ins Gefängnis zu sperren, wenn sein Vater noch am Leben gewesen wäre. Und doch konnte er sich dessen nicht gewiß sein; zugegebenermaßen war er ein Aufrührer gewesen, ein Rebell.
»Würdest du es wieder tun?« fragte Hallie.
»Nein«, antwortete er wie aus der Pistole geschossen. Offensichtlich hatte er sich viele Gedanken darüber gemacht. »Nachdem ich die Folgen kenne, täte ich es nicht wieder.«
Hallie dachte jede Nacht an ihn, wenn sie auf ihrer schmalen, harten Pritsche lag. Sie hatte nie eine solche Leidenschaft und intensive Zartheit an einem Mann gesehen. Sie schloß die Augen, und sein Gesicht mit diesen dunklen Augen, in denen Traurigkeit stand, beherrschte das Dunkel. Wenn sie die Augen öffnete, sah sie sein Gesicht immer noch vor sich. Sie streckte sich, um ihn zu berühren, aber er war immer knapp außerhalb ihrer Reichweite.
Mit der Zeit wurde Tristan zum Mittelpunkt ihrer Welt. Sie konnte sich nicht mehr auf Gespräche mit anderen Passagieren konzentrieren; Captain Dunsmeres fortwährende Geschichten über Australien waren bei weitem nicht mehr so verlockend wie vorher, ehe Tristan in ihr Leben getreten war. Ihr lief ein Schauer über den Rücken, selbst in den warmen Breiten des Indischen

Ozeans, wenn sie sich ihn in einer Gefängniszelle vorstellte, in der Ratten über seine Füße liefen.

Seit sie die Krankenstation verlassen hatte, hatte er sie nicht mehr berührt, doch sie erinnerte sich noch deutlich an seine große Hand, die ihre hielt. Oft sah er sie nicht an, wenn sie miteinander redeten, sondern richtete den Blick zum Horizont. Manchmal schlenderten sie auf dem kleinen Deck umher. Gemeinsame Mahlzeiten standen natürlich außer Frage. Der Kapitän gestattete es Dr. Faulkner aus Rücksicht auf das Feingefühl der zahlenden Passagiere nicht, im Speisesaal zu essen; das Essen wurde ihm in die Krankenstation geschickt. Ansonsten konnte sich Tristan jedoch frei auf dem ganzen Schiff bewegen. Passagiere, die Captain Dunsmere allzu bereitwillig kritisieren wollten, akzeptierten mit der Zeit den Arzt mit seinen guten Manieren, dem offenkundigen Können und dem Mitgefühl.

Eines Tages fand Hallie, als sie nach dem Mittagessen in ihre Kabine zurückkehrte, ein junges Mädchen vor – sie konnte nicht älter als fünfzehn sein –, das sich auf ihrem Bett zusammengekauert hatte und unbeherrscht zitterte. Bei Hallies Eintreten schnappte das Mädchen nach Luft, und blankes Entsetzen stand in ihren Augen. Sie trug einen formlosen, zerrissenen Jutesack, ihr Haar war verfilzt, und auf dem Arm hatte sie Kratzer, auf denen das Blut schon verschorft war. Wenn sie auch unglaublich schmutzig und verzweifelt war, konnte Hallie ihr doch ansehen, daß sie hübsch war.

Das Mädchen brach in Tränen aus, als Hallie dastand und sie betrachtete. Hallie ging auf sie zu, um sie in die Arme zu ziehen, doch das Mädchen wich in die hinterste Ecke zurück. »Ich tue dir nichts«, sagte Hallie und kniete sich neben ihr hin.

»Bitte, tu etwas, damit sie mich nicht schnappen!« rief das Mädchen aus.

»Ja, gewiß«, sagte Hallie, der es gelang, einen Arm um sie zu schlingen. Allmählich legte sich das Zittern. Sie wußte, daß das Mädchen zu den Sträflingen gehören mußte und aus dem

Frachtraum entsprungen war. Und doch fragte sie sich, wie ein so junges Geschöpf eines Verbrechens fähig sein konnte. »Wenn du willst, daß ich dir helfe, wirst du mir sagen müssen, was dir fehlt«, sagte sie und strich dem Mädchen das verfilzte Haar aus dem Gesicht.

Das Mädchen starrte sie voller Entsetzen an, und Hallie fragte sich, was passiert sein konnte, wenn solche Gefühle ausgelöst wurden. »Bitte, sorg dafür, daß sie mich nicht wieder kriegen!« Sie schmiegte sich eng an Hallie und spürte die Sicherheit des Arms, der um sie geschlungen war. Hallie fragte sich, was sie tun sollte.

»Ich halte es keine einzige Nacht mehr aus«, wimmerte das Mädchen.

Hallie legte die Stirn in Falten. »Was hältst du nicht mehr aus?«

»Die Matrosen. Was sie mit mir tun.« Die Zähne des Mädchens klapperten immer noch.

»Was tun sie denn?« Untergangsstimmung senkte sich auf Hallie herab.

»Du weißt schon ... sie benutzen mich. Jede Nacht. Wenn ich das noch eine Nacht lang tun muß, stürze ich mich über Bord.«

Sie benutzen? Hallie hatte nur eine vage Vorstellung davon, was das hieß. Sie erinnerte sich an die zögernden, verlegenen Warnungen ihrer Mutter, was die Dinge anging, »die Männer gern mit einer Frau tun ... sie gehören zu den ehelichen Pflichten einer Frau. Es wird dir nicht immer gefallen, aber du wirst dich daran gewöhnen. Und du mußt es tun, um Kinder zu kriegen«.

Irgend etwas sagte Hallie, daß dieses »Es« das war, wovon das junge Mädchen sprach. Vielleicht würde Tristan es ihr sagen können. Mit Sicherheit konnte er die Kratzer auf dem Arm des Mädchens behandeln.

Hallie stand auf. »Ich hole einen Arzt. Ich bin gleich wieder da.«

Ein erstickter Laut entrang sich dem Mädchen, und sie riß die Augen vor Entsetzen weit auf. »Nein, nein, nein! Sag niemandem, daß ich hier bin.«

Hallie sagte: »Du kannst dich nicht für den Rest der Reise verstecken. Ich verspreche dir, daß ich mich um dich kümmern werde. Aber du brauchst einen Arzt. Es dauert nicht lang.«
Das Mädchen fing an zu weinen, und es klang wie das Wimmern eines verletzten Kätzchens. »Keinen Mann«, wimmerte sie.
»Doch«, sagte Hallie. »Einen sehr netten, gütigen Mann, der Sträfling ist, so wie du. Er wird dir bestimmt helfen. Das verspreche ich dir.«
Sie wartete keine weiteren Einwände ab, sondern eilte aus der Kabine und rannte durch den Gang zur Krankenstation. Tristan mischte gerade eine Flüssigkeit zusammen und sah auf, als sie eintrat. »Komm mit und stell mir keine Fragen«, sagte Hallie.
Tristan folgte ihr augenblicklich durch den Korridor und in ihre Kabine. Er warf nur einen Blick auf das Mädchen, ehe er Hallie fragend ansah.
»Sie versteckt sich hier. Ihr ist weh getan worden. Und sie fürchtet sich.« Mit gesenkter Stimme sagte sie: »Ich verstehe nicht, was ihr zugestoßen ist. Ich dachte, du könntest es sicher verstehen.«
Tristan murmelte besänftigend, als er auf das Mädchen zuging, das sich von seiner Stimme hypnotisieren ließ. »Und jetzt erzähl mir, was passiert ist«, sagte er, nachdem er ihren Arm verarztet hatte.
Das Mädchen blieb stumm. Tristan wandte sich an Hallie. »Was hat sie dir erzählt?«
»Daß die Matrosen sie ›benutzt‹ haben und daß sie das keine einzige Nacht mehr durchhält.«
Tristan schüttelte den Kopf, als hätte er verstanden, wovon Hallie sprach. »Wir werden etwas dagegen tun müssen«, sagte er zu dem Mädchen. Er sah sich in der winzigen Kabine um. »Hier ist es zu eng. Ich glaube, ich werde dem Kapitän sagen, sie sei zu krank, um mit den anderen auf engem Raum untergebracht zu werden. Ich werde ihm außerdem sagen, daß sie ... ach, daß sie irgend etwas hat, was für die Seeleute ansteckend sei. Ihm

sagen, daß sie in der Krankenstation untergebracht werden muß und daß du bereit bist, sie zu pflegen.«
Er sah zu Hallie auf. »Das bist du doch, oder?«
Hallie nickte. Wenn er sie aufgefordert hätte, über Bord zu klettern und zu versuchen, auf dem Wasser zu wandeln, hätte sie es auch probiert.
Dann fragte er das Mädchen freundlich nach seinem Namen.
»Beth«, antwortete sie mit bebender Stimme. »Elizabeth White.«
»Wie alt bist du?«
»Fünfzehn.«
Hallie hatte genau richtig geschätzt. Wie konnte ein Mädchen von fünfzehn Jahren zu sieben Jahren Gefängnis verurteilt und ans andere Ende der Welt geschickt werden?
Captain Dunsmere machte der Gefangenen noch nicht einmal Vorhaltungen, nachdem er ihre Verletzungen gesehen hatte. Er bedankte sich bei Hallie für ihre Bereitwilligkeit, sich um Beth zu kümmern. Daher zog sie wieder in die Krankenstation, um für die straffällige Fünfzehnjährige zu sorgen.
Als Hallie an jenem Spätnachmittag auf Deck ging, um sich den Sonnenuntergang anzusehen, folgte ihr Tristan. Sie lehnten sich an die Reling und beobachteten, wie sich die schräg einfallenden Strahlen erst golden, dann purpurn färbten, als die Sonne hinter dem Ozean versank. Eine Zeitlang sagte keiner von beiden etwas.
Dann schaute Tristan zum Horizont und fragte: »Glaubst du an Gott?«
Hallie sah schnell zu ihm auf. Niemand, den sie kannte, hätte eine solche Vorstellung je hinterfragt. Niemand hatte sie je gefragt, ob sie gläubig war; genaugenommen hatte sie niemand je gefragt, wie sie *irgend etwas* sah oder empfand.
»Ich weiß es nicht«, antwortete sie bedächtig. »Ich habe oft Angst davor gehabt, ich könnte in die Hölle kommen, weil ich manchmal Zweifel habe.«
»Dafür kommt man nicht in die Hölle, Hallie.« Er wandte sich

zu ihr um. »Was soll das für ein Glaube sein, der nicht hinterfragt werden darf?«

»Ich dachte, Glauben dürfte man nicht in Frage stellen.« Das war ein Punkt, der sie schon seit Jahren verwirrte, aber sie hatte das Thema bisher nie angesprochen, es nicht gewagt.

Tristan seufzte. »Ich bin auch verwirrt. Wenn es einen Gott gibt, dann geht Er wahrhaft geheimnisvoll vor. Er scheint selten auf der Seite derer zu stehen, die ich als gut, als moralisch erachte.«

Tristan hatte einen Ellbogen auf die Reling gestützt; jetzt streckte er den anderen Arm aus, nahm Hallies Hand, drehte die Handfläche nach oben und betrachtete sie, als könnten sich ihm dort die Geheimnisse des Universums erschließen. Dann sah er ihr in die Augen. »Wenn es einen Gott gibt«, sagte er, und seine Stimme war so leise, daß sie sich anstrengen mußte, um seine Worte zu verstehen, »was glaubst du dann, warum Er uns an diesem Zeitpunkt meines Lebens zusammengeführt hat?«

Hallie sah ihm fest in die Augen. So blieben sie lange stehen, und sie stellte fest, daß sie an nichts mehr dachte und daß es nichts anderes mehr auf Erden gab als den Ausdruck in Tristans Augen und seine Hand, die sich auf ihre Hand gelegt hatte. Dann führte er ihre Hand, ohne sie auch nur einen Moment lang aus den Augen zu lassen, an seine Lippen und küßte ihre Handfläche, streifte sie zart mit seinen Lippen, und Feuer entflammte in ihr.

In dem Moment hörten sie Stimmen, und obwohl niemand näher kam, ließ Tristan ihre Hand sinken, stützte sich wieder auf die Reling und starrte zum Horizont hinaus, der immer dunkler wurde.

Hallie wollte diesen Augenblick nicht enden lassen und suchte nach einer Möglichkeit, das Gespräch fortzusetzen. »Wenn es einen Gott gibt«, sagte sie, weil sie ihm zeigen wollte, wieviel sie sich aus ihm machte, »wie könnte Er dann zulassen, daß du zu sieben Jahren Gefangenschaft verurteilt wirst, weil du getan hast, was du für richtig hieltest?«

Tristan blieb lange stumm und rührte sich nicht. Dann sagte er: »Hiob.«

»Was meinst du?«

»Das Buch Hiob, in der Bibel.«

Aber er erklärte es ihr nicht, und Hallie verstand es nicht. Reverend Macauley hatte seine Gemeinde entweder nicht über Hiob aufgeklärt, oder Hallies Gedanken waren wie üblich während der Predigt abgeschweift.

»Liest du eigentlich?« fragte Tristan.

»Natürlich.« Hallie fühlte sich beleidigt. »Ich habe mein Leben lang gelesen. In meiner Familie sind alle Kinder zur Schule gegangen, bis wir zwölf waren. Dada hat gesagt, wir müßten lernen, die Bibel zu lesen.« Sie hätte ihm gern erzählt, daß sie die Klügste in der Klasse gewesen war, die Jungen mitgerechnet.

»Ach, Bildung ...« Sie merkte, daß Tristan lächelte, obwohl es jetzt dunkel war. »Die Geißel des Christentums. Denn wie sollte man nach der Bibel aufhören zu lesen? Wie gebietet man dem glühenden Verlangen nach Wissen Einhalt, wenn man erst einmal Geschmack am Lernen gefunden hat? Und wenn man erst anfängt, andere Dinge als die Bibel zu lesen, dann lernt man Dinge, die einen vieles hinterfragen lassen.«

Es klang ein bißchen schulmeisterlich, aber Hallie genoß es, ihm zuzuhören. Er war interessanter als ihr Lehrer. Als er sich zu ihr umwandte, mußte sie den Drang unterdrücken, die Hand auszustrecken und ihn zu berühren.

»Woran glaubst du, Hallie?« fragte er leise.

Die Frage überraschte sie. Sie dachte ein paar Minuten lang darüber nach und sagte dann: »Das ändert sich. Früher habe ich immer geglaubt, das Leben sei hoffnungslos, aber das glaube ich jetzt nicht mehr. Ich glaube allerdings, man kann nicht einfach darauf warten, daß sich im Leben etwas tut. Man muß bereit sein, wenn sich eine Gelegenheit bietet, und man muß sie ergreifen.«

»Was sonst noch, meine schöne Hallie?« Er streckte die Hand

aus und schlang sich eine ihrer langen Locken um einen Finger. »Glaubst du an ... die Liebe?«

Die Liebe ... »Ich liebe meine Familie. Ich liebe sie über alles.«

»Aber was ist mit einem Mann? Glaubst du an *die* Form von Liebe?«

»Ich hoffe, ich kann meinen Mann so weit respektieren und mögen, daß ich ihn lieben werde ... daß er meine Familie werden wird.« Aber sie wußte bereits, daß sie etwas für Tristan empfand, diesem Gefühl aber keinen Namen geben konnte. Im Moment war es stark. Sie hätte zu gern die Hand ausgestreckt und sie ihm auf den Arm gelegt, ihre Hand in seine gelegt und die Wärme gespürt. Sie hätte sich gewünscht, daß er ihr tief in die Augen sah, seine Arme um sie schlang und sie eng an sich zog. Solche Gefühle hatte sie nie gekannt. Ob das wohl etwas mit Liebe zu tun hatte? Ja, das glaubte sie schon. Aber das konnte sie ihm nicht sagen.

Statt dessen wechselte sie das Thema. »Warum bist du Arzt geworden?«

Seine Stimme klang erbittert. »Aus Liebe zur Menschheit, Hallie. Schlicht und einfach.« Sein Lachen war leise, aber rauh. »Aber das ist nicht gewürdigt worden. Von jetzt an kümmere ich mich nur noch um körperliche Belange und versuche nicht mehr, politisch zu helfen; die sogenannten spirituellen Belange fallen nicht mehr in mein Gebiet. Ich glaube, sollte ich meine Gefangenschaft je überleben, dann werde ich es mir gestatten, mich nur noch den einfachsten Vergnügungen hinzugeben, zum Beispiel Rosen züchten.«

»Rosen riechen wunderbar. Und sie machen einem das Leben so viel schöner.«

Tristan lachte. »Vielleicht ist das meine eigentliche Bestimmung.« Er streckte den Arm aus und nahm ihre Hand. Er drehte sie zu sich um. »Du weißt doch, was ich für dich empfinde, oder nicht?«

Hallies Herz setzte einen Moment lang aus ... und schlug dann so heftig, daß sie glaubte, er müßte es hören. Er bog ihr Kinn zurück und sah ihr tief in die Augen. »Du würdest Mr. Morgan niemals heiraten, wenn es mir freistünde, um deine Hand anzuhalten«, sagte er leise. Sein Gesicht kam näher, bewegte sich langsam auf ihr Gesicht zu, bis sie die Augen schließen mußte. Sachte berührte sein Mund ihre Lippen.

Er zog sie an sich, schlang die Arme um sie und seine Lippen ließen federleichte Küsse auf ihre Augen, ihre Wangen, ihren Hals regnen. Seine Nähe, die Berührung seiner Lippen und sein Atem in ihrem Ohr ließen ihren Körper zum Leben erwachen.

»Oh, du, meine Liebe«, murmelte er. »Nie wird sich jemand an dir messen können. Hallie, meine geliebte Hallie ... ich bin für immer dein, wo auch immer ich sein werde, da wirst du auch sein.«

»Ja«, rief sie aus und schlang ihm die Arme um den Hals.

Seine Hand legte sich auf ihre Brust und hielt sie fest, als er sich vorbeugte, um den Stoff zu küssen, der sie umschloß. »Du sollst wissen, daß du mein Herz versklavt hast, Hallie«, sagte er. »Ich werde weit mehr ein Gefangener der Liebe als ein politischer Häftling sein. Ich werde jede Nacht von dir träumen, dich ewig mit und in mir tragen. O Hallie ... meine Geliebte, Hallie.« Wieder legten sich seine gierigen Lippen auf ihre. »Lieb mich auch«, flüsterte er.

»Das tue ich«, erwiderte sie. »Und ich werde es immer tun.«

»Es ist mir unerträglich, dich gehen zu lassen«, sagte er und führte ihre Hand an seine Lippen. »Aber es bleibt mir nichts anderes übrig.«

Die Sehnsüchte, die er an jenem Abend in Hallie geweckt hatte, erstarben nicht. Später, als sie dalag und versuchte einzuschlafen, hörte sie sich selbst laut sagen: »Ich liebe Tristan.« Es war ein wunderbares Gefühl. In dem Moment kam sie gar nicht auf den Gedanken, daß sie bald mit einem anderen Mann verheiratet sein würde.

Sie hörte Beth im Schlaf schluchzen, streckte die Hand aus dem

Bett und nahm das junge Mädchen an der Hand. Sie hielten einander im Dunkeln fest, bis sie einschliefen.

Am folgenden Tag kam Land in Sicht – Neusüdwales, kaum mehr als ein Strich am Horizont.
»Dort«, sagte der Kapitän und deutete auf eine Stelle, »werden wir in den Hafen einlaufen. Zwischen diesen beiden steilen Klippen. Sehen Sie selbst, sie beschützen die Zufahrt zum Hafen, sie verbergen sie fast, meinen Sie nicht auch?« Zum ersten Mal seit fast vier Monaten sahen sie wieder Land.
Captain Dunsmere kündigte an: »Wir werden heute nacht hier vor Anker gehen und am Morgen in die Bucht von Sydney einlaufen.«
Das Land lag dunkelgrün in der Abendsonne da. Beidseits der Felsvorsprünge waren die Küsten, so weit das Auge sehen konnte, von schmalen Sandstränden gesprenkelt. Verkrüppelte Bäume schmiegten sich unter dem blauen Himmel, für den sich Hallie begeisterte, an die flachen Hügel. Wenn ihr auch bewußt war, welchen immensen Verlust die Landung mit sich bringen würde, so konnte sie doch den Adrenalinstoß nicht kontrollieren, der sie durchzuckte. Nach mehr als acht Monaten auf See sollte sie demnächst ihr Leben in einer neuen Welt beginnen.
»Ein willkommener Anblick, finden Sie nicht auch?« sagte der Kapitän und lächelte sie an.
Es war nicht so, wie sie es sich vorgestellt hatte. Hallie blickte auf das Land hinaus.
Der Kapitän paffte an seiner Pfeife und murmelte: »Er ist ein feiner Kerl, das kann man wohl sagen. Nicht so wie die anderen.«
Hallie spürte, wie das Blut in ihre Wangen strömte. »Wenn es nach mir ginge ...«
»Ich weiß, Sir«, sagte sie und sah ihn an. »Aber Sie waren ohnehin schon sehr freundlich.«
»Es ist leicht, nett zu Ihnen zu sein, Miss Thomas. Bei uns stößt man selten auf Frauen von Ihrer Sorte.«

Als der Kapitän sich entfernte, starrte Hallie auf die Einfahrt zum Hafen hinaus. Morgen, dachte sie, werde ich diese Durchfahrt passieren, die mich in eine unbekannte Welt führt, und ich werde nicht nur alles hinter mir lassen, was ich in England zurückgelassen habe, sondern die Liebe noch dazu.
Sie stand da und beobachtete die blutroten Strahlen, die am farblosen Himmel zu Purpur verblaßten.

4

Zwei Tage, ehe die CHARLESTON vor der Hafeneinfahrt vor Anker ging, schüttelte sich Chad Morgan, und Wassertropfen sprühten in der Sonne. Eine Gänsehaut überzog seinen Körper, als er sich mit einem rauhen Handtuch abtrocknete. Sein frühmorgendliches Bad in dem kalten Fluß hatte ihn belebt.
Nachdem er sich angekleidet und die Stiefel angezogen hatte, blieb er stehen, um sich das nahezu fertige Haus anzusehen. Fürs erste jedenfalls war es fertig. Er sah es mit der Zeit zweistöckig werden, und zu den bereits vorhandenen zwei Zimmern würden noch mindestens fünf oder sechs weitere hinzukommen. Selbst jetzt schon, fand er, war es von einer Anmut, die den Gebäuden auf den anderen Farmen fehlte. Es war aus dem hiesigen Sandstein erbaut, im georgianischen Stil, der in der englischen Architektur vorherrschend war, und es war ein längliches Haus – fast zwanzig Meter lang – mit hohen Decken. Eine Eingangshalle trennte das Wohn-/Eßzimmer vom Schlafzimmer. Zugegebenermaßen war die Küche winzig und schlecht belüftet, doch es wurde vorwiegend im Freien gekocht. Wie es hier üblich war, war die Küche, die kaum fünf Quadratmeter maß, nicht direkt an das Haus angebaut. Falls Hallie schreiben sollte, sie komme, würde er eine Küche bauen, die den Stunden, die eine Frau dort verbrachte, angemessen war.
Falls Hallie schrieb ... Er sollte eigentlich bald etwas von ihr

hören. Es waren jetzt gut eineinhalb Jahre her, seit er ihr geschrieben hatte, gerade so viel Zeit, daß sie seinen Brief hätte erhalten und antworten können, vorausgesetzt, sie hatte augenblicklich einen Antwortbrief geschrieben. Falls sie nicht längst verheiratet war. Falls sie den Mut besaß, ans andere Ende der Welt zu kommen.

Als er durch die Wiese auf das Haus zulief, das ihn mit solchem Stolz erfüllte, erinnerte sich Chad an die Hallie seiner Jugend, das Mädchen mit den feurigen Augen. Und doch war ihre Art immer sehr feminin gewesen. Ihre innere Unruhe zeigte sich nur in der Sehnsucht nach fernen Orten, in dem glühenden Wunsch, Newcastle zu verlassen. Sie war ein recht hübsches Mädchen gewesen, wenn auch zu dürr. Er hatte oft an sie gedacht, wenn er sie auch nur selten gesehen hatte. Sie hatte in ihm den Wunsch nach einer kleinen Schwester geweckt, nach jemandem, der wissenshungrig und formbar war und seine Interessen teilte.

Ihre flinke Auffassungsgabe hatte sie deutlich gezeigt, und er hatte ihre Abenteuerlust gespürt, wenn er es damals auch noch nicht so bezeichnet hätte. Für ihn, den Teenager, war sie ein Kind, und daher hatte er nie eine Frau in ihr gesehen, sondern jemanden, dem er mit Vergnügen das Reiten beigebracht hätte, jemanden, der aufblühen würde, wenn er ihm das Fenster zur Welt öffnete.

Damals wäre eine Freundschaft nicht in Frage gekommen. Sie entstammten verschiedenen Welten. Aber hier, in Neusüdwales, sah er seine Zukunft vielversprechend, und er hatte begonnen, an sie zu denken und sich zu fragen, was für eine Frau wohl aus ihr geworden war und ob sie verheiratet war und Kinder hatte. Er wollte eine Frau, die sich nicht vor Arbeit scheute, und somit schieden all die Frauen aus, die er zu Hause vielleicht geheiratet hätte. Ihm hätte eine Frau gefallen, die genug innere Stärke besaß, um für einen Neuanfang ans andere Ende der Welt zu reisen, eine Frau, die ihm viele Kinder gebären

würde. Er wußte auch, daß er eine Frau wollte, die das wollte, was er wollte.
Nachdem er sich entschieden hatte, sich hier fürs Leben niederzulassen und sein Glück zu versuchen, hatte er zwei Jahre damit zugebracht, sämtliche Neuankömmlinge nach potentiellen Ehefrauen abzusuchen. Die meisten Frauen, die kamen, waren natürlich Sträflinge – an sie war gar nicht zu denken. Die anderen jungen Frauen waren die Töchter von Offizieren oder Verwandte, die auf der Suche nach Ehemännern hergekommen waren, und im allgemeinen neigten sie zu Allüren und strebten ein bequemeres Leben als das an, welches sie zu Hause gekannt hatten. Nachdem er sich die meisten angeschaut hatte, konnte sich Chad noch nicht einmal vorstellen, kurz mit ihnen ins Bett zu springen, und noch viel weniger, sein Leben mit ihnen zu verbringen. Und dann, vor zwei Jahren, hatte er angefangen, an Hallie Thomas zu denken; zuallererst hatte er sich an die blauen Augen erinnert, die so gut zu der Schleife in ihrem goldblonden Haar paßten.
Zum ersten Mal hatte er sie gesehen, als sie acht war und er sechzehn. Das kleine Mädchen hatte die Hand ausgestreckt, den gesenkten Kopf seines Pferdes gestreichelt und ihm leise etwas zugemurmelt, und Verwunderung und Zärtlichkeit hatten in ihren Augen gestanden. Bei diesem Anblick war er geschmolzen und hatte sich gedacht, was für ein hübsches Bild die beiden doch abgaben. Zu dem Zeitpunkt hatte ihm nicht gedämmert, daß sie ein Mädchen war; er hatte nichts weiter als ein Kind mit einem Pferd gesehen.
Im Lauf der Jahre war ihm bei den wenigen Anlässen, bei denen er sie gesehen hatte, die unüberbrückbare Kluft zwischen den Begüterten und den Armen bewußt gewesen. Hallie trug ein und dasselbe Kleid, bis sie herausgewachsen war. Erst war es ihr viel zu groß, und sie wirkte plump und linkisch darin. Das trug sie dann, bis es fast aus den Nähten platzte. Es war immer frisch gewaschen, und Hallie machte stets einen ordentlichen Eindruck

und hatte sonntags eine Schleife im Haar, aber die Leute, die er kannte, trugen nicht tagein, tagaus dieselbe Kleidung, bis ihnen die Sachen nicht mehr paßten. Seine älteren Schwestern hatten Schränke voller Kleider, und manchmal zogen sie sich zwei- oder dreimal am Tag um.

Als sie von fernen Orten geredet hatten, Ländern, in denen ewig die Sonne schien, in denen es keine Kohlebergwerke gab und das Leben ein Abenteuer war, hatten Hallies Augen vor Sehnsucht gefunkelt. Er hatte sich vermutlich zu ihr hingezogen gefühlt, weil er der eigenen Unzufriedenheit mit seiner Welt Ausdruck verleihen konnte und einen Seelenverwandten gefunden hatte, wenngleich auch nicht aus seiner Gesellschaftsschicht. Als er schließlich auf den Gedanken gekommen war, sie zu sich zu holen, hatte er sich ausgemalt, wie dankbar sie sein würde – nicht nur, weil sie aus Newcastle fortgehen konnte, sondern auch, weil sie einen Mann heiraten würde, der weit über alles hinausging, was sie sich je hätte erhoffen können. Das hieß, falls sie nicht schon verheiratet war. Chad wurde klar, daß er ihr bisher nicht viel mehr bieten konnte als das, was sie als verheiratete Frau in Newcastle gehabt hätte. Sie würde hart arbeiten müssen, aber am Ende dieses Regenbogens lag Gold. Zwar würde sie seine zehn Sträflinge täglich bekochen müssen, aber eines Tages würde sie mehr Reichtum und Luxus kennenlernen, als sie es sich in England je hätte erträumen können. Und sie würde den Sonnenschein und die saubere Luft haben, nach der sie sich als Kind immer gesehnt hatte, die wunderbare Landschaft, die ihm täglich neuen Auftrieb gab. Er wußte mit Sicherheit, daß sie in diesem Land und Klima einen Teil der Erfüllung ihrer Wünsche sehen würde, falls sie die Frau war, auf die das Kind einen Hinweis gegeben hatte.

Es tat ihm nicht leid, daß er Indien verlassen hatte, um nach Neusüdwales zu gehen, und es tat ihm auch nicht leid, daß er auf sein Offizierspatent verzichtet hatte, um Grundbesitzer zu werden, wenn diese letzten Jahre auch noch so hart gewesen waren. Im Vergleich dazu, das Land zu roden, hatte es großen Spaß gemacht, das Haus zu bauen. Als er es jetzt ansah, war er voller Stolz.

Das Land, das er sich ausgesucht hatte, lag weiter entfernt von Sydney und Parramatta als die Grundstücke, die sich die meisten anderen ausgesucht hatten. Er wollte nicht nur fruchtbares Land haben, sondern die Weite, um expandieren zu können. Er faßte weit mehr als seine derzeitigen fünfhundert Morgen ins Auge, denn er hatte sich selbst in den letzten vier Jahren schon vergrößert und seine ursprünglichen zweihundertfünfzig Morgen verdoppelt. Und jetzt, nachdem William Bligh schmachvoll nach Hause geschickt worden war, schien Lachlan Macquarie, der neue Gouverneur, ein Mann mit Weitblick und großzügiger Denkweise zu sein. Es war an der Zeit, daß diesem Land ein Gouverneur zugewiesen wurde, der es seinem Ruhm und seiner Größe zuführen konnte. Chad hatte die Absicht, daran teilzuhaben.

Hinter dem Haus stand der Stall, in dem er die Pferde hielt, die sein ganzer Stolz waren. Sein eigenes Pferd, das er selbst zugeritten hatte, war während eines der spektakulären Gewitter von Neusüdwales geboren worden, und daher hatte er es Thunder genannt – ein großer kastanienbrauner Hengst, der schneller laufen konnte als jedes Pferd, das ihm je begegnet war. Ein Pferd mit Charakter und Seele, ein Pferd, das er liebte.

Er lächelte vor sich hin. Vielleicht war es das, was er von einer Frau wollte, einen Menschen mit Charakter und Seele. Er erwartete keine Liebe oder auch nur eine tiefe Gemeinschaft. Letzteres konnte er bei Männern weit leichter als bei irgendeiner Frau finden, aber er stellte es sich angenehm vor, eine Frau um sich zu haben, die verstehen konnte, was er wollte, was ihm gefiel und wovon er träumte. Er hatte Männer, mit denen er Karten spielen konnte, aber ihm gefiel es, sich auszumalen, einen Abend lang mit einer Frau Whist zu spielen und zu beobachten, wie sie freudig lächelte, wenn er ihr ein Geschenk mitbrachte.

Für ihn war wichtig, daß sie seine Absicht verstand, eine Dynastie zu gründen, die hundert, selbst noch zweihundert Jahre später ein Teil dieser Welt sein würde. Er lächelte vor sich hin, als er sie sich auf einem Schaukelstuhl vor dem Kamin vorstellte, wie sie in jedem Arm ein Kind hielt.

Es wäre ihm lieb gewesen, wenn er sie so weit attraktiv fand, daß es Spaß machen konnte, mit ihr ins Bett zu gehen. Von Lady Amelia Spencer, der besten Freundin seiner Mutter, war er in die Freuden der Sexualität eingeführt worden, als er gerade erst fünfzehn war. Diese Liaison hatte weit über zwei Jahre bestanden, und aus dem naiven jungen Knaben war ein kenntnisreicher Liebhaber geworden. Den Reiz und die Zügellosigkeit seiner ersten Erfahrung hatte Chad seitdem bei keiner Frau mehr erlebt, und von einer Ehefrau erwartete er so etwas nicht. Ein Teil der Faszination und des Feuers der ersten Liebe lag im Entschleiern von Geheimnissen. Die zwei Jahre in Indien hatten zu seiner Sachkenntnis beigetragen, und dort hatte er Erlebnisse gehabt, die ihn erstaunt und begeistert hatten, Erfahrungen, von denen er wußte, daß sie zu Hause in England nie möglich gewesen wären, doch sie waren ihm nicht so zu Herzen gegangen wie seine Einweihung durch Lady Amelia. Mit fünfzehn war er nicht in der Lage gewesen, Liebe und Schwärmerei voneinander zu trennen. Damals hatten die Feuer, die sie entfacht hatte, sowohl seine Seele als auch seinen Körper verzehrt. Jetzt kam er ohne das aus. Er wollte nichts, was ihn von seinem Weg hätte abbringen können, keine Frau mehr, die ihn verschlang und aussaugte. Er hatte das Gefühl, zwei Körper, die aufeinandertrafen, hätten nichts mit dem Zusammenkommen zweier Seelen zu tun, aber er glaubte auch, das gehörte nicht zu den Dingen, die er vom Leben erwartete oder nach denen er sich sehnte.

Und doch beherrschte ihn das, was er nicht sehen konnte, weit mehr, als er sich vorstellte. Nach dem Frühstück suchte er Archie, seinen Vorarbeiter, ebenfalls ein Sträfling, der von Anfang an bei ihm gewesen war. Wie fast alle Immigranten hatte Chad vor seiner Ankunft in Neusüdwales kaum etwas über den Ackerbau gewußt. Schafe hatte es auf dem Land im Umkreis von Newcastle durchaus gegeben, aber er kannte sich nicht mit ihnen aus. Was er über sie gelernt hatte, hatte er hier von anderen gehört und in dem Buch zur Tierhaltung nachgelesen, das er sich hatte kommen lassen. Jetzt schon hatte er Einwände gegen einige der Richtlinien.

Archie dagegen war auf einem Bauernhof außerhalb von London aufgewachsen, und er hatte ihm beigebracht, wie man Heu machte und Getreide anbaute. Was Pferde anging, wußte Chad mit fünfzehn schon mehr über die Zucht und das Zureiten, als die meisten Männer im ganzen Leben lernten.

Die beiden hatten gemeinsam sämtliche Arbeiten erledigt, bis Chad vor zwei Jahren die Voraussetzungen erfüllt hatte und ihm weitere Sträflinge zugeteilt worden waren, und von da an hatte Archie den Häftlingen vorgestanden. Er und Chad hatten ein Quartier für sie gebaut, eine richtige Baracke und nicht die übliche Lehmhütte oder das Zelt, das die meisten Bauern bereitstellten. Die Baracke war fertig gewesen und hatte bei ihrem Eintreffen schon für die Gefangenen bereitgestanden, mit richtigen Betten und einem Kamin für kalte Winterabende. Manche von ihnen hatten noch nie eine so bequeme Unterkunft gehabt. Chad erinnerte sich wieder daran, wie er sie am ersten Abend nach ihrer Ankunft um sich versammelt und sie an dem langen Tisch auf den Böcken hatte Platz nehmen lassen, den Archie und er gebastelt hatten. Er hatte abgewartet, bis sie ihr erstes Abendessen auf der Ranch zu sich genommen hatten, und dann, nachdem er ihnen persönlich den Kaffee serviert hatte, hatte er sich vor sie hingestellt und gesagt: »Ich weiß, daß keiner von euch je mit Ackerbau oder Viehzucht zu tun gehabt hat. Ich weiß, daß keiner von euch hier sein will.« Gemurmelte Zustimmung war ertönt, und er hatte sich gefragt, worauf er sich da eingelassen hatte. Sie machten den Eindruck eines störrischen, ungehobelten Haufens.

Er war fortgefahren: »Ihr wißt, daß ihr bei Sonnenaufgang anzufangen und acht Stunden zu arbeiten und genau zu tun habt, was ich euch befehle. Danach braucht ihr überhaupt nicht mehr zu arbeiten, aber ihr könnt auch weitere Arbeiten übernehmen, für die ich euch entweder in Bargeld oder in Rum bezahlen werde. Ihr dürft euch auch andere suchen, für die ihr in eurer freien Zeit gegen Geld arbeiten könnt.« Er belehrte sie über ihre Rechte, aber er wußte, daß es niemanden in der Nähe gab, für den sie hätten arbeiten können. Sydney lag einen anstrengenden Tagesritt entfernt, wenn man ein gutes Pferd nahm, mit einem Wagen mehr als eineinhalb Tage. Parramatta war halb so weit. »Aber bei Sonnenuntergang habt ihr hierzusein, in eurer Baracke. Ihr wißt und ich weiß, daß ihr Schläge oder Peitschenhiebe bekommen könnt, wenn ihr es unterlaßt, meine Befehle zu befolgen.« Er hielt inne und sah die Männer an. Einer von ihnen hatte bitter gelacht. Die Lampe flackerte und warf die tanzenden Silhouetten des bunt zusammengewürfelten Haufens an die Wand. Ich werde sie dazu bringen, sich täglich zu rasieren, dachte Chad. Ich werde dafür sorgen, daß ihnen nicht egal ist, wie sie aussehen.

Er setzte sich an das Kopfende des Tischs und schlug die Beine übereinander. »Ich habe noch nie erlebt, daß Hiebe abschreckend wirken. Ich werde euch weder schlagen noch auspeitschen.« Er hatte beobachtet, wie die Männer einander angrinsten. »Aber ich erwarte ein gutes Tagwerk. Ich werde nicht von euch verlangen, daß ihr härter arbeitet als ich. Aber wenn ich mit eurer Arbeit nicht zufrieden bin, werde ich euch zu dem Oberaufseher über die Gefangenen zurückbringen, und er wird euch zweifellos irgendeinem Herrn zuteilen, der euch auspeitscht.« Einen Moment lang fragte er sich, ob er eine leere Drohung ausstieß.

»Von mir könnt ihr lernen, wie man Land bestellt, wie man schwer arbeitet, wie man rodet und anpflanzt, baut und stolz auf sich selbst sein kann, damit ihr, wenn es soweit ist und ihr

frei seid, eure fünfzig Morgen nehmen und mit Erfolg bestellen könnt, um nie mehr in das Leben zurückzufallen, das euch hierhergeführt hat.«
Chad hatte sich eingestanden, daß er wahrscheinlich seinen Atem verschwendet hatte, aber er glaubte so glühend an das, was er sagte, daß er es einfach nicht lassen konnte, es auszusprechen. Wenn diese Kolonie sich auf Sträflinge und deren Arbeit gründen sollte, dann empfand er es als einen Teil seiner Berufung, sie dahin zu bringen, daß sie sich aus eigener Kraft etwas aufbauen konnten. Er hatte nie daran geglaubt, daß sich etwas erreichen ließ, wenn man nicht einsatzbereit und stolz auf sich selbst war, und er hatte die Absicht, jedem, der bereitwillig war und hart arbeitete, dieses Gefühl einzuflößen. Er hatte keine Ahnung, daß er ein Träumer war. In seiner Vorstellung und nach Meinung derer, die ihn kannten, war er ein vernünftiger, nüchterner Realist.
Natürlich hatten sich die Sträflinge nicht alle bewährt. Einer war geflohen, zehn Tage später von Soldaten aufgegriffen und bewußtlos geschlagen worden und dann auf Norfolk Island geschickt worden, denn dort war jede Flucht unmöglich. Ein anderer hatte eine Abneigung gegen jede Form von Arbeit und war zu allem Überfluß auch noch übellaunig und unangenehm. Doch acht von den ursprünglichen zehn waren heute noch bei ihm, und dazu kam natürlich noch Archie, und es hatte sich eine Form von kameradschaftlichem Umgangston herausgebildet. Chad nahm das Mittagessen und das Abendessen zusammen mit den anderen ein, aber das Frühstück nahm er gern allein zu sich. Bei den Mahlzeiten wurde viel gelacht, und niemand erhob Einwände gegen das Fluchen, das einen festen Bestandteil ihrer Gespräche bildete. Da ihnen keine Frauen zur Verfügung standen, hatte Chad den Verdacht, daß sie ihre eigenen Mittel hatten, ihr sexuelles Verlangen zu stillen. Archie hatte ihm gesagt, er ziehe es vor, nicht in der Baracke zu schlafen, sondern er verbringe seine Nächte lieber im Stall, wo er sich neben der Box der Kuh ein Lager aus Stroh bereitete.

Als er Archie und die anderen Häftlinge nach dem Frühstück aus der Baracke kommen sah, eilte Chad ihnen entgegen. Die Männer teilten sich in verschiedene Grüppchen auf – eins würde weitere Zäune bauen, ein anderes Bäume fällen, um das nächste Stück Land zu roden, ein drittes ein Feld pflügen und es für das Saatgut vorbereiten, und wieder andere würden sich zum Brennofen begeben. Chad nahm Archie zur Seite und sagte: »Ich fahre nach Sydney.« Er fühlte sich nicht gezwungen, eine Erklärung dafür abzugeben. Ihm war selbst nicht klar, daß es keine Erklärung dafür gab. Er sagte sich, er wollte nachsehen, ob schon ein Brief von Hallie gekommen war, aber gleichzeitig dachte er sich, er würde den Wagen und die Ochsen mitnehmen und nicht sein Pferd, damit er Waren transportieren konnte, falls etwas für ihn eingetroffen war. In den letzten zwei Jahren hatte er verschiedene Notwendigkeiten bestellt, und bislang war noch nichts davon gekommen.

Als er sich auf den Weg nach Sydney machte, konnte Chad sich beim besten Willen nicht erklären, warum er so fröhlich war. Was ist, wenn Reverend Macauley geschrieben hat, daß sie bereits verheiratet ist? fragte er sich.

Graugrüne Zwergbäume mit breiten Kronen, die mit nichts Ähnlichkeit aufwiesen, was Hallie je gesehen hatte, wuchsen auf den Kämmen der niedrigen Hügel und zogen sich beidseits des Hafens bis zur Küste hinunter. Sogar schon so früh am Morgen tanzte die Sonne silbrig auf dem böigen Meer. Kreischende Möwen kreisten über ihnen und folgten den Schiffen. Der blaue Himmel war so klar, daß Hallie sich fragte, ob sie durch das Universum hindurchschaute. Eine kleine weiße Wolke zog eilig nach Süden.

Es war alles so schön, dachte sie versonnen – und so leer, wenn man nicht in der Lage war, es gemeinsam mit dem einen Menschen zu erleben, den man liebte. Nie hätte sie sich ein so starkes Gefühl vorstellen können wie ihre Empfindungen für Tristan, noch nicht einmal ihrer Familie gegenüber. Wenn es möglich gewesen wäre, hätte sie mit ihm getauscht. Gestern abend hätte sie gern laut ausgerufen, daß sie auf ihn warten würde. In fünfeinhalb Jahren würde er frei sein.

Aber wie sollte sie sich fünf Jahre lang ernähren? Selbst in England hätte sich das nicht machen lassen. Außerdem wußte sie, daß er nicht auf ihr Flehen gehört hätte. Es war ein romantisches Unding.

Selbst während sich ihre Gedanken noch um Tristan drehten, sah sie vor sich Gebäude, die dicht an einen Hügel gebaut waren, und ihr wurde klar, daß sie ein neues Leben begann. Das nächste Leben. In diesen vielen Monaten an Bord hatte sie wahrhaft ein Leben begonnen und beendet. Wenn der Verlust Tristans sie auch zerriß, dann konnte sie doch ihre Aufregung nicht unterdrücken, als sie auf dieses aufregende neue Land hinausblickte. Beidseits des Hafens ragten felsige, bewaldete Hänge auf, mit dichtem dunkelgrünem Gestrüpp bewachsen. Links lag ein schmaler Sandstrand, rechts sah sie die Klippen aus Sandstein. Da und dort lagen winzige Inseln, und an jede Biegung schmiegten sich einladende kleine Buchten. Der Hafen wurde unregelmäßig schmaler und wieder breiter. Hallie vermutete, daß die felsigen Klippen an der Küste drei bis sechs Meter hoch waren; dahinter folgten Gras und niedrige Bäume und gelegentlich eine Palme, die sich sachte im Wind wiegte. Von der Hafeneinfahrt zu dem runden Kai, an dem Sydney Cove aus dem Boden geschossen war, waren es gut zehn Kilometer.

Als das Schiff um einen Vorsprung bog, sah Hallie eine imposante Villa zu ihrer Linken auf einem Hügel stehen, allseits von Wäldchen und sanft abfallenden grünen Wiesen umgeben. Es war das größte und majestätischste Wohnhaus, das sie je gesehen hatte. Sie wußte es zwar nicht, aber die Flora aus England und Südafrika hatte sich jetzt schon prächtig an den Boden dieses neuen Landes angepaßt, und die hiesigen Feigenbäume waren so groß und ausladend, daß sie mit ihren langen, dichtbelaubten

Ästen auf den Boden reichten und neue Wurzeln schlugen. Solche Bäume hatte sie noch nie gesehen. Wie überall auf diesem ganzen, weiten Kontinent handelte es sich bei den meisten Bäumen um verschiedene Eukalyptusarten, die hier Gummibäume genannt wurden: große silbriggrüne Bäume, deren zähe Rinde sich von den Stämmen löste und in zerfetzten Streifen herunterhing. Hallie wußte noch nicht, daß es immergrüne Bäume waren, die nie kahl wurden und immer ein wenig zerzaust wirkten. Die Luft roch nach ihnen, ein frischer, kampferartiger Duft, der sich jeder Beschreibung widersetzte und so ganz anders als in England war. In der Ferne standen längliche, rechteckige Gebäude mit roten Dächern auf den Hängen über der Stadt. Rechts ragte eine Windmühle über ihnen auf, deren Flügel sich im leichten Wind drehten. Wenn etwas wie das exakte Gegenteil von Newcastle hätte aussehen können, dann war es Sydney Cove, dachte sie. Fast zwei Stunden, nachdem sie vom offenen Pazifik in den geschützten Hafen eingelaufen waren, drehte die CHARLESTON nach links ab, an der Landspitze vorbei, die in den Bennelong-Hafen ragte, benannt nach dem Ureinwohner, der etwas Englisch gelernt hatte und schon in London gewesen war. Hallie wußte selbst nicht, was sie erwartet hatte, aber jedenfalls nicht das, was sie vor sich sah. Sydney wirkte in seinem zweiunddreißigsten Jahr bereits baufällig. Gebäude, die noch keine zwanzig Jahre alt waren, wiesen Verfallserscheinungen auf; die Straßen verliefen wirr und ohne jede schematische Planung. Die Bewohner des neuen Landes hatten schon früh gemerkt, daß der Sandsteinboden nicht fruchtbar war; alle Farmen hatten sich zwanzig Meilen flußaufwärts verlagert, ans westliche Ende des Hafens, nach Parramatta. Die ursprünglichen Bäume waren gerodet worden, und Häuser aus Sandstein – den man überall am Hafen auf den Klippen fand –, elegante Ziegelbauten und schmucke weißgetünchte Holzhäuser mit roten Dächern waren gebaut worden, im allgemeinen im georgianischen Stil. Dennoch wirkte die Stadt schäbig und staubig. Da und dort sah Hallie eine vereinzelte Geranie zwischen dem Unkraut in den Gärten der Häuser aufragen. Am anderen Ende der Küste vermittelten baufällige, verkommene Lagerhäuser den Eindruck von Slums. Fast alle Gebäude waren in der Nähe des Hafens entstanden; hinter der Stadt konnte Hallie Bäume und eine hügelige Landschaft sehen.

In den zweiunddreißig Jahren, seit Neusüdwales von Weißen bevölkert war, waren fünf Siedlungen aus dem Boden geschossen. Sydney und das nahe gelegene Parramatta waren Regierungssitz, aber beide Ortschaften waren auch als Sträflingssiedlungen gegründet worden. Der neue Gouverneur, Lachlan Macquarie, der dieses Jahr, am 1. Januar 1810, eingetroffen war, teilte sich die Zeit zwischen seinen Häusern in den beiden Städten gleichmäßig auf. Im Norden war am Hawkesbury River bereits eine ländliche Siedlung mit neunhundertsiebenunddreißig Einwohnern gegründet worden, und eine kleinere bäuerliche Ortschaft am Camden lag eine halbe Tagesreise südlich von Parramatta. Weit im Norden lag die Sträflingskolonie am Coal River. 1810 hatte Neusüdwales zehntausendvierhundertvierundfünfzig Einwohner, und etwa dreiundfünfzig Prozent davon machten erwachsene Männer aus. Zu der Bevölkerung zählten die Sträflinge, eintausendeinhundertzweiunddreißig Männer, einhunderteinundfünfzig Frauen und einhundertvierundfünfzig Kinder.

Ich muß Tristan vergessen, sagte sich Hallie, oder ich ruiniere mein neues Leben. Sie hatten beide von Anfang an gewußt, daß es nicht sein konnte. Ich darf meinem Herzen nicht folgen, dachte Hallie. Ich muß mir immer wieder sagen, daß das vom heutigen Tage an ein neues Leben ist. Deshalb bin ich hergekommen. Was sie mit Tristan erlebt hatte, war kurz und vergänglich gewesen. Sie wußte, daß sie nie wieder so stark für einen Menschen empfinden würde, aber sie versuchte auch, vernünftig zu sein. Es war zwecklos, sich wegen etwas zu quälen, das niemals sein konnte. Sie war hergekommen, um Ehefrau und Mutter zu sein, und sie würde eine gute Frau und Mutter sein. Sie würde nicht zulassen, daß Gefühle ihr Trachten im Leben ungünstig beeinflußten.

Ihr Herz spielte nicht so brav mit, wie sie es sich gewünscht hätte. Und doch riß sie die Spannung mit, als sie das Land näherkommen sah, einen aufregenden neuen Kontinent, auf den sie sich einließ. Eine Menschenmenge versammelte sich am Strand. Zum ersten Mal, seit sie beschlossen hatte, herzukommen, packte Hallie die Furcht. Jetzt gab es keine Umkehr mehr, keine Sicherheit, nichts Vertrautes. Das war es jetzt, für ihr ganzes Leben.

Die CHARLESTON ging vor Anker, und hinter ihr segelten die drei anderen Schiffe langsam in Sichtweite. Die Gefangenen würden in ihren Quartieren festgehalten, bis die zahlenden Passagiere sich ausgeschifft hatten und die Ladung des Frachtschiffs gelöscht worden war. Jetzt schon wurden kleine Boote zu Wasser gelassen, um die Passagiere an Land zu bringen. Hallie fragte sich, was sie tun sollte, wenn Chad nicht dort war, um sie abzuholen. Wie sollte sie ihn benachrichtigen? Wo lebte er überhaupt? Ob er wußte, daß das Schiff anlegte und daß sie an Bord war?

»Wollen Sie als eine der ersten an Land gerudert werden?« fragte Captain Dunsmere. »Wir werden Mr. Edwards zu Ihrem Schutz mitschicken.«

Warum sollte sie Schutz brauchen? fragte sich Hallie.

Sie und fünf andere weibliche Passagiere waren gemeinsam mit zwei Ehepaaren in einem der drei ersten Boote, die an Land ruderten. Menschen drängten sich am Strand und winkten und riefen unverständliche Begrüßungen. Vor den Büschen zur Linken bemerkte Hallie drei schwarze Männer mit Speeren. War es das, wovor sie Schutz brauchte?

Als sich das Boot dem Kai näherte, ließ sie ihren Blick über die Menge gleiten und hielt nach einem Erkennungszeichen Ausschau. In der Bucht wimmelte es von kleinen Segelschiffen, und derbe Kanus wurden zur TIGARD und zur THESEUS gepaddelt, die noch nicht angelegt hatten. Ein Lastkahn fuhr auf das Frachtschiff zu.

Wenn die Stadt auch heruntergekommen wirkte, so fand Hallie doch, daß sie einen aufregenden Anblick bot. Die gerodeten grünen Streifen Land, die von dichten Bäumen umgeben waren, begeisterten sie. Zwischen den Häusern war Raum, und alles sah blitzsauber aus – keine Spur von Staub oder Ruß war zu sehen. Der Himmel war, im Gegensatz zu Newcastle, klar und leuchtend blau; die Sonne schien so hell, wie sie es aus England nicht kannte.

Ein grellroter Vogel mit leuchtendgrünem Schnabel und knallgrüner Brust erschreckte Hallie, als er dicht an ihr vorbeiflog, und sie zuckte zusammen und wäre fast im Wasser gelandet, als das kleine Boot sich der Küste näherte.

Ich bin am anderen Ende der Welt, dachte sie. Ich kenne in diesem ganzen Land nicht eine Menschenseele, und wenn ich bei Verstand wäre, würde ich mich fürchten. Oder ich wäre wenigstens nervös. Statt dessen prickelte sie vor Spannung und Abenteuerlust.

Im letzten Moment eilten Männer herbei, um das Boot auf den Strand zu ziehen, damit die Frauen aussteigen konnten, ohne naß zu werden. Zwei Männer rannten aus der Menschenmenge auf ihre Frauen zu. Hallie und die anderen jungen Frauen standen im Halbkreis da und ließen ihre Blicke über die Menge gleiten.

Plötzlich sah sie ihn. Bis dahin hatte sie sich noch nicht einmal daran erinnern können, wie Chad aussah, doch in dem Moment, in dem sie ihn sah, wußte sie, daß das der Mann war, mit dem sie sich auf Gedeih und Verderb zusammengetan hatte. Er war größer als die anderen, und seine breiten, kräftigen Schultern und sein ledriges, braungebranntes Gesicht ragten über die Menschenschar auf. Er war tatsächlich einer der größten Männer, die Hallie je gesehen hatte. Das hatte sie nicht so in Erinnerung

gehabt. Aber sie erkannte das Gesicht wieder, das in ihrem Gedächtnis nicht mehr existiert hatte.
Sie sah, wie seine grauen Augen langsam von einer Frau zur anderen glitten und einen Moment lang auf ihr ruhten, ehe er sich weiter umsah. Sein Blick fiel wieder auf das Schiff und die beiden anderen Boote, die Passagiere an Land brachten. Wieder sah er sie an, und wieder wandte sich sein Blick den einlaufenden Booten zu. Er erkannte sie nicht.
Vielleicht ist es gar nicht Chad, dachte sie, doch jeder Instinkt sagte ihr, daß er es war. Sie wußte nicht, wie sie ihn wiedererkannt hatte. Er sah nicht aus wie jemand, den sie schon einmal gesehen hatte. Sein braunes Gesicht, das von den Jahren in der Sonne bereits zerfurcht war, wies scharfe Konturen auf, als hätte sein Profil in Stein gemeißelt werden sollen. Er sah nicht aus wie der blasse, ordentliche englische Junge, der er gewesen sein mußte, als sie ihn gekannt hatte. Er setzte sich einen abgewetzten breitkrempigen Hut auf, um seine Augen gegen die Sonne zu schützen, und Hallie sah ihn wieder blinzeln, als er mit zusammengekniffenen Augen den Booten entgegensah, die jetzt an Land kamen. Sechs weitere Frauen stiegen am Strand aus.
Hallie bemerkte, daß sein Blick kurz über das Grüppchen glitt und dann wieder zu ihr zurückkehrte. Diesmal sah er ihr länger in die Augen. Nichts wies darauf hin, daß er sie wiedererkannte, aber er lächelte und legte die Hand an den Hut. Hallie freute sich. Er erkannte sie nicht, aber sie konnte spüren, daß sie ihm gefiel. Sie würde still dastehen und abwarten, bis er wußte, wer sie war. Sie würde stehenbleiben und ihn anstarren, damit er sie jedesmal, wenn er in ihre Richtung sah, zur Kenntnis nehmen mußte.
Natürlich erkannte er sie nicht wieder. Er hatte noch nicht einmal die Nachricht erhalten, daß sie kam, daß sie seinen Antrag angenommen hatte. Er konnte beim besten Willen nicht wissen, daß sie an Bord der CHARLESTON sein würde. Und mit fast achtzehn hatte sie gewiß keine Ähnlichkeit mehr mit dem elfjährigen Mädchen, das er in Erinnerung hatte.

Plötzlich drängte sich die Menschenmenge vor, strömte ihnen entgegen, und Männer streckten die Hände aus, machten lüsterne Anspielungen, betatschten sie. Mr. Edwards versuchte, sie zurückzudrängen. In der nächsten Gruppe, die am Strand ankam, fing eine junge Frau an zu weinen. Hallie zuckte zurück, und ein langer Arm streckte sich vor sie, und der Ellbogen rammte sich ins Gesicht des Mannes, der sie lüstern ansah und stieß ihn zwischen die anderen zurück. Sie blickte auf. Chad sah lächelnd auf sie herunter und grinste schief, aber freundlich. Immer noch schien er sie nicht zu erkennen.

»Kommen Sie ...« Er packte sie an der Hand und bahnte sich einen Weg durch die Menge. Als sie die Meute hinter sich gelassen hatten, aber immer noch auf dem Strand standen, ließ er ihre Hand los und zog den Hut. Er verbeugte sich leicht und sagte: »Chad Morgan, stets zu Ihren Diensten, Ma'am.«

Sie lächelte. »Chad, ich bin Hallie.«

Er starrte sie lange an und brach dann in schallendes Gelächter aus. Er verdrehte die Augen zum Himmel und salutierte kurz. »Ich habe dich nicht erwartet«, sagte er. »Ich hatte auf einen Brief gehofft, in dem du mir schreibst, daß du kommst.« Dann trat ein Grinsen auf sein Gesicht. Er nahm sie an den Händen und trat zurück, um sie anzusehen. »Ich hätte dich niemals wiedererkannt.«

Sie konnte ihm ansehen, daß er sich freute. Sie freute sich auch. Plötzlich überkam sie die Schüchternheit. Hier stand der Mann, mit dem sie sich entschieden hatte, ihr Leben zu verbringen, und sie kannte ihn überhaupt nicht. Seine zuvorkommende Art bezauberte sie, aber seine Körpergröße schüchterte sie ein. Er war knapp einsneunzig, jedenfalls mindestens einen Meter achtundachtzig, und seine Schultern waren breit. Er machte einen robusten Eindruck, nicht wie ein britischer Gentleman, und doch war das Strahlen seiner Augen beruhigend, wenn ihnen auch die Zärtlichkeit von Tristans Augen fehlte ... Hallie schüttelte den Kopf; das durfte sie sich nicht antun.

Chad bemerkte es. »Stimmt etwas nicht?« fragte er.
»Es ist alles in Ordnung«, sagte sie, doch sie merkte selbst, daß ihre Stimme gedämpft klang. »Ich habe dich schon erkannt, als ich an Land gekommen bin. Und ich hätte nicht geglaubt, daß ich mich noch an dich erinnern kann.«
»Du hattest keine Erinnerung mehr an mich?« fragte er, und der Kummer war deutlich aus seiner Stimme herauszuhören. »Und trotzdem bist du gekommen?«
»Oh, ich erinnere mich durchaus noch an dein Pferd und an den Ausritt, auf den du mich mitgenommen hast.«
»An mein Pferd?« sagte er, als rede er mit sich selbst. Dann lachte er wie über einen Witz, den kein anderer versteht. »Ich dachte, du seist vielleicht schon verheiratet.«
Als sie nicht darauf einging, sagte er: »Ich bringe dich jetzt ins Hotel, und dann komme ich noch einmal zurück, um dein Gepäck zu holen.«
»Ich habe nur einen Koffer«, sagte Hallie, die neben ihm herlief. Von der Straße wirbelte Staub um ihren Rocksaum auf, aber das Kleid war schon so lange nicht mehr gewaschen worden, daß es keine Rolle spielte. Hallie merkte, daß sie schwankte, und sie legte die Hand auf Chads Arm, um das Gleichgewicht wiederzufinden. Chad sagte: »Du wirst dir noch eine Weile so vorkommen, als seist du nach wie vor auf dem Schiff.«
Die Menge am Strand war immer noch ungestüm, während Ruderboote weitere Passagiere brachten. »Ich muß mich für das Hotel entschuldigen, aber es ist das einzige in Sydney«, sagte Chad, als sie durch die nahezu menschenleere Straße zum Westufer liefen.
Das Hotelzimmer war tatsächlich schäbig, aber Hallie hatte zum ersten Mal in ihrem Leben ein Zimmer für sich allein. Das Bettzeug war sauber und sehr weiß. Durch das kleine Fenster konnte sie den Hafen sehen.
Chad ließ sie zurück und begab sich noch einmal zum Schiff, um ihren Koffer zu holen, und als er wiederkam, war die Mit-

tagszeit schon vorbei. »Ich bin in die Stadt gekommen, um ein paar Einkäufe zu erledigen«, erklärte er, als sie im Boars's Head zu Mittag aßen. Hallie war vorher noch nie in einem Lokal gewesen. »Ich hatte keine Ahnung, daß ein Schiff kommt. Daher habe ich den Wagen dabei. In einem Tag schaffen wir es nicht nach Hause.« Er wandte den Blick ab, schaute auf seinen Teller und sagte: »Möchtest du vielleicht mit dem Heiraten noch ein wenig warten und mich besser kennenlernen, damit du auch sicher bist, daß du es willst?«

Oh, dachte Hallie, wenn ich Tristan nie kennengelernt hätte, gäbe es niemanden, den ich lieber heiraten würde. Ihr gefiel, wie er die Dinge in die Hand nahm. Ihr gefiel, wie er aussah. Ihr gefiel seine Stimme – sie klang wie Wasser, das in einem Bach über Steine plätschert. Sie wußte, daß sie nie für irgend jemanden empfinden würde, was sie für Tristan empfand, aber diese Form von Liebe hatte nichts mit der Ehe zu tun. Tristan konnte sie niemals haben. Sie war ans andere Ende der Welt gekommen, um diesen Mann zu heiraten.

»Ich bin hergekommen, um dich zu heiraten«, sagte sie. Er sah von seinem Teller auf. »Ich sehe keinen Grund, es noch hinauszuzögern. Ich bin bereit.«

5

Am Nachmittag nahm er sie zum Einkaufen mit. Sie gingen zum Schmied, und dort kaufte Chad Nägel und Werkzeug. Er hielt es für das Beste, bis zum Morgen zu warten, wenn die frisch eingetroffenen Waren von den Schiffen abgeladen worden waren, ehe er seine Einkäufe erledigte. Mit etwas Glück waren die Tiere und das Saatgut, das er bestellt hatte, an Bord.

Chad erklärte, mit dem Wagen liege die Farm eineinhalb Tagesreisen entfernt in einer der »reizvollsten Landschaften auf Erden. Das Haus ist bis jetzt nichts Besonderes, aber das wird es noch werden. Im Moment hat es nur zwei Zimmer, aber«, sagte er mit strahlenden Augen, »eines Tages wird es zwei Stockwerke und jede Menge Zimmer haben. Jedes unserer Kinder wird ein eigenes Zimmer haben, und es wird ein Eßzimmer geben und eine Küche, eine Bibliothek und einen Ballsaal ... Aber im Moment ist es noch nicht allzu groß. Immerhin ist es nicht, wie so viele andere, eine Lehmhütte. Archie und ich haben ein Jahr, wenn nicht sogar länger, in einer Lehmhütte gewohnt.«

»Wer ist Archie?« fragte Hallie und verschlang die letzten Bissen ihres Abendessens. Chad gefiel das vielleicht nicht so gut, aber nachdem sie fast ein Jahr lang nur die schale Schiffskost vorgesetzt bekommen hatte, fand sie dieses Essen – wenn schon nicht köstlich – wenigstens zufriedenstellend.

»Archie ist ein Sträfling«, erzählte ihr Chad. »Ich habe ihn schon seit vier Jahren. Er ist mein Vorarbeiter.« Nachdem er einen Moment gezögert hatte, fügte er hinzu: »Und mein Freund.«

»Was soll das heißen, du hast ihn? Werden Sträflinge denn nicht in Gefängnissen untergebracht?« *O Tristan, wo wirst du sein?*

»Oben am Coal River und auf Norfolk Island, ja. Aber die Siedler brauchen Hilfe. Die gefährlichsten Verbrecher werden ins Gefängnis gesteckt, zum Beispiel die Mörder ...«

»Was ist mit Verrätern?« unterbrach ihn Hallie.

»Verräter?« Chads Gabel stockte mitten in der Luft. »Ich kann mir nicht vorstellen, daß man die herschickt. Man würde sie in England hängen. Aber mit Sicherheit kämen sie ins Gefängnis. Es wäre gefährlich, sie frei herumlaufen zu lassen.« Er aß weiter. »Ein Siedler kann darum ersuchen, Sträflinge als Hilfskräfte zugewiesen zu bekommen. Genauso, wie er einen Antrag auf die Zuteilung von Land stellen kann. Das letzte Wort hat der Gouverneur. Ich besitze jetzt fünfhundert Morgen, und daher wird mir eine Anzahl von Sträflingen zugestanden. Ich habe neun, Archie mitgerechnet.«

»Was ist, wenn sie weglaufen?« fragte Hallie. Sie verstand nicht,

wieso ein Sträfling freiwillig dableiben sollte, wenn keine Gitterstäbe seine Flucht behinderten.
»Sie könnten nirgends hingehen. Nirgends gibt es etwas zu essen oder eine Unterkunft. Und außerdem wird die Haftstrafe verlängert, wenn ein entflohener Gefangener geschnappt wird, und wahrscheinlich würde er an den Coal River oder auf Norfolk Island geschickt. Oder nach Van Diemens Land. Dort will niemand hingeschickt werden.«
Er schnitt sein Kotelett, und Hallie fiel auf, daß er feine, ausdrucksvolle Hände hatte. Lange schmale Finger, die aussahen, als gehörten sie in einen Salon, und nicht, als seien sie für harte körperliche Arbeit geschaffen. »Und außerdem«, fuhr er fort, »lebt man hier als Sträfling gar nicht so schlecht. Mit Sicherheit sind sie hier besser dran als in England. Es ist Vorschrift, daß ein Sträfling bei Sonnenaufgang anfängt und acht Stunden arbeitet. Dann kann er entweder gegen Lohn weiterarbeiten oder faulenzen. Ich muß ihnen eine Unterkunft und Essen und Kleidung zur Verfügung stellen – für sie sorgen. Wenn ihre Zeit abgelaufen ist, können sie entweder nach England zurückgehen oder – was vorteilhafter für sie ist – einen Antrag auf fünfzig Morgen Land und Lebensmittel und Saatgut für achtzehn Monate stellen und sich als freie Männer niederlassen.«
»Tun das viele?«
Chad sah sie an, schaute ihr in die Augen und ließ den Blick auf ihren Lippen verweilen. Hallie fühlte sich gehemmt und schaute mit gesenkten Lidern auf den Tisch.
»Es ist noch zu früh, um das zu sagen«, sagte Chad ruhig. »Ich täte es ganz bestimmt.«
Sie blickte wieder auf und sah in seine klaren grauen Augen, die sie fest anschauten. Ihr fiel eine Ader auf, die an seinem Hals pochte. »Ich würde nicht nach England zurückgehen wollen«, fuhr er fort, »denn dort haben diese ungelernten Arbeitskräfte nicht viele Möglichkeiten, sich ihren Lebensunterhalt zu verdienen. Und dieses Land hier«, sagte Chad mit leuchtenden Augen,

während seine Stimme den Tonfall eines Mannes annahm, der eine geliebte Frau mit Worten pries und ihr schmeichelte, »wartet nur darauf, kultiviert zu werden. Hier liegt die Zukunft. Hier draußen kann sich ein Mann ein Königreich aufbauen. Eine Dynastie gründen.« Er sah Hallie an. »*Unsere* Dynastie, Hallie. Etwas, was wir gemeinsam erschaffen werden.«

Hallie spürte, wie ihr Blut wallte, als sie sich als Bestandteil seines grandiosen Traums mitreißen ließ.

»Genau das werden wir tun – eine Dynastie gründen. Noch in hundert Jahren wird Morgan ein Name sein, den man nicht außer acht lassen sollte – vielleicht wird das schon in zehn Jahren der Fall sein.« Seine Augen hatten den Ausdruck eines Visionärs. »Es wird harte Arbeit sein. Aber davor scheut keiner von uns beiden zurück.«

Woher konnte er wissen, wovor sie zurückscheute? Einen Moment lang stieg Gereiztheit in ihr auf und störte sie beim Lauschen, als er ihr seine grandiosen Pläne fürs Leben unterbreitete. Dann entspannte sie sich wieder. Es stimmte, sie hatte nie etwas anderes als harte Arbeit gekannt. Und auch hier, wo die Sonne schien und kein Ruß das Leben trostlos gestaltete, würde sie sich nicht daran stören.

Sie schaute über den Tisch hinweg diesen großen Mann an, mit dem ihr Leben verflochten sein würde, und sie dachte: Ich habe mich richtig entschieden. Keiner der Jungen, die ich zu Hause gekannt habe, hatte solche Träume. Und sie bezweifelte nicht, daß Chads Traum Wirklichkeit werden würde. Nicht einen Moment lang stellte sie seinen Erfolg in Frage – *unseren* Erfolg, dachte sie, als ein Gefühl tiefer Zufriedenheit in ihr aufstieg.

Chads Zimmer lag auf der anderen Seite des Flurs, gleich gegenüber. Nach dem Abendessen begleitete er sie nach oben, blieb unbeholfen in ihrer offenen Tür stehen und sagte: »Ich ... ich hoffe, du wirst nicht bereuen, daß du hergekommen bist, Hallie Thomas. Gute Nacht, und schlaf gut.« Dann wandte er sich ab, betrat sein Zimmer und schloß schnell die Tür hinter sich.

Hallie lehnte sich an ihre Zimmertür und lächelte. Sie machte zwei kleine Tanzschritte, ließ sich dann mit dem Rücken aufs Bett fallen, kniff sich in den Arm, lachte laut und rief aus: »Autsch! Es muß wohl alles wahr sein.«

Und dann wurde sie wieder nüchtern. Sie nahm wahr, wie hart das Bett war, eigentlich nicht härter als das Bett, in dem sie auf dem Schiff geschlafen hatte, doch ihre Gedanken kehrten wieder zu Tristan zurück. Sie schämte sich, weil sie den Tag genossen hatte und weil Chad ihr gefiel, und sie fühlte sich schuldbewußt, weil ihr Leben weiterging, während Tristan die Hölle durchmachte. Sie fragte sich, ob sie ihn ins Gefängnis stecken würden oder ob ein Siedler seine Dienste für sich fordern würde. Sie konnte sich Tristan nicht im Dienste eines anderen vorstellen, aber sie konnte sich deutlich ausmalen, wie er im Gefängnis verrottete, sich ausmalen, wie er von sadistischen Wächtern geprügelt wurde, Essen mit Fliegen darauf zu sich nahm, in einer winzigen Zelle auf und ab ging und nichts gegen die Langeweile und die Aussichtslosigkeit tun konnte. Die Bilder, die sie im Dunkeln malte, brachten sie zum Weinen. Es dauerte lange, bis sie unruhig einschlief.

Chad zündete sich einen Stumpen an, ehe er an das winzige Fenster trat und in die Dunkelheit hinausschaute. Er zündete keine Kerze an.

»Ich will verflucht sein«, sagte er laut und grinste. Er hatte seine gesamte Willenskraft aufbringen müssen, um Hallie gerade eben nicht in seine Arme zu ziehen. Er wollte sie an sich spüren, ihre zarten Lippen berühren, seine Hand durch ihr Haar gleiten lassen.

Er hätte sie niemals wiedererkannt. Aus dem dürren kleinen Mädchen, das beinah hübsch gewesen war, war eine schöne Frau geworden. Schon aus der Ferne hatte er das Saphirblau ihrer Augen leuchten sehen. Ihr Haar, das sie unmodern lang und offen trug, hatte von den Monaten in der Sonne helle Strähnen;

ihre Haut war golden. Ihm war nicht aufgegangen, daß das Hallie sein könnte. Das meiste, worauf er gehofft hatte, war ein Brief gewesen, in dem stand, sie komme. Und doch hatte er die ankommenden Boote mit seinen Augen abgesucht und begriffen, wie groß sein Wunsch war.

Immer wieder war sein Blick zu ihr zurückgekehrt. Was ihn in ihren Bann zog, war nicht nur ihre Schönheit. Es hatte damit zu tun, wie sie dastand, nicht direkt bei den anderen, und sie hatte eine Mischung aus Selbstsicherheit und Unschuld ausgestrahlt.

Ohne sich darüber bewußt zu werden, was er tat, hatte sich Chad mit den Ellbogen einen Weg durch die ungebärdige Menge gebahnt, als die Männer zu Anzüglichkeiten und Annäherungsversuchen übergegangen waren, und hatte sie an der Hand genommen und sie abseits geführt.

»Ich bin Hallie«, hatte sie gesagt.

Sein ganzer Körper war jetzt bei dem Gedanken an sie so entbrannt, daß er nicht schlafen konnte. Er wußte, was er gern getan hätte. Er wollte ihre Tür einschlagen, sie in die Arme nehmen und sie lieben. Statt dessen drückte er seine Zigarre aus und machte sich auf die Suche nach einem Spieltisch. Das lenkte ihn immer von anderen Dingen ab.

Als er zurückkam, lange nach Mitternacht, roch er nach Rum und Tabak und war um zweihundert Pfund reicher. Nach einem Kartenspiel war er jedesmal reicher als vorher.

Hallie glaubte, sie sei gerade erst eingeschlafen, als sie hörte, wie Chad anklopfte, um sie zu wecken. Eilig zog sie sich an und fuhr sich mit einem Kamm durchs Haar. Als sie die Tür aufmachte, stand er in denselben Kleidern wie am Vortag da, aber seine Stiefel blinkten, und er war frisch rasiert und hatte sich das Haar schneiden lassen. Sein Blick glitt über sie.

»Nach dem Frühstück«, sagte er, »werden wir dir ein Kleid kaufen, in dem du heiraten kannst.«

Hallie hatte noch nie ein neues Kleid besessen. Chad entschuldigte sich für die erbärmlich geringe Auswahl in dem Geschäft, in das er sie führte, aber Hallie war erstaunt über die Anzahl von hübschen Kleidern. Es gab mindestens ein Dutzend, unter dem sie auswählen konnte, und sie konnte sich einfach nicht entscheiden. Schließlich fischte Chad ein hellblaues Kleid mit Bändern am Hals heraus. Sie hatte nie ein Kleid besessen, das so tief ausgeschnitten war.

»Aber das ist zu hübsch«, wandte sie ein. »Das kann ich bei der Arbeit nicht tragen.«

»Wir nehmen das hier«, sagte Chad zu der Verkäuferin, »und ein Kleid, das sich zum Arbeiten eignet. Was hältst du davon, Hallie? Welches andere hättest du gern noch dazu?« Sie war überwältigt – zwei neue Kleider an einem Tag, mehr, als sie in ihrem ganzen Leben besessen hatte.

Als sie ins Hotel zurückkehrten, sagte Chad, er müsse sie jetzt allein lassen, komme aber in einer Stunde wieder, wenn er seine Waren vom Frachtschiff abgeholt hatte – zu seiner Erleichterung und großen Freude war eine Anzahl der von ihm bestellten Gegenstände eingetroffen. Der Geistliche würde sie um elf zur Trauung erwarten.

Als er zurückkam, hatte er Schweine in den Wagen geladen, einen Käfig mit Hühnern, die wie verrückt gackerten, und fünf Schafe – »Schafböcke aus Südafrika, die ich dafür einsetzen will, sie mit meinen Tieren zu kreuzen; mal sehen, ob sie sich besser für dieses Klima eignen« –, aber auch Fässer und Jutesäcke, die aus den Nähten platzten. Zwei riesige Ochsen zogen den Wagen, der unter der Last seiner schweren Ladung ächzte.

Obwohl er nichts sagte, konnte Hallie erkennen, daß Chad ihr Aussehen gefiel. Er half ihr beim Einsteigen, als stiege sie in eine Kutsche mit livriertem Kutscher.

Das Trauungszeremoniell war kurz. Chad fuhr nur eine Kreuzung weit zu einem kleinen, schmucken weißen Haus, das mit Schindeln gedeckt war. »Hier lebt der Richter«, erklärte er, als er vom Kutschbock sprang und die Arme ausstreckte, um sie herunterzuheben. Er ließ die Hände auf ihrer Taille liegen, wartete einen Moment, sah auf sie herab und schaute ihr prüfend in die Augen. »Bist du auch ganz sicher?« fragte er.

Es war ihr angenehm, seine Hände auf ihrem Körper zu spüren, und sie hätte sie gern berührt, damit seine Kraft sich auf sie übertrug. »Ich bin ganz sicher«, antwortete sie. Dann lächelte sie ihn strahlend an und fragte: »Und du? Was ist mit dir?«

Er grinste und ließ sie los. »Ich habe das Gefühl, das ist der glücklichste Tag in meinem Leben.« Er verbeugte sich und ließ sie vorgehen. So hatte sie noch niemand behandelt. Er gibt mir das Gefühl, eine Dame zu sein, dachte sie. Das gefällt mir gut.

Die Tür wurde von Mrs. Service geöffnet, einer pummeligen kleinen Frau mit ergrauten Korkenzieherlocken. Sie trug eine weiße Rüschenhaube auf dem Kopf und eine passende Schürze über dem Kleid. »O Mr. Morgan«, gluckerte sie, »treten Sie doch bitte ein.« Sie führte die beiden in das größte Zimmer, das weiß getäfelt war.

»Da bist du ja, Chad.« Der Richter schaute über eine Brille, die auf seiner Nasenspitze saß. »Und das ist die zukünftige Mrs. Morgan?«

Mrs. Morgan. Hallie Morgan. Sie ließ die Worte auf der Zunge zergehen und kostete genüßlich den Klang. Werde ich den Namen Thomas verlieren? fragte sie sich.

Chad stellte Hallie vor und sagte: »Ich fürchte, wir sind ziemlich in Eile.«

Mrs. Service kicherte und drückte Hallie zwei Blumen in die Hand, gelbe Blumen, die Hallie noch nie gesehen hatte. Dann wandte sie sich ab und setzte sich an das Spinett in einer Ecke des Raums. Sie hüstelte leise, drehte sich zu ihnen um und begann mit einem kindlichen Lächeln, den Hochzeitsmarsch zu spielen.

Hallie dachte: Ich will Mum bei mir haben. Mum sollte jetzt hiersein und meine Trauung mit ansehen. Und Dada sollte mich dem Bräutigam übergeben. Tränen traten ihr in die Augen, und sie sah Richter Service wie durch einen Gazeschleier an. Dann nahm Chad ihre Hand, und sie spürte, wie seine Kraft in sie strömte.

»Willst du diesen Mann zu deinem Gatten nehmen ... ihn lieben ... und ehren ... und ihm gehorchen, solange ihr beide leben werdet?«

Sie hörte ihre eigene Stimme antworten: »Ja.« *Solange ihr beide leben werdet* ... eine so lange Zeit, dachte sie. Und dabei kenne ich ihn kaum. Wie unser Leben wohl aussehen wird?

Sobald es vorbei war, sagte Chad: »Laß uns gehen. Wir haben Glück, wenn wir heute noch weiter als Parramatta kommen.«

Also stieg Hallie Morgan in ihrem hübschen, neuen blauen Kleid, unter dem ihre alten schwarzen Schuhe herausschauten, ein und setzte sich neben ihren Mann, und sie fuhren los.

Es war Ende September, Frühjahrsbeginn. Eine warme Brise umschmeichelte sie in der Mittagshitze. Chad sagte ihr, sie müßten die Straße nach Parramatta nehmen, da sie mit einer so schweren Ladung nicht querfeldein fahren konnten. Aber er wollte nicht in Parramatta anhalten; er wollte am folgenden Nachmittag zu Hause ankommen. »Mit einem Pferd«, sagte er, »ist es ein anstrengender Ritt von acht Stunden. Aber man muß Parramatta umgehen und direkt über die Hügel reiten. Auf der Straße und mit dieser Ladung werden wir eineinhalb Tage brauchen.«

Das hohe Gras auf den Feldern war nach dem trockenen Winter golden, und als sie im Wagen näher kamen, flatterten Vögel aus dem Gras und flogen fort. Schwarzweiße Elstern von unglaublicher Schönheit gab es hier in Unmengen. Hallie beobachtete sie, wie sie in den Astgabelungen von Gummibäumen saßen, und sie hörte ihren melodischen Gesang. »Mir kommt es vor wie Sommer«, sagte sie.

»Es ist einfach herrlich. Und der Winter ist hier die meiste Zeit über wärmer als der Sommer in England. Das Frühjahr und der Herbst sind das Schönste, was es gibt.«

Hallie spürte die Luft wohltuend lau in ihrem Gesicht.
»Schneit es hier je?« Sie konnte nicht glauben, daß es nie trüb und kalt sein würde.
»Nie.« Chad drehte sich zu ihr um, und ein Grinsen breitete sich auf seinem Gesicht aus. »Es ist ein ganz anderes Leben als in England. Du wirst glauben, du seist gestorben und ins Paradies gekommen.«
»Nein«, sagte sie mehr zu sich selbst. »Ich bin ins Paradies gekommen und habe gerade begonnen zu leben.«
Der Weg führte wie ein Band durch das hohe Gras. Um sie herum ragten silbrige Gummibäume auf, und die Rinde flatterte in Streifen sachte im Wind. Hallie liebte den Geruch.
»Sie werden nie kahl«, sagte Chad. »Sie verlieren das ganze Jahr über Laub, aber es wächst ständig wieder neues nach. Es gibt hier nie graue Winter mit unbelaubten Bäumen wie in England.«
Plötzlich sprangen zwei große braune Felltiere vor den Wagen, die sich mit den Hinterfüßen abstießen und im hohen Bogen durch die Luft hüpften. Sie zeigten überhaupt keine Angst und sprangen auf dem Weg vor dem Wagen her. Hallie setzte sich erstaunt auf.
»Känguruhs«, sagte Chad. »Hallie, das ist das wunderbarste Land auf Erden. Hier gibt es Tiere wie nirgends sonst auf der Welt, Bäume, die sonst nirgends wachsen. Es ist, als hätte es nichts mit dem Rest der Welt zu tun. Sieh nur!« Er deutete auf einen Baum, der mit einem Gefieder weißer Blüten überzogen zu sein schien. »Schau hin!«
Chad stieß einen Pfiff aus, und ein Schwarm Kakadus schwang sich auf. Mit ihren leuchtendgelben Hauben kreisten sie und ließen sich dann wieder in den hohen Gummibäumen nieder.
»Die sind ja wunderschön«, hauchte sie.
Eine Zeitlang fuhren sie schweigend weiter, und Hallie sog die Landschaft in sich auf: flaches, hügeliges Land, das überall von Gummibäumen bewaldet war. Es hatte nichts von den dichten Wäldern in England, die sie auf der Fahrt von Newcastle nach

London erspäht hatte. Hier standen keine Bäume mit dicken Stämmen, und es gab kein dichtes Unterholz.
»Es wirkt träger als England«, äußerte Hallie.
»Träger?« Chad lachte und sah sich nach ihr um.
Am späten Nachmittag bog er vom Weg ab und folgte statt dessen ausgefahrenen Wagenspuren. »Da.« Er wies von einem Hügel auf die hübscheste Ortschaft, die Hallie je gesehen hatte. »Wir haben keine Zeit, um anzuhalten, aber das ist Parramatta. Es ist ein Wort aus der Eingeborenensprache und heißt ›Quelle des Flusses‹. Der Gouverneur ist jetzt dort, und was für ein Gouverneur er ist! Genau das, was wir brauchen. Nach Bligh haben wir fast die Hoffnung aufgegeben. Macquarie wird für uns sein, was Washington für die Vereinigten Staaten war. Denk an meine Worte.«
Hallie wußte keineswegs genau, was Washington für die Vereinigten Staaten gewesen war.
Es blieb noch gut eine Stunde bis zum Sonnenuntergang, und dann hielt Chad die Ochsen an. Die Schönheit des Platzes, an dem er anhielt, verschlug Hallie den Atem. Auf einer Seite des Tümpels, dessen Wasser so still war, daß die Spiegelungen der hohen Bäume lediglich eine Weiterführung der Realität zu sein schienen, schwammen Wasserlilien.
»Wir werden hier unser Nachtlager aufschlagen«, sagte Chad und sprang ab. Er lief um den Wagen herum auf Hallies Seite und streckte die Arme aus, um sie aufzufangen. Als er sie auf den Boden stellte, hielt er ihre Taille noch einen Moment lang umschlungen. »Mrs. Morgan«, sagte er. »Ich wußte nicht, ob du kommst. Ein leichtes Leben ist es nicht für eine Frau.«
»Du hast mich nicht davor gewarnt«, sagte sie, doch er konnte ihr ansehen, daß sie scherzte. Die reizvolle Landschaft, von der sie umgeben war, war allein schon die ganze Reise wert, dachte sie. Nie wieder Kohlenstaub einatmen. Nie wieder Ruß von den Wänden waschen. Nicht von schmalen Straßen und dunklen Häusern eingeengt sein, die alle gleich waren – eins neben dem

anderen. Die offene Weite, die Bäume, von denen die Rinde hing, die grellbunten Vögel, die von einem Baum zum anderen flitzten, hatten schon jetzt etwas tief in ihrem Innern angerührt. Sie war noch keine sechsunddreißig Stunden in diesem neuen Land, und doch fühlte sie sich hier jetzt schon mehr zu Hause als je in England.

»Hast du jemals Feuer im Freien gemacht?« fragte Chad, als er sein Gewehr aus dem Wagen holte.

»Natürlich nicht.« Das mußte ihm doch klar sein.

»Während ich uns etwas zum Abendessen suche, wirst du kleine Zweige sammeln. Nimm nur die untersten und das tote Holz, das auf dem Boden liegt. Und dann füll den Eimer mit Wasser.«

»Kann man in diesen Tümpeln gefahrlos baden?«

Chad zog eine Augenbraue hoch.

»Ich habe kein Bad mehr genommen, seit ich England verlassen habe«, erklärte sie. »Das Wasser sieht sehr einladend aus.«

»Ja, es besteht keine Gefahr«, murmelte er. »Und dir kann auch nichts passieren, solange ich auf die Jagd gehe. Hier gibt es bis auf vereinzelte Schlangen keine gefährlichen Tiere, und die fürchten sich mehr vor dir, als du dich vor ihnen.«

»Das bezweifle ich.« Bei dem Gedanken an Schlangen lief ihr ein Schauer über den Rücken. Aber die Vorstellung, sich nach all den Monaten der Wasserknappheit ganz in Wasser eintauchen zu können, siegte über ihre Angst.

»Ich bin noch nie auf ein gefährliches Tier gestoßen«, versicherte ihr Chad. »Vielleicht ist es das einzige Land auf Erden, in dem man mitten in der Natur im Freien schlafen kann, ohne sich vor wilden Tieren fürchten zu müssen.« Er schulterte sein Gewehr, und Hallie schaute ihm nach, als er auf die Bäume zuging. Er bewegte sich nicht wirklich anmutig, aber leichtfüßig. Sein Gang war ein lässiges Schlendern, als hätte er nichts Bestimmtes vor, und doch wußte Hallie jetzt schon, daß es täuschte. Er schien es nicht eilig zu haben, und doch legte er die Strecke schnell zurück.

Sie hatten zwar viel miteinander geredet, aber keiner hatte ein persönlicheres Wort gesagt. Er hatte sie noch nicht einmal nach der Reise gefragt oder danach, wie ihr Leben verlaufen war, seit sie einander das letzte Mal gesehen hatten, und er hatte ihr von sich aus wenig über sich selbst erzählt. Und doch war es leicht, sich mit ihm zu unterhalten, und oft war er amüsant. Er schien von Natur aus freundlich zu sein und zu wissen, was er wollte. Hallie hoffte, sie würde ihn nicht enttäuschen. Sie merkte schon, daß sie ihm äußerlich gefiel, aber wie würde sie in diesem weiten, einsamen Land bestehen? Würde sie den Arbeiten gewachsen sein, die er von ihr erwartete? Würde ihm schmecken, was sie kochte? Sie hatte das Gefühl, noch so viel lernen zu müssen, aber das versetzte sie keineswegs in Angst und Schrecken. Ich kann es schaffen, dachte sie. Ich kann alles schaffen, wenn man mir Zeit läßt.

Nachdem sie einen Berg Zweige gesammelt hatte, holte sie Wasser vom Tümpel. Die Lilien schlossen sich gerade für die Nacht, als sie sich die Kleider auszog und in das kühle Wasser glitt. Sie konnte spüren, wie der Schmutz von ihr gespült wurde, obwohl ihr ein Stück Seife eine unermeßliche Hilfe gewesen wäre. Sie tauchte mit dem Kopf unter Wasser und fuhr sich mit den Händen durch das Haar, um es ein wenig zu säubern. Das Wasser war so klar, daß sie ihre Zehen sehen konnte. Enten schwammen zwischen den Wasserlilien hin und her. Sie sah zwei wunderschöne anmutige schwarze Vögel und hätte schwören können, daß sie wie Schwäne aussahen; ihre langen Hälse waren geschwungen, und sie bewegten sich so elegant und geschmeidig wie die Schwäne, die sie in Newcastle auf dem Teich gesehen hatte, doch diese Vögel hier hatten unglaublich leuchtendrote Schnäbel.

Ein Schuß tönte durch die Luft und hallte wider. Nur einer: Chad hatte ihr Abendessen erbeutet. Manchmal war Mr. Tilson, ihr Nachbar, im Herbst auf die Jagd gegangen, mit seinem Gewehr durch die Felder außerhalb der Stadt gelaufen. Hallie erinnerte sich noch, daß er gewöhnlich mit Rotwild nach Hause gekommen war. Da Mr. Tilson außer seiner Frau keine Familie hatte, gab er den Thomas' immer ein großes Stück ab, und dann hatten sie Wildbret bis Weihnachten. Aber Hallie hatte nie wirklich ein Gewehr oder ein frisch getötetes Tier gesehen. Sie fragte sich müßig, was Chad wohl geschossen hatte.

Sie paddelte herum und genoß das Wasser, das ihr nicht mehr kühl vorkam. Der Schmutz so vieler Monate wurde von ihr gespült, daß sie verwundert war, als das Wasser weiterhin so klar blieb. Sie hielt sich von den Wasservögeln fern, denn sie wollte sie nicht aufschrecken, und sie war froh, daß Chad nicht auf sie angelegt hatte.

Ihr war nicht klar, wie lange sie sich ins Wasser eingetaucht hatte, bis sie die leuchtendroten Wolken mit den violetten Rändern im Westen bemerkte. Die Sonne ging unter, spektakulärer, als sie es je in England erlebt hatte. Sie zog sich eilig an, genoß, wie neu sich ihr Hochzeitskleid anfühlte, und spürte, daß die Abendluft sich abgekühlt hatte.

Chad briet ein Kaninchen am Spieß. Über den Kohlen sprudelte ein Wassertopf für den Kaffee. Hallie dachte: Ich kenne diesen Mann nicht, ich habe noch nie solche Bäume gesehen, alles, was ich hier tue, ist neu für mich, und doch habe ich mich noch nie irgendwo derart zu Hause gefühlt. Sie hätte es Chad gern gesagt, doch er riß sie mit den Worten aus ihren Gedanken: »Hast du jemals Kaninchen gegessen?«

Nein, nie. Und sie hatte sich auch noch nie so sauber gefühlt, noch nie solche Vögel gehört, sich noch nie so lebendig gefühlt.

»Drüben auf dem Tümpel«, sagte sie, »sind wunderschöne Vögel geschwommen. Sie haben ausgesehen wie Schwäne, aber sie sind schwarz.«

»Es sind Schwäne, schwarze Schwäne. Es gibt sie nirgends sonst. Hallie, dieses Land ist eine andere Welt. Es ist der aufregendste Ort auf Erden.«

Als sie das Kaninchen verzehrt hatten, war es bereits dunkel.

Und kalt. Chad zog Decken aus dem Wagen, ließ sie auf den Boden fallen und warf ihr eine zu. Hallie schlang sie sich um die Schultern und schlenderte zu einem riesigen Eukalyptus. Die letzten roten Strahlen der Sonne waren verblichen, und Tausende von Sternen waren zu sehen. Sie hob den Arm und sagte: »Sie scheinen so nah, als könnte man sie anfassen. Vielleicht hat es nie eine schönere Nacht gegeben.«

Chad folgte ihr. »Kennst du dich mit den Sternen aus?« fragte er, als er neben ihr stand.

»In Newcastle konnte man sie kaum sehen«, rief sie ihm ins Gedächtnis zurück. »Ich weiß, daß ich sie mag. Aber ich war kaum jemals nachts vor der Tür. Und mein Schlafzimmer hatte kein Fenster. Als wir auf dem Schiff waren, hatte ich das Gefühl, die Sterne seien meine Freunde ... als seien sie ein Teil von mir oder ich ein Teil von ihnen. Ich bin nie dahintergekommen, ob das eine oder das andere richtiger ist.«

Er trat näher zu ihr, so nah, daß sie seinen Atem spüren konnte. »Ich werde dir alles über die Sterne beibringen«, sagte er mit gesenkter Stimme. »Wenn du dich mit den Sternen auskennst, kannst du dich nie verlaufen.«

Hallie war nervös und aufgeregt. Sie wußte nicht, was Chad tun würde, aber sie war ganz sicher, daß er etwas tun würde. Seine Hand legte sich auf ihre Schulter. »Schau direkt über dich«, sagte er zu ihr. »Siehst du diese beiden hellen Sterne, die dicht nebeneinanderstehen?«

Als sie sie gefunden hatte, fuhr er fort. »Und jetzt schau weiter nach rechts. Es sieht aus wie ein Drachen oder ein länglicher Diamant – vier Sterne. Der ganz rechts in der Mitte schimmert manchmal so matt, daß man ihn einfach nicht finden kann. Aber jetzt ist er zu sehen. Siehst du ihn? Und jetzt tu so, als würdest du eine Linie mitten durch diesen Diamanten und zwischen den beiden hellen Sternen links ziehen. Genau dort, wo diese beiden Linien sich treffen, ist Süden. Wenn du diesen Punkt findest, weißt du immer, in welche Richtung du gehen mußt, wenn du dich verirrt hast. Es nennt sich das Kreuz des Südens. Mehr als hundert Jahre sind Navigatoren mit diesem einzigen Anhaltspunkt durch die südliche Hemisphäre gesegelt. Nördlich des Äquators ist es nicht zu sehen.«

»Vielleicht stehen wir auf dem Kopf«, wagte Hallie zu äußern. »Wenn alles so anders ist, schauen wir vielleicht nach unten. Vielleicht steht der Mond unter uns.«

Sie spürte, wie er sich dicht neben ihr bewegte. »Ja, vielleicht.« flüsterte er und lachte leise. Wieder fragte sie sich, was er wohl tun würde. »Dein Haar riecht gut«, sagte er und ließ seine Finger zart darübergleiten.

Als sie nichts sagte, sich noch nicht einmal rührte, fragte er mit kaum hörbarer Stimme: »Weißt du irgend etwas darüber, was es heißt, verheiratet zu sein, Hallie?«

War es das, was ihre Mutter gemeint hatte? »Ich bin nicht sicher«, antwortete sie und nahm wahr, daß ihre Stimme zitterte.

Er legte die Hände auf ihre Schultern und drehte sie zu sich um, und dann beugte er sich vor, um sie zu küssen, sachte mit seinem Mund ihre Lippen zu berühren. »Bist du je geküßt worden, Hallie?« fragte er.

Die Erinnerung an Tristans Kuß lebte noch in ihr fort. Sie nickte.

»Ich meine, richtig geküßt.«

»Was heißt ›richtig geküßt‹?«

»So wie jetzt.« Die Glut seiner Lippen auf ihren, die Nähe und die Wärme seines Körpers, der sich an sie preßte, ließen Gefühle in Hallie erwachen, die denen ähnlich waren, die sie empfunden hatte, als Tristan sie geküßt hatte. Chads Hand schlang sich in ihr Haar, und dann lösten sich seine Lippen von ihren und bedeckten ihre Wangen und ihren Hals mit federleichten Küssen. Sie hörte ihn mit erstickter Stimme flüstern: »O Hallie«, ehe er sie hochhob und mit langen Schritten auf die Decken neben dem Wagen zuging.

6

Der Himmel im Osten färbte sich gerade erst blaugrau. Was Hallie geweckt hatte, waren die Vögel – ein melodischer Chor, als sängen sie für sie. Hallies Rücken schmerzte, weil sie auf dem harten Boden geschlafen hatte. Sie lag mit geschlossenen Augen da und genoß das Ständchen, das ihr gebracht wurde. Als sie die Augen dann doch aufschlug, leuchteten die Sterne noch hell. Sie fragte sich, warum sie sich nicht merkwürdiger vorkam. Sie hatte in einem unbekannten Land auf dem Boden neben einem Mann geschlafen, den sie noch nicht ganz achtundvierzig Stunden kannte, einem Mann, mit dem sie ihr ganzes Leben verbringen würde. Ihrem Ehemann.

Sie drehte sich nicht um, um ihn anzusehen, sondern blieb vollkommen still liegen und lauschte seinem gleichmäßigen Atem und spürte die Wärme seines Beines an ihrem. Sie fragte sich, was letzte Nacht geschehen war. War es dieses »Es«, wovor ihre Mutter sie gewarnt und gesagt hatte, es könnte unangenehm sein? War es das, was Beth mit »Männer haben mich benutzt« gemeint hatte? Und warum hätte Beth in Verbindung damit Blut auf dem Arm haben sollen? Warum hatte ihr nie jemand etwas darüber erzählt?

Hallie fand das Kreuz des Südens und konzentrierte sich darauf, und voller Stolz konnte sie feststellen, daß sie den Weg nach Südsüdwest eingeschlagen hatten. Dann schloß sie die Augen und ließ die letzte Nacht noch einmal vorbeiziehen – Chads Hände, die sie berührt hatten, seine Lippen, die ihren Nacken gestreift hatten und dann auf ihre Brüste geglitten waren. Ihre Mutter hatte ihr gesagt, sie könnte einfach still daliegen, eine Frau bräuchte nichts zu tun. Aber das war Hallie schwergefallen. Ihr Körper hatte sich bewegt, als führe er ein Eigenleben. Sie hatte gespürt, wie ihr warm wurde, als Chads Hände über ihren Körper geglitten waren, als er ihr das Kleid ausgezogen und seinen nackten Körper auf sie gelegt hatte, als seine Lippen gewaltsam ihren Mund geöffnet hatten, seine Zunge ihre berührt hatte. Als Chad sie geküßt hatte, hatte ihr Körper darauf reagiert, und ihre Augen hatten Tristan in den Sternen gesehen, sich den Umriß seines Gesichts in den funkelnden Lichtern vorgestellt. Als sie die Augen geschlossen hatte, hatte sie Tristans Hände auf ihrem Körper gespürt, sich vorgestellt, daß Tristan ihre Brüste küßte, Tristan ihre Beine auseinanderzog, Tristan Worte an ihren Nacken hauchte und schließlich leise seufzte: »Hallie, Hallie, Hallie ...«

Heute morgen wußte sie, daß es nicht Tristan gewesen war. Es war dieser Mann gewesen, mit dem sich ihr Leben jetzt unwiderruflich verflochten hatte. Sie hatte den Verdacht, was letzte Nacht passiert war, war das, was es ausmachte, Mann und Frau zu sein, Teil von etwas, was nur zwischen Eheleuten vorkam und niemals mit anderen geschehen durfte. Es war keineswegs unangenehm gewesen, wie ihre Mutter angedeutet hatte. Sie hatte die Gefühle genossen, die in ihr aufgestiegen waren, die Berührungen, obwohl sie diesen Mann, mit dem sie verheiratet war, kaum kannte. Zwar hatte sie sich letzte Nacht in ihrer Phantasie ausgemalt, es seien Tristans Hände und Lippen, doch durch das, was geschehen war, fühlte sie sich dem Mann näher, den sie geheiratet hatte.

Sie war Hallie Thomas Morgan. Hallie Morgan. Mrs. Chadwick Morgan. Sie, die Tochter von Walter Thomas, war jetzt die Frau von Chad Morgan. Ein blaßroter Streifen zeichnete sich am Horizont ab, während sie sich fragte, ob ihre Bestimmung nur darin liegen konnte, zu einem Mann zu gehören, seine Tochter oder seine Ehefrau zu sein. Wenn ja, dann war sie froh, daß sie sich für Chad Morgan entschieden hatte. An seiner Seite war sie mehr, als sie als George Burnhams Frau geworden wäre, so viel wußte sie. Sie hätte es zwar nicht in Worte fassen können, aber sie ahnte, daß sie als Chads Frau die Gelegenheit hatte, mehr aus sich herauszuholen, als in England, wenn sie dort geblieben wäre.

Ein Schwarm von Vögeln mit leuchtendroter Brust und silbergrauem Gefieder auf dem Rücken landete in dem Feld neben ihnen. Hallie drehte sich auf die Seite, um die Vögel zu betrachten, und die bunten Farben überraschten sie.

»Das ist eine australische Kakaduart«, hörte sie Chad mit schläfriger Stimme sagen. Er ließ sich nicht die Zeit, in Ruhe wach zu werden, sondern zog sich schon die Kleider an, als Hallie sich zu ihm umdrehte. Er sah sie nicht an, als er aufsprang und in seine Stiefel stieg.

Das Frühstück bestand aus kaltem, hartem Brot und heißem Tee. »Ich hoffe, du kannst kochen«, sagte Chad. »Archie und ich könnten jemanden gebrauchen, der gut kochen kann.«

Hallie hielt sich für eine ausgezeichnete Köchin, aber sie wußte nicht, wie man Kaninchen zubereitet. Vielleicht konnte sie nichts von dem, was man in diesem Land aß, zubereiten, aber sie konnte besseres Brot backen als das, was es zum Frühstück gab. Am Essen war zu Hause nie gespart worden; an der Kleidung ja, aber nie am Essen. Die Männer brauchten ihre Kraft in den Kohlebergwerken.

Neben ihnen schlängelte sich ein kleiner Bach, und die Sonne brannte jetzt schon so erbarmungslos herunter, daß Hallie ihren Wunsch laut aussprach, sie hätte gern einen großen Hut gehabt.

»Wenn ich das nächste Mal in Parramatta bin, kaufe ich dir einen«, sagte Chad. »Ich hätte in Sydney daran denken sollen. Du kannst nicht ohne Hut rumlaufen. Du wirst dir einen Sonnenbrand holen.«

Hallie hatte ihr Hochzeitskleid weggepackt und trug jetzt das andere neue Kleid, das Chad ihr gekauft hatte. Es war hübscher als alles, was sie zu Hause besessen hatte. Zu Hause ... das ist mein neues Zuhause, sagte sie sich. Eine Känguruhherde, vielleicht zwei Dutzend Tiere, schoß aus einem Wäldchen und zwang Chad, die Ochsen abrupt anzuhalten.

»Tiere wie hier gibt es meines Wissens an keinem anderen Ort auf Erden«, bemerkte Chad, während sie dasaßen und die Kän-

guruhs beobachteten. »Sie werden Beuteltiere genannt. Es gibt noch andere Arten, die dasselbe tun – Junge zur Welt bringen, die kaum mehr als ein paar Gramm wiegen. Unbeholfen und blind finden sie von allein in den Beutel ihrer Mutter, der wie eine Tasche am Bauch hängt, und dort bleiben sie monatelang, bis sie allein zurechtkommen. Die Mutter kann kein Junges gebären, solange sie stillt, aber sie kann schwanger werden. Sowie das Junge, das gestillt wird, den Beutel verläßt, beginnt das befruchtete Ei, sich zu entwickeln.«
Hallie fand es faszinierend, aber auch peinlich, einen Mann über das Gebären reden zu hören.

Am späten Morgen erreichten sie die erste menschliche Behausung, seit sie an Parramatta vorbeigekommen waren. Hallie wäre nie darauf gekommen, daß das ein Haus sein könnte. Es sah aus wie ein kleiner Hügel, ein Lehmhaufen mit Gras auf dem Dach. Aber es gab eine Tür. »Das ist eine Lehmhütte«, erklärte Chad. »Die stellen Bauern hin, bis sie die Zeit finden, ein Haus zu bauen. Wenn keine Frau da ist, lebt ein Mann auch manchmal einfach in einer solchen Hütte, bis er eine bekommt.«
»Eine was? Eine Frau?«
»Eine Frau oder irgendein Mädchen.«
»Du meinst, ein Dienstmädchen?« Wie konnte sich jemand, der so lebte, ein Dienstmädchen leisten? Hallie glaubte, nur die Allerärmsten hätten sich dazu herabgelassen, in einer Lehmhütte zu wohnen, die überhaupt nicht wie ein richtiges Haus aussah. Chad sah sie aus dem Augenwinkel an. »Oder ein junges Mädchen, das als Sträfling hergeschickt worden ist.«
Und dann verstand Hallie. Beth könnte so etwas passieren, und ob sie den Mann mochte, ob er freundlich war, ob sie es wollte oder nicht, sie würde gezwungen sein, das mit ihm zu tun, was sie und Chad letzte Nacht getan hatten. Hallie versuchte sich vorzustellen, es mit einem anderen als Chad zu tun ... oder Tristan. Mit jemandem, der sich vielleicht nicht die Zeit nahm,

sachte mit ihr umzugehen, jemandem, der sie ohne jede Freundlichkeit »benutzt« hätte. Es stimmte schon, einen Moment lang hatte es letzte Nacht weh getan, aber das war vorübergegangen. Dann war es also doch nicht so, dachte sie, daß das nur unter Eheleuten geschah.

Chad sprang ab und schrie laut »Hallo!«, weil er beschlossen hatte, Hallie einem Nachbarn vorzustellen.

Aus der Hütte kam ein schmutziger Mann, dem der struppige Bart bis auf die Brust hing. Er kratzte sich am Sack. Seine Kleider saßen schlecht, und sein Haar war fettig und verfilzt. Er machte den Eindruck, als hätten sie ihn gerade aufgeweckt.

»Meine Güte, Chad, du könntest einen Mann wenigstens vorwarnen, wenn du eine Frau mitbringst!« Er fuhr sich mit einer Hand durchs Haar, aber das nutzte nichts.

»Das ist meine Angetraute«, sagte Chad. Sie glaubte, Stolz aus seiner Stimme herauszuhören. »Hallie, das ist Edgar Littleton.«

Hallie nickte. Sie sah nirgends bestellte Felder oder Tiere, nichts, was darauf hinwies, daß dieses Land bebaut wurde.

Als sie weitergefahren waren und Edgar noch hinter ihnen herstarrte, sagte Chad: »Edgar ist ein freigelassener Sträfling. Als er seine Strafe abgebüßt hatte, hat er sich entschlossen, fünfzig Morgen und genug Lebensmittel und Saatgut für achtzehn Monate anzunehmen. Es wäre dumm von ihm gewesen, nach England zurückzugehen. Ich glaube, sein Vergehen bestand darin, daß er in einer Bäckerei Brot gestohlen hat. Die meisten Häftlinge haben keine Ahnung von der Landwirtschaft. Sie sind nie aus dem Zentrum von London oder Liverpool rausgekommen. Fast alle unsere Sträflinge kommen aus den Städten. Die meisten von ihnen sind wegen geringfügiger Vergehen hergeschickt worden. Viele haben weder die Energie noch die Grundkenntnisse. Manche Leute werfen ihnen vor, daß es ihnen an Intelligenz mangelt, aber das will ich widerlegen. Ich glaube, es ist eher ein Mangel an Gelegenheiten. Ich bringe meinen Sträflingen bei, hart zu arbeiten und zu lernen, wie man seine Sache gut macht und erfolgreich ist. Natürlich gibt es Ausnahmen. Ich habe den Verdacht, Edgar gehört nicht zu denen, denen Erfolg beschieden ist.«

»Und doch schien mir, als gingst du freundschaftlich mit ihm um.«

»Hallie, das ist ein großes, menschenleeres Land. Es zahlt sich aus, nett zu den Leuten zu sein. Ich halte niemandem grundsätzlich vor, daß er im Gefängnis gewesen ist. O ja, in England hätte ich es jedem vorgehalten, da bin ich ganz sicher. Aber das hier ist ein neues Land. Wenn ein Mensch für seine Fehler bezahlt und einen Neuanfang machen will, werde ich tun, was ich kann, um ihn zu ermutigen. Ich habe die Absicht, hier zu leben, und ich sehe keinen Grund dafür, mir Feinde zu machen.«

Sie sah ihn an, und ihre Lippen verzogen sich zu einem Lächeln. »Was für ein netter Mensch du bist.«

Er erwiderte ihr Lächeln. »Meinst du?« sagte er und nahm ihre Hand.

Am frühen Nachmittag näherten sie sich einem weiteren Gebäude, diesmal einem kleinen Holzhaus, das am Fuß eines Hügels stand. Ein Garten, der gut zu gedeihen schien, war eingezäunt, und ein einzelner Rosenstrauch – der noch nicht blühte – stand gedrungen neben der angelehnten Tür. Das Bellen eines Hundes lockte eine Frau mit einem Sonnenhut hinter dem Haus hervor. Ihre Hände waren mit Lehm verschmiert, weil sie in der Erde herumgegraben hatte, aber ansonsten war sie gepflegt, und als sie die beiden sah, strahlten ihre Augen freudig.

»Mr. Morgan«, sagte sie und wischte sich die Hände an der Schürze ab. Ihre Augen wurden zu Fragezeichen, als sie Hallie ansah, doch ihr Lächeln war freundlich. »Enoch pflügt gerade das Feld.« Sie wies in die Richtung.

»Mrs. Bond«, sagte Chad, der absprang und Hallie beim Aussteigen behilflich war, »das ist meine Frau, Hallie.« Wieder konnte Hallie den Stolz aus seiner Stimme heraushören.

»Ach, du meine Güte«, sagte Mrs. Bond und streckte beide Arme aus. »Beachten Sie den Schmutz nicht weiter, lassen Sie sich umarmen. Es wird wunderbar sein, eine Frau in der Nähe zu haben.« Sie wandte sich an Chad. »Warum haben Sie uns nichts davon gesagt?«

»Ich war selbst nicht sicher«, antwortete er. »Ich wußte gar nicht, daß Schiffe ankommen, als ich nach Sydney gefahren bin. Und ich hatte noch nicht einmal Nachricht, ob sie überhaupt kommt.«

»Wenn Sie all diese Jahre hier gewesen sind, wann haben Sie denn je eine so hübsche Frau kennengelernt?«

Chads Blick wurde zärtlich, als er Hallie ansah. »Ich habe Hallie als kleines Mädchen gekannt.«

»Und in all den Jahren haben Sie sich an sie erinnert? Wenn das nicht entzückend ist! Willkommen, meine Liebe. Wahrscheinlich haben Sie es eilig, nach Hause zu kommen, Mr. Morgan, aber Sie müssen auf eine Tasse Tee bleiben. Gönnen Sie mir ein Weilchen das Vergnügen, eine Frau um mich zu haben.«

Sie führte Hallie in ihr kleines Haus, während Chad sich auf die Suche nach Enoch machte. Es gab nur zwei Zimmer, und so ähnlich würde es nach Chads Ausführungen bei ihnen zu Hause auch aussehen. Eins davon war die Küche, in der sich anscheinend alles Leben abspielte. An der Rückwand war eine große Herdstelle, über der ein schwerer Eisentopf hing. Im Moment brannte dort kein Feuer, aber Hallie fand, es wirkte behaglich. Die Wände waren getüncht, und die Möbel waren offensichtlich handgeschnitzt, derb, aber anheimelnd. Töpfe und Pfannen hingen an Nägeln an der einen Wand, und auch ein grobes Spinnrad hing da. Der Fußboden war aus Lehm, aber festgetreten und sauber gekehrt. Ein kleines Fenster ließ etwas Licht ein. Zwei Stühle standen da, einer mit einer hohen Lehne und ein Schaukelstuhl mit einem leuchtendroten Kissen darauf. Mrs. Bonds Stolz und ihre ganze Freude war ein gußeiserner Herd, den sie unter dem Teekessel anzündete.

»Das dauert keine Minute«, sagte sie und machte sich am Herd

zu schaffen. »Es ist ja so schön, Sie zu sehen! Ich bin ganz ausgehungert nach einer Frau.«
Bis dahin hatte Hallie noch kein Wort einwerfen können. Plötzlich wandte sich Mrs. Bond an sie. »Gefällt Ihnen unser Land?«
»O ja, sehr«, erwiderte Hallie eifrig. »Ich glaube, ich habe nie etwas Reizvolleres gesehen. Es ist so frisch und so groß, und es gibt hier so viele Bäume und Vögel.«
»Groß ist es, das stimmt. Groß und leer. Und manchmal liebe ich das; ich liebe den Sonnenschein und den blauen Himmel, und ich liebe es, mein eigenes Haus und sogar meinen eigenen Garten zu haben. Aber man kann sich gräßlich einsam fühlen.«
Hallie wußte nicht, was sie dazu sagen sollte.
In dem Moment kamen Chad und Enoch ins Haus gestapft. Enoch schien gleichaltrig mit seiner Frau zu sein – Mitte Dreißig, vermutete Hallie. Sie fragte sich, warum nirgends Kinder zu sehen waren. Er nickte ihr zu und blieb unbeholfen stehen. »Es ist schön für Margaret, daß sie jetzt Gesellschaft hat.« Für beide schien das der wesentlichste Punkt zu sein.
Sie fragten sie nach der Reise, und Hallie, die wußte, daß alle drei dieselbe Strecke zurückgelegt hatten, sagte schlicht und einfach, sie habe die Fahrt genossen und die acht Monate seien ihr nicht endlos vorgekommen. Sie sagte nicht dazu, sie wünschte, es hätte noch länger gedauert, da sie gern bis in alle Ewigkeit mit Tristan weitergesegelt wäre.
»Die Reise genossen?« wiederholte Margaret. »Mr. Morgan, ich glaube, Sie haben sich eine bemerkenswerte Frau geangelt.«
Chad sah Hallie an und grinste. »Sieht ganz so aus«, sagte er.
Später, als sie die Fahrt fortsetzten, fragte Hallie: »Warum waren nirgends Kinder? Ich hätte doch erwartet, daß Kinder dort rumlaufen.«
»Mrs. Bond hat drei verloren«, erzählte ihr Chad. »Ausnahmslos Fehlgeburten. Hier draußen gibt es keine Ärzte.« Hallie, die niemanden kannte, der zu einer Geburt einen Arzt hinzuholte, fragte sich, was sich dadurch hätte ändern sollen.

Nachdem der Nachmittag schon vorangeschritten war und die Sonnenstrahlen schräg in die goldenen Täler und auf die dunkelgrünen Hänge fielen, sagte Chad: »Wir sind fast da.« Er hielt den Wagen an und sprang ab. »Ich möchte, daß du es dir von dem Hügel aus ansiehst.« Er war ihr beim Absteigen behilflich. Dann nahm er sie an der Hand und führte sie den Hügel hinauf. Es war keine große Anhöhe, und der Hang stieg sachte an. Trotzdem war Hallie atemlos, als sie den Aufstieg fast hinter sich gebracht hatten. Im Westen sah sie in weiter Ferne die Gipfel purpurner Gebirgsketten.

»Bisher hat noch niemand diese Berge überquert. Wir haben keine Ahnung, was dahinter liegt«, sagte Chad. »Eines Tages vielleicht ...«

Dann zog er sie die letzten Meter hinter sich her und sagte: »Da.«

»Oh ...« Hallie stieß langsam den Atem aus.

Ein silberner Fluß schlängelte sich durch das Tal. Hellgrüne Weiden, auf denen ein paar Dutzend Schafe, einige Rinder und zwei Pferde grasten, waren mit kleinen dunkleren Wäldchen durchzogen. Ein Teich funkelte azurblau in der Sonne und spiegelte eine Wolke, die ganz allein am Himmel stand. Unter einem gewaltigen Gummibaum, der sich im Fluß spiegelte, lag das Haus da.

Es war keine Hütte wie die der Bonds. Zum einen war das Haus eierschalfarben gestrichen und sah von hier aus so groß aus, daß man weit mehr als zwei Zimmer vermutet hätte. Außerdem war es von einer Anmutigkeit, die Hallie von Wohnhäusern nicht kannte. Die Kulisse war idyllisch, und wie unter Hypnose lief sie den Hügel hinunter.

Chad streckte die Hand aus, um sie zurückzuhalten, aber sie war schon aus seiner Reichweite entschwunden. »Ich wollte nur, daß du es von hier aus siehst.« Er hatte ihre Reaktion genau beobachtet.

»Es ist wunderschön. Fahr du mit dem Wagen. Laß mich zu Fuß hinlaufen.«

Er lächelte und wandte sich ab, um zu gehen. Dann blieb er stehen. »Nein, ich gehe mit dir zu Fuß. Ich werde Archie herschicken, damit er den Wagen holt.«

Doch sie war schon losgelaufen und tanzte den Hügel hinunter; sie hatte die Arme in die Luft geworfen, als wolle sie alles willkommen heißen, was sie hier sah. Er blieb stehen und beobachtete sie, und dann rannte er hinter ihr her und drückte sich dabei den Hut fester auf den Kopf.

Hallie sauste durch die Felder und blieb erst unmittelbar vor dem Haus stehen. Sie war atemlos und stand so still wie eine Statue. Das Hauptgebäude war mindestens achtzehn Meter breit. Damit hatte sie nicht gerechnet. Vier hohe Fenster, beidseits der Haustür je zwei, zogen sich über eine Höhe von zweieinhalb bis drei Metern. Bei näherem Hinsehen merkte sie, daß es sich um Flügeltüren handelte, obwohl sie diesen Ausdruck damals noch nicht kannte. Es mußte wunderbar sein, in einem so hellen Haus zu leben.

Chad, der hinter ihr stand, sagte: »Ich habe an dem Tag mit der Arbeit angefangen, an dem ich dir den Brief geschrieben habe. Für den Fall, daß du ja sagst, wollte ich vorbereitet sein. Es hat mehr als eineinhalb Jahre gedauert, dieses Haus hinzustellen. Eines Tages, Hallie, wird es wesentlich größer sein.«

Mit glänzenden Augen drehte sie sich zu ihm um. »Das hast du selbst gebaut?«

»Ich hatte schon Hilfe dabei.« Ihre Reaktion freute ihn.

Eifrig ging sie auf die zwei Stufen zu, doch er streckte eine Hand aus, um sie zurückzuhalten. »Einen Moment, Mrs. Morgan«, sagte er und hob sie auf seine Arme. »Ich muß dich über die Schwelle tragen.« Er trat die Tür auf und ging mit ihr ins Haus. Als sie drinnen waren, hielt er sie noch einen Moment lang fest, aber sie bemerkte es nicht, weil sie viel zuviel zu sehen hatte. Als sie wieder auf den Füßen stand, wurde ihr klar, daß sie sich in einer Eingangshalle befanden, deren Decke höher als die jedes Raums war, in dem sie sich je aufgehalten hatte, abgesehen von der Kirche in Newcastle. Sie schätzte, daß das Haus sechs Meter tief war, und sie folgte Chad in ein geräumiges Zimmer.

»Eines Tages werde ich Tapeten bestellen«, sagte Chad, der sie beobachtete. An der Rückwand des Zimmers war ein riesiger Kamin. Die Fenster hatten keine Vorhänge und keine Übergardinen, und es fiel so viel Licht herein, daß es fast war, als seien sie im Freien. Chad lief zur Außenmauer und öffnete die Flügeltüren.

Die Wände waren weiß getüncht wie bei den Bonds, und Hallie fühlte sich an eine Kirche erinnert. Sie lief über die dicken, breiten, glattgeschliffenen Holzdielen, die viel eleganter als der Lehmboden bei den Bonds waren. Zwei behagliche Sessel, die mit weinrotem Möbelstoff überzogen waren, standen beidseits des Kamins. An der Wand stand ein langer Tisch mit drei Stühlen mit Sitzen aus Rohrgeflecht. »Archie hat den Eßtisch und die Stühle gebaut«, sagte Chad. »Der dritte Stuhl ist gerade erst letzte Woche fertig geworden, und das war keineswegs zu früh.«

Ein solches Zuhause hätte sie sich niemals vorstellen können.

Chad trat wieder in die Eingangshalle und sagte: »Komm, schau dir das andere Zimmer an. Ich fürchte, es ist weniger gemütlich.«

Wenn es auch nicht so groß wie das erste Zimmer war, dann mußte das Schlafzimmer doch fast zehn Quadratmeter haben. Es war fast so groß wie das gesamte Haus der Familie Thomas in Newcastle. Der Holzfußboden war auch hier auf Hochglanz poliert. An der hinteren Wand war neben einer weiteren Flügeltür ein kleinerer Kamin eingebaut. Neben ihm stand ein Schreibtisch und ein gepolsterter Stuhl mit hoher Lehne. Auf dem Boden lag ein Strohsack, länger, aber fast so schmal wie das Bett, in dem Hallie zu Hause geschlafen hatte. Als ihr Blick darüberglitt, sagte Chad: »Vielleicht finden wir jemanden, der uns ein Bett macht.«

Hallie konnte es kaum glauben. Sie war ans andere Ende der Welt gereist und hatte sich ausgemalt, sie würde in einem unterentwickelten Land ein entbehrungsreiches Leben führen, doch sie fand mehr Luxus vor, als sie sich bisher hatte vorstellen kön-

nen. Wieder einmal dachte sie, sie müßte sich kneifen, um sich zu vergewissern, daß sie auch ganz bestimmt nicht träumte.
Als Chad auf sie zukam, tauchte ein Mann in der Tür auf. »Ich habe zwar Stimmen gehört, aber keinen Wagen.«
Chad blieb stehen. »Sie ist gekommen«, sagte er zu dem Mann, der im Flur stand. »Das ist meine Frau.«
Archie, der etwa im selben Alter wie Chad sein mußte, zog den Hut, und Lachfalten bildeten sich um seine blaßblauen Augen, als er sie anlächelte. Ihm fehlte ein Zahn. »Ma'am«, sagte er. Sein rötliches Haar stand nach allen Richtungen ab, und er war so dürr und lang wie ein Zaunpfahl. Hallie mochte ihn und faßte augenblicklich Vertrauen zu ihm, obwohl sie wußte, daß er als Dieb gebrandmarkt war.
»Ich habe den Wagen hinter dem Hügel stehenlassen«, sagte Chad.
Archie hätte sicher gern nach den Gründen gefragt, aber er tat es nicht. »Ich werde ihn holen«, sagte er, doch ehe er ging, blieb er noch eine Zeitlang stehen und schaute von einem zum anderen.
Hallie trat an das hohe Fenster und öffnete es. Die Kühle, die mit dem Sonnenuntergang einsetzte, schlich sich in das Zimmer ein. »Es ist noch kühl genug, um abends ein Feuer zu machen« sagte Chad zu ihr. »Aber jetzt komm, ich will dir die Küche zeigen. Sie ist draußen, hinter dem Wohnzimmer. Du kannst dich gleich ans Abendessen machen.«
Mit diesen Worten holte er Hallie in die Realität zurück.

7

Hallie streckte sich und lächelte, als sie in der Dämmerung erwachte und sich umsah; sie stellte fest, daß sie überschwenglich glücklich war. Sie war jetzt schon verliebt – in dieses wunderbare Land und seinen strahlenden Himmel und seine grünen Hügel mit ihren hohen Gummibäumen und den farbenprächtigen Vögeln. Verliebt in die offene Weite des Himmels und in dieses wunderbare Haus, das eleganter war als alles, was sie je von innen gesehen hatte.

Das gestrige Abendessen, ihr erstes, das sie als verheiratete Frau und Dame des Hauses zubereitet hatte, war trotz des Umstands, daß das Kochen für so viele Personen sie nach der langen Reise ermüdet hatte, erfreulich gewesen. Zwei der Sträflinge waren in die Küche gekommen, um das Essen für sich und die anderen zu holen. Aber Archie hatte mit ihr und Chad gegessen. Ihr war keine Zeit für etwas Raffiniertes geblieben, und sie hatte nicht wirklich Gelegenheit gehabt, mit ihrem kulinarischen Können anzugeben, aber Archie hatte ihr gesagt, eine solche Mahlzeit hätte er nicht mehr gegessen, seit ... »na ja, vielleicht noch nie«. Ihr war aufgefallen, daß er sich Chad gegenüber nicht unterwürfig benahm, sondern ihn tatsächlich mit seinem Vornamen ansprach. Sie hatte auch bemerkt, daß Chad Archie eher wie einen Landsmann und Vertrauten und nicht wie einen Sträfling behandelte, der ihm zugeteilt worden war. Doch wenn Chad etwas vorschlug, tat Archie es sofort. Oft brauchte er Archie gar nicht erst zu etwas aufzufordern. Archie kam selbst darauf, ehe ihm etwas aufgetragen wurde – wie er sich beispielsweise anerboten hatte, den Wagen zu holen. Chad benahm sich, als arbeiteten Archie und er zusammen, als seien seine Pläne die Pläne beider. Sie redeten darüber, ein Gelände hinter dem Stall für die Schweine einzuzäunen und die afrikanischen Schafe auf der neuen Koppel unterzubringen.

Chad hatte Hallie gefragt, ob sie je im Garten gearbeitet hatte. Nein, hatte sie erwidert, in Newcastle ganz bestimmt nicht. Er hatte sich an Archie gewandt. »Das Saatgut ist eingetroffen.«

Archie hatte darauf erwidert: »Wenn wir den Boden rechtzeitig fertig haben, kann Mrs. Morgan noch diesen Monat mit dem Anpflanzen beginnen. Einen besseren Zeitpunkt hätten wir gar nicht erwischen können.«

»Ich bin fest entschlossen, mich dieses Jahr soweit wie möglich unabhängig zu machen«, gelobte Chad. »Wir sollten es schaffen, uns von unserem eigenen Anbau zu ernähren.«

Hallie fand, all das klang aufregend. Die Vorstellung, die eigenen Lebensmittel anzubauen, gehörte zu den Dingen, über die sie sich noch nie Gedanken gemacht hatte. Zu den allerersten Dingen, die sie sich wünschte, gehörte eine anständige Küche. Die Küche zu Hause war so groß gewesen, daß sie zum Wohnraum der Familie geworden war. Die Küche hier war wie eine Zelle – dunkel und mit einem winzigen Fenster. Sie erkannte, daß Männer sich keine großen Gedanken über eine Küche machten. Wenn sie einen großen Teil ihres Lebens dort verbringen sollte, hoffte sie nur, daß es nicht ihr Los war, diese Zeit in einem winzigen dunklen Loch zu verbringen.

Hellwach setzte sie sich auf. Es gab so viel zu tun, so viel Neues zu lernen ... Gestern abend, nach dem Abendessen, als es Zeit war, schlafen zu gehen, war Chad mit ihr ins Schlafzimmer gegangen, und dann hatte er auf das Strohlager gewiesen und gesagt: »Das war mir noch gar nicht klar. Es ist wirklich nicht groß genug für zwei, stimmt's? Wenn ich gewußt hätte, daß du kommst ... ich werde im Freien schlafen. Das habe ich letzte Nacht schließlich auch getan.« Und dann hatte er sie allein gelassen. Sie fragte sich, ob sich das einbürgern würde. Von den Ehen ihrer Eltern und Geschwister wußte sie, daß sie alle jede Nacht mit dem angeheirateten Partner schliefen. Gehörte das nicht zu einer Ehe? Und doch stimmte sie ihm zu, das Lager war wirklich zu schmal für zwei.

Und wie oft passierte »es«? Nur dann, wenn man Kinder haben wollte oder öfter? Waren jedesmal Kinder die Folge? Fing jetzt automatisch ein Baby an, in ihr zu wachsen? Sie schüttelte ermattet den Kopf. Es gab soviel, was sie nicht wußte, so viele wichtige Dinge, die ihr niemand gesagt hatte. Sie wünschte, sie hätte Chad danach fragen können, hatte aber das Gefühl, ihn nicht gut genug zu kennen. Tristan hätte es ihr sagen können; er war Arzt. Wahrscheinlich hätte er nicht über ihre Fragen gelacht.

Als sie ins Freie kam, war niemand zu sehen. Sie wußte, daß Archie im Stall schlief, den sie gestern abend noch nicht gesehen hatte. Heute morgen suchte sie sich ein Schultertuch aus ihrer Tasche heraus, weil es kühl war, und warf es sich um. Hinter dem Haus sah sie am Rand der Felder den Stall stehen. Hallie fand ihn fast so schön wie das Haus. Er war größer und hatte eine Tür, die bestimmt breit genug war, um mit einem Wagen hineinzufahren. Als sie darauf zuging, hörte sie ein Pferd wiehern. Ein brauner Hengst, der so stämmig war, daß sie vor ihm zurückscheute, stapfte in seiner Box herum.

Sie mochte den Geruch des Stalls, den Geruch nach Heu, sogar den des Düngers. Hier roch es so, wie es auf dem Land riechen sollte, dachte sie, so gar nicht nach Kohlenstaub. Eine Tür am hinteren Ende führte zu einer eingezäunten Koppel, auf der zwei weitere Pferde grasten. Dort war Archie bereits bei der Arbeit. Er hämmerte einen neuen Zaun neben der Scheune. Durch die Nägel zwischen seinen Zähnen murmelte er ihr eine Begrüßung zu.

»Ich rufe, wenn das Frühstück fertig ist«, sagte Hallie. Sie konnte seine Antwort nicht verstehen.

Chad war nirgends zu sehen, aber ein Kohlenfeuer war angezündet worden, und ein Eimer kaltes Wasser stand auf dem Küchentisch für sie bereit. Von der Küchendecke hing eine gepökelte Schweineschwarte; Hallie beschloß, Speck zu braten. Eigentlich war die Küche gut ausgestattet, dachte sie; es gab Mehl und verschiedene andere Grundnahrungsmittel. Aber während sie das Frühstück zubereitete, legte sie in Gedanken eine Liste der Dinge an, um die sie Chad bitten würde, wenn er wollte, daß sie Mahlzeiten zubereitete, wie sie es kannte.

Als sie fertig war, wollte sie Archie rufen – und stieß mit Chad zusammen. Sein Haar war naß, und eine Strähne hing ihm gelockt in die Stirn. Sein Gesicht war gerötet, und er verströmte Vitalität. »Ich habe mich gerade im Fluß gewaschen«, erklärte er. »Wenn du Wasser brauchst, dann hol es über dem Wasserfall.

Ich werde es dir zeigen – es ist gleich da drüben. Wenn wir baden, gehen wir an eine Stelle, die weiter flußabwärts liegt. Es ist nicht weit.«

»Sag Archie, daß das Frühstück fertig ist.« Hallie hätte ihm am liebsten eine Hand auf den Arm gelegt, um das Gefühl der Sicherheit wieder einzufangen, das er ihr an diesem ersten Tag vermittelt hatte. Er roch wie die Bäume.

Als er mit Archie zum Frühstück kam, legte Chad eine kleine gelbe wildwachsende Blume neben ihren Teller, sagte aber nichts. Sie nahm sie in die Hand und wollte sich gerade bei ihm bedanken, doch er war schneller als sie. »Kannst du reiten?«

»Das einzige Pferd, auf dem ich je gesessen habe«, erwiderte sie lächelnd, »war deins, als ich noch klein war.«

»Oh«, sagte er und grinste, als mache er sich über sich selbst lustig, »stimmt ja. Das ist also das Pferd, an das du dich erinnerst, nicht wahr? Wir werden dir das Reiten beibringen müssen.«

»Und zwar richtig gut«, sagte Archie mit vollem Mund.

»Archie, laß einen der Männer die Ochsen vor den Pflug spannen und die Feldarbeit übernehmen. Ich werde Hallie Reitunterricht geben.« Er machte keine Bemerkung zu dem Frühstück.

Als Hallie ein paar Minuten später auf den Stall zulief, kam Chad mit einem Pferd heraus, das wesentlich kleiner als seins war. »Es ist eine sanftmütige Stute«, sagte er und strich ihr über die Stirn. Ehrfürchtig rieb Hallie die seidige Flanke des Pferdes.

»Geh niemals von hinten auf ein Pferd zu. Nie.« Chad freute sich darüber, wie wenig Angst Hallie zeigte. »Als erstes werde ich dir zeigen, wie man ein Pferd sattelt.« Er warf dem Pferd eine Decke über den Rücken und zog dann den Sattel darüber. Als er den Gurt gerade zuziehen wollte, hielt er inne. »Verdammt noch mal ...« Ein belämmerter Ausdruck trat auf sein Gesicht, als er sagte: »Das hatte ich ganz vergessen. Es ist kein Damensattel. Wir werden warten und dir einen besorgen müssen.«

»Ich will nicht warten«, sagte sie. »Kann ich nicht lernen, so wie du zu reiten?«

»Dein Rock würde zerreißen.«
»Ich halte ihn hoch«, sagte sie und lüpfte ihn schon. »Bitte, Chad, laß uns nicht damit warten. Laß uns gleich damit anfangen.«
Er sah sie an, als sie dastand und ihre Röcke bis zu den Knien hochgezogen hatte, und er sagte lediglich: »Wir werden dir Stiefel besorgen müssen.« Aber er grinste von einem Ohr zum anderen. Dann machte er mit den Händen eine Baumleiter und bedeutete ihr, darauf zu steigen, damit er sie hochhieven konnte.
Chad freute sich darüber, wie schnell Hallie das Reiten lernte. Abgesehen von ihren Reitstunden waren die täglichen Hausarbeiten kaum anders als in Newcastle. Sie kochte die Mahlzeiten und wusch die Kleider, aber die Kleider wusch sie in dem Fluß unter dem Wasserfall – inmitten von Bäumen und Wasser, das über glattgeschliffene Steine sprudelte – und nicht in einem hölzernen Zuber hinter dem Haus. Sie schlenderte am Fluß entlang und pflückte noch mehr von den kleinen gelben Blumen, von denen Chad ihr eine mitgebracht hatte, und dazu noch violette, die regelrecht emailliert wirkten. In ihrem ganzen Leben hatte sie noch nie Blumen gepflückt. Sie fand, das gehörte zu den schönsten Dingen, die man auf der ganzen Welt tun konnte. Sie steckte sich eine Blume hinter das Ohr und schaute sich im Bach ihr Spiegelbild an. »Ich komme mir vor wie eine Märchenprinzessin« sagte sie und lächelte vor sich hin. »Ich bin von der wirklichen Welt runtergefallen und an einem Ort gelandet, an den man kaum glauben kann.«
Sie breitete die nassen Kleider auf dem Gras vor dem Haus zum Trocknen aus und machte sich daran, das Abendessen vorzubereiten. Ich brauche eine Essensglocke, dachte sie, etwas, was ich benutzen kann, um die Männer zu den Mahlzeiten zu rufen.
Einer der Sträflinge pflügte noch ein großes Rechteck um, und große Erdschollen wiesen darauf hin, wo er und der Ochse schon gewesen waren. Sie wußte nicht, wo Chad steckte.
In der Küche lagen fünf Hühner, und dort, wo ihre Hälse und

Füße gewesen waren, sickerte noch warmes Blut heraus. Hallie hatte schon viele Hühner gerupft; der Anblick machte ihr nichts aus. Sie ging mit ihnen zum Bach, riß ihnen die Federn aus, als sie durch das hohe Gras lief, nahm sie aus und wusch sie in dem fließenden kalten Wasser. Was für ein Luxus, unbegrenzte Wasservorräte zur Verfügung zu haben, dachte sie versonnen.
Sie würde auch Klöße kochen. Klöße für zwölf, dachte sie und fragte sich nur einen flüchtigen Moment lang, ob sie dieser Aufgabe wohl gewachsen war. Als alle Kinder noch zu Hause gewesen waren, sagte sie sich, hat Mum schließlich jeden Abend für zehn Personen gekocht. Ich werde mich auch daran gewöhnen können.
In einem Jutesack vor der Küchentür waren Karotten und Zwiebeln. Am Vormittag hatte sie schon zwei Apfelkuchen aus den mürben frischen Äpfeln gebacken, die sie entdeckt hatte. Wenn Archie glaubte, er hätte gestern abend gut gegessen, dachte sie grinsend, dann sollte er erst mal abwarten, was er heute vorgesetzt bekam. Vielleicht würde sogar Chad sie heute abend loben.
Aber wieder äußerte er sich nicht zu ihrem Abendessen. Er ließ zu, daß Archie rülpste, sich mit der Hand den Mund abwischte und sagte: »Ich werde wirklich verwöhnt. Gestern dachte ich noch, er hätte Sie wegen Ihres Aussehens geheiratet. Heute glaube ich, es liegt an Ihrer Kochkunst.«
Chad lachte. »Das könnte ohne weiteres die längste Ansprache sein, die Archie je einer Frau gehalten hat.« Dann stand er auf, stieß seinen Stuhl zurück und sagte. »Komm mit, ich möchte dich den Männern vorstellen. Sie sind neugierig.«
Sie folgte Chad zu der Baracke, und er rief die Männer heraus. Als sie auftauchten, fiel Hallie auf, daß sie alle eine aufrechte Haltung hatten. Abgesehen davon dachte sie, sie könnte sich nicht erinnern, je eine so bunt zusammengewürfelte Schar gesehen zu haben. Bisher hatte sie nur die beiden Männer getroffen, die gekommen waren, um das Essen zu holen. Diesmal stellte Chad sie der Reihe nach mit Namen vor – Sam, George, Brian,

William, und dann kam sie nicht mehr mit. Sie konnte sich nicht acht neue Namen auf einmal einprägen. Bis auf den großen Dunklen, Brian, fand sie, sie seien miteinander austauschbar. Alle hatten hagere Gesichter, und die meisten hatten dünne, zusammengekniffene Lippen. Ihre Augen schienen ausnahmslos blaßblau zu sein – ein verwaschenes Blau, nur der große dunkle Mann hatte schwarze Augen. Sie fragte sich, wie sie sie je auseinanderhalten sollte. Die Namen dieser Männer mußte sie lernen, denn sie würde jahrelang eng mit ihnen zusammenleben. Zwei oder drei starrten sie an, aber die anderen scharrten mit den Füßen und schauten auf den Boden oder auf einen unsichtbaren Punkt direkt hinter ihr.

Es war nicht so, daß sie sie nicht gemocht hätte. Sie fühlte sich nur unbehaglich. Sie glaubte, ihr würde nie etwas einfallen, worüber sie mit ihnen reden könnte. Falls Chad ein Mitspracherecht hatte und sich die Gefangenen aussuchen konnte, fragte sie sich, was ihn dazu gebracht hatte, diese Männer auszuwählen. Trotzdem zwang sie sich zu einem Lächeln und war froh darüber, daß sie keinen direkten Kontakt zu ihnen hatte, sondern Chad und Archie als Puffer zwischen ihr und ihnen dienten.

Auf dem Rückweg zum Haus nahm Chad ihren Ellbogen und sagte: »Ehe es dunkel wird, Hallie, würde ich gern mit dir ausreiten, um dir mein Land zu zeigen.« Sie nickte lächelnd. Jetzt schon wußte sie, wie leidenschaftlich er sein Land liebte, und jetzt wollte er es ihr stolz vorzeigen.

Er hob sie im Damensitz vor sich auf Thunder und schlang die Arme um sie, um die Zügel in die Hand zu nehmen. Das Pferd trabte sofort los, und als es Tempo zulegte und sie galoppierten, erinnerte sie sich wieder daran, wie sie vor vielen Jahren genauso vor ihm gesessen hatte und was für ein Gefühl es gewesen war, so schnell zu reiten, daß die Landschaft verschwamm, und sie dachte auch wieder daran, wie sicher sie sich in Chads Nähe gefühlt hatte.

Als sie oben auf einem Hügel angekommen waren, hielt er das

Pferd an. »Siehst du diese Bäume dort unten?« sagte er und deutete hin. »Bis dahin reicht mein Land. Aber eines Tages werde ich all das besitzen, soweit du sehen kannst, und auch alles, was man vom nächsten Hügel aus sieht. Es wird mir bis zum Fluß gehören.«

»Ist das weit?« Es gefiel ihr, dazusitzen und seine Arme um sich zu spüren.

»Ein paar Meilen. Ich werde Tausende von Morgen und Tausende von Schafen haben, und ich werde für Neusüdwales wichtiger sein, als es die Kohlenbergwerke der Morgans je für England gewesen sind.«

Er mußte sich also etwas beweisen, dachte sie. Sein Bruder würde die Bergwerke erben, aber er würde sich selbst ein Reich schaffen, auf sich allein gestellt.

»Schafe?« fragte sie. »Warum ausgerechnet Schafe?«

»Weil Englands Spinnereien sie brauchen. Napoleon hat England die bretonischen Schafe weggenommen, und jetzt muß es sich eine andere Quelle suchen.«

»Wird das nicht zu kostspielig sein, sie ans andere Ende der Welt zu transportieren?« Sie mußte sich anstrengen, um sich auf seine Worte zu konzentrieren, denn die Nähe seines Körpers überwältigte sie.

»Das wird es wert sein. Es wird unser Los werden. Wir werden im begünstigtsten Land auf Erden unser Glück machen.« Seine Lippen streiften ihr Haar. »Hast du je etwas Schöneres gesehen, Hallie.«

»Nein«, sagte sie. »Nie.«

Er drückte sie fester an sich. »Wir gehen in die Geschichte ein, Hallie. Wenn du in England geblieben wärst, hättest du nie in die Geschichte eingehen können.«

»Ich bin froh, daß ich hergekommen bin«, sagte sie und lehnte sich an ihn.

Einen Moment lang herrschte Schweigen. »Ich auch . . .« Sie spürte seinen Atem in ihrem Ohr, fühlte seinen Körper an ihrem.

Chad ließ das Pferd kehrtmachen, und sie ritten langsam den Hügel hinunter. Die Sonne schickte sich zum Untergehen an, und lavendelfarbene und goldene Splitter ragten am Horizont auf. Auf dem Rückweg redeten sie kein Wort miteinander.

Später, nachdem die Küche aufgeräumt war und Archie sich zum Stall begeben hatte, sagte Chad, während das Feuer im Herd gerade herunterbrannte: »Ich glaube, heute nacht werde ich nicht im Freien schlafen.« Er sah sie nicht an, sondern stocherte in der Glut herum.

Hallie schaute aus dem Fenster und sah eine blasse Mondsichel. Unzählige Sterne funkelten am Himmel. »Es wäre schön, im Freien zu leben, meinst du nicht auch?« sagte sie leise. »Jede Nacht unter den Sternen einzuschlafen.«

Chad sagte nichts dazu, sondern starrte sie nur quer durch das Zimmer an. Er stellte den Schürhaken ab.

Sie nahm eine Kerze und ging ins Schlafzimmer. Er folgte ihr nicht. Sie blies das Licht aus und begann sich auszuziehen. In diesen Zimmern mit den höhen Glasscheiben war es nie dunkel. Schattenmuster vom Laub der Gummibäume tanzten zwischen ihr und dem Mond. Obwohl es draußen kühl geworden war, machte sie die Flügeltür auf und blieb im Nachthemd in der Tür stehen, um den leisen, raschelnden nächtlichen Geräuschen zu lauschen.

»Du wirst dich noch erkälten«, sagte er mit gesenkter Stimme hinter ihr. Sie hatte sein Eintreten nicht gehört. Sein Körper schmiegte sich an ihren Rücken, und seine Hände legten sich auf ihre Schultern. Gänsehaut lief ihr über die Arme, als seine Lippen ihren Hals streiften und sein Atem ihr Ohr kitzelte. Urplötzlich erfaßte sie intuitiv, daß man »es« nicht nur tat, um Kinder zu kriegen. Sie konnte spüren, wie sich ihr Blut aufheizte, als seine Hände sich auf ihre Brüste legten. Ihr Herzschlag beschleunigte sich, als er sie zu sich umdrehte, ihren Kopf zurückneigte und seinen Mund auf ihre Lippen senkte.

Während sein Mund noch auf ihrem lag, knöpfte er sich das

Hemd auf. Das, dachte sie, macht es aus, verheiratet zu sein. Das ist es, was Menschen einander nahebringt. Das ist es, was Eheleute gemeinsam tun und was dem Rest der Welt versagt ist. Ohne auch nur nachzudenken, zog sie sich das Nachthemd über den Kopf, um ihm nah sein zu können, seine Haut auf ihrer spüren zu können. Sie hörte, wie er leise lachte und »O Hallie« sagte, ehe sie sich auf das schmale Lager legten.

Er berührte sie an Stellen, von deren Existenz sie nichts gewußt hatte. Er nahm sie so heftig, daß es sie beide mit einem Knall auf den Holzboden schleuderte. Wieder lachte er, diesmal laut. Sie wälzten sich auf dem Boden herum, ohne je ihren Rhythmus zu unterbrechen. Ihr Rücken wölbte sich ihm entgegen, und es war, als zersplitterten Sterne in tausend Stücke.

Als er aufhörte, als es für beide vorbei war, klammerte sie sich an ihn und wollte nicht, daß er fortging, wünschte sich, ewig so liegenzubleiben und ihn zu umschlingen. Doch er löste sich von ihr.

Als sie zusammengerollt wie ein Embryo vor Sonnenaufgang erwachte, war er fort. Er war den ganzen Tag über fort, und mit ihm die Ochsen und der Wagen.

Um die Mittagszeit fing sie an, sich Sorgen zu machen. Hatte er sie verlassen? Hatte er den Zauber der letzten Nacht nicht auch empfunden? Als sie die Wäsche gewaschen hatte, wußte sie nicht, was sie sonst noch an Hausarbeiten tun konnte. Am Nachmittag begab sie sich dann schließlich zum Stall und fragte Archie, ob sie ihm nicht dabei helfen könnte, den Hühnerstall fertigzustellen.

»Nee«, sagte er. Aber als sie einfach stehenblieb, sagte er, sie könnte ihm die Nägel reichen.

»Vielleicht könnte ich beim Hämmern mithelfen«, bot sie an, denn sie war besorgt und fühlte sich zu nichts nütze.

»Nee«, sagte er. »Das ist keine Frauensache.«

Und was ist Frauensache? fragte sie sich.

Bei Anbruch der Nacht war Chad immer noch nicht zu Hause.

Hallie bereitete routinemäßig das Essen zu, aß aber nur wenig. Zumindest füllte sich Archie dreimal den Teller. Er machte sich keine Sorgen.

Was ist, wenn Chad etwas zugestoßen ist? Was würde sie allein hier anfangen? Warum war er fortgegangen, ohne ein Wort zu sagen?

Als es schon dunkel war, lange Zeit nach dem Abendessen, saß sie immer noch mit gespitzten Ohren da, um nicht das kleinste Geräusch zu verpassen, und sie hörte den Wagen nahen. Die Spannung wich aus ihrem Körper. Wenigstens war ihm nichts zugestoßen, selbst wenn der Grund seines Verschwindens zum Zankapfel zwischen ihnen werden konnte.

Sie hörte seine Stimme rufen: »Ich hoffe, ihr habt mir vom Abendessen noch etwas übriggelassen.« Er war vornübergebeugt und konnte sich nicht aufrichten. »Ich war in Parramatta und bin schon wieder zurück.« Auf dem Rücken trug er ein Doppelbett. Er zerrte es ins Schlafzimmer, warf seinen Hut auf einen Stuhl und sagte: »Und jetzt, Frau, will ich was zu essen haben.« Er grinste breit.

8

Die Sonne blendete sie. Sie bemühte sich, Chad sehr aufmerksam zuzuhören. Er hielt ein kleines Samenkorn in den Fingern und bohrte dann einen seiner Daumen in die Erde, die jetzt in winzige Stücke gebrochen und glattgerecht worden war. »Laß einen Abstand von etwa fünfzehn Zentimetern, und setz die Reihen knapp einen halben Meter auseinander. Auf diese Samen darfst du nur ganz wenig Erde tun, sie gerade nur bedecken, aber die da drüben, den Mais, mußt du einen Daumen tief eingraben. Je kleiner das Samenkorn, desto dichter muß es unter der Oberfläche liegen.«

In den sechs Wochen seit Hallies Ankunft war der Boden für

ein Gemüsebeet geharkt worden; erst waren die dicken Schollen in kleine Klumpen zerbrochen und dann in so feine Krümel zerbröselt worden, daß sie schon Ähnlichkeit mit Sand hatten. Chad sagte ihr, je lockerer und feiner die Erde sei, desto besser könnte das Gemüse atmen und Wasser aufnehmen.
Sie hatte gelacht. Atmendes Gemüse?
Mit dem Einpflanzen des Saatguts hatten sie gewartet, bis der zunehmende Mond ganz allmählich immer voller wurde. Archie glaubte an die Anziehungskraft des Mondes auf die Erde. »Wenn der Mond größer wird, zieht er die Saat aus dem Boden«, hatte er gesagt.
Jetzt kniete sie neben Chad, während er ihr mit unendlicher Geduld und ganz so, als sei sie ein Kind, das sich anstrengte, seine Lektion zu lernen, zu erklären versuchte, wie man mit einem Garten umging. Die Sonne funkelte auf dem Gartengerät, das er in der Hand hielt, und brannte Hallie in den Augen. Sie nickte, aber obwohl er alles schon dreimal mit ihr durchgegangen war, war sie immer noch nicht sicher, ob sie ihn verstanden hatte. Es klang so einfach, und doch war sie von der Sonne benommen. Sie kämpfte dagegen an, daß sich die Welt vor ihren Augen drehte.
Chad beobachtete sie und legte eine Hand auf ihren Arm. »Ist alles in Ordnung mit dir?«
»Ja, natürlich«, antwortete sie und blinzelte ihn an. Offensichtlich nutzte der große Sonnenhut, den er ihr in Parramatta gekauft hatte, nichts. »Es liegt nur an der grellen Sonne. Ich bin es nicht gewohnt, bei Sonne im Freien zu arbeiten. Es wird schon wieder besser.«
Er sah sie skeptisch an und stand dann auf. »Archie und ich sind oben auf der Weide. Wir glauben, daß die Kuh dort kalbt, und wenn es uns gelingt, sie zu finden und zurückzubringen, haben wir endlich Milch. Kommst du allein zurecht?«
Hallie nickte. »Je kleiner der Same, desto dichter unter der Oberfläche.«

»Richtig. Das hier sind Karotten. Wenn du alle Samen eingepflanzt hast, bindest du diesen bunten Faden an ein Stöckchen und steckst es ans Ende der Reihe.« Er stand auf und wischte sich am Hosenbein die Finger ab. Als er über das Feld zum Stall lief, wo Archie ihn erwartete, schaute er sich noch einmal nach ihr um.

Hallie steckte den Finger in die warme, duftende Erde und schaute dann über das weite, gepflügte Feld hinaus. Sie kniff die Augen zusammen und versuchte, sich das Ergebnis ihrer Arbeit vorzustellen, Mais, Kartoffeln, Erbsen, grüne Bohnen, Jamswurzeln und Kohlköpfe. Aber es gelang ihr nicht. Sie konzentrierte sich darauf und versuchte, sich eine große goldgelbe Kartoffel vorzustellen, und dabei kippte sie flach vornüber auf das Feld und erbrach sich über die Samen, die sie gerade eingepflanzt hatte.

Sie blieb liegen und wartete darauf, daß das Schwindelgefühl vorübergehen würde. Ihr wurde klar, daß sie schwanger sein mußte. Sie hörte Pferdehufe und Chads Stimme, die ihren Namen rief, spürte, wie Arme sie hochhoben, und hörte, wie er sagte: »Hallie ... Hallie ...«

Als er sie auf ihr Bett legte, wünschte sie plötzlich, es gäbe Vorhänge vor den Fenstern, um die Sonne fernzuhalten.

»Du bist krank ...« Chad wirkte besorgt.

Hallie öffnete die Augen, denn das Schwindelgefühl war verflogen. »Das glaube ich nicht.« Sie lächelte matt. »Ich glaube, ich bekomme ein Baby.«

Chad kniete sich neben sie, und seine Augen funkelten vor Aufregung. »Glaubst du wirklich?«

Sie nickte. Chad zog sie in seine Arme und preßte sie an seine Brust. »Genau das habe ich mir gewünscht«, rief er überschwenglich aus. »Das ist der Beginn meiner Dynastie.«

Nicht nur deiner, dachte sie. Meiner auch.

Die Übelkeit kam und ging zu den verschiedensten Tageszeiten, oft schon beim Aufstehen, aber nach sechs Wochen wurde es besser. Nachdem Hallie sich ihre Schwangerschaft bewußt gemacht hatte, schien es, als sei die ganze Welt am Gebären. Die ersten Frühlingslämmer kamen. Hallie hatte noch nie ein neugeborenes Tier gesehen. Wenn ein Lamm die Muttermilch nicht zu sich nehmen konnte, gab sie ihm Kuhmilch aus der Flasche. Ein Schaf starb bei der Geburt von Zwillingen, und Hallies Aufgabe war es, den Lämmern Kuhmilch einzuflößen. Diese Aufgabe bereitete ihr riesigen Spaß. Die Lämmer tollten umher, rannten auf wackligen Beinen durch die Felder und wirkten überrascht, aber nicht betroffen, wenn die schwachen Beine unter ihnen nachgaben. Sie hätte Stunden damit zubringen können, die Lämmer zu beobachten und über sie zu lachen, aber es gab andere Arbeiten, denen sie sich zuwenden mußte.

Als ihr nicht mehr übel wurde, brachte ihr Chad bei, die Kuh zu melken, die sie Amanda genannt hatte. Das Melken erforderte den Einsatz von Muskeln, die bei ihr nicht entwickelt waren, und in der ersten Woche glaubte sie, ihre Hände und Arme würden einfach abbrechen. Aber allmählich beherrschte sie es, und abgesehen davon, daß sie so früh aufstehen mußte – vor der Morgendämmerung –, machte ihr auch diese Aufgabe zunehmend mehr Spaß. Den frühen Morgen mochte sie besonders gern; um die Zeit herrschte keine Hektik. Vögel stießen ihre ersten Rufe aus, während der Himmel sich beim Erwachen streckte. Sie mochte die Stallgerüche, und sie und Amanda gewöhnten sich aneinander. Wenn alles vorbei war, drehte Amanda sich um, muhte und rieb sich an ihr. Hallie brauchte Amanda am frühen Abend nicht mehr zu rufen, die Kuh erschien freiwillig zum Melken. Nachdem Hallie ihr die Milch, die sie gebrauchen konnte, abgenommen hatte, überließ sie dem Kalb, das Chad aus einer Laune heraus Titus genannt hatte, den Rest. Dann setzte sie sich hin und schaute zu, wie es am Euter der Mutter trank. Es war eine Zeit, die sie mit Zufriedenheit erfüllte.

Voller Erstaunen beobachtete sie, wie in ihrem Garten die Keime aus der Erde sprossen. Irgendwie hatte sie nicht wirklich damit

gerechnet, je dieses Grün zu sehen, das sich seinen Weg zur Sonne bahnte, als die warmen Tage immer heißer wurden.
»Das Gemüse erstickt, wenn du das Unkraut nicht jätest«, warnte Chad sie. Das machte ihr weniger Spaß. Sie fragte sich, warum er sich nicht freiwillig erbot, ihr dafür einen seiner Männer zur Verfügung zu stellen.
Chad pfiff bei der Arbeit, und er arbeitete den ganzen Tag. Mit dem Einzäunen schienen sie nie fertig zu werden. Sowie Hallies Übelkeit vergangen war, gewöhnte sie es sich an, Chad und Archie das Mittagessen zu bringen und manchmal zu einem Picknick dazubleiben. Sie liebte es, durch die Wiesen zu reiten, unter gigantischen Bäumen hindurch, in denen sie die Finken zwitschern und die Eisvögel krakeelen hörte. Sie lernte das Land kennen und fand, es sei doch ganz etwas anderes, Chad und Archie das Mittagessen zu bringen, als es durch die grauen rußigen Straßen von Newcastle zu Dada und ihren Brüdern im Bergwerk zu tragen.
Da sie mit dem Fortschreiten der Schwangerschaft immer schneller ermüdete, machte sie nach dem Essen einen Mittagsschlaf und erledigte dann am Spätnachmittag ihre Hausarbeiten. Montags wusch sie die Kleider im Fluß, und an den anderen Nachmittagen jätete sie das Unkraut und hatte großen Spaß daran, die Eier zu suchen, die die Hühner nur zu gern versteckten. Sie bat Chad, ihr das Fischen beizubringen, und mindestens einmal in der Woche fischte sie das Abendessen aus dem Bach.
Chad war immer geduldig, ob er ihr nun das Reiten lernte, das Fischen, oder ob er ihre Fragen zu den Gartenarbeiten und dem Land beantwortete. Und doch hatte er sich verändert. Er rührte sie nicht mehr an. Er zog sie nachts nicht mehr an sich, obwohl sie ihn oft dabei ertappte, wie er sie bei Kerzenschein anstarrte. Er ritt abends nicht mehr mit ihr aus, und er legte den Arm auch nicht mehr um sie. Er wahrte Distanz.
So, dachte Hallie, das war »es« dann wohl. Er tat es nur, um sie

zu schwängern. Nicht etwa, weil er sie begehrte, sondern nur für die Dynastie. Sie vermißte seine Berührungen, seine Küsse, sein Verlangen – und sie vermißte auch die Leidenschaft, die sie in sich selbst entdeckt hatte.

Eines Abends, als Hallie dasaß und stopfte – es war jetzt zu warm für ein Feuer am Abend –, sagte Chad: »Fällt dir irgend etwas ein, was du für die Küche brauchst? Oder fehlt dir sonst etwas? Ich fahre morgen nach Parramatta. Möglicherweise auch weiter nach Sydney. Vielleicht sind Schiffe angekommen und Waren dabei, die ich bestellt habe.«

»Darf ich mitkommen?« fragte sie.

Chad blickte von den Notizen auf, die er sich gerade machte. »Wozu denn das? Ich kaufe alles, was wir brauchen. Ich werde zwei oder drei Nächte unterwegs sein.«

Hallie ging zu ihm und setzte sich neben ihn auf den Boden. »In den fünf Monaten, seit ich hier bin, habe ich keinen anderen Menschen gesehen und mit niemandem sonst geredet. Ich käme wirklich gern mit.« Sie hatte ihn noch nie um etwas gebeten.

Er spielte mit einer Locke dicht neben ihrem Ohr. »Dein Haar ist wie gesponnenes Gold«, sagte er, als rede er mit sich selbst.

Sie sah zu ihm auf. Nimm mich mit, flehte sie wortlos. Nimm mich mit.

»Meine arme Hallie ... bist du denn so einsam?«

»Eigentlich nicht«, antwortete sie, ohne ihn aus den Augen zu lassen. »Aber ab und zu denke ich mir, es wäre doch schön, andere Menschen zu sehen, mit einer Frau zu reden ...«

»Ah, das ist es also«, sagte er. »Du brauchst Klatsch und Tratsch.«

Nein, dachte sie, das ist es nicht, worauf ich aus bin. »Ich würde gern mit einer Frau über das Kinderkriegen reden«, sagte sie, obwohl noch sechs Monate bis zur Geburt vor ihr lagen. »Ich wüßte gern, was ich zu erwarten habe. Und ich würde mir gern Parramatta ansehen. Ich habe seit Monaten keine Stadt mehr gesehen.«

»Mein Stadtmädchen ...« Er legte einen Finger unter ihr Kinn. »Mir war nicht klar, daß ich dir Entbehrungen zumute.«
»So empfinde ich es nicht«, protestierte sie. Warum hatte er seine Hand zurückgezogen? »Nur ab und zu ...«
»Schon gut«, sagte Chad. »Ich verstehe. Was mir genügt, genügt dir noch lange nicht.«
»Das ist überhaupt nicht wahr«, erwiderte Hallie und merkte, daß sie zum ersten Mal die Stimme gegen ihn erhob. »Ich bin glücklicher, als ich es je für möglich gehalten hätte. Aber ab und zu würde ich mich gern unterhalten – mit Frauen unterhalten. Ich weiß nicht das geringste über das Kinderkriegen, du etwa?«
Chad zog die Augenbrauen hoch, »Nicht viel.«
Hallie fuhr fort: »Du hast mir mehr gegeben, als ich mir je erträumt hätte. Und ich weiß es zu schätzen, wirklich. Aber das heißt noch nicht, daß ich mich nach nichts sehnen darf, oder? Ich bitte dich nicht um Dinge, die Geld kosten. Du hast mir zwei Kleider geschenkt«, räumte sie ein. »Das sind zwei neue Kleider mehr, als ich in meinem ganzen bisherigen Leben besessen habe. Ich beklage mich nicht über dieses fürchterliche Loch von einer Küche, oder? Noch nicht einmal bei dieser Hitze, bei der man sich dort wie in einem Backofen fühlt. Ich bemühe mich, dir meine Dankbarkeit zu zeigen. Ich tue alles, was du willst, und ich tue es gern. Ich wußte nie, daß es Spaß machen kann, einen Haushalt zu führen, und sogar das Waschen im Fluß mache ich gern. In Newcastle habe ich die Wäsche gehaßt. Es fasziniert mich, mit anzusehen, wie Nahrungsmittel wachsen und Gestalt annehmen, und ich begeistere mich dafür, Rettiche aus dem Boden zu ziehen. Ich liebe die Lämmer – ich bin so glücklich, daß es mir schon angst macht. Aber das hält mich nicht davon ab, andere Menschen sehen zu wollen, irgendwelche Menschen. Mit einer Frau reden zu wollen und mir anzuhören, was sie über ... ach, du weißt schon.«
Chad sagte kein Wort. Dann nahm er ihre beiden Hände. »Natürlich wirst du mit mir kommen, Hallie«, sagte er mit sanfter

Stimme. »Du hast recht. Du bittest mich um nichts.« Er beugte sich vor und küßte sie auf die Stirn. »Noch nicht einmal um eine neue Küche.« Seine Stimme neckte sie.

Chad war nicht mehr in Sydney gewesen, seit er Hallie abgeholt hatte. Man konnte nie wissen, wann Waren, die vor mehr als zwei Jahren bestellt worden waren, eintreffen würden. Oder ob sie überhaupt je kommen würden. Daher hoffte Chad, die übrigen Artikel, die er schon lange vor Hallies Eintreffen bestellt hatte, seien jetzt gekommen, und er nahm die Ochsen und den Wagen. Das würde den Ausflug um etliche Tage in die Länge ziehen, aber da Archie sich um die Farm kümmern konnte, hatten sie keine Eile.

Es würde schön sein, auf der Fahrt den ganzen Tag neben Chad zu sitzen, dachte Hallie. Gewöhnlich sah sie ihn selten, erst abends, nach Sonnenuntergang. Sie sagte sich, sie hätte nichts dagegen, und ihr Leben sei bei weitem erfüllter, als es gewesen wäre, wenn sie in einer englischen Stadt geblieben wäre. Und doch wurde der Drang, sich mit Frauen zu unterhalten, manchmal übermächtig. Sie wollte fragen, wie es ist, wenn man ein Kind bekommt; sie wollte wissen, was sie rechtzeitig bereithalten sollte. Aber es war mehr als nur das. Sie wollte grundlos lachen, eine andere Frau verständnisvoll anlächeln, eine Stimme hören, die nicht immer gebieterisch klang.

Nicht etwa, daß Chad sie herumkommandiert hätte. Aber er erwartete ganz offensichtlich, daß seine Wünsche befolgt würden. Da diese Erwartung ausnahmslos erfüllt wurde, brauchte er keine Anweisungen zu erteilen, noch nicht einmal an Archie. Sie hatte nicht das Gefühl, daß Chad sie an seinem Leben teilhaben ließ. Er sprach von »meiner Dynastie«, »meiner Farm« und »meinem Traum«. Aber Dada war genauso gewesen, fiel ihr ein, nur hatte er nie Träume gehabt; aber er hatte von »meiner Frau«, »meiner Familie« und »meinem Haus« geredet, obwohl das Haus der Firma gehörte. Sie fragte sich, ob Chad in dem

Baby »mein Kind« sah. Als sie gerade daran herumgrübelte, spürte sie den ersten Tritt, das erste schwache Lebenszeichen, das sich in ihr rührte, und sie war verblüfft. Es ist mein Kind, dachte sie. Bis jetzt ist es nicht sein Kind, noch nicht einmal unseres.

Chad redete auf der Fahrt nicht viel. Sie brachen auf, sowie Hallie Amanda gemolken hatte. Die Täler waren grüner als bei Hallies Ankunft, denn es hatte oft nachts geregnet. Wachteln stolzierten mit ihren Kleinen umher, Spatzen zwitscherten, und ein Koalabär schlief in der Astgabelung eines Eukalyptusbaums. Stundenlang redeten sie kein Wort miteinander.

Dada und Mum hatten abends meistens still dagesessen, Dada hatte seine Pfeife zwischen den Zähnen gehabt, und Mum hatte gestrickt. Hallie erwartete daher in einer Ehe keine größeren Gespräche. Wenn Archie abends zum Schlafen in den Stall ging, hatten Chad und sie einander auch tatsächlich selten noch etwas zu sagen. Aber Mum hatte andere Frauen um sich gehabt, und Dada hatte wahrscheinlich den ganzen Tag mit den anderen Männern geredet und ihnen zugehört. Sie hatte niemanden.

Die Nächte waren für sie das schlimmste. Sowie er sich ins Bett legte, schlief Chad augenblicklich ein; er nahm sie nie in seine Arme, streichelte und berührte sie nie.

Ihr Bauch war dicker geworden, und sie glaubte, er hätte es nicht bemerkt. Sie erzählte ihm jedoch, daß sie erstmals eine Bewegung wahrgenommen hatte, ein Treten. Und einmal hatte sie mitten in der Nacht, als er glaubte, sie schliefe, Chads Hand auf ihrem Bauch gespürt; er hatte die Hand nicht bewegt, sie nur auf ihre Haut gepreßt. Sie hatte in sich hineingelächelt, denn jetzt wußte sie, daß auch er die ersten Regungen spüren wollte. Aber abgesehen davon hatte er sie nicht mehr angerührt, seit sie ihm gesagt hatte, daß sie schwanger war. Es schien, als hätte er restlos aufgehört, sie zu begehren. Das war es, was ihr fehlte, ebensosehr wie die Gesellschaft von Frauen und die Gespräche mit ihnen. Sie vermißte Chads Berührungen, mit denen er sie in den allerersten Monaten ihrer Ehe überschüttet hatte, die Küsse, mit denen er sie verschlungen hatte, die Erregung, wenn ihre Körper zusammenkamen ...

Ohne zu merken, was sie tat, legte sie die Hand auf seinen Arm. Er drehte sich zu ihr um. »Was ist?«

»Nichts«, sagte sie, zog ihre Hand aber nicht zurück.

Sie blieben zum Mittagessen bei den Bonds, und während Chad und Enoch hinter dem Haus miteinander redeten, warf Mrs. Bond nur einen Blick auf Hallie und sagte: »Ach, Sie also auch.«

Mrs. Bond und Hallie waren etwa gleich weit in der Schwangerschaft fortgeschritten. Mrs. Bond sagte, sie hätte diesmal ein besseres Gefühl als bei den anderen, sie hätte keine Blutungen und sei optimistisch.

»Tut es immer weh, wenn es rauskommt?« fragte Hallie.

»Immer«, antwortete Mrs. Bond.

»Behält man eine Narbe zurück?«

»Eine Narbe?« wiederholte Mrs. Bond stirnrunzelnd.

»Sie wissen schon, quer über dem Nabel.«

Mrs. Bond sah Hallie ungläubig an, ehe sie, wenn auch freundlich, lachte. »Meine Liebe, das Kind kommt da raus, wo es reingekommen ist.«

Gott sei Dank, dachte Hallie. Gott sei Dank, daß ich das wenigstens weiß. »Und was tut man dann?«

»Man schneidet mit einer Schere oder einem Messer, das in heißem Wasser ausgekocht ist, die Schnur durch.«

»Die Schnur? Welche Schnur?«

Mrs. Bond machte es Freude, diejenige zu sein, die Hallie alles über das Kinderkriegen erzählen konnte. Sie sagte ihr, was sie rechtzeitig kaufen und schon vorbereiten konnte – Windeln zum Beispiel. Sie erklärte Hallie, wie man ein Kind stillt. Sie sagte ihr, wie sie mit der Nachgeburt umgehen sollte.

»Ist es nicht wunderbar?« sagte Mrs. Bond strahlend. »Unsere Kinder werden Spielkameraden sein. Zweifellos erhofft ihr euch einen Jungen, aber ich bete, daß es ein Mädchen wird. Enoch

will natürlich auch einen Jungen haben, aber mit Mädchen kann man viel mehr anfangen.«
»Komisch«, dachte Hallie laut. »Ich habe mir noch überhaupt keine Gedanken darüber gemacht, ob es ein Junge oder ein Mädchen wird. Es erscheint mir noch viel zu unwahrscheinlich.«
Zu Hause, dachte sie, gingen die Jungen nur arbeiten, um in den Bergwerken zu sterben oder zu Krüppeln zu werden. Mädchen führten den Haushalt. Hier spielt es keine Rolle. Mädchen und Jungen würden auf der Farm mitarbeiten, und außerdem ging sie davon aus, daß sie viele Kinder bekommen würde. Sie wollte noch oft von Chad berührt werden; sie wollte ihm bei der Begründung seiner Dynastie helfen. Der Gedanke, mit ihren Kindern ein neues Land zu bevölkern, ihren und Chads, erfüllte sie mit Spannung und Vorfreude, etwas, das sie in Newcastle nie empfunden hätte, wo ihre Kinder wie alle anderen in überfüllten kleinen Häuschen gelebt hätten. Hier würden sie an der Zukunft dieses Landes teilhaben, das ihr so schnell ans Herz gewachsen war. Wie glücklich Frauen doch dran waren, weil sie Kinder bekommen konnten.
Im Lauf des Nachmittags entdeckte Hallie den Kirchturm von Parramatta in der Ferne über den Baumwipfeln, und sie glaubte, nie einen reizvolleren Ort gesehen zu haben. Am Tag ihrer Ankunft war sie von Chad und der Freude auf ihr eigenes Zuhause abgelenkt gewesen.
Für Hallie sah Parramatta so aus, wie sie sich Orte im Märchen vorgestellt hatte. Die sanft abfallenden Hänge schlängelten sich an einem langsam fließenden Bach entlang, auf dem Schwäne und Enten dahinglitten, und schmucke Häuser waren in der Landschaft verstreut. Trotz der größeren Einwohnerzahl – es war bereits eine Stadt mit mehr als zweitausend Bürgern – fehlte der Ortschaft der Trubel der kleineren Hafenstadt. Die breiten Alleen waren von Bäumen gesäumt, und Hallie lachte, als sie eine Katze sah, die einen Hund über die Straße jagte. Die Häuser waren aus selbstgebrannten roten Backsteinen gebaut, die

manchmal weiß gekalkt waren, andere aus den größeren gelblichen Sandsteinblöcken, die man so leicht aus den Klippen am Fluß hacken konnte. Die Häuser lagen weit auseinander, und auf den sanften Hügeln waren winzige eingezäunte Gärten angelegt. Alles in allem wirkte Parramatta sauber, schmuck und geräumig.

Der erste freundliche Eindruck, den das Städtchen machte, wurde von der Tretmühle zerstört; achtzehn Frauen mit Ketten um die Knöchel liefen auf dem Rad. Als der Wagen näher kam, konnte Hallie ihre schmerzverzerrten Gesichter und den Schweiß sehen, der ihnen die zerlumpten Kleider an den Leib klebte.

»Um Himmels willen, Chad!« keuchte sie.

»Das Frauengefängnis ist in Parramatta«, sagte er. »Es sind Gefangene. Und das nennt sich Tretmühle. Dort wird das Getreide nicht mit einer Windmühle oder von Tieren gemahlen, sondern von den Sträflingen. Hier werden in allen Städten Gefangene für den Betrieb der Tretmühlen eingesetzt. Sie arbeiten in Schichten. Lange halten sie es nicht durch.« Er sah starr vor sich hin. »Die Achillessehnen reißen, sie bekommen Tumore in den Beinen, und die Ketten schneiden sich in ihre Knöchel.«

Hallie schlug sich eine Hand auf die Brust, und ein erstickter Laut entrang sich ihr. Eine der Frauen kippte vornüber, doch die Tretmühle hielt nicht an, und die Frau an ihrer Seite beugte sich vor, um sie auf die Füße zu ziehen, konnte aber nicht das zermürbende Tempo beibehalten und gleichzeitig die Frau stützen. Ein Wärter erschien und ließ seine Peitsche auf ihren Rücken sausen. Die Frau brach zusammen, und er zerrte sie von der Tretmühle. Die anderen Frauen liefen mit abgewandten Blicken weiter.

»Mein Gott«, flüsterte Hallie und umklammerte Chads Arm.

»Der Preis des Verbrechens.« Chads Stimme war trocken.

Hallie konnte sich denken, daß auch ihm der Anblick nahegegangen war. Inzwischen waren sie an der Tretmühle vorbeigefahren, aber Parramatta erschien ihr nicht mehr so reizvoll wie vorher.

9

Hallie konnte es kaum fassen, daß sie in Parramatta beim Gouverneur zu Abend aßen.

Das Regierungsgebäude war eine große zweistöckige Villa, die aus dem hiesigen Sandstein erbaut war. Im Moment war ein Gerüst daran hochgezogen. »Als ich letztes Jahr hier angekommen bin«, sagte Gouverneur Lachlan Macquarie zu Hallie, um sich für das Durcheinander zu entschuldigen, »war das Haus dringend reparaturbedürftig.«

Sie empfand Lachlan Macquarie als die imponierendste Gestalt, die ihr je begegnet war. Teils lag es an seiner Uniform mit den verzierten goldenen Epauletten und dem hohen, steifen schwarzen Kragen, der eine aufrechte Kopfhaltung erforderte. Seine dunklen Augen, die weit auseinanderlagen, betonten eine lange, spitze Nase, die nicht unattraktiv war und als aristokratisch bezeichnet werden konnte. Die Oberlippe war schmaler als die Unterlippe, und er lächelte häufig ganz bezaubernd.

Seine Frau nickte und sagte: »Ja, es war wirklich unbewohnbar. Ich habe neue Möbel kommen lassen.« Der Gouverneur lächelte sie mit unverhohlenem Stolz und offener Zuneigung an, als sie ins Eßzimmer voranging.

Der Eßtisch war mit prächtigen Kerzenhaltern und kostbarem Porzellan geschmückt, und die liebenswürdige Mrs. Macquarie wirkte sofort wohltuend auf Hallie. Sie waren nur neun Monate vor Hallie in der Kolonie angekommen, und daher drehte sich die Unterhaltung vorwiegend um den Vergleich von Neusüdwales und England, und dabei schnitt England eindeutig schlechter ab.

Bei dem köstlichen Abendessen fiel auch das unaufdringliche, geschulte Personal positiv auf.

»Nach allem, was ich gehört habe«, sagte Macquarie beim Essen zu Hallie, »wird Ihr Mann in dieser Kolonie eine wesentliche Rolle einnehmen.«

Hallie lächelte bescheiden. Es kostete sie keinerlei Mut zu sagen: »Nicht nur in Zukunft. Ich glaube, er hat sie bereits.« Sie sah Chad an. Er lächelte nicht, sah ihr aber in die Augen.

»Sie können sich glücklich schätzen, Chad«, murmelte der Gouverneur.

»Ja, Sir«, antwortete Chad, ohne den Blick von Hallie abzuwenden.

Nach dem Abendessen blieben Chad und Gouverneur Macquarie noch im Eßzimmer sitzen, tranken Cognac und rauchten Zigarren. Die sanftmütige, attraktive Mrs. Macquarie, die von Energien übersprühte, führte Hallie in den Salon. Die Begeisterung und die Abenteuerlust ließen sie in ihrer vollen Schönheit erstrahlen. »Ich bin seine zweite Frau«, sagte sie im Lauf des Abends. »Er war seit elf Jahren verwitwet, als ich ihn 1807, vor vier Jahren, geheiratet habe. Er hat mir erzählt, er hätte sich praktisch ganz aus dem Leben zurückgezogen gehabt. Ich weiß jedenfalls, daß *mein* Leben mit dieser Heirat erst begonnen hat.«

»So empfinde ich es auch«, gestand Hallie. Sie fragte sich, ob es an diesem Land oder an den Männern lag, die sie geheiratet hatten, wenn sie beide so empfanden.

Später, als Chad und sie sich im Gästezimmer der Macquaries bereitmachten, um ins Bett zu gehen, sagte sie zu Chad: »Ich mag sie. Mir gefällt, daß sie so gar nicht arrogant ist und Leuten sofort das Gefühl geben kann, Freunde zu sein.« Chad stimmte ihr zu.

Sie hatten sich früh zurückgezogen, denn es war ein langer Tag gewesen. Am nächsten Morgen fragte Chad: »Möchtest du lieber hierbleiben oder mit mir nach Sydney kommen? Ich könnte morgen zurück sein.«

»Ich möchte lieber mit dir kommen«, sagte Hallie.

»Wir haben keinen Grund zur Eile, und schon gar nicht, wenn auch nur die Hälfte der Dinge gekommen ist, die ich bestellt habe.«

Diesmal schlenderte Hallie durch die Straßen, während Chad

beschäftigt war. Als sie von dem Kai, an dem die Schiffe anlegten, die Hütten der Sträflinge sah, die selbst auf diese Distanz schmutzig und finster wirkten, dachte sie zum ersten Mal seit vielen Tagen an Tristan. Hauste er in einer dieser Hütten? War er hier in Sydney oder oben in Coal River im Gefängnis? Mußte er in der Tretmühle mitlaufen? Chad hatte so viel Raum in ihrem Leben eingenommen, und alles, was sie erlebte, war so neu für sie – auch ihre Schwangerschaft –, daß sie in der letzten Zeit kaum noch an Tristan gedacht hatte. Die Tretmühle hatte ihn ihr wieder ins Gedächtnis gerufen.

Sie betrat das Geschäft einer Näherin und suchte Flanell und Wolle für eine Strampelhose aus. Sie würde Chad um die Erlaubnis bitten, und wenn er ihr diese Dinge kaufte, würde sie eine Decke und Windeln für das Baby nähen und endlich selbst stricken.

Als sie ihn im Hotel traf und ihm ihre Wünsche unterbreitete, schob er ihr ein paar Münzen über den Tisch zu und sagte: »Ja, natürlich. Es kann sein, daß wir nicht mehr in die Stadt fahren, bis das Baby kommt. Kauf, was du willst, und leg dich dann ins Bett. Ich komme erst spät zurück.«

Hallie wartete endlos und schlief erst spät ein, doch erst kurz vor Anbruch der Dämmerung erwachte sie davon, daß Chad zu ihr ins Bett stieg. Innerhalb von Sekunden war er eingeschlafen und atmete tief und gleichmäßig. Sie blieb liegen, bis sie den ersten Hahnenschrei hörte, und sie fragte sich, wo ihr Mann die ganze Nacht gewesen sein mochte.

Seine Augen waren zwar blutunterlaufen, aber Chad war gutgelaunt, als er kaum zwei Stunden später wach wurde. Er pfiff beim Rasieren vor sich hin, schlang ein gewaltiges Frühstück in sich hinein und gab ihr von sich aus keine Informationen. Dann teilte er Hallie mit, er müßte noch etwas erledigen, ehe sie aufbrechen konnten. Drei Stunden später kam er lächelnd zurück. »Laß uns gehen«, sagte er. »Der Wagen ist so schwer beladen, daß wir lange für die Heimfahrt brauchen werden.«

Auf dem Rückweg war er sehr gesprächig, und als Hallie ihrem Entsetzen über die Tretmühle noch einmal Luft machte, erklärte er ihr das Strafrechtssystem.

»Hallie, meine Liebe, bis zur amerikanischen Revolution sind pro Jahr mehr als tausend unserer englischen Sträflinge nach Amerika geschickt worden. Fast eine Viertelmillion Menschen. Was hätten wir denn tun sollen, als dieser Ausweg nicht mehr verfügbar war?«

»Aber was für Verbrechen sind das, die von so vielen Menschen begangen werden?« fragte sie.

»Sehen wir doch mal«, sagte Chad, der sich zu erinnern versuchte. »Ich weiß, auf welchen Verbrechen die Todesstrafe steht ... Ladendiebstahl, wenn der Wert der Waren mehr als fünf Shilling beträgt ...«

»Die Todesstrafe? Darauf?« Hallie war entgeistert.

Er nickte. »Diebstahl aus einem Privathaushalt von mehr als vierzig Shilling, wenn man jemandem eine Kuh, ein Pferd oder ein Schaf stiehlt ...«

»Soll das heißen, wenn ich jemandem ein Schaf stehle, werde ich zum Tode verurteilt?« Hallie konnte kaum glauben, daß die Strafe so hart war.

»Genau. Außerdem auf Raub, Fälschung, Brandstiftung, Zerstörung eines Schiffs, Anzünden von Kohlenbergwerken und Zerstören von Maschinen, die Textilien herstellen.«

Diese Verbrechen lagen Hallie so fern, daß sie nur mit Mühe folgen konnte. Sie fragte sich, was wohl geschah, wenn das »Verbrechen« unabsichtlich begangen wurde, und was war, wenn die Familie am Verhungern war und man einen Laib Brot stahl.

Chad sah sie an. »Kein allzu mildtätiges Volk, wir Engländer, stimmt's, Hallie?« Seine Stimme nahm eine Eindringlichkeit an, die ihr allmählich vertraut war. »Fünfundneunzig Prozent der englischen Bevölkerung haben überhaupt keine Rechte. Weißt du, daß in unserem geliebten Vaterland die Armen zur Zwangsarbeit in Bergwerken verpflichtet werden können, daß sie ebenso gegen ihren Willen in die Armee oder zur Marine gesteckt werden können, ja, daß man sie sogar ins Gefängnis werfen kann, weil sie ohne Anstellung sind? Etwa ein Viertel des englischen Volks lebt am Rand der Hungersnot. Kein Wunder, daß die Menschen zu Verbrechern werden. Meine Güte, wenn man einen Brotlaib stiehlt, wird das mit sieben Jahren Gefängnis oder mit der Deportation nach Neusüdwales und Zwangsarbeit bestraft.«

Hallie wollte etwas sagen, laut aufschreien, doch dann schloß sie den Mund wieder und blieb still sitzen, und auf ihrem Gesicht drückte sich Erstaunen aus. Schließlich flüsterte sie nur: »O Chad« und war entsetzt über die Ungerechtigkeiten des Lebens.

Chad sah ihren Gesichtsausdruck und nahm ihre Hand. Er schwieg eine Zeitlang und wandte sich dann wieder an sie. »Hallie, England ist kein Land für den Durchschnittsbürger. Dieses Land hier ist etwas für ihn. Hier und in Amerika besteht Hoffnung. Ja, ich weiß, ich stamme nicht aus einer durchschnittlichen Familie. Aber was wäre mein Los gewesen, wenn ich geblieben wäre? Mein Bruder hätte mir eine Abfindung ausgesetzt. Ich hätte mein Leben mit einer vernünftigen Apanage bestritten, aber was hätte ich getan? Eine Verwaltungsaufgabe für die Bergwerke übernommen? In England besteht kaum Hoffnung für irgend jemanden, nur für die ältesten Söhne und den Adel.«

So hatte er noch nie mit ihr geredet. Hallie fiel die Bitterkeit in seiner Stimme auf, seine Hand, die sich fester um ihre schloß. Als er ihr in die Augen sah, wurde seine Stimme sanfter. »Ich bin nicht wirklich gegen England, Hallie. Es hat das beste Schulsystem auf Erden, für die Oberschicht. Es ist wahrscheinlich zivilisierter, als es eine andere Gesellschaft je gewesen ist; es hat eine Perspektive. Ich habe nicht den Wunsch, irgend etwas anderes als Engländer zu sein, aber in England hätte für mich keine Hoffnung bestanden, etwas zu ändern, keine Hoffnung darauf, etwas anderes als der Bruder zu sein, der Almosen annimmt.

Aber hier ... hier kann ich es weit bringen. Nicht nur die Armen und die Ungebildeten sind in England in ihren Möglichkeiten eingeschränkt.«

Am Spätnachmittag erreichten sie die Stelle, an der sie ihre Hochzeitsnacht verbracht hatten. Wieder sah Hallie die schwarzen Schwäne durch das klare Wasser gleiten. Wieder sammelte sie Zweige. Diesmal schoß Chad eine Ente. Als sie im Teich badete, kam er, zog sich aus und schwamm mit kräftigen Zügen durch das Wasser.

Hallie, die bis zum Hals im Wasser stand, betrachtete ihn und fühlte sich von seiner körperlichen Schönheit hypnotisiert. Ihr wurde klar, daß sie ihn nie nackt gesehen hatte. Sie fragte sich, warum er sie nicht mehr begehrte, während sie so sehr danach verlangte, die Hand auszustrecken und ihn zu berühren. Als er aus dem Wasser stieg, beobachtete sie ihn. Ohne es selbst zu merken, verließ auch sie das Wasser und ging auf ihn zu.

Er drehte sich um. Sie stand am Rand des Wassers, und die Nachmittagssonne tauchte sie beide in einen rosigen Glanz. Keiner von ihnen rührte sich. Sie hätten zu Statuen erstarrt sein können, während sie endlos dastanden und einander anstarrten. Sie glaubte zu hören, wie er »verdammt noch mal« murmelte, als er langsam auf sie zukam.

Schon ehe er sie erreicht hatte, spürte sie, wie sich ihre Brustwarzen aufstellten und ihr Körper ihm entgegenstrebte.

Er küßte sie nicht etwa zärtlich, sondern mit einer Grobheit, die der Wut und dem Verlangen entsprang. Er biß sie und schlang seine Arme so fest um sie, daß ihre Körper eins zu sein schienen. Seine Nähe erregte sie, und sie spürte ihn zwischen ihren Beinen und hörte ihn murmeln: »Wenn du doch bloß nicht ganz so schön wärst, so verflucht schön ...«

Dann sah er ihr tief in die Augen und ließ sie einfach los. Die Hände fielen seitlich an ihm hinunter, und er atmete schwer, und doch wandte er sich ab und bückte sich, um seine Kleider aufzuheben. Mit dem Rücken zu ihr zog er sich die Hose an.

Hallie fragte sich – mit aufgeriebenen Nerven, voller Erwartung und Verlangen –, was passiert war. »Warte, Chad«, rief sie.
Mit dem Rücken zu ihr hielt er inne.
Sie mußte ihn fragen, obwohl sie schon seit Monaten versuchte, die Frage nicht auszusprechen. »Warum?«
Langsam drehte er sich zu ihr um. »Warum was?«
»Warum hast du aufgehört?« fragte sie flehentlich.
»Um Himmels willen, Hallie ... weil du schwanger bist. Damit dem Baby nichts passiert.«
Obwohl ihr ganzer Körper vor Verlangen entbrannt war, fühlte sie sich augenblicklich erleichtert. »Oh«, hauchte sie leise.
Er kam auf sie zu, legte einen Finger unter ihr Kinn und sah ihr in die Augen. »Soll das heißen, daß du das nicht gewußt hast?«
»In all diesen Monaten«, sagte sie mit einer kleinmädchenhaften Stimme, »dachte ich, daß ich dir nicht gefalle, daß du mich nicht willst.«
Chad schlang die Arme um sie und zog sie so dicht an sich, daß der rauhe Stoff seines Hemdes sich auf ihrer Wange scheuerte.
»Manchmal«, sagte er sehr leise, »ist es die reinste Folter. Nie, nicht eine einzige Nacht, seit wir verheiratet sind, habe ich dich nicht begehrt. Und nicht nur nachts. Ich kann Thunder reiten oder einen Zaun reparieren oder dich anschauen, wenn du mir das Mittagessen bringst, und ich begehre dich, Hallie.«
Gott sei Dank, dachte sie. Nur sein Wunsch nach einem kräftigen, gesunden Kind hält ihn von mir fern. Es ist nicht so, daß er mich nicht will ...
Sie schlang ihm die Arme um den Hals. Mit der rechten Hand bog er ihren Kopf zurück und sah ihr tief in die Augen. »Ob ich dich begehre, Hallie? Ich brauche dich nur anzusehen, und das Verlangen treibt mich in den Wahnsinn. Ich halte mich von dir fern, weil ich mich zu gut kenne. Ich habe zu viele Jahre ohne Frau verbracht; wenn ich einmal damit anfinge, könnte ich nicht mehr aufhören. Ich begehre dich so sehr, Hallie, daß es qualvoll ist.«

Eine wohltuende Wärme breitete sich in ihr aus, ein unbeschreibliches Gefühl von Seelenfrieden und Wohlbehagen. Sie wollte ewig so stehenbleiben, in seine Arme geschmiegt, und seinen Herzschlag fühlen. Doch er wich zurück und schaute sie an.

»Ich bin sehr froh darüber, daß du hergekommen bist. Ich bin stolz darauf, dich zur Frau zu haben. Mir gefällt deine Tatkraft und deine Bereitwilligkeit, Dinge dazuzulernen. Ich mag«, sagte er lächelnd, »deinen Körper und deinen Mund« – er küßte sie zart – »und deine Augen. Es tut mir leid, wenn du das nicht gewußt hast.«

Er drehte sich um und ging zum Feuer. »Das Abendessen ist fertig«, rief er ihr zu.

Hallie zog sich an und rannte zu ihm. Die Ente war zart, und Chad unterhielt sich beim Essen mit ihr. »Da ist das Kreuz des Südens«, murmelte sie, als sie nach dem Essen vollständig angekleidet auf den Decken lagen. Er griff nach ihrer Hand.

»Wo bist du letzte Nacht gewesen?« fragte sie zaghaft.

»Geld verdienen«, antwortete er.

Sie konnte nicht glauben, daß er mitten in der Nacht Geld verdient hatte. »Womit?« verfolgte sie das Thema weiter und war ein wenig über ihre eigene Kühnheit schockiert.

»Was glaubst du denn, woher wir das Geld für alles haben, was wir kaufen? Die Farm ist bisher noch kein einträgliches Projekt.«

Hallie dachte einen Moment lang darüber nach und schüttelte dann den Kopf. »Ich weiß es nicht. Die Frage habe ich mir eigentlich noch nie gestellt.«

»Vom Kartenspiel«, sagte er.

»Glücksspiele?« Hallie war derart schockiert, daß sie verstummte. Nach einem Weilchen fragte sie: »Was wäre passiert, wenn du verloren hättest?«

»Ich verliere nicht.« Seine Hand schloß sich fester um ihre Finger.

Als sie am nächsten Morgen wieder unterwegs waren, sagte Chad: »Ich habe dir ein Geschenk gekauft.« Sein Tonfall war scherzend, und obwohl er den Blick vor sich auf die Ochsen richtete, vertieften sich die Lachfältchen um seine Augen. »Es wird im Lauf der Woche kommen.«

»Ein Geschenk?« Sie freute sich riesig. »Du brauchst mir doch nichts zu schenken.« Sie konnte sich nicht erinnern, je ohne einen bestimmten Anlaß ein Geschenk bekommen zu haben.

Chad lachte. »Wenn ich es *müßte*, dann hätte ich wahrscheinlich keine Lust, es zu tun.«

Was, fragte sie sich, hätte sie denn gebrauchen können? Sie glaubte, alles zu haben, was sie brauchte. »O Chad«, sagte sie liebevoll, »du hast mir schon soviel geschenkt.«

Er legte die Hand auf ihr Knie und hielt die Zügel in der Linken. »Zwei Kleider und eine Reise nach Sydney? Hallie, eines Tages werde ich dir viel mehr geben ... weit, weit mehr.«

»Mehr brauche ich nicht«, sagte sie.

Fünf Tage später traf das Geschenk in fünf Wagenladungen ein. Es waren Sandsteinblöcke und Hunderte von Ziegeln.

»Ich werde dir eine Küche bauen«, sagte Chad und lächelte in seiner Vorfreude auf ihre Reaktion. »Sie wird große Fenster und einen Ziegelboden und einen Kachelofen und eine offene Feuerstelle haben. Wir werden einen überdachten Weg aus Steinplatten anlegen, damit du nicht naß wirst, wenn es regnet.«

Er beobachtete, wie das Erstaunen auf ihr Gesicht trat. Ihr fiel wieder ein, daß sie vor ihrem Ausflug nach Parramatta und Sydney zu ihm gesagt hatte, die Küche sei bei diesem Wetter ein Backofen. Sie hatte ihn nicht um eine neue Küche gebeten, aber ihr fiel nichts ein, was sie sich mehr gewünscht hätte. Er bemerkte die eine Träne, die in ihrem rechten Augenwinkel stand. Sie wollte ihm danken, aber es kam kein Wort heraus.

Chad zog sie in seine Arme.

10

Hallie hatte sich angewöhnt, nachmittags zu waschen, damit sie anschließend in dem kühlen Bach baden, im Wasser herumtrödeln, dasitzen und sich auf den Steinen sonnen konnte. Das verjüngte sie mehr als ein Mittagsschlaf.

»Manchmal«, hatte sie zu Chad gesagt, »kommt es mir vor, als hätten die Sonne und ich eine Liebesbeziehung miteinander.«

Er hatte gelacht. »Die Sonne kann nicht lieben.«

»Woher weißt du das?« hatte sie spielerisch gefragt. »Sie liebt mich. Ich glaube, ich bin für dieses Land geschaffen«, fügte sie noch hinzu und streckte sich wie eine träge Katze.

Der Garten nahm jetzt derart viel Zeit in Anspruch, daß Chad ihr einen Sträfling zum Unkrautjäten zugeteilt hatte.

Eines Nachmittags hörte sie am Bach Gelächter und fröhliche Rufe von der nächsten Biegung, als sie die Wäsche waschen wollte. Sie schlich sich vorsichtig näher und sah fast ein Dutzend sehr schwarze Frauen und Kinder, die im Bach herumtollten. Sie hatten keine Ähnlichkeit mit irgendwelchen menschlichen Wesen, die sie bisher gesehen hatte. Einige der Kinder hatten hellblondes Haar. Mit dem vorspringenden Kinn, den dicken Lippen und den groben Gesichtszügen erschienen sie ihr eher wie Tiere, nicht wie Menschen, und doch zweifelte sie nicht daran, daß es sich um Menschen handelte. Sie hatten überhaupt nichts an, waren aber nicht im geringsten gehemmt. Bis auf zwei junge Frauen hatten sie alle Hängebusen. Sie fand sie außerordentlich häßlich.

Nach anfänglichem Staunen fürchtete sie sich, und sie lief weg, doch das Gelächter lockte sie wieder an. Die Frauen entdeckten sie, schwatzten und deuteten auf sie. Als sie verstummten, schlich sie sich davon, aber auf dem Rückweg zum Haus verspürte sie eine Einsamkeit, die sie in diesem neuen Land noch nicht erlebt hatte.

Chad und Archie waren entsetzt, als sie ihnen beim Abendessen von den schwarzen Frauen erzählte. »Was sollen sie schon anrichten?« fragte Hallie, als Chad sagte, er wolle sie von seinem Land vertreiben.

»Wenn Frauen und Kinder da sind, dann sind auch Männer da«, bemerkte Archie, der ebenso besorgt wirkte wie Chad.

»Sie sind absolut harmlos«, brachte Hallie zur Verteidigung vor. »Sie lachen und spielen im Wasser. Sie sehen wirklich seltsam aus, und manche der Kinder haben ganz helles Haar. Solche Menschen habe ich noch nie gesehen.«

»Ureinwohner«, sagte Archie.

Chad nickte und spießte ein Kotelett auf. »In all den Jahren habe ich hier noch keine gesehen«, sagte er. »Sie haben jetzt kein Anrecht mehr auf das Land. Es gehört mir.«

»Wissen sie das?« fragte Hallie und legte die Gabel auf den Tisch.

»Sie haben kein Gefühl für Besitz«, antwortete Chad. »Sie bleiben nie an einem Ort. Sie sind schmutzig und widerwärtig. Sogar Raupen und Insekten essen sie. Sie fangen Fische. Und jagen Känguruhs.« Er schüttelte den Kopf, als wollte er sich von einer abscheulichen Vorstellung frei machen.

»Mir sind sie nicht schmutzig vorgekommen«, sagte Hallie zögernd. »Sie haben im Fluß gebadet.«

»Ihn verseucht«, murrte Archie.

Chad deutete mit einem Finger auf sie. Seine Stimme war scharf. »Komm ihnen bloß nicht zu nahe, Hallie. Wenn ich höre, daß sie noch näher kommen oder dir etwas tun ...«

»Warum um alles in der Welt sollten sie mir etwas tun?« Sie erzählte den Männern nicht, daß sie sich gefürchtet hatte. Es ärgerte sie, daß Chad sie wie ein widerborstiges Kind behandelte.

»Es sind Wilde«, antwortete Chad, als sei damit alles erklärt. »Wenn sie noch näher kommen, werden wir sie verjagen.« Seine Stimme und seine Haltung waren drohend.

»Ich gebe zu, daß mir zuerst nicht ganz wohl bei ihrem Anblick war. Aber was richten sie schon an?« verfolgte Hallie das Thema weiter. Der Klang des Gelächters hallte in ihrem Herzen.

Als sie an jenem Abend im Bett lag, legte Chad Hallie einen Arm um die Schultern. »Ich will nicht, daß dir etwas zustößt. Und dem Baby auch nicht. Diese Ureinwohner machen mich nervös.«

Hallie war keine liebevolle Geste mehr von Chad gewohnt, und daher blieb sie ganz still liegen und hoffte, er würde seinen Arm nicht zurückziehen. Er tat es nicht; er schlief mit ihr im Arm ein. Sie legte den Kopf auf seine Schulter und fand es schön, seine Nähe zu spüren.

Es dauerte lange, bis sie einschlief. Sie sehnte sich nach ihrer Mutter und nach ihren Schwestern Myrna, Hester und Kate. Sie hatte Sehnsucht nach Danny und Dada – die Frauen am Bach hatten Erinnerungen an die Heimat in ihr wachgerufen und ihr deutlich klargemacht, wie sehr ihr in den letzten Monaten Gesellschaft gefehlt hatte. Sie wurde sich bewußt, daß sie die Frauen wiedersehen wollte.

Im Lauf der beiden nächsten Monate sah Hallie sie täglich wieder, und jeden Tag rückte sie ihnen etwas näher, bis sie sich an sie gewöhnt hatte. Dann forderte eines Tages eine der jüngeren Frauen Hallie auf, zu ihnen zu kommen, und sie planschte mit ihnen im Wasser herum. Sie rieben mit den Fingern über ihre Haut und tätschelten ihren rundlichen Bauch und schüttelten verständnisvoll den Kopf. Hallie wußte nicht, daß sie noch in der Steinzeit lebten und keinen Zusammenhang zwischen dem Geschlechtsverkehr und Babys herstellten. Dicke Bäuche dagegen brachten sie mit Babys in Verbindung, und eine der Frauen, deren Schwangerschaft noch weiter fortgeschritten war als Hallies, tätschelte erst ihren und dann Hallies Bauch, als wollte sie damit ausdrücken, sie seien Schwestern.

Als sie ihr eine pralle Raupe von einem Baum holten, hätte Hallie gern abgelehnt, konnte es aber nicht tun. Sie aß die Raupe und erzählte Chad nichts davon. Es war ein geringer Preis dafür, daß sie Gesellschaft hatte. Sie konnten sich in keiner Sprache miteinander verständigen, aber sie kommunizierten in Formen, die seit undenklichen Zeiten bekannt sind. Hallie saß nackt auf einem großen Ast, der über den Fluß hing, ließ die Beine in dem trägen Fluß baumeln und war von Zufriedenheit erfüllt. Sie fiel in das Gelächter der Frauen ein und sah ihnen beim Spielen zu. Diese Frauen schienen es nie eilig zu haben, nie den Drang zu verspüren, sie müßten ihre nachmittägliche Ausgelassenheit beenden, um sich an die Arbeit zu machen. Sie schlugen ihre Kinder nie; Hallie wußte auch wirklich nicht, wer die Mutter welches der Kinder war.

Sie luden sie in ihr Lager in den Wäldern ein. Eines Nachmittags blieb sie so lange, daß die ersten Männer mit den erlegten Känguruhs zurückkamen. Hallie beschrieb Chad die Instrumente, mit denen sie Jagd machten, und er sagte: »Ich glaube, das sind Bumerangs, Überbleibsel aus prähistorischen Zeiten.« Aber schließlich war alles, was mit den Ureinwohnern zu tun hatte, seiner Meinung nach ein Relikt aus der Frühzeit. »Hallie, geh nicht in ihr Lager. Das ist ein Befehl.« Als er ihren sturen Gesichtsausdruck sah, sagte er: »Bitte.«

Eines Nachmittags hörte Hallie auf dem Weg zum Fluß Stöhnen. Auf einer Lichtung im Dickicht kniete die junge Eingeborene, die ebenfalls ein Baby erwartete, ganz allein mit weit gespreizten Beinen auf dem Boden und schnaufte laut und gleichmäßig, und ab und zu keuchte sie, wenn der Schmerz sie durchzuckte. Hallie blieb bei diesem Anblick stehen. Sonst war niemand in der Nähe.

Sie wußte nicht, wie sie die Schmerzen der Frau hätte lindern können, aber das war ihre Chance, vor ihrer eigenen Niederkunft eine Geburt mitzuerleben. Sie preßte sich an einen Baumstamm und sah dem gewölbten Rücken der Frau an, daß sie heftig preßte. Sie klammerte sich an einen kräftigen Ast und biß einmal hinein, und dabei bebte ihr ganzer Körper. Aus ihren Schreien war ein Schluchzen geworden, und dann stöhnte sie, als ein Kopf zwischen ihren Beinen herausgeschossen kam. Sie schaute unter sich, ächzte, als sie das nächste Mal heftig preßte, und kurz darauf glitt ein Baby auf den Boden, das durch eine Schnur mit der Mutter verbunden war.

Hallie sah fasziniert zu. Das mußte die Schnur sein, von der ihr Mrs. Bond erzählt hatte, dachte sie. Das Baby war blutverschmiert. Die Frau rührte sich nicht von der Stelle, sondern ächzte und drückte, bis etwas aus ihr glitt, was wie Leber oder die Eingeweide von Schweinen aussah. Es fiel neben das Baby, und Hallie wurde klar, daß die Frau sich zur Seite gedreht hatte, damit es nicht auf das Baby fiel und es erstickte. Sie weiß mehr über das Kinderkriegen als ich, dachte Hallie. Dann ließ die schwarze Frau den Ast los. Sie legte sich auf die Seite, hob ihr Baby auf und wischte es mit Laub ab. Mit einer Muschel schnitt sie die Schnur durch und schaute ihr Kind an.

Es sah nicht so aus, wie Hallie erwartet hatte. Sein Haar war hell, wie das der anderen Kinder. Aber dieses Baby hatte nicht die typischen Gesichtszüge der Ureinwohner. Es hatte das vorstehende Kinn, aber nicht die dicke Nase und die breiten Lippen. Es war wesentlich heller, als Hallie für möglich gehalten hatte. Die Mutter starrte es an und stieß es mit einem Ausdruck des Entsetzens im Gesicht von sich.

Andere Frauen kamen aus dem Wald. Sie mußten die ganze Zeit über dort gewesen sein. Als Hallie ging, schenkte ihr niemand die geringste Beachtung. Sie wußte nicht, ob sie sie überhaupt bemerkt hatten. Aber sie hatte eine Geburt mit angesehen. Den Schmerz konnte sie ertragen, soviel wußte sie jetzt. Solange sie wußte, daß es vorübergehend war, glaubte sie, alles ertragen zu können. Sie mußte sich also hinknien und pressen. Das war alles. Aber sie würde keinen Ast haben, an dem sie sich festklammern und in den sie hineinbeißen könnte, wenn die Schmerzen zu heftig wurden.

Wie würde sie die Schnur durchschneiden? Und was würde sie dann damit tun? Zum ersten Mal in ihrer Schwangerschaft fürchtete sie sich. Nicht vor dem, was ihr eventuell zustoßen konnte, sondern weil sie so unsicher war, was geschehen mußte.

Sie fand es abscheulich, so wenig zu wissen, derart uninformiert zu sein. Nachdem sie jetzt selbst eine Geburt gesehen hatte, erkannte Hallie, daß Mrs. Bond bei ihrer Schilderung zuviel ausgelassen hatte. Sie mußte noch einmal zurückgehen, um zu sehen, was als nächstes geschah.

Die Frauen standen im Kreis um ein Feuer, über dem die Mutter das Baby drehte, als wollte sie es an einem Spieß rösten. Die anderen Frauen hatten einen monotonen Singsang angestimmt. Mutter Gottes, sie versuchen, seiner Haut eine dunklere Färbung zu geben! erkannte Hallie voller Entsetzen. Und plötzlich verstand sie, warum das Baby nicht so wie die anderen Ureinwohner aussah. Es hatte einen weißen Vater.

Hallie rannte fluchtartig fort.

Als Chad nach Hause kam, saß sie auf dem Bett und hatte die Arme um die Knie geschlungen und sich zugedeckt, weil sie zitterte und ihre Zähne klapperten, obwohl es nicht kalt war. Als er fragte, was ihr fehlte, fing sie an zu weinen. Sie ließ in ihrer Schilderung aus, daß sie eine Geburt miterlebt hatte, aber sie erzählte ihm von den Frauen, die das Neugeborene über das Feuer gehalten hatten. Chad mußte Hallie lange im Arm halten und ihr das Haar streicheln, ehe sie aufhörte zu zittern.

»Könnte es sein, daß ich recht habe, Chad? Könnte dieses Kind von einem weißen Mann gezeugt sein?«

»Ja, natürlich«, sagte er. »Das kommt ständig vor.«

»Warum ... warum auf Erden sollte ein Mann das tun?«

Sie hörte ihn seufzen. »Manchen Männern ist es egal, mit wem sie schlafen. Sie haben kein Interesse an der Frau, und es interessiert sie auch nicht, ob sie reinlich oder hübsch oder intelligent ist ... oder weiß.«

Hallie sah zu ihm auf. »Warum tun sie das?«

Chad lachte barsch. »Wie soll ich dir das erklären? ... Männer, meine Liebe, haben andere Bedürfnisse als Frauen. Und manchmal ist ihnen jedes Ventil recht, um dieses Verlangen zu stillen.«

»Hast du das auch schon getan?« Hallies Augen waren kugelrund und weit aufgerissen.
Chad schmiegte sie an seine Brust. »Nicht mit einer Ureinwohnerin. Aber ja, mit Frauen, aus denen ich mir eigentlich nichts gemacht habe, obwohl ich mir gern vorstelle, ich sei einigermaßen wählerisch gewesen.«
»Mit Frauen, die dich nicht wollten?« Hallie war derart fasziniert, daß sie aufhörte zu zittern.
Chad schwieg einen Moment lang. »Einmal.« Sie konnte seine Stimme kaum hören. »Vor sehr langer Zeit.« Er stand auf und ließ sie los. »Ein Mann erwartet nicht immer, daß eine Frau Sex will, Hallie. Die meisten Ehefrauen reagieren nicht so wie du. Ein Mann setzt voraus, daß eine Frau es nicht will.«
»Und dann drängt ihr euch ihnen gewaltsam auf?«
»Himmel, ich hätte nicht geglaubt, daß ich je ein solches Gespräch führen würde.« Seine Stimme klang belustigt, als er sich eine Zigarre ansteckte. »Ja, ich denke schon.« Er trat ans offene Fenster.
»Wie gräßlich!« Hallie wich auf dem Bett zurück.
»Und was hätte ich tun sollen, um einen Sohn zu bekommen, wenn du mich abgewiesen hättest?« Er drehte sich zu ihr um und sah sie an.
»Tun Frauen das?« fragte sie und kam sich wie ein Kind vor.
»Manche. Andere zeigen überdeutlich, daß sie diese Demütigung nur widerstrebend über sich ergehen lassen.«
»Demütigung? Das verstehe ich nicht.«
»Dafür können wir Gott danken, meine Liebe.« Chad lächelte, und seine grauen Augen schauten sie belustigt an. »Das ist mein Glück, und ich hoffe, auch deins. Und jetzt komm essen. Ich bin am Verhungern.«
Am nächsten Tag waren die Ureinwohner weitergezogen. Hallie vermißte sie; mehr als acht Wochen lang hatte sie Gesellschaft gehabt. Chad war erleichtert.
Inzwischen war ihre neue Küche fertig. Und das war auch gut

so. In die ursprüngliche Küche hätte sie mit ihrer Körperfülle kaum noch hineingepaßt. Sie konnte nicht mehr reiten und watschelte beim Laufen. Alles, was sie tat, kostete sie Anstrengung. Mindestens zweimal pro Nacht mußte sie aufstehen und sich im Dunkeln zum Abort vortasten.

Als es soweit war, setzten die Wehen am Vormittag ein, als die Männer auf den Feldern waren. Hallie fragte sich, ob das Kind so schnell kommen würde, daß sie das Abendessen noch rechtzeitig kochen konnte. Ihre Schwestern und Schwägerinnen zu Hause hatten tagelang im Bett gelegen. Sie hoffte, sie hätte mehr von der Eingeborenen, die Minuten später wieder aufgestanden war.

Sie fragte sich, ob es ein Junge oder ein Mädchen werden würde. Ob Chad wohl enttäuscht war, wenn es kein Junge wurde? Männer legten so viel Wert auf Söhne, dachte sie, als die nächste Wehe sie durchzuckte. Vielleicht lag es daran, daß Männer im Leben etwas erreichten und Frauen nur an ihrer Seite durchhielten. Frauen hatten keine Träume, konnten nicht so schwer arbeiten und hatten keine Entscheidungsfreiheit. Frauen gingen nicht in die Geschichte ein, nur an der Seite von Männern oder als Mütter von Männern.

Und doch habe ich mir Dinge erträumt, erinnerte sich Hallie stolz. Es war ein Mann nötig, damit mein Traum wahr werden konnte, aber zumindest habe ich den Mut gehabt, als sich mir eine Chance geboten hat. Nicht viele der Frauen, die sie gekannt hatte, hätten riskiert, was sie riskiert hatte. Keine Träume zu haben, nichts zu riskieren – wie stumpfsinnig. Wie glücklich bin ich doch dran, dachte sie, als die nächste Wehe dicht auf die letzte folgte.

Hallie stellte heißes Wasser auf und versuchte, sich an alles zu erinnern, was Mrs. Bond gesagt hatte, aber sie konnte nur immer wieder die Ureinwohnerin im Wald vor sich sehen.

Die nächste Wehe war so schmerzhaft, daß sie sich nicht mehr auf den Füßen halten konnte. Sie fragte sich, ob sie versuchen sollte, in den Wald zu kriechen, um sich einen Baum zu suchen, an den sie sich klammern konnte wie die Eingeborene. Aber sie wußte, daß weiße Frauen ihre Babys im Bett bekamen, nicht im Wald. Weiße Frauen in England, dachte sie. Wer weiß, was sie hier tun?

In dem Moment hörte sie Chad rufen. »Hallie?«

Er hob sie vom Boden hoch, trug sie zum Bett und murmelte: »Ich wußte es. Ich habe es gefühlt. Irgend etwas hat mich dazu gebracht, die Arbeit niederzulegen und zurückzukommen. Ich wußte, daß du mich brauchst.«

Aber sie brauchte ihn nicht. Er war ein Mann. Er konnte ihr nicht helfen. Und doch klammerte sie sich an ihn, als er sie auf das Bett legte und neben ihr niederkniete. »Mein Liebling«, flüsterte er und wischte ihr mit dem Hemdsärmel die Stirn ab. »Was kann ich tun?«

In seiner Begeisterung, bald Vater zu werden, hatte Chad sich über die Geburt an sich nicht viele Gedanken gemacht. Er hatte Hallie beim Stricken und beim Säumen der Windeln zugesehen und einen Sträfling eine Wiege schnitzen lassen, die jetzt im Schlafzimmer bereitstand. Aber er hatte geglaubt, er hätte genug Geburten bei Tieren miterlebt, um zu wissen, was er zu tun hatte, wenn es bei Hallie soweit war. Ihm war nie gedämmert, daß er derart nervös sein könnte.

»Ich wünschte, ich hätte einen Ast«, sagte sie.

»Was meinst du?«

»Einen dicken Ast.«

Ein ungläubiger Ausdruck trat auf sein Gesicht. »Einen Ast?«

Hallie nickte.

Chad fragte nicht, wozu, sondern: »Wie dick?«

Sie beschrieb es ihm mit den Händen.

»So dick?« sagte er. Als sie nickte, verschwand er und kam keine fünfzehn Minuten später mit einem Ast von etwa fünfzehn Zentimetern Durchmesser zurück.

In ihrem Lachen schwang Hysterie mit. »Der taugt nichts«, sagte

sie. Dann erzählte sie ihm von der Geburt, die sie miterlebt hatte. Sie wünschte, das Kopfende des Bettes hätte ihr irgendeinen Halt gegeben, wenn sie sich hinknien und pressen mußte.
»Ich werde dein Ast sein, Hallie«, sagte Chad. Er zog sich die Jacke aus und krempelte die Hemdsärmel rauf. »Halt dich an mir fest.«
Sie wollte Chad nicht bei sich haben, wollte nicht, daß er sie so sah. Er erzählte ihr immer, wie schön sie war, und sie wußte, daß sie im Moment furchtbar aussah. Sie wollte ganz und gar nicht, daß er das Baby kommen sah, ihre Geschlechtsteile sah. Aber sie wußte auch, daß ihm im Moment nichts wichtiger war als das Baby, der Beginn der Morgan-Dynastie in Neusüdwales. Sie diente ihm als Instrument auf dem Weg zur Unsterblichkeit, und sie machte sich in der Hinsicht keine falschen Illusionen. Sie war es zufrieden.
»Was soll ich tun?« fragte er.
»Ich weiß nicht genau«, antwortete Hallie. »Ich glaube ... du solltest mich allein lassen. Du solltest nicht dabeisein.«
Chad sah sie an und nahm die Furcht wahr, die sich in ihren Augen spiegelte. »Nichts auf Erden kann mich dazu bringen, dich jetzt allein zu lassen«, sagte er.
»Männer wissen nichts über das Kinderkriegen«, protestierte Hallie matt.
»Erzähl mir genau, was du weißt«, erwiderte Chad darauf.
Als sie ihm alles erzählt hatte, was sie von Mrs. Bond gehört und im Wald gesehen hatte, nahm er ihre Hand und lächelte. »Jetzt«, sagte er, »wissen wir beide genau gleich viel. Vielleicht weiß ich sogar noch mehr. Ich habe mitgeholfen, Füllen, Kälber, Lämmer und Welpen auf die Welt zu bringen. Ich lasse dich nicht allein, Hallie. Ich wasche mir nur schnell die Hände und bin gleich wieder da.«
Er gestattete sich einen großen unverdünnten Whiskey, obwohl es noch nicht Mittag war. Außerdem füllte er das Wasser im Kessel nach, das nahezu verkocht war. Während er den Whiskey

trank, sah er durch die Tür auf den Fluß hinaus, auf die Pferde, auf die Hügel, auf das Grün, von dem sein Haus umgeben war. Heute würde er der Liste seiner Errungenschaften einen Sohn hinzufügen. Er stritt nicht vor sich selbst ab, daß es an seinen Nerven zehrte, wenn Hallie vor Schmerz die Zähne zusammenbiß, stöhnte und die Fäuste ballte und er sich hilflos fühlte.

Er wollte das Glas wieder zur Flasche stellen. Dann füllte er es lächelnd noch einmal zur Hälfte und brachte es Hallie. »Hier«, sagte er, »trink das. Es wird gegen die Schmerzen helfen.«

Hallie hatte noch nie Schnaps angerührt; als sie ihn kostete, schnitt sie eine Grimasse und wollte ihn ausspucken, aber Chad redete liebevoll auf sie ein und erzählte ihr Geschichten aus seinen Jahren in Indien, aus seinen ersten Jahren hier – und nach und nach trank sie den Whiskey. Seine Stimme lullte sie ein, und seine Geschichten fesselten sie. Er hatte ihr nie von den Kämpfen erzählt, die er hier ausgefochten hatte, vom Roden des Landes, von seinen ersten Zuchtversuchen bei den Pferden, die jetzt solche Geldsummen einbrachten.

»Aber Pferde sind nur etwas Vorübergehendes«, sagte er zu ihr. »Die Zukunft liegt in den Schafen. Pferde sind zum Spaß da, aber das, was uns Reichtümer einbringen wird, ist der Bedarf an ausgezeichneter Schurwolle.« Ihm war klar, daß er auf Hallie einredete, um sie von ihren Schmerzen abzulenken, aber er stellte fest, daß er es genoß, ihr von seinen Träumen zu erzählen. Wenn sie sich an seinen Arm klammerte, bereitete es ihm Freude, am Druck zu ermessen, wie stark ihre Schmerzen waren, als brächte auch er ein Kind zur Welt.

Erst am Nachmittag kam das Baby. »Hallie, du mußt dein Kleid ausziehen«, sagte Chad. »Es ist im Weg.«

Sie zögerte selbst jetzt noch. »Und die Unterwäsche«, fügte er hinzu. »Komm, laß mich das machen.« Er entkleidete sie bis auf das Hemd, und er fragte sich, ob ihm schlecht würde, wenn er Blut sah, denn er wußte, daß das zu einer Geburt dazugehörte. Als er in Indien gezwungen gewesen war, einen Mann zu töten, war ihm beim Anblick des Bluts nicht schlecht geworden. Aber damals hatte ihn die blanke Wut beflügelt. Das hier war etwas anderes; es würde Hallies Blut sein. Er holte sich noch einen Drink und brachte Hallie auch noch einen kleinen Schluck mit. Als er ins Schlafzimmer zurückkam, stöhnte sie und sah mit zusammengebissenen Zähnen starr zur Decke.

Als sie die Beine spreizte, sah er den feuchten Flaum auf dem Kopf, der sich an ihre Vagina preßte. O Gott, dachte er. Mein Sohn. Mein Erstgeborener. Ein rauher Schrei entrang sich Hallie, als ihr ganzer Körper zuckte. Ein brennender Schmerz ließ alles schwarz vor ihren Augen werden. Einen Moment lang sah sie nichts und spürte nur, daß der Schmerz unerträglich wurde. Sie mußte ihn loswerden. Sie preßte heftig, und der Kopf des Babys schoß heraus.

Chad beugte sich herunter und nahm den Kopf sachte in die Hände. Er sah nichts anderem ähnlicher als einem Streifenhörnchen. Hallie preßte noch einmal ganz enorm, und das Baby, das mit einer durchsichtigen Flüssigkeit überzogen war, schoß in seine Hände. Augenblicklich griff er nach einem Handtuch, schnitt die Nabelschnur durch und wickelte seinen Sohn hinein.

Hallie hatte die Augen geschlossen. »Lebt es?« Ihre Stimme war kaum hörbar.

Chad wußte es nicht. Das Baby gab keinen Laut von sich. Er konnte nicht erkennen, ob es atmete.

Als käme ihre Stimme aus weiter Ferne, hörte er Hallie sagen: »Mrs. Bond hat gesagt, man muß es an den Füßen halten und ihm auf den Rücken klopfen.«

Als Chad es tat, entrang sich dem Baby ein leiser Schrei. »Es ist gesund, Hallie! Es ist ein Junge!« rief Chad und grinste breit. »Ich glaube, er ist gesund.«

Hallie glaubte, es müßte noch ein zweites Baby da sein. Zwillinge. Sie preßte noch einmal, und die Nachgeburt schlitterte aufs Bett. Chad dachte im ersten Moment, Hallies Eingeweide seien herausgefallen.

11

James Chadwick Morgan machte sich glänzend, ebenso wie sein Vater, seine Mutter und die Farm der Familie. 1811 war wirklich ein großartiges Jahr für sie alle.

Hallie erholte sich schnell von der Geburt. In weniger als zwei Wochen kochte sie wieder für alle. Die Sträflinge fanden Mittel und Wege, Jamie unter den verschiedensten Vorwänden täglich zu besuchen. Wenn sie sich unbeobachtet fühlten, beugten sie sich sogar über die Wiege und alberten mit ihm herum. Chad und Hallie lachten darüber und fanden es ausgesprochen liebenswert.

Chad wäre zwar nie auf den Gedanken gekommen, eine Windel zu wechseln, aber Hallie staunte darüber, mit wieviel Aufmerksamkeit er Jamie überschüttete. Ihre Brüder und die Nachbarn zu Hause hatten sich zwar immer über Kinder gefreut, aber sie hatte selten erlebt, daß einer der Männer ein Baby auf den Arm nahm und schaukelte. Wenn sie auch noch so stolz waren, überließen die Männer die Kinder doch den Frauen, bis sie größer waren.

Nicht so Chad. Wenn er da war und Jamie schrie, hob er ihn aus der Wiege, lief mit ihm herum, wiegte ihn auf seinen Armen und sang ihn manchmal sogar in den Schlaf. Wenn Hallie abends nähte, hielt Chad Jamie auf dem Schoß und erzählte ihm Geschichten. Hallie hörte liebend gern zu.

»Sind das Geschichten, die du selbst als Kind gehört hast?« fragte sie. Beide wußten, daß Jamie kein Wort verstand.

»Manche«, antwortete er und konnte den Blick kaum von seinem Sohn losreißen. »Andere erfinde ich einfach.«

Es waren Geschichten über Lämmer, die fortliefen und denen gräßliche Dinge zustießen, bis die Schafböcke sie retteten; oder über Fohlen, die dem Rat des Hengstes folgten und zu den schnellsten Pferden auf der Welt wurden; Geschichten über hüpfende Känguruhs und Fische in den stehenden Nebenarmen der

Flüsse, Hallie war belustigt über Chads Einfallsreichtum und sein Erzählertalent.
Es waren gute Zeiten, voller Glück und Zufriedenheit. Sie lebten so, wie man sich im Idealfall eine Familie vorstellt. Chad saß gern da und schaute zu, wie Hallie Jamie stillte. All ihre Gedanken drehten sich um Jamie. Atmete er nachts? Sie nahm ihn immer mit, wohin sie auch ging.
Als Jamie noch nicht ganz einen Monat alt war, brach Chad nach Sydney auf. Er wollte »Geschäfte erledigen« und fünf oder sechs Nächte bleiben. Diesmal nahm er nicht den Wagen, sondern ritt Thunder. Hallie fragte sich, ob er jeden Abend Karten spielen würde.
Bei seiner Rückkehr führte er eine silbergraue Stute an der Leine. Er sprang ab und stützte auf Hallie und Jamie zu. Einen Moment lang glaubte Hallie, er würde sie küssen. Statt dessen streckte er die Arme nach Jamie aus.
»Schau mal, ob dir diese Stute gefällt«, sagte er zu Hallie und grinste unwillkürlich.
Ob sie ihr gefiel? Es war das schönste Pferd, das Hallie je gesehen hatte, so hell wie die perlgraue Dämmerung und mit einer Mähnc, die so schwarz wic die Kohle in Newcastle war. Man brauchte sich nicht gut mit Pferden auszukennen, um zu sehen, daß dieses Pferd einer edlen Zucht entstammte und noch besser als Chads Zuchtpferde war. Auf dem Rücken trug es einen Damensattel.
»Sie ist für dich«, sagte Chad, der dicht neben Hallie herlief. »Sie ist ein Dankeschön an dich, Hallie. Ich danke dir für meinen Sohn.«
Hallie war derart fasziniert von dem Pferd, daß sie nicht sagte: »Er ist auch mein Sohn«, obwohl ihr dieser Gedanke durch den Kopf schoß. Chad beugte sich herunter und küßte sie auf den Hals, etwas, was er seit ihrer Schwangerschaft nicht mehr getan hatte.
»O Chad«, sagte sie, als die Stute sich beruhigt hatte und sich von ihr streicheln ließ. »Wir haben so viele Pferde. Warum?«

»Ein solches Pferd haben wir nicht. Und Jamies Mutter soll das beste haben. Es ist eine Art Geburtstagsgeschenk, denke ich. Du hast mir Jamie geschenkt, Hallie. Ich schenke dir ... wie wirst du sie nennen?«

»Princess.«

Mit den anderen Neuigkeiten hielt er zurück, bis sie an jenem Abend im Bett lagen – wartete damit, bis er sie zum ersten Mal seit so vielen Monaten berührt hatte. Sie hatte gewußt, daß er es tun würde, denn ihr war aufgefallen, wie er sie beim Abendessen angeschaut hatte.

Chad nahm ihre Hand. »Hallie, ich kann dir gar nicht sagen, wie glücklich ich bin.«

Als sie vor dem Kamin gesessen hatten, hatte er sie mit einer Gier und einem Verlangen an sich gezogen und geküßt, wie er es sich monatelang versagt hatte. Hallie hatte gespürt, wie ihr Körper entflammte.

Er hatte sie hochgehoben und ins Schlafzimmer getragen. Dort hatte er geflüstert: »Ich möchte dich ausziehen.«

Er hatte sich viel Zeit damit gelassen, ihre Brüste geküßt und ihre Brustwarzen mit seiner Zunge geneckt, ihre Kniekehlen geküßt, als er ihr die Strümpfe ausgezogen hatte – Dinge, die er vorher nie getan hatte. Dann war Chad aufgestanden und hatte sich selbst die Kleider heruntergerissen, bis er nackt im Mondschein dastand.

Als er ihr die Unterwäsche bis auf das letzte Teil ausgezogen hatte, war seine Zunge über ihr Bein geglitten und hatte auf ihrem Oberschenkel verweilt, bis sie glaubte, sie würde jeden Moment in ihrem Taumel aufschreien. Seine Zunge war über ihren Körper geglitten, bis sein Mund mit ihren Lippen verschmolzen war. Dann hatte er sich auf den Rücken gewälzt und sie auf sich gezogen, mit seinen Lippen ihre Brüste berührt und ihr mit den Händen den Weg gewiesen. Sie hatte sich auf die Knie gezogen, den Mund von seinen Lippen gelöst, aufrecht dagesessen und sich auf ihm auf und ab bewegt. Seine Hände

hatten ihre Brüste gehalten. Lichtprismen hatten sich in ihrem Kopf gebrochen. Sie hatte die Augen geschlossen und gehofft, es würde nie aufhören. Wogen waren über sie hinweggespült, und sie hatte ihr eigenes Stöhnen gehört, als Chad sie schnell umgedreht und mit Küssen bedeckt hatte, während er sich tiefer in sie stieß und flüsterte: »Beweg dich nicht.«
Als es vorbei war, war er noch einen Moment lang auf ihr liegengeblieben, ehe er sich neben sie gelegt hatte.
Nach einer Weile, als sie gerade am Einschlafen war, sagte er: »Ich habe diesmal achthundert Schafe gekauft, Hallie. Zur Hälfte bengalische Schafe, die andere Hälfte aus Kapstadt. Morgen werde ich die Männer losschicken, damit sie sie holen.«
Hallie sah zu ihm auf und war plötzlich hellwach. »Achthundert? Meine Güte, Chad, wo auf Erden sollen so viele Schafe grasen?«
Auf diese Frage hatte er gewartet. Sogar im Dunkeln merkte sie, daß er lächelte. »Deshalb mußte ich den Gouverneur sprechen. Ich habe weitere fünfzehnhundert Morgen gekauft.«
Sie setzte sich aufrecht hin. »Fünfzehnhundert Morgen? Um Himmels willen. Wieviel ist das?«
»Bis ans andere Flußufer«, seufzte er stolz. »Es war günstig, fünf Shilling der Morgen. Captain Standish gibt den Anspruch auf sein Land auf und geht nach England zurück. Deshalb habe ich seine Schafe gekauft. Sie sind erstklassig. Und wenn die Lämmer kommen, wird sich ihre Zahl nahezu verdoppeln.«
Sie fragte sich, woher all dieses Geld gekommen war. Vom Glücksspiel und von seinen Pferden, stellte sie sich vor. Princess mußte auch eine Stange Geld gekostet haben. Oh, in Newcastle hätte sie all das nie erlebt. Wie trostlos würde ihr Leben doch verlaufen, wenn sie in dieser dunklen, kalten, hoffnungslosen Stadt mit George Burnham verheiratet wäre. Und wie aufregend hier doch alles war.
Sie legte sich wieder neben Chad. Sein Atem ging jetzt gleichmäßiger, und sein Arm, der um ihre Schultern lag, war ent-

spannt. Ehe er einschlief, fragte sie noch: »Hast du Mrs. Bond gesehen? Lebt ihr Baby diesmal?«
»Sie ist tot ...« Seine Worte verschliffen sich miteinander. »Sie sind beide bei der Geburt gestorben, sie und das Baby.«
Es dauerte lange, bis Hallie einschlief.

Sie brauchte mehrere Monate, bis sie wieder wirklich bei Kräften war. Sie stillte Jamie, der vier Monate alt war, fütterte die Lämmer und bereitete dreimal täglich für elf Personen die Mahlzeiten zu. Sie bat Chad, das Melken der Kuh einem der Sträflinge anzuvertrauen, aber sie machte immer noch die Butter. Der Tag schien nie lang genug. Chad nahm es als selbstverständlich hin, daß sie den Gemüsegarten wieder anpflanzte, aber er und Archie hatten auch erörtert, dieses Jahr einen richtig großen Garten anzulegen, um in Sydney und Parramatta Gemüse zu verkaufen. Chad glaubte, sie könnten vielleicht sogar die militärische Versorgungsstelle beliefern – Schiffe, die im Hafen anlegten, waren versessen auf frisches Gemüse –, und daher teilte er zwei Sträflinge diesem neuesten Projekt zu.
Was sonst auch geschah, Hallie nahm sich täglich eine Stunde Zeit, Princess zu reiten. In jenem Jahr war das Scheren der Schafe erstmals ein gewaltiges Unterfangen. Die Sträflinge stellten sich zu ungeschickt an, und als Hallie Chad eines Tages fragte, ob sie es nicht einmal probieren könnte, sagte er: »Nein, dazu braucht man einen kräftigen Rücken. Es ist nicht leicht.« Sie schaute den Männern fasziniert zu. Die ungewaschene Wolle stapelte sich hoch und immer höher.
Sie war nicht erstaunt, als sie feststellte, daß sie wieder schwanger war.
Chad bestand darauf, daß sie das Reiten aufgab. Daher nahmen sie eines Morgens den Wagen und packten ein Picknick ein, um ihre neuen Nachbarn drei Meilen weiter zu besuchen.
Es war Ende November, und es war sehr heiß. Diesmal war ihr kaum einen Monat lang morgens übel gewesen, und bis auf ihre

ständige Ermattung fühlte sich Hallie gut. Es war lange her, seit sie mit anderen Menschen geredet hatte. Seit dem Ausflug nach Sydney im letzten Sommer hatte sie ihr Land nicht mehr verlassen.

Das Haus der Nachbarn war aus Holz gebaut, niedrig, eng und keineswegs schön, und es hatte nur ein einziges kleines Fenster. Ein paar Schweine liefen herum; ein Pferd war an einen Pfosten gebunden. Man konnte leicht erkennen, daß jemand versuchte, einen Garten anzulegen, jedoch keinen Pflug hatte.

Sie stellen gerade erst etwas auf die Beine, sagte sich Hallie. Ich habe keine Ahnung, wie es bei uns ausgesehen hat, als Chad gerade erst begonnen hatte und als ich unser Land gesehen habe, war er schon vier Jahre dort und hatte Arbeitskräfte, die ihm geholfen haben, das Haus und den Stall zu bauen.

Eine schlanke junge Frau wischte sich die Hände an der Schürze ab und strich sich das Haar aus den Augen, als sie zur Tür kam. Ihre dunklen Augen strahlten zur Begrüßung. Hallie fand sie sehr schön. Das schwarze Haar fiel ihr gewellt auf die Schultern, und ihr Teint war hell und zart. Mit ihren hohen Wangenknochen und den üppigen Lippen war sie eine Frau, nach der sich die Männer umdrehten.

Chad sprang vom Wagen. »Chad Morgan, meine Frau ... Wir wollten Sie begrüßen und nachsehen, ob wir Ihnen irgendwie behilflich sein können.« Er zog den Hut und verbeugte sich leicht.

»Ach, du meine Güte, mit Besuchern habe ich nicht gerechnet«, sagte die Frau. »Wie nett von Ihnen.« Ihr Blick fiel auf Jamie, und sie ging auf den Wagen zu. »Ein Baby!«

Chad half Hallie beim Absteigen, und die Frau verschlang Jamie mit ihren Blicken. »Das ist Jamie, und ich bin Hallie.«

Zu dritt standen sie da und starrten einander an, bis sich die Frau noch einmal die Hände an der Schürze abwischte und sagte: »Ich bin Henrietta Colton. Mein Mann muß irgendwo in der Nähe sein.«

»Ich habe ein Picknick mitgebracht«, sagte Hallie. »Und ein paar Sachen aus unserem Garten, ein paar Eier und frische Milch ...«

Chad machte sich auf die Suche nach Mr. Colton, und Mrs. Colton führte Hallie ins Haus. Im Hausinnern war es dunkel. Es gab nur ein Zimmer, und das war spärlich eingerichtet. Wie deprimierend, dachte Hallie.

Aber sie mochte Henrietta. »Etta, bitte. So nennen mich alle.« Dann fragte sie zögernd: »Darf ich das Baby halten?« Mit Jamie im Arm sah sie aus wie die Madonna, fand Hallie. »Ich wünsche mir mehr als alles andere auf Erden ein Baby«, sagte Etta leise.

»Das wird schon noch kommen«, sagte Hallie, die nur zu gut wußte, wie leicht man Babys bekam.

Während sie auf die Männer warteten, erzählte Etta Hallie ihre Geschichte. Sie hatte ihre Eltern nie gekannt; im Waisenhaus von London hatte man ihr gesagt, sie hätten sie auf der Schwelle gefunden, als sie ein paar Tage alt war. Das war jetzt achtzehn Jahre her. Ein anderes Leben hatte sie nie kennengelernt. Sie war zwar ihres Wissens nie grausam behandelt worden, hatte aber keine Schulbildung bekommen und nie mit weniger als einem Dutzend Menschen in einem Zimmer geschlafen und sechs Tage in der Woche zehn Stunden am Webstuhl gearbeitet. Vierzehn Jahre lang hatte sie das Waisenhaus nie verlassen, nichts von London gesehen und niemanden außerhalb des Waisenhauses kennengelernt.

Mit vierzehn war sie als Hausmädchen in ein Pfarrhaus in Yorkshire geschickt worden. Vor einem Jahr hatten sich fünfzig junge Männer in Sydney zusammengeschlossen und an zehn Dorfkirchen geschrieben und je fünf heiratswillige junge Frauen vom Lande angefordert. Sie hatten für die Überfahrt zusammengelegt, und so war Etta ans andere Ende der Welt gekommen.

Die fünfzig jungen Frauen waren alle mit demselben Schiff eingetroffen, und bei ihrer Ankunft war ihnen mitgeteilt worden, in fünf Tagen würde eine Massenhochzeit veranstaltet. Bis dahin würden sie die Männer kennenlernen, die für ihre Überfahrt bezahlt hatten. Es würden Essen, ein Picknick, eine Tanzveranstaltung und ein Barbecue organisiert werden. Sie hatten fünf Tage Zeit, einander kennenzulernen, diese hundert jungen Leute. Danach würde eine Lotterie veranstaltet. Der Mann, der die niedrigste Zahl zog, hatte die erste Wahl; die Frauen hatten gar keine Wahl. Auch der fünfzigste Mann hatte natürlich keine Wahl.

Die Mädchen fanden all das sehr aufregend. Viele Männer hatten Land, das sie bestellen wollten. Ein paar arbeiteten in Geschäften; einer betrieb die Fähre von Parramatta nach Sydney. Andere waren Bäcker, Töpfer, Maurer. Sie waren als Soldaten nach Neusüdwales gekommen oder hatten beschlossen, aus den verschiedensten Gründen hier ein neues Leben zu beginnen.

»Mr. Colton hat die Nummer drei gezogen«, sagte Etta. Hallie konnte nicht sagen, ob Etta sich darüber freute oder nicht. Das Kleid der Frau war alt, aber sauber und schmiegte sich eng an ihre kurvenreiche Figur. Hallie wagte die Vermutung, sie hätte durchaus auch als Nummer eins Chancen gehabt. Mit ihren fast violetten Augen und den roten Wangen war sie eine wirklich schöne Frau.

Als die Männer kamen, hätte Hallie nicht erstaunter sein können. William Colton war mittelgroß, hatte aschblondes Haar und blaßgrüne Augen und war der dürrste Mann, den sie je gesehen hatte, knochig und eckig. »Das ist wirklich gutnachbarlich von Ihnen«, sagte er. Seine Lippen verzogen sich zur Begrüßung, aber Hallie fiel auf, daß das Lächeln nicht in seinen Augen ankam. »Hast du der Dame Tee angeboten?« fragte er Etta.

»Ich habe ein Picknick mitgebracht«, sagte Hallie. Da im Haus kein Platz war, schlug sie vor, im Schatten einer der Platanen zu essen.

Chad erbot sich, einen seiner Männer mit dem Pflug rüberzuschicken. Wieder sagte Will Colton: »Das ist wirklich gutnachbarlich von Ihnen.« Er erzählte von sich aus nichts über seine Vergangenheit, stimmte ihnen zu, daß dies das Land der Zukunft war, und schickte Etta ein dutzendmal mit kleinen Botengängen ins Haus.

»Woher bekommen Sie Ihr Wasser?« fragte Chad. Colton hatte nicht nah an einem Fluß gebaut.

»Daran habe ich beim Bauen nicht gedacht«, gestand der dürre Mann ein. »Wir müssen fünfhundert Meter weit durch die Bäume laufen.«

»Graben Sie doch einen Brunnen«, schlug Chad vor.

Will blieb stumm.

Etta sagte kaum noch ein Wort, seit sich die Männer ihnen angeschlossen hatten. Hallie wußte selbst nicht warum, aber irgendwie tat ihr die Frau leid.

Chad war sie nur still vorgekommen, aber auf der Heimfahrt sagte er: »Dieser Mann hat vom Ackerbau nicht die leiseste Ahnung. Ich wette, er weiß noch nicht mal, wie man einen Brunnen gräbt.« Am nächsten Morgen schickte er Brian Daugherty, einen Sträfling, dem sein spezielles Vertrauen gehörte, mit dem Pflug hin. »Bleib und hilf ihm, wenn es sein muß«, sagte Chad zu ihm.

Brian blieb über Nacht. Als er am späten Nachmittag des nächsten Tages zurückkam, erzählte er Chad, daß er den Boden gepflügt hatte. In seinem Gesicht stand ein seltsamer Ausdruck.

»Dort drüben hat sich etwas abgespielt«, sagte Chad an jenem Abend beim Essen zu Hallie und Archie. »Ich weiß nur nicht, was.«

Es sollte noch viele Jahre dauern, bis sie dahinterkamen.

12

Zwei Monate nach der Geburt von Hallies Tochter Alexandra veranstalteten die Macquaries den größten Ball, den das Land je erlebt hatte.

Chad und Archie fuhren mehrmals im Monat nach Parramatta und legten zweimal monatlich den weiten Weg nach Sydney zurück, angeblich, um Gemüse, Eier und Butter zu verkaufen. Er und Archie kamen im allgemeinen mit blutunterlaufenen Augen vom Trinken und Spielen zurück, waren aber ausnahmslos bester Laune. Chad legte die Münzen, die die Gartenerzeugnisse eingebracht hatten, immer auf den Tisch, und Hallie war jedesmal wieder beeindruckt. Sie hatte den Verdacht, daß sie nie Geld zu sehen bekam, das Chad beim Glücksspiel eingenommen hatte. Als Belohnung für die Sträflinge brachte er jedesmal ein Faß Rum mit. Er hob es bis zum Samstagabend auf, und am nächsten Tag waren die meisten für nichts zu gebrauchen.

Wenn er und Archie nach Parramatta fuhren, blieben sie über Nacht. An den Wochenenden, an denen es sie nach Sydney verschlug, blieben sie drei, manchmal auch vier Nächte fort. Hallie war klar, daß die beiden Männer diese Ausflüge auch wegen der Geselligkeit auskosteten. Und darum beneidete sie sie. Abgesehen von ihren Ausflügen zu Etta, die sie einmal im Monat unternahm, sah sie niemanden. Nicht etwa, daß sie Zeit für Besucher gehabt hätte, sagte sie sich. Sie sehnte sich nur so unglaublich nach einer Freundin, jemandem, mit dem sie reden konnte ... über alles reden konnte.

Abgesehen davon, daß ihr eine Freundin fehlte, war Hallie tief zufrieden, wenn auch immer müde. Sie überlegte sich, daß sie Chad bitten könnte, einen weiblichen Sträfling für die Küchenarbeit und die Wäsche einzustellen. Aber sie schob es immer wieder vor sich her, denn ihr war klar, daß sie dankbar für das Leben sein mußte, das sie hier führte. Und das war sie auch.

Sie verglich ihr Leben mit Ettas. Ihre Nachbarin war kurz nach dem Besuch, den ihr Chad und Hallie abgestattet hatten, schwanger geworden, aber obwohl sie sich unbedingt ein Baby gewünscht hatte, wirkte ihr Blick gehetzt. Sie trug ihr einziges Kleid selbst dann noch, als es aus den Nähten platzte, und doch war Hallie sicher, daß der Grund für den Ausdruck in Ettas Augen nicht in ihrer Armut zu suchen war. Etta lächelte immer, wenn sie Hallie und das Baby kommen sah, doch jedesmal schien es, als würde sie gleich in Tränen ausbrechen.

Hallie bekam von Etta nicht das, was sie sich von einer Freundschaft gewünscht hätte, aber sie fühlte sich verpflichtet, diese Frau zu besuchen, die immer so unglücklich wirkte. Will hatte Chad noch zweimal gebeten, sich Brian einen Tag lang für die Arbeit ausborgen zu dürfen. In Brians Augen trat ein so seltsamer Ausdruck, wenn er aufgefordert wurde, zu den Coltons zu fahren, daß Chad zu ihm sagte: »Brian, wenn du lieber nicht hingehen willst, schicke ich einen anderen.«

Brian zögerte einen Moment, kratzte sich das Kinn und sagte dann: »Mir ist das ganz egal.« Aber nach Brians Rückkehr hatte Chad irgendwie das Gefühl, daß es ihm doch nicht egal war.

Brians Haar und seine Augen waren so schwarz wie bei den Spaniern, aber er hatte die helle Haut seiner irischen Vorfahren. Er war dabei erwischt worden, als er in einem Fluß fischte, der einem Herzog gehörte, ein Verbrechen, das mit Deportation bestraft wurde. Als er verschifft worden war, hatte er eine Ehefrau und einen Sohn von vierzehn Monaten zurücklassen müssen. Er war bei den anderen Sträflingen sehr beliebt, denn er stritt nie und arbeitete immer gut. An den Samstagabenden war er der einzige unter den Sträflingen, der sich nie bewußtlos trank, sondern als Schiedsrichter einschritt und den Frieden zwischen den Männern wahrte. Sein allergrößter Wunsch war, seine Familie herkommen zu lassen und hier ein neues Leben zu beginnen. Vor Chad hatte er einen anderen Herrn gehabt und war fortgelaufen, und daher hatte sich seine Strafe um ein Jahr verlängert. Aber Chad kannte seinen früheren Herrn und beeidete, Brian

hätte allen Grund gehabt, ihm fortzulaufen. Damit Brian nicht nach Norfolk Island deportiert wurde, hatte Chad ihn für sich erbeten – und er hatte nie einen Grund gehabt, diese Entscheidung zu bereuen. Chad hielt Brian für einen derjenigen, die nach ihrer Freilassung Erfolg haben würden. Noch zwei Jahre und Brian und Archie würden beide ihre Strafe abgebüßt haben. Chad glaubte, beide hätten bereits genug über die Landwirtschaft gelernt und besäßen das Durchhaltevermögen, um auf sich gestellt etwas aufzubauen.
Nach Brians letztem Besuch bei den Coltons sprach Chad ihn an. »Brian, ich möchte dir einen Vorschlag machen.« Ihm war wieder der seltsame Ausdruck in Brians Augen aufgefallen. »In knapp zwei Jahren bist du ein freier Mann.« Brian nickte. »Ich zahle die Überfahrt für deine Frau und deinen Sohn. Wenn du sie jetzt kommen läßt, werden sie hiersein, wenn du freigelassen wirst und einen Antrag auf Land stellen kannst. Aber du mußt mir versprechen, noch mindestens zwei weitere Jahre gegen Lohnzahlung hierzubleiben.«
Brian starrte Chad an, der sich eine Zigarre ansteckte und hinzufügte: »Ich werde dir sogar die Männer zur Verfügung stellen, damit sie dir helfen, auf deinem Land ein Haus zu bauen.«
»Schicken Sie mich nicht mehr zu den Coltons«, sagte Brian. »Nie mehr.«

Chad war vernarrt in Alexandra, die nach seiner Großmutter benannt worden war, aber Jamie galt weiterhin sein volles Interesse. Ehe der Junge im Alter von zehn Monaten anfing, das Laufen zu lernen, hatte Chad ihm schon ein Pony gekauft. Abends saß er manchmal da und hatte in jedem Arm ein Kind – sie waren kaum ein Jahr auseinander – und erzählte ihnen Geschichten, als könnten sie ihn verstehen. Hallie hatte nie erlebt, daß ein Mann seine Gefühle für seine Kinder so offen zeigte.
Wie nett er doch war. Vielleicht wäre Dada auch anders gewesen,

wenn er nicht immer am Rand der Armut gelebt hätte und von den vierzehn Stunden im Bergwerk erschöpft gewesen wäre.
Hallie hatte an Brians Frau geschrieben, da der Sträfling kaum lesen und schreiben konnte. Sie wußte jedoch nicht, daß Chad einen Grund dafür hatte, Brian dieses Angebot zu machen – bis sie in der Ballnacht davon erfuhr.
Chad hatte ihr ein atemberaubend schönes Ballkleid aus saphirblauem Satin mit passenden Schuhen und neuer Unterwäsche gekauft. Chad und Hallie waren gemeinsam mit einem Dutzend anderer vor dem Ball beim Gouverneur zum Abendessen eingeladen. »Warum«, fragte Hallie, »werden ausgerechnet wir eingeladen, wenn es doch so viele wichtige Leute in der Stadt gibt?«
»Wir sind sehr wichtige Leute«, hatte Chad gesagt.
Als sie ihn gefragt hatte, warum sie so wichtig waren, hatte er sie geküßt. »Dein Mann«, hatte er gesagt und die Hände um ihre Taille gelegt, »ist einer der reichsten Grundbesitzer in diesem Land.«
»Einer der reichsten? Wir sind reich?«
Chad lachte. »Weißt du, wie viele Schafe und Pferde wir besitzen? Hunderte. Hallie, jedesmal, wenn ich nach Sydney fahre, bittet mich der Gouverneur, den einen oder anderen Auftrag zu übernehmen. Ich will es nicht. Ich will mein Land bestellen. Ich will mehr Land haben. Ich will den Lauf der Geschichte in diesem Land mitbestimmen.«
»Wie willst du das anfangen?« Sie hielt sich das Kleid an und spiegelte sich im Fenster.
»Das habe ich dir schon ein dutzendmal gesagt – durch Schafe.«
Hallie drehte eine Pirouette vor dem Fenster und fragte sich, was sie denn noch brauchten. Ihr schien es, als hätten sie alles, was man sich nur irgend wünschen konnte.
»Mit den Einnahmen von den Schafen werde ich dir das größte Haus im ganzen Land bauen, Hallie – ein prachtvolles Anwesen. Eine Stadt wird nach uns benannt werden, und unsere Namen werden in hundert Jahren in den Geschichtsbüchern stehen.

Jamie wird die Chance haben, alles zu tun, was er will, und Alexandra wird jeden Mann heiraten können, den sie haben will. Und du«, sagte er und küßte sie, »kannst tun, was du willst.«
»Ich tue ohnehin, was ich will.« Sie schlang die Arme um ihn.
»Dann tun wir es doch im Bett«, schlug er vor.

An Chads Seite fühlte sich Hallie in der Öffentlichkeit sicher. Im Haus des Gouverneurs nahm sie zum ersten Mal ein heißes Bad in einer gußeisernen Badewanne. Sie empfand es als den größten Luxus, den sie je erlebt hatte. Auch Tapeten an den Wänden sah sie hier zum ersten Mal, Orientteppiche, Teakholztische, Mahagonistühle und große gerahmte Ölgemälde englischer Landschaften an den Wänden. Eine solche Pracht war Hallie nicht gewohnt.
Wenn sie so reich waren, wie Chad sagte, warum hatten sie denn nicht auch manche dieser Dinge? fragte sie sich. »Eines Tages werden wir all das haben«, antwortete Chad auf ihre Frage. »Im Moment steckt unser gesamtes Vermögen im Land und in den Schafen.« Dann sah er sie an. »Hättest du all das gern, Hallie?«
»Sehr hübsch finde ich es schon«, gab sie zu, »aber was sollte ich denn mit mir anfangen, wenn ich Personal hätte, das mich bedient, und wenn ich selbst nichts anderes mehr zu tun hätte, als ständig ein Bad zu nehmen und Tee einzuschenken?«
Chad lächelte. »Wir werden so viele Kinder haben, daß du nie Probleme damit haben wirst, was du mit deiner Zeit anfangen sollst.«
»Wie viele Kinder werden wir haben?« Hallie war gern Mutter.
»Was hältst du von einem Dutzend?« Er beugte sich zu ihr herunter, um sie auf den Hals zu küssen. Sie war überrascht. Er küßte sie selten, wenn er nicht vorhatte, mit ihr zu schlafen.
»Und jetzt laß uns nach unten gehen. Ich zweifle nicht daran, daß du heute nacht die schönste Frau von Sydney bist.«
Beim Essen wurde an dem prunkvoll gedeckten Tisch über alles mögliche geredet. Nachdem Hallie fast drei Jahre auf dem Land

vollkommen zurückgezogen gelebt hatte, fühlte sie sich von den Gesprächen derart angeregt, daß sie kaum das Roastbeef und den Yorkshirepudding wahrnahm, die Bohnen, die ihr auf der Zunge zergingen, die Röstkartoffeln und die Dosenpfirsiche.

»England hält uns immer noch in erster Linie für eine Sträflingskolonie«, äußerte einer der Gäste, während er sich mit einer Leinenserviette den Mund abwischte. »Merkwürdig, nicht wahr? Hier ist das Leben doch aufregender, als ich es mir irgendwo sonst vorstellen kann. Vielleicht nicht ganz so bequem ...«

»Also«, sagte eine der Frauen, »manche Annehmlichkeiten vermisse ich schon. Das Theater zum Beispiel. Mehr Geschäfte. Musical.«

»Das kommt noch«, warf eine andere Stimme ein. »Ich glaube wirklich, daß die Welt glaubt, hier sei es langweilig und hinterwäldlerisch, aber wir werden sie eines Besseren belehren.«

Hallie freute und wunderte sich über die Aufmerksamkeit, die ihr entgegengebracht wurde. Sie hatte erwartet, die Leute würden lieber mit Chad reden.

Ihr gegenüber saß eine hübsche junge Frau, die Susan Langley hieß und in Hallies Alter zu sein schien, vielleicht ein oder zwei Jahre älter. Ihr kastanienbraunes Haar hatte einen rötlichen Schimmer, ihre Augen waren grün mit goldbraunen Sprenkeln, und jede ihrer Bewegungen war anmutig. Ihr Lachen erinnerte Hallie an klingelnde Glöckchen. Sie war eine außergewöhnlich bezaubernde Frau.

Ihr Mann, Harry, war der Bankier von Parramatta. Er sah nicht so aus, wie sie sich einen Bankier vorgestellt hätte, aber sie hatte noch nie einen Bankier kennengelernt. Er hatte rostrotes Haar und einen buschigen Schnurrbart und war fast so groß wie Chad, neigte aber zur Korpulenz und war piekfein gekleidet.

»Unser guter Chad behauptet, er wird uns in der Weltwirtschaft zu einem echten Faktor machen«, erklärte der Gouverneur. »Nächsten Monat fährt er nach England, um Bestellungen für unsere Schaffelle aufzunehmen. Er wird in Spanien zwischenlan-

den und die dortigen Merinos mitbringen, um sie mit den Schafen aus Südafrika zu kreuzen. Die französischen Merinoschafe sind ja, wie Sie wissen, nicht mehr zu haben, durch den Krieg und all das.«
Hallie verstand kein Wort mehr. Sie hörte nur noch einen Satz in ihrem Kopf hallen: »Er fährt nächsten Monat nach England zurück.«
»Chad fährt nächsten Monat nach England zurück.«
Würde sie mitgehen? Würden sie und die Kinder ihn begleiten? Wer würde die Farm leiten? Würde sie hierbleiben? Was würde sie tun?
Chad hatte sie nicht gefragt.
Chad hatte ihr nichts davon gesagt.
»Chad fährt nächsten Monat nach England zurück.«
An den Rest des Abends konnte sie sich nicht erinnern.
»Du gehst nach England«, sagte sie, sowie sie allein in ihrem Zimmer waren.
Er lächelte sie an und sagte: »Es tut mir leid, daß du es in aller Öffentlichkeit gehört hast. Ich wollte noch warten, bis ich es dir sage.«
Als er sich ausgezogen und ins Bett gelegt hatte und sie immer noch am Fenster stehen sah, blies er die Kerze aus. Nach einer Weile zog sie sich aus und legte sich hin. Als er sie in seine Arme ziehen wollte, blieb sie still liegen und sagte: »Nein.« In den drei Ehejahren hatte sie noch nie nein zu ihm gesagt, aus welchen Gründen auch immer.
Er wollte schon etwas sagen, überlegte es sich dann aber anders. Er verschränkte die Arme hinter dem Kopf und lag lange ruhig da. Die Stille knisterte im Zimmer. Dann sagte er: »Hallie, ich tue das für uns.«
Schweigen.
Nach ein paar Minuten sagte sie mit gepreßter Stimme: »Du hättest es mir sagen sollen.«
Wieder Schweigen.

Da sie den Wagen nicht mitgenommen hatten, sondern auf ihren Pferden querfeldein ritten, hatten sie keine Gelegenheit, sich auf dem Weg zu unterhalten. Hallie war außer sich vor Wut über Chads Verrat, und sie ließ ihre Wut an Princess aus.

Erst am nächsten Tag beim Frühstück sagte sie: »Wie lange wirst du fort sein?«

Chad wollte ihre Hand nehmen. Sie zog sie zurück. »Hallie, ich muß es tun. Es wird uns zu Reichtum führen. Ich will den Spinnereien unsere Felle zeigen, ich will mit ihnen handeln, ich will Langzeitaufträge von ihnen haben, mit denen wir für Jahre eingedeckt sind. Diese Verhandlungen vertraue ich keinem anderen an. Ich weiß genau, was ich will.«

»Warum hast du nie mit mir darüber gesprochen? Warum hast du nicht gefragt, wie ich das sehe? Warum hast du es mir nicht wenigstens gesagt?« Ihre Stimme überschlug sich.

»Weil ich wußte, wie du es siehst.«

»Ist das nicht ein Grund mehr, mit mir darüber zu reden?«

Chad verstummte und sagte dann: »Hallie, deine Gefühle hätten mich nicht zurückhalten können. Wärst *du* nicht meine Frau, dann würde ich vielleicht zögern, aber du bist meine Frau. Du und Archie, ihr schafft gemeinsam alles.«

Das bezweifelte sie.

»Ich habe mir Archie geredet«, sagte Chad. »Er wird nächstes Jahr freigelassen, aber er bleibt als bezahlter Vorarbeiter hier, wenigstens bis zu meiner Rückkehr. Und ich hoffe, daß er noch viel länger bleiben wird. Er kennt sich aus und kann die Farm leiten. Ich setze mein Vertrauen in euch beide.«

So, dachte sie, mit Archie hatte er also darüber geredet, aber mit ihr nicht.

Chad fuhr fort. »Wenn die derzeitigen Sträflinge freigelassen werden, könnt ihr beide neue aussuchen, du und Archie. So lange werde ich nicht fort sein.«

»Wie lange?«

»Die Hin- und die Rückreise erfordern natürlich schon eineinhalb Jahre. Ich vermute, ich werde zwei Jahre unterwegs sein.«

Zwei Jahre! Tränen traten ihr in die Augen. »Dafür bin ich nicht so weit gereist, Chad – damit du mich hier allein läßt. Deshalb bin ich nicht nach Neusüdwales gekommen.«

Chad nahm ihre Hand. Diesmal zog sie sie nicht zurück. »Ich hätte es dir wirklich sagen sollen.« Er wollte sie ansehen, aber sie wich seinem Blick aus. »Ich sehe ein, daß es falsch war, es nicht zu tun. Vielleicht hatte ich Angst vor einer Auseinandersetzung ...«

Jetzt funkelte sie ihn an. »Wann haben wir je miteinander gestritten? Ich hätte mir nur gewünscht, daß du etwas mehr Rücksicht auf mich nimmst. Ich dachte, wir hätten uns gemeinsam darauf eingelassen, das sei *unser* Leben, wir seien Partner, eine Familie. Und jetzt ...«

»Hallie, diese Reise kann das Ende der Zeiten bedeuten, in denen man uns nur als Sträflingskolonie betrachtet. Siehst du denn nicht ein, daß es nicht nur eine Chance für dich und mich ist, sondern für dieses Land? Eine Chance, es zu Ruhm und Größe zu bringen. Eine Chance für einen anderen Menschenschlag, hierher auszuwandern, Menschen, die hart arbeiten können und wollen, Menschen, die ...«

»Das ist mir gleich ...« Jetzt kamen ihr die Tränen. »Wie soll ich bloß zwei Jahre zurechtkommen?«

Chads Stimme war ausdruckslos. »Du wirst es schaffen. Und zwar sehr gut. Denk immer daran, daß du Archie hast. Und Brians Loyalität habe ich dir durch das Angebot gesichert, seine Familie herzuholen« Ah, das war also der Grund, sagte sie sich. Er hatte es schon die ganze Zeit so geplant.

»Ein paar Dinge werde ich dir noch beibringen, ehe ich abreise. Dazu gehört auch das Schießen. Komm, wir fangen gleich damit an.«

An den Abenden erklärte er ihr alles, was sie wissen mußte. Um die Sträflinge würde sich Archie kümmern. Es hatte nie Ärger

gegeben, und Chad konnte sich nicht vorstellen, daß sie Schwierigkeiten machen würden. Die Männer wurden fair behandelt und wußten, daß sie bei ihm gut dran waren.
Er gab zu, ihm sei der Gedanke nahezu unerträglich, von Jamie und der kleinen Alexandra getrennt zu sein. »Jamie wird drei sein, wenn ich zurückkomme, und er wird sich kaum noch an mich erinnern können. Ich wünschte, ich könnte ihn mitnehmen.«
Hallie hörte Chad genau zu, wenn er ihr Ratschläge gab, aber sie konnte kaum noch mit ihm reden. Ihr Zorn war tief verwurzelt, und sie trug ihn ständig mit sich herum. In der Nacht vor seiner Abreise, zog er sie an sich, nachdem er den ganzen Abend mit den Kindern gespielt hatte. »Hallie, meine Frau ... du wirst mir furchtbar fehlen. Was soll ich zwei Jahre ohne deinen schönen Körper tun? Ich glaube, ich werde dich mehr als alles andere vermissen.«
Dir zeige ich, was du vermissen wirst, dachte sie. Und sie liebten sich rasend und mit einer Wut und Leidenschaft, die für zwei Jahre genügen sollte. Sie begaben sich in Regionen, in deren Nähe sie nie gekommen waren.
Als sie schwer atmend dalagen, sagte Chad: »Ich werde dich nie vergessen, Hallie. Und auch nicht diese Nacht.«
In jener Nacht hatte er sie wieder geschwängert. Hallie bemerkte es erst einen Monat nach Chads Abreise. Verzweiflung überkam sie. Wie sollte sie mit seiner Abwesenheit und dazu noch mit einer Schwangerschaft fertig werden?

13

Während ihrer dritten Schwangerschaft war Hallie morgens nicht übel. Vielleicht wird es jedesmal leichter, dachte sie. Manchmal glaubte sie, Chad bräuchte sie nur anzusehen, um sie zu schwängern.
Sie wußte, daß es das war, was er wollte – Kinder für die Dy-

nastie, die er sich erträumte. In der Rolle war sie ihm wichtig – als Mutter seiner Kinder. Sie hatte den Verdacht, er hatte sie herkommen lassen, weil Frauen aus seiner eigenen Gesellschaftsschicht nie so hart wie sie gearbeitet hätten, nie bereit gewesen wären, monatelang ohne Gesellschaft auszukommen, ohne neue Kleider und ohne standesgemäßen Umgang. Hallie verlangte nichts von alledem, und das hatte Chad gewußt, ehe er ihr geschrieben hatte. Wenn er ihr ein neues Kleid kaufte, freute sie sich. Sie putzte die Fenster, bis sie sich darin spiegeln konnte. Im Haus des Gouverneurs hatten sie einen Spiegel in ihrem Schlafzimmer gehabt, und sie hatte lange davorgestanden und sich betrachtet.

»Ich frage mich, ob ich das wirklich bin?« hatte sie zu sich selbst gesagt. Chad hatte ihr erzählt, sie sei schön. Wenn in ihr dieselbe Person gesteckt hätte, sie aber nicht so hübsch gewesen wäre, hätte er sie dann trotzdem begehrt? fragte sie sich. Fühlte er sich nur zu dem Teil von ihr hingezogen, den die ganze Welt sah? Oder erregte ihn in erster Linie, daß sie den Weg zu seiner Dynastie darstellte?

Sie wußte, daß sie ihm Freude machte. Er hatte sie nie kritisiert. Er war ausnahmslos geduldig mit ihr gewesen, erzählte ihr aber fast alles erst *hinterher*. Er hatte ihr nicht einmal gesagt, daß er vorhatte, sie zwei Jahre lang allein zu lassen.

Sie vermißte ihn – vermißte nachts seine Wärme neben sich, vermißte es, zuzuhören, wie er den Kindern Geschichten erzählte, vermißte sein Gelächter und seine grenzenlosen Energien, die Sicherheit, die ihr seine Gegenwart gab.

Dennoch war sie wütend auf ihn, weil er sie allein gelassen hatte. Verfluchter Kerl, dachte sie. Soll ich zwei Jahre lang keinen Menschen sehen? Seit Chad fort war, gab es niemanden mehr, mit dem sie reden konnte. Und mit sinkendem Herzen wurde ihr klar, daß niemand dasein würde, wenn sie ihr Baby bekam. Wie sollte sie das bloß allein schaffen?

Alexandra mit ihren vier Monaten schlief fast den ganzen Tag, aber mit dem sechzehn Monate alten Jamie hatte sie alle Hände voll zu tun. Nachts schlief er zwölf Stunden, aber tagsüber schloß er kein Auge. Hallie war immerzu erschöpft, und bald kam die Zeit, in der sie den Garten anpflanzen mußte.

Sie wußte nicht, was die Sträflinge den ganzen Tag lang taten. Dafür war Archie zuständig, und Chad hatte ihr gesagt, sie könnte sich auf ihn verlassen. Er wußte, was getan werden mußte, und er tat es. Direkt vor seiner Abreise hatte Chad Archie mit seiner Freilassung überrascht. Der Gouverneur hatte sie gewährt, als Chad ihm erklärt hatte, als Aufseher könnte sich Archie den Respekt der Gefangenen leichter sichern, wenn er frei war. Jetzt arbeitete Archie gegen Bezahlung.

Er aß mit Hallie zu Abend, sprach aber nicht viel. Allabendlich fragte sie ihn, was er tagsüber getan hatte und was für den kommenden Tag anstand, aber sie tat es vorwiegend, um einen Gesprächsstoff zu haben. Archie rechnete in zwei Monaten, wenn die Lämmer kamen, mit knapp zweitausend Lämmern. Gütiger Himmel, dachte Hallie. Wie soll ich mit all den Kleinen fertig werden, die mit der Flasche gefüttert werden müssen? Aber sie hatte tagtäglich so viel zu tun, daß sie keine Zeit fand, sich Sorgen über Dinge zu machen, zu denen es in wenigen Monaten kommen würde.

Als Chad drei Monate fort war, wollte sie eines Tages gerade mit Jamie ausreiten, als sie Hufe hörte. Als das Pferd näherkam, sah sie, daß eine Frau darauf saß. Das ist Etta, dachte sie. Es ist bestimmt etwas passiert.

Aber es war nicht Etta.

Auf dem Sattel kauerte die schmutzigste Frau, die Hallie je gesehen hatte. Das verfilzte Haar klebte an ihrem Kopf, und in ihrem Blick stand Hysterie. Sie glitt vom Pferd, konnte kaum stehen und flüsterte: »Oh, dem Himmel sei Dank ... Hallie.«

Hallie starrte sie einen Moment lang an und trat dann einen Schritt vor. »Meine Güte, Beth«, sagte sie erstaunt und lief auf das Mädchen zu, das sie seit drei Jahren nicht gesehen hatte.

Beth ließ sich in ihre Arme sinken. Das Pferd stand mit Schaum auf den Nüstern da.
Hallie zerrte Beth ins Haus, setzte sie auf einen Stuhl und ging in die Küche, um etwas zu essen und heißen Tee zu holen. Als sie zurückkam, hatte Beth die Augen geschlossen und atmete regelmäßiger. Jamie stand mit dem Daumen im Mund da und starrte sie an.
Als Hallie auf sie zuging, zuckte Beth zusammen. Mit wilden Blicken sah sie sich um, als erwarte sie jeden Moment Gefahr, und dann schlang sie das Essen in sich hinein, das Hallie ihr gebracht hatte. Als sie aufgegessen hatte, sagte sie mit verzweifelter Stimme: »Versteck mich, Hallie. Bitte, laß mich hierbleiben.« Und noch einmal: »Versteck mich.«
Hallie kniete sich neben die junge Frau und schlang die Arme um sie. »Natürlich, Beth«, sagte sie. »Bei mir bist du sicher.« Sie zog das Mädchen hoch. »Komm mit. Jamie und ich wollten gerade im Bach baden gehen. Es wird dich sicher erfrischen.« Sie nahm Seife mit, und als sie alle im kühlen Wasser tollten, wusch sie Beth das Haar. Jamie starrte sie immer noch an.
Als sie wieder im Haus waren, zündete Hallie ein Feuer an. Sie hüllte Beth in eine Decke und sagte dann: »Erzähl mir alles.«
Beth schüttelte den Kopf. Sie wollte nicht reden.
»Ist jemand hinter dir her?«
»Ich ... weiß es nicht.«
»Ist dir jemand gefolgt?«
Wieder schüttelte Beth den Kopf, und als Hallie weiter in sie zu dringen versuchte, schüttelte sie nur immer wieder den Kopf. Nein, sie wollte oder konnte Hallie nichts erzählen.
»Das macht nichts«, beschwichtigte Hallie sie. »Ich werde mich um dich kümmern.« Beth nahm Alexandra auf den Schoß und sagte kein Wort mehr.
Als Archie zum Abendessen kam, sprang Beth entsetzt auf. Hallie legte ihr eine Hand auf den Arm und sagte: »Er tut dir nichts.

Das ist Archie, unser Vorarbeiter.« Beth sagte kein Wort und wollte Archie nicht ansehen.

Als es Zeit war, schlafen zu gehen, sagte Hallie: »Du kannst bei mir schlafen.« Als Beth beim Einschlafen Hallies Hand hielt, fragte sich Hallie: Wie hat sie mich bloß gefunden? Und was hat ihr diese furchtbare Angst eingeflößt?

Endlich eine Frau, dachte sie. Eine Freundin.

Hallie freute sich darüber, daß Beth gekommen war, obwohl sie noch etliche Tage kein Wort sagte. Sie sprach so mit ihr, als bekäme sie Antworten. Jamie umklammerte ihre Beine, und wenn Beth seine Schwester nicht im Arm hielt, kletterte er auf ihren Schoß und schlief dort ein.

Gegen Ende der Woche war Beth fort, als Hallie aufwachte. Sie sprang auf und fragte sich, was passiert war. Aber Beth war nicht fortgegangen; sie stand in der Küche und bereitete das Frühstück.

»Was für ein Luxus«, sagte Hallie lächelnd. Und als sie anfangen wollte, die Küche zu putzen, schüttelte Beth heftig den Kopf. Sie würde es tun.

Hallie machte sich auf die Suche nach Archie und Brian und sagte: »Ihr müßt mir strikteste Geheimhaltung schwören. Niemand – und ich meine niemand, nicht die anderen Sträflinge und kein Besucher –, niemand sonst darf das erfahren. Die Frau, die letzte Woche hergekommen ist, ist Sträfling. Sie ist mit mir auf dem Schiff gewesen; dort habe ich sie kennengelernt. Ich weiß nicht, ob sie ihre Strafe schon abgebüßt hat. Wenn nicht, dann ist sie geflohen, und ich decke einen entsprungenen Sträfling. Wenn ja, dann hat sie etwas erlebt, was so fürchterlich ist, daß sie nicht darüber reden kann. Ihr dürft niemandem sagen, daß sie hier ist. Ich kann mir vorstellen, daß manche der Männer sie sehen werden, aber wenn jemand fragt, dann ist sie eine alte Freundin aus England, die zu mir zu Besuch gekommen ist. Wenn ihr Besucher hört, dann warnt uns. Sie muß versteckt werden.«

Archie und Brian sahen einander an und nickten.
Als Hallie wieder ins Haus kam, war das Bett gemacht, und Beth fegte den Boden. Sie war wirklich nur noch Haut und Knochen.
Beth liebte Alexandra, und es schien sie enorm zu beruhigen, daß Baby auf dem Schoß zu halten. Hallie ging mit Jamie Wäsche waschen, und als die Kleidungsstücke zum Trocknen ausgebreitet waren, roch sie den wunderbaren Duft des Apfelkuchens, den Beth backte. Hallie kam kaum noch dazu, Kuchen zu backen.
Hallie gewöhnte es sich an, Beth alles zu erzählen. Sie erzählte ihr von Chad, wie er war, was er sich erträumte, wie gut er zu ihr war, was er ihr gegeben hatte, wieviel Land sie besaßen. Sie erzählte ihr, wie die Coltons sie geholt hatten, um bei der Geburt zu helfen.
Will Colton hatte Hallie in Verlegenheit gebracht, als Mary Ann zur Welt gekommen war. Er hatte alles von Anfang bis Ende beobachtet, aber Hallie hatte nicht das Gefühl gehabt, daß er sich Sorgen um Etta machte; es war, als hätte ihn dieser Vorgang hypnotisiert. Hallie lachte, als sie Beth erzählte, ehe sie als Hebamme wirksam geworden sei, hätte sie Chad gefragt, was sie tun müßte. »Es scheint nichts zu geben, was Chad nicht kann«, sagte sie.
Ihre Wut darüber, daß er sie und die Kinder allein gelassen hatte, dämpfte ihre Zuneigung zu ihm nach wie vor. Aber wenn er hier wäre, dachte sie, als aus den Tagen Wochen wurden, wo würde Beth dann schlafen? Hätte er ihr überhaupt erlaubt, zu bleiben? Beth nahm ihr viele Hausarbeiten ab und kochte die meisten Mahlzeiten.
Wenn sie den Mund aufmachte, dann im allgemeinen nur, um eine Frage zu stellen. Hallie gewöhnte sich schnell an Beth' Schweigen. Sie plapperte vor sich hin, als führten sie einen Dialog miteinander.
Diesmal brauchte Archie Hallies Hilfe, als die Lämmer kamen.

Sie fand es aufregend, Geburtshilfe zu leisten und die ersten wackeligen Gehversuche der Tiere zu beobachten. Beth weigerte sich zwar, das Haus zu verlassen, doch eines Nachmittags zerrte Hallie sie gewaltsam zu den Ställen. »Das *mußt* du dir einfach ansehen, Beth. Du liebst doch Babys. Schau dir an, wie ein Lamm geboren wird.«

Beth übernahm die Hausarbeit, half beim Füttern der Lämmer und kümmerte sich um Alexandra, und daher kam Hallie schnell wieder zu Kräften. Im vierten Monat ihrer Schwangerschaft fühlte sie sich besser. Sie hatte begonnen, Chad zu verzeihen. Viel schwerer war das Leben ohne ihn auch nicht, und sie stellte fest, daß es ihr Freude bereitete, die wenigen Entscheidungen zu treffen, die ihr abverlangt wurden. Und sie genoß es, Beth bei sich zu haben. Jamie liebte Beth und schien ihr Schweigen nie beunruhigend zu finden. Wie Hallie plauderte auch er den ganzen Tag mit ihr.

»Warum besorgen Sie sich keinen Sträfling, der Ihnen hilft?« fragte Hallie Will bei einem ihrer Besuche bei den Coltons. »Es sind billige Arbeitskräfte.«

»Wir kommen nicht in Frage, weil wir nicht genug Land besitzen«, erwiderte er.

»Möchten Sie vielleicht, daß ich mit dem Gouverneur darüber rede?« fragte Hallie. »Ich kenne ihn. Ich könnte ihm sagen, daß Sie Hilfe brauchen.«

»Das nutzt nichts«, antwortete er. »Wir haben keinen Platz für ihn, kein Bett und nichts zu essen.«

Als es an der Zeit war, das erste Gemüse in die Stadt zu bringen, beschloß Hallie, Archie zu begleiten. Ihr gefiel die Vorstellung, über Nacht in der Stadt zu bleiben, Leute zu besuchen und Dinge einzukaufen. Und sie konnte mit dem Gouverneur über die Coltons reden.

»Chad wäre das nicht recht«, sagte Archie.

»Chad ist nicht hier«, erwiderte Hallie halsstarrig und verteidigte die Unabhängigkeit, die sie in den fünf Monaten seit der Abreise ihres Mannes errungen hatte.

Die Zeit in Parramatta war so wunderbar, daß sie noch Tage danach übersprudelte. Sie nahm einen Teil des Geldes und kaufte Stoff, damit Beth sich Kleider nähen konnte, und sie kaufte genug, um sich selbst ein Kleid zu nähen. Sie kaufte Beth Schuhe und Unterwäsche. In ihrem ganzen Leben hatte sie noch nie Geschenke für jemanden gekauft, und es war ein herrliches Gefühl. Obwohl Beth nicht das Haus verließ, kaufte Hallie ihr auch einen Sonnenhut. Eines Tages, dachte sie, wird Beth aus dem Haus gehen.

Für Archie kaufte sie in ihrer Spendierlaune eine Pfeife und Tabak. Sie hatten noch Geld übrig, als Hallie Weizen- und Maismehl in der Mühle gekauft und Tee, Kerzen und andere Dinge erworben hatte, die sie brauchten.

Gouverneur Macquarie und seine Frau waren nicht in Parramatta, und daher konnte Hallie ihn nicht bitten, Will Colton einen Sträfling zuzuteilen. Sie blieb über Nacht bei den Langleys, die sie auf dem Ball des Gouverneurs kennengelernt hatte.

Hallie mochte die Langleys von Mal zu Mal lieber. Sie hatte das Gefühl, in den beiden Freunde gefunden zu haben. Ihr gefiel, wieviel die beiden dem Leben an Schönem abgewannen. Harry hatte in Bombay beim Militär gedient, ehe er nach Sydney geschickt worden war. Vor zwei Jahren hatte er sein Offizierspatent zurückgegeben, um die erste Bank in Parramatta zu eröffnen, eine Privatbank, die Freunde von ihm in England und Indien finanzierten.

Susan, die Tochter eines Offiziers, der lange in Indien stationiert gewesen war, war dort geboren und hatte Harry dort kennengelernt. Sie war zwar vier- oder fünfmal in England gewesen, sah es aber nicht als ihre Heimat an. In Indien war sie Dienstboten und ein weit aktiveres Gesellschaftsleben gewohnt gewesen als alles, was Neusüdwales bot. Hier fiel einiges an Prunk weg, und sie hatte eine Weile gebraucht, um sich in dem neuen Land einzugewöhnen, aber aus Liebe zu ihrem Mann war sie entschlossen, sich anzupassen.

Susan sagte Hallie, sie würde sie wirklich zu gern einmal auf ihrer Farm besuchen und sich anschauen, wie man »weit draußen auf dem Land lebt«. Hallie lud die beiden ein, jederzeit vorbeizukommen, und dann hätte sie sich die Zunge abbeißen können. Niemand durfte Beth sehen.

Auf der Rückfahrt gab sie Archie die Pfeife und den Tabak. Er wußte nicht, wie man sich für ein Geschenk bedankt, und daher stammelte er. Hallie winkte seinen Dank ab und genoß das Gefühl, zu schenken. Sie fragte sich, ob Chad sie wegen ihrer Ausgaben ausgescholten hätte, aber das bezweifelte sie. Er war sehr großzügig. Und es war ein so wunderbares Gefühl gewesen, das sie in Zukunft noch oft erleben wollte.

Wahrscheinlich hätte ich dieses Gefühl nie kennengelernt, dachte sie, wenn sich Chad nicht entschlossen hätte, fortzugehen und mich hier allein zu lassen.

14

»Würden Sie mir eine Frau suchen?« fragte Archie Hallie.

Verblüfft sah sie ihn an. »Dir eine Frau suchen?«

Er nickte mit abgewandtem Blick.

Sie strich sich das Haar aus der Stirn und lächelte. »Warum machst du das nicht selbst?«

Hallie packte das nächste Schaf am Kopf, damit Archie ihm den Schwanz abschneiden konnte. An diese Scheußlichkeit hatte sich Hallie immer noch nicht gewöhnen können.

»Ich weiß nicht, wie man einer Frau den Hof macht«, antwortete Archie nach einer Weile. »Sie wüßten besser, was für eine Frau gut für mich ist. Ich bin zu lange ohne Frau gewesen. Ich schätze, ich käme nur für eine Gefangene oder eine Freigelassene in Frage. Da ich jetzt frei bin, dachte ich, Sie hätten nichts dagegen, wenn ich mir hinter dem Hügel ein kleines Häuschen baue. Sie könnte Ihnen eine Hilfe sein, verstehen Sie. Vielleicht könnte sie für die Sträflinge kochen oder was Sie sonst wollen.«

Hallie wußte nicht, ob sie sich dieser Verantwortung gewachsen fühlte. »Was ist, wenn ich eine Frau aussuche, die dir nicht gefällt?«

»Ich bin nicht wählerisch. Sie soll nur nicht wie ein Pferd aussehen und nicht mißmutig sein. Ich will niemanden, der mich die ganze Zeit anschreit.« Er packte das Lamm, das Hallie festhielt. »Ich bin dreißig. Es ist Zeit, Kinder zu kriegen.«

»Ich werde mal sehen, was ich tun kann«, versprach Hallie.

Die Gelegenheit bot sich ihr früher als erwartet. In der folgenden Woche machten sie ihren üblichen Ausflug nach Parramatta, und dort hörte Hallie vom Kapitän der Fähre, daß am selben Tag ein Schiff in Sydney einlaufen würde. Vor zwei Tagen war es gesichtet worden.

»Warum übernimmst du den Verkauf nicht?« schlug sie Archie vor. »Hier ist eine Liste der Dinge, die gekauft werden müssen. Ich nehme die Fähre nach Sydney und komme morgen zurück. Vielleicht bringe ich dir eine Braut mit.«

»O Gott ...« Archie wurde bleich.

»Du solltest dich lieber rasieren«, riet ihm Hallie. »Und kauf dir etwas Neues zum Anziehen. Von Kopf bis Fuß, verstanden?«

»Ich h-habe keinen P-platz für sie«, stammelte er.

»Vielleicht sollten wir es nicht überstürzen«, sann Hallie nach. »Wenn ich jemanden finde, könntet ihr beide einander kennenlernen. Vielleicht könnte sie eine Zeitlang bei den Langleys oder bei jemand anderem hier in der Stadt arbeiten, und dann hättest du Zeit, ein kleines Haus zu bauen und um sie zu werben. Was sagst du dazu? Dann seid ihr nicht aneinander gebunden, wenn es sich einer von euch anders überlegt.« Und du wirst mir nicht für den Rest deines Lebens die Schuld daran geben, dachte sie erleichtert.

Gleichzeitig konnte sie den Gouverneur bitten, den Coltons einen Sträfling zuzuteilen.

Im siebten Monat war Hallie die Schwangerschaft deutlich anzusehen. Sie fühlte sich schön und war keineswegs gehemmt. Ihr Gang war nicht gerade anmutig, aber die Fröhlichkeit war ihr anzumerken. Da Chad jetzt fort war, würde sie Beth Anweisungen geben müssen, wie sie ihr bei der Geburt beistehen konnte.
Susan Langley drückte ihre Enttäuschung darüber aus, daß Hallie nach Sydney weiterfahren und nicht bei ihnen zu Besuch bleiben wollte. »Du könntest mitkommen«, sagte Hallie. »Das würde sicher Spaß machen.«
Susan meinte, das ginge nicht, aber Harry, ihr Mann, war nicht ihrer Meinung. »Natürlich geht das«, sagte er. »Ich komme auch mit. Setz nur deinen Sonnenhut auf, und wir nehmen die nächste Fähre. Zwei Frauen in euren Umständen« – Susan war auch schwanger, wenn man es ihr auch noch nicht so sehr ansah wie Hallie – »brauchen einen Mann als Begleiter. Eine Frau allein ist in Sydney nicht sicher.«
Sie waren zwar seit fast fünf Jahren verheiratet, aber es war das erste Mal, daß die Langleys ein Kind erwarteten, und sie waren so glücklich, daß Hallie es als ansteckend empfand. Sie war nur zu gern mit ihnen zusammen, und Harry und Susan benahmen sich immer so, als seien Hallies Besuche die angenehmste Zerstreuung, die sie sich nur denken konnten. Wenn sie kam, ließen sie immer alles stehen und liegen und luden andere Leute zum Essen ein. Hallie war unklar, wie Susan das immer wieder so schnell bewerkstelligte. Auf diese Art lernte sie allmählich die Gesellschaft von Parramatta kennen.
Hallie hatte erfahren, daß sieben weitere Familien im Lauf der letzten sechs Monate ins Tal gezogen waren, und sie beschloß, sich nach der Geburt des Babys die Zeit zu nehmen, sie der Reihe nach zu besuchen.

Hallie und die Langleys sollten erst kurz vor Einbruch der Dämmerung in Sydney ankommen. Die Überfahrt auf der Fähre war phantastisch. Es regte sich kaum eine Brise, und der blaue Himmel und die Bäume am Ufer spiegelten sich im Fluß, während sie an den reizvollen Stränden und Buchten vorbeifuhren und die Pelikane beobachteten, die mit ihren langen Schnäbeln die Fische aus dem Wasser fingen. Hallie hatte seit ihrer Landung kein anderes Wasser mehr gesehen als ihren Fluß und den träge dahinströmenden Bach, und sie war bezaubert.

»Sind wir nicht glücklich dran«, sagte sie, »daß wir in ein so wunderschönes Land gekommen sind?«

Zum ersten Mal seit langer Zeit entspannte sie sich wirklich. Endlich gab es einmal nichts, was sie tun mußte. Sie hatte einfach nur ihren Spaß und plauderte mit den Langleys und anderen Passagieren – und sie tat es nur zu gern. Sie hörte jedoch eine beunruhigende Neuigkeit: Anscheinend war man auf der Straße von Parramatta nach Sydney nach Einbruch der Dämmerung nicht mehr sicher. Scharen von Sträflingen arbeiteten am Ausbau der Straße, und oft lauerten sie Reisenden auf oder trieben sich mit den weiblichen Sträflingen herum, die in die Fabrik geschickt wurden. Es wurde von Zechgelagen und Orgien berichtet, von Raubüberfällen und Schlägereien, von menschlicher Verderbtheit. Hallie nahm sich vor, Archie vor dieser beunruhigenden Wendung der Dinge zu warnen.

Harry bestand auf angrenzenden Hotelzimmern, um bei Hallie eine Beschützerrolle zu übernehmen. Sie aßen zu Abend und lachten bis weit in die Nacht hinein. Die Geschichten der Langleys über Indien kamen Hallie furchtbar exotisch vor, und sie interessierten sich im selben Maß für Hallies Leben. Susan konnte sich kaum vorstellen, wie eine Frau so weit draußen auf dem Land leben und allein zurechtkommen konnte. Hallie genoß den gesellschaftlichen Umgang, den man hatte, wenn man in der Stadt lebte, aber ihr genügte es, mehrmals im Monat zu kommen und so viele neue Leute kennenzulernen. Sie empfand sich als treulos, als sie bedachte, daß sie diese Ausflüge in die Stadt nicht unternommen hätte, wenn Chad hiergewesen wäre. Nach Sydney wäre sie dann schon gar nicht erst gekommen.

Als sie am Morgen zu den Anlegestegen schlenderten, trafen sie auf Horden von rüpelhaften Männern. Die männlichen Sträflinge wurden bereits aneinandergekettet und von Offizieren des Corps von Neusüdwales mit Stöcken angetrieben.
Ganz anders verhielt es sich mit den weiblichen Sträflingen. Wer an ihnen interessiert war, wurde zum Schiff hinausgerudert, und Harry bestand darauf, Hallie zu begleiten. Was sich dort abspielte, schockierte sie. Die Männer sahen die Frauen lüstern an und versuchten sogar, sie anzufassen. Einige ermutigten sie dazu, aber die Mehrheit der Frauen schreckte vor ihnen zurück.
Hallie fühlte sich augenblicklich zu einer jungen Frau hingezogen, die einem Mann, der sie anfaßte, auf die Finger schlug. Ihr ovales Gesicht war ansprechend. Sie war jung, vielleicht ein Jahr jünger als Hallie. Ihr hellbraunes Haar war unbeschreiblich schmutzig, aber ihre Lebensgeister waren ungebrochen.
Wenn ein Mann einem Wärter Geld in die Hand drückte, schrieb der ihm den Namen der Gefangenen auf, für die er sich interessierte, sowie die Adresse desjenigen, dem sie zugeteilt worden war. »Das ist Sklaverei«, sagte Hallie.
»Es ist Prostitution«, erwiderte Harry und verzog angewidert das Gesicht.
Ehe einer der Männer sie ihr wegschnappen konnte, ging Hallie auf die junge Frau zu und stellte sich vor. Sie fragte sie, welches Verbrechens sie angeklagt sei. »Ich habe einen Laib Brot und ein Paar Strümpfe gestohlen«, erwiderte die Frau. Ihre Haltung war aggressiv, aber Hallie gefiel die Glut in ihren Augen. Ihre Stimme war wohlklingend und alles andere als unterwürfig.
Hallie war die einzige Frau, die an Bord gekommen war. Diese Männer hatten doch sicher nicht alle vor, die Frauen zu mißbrauchen, dachte sie sich. Manche von ihnen mußten nach Kindermädchen oder nach Dienstmädchen für ihre Ehefrauen Ausschau halten. Und doch war offensichtlich, daß die große Mehrheit eine Frau wollte – irgendeine Frau, nicht nur für die Arbeit, sondern auch fürs Bett. Hallie stellte sich vor, daß die Männer

die Frauen vor die Tür setzten, sowie sie ihre Strafe abgebüßt hatten, wenn nicht sogar schon viel eher. Sie suchten sich dann einfach eine neue. Und für diese Frauen gab es keine Zukunft mehr. Bestimmt würde niemand eine Frau heiraten wollen, die derart mißbraucht worden war.

Hallie graute es. Frauen, die niemand haben wollte, wurden in die Frauenfabrik in Parramatta geschickt, um dort den ganzen Tag zu weben, und zur Strafe mußten sie in der Tretmühle arbeiten. Sie fragte sich, welches Los das schlimmere war – das Gefängnis oder das, was diese Männer anzubieten hatten.

»Komm mit mir«, sagte Hallie zu der jungen Frau, als sie sich endlich durch den Lärm der Menge verständlich machen konnte. »Wie heißt du?« fragte sie das Mädchen.

»Molly. Molly Conway.«

Als sie wieder an Land waren, nahm Hallie Molly den Strick ab, der ihr um die Taille geschlungen worden war. Molly hatte noch kein Wort gesagt, aber Hallie stellte erfreut fest, daß sie ihre neue Umgebung interessiert betrachtete. Hallie bat Susan und Harry, ihrer neuen Schutzbefohlenen etwas zum Anziehen zu besorgen, während sie zum Gouverneur ging, um sich dafür einzusetzen, daß die Coltons einen Sträfling zugeteilt bekamen. Sie mußte fast zwei Stunden warten, ehe sie zu Gouverneur Macquarie vorgelassen wurde. Als sie endlich sein prächtiges Amtszimmer betrat, erhob sich der Gouverneur und nahm ihre Hände.

»Hallie, meine Liebe, ich wünschte, ich hätte gewußt, daß Sie hier sind! Es tut mir leid, daß Sie warten mußten.«

Er schrieb ihr sofort etwas auf und sagte, Colton sollte mit dieser Bestätigung zum Oberaufseher der Gefangenen in Parramatta gehen.

»Wenn ich Ihnen irgendwie behilflich sein kann, dann lassen Sie es mich wissen«, sagte der Gouverneur zum Abschied zu Hallie.

»Es könnte sein, daß wir mehr Land brauchen«, sagte Hallie und wunderte sich selbst über ihre Kühnheit. »Wir hatten im Früh-

jahr fast zweitausend Lämmer, und uns wird schon bald das Weideland nicht mehr genügen.«
»Wenn doch nur alle Siedler den Ehrgeiz besäßen, den Sie und Chad haben. Sie sind die Zukunft dieses Landes, meine Liebe.«
Hallie lächelte. Bis jetzt hatte sie geglaubt, ihre einzige Rolle sei es, Chads Kinder zu gebären.
»Was glauben Sie, wieviel Land Sie zusätzlich noch brauchen?« fragte der Gouverneur.
Hallie dachte darüber nach. Sie hatte eigentlich kein Gefühl dafür, wieviel ein Morgen war. Sie hatte von Archie gehört, daß das Weideland bald nicht mehr für die vielen Schafe ausreichen würde. »Ach, ich glaube, noch ein paar tausend Morgen«, erwiderte sie schließlich. »Ich habe gehört, der Morgen ist für fünf Shilling zu haben.« Sie hatte keine Ahnung, wieviel sie sich leisten konnten. Das einzige Geld, das sie zu sehen bekam, waren die Einnahmen aus den Gemüseverkäufen, und davon kauften sie das Saatgut und das, was sie zum Leben brauchten, aber es war ihr auch schon gelungen, von diesem Geld ein paar Luxusgüter anzuschaffen.
»Brauchen Sie noch mehr Sträflinge?«
»Ich weiß es nicht«, sagte sie. »Die, die ich habe, scheinen zu genügen. Ich werde Ihnen Bescheid geben, wenn ich mehr Männer brauche. Die meisten werden innerhalb der beiden nächsten Jahre freigelassen, und dann werde ich sie ohnehin ersetzen müssen.« Sie merkte nicht, daß sie begonnen hatte, »ich« und nicht mehr »wir« zu sagen.
»Vielleicht wäre es eine gute Idee«, sagte der Gouverneur versonnen, »ein paar neue Sträflinge einzuarbeiten, ehe die älteren fortgehen. Sie haben doch Platz und können sie unterbringen, oder nicht?«
Hallie lächelte. »Es würde mich freuen, wenn Sie es sich selbst einmal ansehen nach der Geburt des Babys. Ich bin sehr stolz auf das, was wir dort erreicht haben.«
Eigentlich, dachte sie, tue *ich* doch gar nicht viel.

Hallie traf die Langleys und Molly an der Anlegestelle der Fähre. Susan hatte Molly ins Hotel mitgenommen und sie dort baden lassen, und die junge Frau sah jetzt wirklich recht attraktiv aus. Hallie erklärte ihr die Lage. Die Langleys hatten sich einverstanden erklärt, Molly einen Monat bei sich zu behalten, damit sie und Archie einander jede Woche treffen konnten, um zu sehen, ob sie zueinander paßten. Hallie glaubte, daß Archie sehr zufrieden sein würde.

Mit dem Hut in der Hand erwartete er sie, als sie in Parramatta anlegten. Er stand unbeholfen da und schien seine neuen Kleider nicht gewohnt zu sein. Hallie war vorher nie aufgefallen, wie merkwürdig er eigentlich aussah. Das krause rötliche Haar, das sonst nach allen Seiten abstand, war dünn und wirkte jetzt befremdlich an den Kopf geklebt. Zu der Hakennase kamen noch die verkniffenen Lippen, und leider spiegelte sich seine Zuverlässigkeit auch nicht in seinem Gesicht oder den kleinen gelblichen Augen wider. Nun ja, dachte sie, vielleicht war Molly nicht gerade fasziniert, aber es war doch ein weit besseres Los als alles, worauf sie hätte hoffen können.

Archie wußte nicht, was er sagen sollte. Molly sah ihn fest an. Die Langleys luden Molly und Archie freundlicherweise ein, mit ihnen zu frühstücken. Die beiden beäugten einander behutsam, wenn sie glaubten, niemand sähe es. Keiner von beiden lächelte beim Frühstück. In der kommenden Woche würde Hallie mit Archie wiederkommen.

Nachdem sie sich später am Tag als gewöhnlich auf den Heimweg gemacht hatten, fragte Hallie: »Nun, was meinst du?«

Archie zündete sich eine Pfeife an und spuckte auf den Boden, ehe er sagte: »Sie sieht hübsch aus.«

»Ja«, stimmte ihm Hallie zu, »aber was sonst noch?«

Archie sah sie an und hatte die Augenbrauen fragend hochgezogen. »Was soll denn sonst noch sein? Sie wirkte nicht gerade kratzbürstig.«

Was sonst zählt denn? dachte Hallie. Empfand Chad da genauso?

Dachten alle Männer so? Wenn eine Frau hübsch aussah und nicht kratzbürstig war, genügte das etwa? Sie fühlte sich sehr unbedeutend, und das gefiel ihr gar nicht.

Als sie an dem Teich vorbeikamen, an dem Hallie ihre Hochzeitsnacht verbracht hatte, schlug sie vor, anzuhalten und etwas zu essen. Hinterher ging Archie spazieren, und sie nahm ein Bad.

Sie schlüpfte aus den Kleidern und watete in das klare kühle Wasser, das sie sofort erfrischte. Ob Molly Archie mögen würde? fragte sie sich. Sie nahm an, es würde nicht viel ändern. Es war besser, mit Archie verheiratet zu sein, als mißbraucht und fortgeschickt zu werden, denn so würde es den meisten Frauen ergehen, die mit demselben Schiff gekommen waren. Und es war auch besser, als in der Frauenfabrik zu arbeiten.

Hallie wollte die Schwäne nicht stören und watete langsam wieder ans Ufer. Sie wollte vor Einbruch der Dunkelheit zu Hause sein.

Mit weit gespreizten Beinen stand ein Mann neben ihren Kleidungsstücken und hatte die Arme in die Hüften gestemmt. »Na so was, Schwester«, sagte er. »Schön, daß man dich hier trifft.«

Sein Tonfall und sein Aussehen gefielen ihr gar nicht. Seine Kleidung hing in schmutzigen Fetzen an ihm herunter. Er war nahezu kahlköpfig, hatte aber einen riesigen struppigen Bart. Seine kleinen Augen funkelten. Er bückte sich, hielt ihre Unterwäsche hoch und lachte. »Willst du sie haben?« fragte er. »Dann mußt du sie dir holen.«

Hallie schlug das Herz in der Kehle. »Legen Sie die Sachen hin und verschwinden Sie, bis ich mich angezogen habe.« Sie fühlte sich nicht annähernd so selbstsicher, wie sie sich gab.

Der grobe Kerl lächelte. »Die mag ich besonders gern, die Feurigen. Das wird ein richtiger Spaß werden.« Als er grinste, sah Hallie, daß ihm ein Schneidezahn fehlte. Seine Kleidung wies darauf hin, daß er ein Sträfling war.

»Ich werde Sie anzeigen«, drohte sie ihm.

Er lachte lauthals. »Bis dahin ist es zu spät.«

Zu spät? Zu spät wofür? fragte sie sich, doch ihr Verstand weigerte sich, zu funktionieren. »Bitte ...« Sie änderte die Taktik. »Gehen Sie bitte fort, damit ich mich anziehen kann.«

»Kommst du jetzt raus, oder soll ich reinkommen?« Er hielt ihr Kleid hoch und zerriß es langsam. Es klang wie Kreide auf einer Tafel. Er warf die Fetzen hin und watete ins Wasser.

Hallie schrie.

Archie kam aus dem Wald gerannt und stürzte sich von hinten auf den Mann. »Schnell, laufen Sie zum Wagen!« schrie er.

Hallie zögerte keinen Moment lang bei der Vorstellung, Archie könnte sie nackt sehen. Während der Fremde versuchte, Archie abzuschütteln, rannte Hallie aus dem Wasser und zum Wagen. Die Pistole, dachte sie. Die Pistole, die wir immer unter dem Vordersitz haben, weil Chad es so will. Sie hörte das Handgemenge, drehte sich aber nicht um. Ob Archie wohl daran gedacht hatte, die Pistole dort zu verstauen? Im siebten Monat konnte sie nicht schnell laufen. Verdammt noch mal, dachte sie. Lieber Gott, hilf mir. Laß mich schneller laufen.

Sie erreichte den Wagen und versuchte, den Sitz anzuheben. Er ließ sich nicht bewegen. Warum hatte sie Archie bloß niemals dabei zugesehen? Ein heftiger Adrenalinstoß ließ sie den Sitz herausreißen. Dann löste sie die Bodenbretter. Und dort lag sie, die Pistole. Als sie Schritte von hinten auf sich zukommen hörte, griff sie danach, aber eine kräftige Hand schloß sich um ihr Handgelenk.

»So, so, ein Baby in diesem hübschen Bauch ...« Der Mann atmete schwer. »So eine Frau hab ich noch nie gehabt.« Seine Finger schlossen sich wie ein Schraubstock um ihr Handgelenk, und die Pistole fiel ihr aus der Hand. Mit aller Kraft drehte Hallie sich um und stieß den Kerl von sich. Sein langer Arm schoß nach vorn, und mit dem blutbeschmierten Messer, das er in der Hand hielt, schlitzte er ihr den Arm von oben bis unten auf. Sie spürte keinen Schmerz, sah nur das rote Blut, das an ihrem Körper herunterlief. Es war warm. Sie trat um sich, zielte auf seine Lenden. Mit einem Aufschrei sprang er zurück, und Hallie nutzte die Zeit, um vom

Wagen zu springen, weil sie die Pistole aufheben wollte. Sein Gesicht war vor Schmerz verzerrt und noch häßlicher als vorher. »Miststück!« zischte er. »Dafür wirst du mir büßen.«
Er warf sie so grob auf den Boden, daß ein scharfer Schmerz durch ihren Kopf zuckte. Dann ließ er sich auf sie fallen und ohrfeigte sie. Sie biß ihm in die Lippen und schmeckte Blut. Er kniete auf ihr, und trotz der Schmerzen gab Hallie keinen Laut von sich. Mit einer Hand riß er seine Hose auf, und Hallie spürte ihn, als er mit den Knien ihre Beine spreizte. Sie tastete immer noch nach der Pistole, aber er hatte nur noch im Kopf, in sie einzudringen, und daher merkte er es nicht. Mit einer Hand versuchte er, sich ihr gewaltsam aufzudrängen, als Hallie endlich die Pistole unter ihren Fingern spürte. Sie legte direkt auf seinen Kopf an. Er lachte mit weit offenem Mund, als er in sie eindrang.
Sie drückte ab.
Für den Sekundenbruchteil, der ihm noch blieb, ehe sein Gesicht unkenntlich zerfetzt wurde, trat ein erstaunter Ausdruck in seine Augen. Sein kopfloser Körper flog durch die Luft. Hallie sah seine Überreste und übergab sich. Dabei zitterte sie unkontrollierbar. Es dauerte eine Weile, bis sie sich fragte, wo Archie war. Ihre Magenkrämpfe waren so heftig, daß sie sich krümmte und nicht laufen konnte. Auf allen Vieren kroch sie zum Tümpel.
Archie lag mit mindestens einem halben Dutzend Messerstichen da, das Gesicht im Wasser.

15

Hallie drehte Archie auf den Rücken und fing an zu weinen, als sie seine starren, ausdruckslosen Augen sah. Dennoch zog sie ihm die Hose seines neuen Anzugs aus, denn ihre Kleider waren in Fetzen gerissen. Sogar das blutige Hemd knöpfte sie ihm mit zitternden Fingern auf, während sie sich in Krämpfen krümmte.

Dabei tätschelte sie immer wieder sein Gesicht und schluchzte »Archie«, als könne sie ihn wieder zum Leben erwecken, indem sie ihn bei seinem Namen rief. Tränen fielen auf sein Hemd. Atemlos zerrte sie ihn zum Wagen und konnte durch den Tränenschleier kaum etwas sehen.

»Ich kann nicht mehr«, schluchzte sie, als könnte er sie hören. »Ich muß dich so auf dem Wagen liegen lassen. Es tut mir leid ...« Wieder tätschelte sie sein Gesicht.

Sie band sich den Arm mit Archies Gürtel ab, um die Blutung zu stillen. Als sie auf den Kutschbock stieg, fühlte sie, wie etwas Warmes, Klebriges an ihren Beinen herunterrann.

Mein Baby, dachte sie. Das verliere ich auch noch. Sie brachte es nicht über sich, noch einen Blick auf den kopflosen Körper zu werfen, der auf dem Rücken lag. Von seinem Kopf war nichts zu sehen, nur ein Ohr, das sich in der abgeschälten Rinde eines Gummibaums verfangen hatte.

Hallie wunderte sich, daß die Sonne noch schien.

An die Heimfahrt konnte sie sich nicht erinnern – bis das Haus in Sicht kam und sie sich fragte, ob sie es bis dahin schaffen würde. Sie erinnerte sich daran, daß Beth aus der Küche gelaufen war und sich die mehlbestäubten Hände an der Schürze abgewischt hatte, und dann hörte Hallie sich selbst sagen: »Archie ist tot«, ehe ihr schwindlig wurde und die Welt in Schwärze versank.

Später erzählte ihr Beth, sie hätte Angst gehabt, auch Hallie würde sterben. Sie war vom Wagen gefallen, und Beth war zu ihr gerannt. »Ich habe dich ins Haus gezerrt und dich ins Bett gelegt«, sagte sie. »Das Hemd war derart mit geronnenem Blut verkrustet, daß ich es dir vom Leib schneiden mußte. O Hallie, ich weiß nicht, was ich täte, wenn du stirbst!«

Brian war noch nie nach Sydney geritten – er war sogar, abgesehen von seinen Besuchen bei den Coltons, nie allein in Neusüdwales unterwegs gewesen –, und doch schickte Beth ihn los, um einen Arzt zu holen. »Ich wußte nicht, was ich tun sollte, wenn mich jemand hier sieht«, erzählte sie Hallie. »Ich habe mir nicht erlaubt, darüber nachzudenken. Ich habe nur noch an dich gedacht.«

Hallie wußte, daß es zwei Tage dauerte, bis ein Arzt kam, falls sich überhaupt einer bereit erklärte, diesen weiten Weg zurückzulegen. Bis dahin entzündete sich ihr Arm, das Fieber stieg, und sie fing an, zu halluzinieren. Am Nachmittag des zweiten Tages verlor sie ganz das Bewußtsein und blieb drei Tage bewußtlos. Der Arzt traf am zweiten Tag um Mitternacht ein.

Sie hatte ihr Baby verloren. Fast hätte sie den Arm verloren. Und ums Leben wäre sie auch beinah gekommen. All das hörte Hallie erst später. Woran sie sich erinnerte, war, wie sie die Augen aufgeschlagen und geglaubt hatte, sie sei wieder auf der CHARLESTON. Sie erinnerte sich ganz deutlich daran, in dunkle Augen geschaut zu haben, die sie mit unendlichem Mitgefühl anstarrten. Sie erinnerte sich daran, daß sie gesagt hatte: »Bin ich tot?« Und das freundliche Gesicht hatte gesagt: »Nein, du wirst gesund werden.«

Sie hatte die Augen wieder geschlossen. Es konnte nicht sein. Aber sie spürte, wie er ihre Hand drückte. »Hallie«, sagte die sanfte Stimme.

Als sie die Augen wieder aufschlug, lächelte er. Sie starrte ihn an und schaute sich dann um. Sie war nicht auf der CHARLESTON. Sie lag in ihrem Schlafzimmer, auf der Farm.

»Tristan ...?«

Er war jetzt bartlos und hatte nur die Stoppeln von drei Tagen im Gesicht. Seine Kleider, die er nicht mehr gewechselt hatte, seit Brian ihn geholt hatte, waren zerknittert, aber Hallie sah ihnen an, daß sie kostspielig gewesen sein mußten.

»Wie auf Erden ...«

»Später«, sagte er, ohne ihre Hand loszulassen. »Später werde ich dir alles über mich erzählen.« Statt dessen berichtete er ihr, wie Brian ihn gefunden hatte. In dem Moment, in dem er ihren Namen gehört hatte, war er losgerannt, um sein Pferd zu holen. Seit drei Tagen wachte er ständig bei ihr.

»Archie?«
»Tot.«
Ja, das wußte sie. Sie erinnerte sich daran, wie er mit dem Gesicht im Wasser dagelegen hatte. Wie hatte sie ihn in ihrer Verfassung auf den Wagen heben können?
Ihre Hände legten sich auf ihren Bauch. »Mein Baby?«
»Es ist fort, Hallie.« Tristan hielt ihre Hand. Er erzählte ihr, daß sie Archie schon begraben hatten und daß die Überreste des entsprungenen Häftlings gefunden worden waren, ohne Kopf. »Er hat versucht, dich zu vergewaltigen, stimmt's?«
Hallie nickte und erinnerte sich an das Lachen, auf das sie geschossen hatte, an die Kugel und an sein Blut, das auf sie gespritzt war. Sie fing an zu weinen, und Tristan zog sie in seine Arme.
Archie ... ihr Baby ...
Fort.
Bei jeder Bewegung zuckten Schmerzen durch ihren linken Arm, der unter Verbänden verborgen war. »Er hat sich entzündet«, erklärte Tristan und streichelte sie zärtlich. »Die Narben werden dir immer bleiben.«
Hallie lächelte ihn matt an. »Jedesmal, wenn ich dich sehe, rettest du mir das Leben.«
Tristan ließ sie schlafen, und sie träumte von dem lachend aufgerissenen Mund, der vor ihr zersplittert war, von den Hautfetzen, die an ihr geklebt hatten. Als sie wach wurde, war Tristan noch da, aber diesmal war er glattrasiert, und Beth stand neben ihm.
»Die Kinder?« fragte Hallie.
»Es geht ihnen gut.« Beth wirkte erschöpft. »Mach dir um sie keine Sorgen.«
»Wenn du dich um sie kümmerst, brauche ich mir keine Sorgen zu machen.«
Als Beth sich abwandte, um zu gehen, sagte Tristan zu Hallie: »Ich weiß es. Ich weiß über sie Bescheid. Bei mir ist dein Geheimnis sicher.«

Daran zweifelte Hallie nicht. »Erzähl mir von dir«, sagte sie.
»Erst, wenn du den Tee getrunken hast«, sagte er und flößte ihn ihr ein.
»Und jetzt«, sagte sie, »erzähl mir alles über dich.«
»Ich habe so gut wie gar keine Zeit als Gefangener zugebracht«, begann er. Seine gesunde Hautfarbe zeigte deutlich, daß er viel an der frischen Luft war. »Als man entdeckt hat, daß ich Arzt bin, hat man mich der Frauenfabrik in Parramatta zugeteilt. Aber ich war kaum zwei Monate dort, als der Gouverneur mich zu sich bestellt hat. In ganz Neusüdwales gibt es nur zwei andere Ärzte. Er hat mir angeboten, mich zu begnadigen und mir die Strafe ganz zu erlassen, wenn ich verspreche, das Land nicht zu verlassen. Er hat mir ein Haus in Sydney zur Verfügung gestellt, in dem ich auch meine Praxis habe. Ich behandle auch Sträflinge – das war ein Teil des Abkommens. Und er hat mir eine private Praxis eingerichtet, die nötigen Geräte und die Arzneimittel besorgt. Zweimal im Monat fahre ich nach Parramatta – wenn es nötig ist, auch öfter. Ich habe ein Pferd. Eigentlich«, sagte er und lächelte Hallie an, »unterscheidet sich mein Leben gar nicht so sehr von dem, das ich in Kanada führen würde, nur sind die Patienten hier bunter zusammengewürfelt.«
Hallie fühlte sich so matt und ausgelaugt, als könne sie nie mehr neue Energien schöpfen. Und doch beruhigte sie Tristans Anblick. Sie beobachtete ihn, als er neben ihr saß, ihre Hand hielt und ihr in die Augen schaute. »Du bist also in den letzten Jahren ein freier Mann gewesen?«
Tristan nickte. Er erzählte ihr nicht, daß er innerhalb kürzester Zeit zu einem der angesehensten Bürger Sydneys geworden war. Er sagte nicht, daß er die bessere Gesellschaft von Sydney behandelte, Sydneys Babys zur Welt brachte und eine treibende Kraft für das große Krankenhaus war, das jetzt gebaut wurde. Er erzählte ihr nicht, daß er bei den vornehmsten Familien Sydney eingeladen wurde.
Ihr fiel auf, wie entspannt sein Mund war, und sie bemerkte,

daß in seinen Augen nicht mehr Leid und Wut standen. »Du wirkst, als hättest du Frieden gefunden«, sagte sie. »Bist du glücklich?«

»Glücklich? Ah, dieser unbestimmbare Zustand. Glücklich, wenn ich weiß, daß dieser gesamte Kontinent mein Gefängnis ist? Nicht etwa, daß ich akut den Wunsch hätte, fortzugehen, aber das Wissen, daß ich nicht gehen kann ...« Ein träumerischer Blick trat in seine Augen, und unbewußt rückte er auf seinem Stuhl von ihr ab. »Andererseits habe ich noch nie ein Land gesehen, das der Hoffnung so ... so förderlich ist. Hier hat die Zivilisation eine Chance, noch einmal von vorn zu beginnen, ihre Fehler zu korrigieren, aus der Vergangenheit zu lernen, und das unter den angenehmsten klimatischen und landschaftlichen Bedingungen, die man sich nur vorstellen kann.«

Hallie, die nicht merkte, daß er ihre Frage nicht beantwortet hatte, sagte: »Wie viele Stunden der Sorge um dich hätte ich mir sparen können. Ich hatte gräßliche Vorstellungen davon, wie es dir in einer feuchten, kalten Zelle ergehen könnte.«

»Ich bin nicht sicher, ob es hier noch viele feuchte, kalte Zellen gibt«, sagte Tristan. »In Van Diemens Land ja. Und auf Norfolk gibt es sie auch noch. Aber solange billige Arbeitskräfte gebraucht werden ...«

Hallie suchte verzweifelt nach irgendeiner Frage, um das Gespräch in Gang zu halten, damit er bei ihr blieb, aber es fiel ihr schwer, die nötige Energie aufzubringen, um aktiv an einem Gespräch teilzunehmen. »Was ist mit den Trupps von zusammengeketteten Sträflingen, die ich auf den Straßen sehe?« fragte sie schließlich.

»Das sind die ganz harten Fälle, Hallie. Diejenigen, die niemand einzustellen wagt, Männer, bei denen die Regierung nie auch nur auf den Gedanken käme, ihnen eine Spur von Freiheit zuzubilligen. Selbst ich, ein Exhäftling, bringe kaum Mitgefühl für sie auf. Sie sind unverbesserlich.«

Sie schauten einander lange an. Dann griff sie nach seiner Hand.

»O Tristan, ich habe mich so oft gefragt, wo du wohl sein magst«, sagte sie leise.

»Ich wußte, daß du hier bist«, sagte er.

»Und du bist nie zu Besuch gekommen?«

Er antwortete nicht darauf.

»Bist du ... verheiratet?« fragte sie.

Er wandte den Blick von ihr ab. »Nein.« Dann ließ er ihre Hand los und stand auf. »Ich werde Beth sagen, daß sie dir etwas zu essen macht.« Er verließ das Zimmer.

Hallie schloß die Augen. Mußte all das passieren, damit ich ihn wiedersehe? fragte sie sich. Mußte Archie sterben, mußte ich mein Baby verlieren, mußte ich einen Mann töten? Sie hörte sich seufzen.

Als Tristan zurückkam, trug er Alexandra auf dem Arm. »Was für ein schönes Kind du hast«, sagte er. »Aber ich habe ja immer gewußt, daß jedes Kind von dir schön sein würde.« Er setzte das kleine Mädchen neben seine Mutter aufs Bett. Alexandra krähte und wollte Tristans Daumen nicht loslassen.

Beth folgte mit einem Teller Suppe und Jamie, der sich an ihrem Rockzipfel festhielt. Er starrte Hallie aus großen kugelrunden Augen an. Sie streckte ihren gesunden Arm nach ihm aus, und er rannte auf sie zu und fragte: »Du gehst nicht weg?«

»Nein, mein Liebling. Es geht mir schon besser, und ehe du dich versiehst, laufe ich schon wieder mit dir durch die Gegend. Ich hoffe, du paßt gut auf Beth auf.«

Jamie sah Tristan an und lächelte scheu.

»Nächste Woche reiten wir auf dem Pony aus«, versprach ihm Hallie.

Beth zog Alexandra in ihre Arme, damit Hallie die Suppe löffeln konnte. Sie spürte, wie sie wieder ein klein wenig zu Kräften kam. »Wer macht die Arbeit?« fragte sie Beth. »Was sollen wir bloß ohne Archie tun?«

»Die, die die Zäune repariert haben, machen damit weiter, und die, die die Bäume für ein neues Feld gerodet haben ... ich

meine, eigentlich weiß ich nicht so wirklich, was sie alle tun.«
Für Beth war das eine lange Ansprache.
Hallie reichte ihr den leeren Suppenteller. »Nein, natürlich nicht.« Ich weiß es doch auch nicht, dachte sie. Archie hat sich um all das gekümmert.
Als Beth und die Kinder gegangen waren, sagte Tristan: »Dein Mann ist nach England gefahren?«
Hallie nickte. »Wahrscheinlich ist er noch gar nicht dort angekommen. Er ist fort seit – welchen Monat haben wir jetzt?«
»April. Ende April.«
»Ja, das hätte ich wissen müssen. Die Regenfälle hören auf. Er ist im August abgereist.«
»Mein Gott, Hallie!« rief er aus. »Wie konnte er dich bloß allein lassen?«
Warum schrie Tristan sie an? Es war nicht ihre Schuld. »Er ist geschäftlich weggefahren, um Bestellungen für unsere Schaffelle aufzunehmen.«
»Er hätte dich niemals so lange allein lassen dürfen.« Tristan lief im Zimmer auf und ab. »Allmächtiger Gott, das dauert ja noch ein ... wie lange ist es noch, bis er nach Hause kommt?«
»Vielleicht sind es eineinhalb Jahre, vielleicht nicht ganz so lange.« Hallie war nach Weinen zumute. »Das hängt davon ab, wie lange er braucht, um die Bestellungen zu bekommen, die er haben will.«
Tristan blieb stehen und wies mit einem Finger auf sie. »Er hätte dich mitnehmen müssen. Er hatte nicht das Recht, eine Frau mit zwei Kindern allein zu lassen ... nichts von all dem wäre passiert, wenn er hiergewesen wäre.«
Tränen traten in Hallies Augen. »Ich weiß.«
Tristan kam zu ihr und nahm wieder ihre Hand. Er setzte sich zu ihr. »Was wirst du jetzt tun? Der Tote war dein Vorarbeiter?«
Hallie nickte. »Er hat sich um alles gekümmert. Er hatte schon etliche Jahre mit Chad zusammengearbeitet, als ich hergekommen bin.«

Tristan lief wieder auf und ab. »Mein Gott, was wirst du tun? Was muß getan werden?«
»Ich weiß es nicht«, sagte sie und fühlte sich entsetzlich matt. »Ich weiß nicht, was getan werden muß.« Sie fing an zu weinen. Tristan reichte ihr sein Taschentuch und ließ sie schluchzen. Er streichelte ihr den Arm, als sie sich die Nase putzte und die Tränen wegwischte. Dann sagte er mit sanfter Stimme: »Ich wünschte, ich wüßte, wie ich dir helfen kann. Habt ihr viel Vieh? Viel Land?«
»Ein paar tausend Schafe und ebenso viele Morgen.«
»Tausende?« wiederholte er überrascht.
»Wenigstens ist das Scheren für dieses Jahr vorbei.«
»Wie viele Sträflinge arbeiten hier?«
»Acht, ohne Archie.«
»Welche Art von Arbeiten erledigen sie?«
Hallie fing wieder an zu schluchzen. »O Tristan, ich kann jetzt nicht darüber nachdenken! Ich weiß nicht, was ich tun werde ... ich weiß nicht, was zu geschehen hat.«
Schnell setzte er sich zu ihr auf das Bett. »Es tut mir leid. Sieh mal, am besten versuchst du jetzt zu schlafen, Hallie. Ich muß nach Sydney reiten; ich habe Patienten dort. Jetzt, da ich weiß, daß du wieder gesund wirst ... aber ich komme in einer Woche oder in zehn Tagen wieder. Ich will nicht, daß du aufstehst oder gar etwas tust. Laß dich von Beth bedienen. Du hast ein sehr übles Erlebnis hinter dir, körperlich und ... auch ansonsten. Du kannst warten und dir erst dann Gedanken machen, was du tun wirst, wenn du wieder bei Kräften bist.«
Hallie nahm seine Hand. »Ich bin froh, daß ich dich wiedergefunden habe.«
Tristan schaute sie mit einem Ausdruck in den Augen an, den sie beim besten Willen nicht deuten konnte. »Meine liebe Hallie ... du wirst so viel Kraft brauchen.«
Er würde mich nicht verlassen, dachte sie. Nicht, wenn er mein Mann wäre.

Beth übernahm den kompletten Haushalt, solange Hallie sich erholte. Sie kochte für die Sträflinge, aber sie blickte nie auf und sah ihnen nicht in die Augen, wenn sie ins Haus kamen. Sie sagte einem, er solle Eier sammeln, einem anderen, er solle sich darum kümmern, daß im Garten das Unkraut gejätet wurde, einem dritten, er solle dafür sorgen, daß die Pferde gefüttert wurden, wieder einem anderen, er solle die Kuh melken – alles Aufgaben, die sie gewohnheitsmäßig übernommen hatten und doch bleiben ließen, seit sie keine Führung mehr hatten. Mit Ausnahme von Brian. Er streifte stumm durch die Gegend, sah sich an, wo Zäune repariert werden mußten und wechselte die Weiden, wenn eine übermäßig abgegrast war.

Zehn Tage nach dem Unfall zwang Hallie sich, ein paar Stunden aus dem Bett aufzustehen, und sie ließ Brian zu sich kommen.

»Du mußt mir jetzt helfen«, sagte sie zu ihm.

»Ich weiß nicht, was ich tun soll«, erwiderte er verblüfft.

»Ich weiß es auch nicht, und daher werden wir es gemeinsam lernen müssen.«

»Ich glaube, es ist jetzt an der Zeit, die Schafböcke von den entlegenen Weiden zu holen.« Brian lächelte fast. »Ich glaube, das ist die richtige Jahreszeit.«

Ich weiß nicht, wann die richtige Jahreszeit ist, um bestimmte Tiere zu decken, dachte Hallie, und ich weiß auch nicht, wie man das anstellt. Sie vermutete, daß Chad mit Archie darüber geredet hatte, welche Hengste welche Stuten decken sollten, aber sie hatte keinen Schimmer, wie oder wann man das macht. Sie wußte, daß die Kuh kalben mußte, damit sie weiterhin Milch gab. Aber wann?

Gott sei Dank, daß die Schafe alle schon geschoren sind, dachte sie. Wenigstens brauche ich mir darüber bis zum nächsten Frühjahr keine Gedanken zu machen, und bis dahin bleiben noch rund sechs Monate Zeit. Sie gestattete sich nicht die Frage, wie auf Erden sie es schaffen sollten. Damit würde sie sich auseinandersetzen, wenn es soweit war.

Chad, dieser Mistkerl, dachte sie. Wie konnte er mir das antun? Und dann stellte sie fest, daß sie zum ersten Mal seit dem Überfall lächelte. Wenn Chad nicht gewesen wäre, wäre sie in Newcastle und hätte keinerlei Anforderungen zu bewältigen.
Sie ging in die Küche, um sich eine Tasse Tee zu machen; für diesen Zweck kochte immer ein Kessel Wasser. Beth war am Backen und hatte die Arme bis zu den Ellbogen im Teig. Sie übernahm den Haushalt jetzt, ohne Hallie um Rat zu fragen, und dafür war Hallie dankbar. Sie legte Beth einen Arm um die Schultern. »Gott sei Dank, daß du gekommen bist«, sagte sie.
Beth lächelte freudig. »Vielleicht sind Seine Wege wirklich unergründlich.«

Hallie brauchte länger, als sie gedacht hatte, um wieder zu Kräften zu kommen, doch Tristan war bei seinem nächsten Besuch mit ihren Fortschritten zufrieden, und sie redeten darüber, was zu geschehen hatte.
»Laß mich mit den Männern reden«, schlug er ihr schließlich vor. »Ich bin in einer einzigartigen Position.«
Hallie wußte nicht, was er ihnen gesagt hatte, aber als er zurückkam, meinte er: »Laß mich bei Gouverneur Macquarie dafür eintreten, daß Brian freigelassen wird. Die anderen Sträflinge werden bereitwilliger für einen freien Mann arbeiten als für einen ihresgleichen. Ich bin ziemlich sicher, daß ich den Gouverneur dazu überreden kann. Sag Brian, daß du ihn zum Vorarbeiter machst. Der Mann beeindruckt mich gewaltig.«
Es war wunderbar, Tristan als Stütze zu haben. »Chad hat Brian die Überfahrt für seine Familie bezahlt, damit sie da ist, wenn er freigelassen wird, in etwa achtzehn Monaten«, erzählte ihm Hallie. »Ich mag ihn auch recht gern. Ich werde mit ihm reden. Ich glaube, für Chad täte er alles.«
Der Glanz in Tristans Augen erlosch.
In dem Moment kam Jamie ins Zimmer gerannt, und Tristan schlug ihm vor, gemeinsam auszureiten. Hallie schaute den bei-

den nach, als sie am Fluß entlang durch das Tal ritten und aus ihrer Sicht verschwanden.
Zweifellos war sie glücklich darüber, Tristan wieder begegnet zu sein. Aber die Liebe, die sie für ihn empfunden hatte, war nachhaltig geläutert. Jahrelang hatte sie ihn nicht gesehen und mit Chad zusammengelebt – einem Mann, der die Güte persönlich war, der sie auf den Schwingen seines Traums mittrug, der sie forderte, der ihren Körper aufleben und erblühen ließ, der ihre Kinder gezeugt hatte – und das hatte die Erinnerung an Tristan verblassen lassen. An Chads Seite war ihr Leben so ausgefüllt, daß sie wenig Zeit gehabt hatte, um Tristan zu trauern, obwohl die Erinnerung an ihn ab und zu wieder aufgekommen war – eine Erinnerung, so hatte sie sich gesagt, die nichts mit der Realität zu tun hatte.
Jetzt war er wieder aufgetaucht, ein greifbarer Teil ihres Lebens, und wieder einmal hatte er ihr das Leben gerettet. Und er stand ihr bei, sogar in Dingen, mit denen er sich nicht auskannte. Er war ein bereitwilliger Zuhörer, eine Schulter, auf die man sich stützen konnte, ein Fels.
Das Leben ist wahrhaft seltsam, dachte sie.
Sie konnte es sich nicht leisten, an ihn zu denken. Es gab zuviel anderes, was bedacht werden mußte.
Er machte es sich zur Gewohnheit, öfter zur Farm rauszureiten und über Nacht zu bleiben. Dann schlief er im Stall, dort, wo Archie geschlafen hatte. Jamie tat alles, was Tristan sagte. Hallie mußte manchmal die Stimme erheben, doch auf Tristan hörte er immer. Außerdem war Tristan der einzige Mann, dem Beth ins Gesicht sah. Er hatte sich vor Jahren ihr Vertrauen erworben.
»Vielleicht wäre es schön, wenn ich einen Mann für Beth finden könnte, ohne die Aufmerksamkeit der Behörden auf sie zu lenken«, sagte Hallie eines Tages zu Tristan.
»Tu das nicht. Sie hat Wunden, die verheilen müssen. Eines Tages wird sie dir erzählen, was passiert ist. Ich glaube nicht,

daß sie dir nicht vertraut. Ich glaube, sie hat es völlig verdrängt. Ihr derzeitiges Leben hat begonnen, als sie hergeritten ist. Wie kannst du sie beschützen? Was ist, wenn jemand herkommt und sie sich nicht rechtzeitig verstecken kann?«

»Das habe ich mich auch schon gefragt«, gab Hallie zu. »Ich rede mir immer wieder ein, daß hier niemand herkommt. Aber sie ist hergekommen. Du bist hergekommen. Und eines Tages werden Gouverneur Macquarie und seine Frau ihr Versprechen einlösen und kommen. Und die Langleys.«

Tristan war verblüfft. »Die Langleys? Harry und Susan sind Freunde von dir?«

Sie nickte. »Besonders liebe Freunde. Ich wohne immer bei ihnen, wenn ich in Parramatta bin. Woher kennst du sie?«

»Ich werde Susans Baby zur Welt bringen« sagte er, und seine Züge wurden zart. »Susan Langley ist eine der reizendsten Frauen, die ich kenne.« Hallie spürte, wie ihr die Eifersucht einen Stich versetzte. »Und Harry ist der beste Freund, den ich hier habe. Ich esse oft mit den beiden zu Abend.«

»O Gott, ich habe Molly vergessen!« schnaufte Hallie. »O Tristan, Archie wollte Molly heiraten, die jetzt bei den Langleys untergebracht ist. Ich muß ihnen Bescheid geben, daß Archie tot ist. Was wird jetzt aus Molly?«

Darauf wußte Tristan keine Antwort.

»Wir müssen etwas unternehmen«, stöhnte Hallie. »Die Frauen sind auf diesem Schiff so furchtbar behandelt worden. Manche Männer haben ihnen die Röcke hochgehoben oder sie gekniffen ... es war so gräßlich! Ich will nicht, daß Molly das durchmacht.«

»Das sollte niemand durchmachen müssen«, stimmte ihr Tristan zu. »Vielleicht solltest du mit ihr reden. Möglicherweise kann ich sie mitbringen, wenn ich das nächste Mal herkomme. Könntest du noch eine Haushaltshilfe gebrauchen?«

»Selbstverständlich. Und bei uns gibt es immer genug zu essen.«

»Wenn Molly kommt, könntest du ein kleines Häuschen für sie

und Beth bauen«, sagte Tristan. »Niemand erwartet, daß du ihn in die Unterkünfte der Dienstboten führst.«

Hallie wagte es nicht, sich vorzustellen, Beth könnte nachts nicht mehr neben ihr im Bett liegen. Sie könnte nicht aufspringen, wenn Alexandra schrie. Sie könnte nicht den ganzen Tag lang zuhören, wenn sie im Winter vor dem Feuer und an den Sommerabenden auf dem Rasen auf sie einredete. »Ich werde mir Gedanken darüber machen«, sagte sie. Aber sie war sich nicht sicher, ob sie das auch nur ins Auge fassen würde.

16

Harry Langley kam eines Tages allein angeritten.

»Harry, wie schön, dich zu sehen!« rief Hallie aus, als er abstieg. Beth hatte sich bereits auf dem Heuboden versteckt. »Wo ist Susan? Ich hoffe, es ist nichts passiert.«

»Keineswegs«, erwiderte er. »Aber ihre Niederkunft steht kurz bevor, und wir wollten mit eigenen Augen sehen, wie es dir geht. Ich bin der offizielle Gesandte.«

Sie holte Harry eine Tasse Tee.

»Hier versteckst du dich also«, sagte er, als sie wiederkam. »Es ist wirklich wunderbar. Vollkommen anders, als ich es mir vorgestellt habe. Ich weiß selbst nicht, was ich erwartet habe, aber nicht das hier. Wer hat den Plan für das Haus gemacht, Hallie? Es ist wirklich bezaubernd.«

»Chad sagt, eines Tages wird er anbauen, und dann haben wir mehr Zimmer. Aber im Augenblick reicht es so. Ich bin hier sehr glücklich.«

Harry setzte sich mit seiner Teetasse auf das Sofa. »Und was wirst du jetzt tun?«

Damit mußte er wohl meinen, jetzt, nachdem sie Archie nicht mehr hatte. »Ich bin nicht sicher, Harry. Zuallererst muß ich mir ein Bild davon machen, welche Arbeiten getan werden müssen.«

»Wie soll das gehen?«
Hallie zuckte die Achseln und hob die Hände zu einer hilflosen Geste. »Ich weiß es nicht.«
»Wie kann ich dir behilflich sein?«
Sie lachte. »Harry, du hast keinen Schimmer von der Landwirtschaft und der Viehzucht!«
»Das stimmt.« Er stellte die Tasse auf ein Tischchen. »Aber ich bin recht gut in organisatorischen Fragen. Ich dachte, wir könnten die Köpfe zusammenstecken und uns gemeinsam ein Bild davon machen, welche Arbeiten getan werden müssen.« Er zog ein Blatt Papier aus der Tasche. »Jetzt legen wir erst mal eine Liste von den Dingen an, die du weißt oder von denen du glaubst, daß sie im Lauf des Jahres hier getan werden müssen.«
Hallie dachte einen Moment lang nach. »Es gibt so viel zu tun, Harry. Ich weiß selbst nicht, was alles.«
»Dann schreibe ich erst mal alles hin, was du weißt. Ohne jede Reihenfolge. Fangen wir zum Beispiel mit dem Scheren der Schafe an ...«
»Ja.« Hallie zog die Stirn in Falten. »Gewiß. Und dann kommen die Lämmer, und ihnen müssen die Schwänze abgeschnitten werden, und die Jungen müssen kastriert werden. Alte oder kranke Schafe müssen geschlachtet und zum Verzehr verkauft werden. Man muß sie von einer Weide auf die nächste bringen, damit das Land keinen dauerhaften Schaden vom übermäßigen Abgrasen davonträgt. Dann die Wurmkuren, die Behandlung der Füße gegen Krankheiten, das Verkaufen der Wolle. Es muß entschieden werden, welcher Hengst welche Stuten decken soll. Auf die Geburten der Fohlen muß man vorbereitet sein, und daher muß man mit den Daten auf dem laufenden bleiben. Die Kuh muß gedeckt werden.« Sie lachte. »Das ist einfach. Es gibt nur einen Stier. Die Frage ist nur, wann der richtige Zeitpunkt ist. Es muß entschieden werden, was wohin gepflanzt wird. Die Felder müssen gepflügt werden, das Saatgut gekauft und eingepflanzt, das

Unkraut gejätet, der Boden geharkt, die Pflanzen weiter auseinandergesetzt werden ...«

»Mein Gott, Hallie!« Harry schrieb nicht mehr mit, sondern starrte sie mit offenem Mund an. »Das schaffst du nie!«

Sie redete weiter, als hätte sie ihn nicht gehört. »Heu muß gemacht werden. Eingelagert werden. Weizen gesät. Geerntet. Hühner und Schweine müssen geschlachtet werden, ein männliches Kalb kastriert werden. Die Gebäude müssen ständig auf ihren Zustand überprüft und ausgebessert werden.«

Harry hat recht, dachte sie. Das schaffe ich allein nie.

Er versprach ihr, in etwa einer Woche wiederzukommen, nachdem sie mit den Sträflingen geredet hatte. Dann wollte er die Liste noch einmal mit ihr durchgehen. Im übrigen bat sie ihn, Molly mitzubringen und dafür zu sorgen, daß die Coltons einen Sträfling zugeteilt bekamen.

»Harry, kaum etwas war mir je so wichtig wie eure Freundschaft«, sagte sie, als er losritt. »Die Freundschaft mit dir und Susan.«

Als Hallie ihm nachsah, dachte sie an Chad. Sein Schiff müßte ungefähr jetzt in Southampton einlaufen. Hallie schloß die Augen und versuchte, sich an sein Gesicht zu erinnern. Verschwommen sah sie es vor sich. Sie seufzte unter der Last der Verantwortung. Er hielt sich jetzt am anderen Ende der Welt auf und wußte nicht, daß Archie tot war, wußte nicht, daß die Zukunft seiner Dynastie in den Händen einer Frau lag, die keine Ahnung hatte, was sie tun mußte, und deren einzige Bestimmung es ursprünglich hätte sein sollen, seine Kinder auszutragen und ihm den Haushalt zu führen. Sie war sich ihrer Verantwortung bewußt – all seine Träume, alles, wofür er gearbeitet hatte, und alles, was er sich erhoffte, hing jetzt von ihr ab.

Nach dem Abendessen begab sie sich zur Baracke, um mit Brian zu reden. Es war ein warmer Sommerabend, doch der Herbst war schon in der Luft zu spüren. Wenn es auch schon Hallies dritter Herbst in Neusüdwales war, konnte sie sich doch noch nicht daran gewöhnen, daß im Mai der Herbst begann. Und auch nicht daran, daß es im Herbst warm war. Tristan hatte letztes Mal mit ihr darüber geredet, Obstbäume anzupflanzen, Zitronen- und Orangenbäume. Etwas weiter nördlich, hatte er ihr berichtet, wuchsen prächtige Bananenbäume.

Hallie liebte die milde Nachtluft und das Rascheln des Laubes. Das ist mein Land, dachte sie, als sie den Fluß rauschen hörte. Das ist das Land, für das ich bestimmt bin.

Sie klopfte an, und Brian trat zu ihr ins Freie. Sie setzten sich auf eine der Bänke, die wenige Meter vor der Baracke aufgestellt waren.

»Brian, ich muß mit dir reden. Kannst du schreiben?«

Er schüttelte den Kopf.

»Kann es einer der anderen Männer?« fragte sie.

Er glaubte es nicht.

»Sag jedem einzelnen, er soll sich genau daran erinnern, welche Aufgaben er im Lauf der Jahre übernommen hat«, sagte sie. »Sie sollen sich erinnern, wie und wann sie was getan haben. Morgen nach dem Frühstück komme ich wieder und schreibe alles auf.« Fünf Männer würden innerhalb der nächsten eineinhalb Jahre ihre Strafen abgebüßt haben. »Sag ihnen, daß ich jedem von ihnen helfe, der mir jetzt hilft und gegen Bezahlung weiterarbeitet. Wenn jemand Familie in England hat«, sagte sie zu Brian, »dann lasse ich sie kommen. Ich kann diese Männer nicht durch Leute ersetzen, die noch nicht hier gearbeitet haben.«

Brian lächelte im Dunkeln. »Ma'am, in der letzten Zeit habe ich mir manchmal überlegt, daß mir nichts Besseres hätte passieren können, als hierhergeschickt zu werden.«

Hallie lächelte ebenfalls. »Ich bin ganz deiner Meinung. Und du, Brian, kannst dir schon mal Gedanken darüber machen, wo du das Haus für deine Familie bauen möchtest. Wenn du fünfzig Morgen willst, gebe ich dir fünfzig von unseren Morgen. Und wenn du willst, kannst du das Land auch schon bestellen, solange du nur als Vorarbeiter hierbleibst. Wenn ich erst mehr Männer habe, werde ich ein paar von ihnen dazu einteilen, ein Haus für dich zu bauen.«

Keiner der Männer versuchte zu entkommen. Nicht einer scheute vor der Arbeit zurück. Hallie sagte ihnen, sie würde ihnen die neuen Sträflinge unterstellen. Mit etwas Glück würde sie acht weitere bekommen, und dann würde jedem der Männer einer als Hilfe zugeteilt. »Jeder von euch ist dann der Boss«, sagte sie und fragte sich, ob sie eine Dummheit beging. »Aber wenn ich je höre, daß einer von euch die neuen Männer mißhandelt, daß ihr sie dazu bringt, etwas zu tun, was ihr selbst nicht freiwillig tätet, dann habt ihr euch ins eigene Fleisch geschnitten. Habt ihr mich verstanden?« Es klang weit energischer, als ihr zumute war.

Irgendwie klappte es. Als Harry eine Woche später wiederkam, war Tristan dabei. Hallie hatte eine Liste all dessen zusammengestellt, was getan werden mußte, und sie sagte, sie bräuchte jetzt auch neue Männer. Sie wollte sie allerdings selbst aussuchen. Sie fand, vielleicht sei es jetzt an der Zeit, den Gouverneur einmal herzuholen, damit er sich ansah, was sie erreicht hatten. Sie würde bald in die Stadt kommen, um Ziegel für den Ausbau der Baracke zu kaufen, sagte sie zu Harry, und sie fragte sich, wie sie an Sandstein kam, um das Haus zu vergrößern.

Harry sagte: »Hast du dir überlegt, wie du all das finanzieren willst, Hallie?«

Nein, mit Geldangelegenheiten hatte sie sich noch nie auseinandersetzen müssen. Da der Winter jetzt nahte, wuchs nicht mehr soviel im Garten. Chad hatte keine größeren Zwischenfälle einkalkuliert.

Tristan sah Harry an, der sich räusperte. »Ich gebe dir ein Darlehen«, sagte er. »Sogar ohne eine Grundschuldverschreibung.«

Hallie hatte keine Ahnung, was eine Grundschuldverschreibung war.
Harry hatte sich um Abnehmer für Hammelfleisch und überschüssiges Heu gekümmert. Er beschloß, Molly bei sich zu behalten, bis Hallie mit dem Anbau fertig war.
Sowie Harry sich auf den Rückweg gemacht hatte, tauchten Beth und die Kinder in der Haustür auf. Jamie zog Tristan am Hosenboden, bis er ihn hochhob.
»Warst du denn auch ein braver Junge?« fragte er den Kleinen. »Nein, du brauchst mir keine Antwort darauf zu geben. Ich habe dir ein Geschenk mitgebracht, ganz gleich, ob du brav warst oder nicht. Einfach, weil du es bist.«
»Ein Geschenk?« Geschenke waren eine solche Seltenheit, daß Jamie sich erwartungsvoll umsah.
Tristan holte eine Schachtel aus seiner Satteltasche, in die mehrere Löcher gebohrt waren. Hallie konnte sich schon denken, was darin war, ehe Jamie den Deckel hochgehoben hatte. Voller Verwunderung holte Jamie behutsam einen gefleckten Fellball heraus.
Tränen brannten in Hallies Augen. Sie wischte sie mit der Hand fort und wußte, daß sich ihr das Bild für alle Zeiten einprägen würde – der große Mann mit den gebeugten Schultern und der kleine Junge mit dem Welpen in der Hand, die einander ansahen.
Alexandra, die zwischen Beth und Hallie gestanden hatte, watschelte mit ausgestreckten Armen auf den Welpen zu, obwohl sie noch nie einen Hund gesehen hatte. Hallie dankte Gott dafür, daß Jamie seine Schwester nicht fortstieß und den Hund nicht besitzergreifend an sich preßte.
Tristan wandte sich an Hallie. »Dir habe ich auch ein Geschenk mitgebracht. Du brauchst hier dringend Blumen.« Er hielt ihr zwei dornige Pflanzen hin, nichts weiter als grüne stachlige Stiele.
Hallie erinnerte sich, wie er vor langer Zeit auf dem Schiff gesagt

hatte: »Falls ich meine Gefangenschaft je überleben sollte, dann werde ich es mir gestatten, mich nur noch den einfachsten Vergnügungen hinzugeben, zum Beispiel Rosen züchten.«
Jetzt sagte er: »Aus solchen Dornen erwächst Schönheit. Und mein harter Urteilsspruch hat mir dich gebracht.«
Der Welpe bellte, rannte im Kreis und versuchte, seinen Schwanz zu fangen.

17

Nach dem Abendessen, als Hallie und Tristan über den Anbau des Hauses redeten, ging Beth in den Stall, um sich das neugeborene Fohlen anzusehen. Sie nahm eine Lampe mit.
Tristan skizzierte das neue Zimmer mit einem Bleistift, und Hallie schaute ihm über die Schulter, beobachtete seine langen Finger und bemerkte das erste Grau in seinem Haar, obwohl er gerade Anfang Dreißig war.
Ohne zu ihr aufzusehen, sagte er: »Du riechst gut.«
In dem Moment hörten sie einen Schrei.
Tristan sprang auf und öffnete die Tür. Bis auf das Knistern des Feuers war kein Laut zu hören.
»Es war eine Frauenstimme«, sagte Hallie. »Beth ist im Stall.«
Beide rannten gleichzeitig los.
Wieder ertönte ein Schrei, aber diesmal war es eine männliche Stimme. Als sie den Stall fast erreicht hatten, schoß eine Gestalt aus der Tür, prallte mit Tristan zusammen und warf ihn fast um.
Es war Beth. Ihre Augen waren verdreht, ihr Mieder zerrissen. Sie sah Tristan und Hallie an und flüsterte: »Ich habe es wieder getan ...«
Tristan legte einen Arm um sie. »Was hast du getan?«
Beth fing an zu zittern. »Einen Mann getötet«, sagte sie mit klappernden Zähnen.

Aus dem Stall schrie eine Männerstimme: »Du Miststück! Du gottverdammtes, mieses Schwein! Ich werde verbluten.«
Tristan ließ Beth los und rannte in den Stall. »Wo sind Sie?« rief er.
Draußen zog Hallie Beth in ihre Arme. Das Mädchen wurde von Krämpfen geschüttelt. »Er hat versucht ... versucht ... du weißt schon.«
Hallie vermutete, daß sie es wußte. Sie rief Tristan zu: »Ist alles in Ordnung mit dir?«
Er hatte Josh gefunden, einen der Sträflinge, der an einem Pfosten lehnte und sich den blutenden Arm hielt.
»Mit einem Heurechen ist sie auf mich losgegangen, im Ernst! Ich werde verbluten«, klagte der Mann.
»Du wirst nicht verbluten.« Tristans Stimme war frei von jedem Mitgefühl. »Komm mit. Wir werden deinen Arm säubern und ihn verbinden. Nein, komm nicht mit. Bleib lieber hier, und komm ihr nicht zu nah. Ich hole Wasser und Verbandszeug.«
»Ich wollte doch gar nichts von ihr«, stöhnte der junge Mann. »Nur einen Kuß wollte ich haben, oder zwei.«
»Hast du sie gefragt, ob es ihr recht ist?«
Der Mann sah ihn fassungslos an.
»Dann geschieht es dir recht«, sagte Tristan und stand auf. »Wenn sie es nicht wollte, hättest du die Finger von ihr lassen sollen.«
»Na, so was! Soll man vielleicht warten, bis eine Frau was von einem will? So ein Blödsinn.«
»Vielleicht wird dir das eine Lektion sein«, sagte Tristan unwillig.
»Für wen hält die sich denn? Die läßt doch keinen an sich ran, diese hochnäsige Göre und dabei ist sie nichts weiter als ein Küchenmädchen, wenn man mich fragt.«
»Ich komme wieder«, sagte Tristan und ging.
Hallie hatte einen Arm um Beth' Schultern gelegt und brachte sie ins Haus, als Tristan die beiden einholte. »Ist alles in Ordnung mit dir?«

Beth brach in Tränen aus. »Ist er tot? Habe ich es wieder getan?«
»Nein, er wird wieder gesund. Was ist mit dir? Bist du verletzt?«
»Nichts, was man sehen kann«, schluchzte Beth.
»Bring sie ins Bett«, sagte Tristan zu Hallie. Als er zurückkam, saß Beth zugedeckt im Bett und hielt eine Tasse Tee in den zitternden Händen. Hallie saß neben ihr auf der Bettkante.
»Ich friere so furchtbar«, sagte Beth zähneklappernd. Hallie holte ihr noch eine Decke.
Tristan setzte sich auf den Stuhl und sah Beth an. Er beugte sich vor und fragte: »Traust du uns, Hallie und mir?«
Beth nickte.
»Du hast gesagt, du hättest es schon einmal getan. Einen Mann getötet?«
Beth starrte ihn an.
»Ich glaube, es wäre eine gute Idee, wenn du uns die ganze Geschichte erzählst, damit wir dir helfen können. Du kannst es nicht ewig in dir verschließen – das schadet dir nur. Erzähl uns alles. Wir wollen dir helfen.«
Beth hörte auf zu zittern. Das Grauen wich aus ihren Augen, und ihre Furcht wurde von Benommenheit abgelöst. »Ich wußte schon immer, daß meine Tage gezählt sind, aber hier habe ich mich so sicher gefühlt, als gehörte ich hierher.«
»Du gehörst auch hierher, Beth«, sagte Hallie. »Ich brauche dich.« Sie schlang die Arme um die Freundin.
»Wenn ich es euch erzähle – vielleicht wollt ihr dann nicht mehr, daß ich hierbleibe. Und was dann?«
Hallie sah Tristan an, ehe sie etwas sagte: »Nichts, was du mir erzählen könntest, hätte zur Folge, daß ich dich nicht mehr bei mir haben will. Absolut nichts.«
Beth schaute von einem zum anderen, und alle drei blieben stumm. Sie trank den Tee aus und reichte Hallie die Tasse. Hallie setzte sich neben sie und hielt ihr die Hand. Tristan setzte sich ans Fußende des Bettes.
»Ich wußte nie, daß meine Eltern gestorben sind, als ich dreizehn

war«, setzte Beth an. »Daher bin ich Zimmermädchen in einem prächtigen Haus geworden. Es hatte fast hundert Zimmer. Wenn ich nicht in der Küche war, habe ich in den Zimmern abgestaubt, jeden Tag in einem anderen Zimmer. Es war irgendwo außerhalb von London, wo, das wußte ich nicht. Sie hatten mich in einer prunkvollen Kutsche abgeholt. Sie hatten vielleicht ein paar Dutzend Hausangestellte, und ich war die jüngste. Dort habe ich nähen, kochen und putzen gelernt. Jede Woche haben sie mich baden lassen, mich, die ich vorher kein einziges Bad im Jahr genommen habe.«

Hallie und Tristan lächelten einander an. Beth' Blick war in eine ferne, längst vergangene Zeit gerichtet.

»Lady Margaret, die war Witwe und hat die meiste Zeit in London verbracht, aber auch, wenn die Familie nicht da war, hatten wir zu tun. Sie waren wirklich nett zu mir. Wenn die Familie da war, hatten wir viel Spaß. Lady Margarets Tochter, Lady Rosalind, hatte zwei ganz entzückende, hübsche Babys. Sie waren so schön angezogen. Und dann war da der jüngste Sohn der Witwe – er war neunzehn. Er war der schönste Mann, den ich je gesehen habe, und immer, wenn er es nicht gemerkt hat, habe ich auf der Treppe gesessen und ihn angestarrt.«

O Gott, dachte Hallie. Erzähl mir bloß nicht, daß du *ihn* getötet hast. Aber sie ahnte bereits, was kommen würde.

»Mr. Gregory, der war so nett zu mir, so höflich. Er hat mich wie eine Dame behandelt, das hat er wirklich. Nachdem sie über Weihnachten alle dagewesen waren, ist Master Gregory, der schöne Mann, vielleicht einen Monat später ganz allein wieder aus der Stadt zurückgekommen.«

Tristan stand auf, trat ans Fenster und sah in das Dunkel hinaus. Hallie merkte, daß auch er wußte, was jetzt kam.

»›Du bist ein hübsches Mädchen‹, hat er zu mir gesagt, als ich am nächsten Tag beim Abstauben war. Ich bin zusammengezuckt und habe mich gefragt, wie lange er mich wohl schon beobachtet hat. ›Gefalle ich dir?‹ hat er gefragt. Ich konnte nichts sagen. Ich habe nur einfach dagestanden. Er ist auf mich zugekommen ... in seinem Rüschenhemd und der Samtweste, und er war so schön, nicht so, wie die Männer, die ich kannte.« Beth' Stimme wurde verträumt. »Er hat einen Finger unter mein Kinn gelegt, mir in die Augen gesehen und gesagt: ›Es ist wirklich ein Jammer, daß jemand in deinem Alter arbeiten muß. Du solltest spielen dürfen. Hast du je gespielt?‹ Ich wußte nicht, was ich antworten sollte. Seine Nähe hat mir angst gemacht, aber ich habe ihn angestarrt. ›Ich werde dir ein paar Spiele beibringen‹, hat er ganz leise gesagt, und dann hat er sich vorgebeugt und mich geküßt.«

»O Gott«, sagte Tristan. Er blieb am Fenster stehen und drehte sich nicht zu den Frauen um.

»Mich hatte noch nie jemand geküßt, meine Mutter nicht, niemand. Es war wirklich ein schönes Gefühl. Ich habe die Augen aufgemacht, und er hat mich angelächelt. ›Hat dir das gefallen?‹ hat er gefragt. ›Ja‹, habe ich geantwortet. Dann ist er aus dem Zimmer gegangen. An dem Tag war die ganze Welt wie verwandelt, alles war schön, und ich konnte an nichts anderes mehr denken als an Master Gregory und seine weichen Lippen.«

Sie hielt einen Moment lang inne. »Am nächsten Tag habe ich mich gefragt, ob ich ihn wohl noch einmal allein sehen werde, und als es abends an der Zeit war, die Lampen anzuzünden, hat die Köchin gesagt: ›Der junge Herr will dich in der Bibliothek sprechen. Was hast du angestellt? Ich hoffe nur, du hast ihn nicht verärgert.‹ Das hoffte ich auch.

Er stand mit dem Rücken zum Feuer da. Der große schwarze Hund saß neben ihm, und er hat mich so angesehen, daß ich glaubte, er könnte mir bis auf den Grund schauen. ›Komm her‹, hat er gesagt. Als ich vor ihm stand, hat er nicht gelächelt, sondern ganz leise gefragt: ›Wie kann ein so junges Mädchen wie du mich verhexen?‹ Ich wußte nicht, wovon er sprach. ›Weißt du, daß ich nur hergekommen bin, um dich zu sehen? Seit Weihnachten habe ich an nichts anderes mehr gedacht.‹ Ich wußte nicht, was ich sagen soll, aber mir ist ganz komisch geworden. Er hat die Arme ausgestreckt und mich an sich gezogen. Es war ein wunderbares Gefühl. Er hat so sauber und frisch wie die Wälder gerochen, und er hat mich wieder geküßt, aber diesmal länger, und ich habe mitgemacht. Dann hat er eine Haarschleife aus der Tasche gezogen und gesagt: ›Die ist für dich.‹ Er hat mich vor einen Spiegel gezogen, und ich bin still stehengeblieben, während er mir die Schleife ins Haar gebunden hat.«

Hallie sah alles genau vor sich, sah ihr eigenes Spiegelbild, sah den gutaussehenden jungen Mann, der ihr eine Schleife ins Haar band, spürte seine Nähe und seinen Atem in ihrem Nacken.

»Dann hat er gesagt: ›Geh nach oben, und erwarte mich vor meinem Zimmer. Ich komme sofort nach.‹ Länger als eine Minute habe ich zitternd dagestanden und habe mich gefragt, was passieren wird. Dann habe ich seine Absätze auf dem Marmorboden gehört, die auf den Stufen vom Teppich gedämpft wurden. Als er vor mir stand, hat er mich an der Hand genommen und in sein Zimmer geführt.«

Hallie hielt den Atem an. Sie wußte, was kam, und doch hoffte sie, es käme nicht so, aber sie sah den jungen Mann vor sich und spürte seinen Atem, und daher wußte sie, daß es unmöglich gewesen wäre, ihm zu widerstehen.

»Er hat mich lange angesehen, ehe er meine Bluse aufgeknöpft hat. Ich wußte nicht, was er vorhat, aber es war mir gleich. Nie hatte sich jemand mit mir abgegeben. Nie hatte mich jemand umarmt oder geküßt oder mir das Gefühl gegeben, daß ich ihm wichtig bin. Und er war so sanft. Er hat mich ganz ausgezogen ...«

Sie sah erst Hallie und dann Tristans Rücken an, um zu sehen, ob sie mit Mißbilligung gestraft wurde.

»Natürlich«, sagte Tristan, der immer noch in die Nacht hinausstarrte. Seine Stimme klang zornig.

»Erzähl weiter«, drängte Hallie.

»Als er mich ganz ausgezogen hatte, hat er sich vor mich hingekniet und seine Arme um mich geschlungen. ›Du bist schön‹, hat er zu mir gesagt. ›So schön wie eine Blume, und das sind deine Knospen.‹ Er hat meine Brüste geküßt. Es waren wirklich nur Knospen, und es war ein so schönes Gefühl.«

»Ja, das ist es wirklich.« Hallie merkte nicht, daß sie die Worte laut ausgesprochen hatte, bis sie sah, daß Tristan zusammenzuckte, sich umdrehte und sie anstarrte. Sie war so verlegen, daß sie am liebsten aus dem Zimmer gelaufen wäre. Statt dessen drückte sie Beth' Hand noch fester.

»Dann hat er mich hochgehoben und mich auf das Bett gelegt. Ich war so erstaunt darüber, wie verschieden wir voneinander waren. Er hat mich geküßt, bei den Füßen angefangen, überall, und ich hatte Gänsehaut. Es war das schönste Gefühl, das ich je erlebt hatte. Seine Finger und seine Zunge waren überall, auf mir und in mir, und ich habe angefangen zu weinen, weil es so schön war. Dann hat er gesagt: ›Ich muß dir einen Moment lang weh tun. Es wird nie mehr weh tun, aber jetzt muß es kurz sein.‹«

Hallie erinnerte sich an die Nacht am Tümpel. Ja, es tat wirklich nur einen Moment lang weh, und selbst dann nicht allzusehr.

»Als er von mir runtergestiegen ist, hat Master Gregory mir ein Stückchen funkelndes Glas an einer Kette gegeben und gesagt, ich soll es so tragen, daß es keiner sieht, aber immer an ihn denken, wenn ich es anfasse. Als ich runtergekommen bin, hat die Köchin mich ganz seltsam angesehen und gesagt: ›Ich hoffe, du weißt, daß es dir hier um so besser geht, je mehr Freude du dem jungen Herrn machst.‹«

»Ja, gewiß«, zischte Tristan durch zusammengebissene Zähne.

»Master Gregory hat jeden Tag lang geschlafen und ist dann ausgeritten. Aber nach dem Mittagessen sind wir immer in sein Zimmer gegangen und haben gespielt. Wir haben gespielt, daß wir Pferde reiten, wir haben Elefanten gespielt, wir haben alle möglichen Tiere gespielt. Er hat mir gesagt, er will all die Jahre wieder an mir gutmachen, in denen ich nie gespielt habe. Es

war die einzig schöne Zeit in meinem Leben.« Beth zwang sich, in die Gegenwart zurückzukehren. Sie sah Hallie an. »Bis heute.«
»Was ist dann passiert, Beth?« fragte Hallie und schlang ihr einen Arm um die Schultern.
Beth seufzte. »Als er nach London gefahren ist, habe ich mich elend gefühlt. Vorher wußte ich nie, was Einsamkeit ist. Ich konnte nur noch an ihn denken. Nach ein paar Wochen ist er dann wieder aus London zurückgekommen. Es war schon Frühling, und wir haben uns im Wald nackt ausgezogen, sind um eine kleine Quelle herumgetanzt und haben viel gelacht. Mein Leben war wie Musik – die Welt hat für mich gesungen. Ein so sanfter und gütiger Mensch ist mir noch nie begegnet. Er hat mir das Gefühl gegeben, wichtig und schön zu sein, und ich habe immer nur gelacht.
Dann ist seine Mutter gekommen, und wir konnten die Nachmittage nicht mehr zusammen verbringen, und es war gräßlich, im selben Raum zu sein und sich nicht anfassen zu können. Drei Tage lang habe ich mich in den Schlaf geweint. Dann hat er mir zugeflüstert: ›Komm heute nachmittag in mein Zimmer. Die Familie macht einen Ausflug ins Dorf.‹ Nachdem die Kutsche abgefahren war, bin ich zu ihm gerannt. An dem Tag hat er mich nicht sanft behandelt. Wir wollten einander so sehr und wußten, daß wir nicht viel Zeit hatten. Wir haben uns einfach die Kleider vom Leib gerissen, sind auf den Boden gefallen und haben uns wie Tiere gebärdet. Nicht wie bei unseren Spielen, nein, wie Schweine oder Hunde, die sich im Dreck wälzen. Sowie er mit mir fertig war, hat er mich von sich geschleudert und ist aufgesprungen, um sich anzuziehen. ›Beeil dich, ich höre die Kutsche‹, hat er gesagt. Aber es war schon zu spät. Die Tür zu seinem Zimmer wurde aufgerissen, und seine Mutter stand da. Ihren Gesichtsausdruck werde ich nie vergessen.«
Tristan setzte sich wieder ans Fußende des Bettes.
»Master Gregory hatte seine Weste gerade zugeknöpft, aber ich hatte nichts an, nur einen Schlüpfer und die Kette mit dem Glas

daran. Lady Margaret hat erst mich und dann ihn angesehen und ihn nach einer Erklärung gefragt. Er hat so getan, als würde er mich gar nicht kennen, und mit unschuldigem Blick hat er gesagt: ›Der Schein trügt, Mama.‹ – ›Das will ich doch hoffen‹, hat sie geantwortet, und er hat daraufhin erklärt: ›Ich habe Beth in deinem Zimmer gefunden, und sie hat sich verdächtig verhalten. Daher habe ich sie durchsucht, und siehe da, ich habe deinen Schmuck gefunden. Wenn ich nicht von ihr verlangt hätte, daß sie sich auszieht, hätte ich ihn nie gefunden.‹ Er hat auf das schimmernde Glas an der Kette gedeutet, und Lady Margaret ist auf mich zugekommen. ›Die Diamantkette, die dein Großvater mir geschenkt hat, als ich deinen Vater geheiratet habe! Das Familienerbstück!‹ Ihre Stimme war kaum zu hören. Sie hat mir die Kette vom Hals gerissen, sie an die Brust gepreßt und mich angesehen. ›Wenn ich bedenke, daß ich dir getraut habe, du süßes, junges Ding!‹ Als ich mich angezogen hatte, hat sie mich in die Kutsche gesetzt, mich dem Wachtmeister übergeben und ihm gesagt, ich hätte versucht, ihre Diamanten zu stehlen.«

18

Nur Hallies Schluchzen zerriß die Stille.

Beth starrte mit trockenen Augen vor sich hin.

Hallie und Tristan sahen einander mit gequälten Blicken an. Schließlich drängte Tristan: »Erzähl weiter, Beth.«

Als sie es nicht tat, beugte er sich vor und sagte mit einer Stimme, die kaum mehr als ein Flüstern war: »Du hast einen Mann getötet ...«

Beth sprach wie zu sich selbst, als wolle sie sich etwas begreiflich machen.

»Ich dachte, das sei das Ende der Welt. Aber es war erst der Anfang, der Anfang eines Lebens, das so furchtbar war, daß ich jede Nacht gewünscht habe, ich wäre tot.« Jetzt sah sie Tristan direkt an. »Sie haben mich ins Gefängnis geworfen, nicht in der Ortschaft, sondern in London, mich in einem alten Schiff untergebracht, auf dem es nie hell war. Ratten sind über uns gelaufen, einmal am Tag hat man uns Haferschleim gegeben, aber das war noch nicht das Schlimmste. Nachts sind die Gefängniswärter mit Lampen gekommen und haben sich ausgesucht, welche Frauen sie für die Nacht haben wollten. Viele Frauen haben sie angefleht, sie zu nehmen. Sie glaubten, dann würden sie besser behandelt. Aber ein paar Bissen mehr zu essen, das war es nicht wert. Ein einziges Mal durfte ich baden, weil sich der Oberaufseher mich ausgesucht hat.«

»Oh«, hauchte Hallie, die ihr tägliches Bad genoß.

»Es war nie so wie mit Master Gregory. Nie zart, nie lieb, nie lustig. Ich mußte furchtbare Dinge tun, und sie haben mir so weh getan, daß ich geschrien habe, und dann haben sie gelächelt. Manchmal haben sie mich an ein Bett gekettet und zu zweit oder zu dritt gräßliche Sachen mit mir gemacht.«

Hallie versuchte vergeblich, sich vorzustellen, was sie mit ihr getan haben mochten. Es trat kein klares Bild vor ihre Augen.

»Ich wollte tot sein«, sagte Beth verzweifelt, und Tristan nahm ihre andere Hand. »Ich wollte, daß mir nie mehr ein Mann nahekommt. Ich wußte allerdings, daß es noch sieben Jahre lang so weitergehen würde. Nur dachte ich, daß ich bis dahin sowieso schon tot bin. Sieben Jahre hätte ich das nicht ausgehalten ... Ich war vierzehn, als sie mich auf das Schiff hierher gesteckt haben.«

Hallie dachte daran, welche Geborgenheit sie mit vierzehn gehabt hatte, und doch war sie an ihrem Leben verzweifelt und hatte sich gefragt, ob es wirklich ihr Los sein konnte, immer nur Wäsche zu waschen und Häuser zu putzen. Wenn sie Beth zuhörte, fühlte sie sich schuldig, weil sie dieses Leben derart verabscheut hatte.

»Mir war egal, wohin man mich brachte. Mir war alles egal. Ich habe nur noch in der Ecke gesessen und geweint. Manchmal konnte ich nichts essen. Ich habe mich ständig übergeben.«

»Wer nicht?« sagte Tristan.

»Aber es bestand Hoffnung. Vielleicht würde das Leben dort, wo man mich hinbrachte, wieder lebenswert sein. Aber an Bord ist alles wieder losgegangen. Jede Nacht hat der Kapitän die tüchtigsten Matrosen damit belohnt, daß sie sich Frauen aussuchen durften. Und die anderen haben immer alle zugesehen. Manchmal haben sie eine Frau mit den anderen Matrosen geteilt. Eines Nachts bin ich von vierzehn Männern mißbraucht worden. Ich erinnere mich noch daran, weil ich dachte, einen für jedes Lebensjahr.«

Hallie schauerte. »Wußtest du davon?« fragte sie Tristan.

»Natürlich.« Seine Augen waren traurig. »So ist es doch immer.«

Beth schaute Tristan an. »Bis ich Sie kennengelernt habe, Dr. Faulkner, wußte ich nicht, daß ein Mann nett sein kann, ohne etwas von mir zu wollen. Keine Nacht hatte ich meinen Frieden, bis ich mich auf dem Schiff in Hallies Kabine versteckt habe. Und als ich Sie dann kennengelernt habe, Doktor, dachte ich, vielleicht würde es in diesem Land wirklich besser werden, vielleicht waren nur die Gefangenenwärter und die Matrosen so böse.«

»Und Söhne des Hauses«, fügte Tristan hinzu.

Beth seufzte tief. »Hier hat man mich in die Fabrik des Frauengefängnisses von Parramatta gesteckt, aber da war ich nur ein paar Wochen lang. Ein Mann, Able Norton, ist gekommen, weil er ein Dienstmädchen gesucht hat. Er hat oben im Norden auf einer kleinen Farm gelebt. Er hat erzählt, seine Frau sei gestorben, und er brauche jemanden, der ihm den Haushalt führt. Als er mich gesehen hat, hat er gelacht. ›Du bist keine Frau, du bist ja noch ein Kind‹, hat er gesagt. Ich wäre lieber dageblieben, unter Frauen, und hätte am Webstuhl gearbeitet. Die Wärter haben einen zwar geschlagen, wenn man auf der Tretmühle nicht

Schritt halten konnte, aber sie sind nicht jede Nacht gekommen, um abscheuliche Dinge zu tun. Aber er hat mich genommen, dieser Able Norton. Hat mich an einen der hübschesten Orte gebracht, die ich je gesehen habe. Ich habe auf einer Klippe gesessen und auf den Ozean geschaut, und am Strand gab es Pelikane und Möwen. Es war ein hübsches, kleines Häuschen, und ich dachte schon, vielleicht habe sich mein Schicksal zum Besseren gewendet.«

Aber so war es nicht, das wußte Hallie jetzt schon. Sie nahm an, das Schlimmste käme erst noch. Am liebsten hätte sie Tristans Hand genommen. Sie wollte Trost, wenn das Schlimmste kam. Wie hatte Beth all das und noch mehr durchmachen können? fragte sie sich.

»Ein paar Wochen lang war Mr. Norton wirklich nett. Mein Essen hat ihm geschmeckt, und ich habe das Haus geputzt und seine Kleider geflickt und gewaschen, ohne Aufforderung. Ich habe ihm auch im Garten geholfen. Wir haben nicht viel geredet, aber nach meinem bisherigen Leben ist es mir wie der Himmel auf Erden vorgekommen. Aber eines Tages hat er dann Rum getrunken, mich aus seinen kleinen schwarzen Augen angesehen und gesagt: ›Heute nacht wirst du bei mir schlafen.‹«

»Ich habe gefragt: ›Muß ich das tun?‹«

»Er hat gefragt: ›Warum fürchtest du dich davor, Mädchen? Bin ich etwa nicht gut zu dir gewesen? Mach mir nichts vor. Ich weiß, daß alle Frauen, die als Sträflinge hergeschickt werden, Huren sind. Ich weiß, daß du mißbraucht worden bist. Sei froh, daß ich dich ein paar Wochen lang in Ruhe gelassen habe. Seit dem Tod meiner Frau habe ich keine Frau mehr gehabt. Ich habe nicht vor, mein Leben weiterhin so zu verbringen.‹ Er ist aufgestanden und zu mir gekommen, und er hat ausgesehen wie der Teufel, wie ihn böse Kinder im Traum sehen. Er hat gesagt: ›Komm schon, Mädchen, vielleicht magst du es ja.‹ Ich dachte, vielleicht würde er nett zu mir sein, wie Master Gregory. Aber ich glaube, so ist keiner. Able Norton hat scheußliche Dinge mit mir gemacht, noch schlimmer als alles, was mir vorher zugestoßen ist.«

Hallie sah Tristan an und wußte, daß sie selbst ihn nicht fragen konnte, was Beth wohl durchgemacht haben mußte. Es war zu entsetzlich, um es sich auszumalen; was mußte es dann erst heißen, das selbst durchgemacht zu haben?

Plötzlich riß Beth ihre Hand los und knöpfte ihr Nachthemd auf.

»Mein Gott«, murmelte Tristan, als er zwei häßliche, entstellende rote Male auf ihren Brüsten sah, »das sind Brandnarben.«

Hallie stieß einen Schrei aus, schlug sich die Hände vors Gesicht und schluchzte.

Beth sagte zu ihr: »Sie tun nicht mehr weh.«

»Die Haut ist abgestorben.« Tristan sagte es mit der Sachlichkeit eines Arztes, und doch hörte Hallie ihm an, daß auch er mit Beth litt.

»Das hat er erst zum Schluß getan«, sagte Beth, »aber gut war er nie zu mir. Ihm war unerträglich, daß ich es nicht mochte. Wenn Besuch kam, war er furchtbar nett, aber mich hat er wegen jeder Kleinigkeit geschlagen. Immer wieder hat er zu mir gesagt, wenn ich bloß lächeln und so tun könnte, als hätte ich ihn gern, dann wäre er viel netter zu mir. Ich schwöre, daß ich es versucht habe. Ich hätte alles versucht. Aber ich konnte es einfach nicht. Wenn er auf die Jagd gegangen ist, hat er mich an eine schwere Kugel gekettet. Ich konnte mich kaum bewegen, nicht zur Toilette gehen, mir kein Essen und kein Wasser holen. Einmal ist er so lange fortgeblieben, daß ich schon dachte, ich verdurste. Seinen Hund hat er besser behandelt als mich.«

Tristan stand auf und lief auf und ab. Hallie glaubte, ihn mit den Zähnen knirschen zu hören.

»Einmal hat er mich mit kaltem Bratensaft eingerieben und mich von dem Hund ablecken lassen. Die ganze Zeit hat er dabeigestanden und gelacht. Ich habe ihn so sehr gehaßt, daß ich jede

Nacht nur noch überlegt habe, wie ich ihn umbringen kann. Ich weiß nicht, warum ich es nicht getan habe.«

»Das verstehe ich auch nicht«, sagte Tristan mit gepreßter Stimme.

»Wenn er wirklich viel getrunken hat, war er so gemein zu mir, daß er der Teufel persönlich hätte sein können. Eines Nachts hat er noch mehr als sonst getrunken, eine Zigarre geraucht und mich immer wieder gefragt, warum ich ihn nicht mag. Er hat die Hand ausgestreckt, meine Bluse zerrissen, abscheulich gegrinst und gesagt: ›Rühr dich nicht.‹«

Beth schloß die Augen und atmete schwer. Tristan setzte sich neben sie und zog sie in seine Arme. Sie fing an zu weinen, und sie schluchzte derart, daß ihr ganzer Körper bebte. Auch Hallie weinte. Tränenüberströmt fuhr Beth fort. »Dann hat er seine Zigarre auf mir ausgedrückt. Ich habe entsetzlich geschrien, aber es gab keine Nachbarn. Er hat mich auf den Boden geworfen, und dabei ist die Flasche zerbrochen, und der Rum ist in meine Brandwunden gelaufen. Ich habe vor Schmerzen kaum noch etwas gesehen, aber als ich aufgeblickt habe, hat er seinen Gürtel abgeschnallt und angefangen, mich damit zu schlagen, und dabei hat er gelacht.«

»Hör auf!« schrie Hallie. »Ich halte es nicht mehr aus.«

Aber Beth hörte nicht auf. »Er hat angefangen, sich auszuziehen, und ich habe gesehen, wie dieser riesige Teufel mich lüstern anschaute und grinste. Er hat gesagt: ›Schau dir meine Geschlechtsteile an, Mädchen. Tu nicht so, als sei ich ein Monster. Sieh sie dir an. Die ramme ich dir jetzt in die Kehle, bis du daran erstickst. Dir werde ich es zeigen.‹ Er war so betrunken, daß er schwankte, und ich habe ihm die zerbrochene Flasche aus der Hand gerissen und zugestoßen, bis ich gespürt habe, wie das Blut auf mich gelaufen ist. Er hat furchtbar geschrien, und ich habe gesehen, wie eins seiner Eier auf den Boden gefallen und durch das Zimmer gerollt ist. ›Du Miststück!‹ hat er gekreischt, daß ich glaubte, ich würde taub. Ich habe ihn angesehen. Er hatte wirklich Schmerzen, aber plötzlich habe ich mein eigenes Lachen gehört, und ich konnte nicht mehr aufhören zu lachen. Die Blutpfütze wurde immer größer, und ich habe trotzdem noch gelacht. Ich glaube, der Rum auf meinen Brandwunden hat geholfen. Ich habe mir ein Kleid geschnappt, das nicht zerrissen war, und bin aus dem Haus gerannt. Ich habe mich auf sein ungesatteltes Pferd geworfen, obwohl ich noch nie geritten war.«

Hallie hatte jetzt aufgehört zu weinen und schaute Beth voller Erstaunen mit offenem Mund an. Tristan hatte sie immer noch eng umschlungen und preßte sie an seine Brust.

»Mein einziger Gedanke war, wie ich Hallie finde. Ich hatte keine Ahnung, wo ich war, obwohl ich fast zwei Jahre dort gelebt hatte.«

Zwei Jahre, dachte Hallie. Gott im Himmel!

»Wenn ich ein Haus gesehen habe, habe ich mich in den Wäldern versteckt und gewartet, bis eine Frau allein aus dem Haus kam. Jede einzelne Frau auf dem ganzen Weg hat mir geholfen. Eine hat meine Wunden behandelt, eine andere hat mir eine Decke geschenkt, und alle haben mir Essen mitgegeben. Ich bin immer weitergeritten, geradewegs nach Süden. Aber ich bin zu weit nach Süden geritten. Dann bin ich auf eine Frau gestoßen, die dich kannte, Hallie. Die hat mir gesagt, daß ich ein paar Meilen nach Norden zurückreiten muß, und sie hat mir den Weg genau geschrieben.«

»Das muß Etta Colton gewesen sein«, sagte Hallie. Sie kam sich vor, als sei jede Lebenskraft aus ihr gewichen.

»Ich hatte ständig furchtbare Angst, aber leid getan hat mir das nicht mit Able Norton. Mir hat nur leid getan, daß ich es nicht mit allen Männern gemacht habe, die mir das angetan haben, vielleicht sogar Master Gregory. Ich hatte einen Mann getötet, und es war ein gutes Gefühl. Aber jetzt wollte ich leben. Zum ersten Mal, seit man mich ins Gefängnis gesteckt hat, wollte ich leben.«

Sie blieb stumm liegen, während die Tränen auf ihren Wangen trockneten. Nach ein paar Minuten wandte sie sich an Hallie und fragte mit bebender Stimme: »Willst du jetzt, daß ich fortgehe?«

Hallie schlang die Arme um Beth und rief aus. »Niemals! Hier bist du für alle Zeiten sicher.« Und dann zog sie den Kopf zurück, sah Beth in die Augen und sagte: »Ich liebe dich. Vielleicht jetzt noch mehr als vorher.«

Lange Zeit später, als sie mit Beth im Arm einschlief, überlegte sich Hallie, daß sie zum ersten Mal in der neuen Welt zu jemandem gesagt hatte: »Ich liebe dich.« Sie beschloß, es gleich morgen früh laut zu Jamie und Alexandra zu sagen. Solche Dinge sollten nicht unausgesprochen bleiben.

Am Morgen sagte Hallie zu Tristan: »Es ist eine gute Idee, ein Zimmer an das Haus anzubauen, damit Beth einen Schlafplatz hat, wenn Chad zurückkommt.« Ihr fiel nie auf, daß sich ein Schleier vor Tristans Augen legte, wenn sie ihren Mann erwähnte. »Aber für Molly muß ich mir etwas anderes einfallen lassen. Beth will sie nicht hier haben.«

»Wenn du möchtest, kümmere ich mich darum«, erbot sich Tristan. »Ich bin sicher, daß ich sie mühelos unterbringen kann.«

»Aber geh sicher, daß sie nicht bei einem Able Norton unterkommt.«

Tristan versicherte es ihr.

Als er mehr als eine Woche später wiederkam, brachte er die Neuigkeit mit, daß Susan Langley einen gesunden Jungen geboren hatte, Christopher Tristan Langley. Er erzählte Hallie nicht, daß das der zehnte Junge in der Gegend war, den man mit zweitem Vornamen Tristan nannte.

»Molly hat sich schon sehr nützlich gemacht. Sie hat bei Susans Geburt geholfen und sie besser beruhigt, als ich es gekonnt hätte. Sie hat sich angestellt, als hätte sie ihr Leben lang Geburtshilfe geleistet, aber sie ist nie vorher bei einer Geburt dabeigewesen.

Um Christopher kümmert sie sich wie ein geübtes Kindermädchen. Susan läßt sie nicht aus den Augen. Es war eine schwere Geburt, und sie wird eine Weile brauchen, um sich zu erholen. Ich glaube, Susan verläßt sich ganz auf Molly, und es träfe sie tief, wenn du das Mädchen wolltest.«

Ferner teilte Tristan ihr mit, falls es ihr gelegen käme, wollten Gouverneur Macquarie und seine Frau in zwei Wochen mit ihm herkommen.

»Ach du meine Güte!« sagte Hallie. »Ich werde mir einiges einfallen lassen müssen, wie ich sie unterbringe, sie verpflege und Beth die ganze Zeit über verstecke.«

Es war ein wunderschöner Wintertag, und sie beschlossen, mit den Kindern auszureiten. Vorher lud Tristan seltsame Zweige von seinem Pferd ab, Pfirsichbäume und andere Obstbäume. »In meinem kleinen Garten in Sydney ist kein Platz dafür, und daher dachte ich, ich könnte hier meiner Gärtnerleidenschaft frönen. Vielleicht ist das mein einziger Pfad zur Unsterblichkeit.«

Hallie sah ihn an. Manchmal sagte er schon die sonderbarsten Dinge.

Die Landschaft, durch die sie ritten, war so schön, daß es Hallie den Atem raubte. Ihr Land.

»Du liebst es, nicht wahr?« sagte Tristan, der sie beobachtet hatte.

»Ich liebe es wie einen Menschen«, antwortete sie. »Es ist ein Teil von mir. Oder ich bin ein Teil von ihm. Ich glaube, ich bin für dieses Land geboren. Wenn es Vorbestimmung gibt, dann weiß ich, daß es mir bestimmt war, hier zu leben.«

»Und wenn es keine Vorbestimmung gibt?«

Sie lachte voller übersprudelnder Fröhlichkeit. »Dann habe ich eben einfach Glück gehabt. Mehr Glück, als ich mir je hätte träumen lassen. Ich liebe diese Leere, diese Weite.«

»Ich frage mich, wie lange hier noch so viel Platz sein wird«, sagte Tristan. »Es sind schon wieder drei Familien ins Tal gezogen.«

»Eines Tages werde ich all die Neuankömmlinge besuchen«, sagte sie. »Nur im Moment habe ich zuviel zu tun. Aber dieser Ausritt war eine phantastische Idee.«

»Wenn ich in Sydney bin, bringe ich die Hälfte meiner Zeit damit zu, mir auszumalen, wann ich wieder herkomme.« Er sah ihr nicht in die Augen.

»Jamie freut sich so sehr auf deine Besuche. Du bist so unwahrscheinlich nett zu meinen Kindern, Tristan.« Hallie lächelte ihn an. »Und dann die Sache mit Beth ... o Tristan, ich weiß nicht, wie ich das allein hätte überstehen sollen. Und sie ... ich bin so froh, daß sie weiß, daß nicht alle Männer Kerle sind, denen man ... nicht vertrauen darf.«

Sie schwiegen einen Moment lang und sahen einander an. Dann nahm er ihre Hand. »Und du? Was ist mit dir? Bist du froh, daß ich gekommen bin?«

Seine Hand, die ihre umfaßt hielt, war warm. »Ich weiß nicht, was ich ohne dich täte. Der einzige Grund, aus dem ich mich alldem gewachsen sehe, ist das Wissen, daß ich nicht allein bin. Vielleicht glaubt alle Welt, daß ich eine Frau bin, die auf sich gestellt versucht, alles zu bewältigen, aber das ist nicht wahr. Ich habe dich.«

Er zog ihre Hand an seine Lippen. »Vor Jahren« – und jetzt schaute er sie nicht an, sondern sah über den Fluß hinaus, zum fernen Horizont, zu den zerklüfteten Berggipfeln, die im Westen schwach zu sehen waren – »hast du mich gefragt, ob ich getan hätte, was ich getan habe – Verrat geübt, wie man so sagt –, wenn ich mir über die Folgen im klaren gewesen wäre, und ich habe nein gesagt. Aber ich würde es tun, Hallie. Ich hätte alles getan – aber auch alles –, wenn ich gewußt hätte, daß es mich zu dir führt, daß du in mein Leben trittst.«

In genau dem Moment kam Jamie mit ausgebreiteten Armen den Hügel heraufgerannt, und Alex hinkte weit zurück hinter ihm her. »Ich bin ein Adler!« schrie er, während er auf Tristan und Hallie zurannte und an Tristan hochsprang.

19

Vor der Ankunft des Gouverneurs verbrachten Hallie und Brian Tage damit, eine lange Liste zu erstellen.

Hallie fühlte sich schuldig, weil sie solange keine Zeit mehr gefunden hatte, zu den Coltons zu reiten. Sie hatte immer das Gefühl, ihre Besuche seien für Etta Lichtblicke. Wills Leben mußte jetzt leichter sein, da er einen Sträfling hatte, der ihm zur Hand ging, überlegte sie, aber sie hatte keine Ahnung, ob die Dinge liefen. Sie hatte den Verdacht, daß Will noch nie einem anderen Mann Befehle erteilt hatte. Er war immer so unterwürfig, daß sie sich fragte, ob er die Oberhand behalten würde. Und doch las Etta ihm jeden Wunsch von den Augen ab. War das Liebe oder Furcht? fragte sich Hallie. Sie konnte sich nicht vorstellen, daß jemand eins von beidem für Will Colton empfand.

Er tat so, als sei das Baby gar nicht da, und Ettas Bedürfnisse schien er nie zu bemerken. Hallie fragte sich, ob der Sträfling nicht vielleicht doch im Wald schlafen mußte und ob er einigermaßen anständig zu essen bekam. Wenn nicht, dann fühlte sie sich mitverantwortlich. Sie würde eben zu den Coltons reiten *müssen*. Nicht etwa, daß sie etwas hätte tun können, wenn dort nicht alles zum besten stand.

Tristan hatte beschlossen, Beth könnte sich nicht für alle Zeiten verstecken. Früher oder später würden unerwartet Besucher auftauchen. Nachdem er Beth' Geschichte gehört hatte, war er dem Tod von Able Norton wochenlang nachgegangen, konnte aber keine Unterlagen über die Existenz des Mannes finden, geschweige denn über seinen Tod. Er glaubte nicht, daß ein Haftbefehl für Beth ausgestellt worden war; nirgends war etwas aufzufinden.

Er schlug vor, eine Geschichte zu erfinden, die absolut einleuchtend klang. Er bezweifelte, daß in diesem Land allzu viele Fragen gestellt würden. Bis auf Harry Langley war in den drei Jahren, die Hallie auf der Farm verbracht hatte, noch niemand zu Besuch gekommen. Also konnte niemand wissen, seit wann Beth dort war. Er schlug vor, ihren Namen zu ändern. Zu sagen, sie sei als freie Frau auf der Suche nach einem neuen Leben hergekommen, und Chad hätte sie bei einem seiner Ausflüge nach Sydney an Bord entdeckt und sie augenblicklich mitgenommen, lange vor seiner Rückkehr nach England. Beth lebte schon seit mindestens zwei Jahren bei ihnen.

Hallie und Beth stimmten seiner Idee zu, aber Beth sagte, es sei trotzdem schwierig für sie, mit Fremden zu tun zu haben. Tristan fand, sie sei sicherer, wenn Leute sie sahen und ihr Vorhandensein ganz selbstverständlich hinnahmen. Aber sie sollte sich einen neuen Nachnamen zulegen. Welcher neue Name ihr denn gefiele?

»In den Unterlagen heißt du bestimmt Elizabeth. Es kann nichts passieren, wenn wir dich weiterhin Beth nennen. Aber du kannst White nicht als Nachnamen behalten. Wie wäre es mit ... Stillwell? Ein guter englischer Name.«

»Elizabeth Stillwell ...« Beth ließ den Namen auf der Zunge zergehen. »Das klingt viel zu elegant für mich.«

»Ich werde nachsehen, wie die Schiffe hießen, die vor zwei Jahren gekommen sind«, sagte Tristan zu ihr. »Ich schaue, was ich rausfinden kann.« Er lächelte sie an. »Es wird Mut erfordern, Beth, aber ich glaube, wir sollten gleich mit Gouverneur Macquarie und seiner Frau anfangen, denn dann wird sich schnell herumsprechen, daß du schon lange hier lebst und arbeitest.«

So kam es, daß eine nervöse und anscheinend sehr zurückhaltende Elizabeth dem Gouverneur stumm das Essen servierte. Weder er noch seine Frau schenkten ihr größere Beachtung, machten Hallie aber Komplimente für ihre Köchin. Der Gouverneur interessierte sich mehr für die Sträflinge.

»Innerhalb der nächsten zwei Jahre«, sagte Hallie, »werden sie alle freigelassen. Ich habe ihnen versprochen, daß ich sie behalte

und bezahle, wenn sie wollen, daß ich ihnen Häuser baue, wenn sie heiraten wollen – wenn sie jetzt alle an einem Strang ziehen und mir helfen.«
»Sie hat ihnen außerdem gesagt«, fügte Tristan hinzu, »daß sie jedem von ihnen fünfzig Morgen von ihrem Land gibt, wenn sie das wollen, und trotzdem weiterhin hier arbeiten.«
»Wovon werden Sie sie bezahlen?« fragte der Gouverneur. »Ich stelle mir vor, man kann hier eine Farm nur betreiben, wenn man in den Sträflingen kostenlose Arbeitskräfte hat. Die meisten Leute ersetzen ihre Sträflinge einfach durch neue.«
Hallie nickte. »Das weiß ich. Aber ich brauche diese Männer jetzt. Ich brauche ihre Hilfe. Wenn sie mir helfen, werde ich ihnen auch helfen. Ohne Archie bin ich in einer schwierigen Lage. Ich kann nicht alles allein schaffen. Wie Sie wissen, ist Brians Freilassung gewährt worden, und ich habe ihn zum Vorarbeiter gemacht. Aber wir beide zusammen wissen nicht halb soviel, wie Archie gewußt hat, und nicht ein Viertel dessen, was Chad weiß.«
»Sie haben so viel Mut«, sagte Elizabeth Macquarie, und unverhohlene Bewunderung schwang in ihrer Stimme mit.
Hallie lächelte sie an. »Es scheint keinen Mut zu erfordern. Was sollte ich denn sonst tun? Chad hat Jahre damit zugebracht, das hier aufzubauen. Bloß, weil ich nicht sicher bin, was ich tun soll, kann ich nicht all das sausen lassen. Ich muß dazulernen. Und außerdem liebe ich dieses Land. Und ich liebe unsere Ländereien. Hier habe ich eine Chance, die ich in England niemals gehabt hätte.«
»Geht uns das nicht allen so?« sagte Tristan versonnen.
»Ich schließe mich mit ein«, sagte der Gouverneur und nickte.

Am nächsten Tag ritten Hallie und Gouverneur Macquarie die Grenzen der Farm ab, die fast alle eingezäunt waren, weil die Schafe, wenn sie eine Weide abgegrast hatten, auf eine andere gebracht wurden.

Der Gouverneur war beeindruckt. »Chad ist natürlich sicher, daß die Zukunft von Neusüdwales in den Schafen liegt. Aber die *eigentliche* Zukunft dieses Landes liegt in seinen Menschen – Menschen wie Chad und Ihnen ... und Tristan ... und sogar in den Sträflingen. Die Menschen, die hierherkommen, sind enorm wertvoll für dieses Land, obwohl es oft erst nicht so scheint.«

Sie ritten zum Haus zurück. »In Newcastle«, sagte Hallie, die ihre Gedanken laut aussprach, »hätte ich in meinem ganzen Leben keine Entscheidung getroffen. Und hier darf ich nicht nur etwas tun, sondern es wird von mir verlangt. Das gefällt mir.«

»Phantasten, Sie und Chad«, sagte Gouverneur Macquarie. »Und ich werde Ihnen helfen, wo ich nur irgend kann.«

»Ich brauche mehr Sträflinge. Das haben Sie mir ja vor ein paar Monaten schon vorgeschlagen«, sagte Hallie, als sie die Pferde vor dem Stall anhielten. »Brian und ich denken, neun oder zehn weitere wären etwa die richtige Anzahl. Und wenn im Frühjahr die Lämmer kommen, reicht mein Land nicht mehr für all meine Schafe aus.«

»Wieviel brauchen Sie?« Er sah auf die hügelige Landschaft hinaus.

»Der Morgen steht auf fünf Shilling. Harry Langley hat gesagt, daß er mir Geld leiht, damit ich Land kaufen kann. Ich hätte gern fünftausend Morgen.« Hallie wußte nicht genau, wieviel fünftausend Morgen eigentlich waren. Damit verdreifachte sich ihr derzeitiger Landbesitz nahezu. »Ich möchte dort Land dazukaufen.« Sie wies nach Südosten.

Der Gouverneur sah diese junge Frau von noch nicht ganz dreiundzwanzig Jahren an, in deren Augen eine solche Glut stand, und er zweifelte nicht einen Moment lang an ihrem Erfolg. »Ich werde mich darum kümmern«, sagte er forsch. »Und sagen Sie Harry, mit dem Geld kann er sich Zeit lassen.«

Die Männer bauten eine weitere Baracke, und Hallie fuhr nach Parramatta, um sich die Sträflinge anzusehen, die Tristan ausgesucht hatte. Er wollte ihr das letzte Wort überlassen. Sie hätte gern Zimmerleute und Maurer und Töpfer und Feldarbeiter gehabt. Natürlich gab es keine Feldarbeiter; es gab nie welche. Fast alle Sträflinge kamen aus den Städten. Keiner von ihnen machte einen besonders vielversprechenden Eindruck, und mit Sicherheit waren kein Brian und kein Archie unter ihnen. Vielleicht sollte sie nur ein paar von ihnen nehmen und abwarten, was weitere Schiffsladungen brachten.
Harry gefiel die Vorstellung nicht, daß zwei Frauen weit draußen auf dem Land mit so vielen männlichen Sträflingen zusammenlebten, aber das war Hallies geringste Sorge.
Einen Abend lang bewunderte sie Christopher, der wirklich ein wunderschönes Baby war. Sie sagte Susan, daß sie Molly jetzt doch brauchen würde, denn mit den zehn neuen Sträflingen war eine Frau den ganzen Tag damit beschäftigt, für die nunmehr achtzehn Männer zu kochen. »Nimm mir Molly nicht weg. Sie ist Christophers Kindermädchen geworden. Es wäre mir unvorstellbar, mich von ihr zu trennen. Sie ist einfach wunderbar.«
Hallie sah ein, daß sie Molly bei Susan lassen mußte, wenn sie sie unbedingt haben wollte.
Molly war jetzt von den Langleys ordentlich angezogen worden, und da sie als Christophers Kindermädchen und Susans Vertraute glücklich war, strahlte sie. Susan erzählte Hallie, daß Molly mit ihnen zu Abend aß, wenn sie keinen Besuch hatten. Sie war in die Familie aufgenommen worden.
Hallie beschloß, noch zu warten und erst dann eine Frau zu suchen, wenn sie ihr einen Schlafplatz eingerichtet hatten.
An einem schönen Tag rang sie sich dazu durch, mit Jamie zu den Coltons zu reiten. Sie wollte sehen, wie es bei ihnen stand. Etta war furchtbar dünn, aber sie trug ein Kleid, das Hallie bisher noch nie gesehen hatte. Ihr Haar, das früher so prächtige Locken gehabt hatte, hing glanzlos herunter und klebte ihr in

Strähnen am Hals. Mary Ann war pummelig und sauber, watschelte umher und fiel oft hin. Schwarze Locken kringelten sich um ihr engelsgleiches Gesicht. Die schelmischen dunklen Augen waren der krasse Gegensatz zu Ettas Augen. Jamie stand da, preßte sich die Fäuste auf den Mund und starrte Mary Ann an.

Hallie fiel auf, daß Etta trotz ihres ausgemergelten Zustands offensichtlich wieder schwanger war. Das zumindest mußte sie doch freuen; sie wünschte sich Babys so sehr. Als sie sie darauf ansprach, sagte Etta nur: »Ja«, ohne Freude oder Mißvergnügen auszudrücken.

Es sah so aus, als habe sich der Lebensstandard der Coltons durch den Sträfling verbessert. Er – Hallie kannte seinen Namen nicht – wohnte in einer Lehmhütte am Waldrand. Ein Stall war gebaut worden, und Hallie sah, daß Heu auf dem Heuboden war. Sie hatten jetzt auch eine Kuh und ein paar Hühner.

Von Will oder dem Sträfling bekam Hallie nichts zu sehen. Sie wußte, daß ihr Besuch Etta Auftrieb gab, und wenn sie wirklich nett gewesen wäre, wäre sie länger geblieben. Aber sie empfand den Besuch als deprimierend und konnte ihren Aufbruch kaum erwarten. Sie fragte Etta, ob sie irgend etwas für sie tun, ihr in irgendeiner Form behilflich sein könnte.

»O nein«, sagte Etta, ohne sie anzusehen. »Ich brauche nichts.«

»Fühlen Sie sich nicht manchmal furchtbar einsam?« fragte Hallie. Etta hatte die Farm noch nicht verlassen, seit sie hier angekommen war.

Etta drehte sich um und starrte Hallie an. Schließlich wandte Hallie den Blick ab, weil ihr klar wurde, daß sie von Etta keine Antwort bekommen würde.

Als sie mit Jamie vor sich auf Princess nach Hause ritt, war Hallie betrübt. Sie fragte sich, warum Etta einen so kläglichen Eindruck machte. Wenigstens nach außen hin ging es bei den Coltons bergauf. Hallie wollte, daß alle so glücklich wie sie in dieser neuen Welt waren, wollte, daß jeder die Gelegenheiten ergriff, die hier auf der Türschwelle lagen.

Ich bin stärker geworden, erkannte sie. Das hat dieses Land bewirkt. Aber auch, schloß sie widerstrebend, Chads Abreise, obwohl sie glücklich gewesen war, als ihr Mann alles entschieden hatte, als sich jemand um sie gekümmert hatte. Das gehört dazu, dachte sie. Zum ersten Mal in meinem Leben kümmert sich kein anderer um mich. Die Unabhängigkeit ängstigte sie nicht mehr. Sie tat täglich ihr Bestes und hatte beschlossen, mehr könnte man von niemandem erwarten. Sie machte sich keine Sorgen, es könnte ihr nicht gelingen, die Farm zu führen. Sie wußte, daß sie und Brian und die anderen Männer es irgendwie hinkriegen würden, sogar das Schafescheren.

Tristan konnte ihr in diesen Dingen zwar nicht helfen, aber er hörte ihr zu. Ihr Herz schlug schneller, wenn sie ihn kommen sah. Bei seinen regelmäßigen Besuchen brachte er immer Geschenke mit. Er erteilte ihr Ratschläge, wenn sie fragte, machte aber von sich aus keine Vorschläge, wenn sie zurechtzukommen schien. Sie hielt den Ausdruck, den sie oft in seinen Augen sah, für Bewunderung.

Und Harry – der gute Harry. Er setzte solche Zuversicht in sie, daß er gesagt hatte: »Ich will keine Grundschuld auf die Farm, Hallie. Schließlich läuft sie auf Chads Namen. Du bist für mich Bürgschaft genug – bei deinen Energien.«

Hallie war sich sicher, daß sie und Brian niemals alle Schafe scheren konnten. Sie waren eine Woche lang auf die entlegensten Weiden geritten, um die Schafe auszusondern, die keine Lämmer bekamen. Erst letzten Monat hatte sie in Parramatta gehört, daß das Gefängnis in Van Diemens Land ihr das gesamte Hammelfleisch abkaufen würde. Die Heeresverpflegungsstelle zog Lammfleisch und Rindfleisch vor. Das war natürlich verständlich: Denn die meisten Offiziere des Corps von Neusüdwales hatten eigene Anwesen und waren in diesem Land durch den Verkauf ihres Viehs reich geworden. Viele von ihnen hatten einige der Gouverneure eingeschüchtert und sogar ruiniert, die es wagten, Gesetze gegen das zu erlassen, woran sie sich reich stoßen wollten. Chad hatte ihr gesagt, er hielte sie für arrogant. Sie glaubte sich zu erinnern, daß er im Zusammenhang mit ihnen das Wort *verrucht* benutzt hatte. Sie waren zur mächtigsten finanziellen und politischen Macht im Land geworden – bis Macquarie aufgetaucht war.

Viele von ihnen führten ein luxuriöses Leben mit Sträflingen als Hausangestellte. Ihre Ehefrauen hatten Allüren, die sie sich in England niemals hätten leisten können. Aber im Gegensatz zu Indien hatten sie hier keine Eingeborenen, denen gegenüber sie sich mit ihrem Status als Herren aufspielen konnten, und der Exsträfling oder der neu eingetroffene Siedler ließ sich nicht von den starren Verhaltensmustern blenden. Die Offiziersgattinnen konnten sich nur gegenseitig beeindrucken und sonst niemanden.

Hallie taten sie leid. Sie versuchten, am anderen Ende der Welt im englischen Stil zu leben, und ihnen entging die phantastische Vielseitigkeit in diesem Land. Sie kamen selten über die Stadtgrenzen hinaus und beklagten die fehlende Kultur, obwohl einige der Sträflinge im Gefängnis von Sydney begonnen hatten, Laientheater zu spielen. Diese Frauen trieben ziellos in einer fremden Welt, und nichts, was sie taten – Hallie glaubte allerdings auch nicht, daß sie sich allzusehr bemühten –, festigte den Sittenkodex Londons in Sydney. Man sah zu viele Huren auf den Straßen herumlaufen, es gab zu viele Kneipen, zu viele Sträflinge und zu viele Tagelöhner, die sich lieber in Rum als in Geld auszahlen ließen. Es gab zuwenig Stadt und zuviel Weite für festgefügte Gesellschaftsstrukturen. Und das, fand Hallie, war eines der Wunder dieses Landes. Es brachte krassen Individualismus hervor.

Als sie ihre Überlegungen Tristan gegenüber aussprach, sagte er: »Ich finde es äußerst interessant, daß die Kinder dieser Sträflinge

hier im allgemeinen zu gesetzestreuen und hart arbeitenden Menschen heranwachsen.«
»Hast du eine Ahnung, wie das kommt?« Hallie liebte die abendlichen Gespräche mit ihm. Sie regten sie an, ihren Verstand zu benutzen, und sie forderten sie heraus, das Metaphysische zu ergründen.
»Ja«, antwortete er. »Sie wachsen nicht in beengten Slums auf. Sie sind nicht einer von vielen, der in der Menge verlorengeht. Es gibt keine wirklich etablierte Oberschicht, die auf sie herabschaut. Sie wachsen nicht mit dem Gefühl auf, minderwertig zu sein. Sie haben genug zu essen, und sie laufen im Sonnenschein herum. Und wenn es auch gewiß Taschendiebe und Huren aus London und Liverpool gibt, dann halten sie sich doch meistens in ganz bestimmten Vierteln von Sydney auf, in den Rocks zum Beispiel. Diese Kinder dagegen wachsen auf dem Land auf, auf fünfzig Morgen, oder dort, wo ihre Väter Arbeit finden können. Und wo sie als Individuen angesehen werden. Sie gehen nicht in der Masse unter wie in England. Hier bilden sie einen Teil der Gesellschaft. Sie gehören dazu.
Der Abschaum der Erde, von dem Mutter England gehofft hat, er fiele von diesem Ende der Welt herunter, zeigt sich der Lage gewachsen. Nicht alle«, räumte er ein, »aber bestimmt die große Mehrheit. Du bist in letzter Zeit nicht mehr in Sydney gewesen, oder? Dort, wo noch vor ein paar Jahren Unkraut wucherte, sind heute gepflegte Gärten mit Blumenbeeten angelegt. Die Leute wollen stolz auf ihre Umgebung sein.«
»Was glaubst du – woher kommt das?«
»Sie haben Hoffnung.«
Das mußte Hallie erst einmal verdauen. »Würdest du heute nach Kanada zurückgehen, wenn du könntest?«
Tristan sah sie an. »Du meinst, wenn du nicht hier wärst. Wenn ich nicht bedenken müßte, wie weit ich dann von dir weg wäre.«
Sie sah ihn an, schaute in seine unergründlichen dunklen Augen,

in denen sie selten etwas lesen konnte. Monate vergingen ohne ein persönliches Wort, und dann warf er plötzlich so etwas ein. Das verwirrte sie immer wieder.
Sie war eine verheiratete Frau. Sie hatte sich gesagt, daß sie die Liebe nicht wieder aufleben lassen würde, die sie auf dem Schiff für Tristan empfunden hatte. Er war ihr Freund geworden – einer ihrer beiden besten Freunde neben Beth –, aber sie wußte, daß sie nicht mit Tristan in einem Bett hätte schlafen können, wie sie es mit Beth tat. Sie wußte, daß ihre Haut prickelte, wenn sie und Tristan einander streiften. Wenn sie und Tristan dasaßen wie jetzt und sich unterhielten, nahm sie wahr, daß die Luft mit einer Elektrizität geladen war – manchmal regelrecht knisterte –, die nicht da war, wenn er sich in Sydney aufhielt. Aber sie erlaubte es sich nicht, genauer darüber nachzudenken. Und dann machte er solche Äußerungen in einem Gespräch.
»Ja ... wenn du keine Rücksicht auf deine Freunde hier zu nehmen bräuchtest.« Gewiß hatte er eine Unmenge von Freunden. Als sie das letzte Mal in Parramatta gewesen war, hatte sie festgestellt, daß er zu den beliebtesten Menschen in der ganzen Stadt gehörte, und so verhielt es sich dann in Sydney wohl auch. Sie war nicht die einzige, für die er etwas Nettes tat. Er schien die personifizierte Güte zu sein.
»Meine Freunde?« Er zog eine Augenbraue hoch. »Nein, Hallie, ich würde nicht zurückgehen. Und ich würde auch nicht nach Amerika gehen. Ich dachte früher, ich würde nirgends bleiben, in keinem Land unter englischer Flagge. Aber ich habe mich verliebt.«
Ach du meine Güte, dachte sie. Wie soll ich bloß damit umgehen?
Aber er sagte: »Leidenschaft ist in mir aufgekeimt ... nicht nur für die Schönheit dieses Landes, sondern auch für seine grandiosen Möglichkeiten. Ich pflanze meine Rosen nicht nur vor deiner Haustür, Hallie, sondern in ganz Neusüdwales.«

»Meine Güte, woher bekommst du bloß so viele Rosen?« fragte Hallie, die erleichtert und zugleich enttäuscht war, weil das Gespräch nicht die Wendung genommen hatte, die sie befürchtet hatte.
Sie verstand selbst nicht, warum.
Tristan lachte.

20

»Ich kenne nichts anderes als Schafe«, sagte der Mann mit dem trüben Auge. Ein Auge war leuchtend blau, das andere milchig und starr. »Aber ich konnte kein Heideland mehr sehen. Kaltes Wetter und Frostblasen hängen mir zum Hals raus. Ich wußte nicht, ob in Amerika Schafe gezüchtet werden. Ich wollte nicht in ein Land gehen, in dem ich die Sprache nicht verstehe und das noch dazu katholisch ist.« Hallie nahm an, daß er von Spanien sprach. »Ehe ich auch nur einen Fuß an Land gesetzt hatte, hat Mr. Langley mich geschnappt und mir gesagt, er habe Arbeit für mich.«
Hallie starrte ihn an. Er war aus dem Nichts erschienen, auf einem lahmen Pferd. Jetzt wußte sie wenigstens, daß Harry ihn geschickt hatte.
»Er hat gesagt, ich soll Ihnen das hier geben.« Er hielt ihr ein zerknittertes Blatt Papier hin. Hallie nahm es und strich sich das Haar aus dem Gesicht. Wenn dieser Mann sich mit Schafen wirklich auskannte, hätte er zu keinem günstigeren Zeitpunkt kommen können. Tausende von Schafen mußten geschoren werden. Nicht daß ein Mann ihr eine große Hilfe gewesen wäre; sie brauchte Dutzende. Auf dem zerknitterten Blatt stand:

> Meine liebe Hallie,
> hiermit ist gesichert, daß Du für alle Zeiten in meiner Schuld stehst. Dieser Mann wird Deinem ganzen Unter-

nehmen mehr nützen als alles Geld, das Dir die Bank geliehen hat, falls wahr ist, was er mir erzählt hat. Er ist sein Leben lang Schäfer gewesen. Schäfer lieben die Einsamkeit. (Aber vielleicht sind sie auch nicht einsam, wenn sie allein sind.) Vertrau Jock McTavish die Verantwortung für Deine Schafe an, und stell ihm an Arbeitskräften zur Verfügung, was er verlangt, und höre gut auf ihn. Laß ihm nach seinen Wünschen einen Wagen bauen, und gib ihm ein gesundes, kräftiges Pferd. Der Wagen wird ihm als Behausung dienen.

Er schert keine Schafe. Er kann es, aber er sagt, das gehört nicht zu seinen Aufgaben. Wahrscheinlich kann er Dir aber helfen, ein paar Deiner Sträflinge einzuarbeiten.

Ich schlage vor, Du gibst ihm den Wagen (er zieht mit den Schafen von einer Weide zur anderen) und zahlst ihm außerdem jährlich einen Prozentsatz Deiner Einnahmen durch die Wolle. Diese Form von Anreiz wird Wunder wirken, glaube mir.

Susan läßt Dich ebenfalls lieb grüßen. Sie und Chris und ich kommen demnächst zu Dir raus. Sie sagt mir immer wieder, daß sie noch nie ... Jetzt, da Du eine Großgrundbesitzerin bist, Hallie, brauchst Du wirklich einen Namen für Dein Gut.

Harry Langley

Hallie sah den Mann an; wahrscheinlich so alt wie Dada, dachte sie. Er hatte weiße Bartstoppeln, war drahtig und dünn und etwa so groß wie sie. Sie sagte: »Hier steht, daß Sie nicht scheren. Warum nicht?«

»Zu alt«, sagte er, und es klang keineswegs nach einer Entschuldigung. »Macht der Rücken nicht mehr mit.«

»Ich habe einige tausend Schafe, die geschoren werden müssen, und nur zwei meiner Männer verstehen etwas davon.«

Jock McTavish kratzte sich am Ohr. »Sie haben mehr Männer?«

Hallie nickte. »Insgesamt achtzehn.«
»Ich kann's ihnen beibringen«, sagte Jock, »solange ich mich nicht den ganzen Tag lang bücken muß.«
»Was fehlt Ihrem Rücken?« Sie fragte sich, ob er als Schäfer zu gebrechlich war.
»Nichts, wenn ich mich nicht den ganzen Tag lang bücke.« Er schaute auf die Felder und Hügel hinaus. »Wirklich schön. Und es gibt nie Frost, ist das wahr?«
Hallie lächelte. Das hatte auch zu den ersten Dingen gehört, für die sie sich begeistert hatte. »Sie haben keine Familie, Mr. McTavish?« fragte sie.
Er wandte ihr sein wäßriges Auge zu und musterte sie eine Weile. »Nicht auf dieser Erde.« Seine Stimme war ruhig. »Meine Frau und meine zwei Söhne sind vor fünf Jahren bei der Choleraepidemie ums Leben gekommen.«
»Oh . . .« Hallies Mitgefühl regte sich. »Vor fünf Jahren?«
»Vor fünf Jahren, vier Monaten und zweiundzwanzig Tagen«, sagte er.
Hallie sah ihn an. »Ich werde die Männer morgen antreten lassen, damit sie das Scheren lernen. Dann können Sie mir sagen, was für einen Wagen ein Schäfer braucht. Bis dahin werden Sie dort draußen mit den anderen Männern schlafen müssen.« Sie deutete auf die Baracken.
Jock McTavish hatte etwas an sich, wofür Hallie ihn jetzt schon mochte, und sie vertraute ihm auf Anhieb. Sie stellte ihn ein und ließ die Sträflinge einen Wagen mit einer Plane für ihn bauen – auf der Plane bestand er. Sechs Männer wurden gleichzeitig zum Schafescheren ausgebildet.
So begann Hallies Schergeschäft. Als all ihre Schafe geschoren waren, schlug Harry vor, die Männer für andere Farmer Schafe scheren zu lassen und einen festen Preis pro Schaf zu berechnen. Es war ein spontaner Erfolg. Hallie beschloß, für das kommende Jahr Voranmeldungen entgegenzunehmen, da sich das Geschäft lohnte. Wenn ein Farmer es sich nicht leisten konnte, sie in

Bargeld zu bezahlen, nahm sie einen Anteil an Fellen, wobei sie sich fragte, was auf Erden sie mit dem Berg anstellen sollte, den sie bereits selbst hatte.

Ihre Kinder sah sie nur noch beim Abendessen. Sie ritt den ganzen Tag auf Princess durch die Felder, überwachte die Arbeiten und beriet sich mit Brian. Jamie und Alexandra wandten sich gar nicht erst an ihre Mutter, sondern gleich an Beth. Hallie wußte nicht, was sie dagegen tun sollte. Von Tag zu Tag, sagte sie sich, wird die Arbeit weniger werden, und dann habe ich wieder Zeit, Mutter zu sein.

Dieses Jahr wollte sie nur Gemüse für den eigenen Bedarf pflanzen, nicht für den Verkauf in Parramatta. Es gab zu viel anderes zu tun.

Inmitten des ganzen Trubels tauchten zwei Neuankömmlinge im Geschehen auf. Harry und Susan kamen, wie versprochen, mit Christopher. Sie brachten nicht nur Molly mit, sondern noch eine blasse, äußerst ermattet wirkende junge Frau von etwa fünfundzwanzig Jahren in einem ordentlichen Kleid, das aussah, als sei es neu gekauft. Sie hatte einen Jungen von etwa neun Jahren bei sich, ein schlankes Kind mit glänzenden schwarzen Augen, die groß und rund unter seinem ungebärdigen schwarzen Schopf herausschauten. Es war das schönste Kind, das Hallie je gesehen hatte.

Auch ohne Vorwarnung wußte sie auf den ersten Blick, daß es Brians Familie war. Wie sehr er sich freuen wird! dachte sie. Dann wurde ihr klar, daß es keinen Schlafplatz für sie gab. Sie hatte seine Familie noch nicht erwartet; genaugenommen hatte sie den Brief, der vor mehr als eineinhalb Jahren abgeschickt worden war, ganz vergessen.

Mrs. Daugherty blieb schüchtern und furchtsam mit gefalteten Händen im Wagen sitzen und schaute sich nach ihrem Mann um, aber der Junge sprang ab und rief in breitem irischem Dialekt: »All die vielen Pferde! Hat mein Dad auch eins?«

Hallie mochte ihn augenblicklich. »Ja, er hat eins, das nur er reitet.«

Gently, der Hund, kam bellend hinter dem Haus hervorgerannt.
»Wo ist mein Dad?« fragte der Junge, während er sich hinkniete und die Arme um den Hund schlang.
Hallie sah ihn an und sagte: »Ich bringe dich selbst zu ihm.« Sie wandte sich an die Langleys. »Ihr habt doch nichts dagegen? Wir werden nicht lange fort sein. Ich möchte Brians Gesicht sehen.«
»Komm mit.« Sie nahm den Jungen an der Hand. »Ich wette, du bist noch nie auf einem Pferd geritten, stimmt's?«
Er schüttelte den Kopf, und seine dunklen Augen glänzten vor Aufregung.
»Wir reiten gemeinsam los und suchen deinen Vater.« Sie führte ihn zu Princess und setzte ihn vor sich. Als sie durch die Felder ritten, erinnerte sie sich wieder daran, wie sie das erste Mal auf einem Pferd gesessen hatte, an Chad gelehnt, während der Wind ihr Gesicht peitschte und die Bäume vorbeiflogen. Das Gefühl hatte sie begeistert.
In weniger als zehn Minuten konnten sie Brians Arbeitstrupp sehen. Hallies Herz schlug schneller, als sie sich vorstellte, was Brian empfinden würde, was die ganze Familie empfinden würde.
Sie rief ihn, und er kam auf sie zu. Sie glitt vom Sattel und streckte die Arme nach dem Jungen aus.
»Ist das mein Dad?« Seine Stimme war nicht mehr als ein Flüstern.
»Ja.«
Er blieb stehen und sah seinem Vater entgegen. Brians Gang war forscher und selbstbewußter als früher, als Hallie ihn kennengelernt hatte, und er hatte die Augen seines Sohnes. Etwa sechs Meter vor ihnen zögerte er und bewegte sich langsamer. Sein Blick war auf Hallie gerichtet gewesen, glitt aber jetzt über den Jungen ... den Sohn, den er sechs Jahre nicht gesehen hatte. Nach all der Zeit konnten die beiden einander unmöglich wiedererkennen. Aber beide hatten das dunkle Haar, die dunklen Augen. Sie sahen einander unglaublich ähnlich.

Dann blieb Brian stehen. Erstarrt stehen.
Hallie schlug sich die Hand auf die Kehle und spürte, wie die Tränen in ihren Augen brannten. Sie gab dem Jungen einen kleinen Schubs, mehr brauchte er nicht. Er setzte sich in Bewegung, ging langsam und zögernd auf seinen Vater zu, der dastand und ihn anstarrte und die langen Arme herunterhängen ließ. Hallie nahm wahr, daß ihre Lippen zuckten, daß ihr das Schlukken schwerfiel.
»Robbie?« Als der Junge Brians Stimme hörte, rannte er und warf sich in die ausgebreiteten Arme seines Vaters.
Hallie fragte sich, ob Jamie auch so auf Chad reagieren würde, wenn er nach Hause kam. Würde er sich bis dahin überhaupt noch an seinen Vater erinnern?
Sie dachte nach. Chad war schon mehr als ein Jahr fort. In weniger als einem Jahr war er vermutlich wieder da, und doch empfand sie nicht das geringste bei diesem Gedanken. Sie erinnerte sich an den Spaß, den sie miteinander gehabt hatten, an seine Freundlichkeit, an seine immense Lebenslust, aber sie konnte sein Gesicht nicht sehen, sein Lachen nicht hören.
So viel war passiert, woran er nicht teilhatte. Tristan hatte an diesen Dingen teil. Beth war ein Bestandteil davon. Die Langleys hatten mit manchen Dingen zu tun, und Brian. Aber Chad war am anderen Ende der Welt und wußte noch nicht einmal, was hier geschah, in dem Land, das er zurückgelassen hatte. Er wußte nicht, daß sie sich um ein Vielfaches vergrößert hatte und daß es hier keinen Archie mehr gab. Er wußte nicht, daß sie ein Kind verloren hatte, wußte noch nicht einmal, daß sie schwanger gewesen war.
Er wußte nicht, daß sie die Farm leitete, wußte nicht ...
»Wie mein Leben überhaupt aussieht«, murmelte Hallie vor sich hin und beendete den Gedanken laut. Es war, als sei der Mann, den sie geheiratet hatte, nicht mehr Teil ihres Lebens.
Sie brachte Brian und seine Familie für die erste Nacht im Wohnzimmer unter und bestand darauf, daß Susan, Harry und

Christopher in ihrem Schlafzimmer schliefen. Sie zog mit den Kindern, Beth und Molly in den Stall, um auf dem Heuboden zu schlafen.
Hallie konnte sich nicht erinnern, wann sie mehr Spaß gehabt hatte. Beth lachte, bis es klang, als weinte sie. Die drei jungen Frauen, die fast gleichaltrig waren, kicherten bis spät in die Nacht hinein wie Schulmädchen. So fröhlich und ausgelassen hatte Hallie Beth noch nie erlebt. Sie verstand jetzt, warum Susan solche Freude an Molly hatte, die eine komische Geschichte nach der anderen erzählte. Sie sagte, sie würde Brot und sonstwas stehlen, notfalls sogar einen Mord begehen, um wieder hierhergeschickt zu werden, statt in »diesem trostlosen grauen Land« zu bleiben.
Sie sagte, eines Tages werde sie wohl heiraten, aber ihr sei noch niemand begegnet, für den sie ihren derzeitigen Status aufgeben würde – »bis auf den Doktor. Er ist der netteste Mann, der mir je begegnet ist, und er sieht auch so gut aus wie kein anderer. Aber er schenkt mir nicht die geringste Beachtung – als Frau, meine ich. Zu mir als Kindermädchen ist er nett, behandelt mich wie einen echten Menschen.«
Hallie spürte, wie sich ihr Herz umdrehte. Irgendwie hatte sie sich nie vorgestellt, Tristan könnte heiraten. Wenn er eine Frau hätte, würde er nicht mehr regelmäßig zu Besuch kommen, ihr Pflanzen mitbringen, mit Jamie ausreiten, über Nacht bleiben und stundenlang mit ihr reden. Das hätte sie bitterlich vermißt.
Beim Einschlafen malte sie sich aus, wie Tristan Molly küßte, und Traurigkeit befiel sie. Sie hatte sich nie Gedanken darüber gemacht, daß so etwas vorkommen könnte. Und warum nicht? fragte sie sich jetzt. Ihm sollte eine Familie nicht versagt bleiben, die Liebe nicht versagt bleiben. Aber wir sind doch seine Familie, sagte sie sich und wußte schon, wie ungerecht sie war, während sie sich noch an diese Vorstellung klammerte. Im Traum sah sie, wie Tristan Molly küßte, Beth küßte, Susan Langley küßte,

Frauen küßte, die sie nie gesehen hatte. Tu es nicht! schrie sie auf. Küß sie nicht! Küß mich. Ich bin es doch, die dich liebt. Ich habe dich immer geliebt.
Am Morgen behandelte sie Molly unfreundlicher und war deshalb wütend auf sich selbst. Es war ungerecht von ihr, eifersüchtig auf Molly zu sein. Bloß weil sich Molly zu Tristan hingezogen fühlte – welcher Frau wäre es nicht so gegangen –, hieß das noch lange nicht, daß er sich zu ihr hingezogen fühlte. Sie, Hallie, war es, mit der er seine Zeit verbrachte, der er Geschenke machte, deren Kinder er liebte. Sie, Hallie, war es, die er lieben mußte. Wie auch sie ihn liebte.
Da. Sie hatte nicht gewagt, es laut auszusprechen, es im Hier und Jetzt zu denken. Aber jetzt war es draußen.
So klar wie der Tag.
So hell wie die Sterne in der Nacht.

In dem Jahr setzten die Regenfälle nicht ein. Die Sonne schien von einem blauen wolkenlosen Himmel. Hallie fiel der fehlende Regen erst auf, als sie den Garten wässern mußten, weil das Gemüse vertrocknete.
Ansonsten störte sie es überhaupt nicht. Hallie genoß das schöne Wetter. Wenn es sonnig und warm war, fühlte sie sich wohler, sie fühlte sich sogar hübscher; sie war eine Blume, die sich bei Wärme und Sonne entfaltete. Sie mochte sich selbst lieber, als sie sich in England je gemocht hatte. Daher empfand sie das Ausbleiben des Regens als einen Segen.
Was ihr Sorgen machte, war ein Brief von Chad. Sie hatte damit gerechnet, daß irgendwann ein Brief kommen würde, doch der Inhalt beunruhigte sie zutiefst.

Meine liebe Frau,
die erste Neuigkeit ist, daß ich noch nicht nach Hause kommen werde. Es gibt zwei Gründe: Einer ist die Begeisterung, die die Qualität unserer Wolle in den Spinnereien

wachruft. Ich halte es für das Beste, zu warten, bis Du alles geschickt hast, was wir haben, damit ich noch nachdrücklicher verhandeln kann, da der Krieg in Europa jetzt zu enden scheint. Ich will nicht, daß uns die Wiederverfügbarkeit französischer Wolle gefährdet.

O mein Gott, dachte Hallie, die schnell nachrechnete. Das heißt, mindestens noch einmal eineinhalb Jahre. Acht oder neun Monate, um die Wolle hinzuschaffen und – falls er sie sofort verkaufen kann – noch einmal acht oder neun Monate für seine Rückfahrt.

Ich verlasse mich darauf, daß Ihr bei bester Gesundheit seid, Du und die Kinder. Ich setze solches Vertrauen in Archie, daß ich mir um Euch keine Sorgen mache, wenn ich meine Familie auch vermisse. Es ist jetzt schon zu viel Zeit vergangen.

Es hat sich eine weitere Komplikation ergeben. Mein Vater liegt im Sterben, sagt der Arzt. Seine Tage sind gezählt. Da ich ihn seit mehr als einem Dutzend Jahren nicht mehr gesehen habe und er mich bittet, zu bleiben, habe ich das Gefühl, ich muß seinem Wunsch nachkommen. Ich bin wirklich innerlich zerrissen. Ich habe nicht nur hier meine Pflichten gegenüber meinem Vater, sondern ich bin auch meiner Familie verpflichtet, Dir verpflichtet.

Ich weiß, daß es für Archie hart sein wird. Zahl ihm mehr, und versprich ihm etwas, was er sich wünscht. Ich glaube, aus Freundschaft zu mir wird er bereit sein, als Vorarbeiter zu bleiben. Ich rechne darauf.

Für Notfälle überweise ich dreihundert Pfund auf die Bank von Parramatta. Mit etwas Glück wirst Du das Geld nicht brauchen, aber ich will nicht, daß Ihr in Armut oder Not lebt. Ich hoffe, Du wirst Dir ein paar Extras gönnen. Wir können es uns wirklich leisten.

Die Kontakte, die ich hier knüpfe, sichern uns eine erfolgreiche Zukunft. Sag das den anderen Farmern und versichere es auch dem Gouverneur noch einmal. Hier interessieren sich alle für unseren Inselkontinent. Allmählich gilt er wirklich nicht mehr nur als Strafkolonie.
Ich war bei Dir zu Hause und habe mich Deinen Eltern vorgestellt. Sie hatten größtes Interesse daran, etwas von Dir zu hören, und ich mußte ihnen in allen Einzelheiten über ihre Enkel berichten. Dein Bruder Danny erwartet in Kürze sein zweites Kind. Tess, seine Frau, ist ein sehr hübsches Mädchen. Ich werde sie wieder besuchen, um Deine Familie besser kennenzulernen und um allen zu versichern, daß Du nicht aus ihrem Leben verschwunden bist.
Es tut mir leid, daß ich noch länger von meiner Familie fernbleiben werde. Ich frage mich, ob ich das wirklich durchhalte.
Ich hoffe, wenn Du die Wolle schickst, auf einen Brief von Dir, in dem Du mir berichtest, was sich auf Deiner Seite der Weltkugel tut, dort, wo man auf den Mond herunterschaut. So stellst Du es Dir doch vor, oder? Ich habe beschlossen, es muß so sein, daß Du Dir den Mond über dem Äquator ausmalst, und hier in England schauen wir nach Süden, um ihn zu sehen; dort, wo Du bist, dagegen nach Norden, also nach unten – das meinst Du doch, oder? Diese Erinnerung entlockt mir ein Lächeln. Wenn Du nach »unten« schaust und das Kreuz des Südens findest, dann denk an mich.
Ich denke an Dich und die Kinder. Sag ihnen, daß ich ihnen alles über den Himmel erzähle, wenn ich zurückkomme. Erzähl ihnen von mir, Hallie, damit sie mich nicht vergessen. Davor habe ich Angst. Ich habe auch Angst, daß Du mich vergißt.

Chad

Damit sie dich nicht vergessen, dachte Hallie. Wie sollten sie sich an dich erinnern können, wenn es mir so schwerfällt?
»Dann packen wir doch die Wolle zusammen und schaffen sie nach Sydney«, sagte sie laut zu sich selbst. Sie hatte festgestellt, daß sie es auskostete, Dinge zu organisieren, Lösungen zu finden, und bisher war es ihr gelungen, alle strategischen Probleme zu entwirren.
Was ihr Schwierigkeiten machte, war eine Herzensangelegenheit.

21

Belinda Daugherty half Beth in der Küche, die zwar relativ geräumig war, aber doch nicht ausreichte, um für zwei Dutzend Personen drei Mahlzeiten täglich zuzubereiten. Als sechs Monate später das Haus mit den zwei Zimmern für Brians Familie fertig war, beschloß Hallie, zwischen den beiden Baracken eine Küche zu bauen, ehe sie Schlafzimmer an das Haus anbaute. Wenn Chad noch fast zwei Jahre nicht nach Hause kommen würde, genügte ihr Schlafzimmer für Beth, sie und die Kinder. Der Anbau an das Haus konnte noch warten.
Belinda bereitete alle Mahlzeiten zu und entlastete Beth. Beth war bei Molly aufgetaut und mochte Belinda, war aber immer noch scheu im Umgang mit Fremden und konnte sich nicht dazu durchringen, einen der Männer anzulächeln, noch nicht einmal Brian. Nur bei Tristan fühlte sie sich wirklich sicher.
Hallie brauchte sich jetzt überhaupt keine Gedanken mehr über die Hausarbeit zu machen. Sie kochte gar nicht mehr, wusch nicht mehr, fegte das Haus nicht aus, zündete kein Feuer an und machte keine Betten.
Manchmal überlegte sie sich: Das, was ich tue, ist doch Männerarbeit. Sie erledigte nicht nur die Arbeiten, die im allgemeinen Männern vorbehalten waren, sondern sie traf auch die Entscheidungen und befaßte sich mit der Planung. Sie hatte den

Umstand beklagt, daß sie nichts von Geldangelegenheiten und Weideflächen verstand, weil ihr im Umgang mit Zahlen jede Kenntnis fehlte.

Tristan hatte gesagt: »Das läßt sich leicht beheben.« Als er das nächste Mal rausgeritten kam, brachte er eine Einführung in die Grundrechenarten mit und machte sich daran, Hallie das Addieren und Subtrahieren beizubringen. Es dauerte nicht lange, bis Beth und der nahezu vierjährige Jamie sich zu ihnen an den Tisch setzten.

Jamie und Robbie Daugherty wurden trotz der sechs Jahre Altersunterschied unzertrennliche Freunde. Robbie fand alles spannend. Belinda sagte: »Wir wußten nie, daß es so viel Platz gibt. Ich hatte Angst, herzukommen, weil wir noch nie aus Dublin rausgekommen waren. Aber allein konnte ich Robbie nicht versorgen. Manchmal hatten wir nicht genug zu essen. Soviel hat mein Nähen nicht eingebracht.« Die beiden gewöhnten sich weit müheloser ein, als Brian es sich hätte erhoffen können. Belinda sagte: »Morgens, wenn ich das Frühstücksgeschirr gespült habe, steige ich auf den kleinen Hügel hinter unserem Haus und schaue auf dieses Land hinaus. Ich denke dann, ich bin gestorben und in den Himmel gekommen.«

Brian brachte seinem Sohn das Reiten bei.

Robbie hatte angefangen, sich den allabendlichen Rechenstunden anzuschließen, und er erwies sich als verblüffend geschickt. Die wirklich schwierigen Probleme hoben sie sich auf, um sie mit Tristan zu besprechen, der ihnen sagte, er könne sich vorstellen, sie seien die eifrigste und intelligenteste Klasse, die man sich nur irgend wünschen kann. Sie lächelten selbstzufrieden. Es störte Hallie nicht, daß sie auf einer Stufe mit dem zehnjährigen Robbie stand. Es faszinierte sie, etwas dazuzulernen. Eine Schule, dachte sie, genau das sind wir.

Und so sahen die Abende denn auch aus. Beth, Jamie und sogar Robbie mußten erst lesen lernen, damit sie die Mathematik verstehen konnten. Dabei konnte ihnen Hallie helfen. Als Brian klar wurde, daß sein Sohn lesen und schreiben lernte, zwängte auch er sich abends an den beengten Tisch. Tristan mußte mehr Bleistifte und Papier mitbringen.

Inzwischen hatte Hallie von Harry gehört, daß mehr als zwei Dutzend Familien im Tal wohnten, und eines Tages machte sie sich auf den Weg, um sie wenigstens einen Teil von ihnen zu besuchen. So lernte sie auch die Umgebung besser kennen, in der sie schon seit fast vier Jahren lebte. Was sie sah, war, daß dies in erster Linie ein Land für Männer war. Die meisten hatten Frauen, mit denen sie nicht verheiratet waren, weibliche Sträflinge, die sie schamlos ausnutzten und die es kaum wagten, den Mund aufzumachen. Diese Männer bezogen ihre Frauen nicht in ihr Leben und ihre Träume ein. Aber dann fiel ihr ein, daß Chad ihr auch alles nur hinterher erzählt hatte und sie nie wirklich an seinen Hoffnungen und Träumen teilhaben hatte lassen. Durch Tristan und Harry wußte sie jedoch, daß nicht alle Männer so waren.

Eines Tages erzählte sie Tristan von ihren Besuchen bei den neuen Nachbarn. »Diese Leute fühlen sich so isoliert«, sagte sie. »Und sie haben so sehr alle Hände voll damit zu tun, ihren Eigenbedarf zu decken, das Existenzminimum zu erwirtschaften, daß sie sich noch nicht einmal einen Tag freinehmen und nach Parramatta reiten können, wenn ihnen Mehl, Zucker oder Tee ausgehen.«

»*Du* schaffst es«, sagte er.

»Das kann man nicht vergleichen«, sagte Hallie. »Hier geht die Arbeit auch weiter, wenn ich in die Stadt reite. Wenn wir hier draußen einen Laden hätten«, fuhr sie fort und lief aufgeregt im Zimmer auf und ab, »dann würde das diesen Menschen eine Menge Zeit sparen. Wenn ihnen Vorräte ausgehen, könnten die meisten uns in wenigen Stunden erreichen und hier einkaufen. Es wäre sogar so nah, daß die Frauen allein rüberreiten könnten. Dann könnte man hier nicht nur das Nötigste einkaufen, sondern würde auch andere treffen.«

»Hier? Du willst hier einen Laden aufmachen?« Er schien es für einen Scherz zu halten.
»Warum denn nicht?« Sie stemmte die Hände in die Hüften und merkte, daß er sich bemühte, seine Belustigung nicht zu zeigen. Er biß sich auf die Lippen, aber sie sah die Heiterkeit in seinen Augen.
»Ich meine, dort drüben, hinter dem Hügel. Wir könnten frischgemahlenes Weizen- und Maismehl holen, uns sogar Tabak und Rum besorgen. Ich glaube, es würde auch nichts schaden, ein paar Haarschleifen und ein paar Meter Stoff auf Lager zu haben. Und an die Farmer, die keine Kühe haben, könnten wir Milch verkaufen. Und Eier, obwohl alle selbst Hühner zu haben scheinen.«
Tristan lächelte sie an. »Meine kleine Unternehmerin«, sagte er. *Meine* ... als ob sie seine wäre. »Was soll das heißen?« fragte sie.
»Du bist eine Geschäftsfrau, Hallie. Du überbietest wirklich alles.« Er stellte seine Tasse hin und kam auf sie zu. »Warum redest du nicht mit Harry darüber? Ich verstehe nicht das geringste von Geschäften.«
Das wußte sie, aber sie redete liebend gern mit ihm über ihre Ideen. Er schien nie ungeduldig zu werden und tat immer so, als sei alles, was sie zu sagen hatte, das Interessanteste auf Erden.
»Weißt du«, sagte er und nahm ihre Hände, »du trägst mehr Energie und Tatendrang im kleinen Finger mit dir herum, als die meisten Menschen ein Leben lang an den Tag legen.«
Sie liebte es, wenn er sie berührte. Sie spürte es von Kopf bis Fuß. »Kommst du deshalb immer wieder zu uns raus?«
Tristan trat in das warme Zwielicht hinaus, und Hallie blieb in der Tür stehen. Das Geißblatt, das er gepflanzt hatte, verströmte seinen Duft. Obwohl sich kein Windhauch zu regen schien, raschelte das Laub in den Baumwipfeln. Hallie folgte Tristan ins Freie, und als sie neben ihm stand, sagte er: »Ich komme hierher, weil ... ich mir vormache, daß Jamie und Alexandra meine Kin-

der sind. Ich gebe mich der Vorstellung hin, daß die Sträucher, die ich hier pflanze, mir ein gewisses Anrecht geben, mich hier auch zu Hause zu fühlen. Ich komme her, weil ich hier erlebe, wie das Interesse und das Denken von Menschen erwacht. Ich komme hierher, weil auch ich hier zu neuem Leben erwache.«
Er legte seine Hände auf ihre Taille. »Ich komme vor allem hierher, weil mein Herz mich hierher zieht.«
Er hatte das Wort Liebe nicht verwendet, aber Hallie verstand, daß es das war, wovon er sprach.

Als er am nächsten Morgen losritt, sagte sie: »Ich reite mit dir nach Parramatta und rede mit Harry über meine Idee.«
Auf dem ganzen Weg nahm sie bewußt wahr, daß sie mit Tristan allein war. Zum ersten Mal seit langer Zeit dachte sie: Chad, du Mistkerl. Er hatte nicht das Recht, sie jahrelang hier allein zu lassen.
Sie kamen an einzelnen Häusern vorbei, und Tristan konnte Hallie jeweils erzählen, wer dort wohnte. Die meisten hatten seiner Meinung nach kaum eine Chance.
»Aber ist es nicht immer noch besser als das«, sagte Hallie, »was sie in England hatten?«
»Das wage ich zu behaupten. Aber ich muß zugeben, daß die meisten Exsträflinge einfach faul sind. Es gibt so viele, die einfach nicht arbeiten wollen. Andererseits gibt es Dutzende, die die Gelegenheit, ein neues Leben zu beginnen, zu würdigen wissen und hart dafür arbeiten. In ihnen sehe ich die Stütze der Zukunft. Wie viele von uns haben schon die Chance, noch einmal von vorn anzufangen?«
»Siehst du denn in dir einen Exsträfling?« fragte Hallie, die ihn nie so empfand.
Tristans Miene war nüchtern. »Nicht oft. Aber ich erinnere mich nur allzugut an die Zeit im Gefängnis. Ich glaube, dort habe ich ein Einfühlungsvermögen entwickelt, das mir vorher gefehlt hat. Ich glaube jetzt, daß jeder das Unglück erlebt haben sollte. Ein

gewisses Leid. Ich würde niemandem uneingeschränktes Glück wünschen.«

Hallie runzelte die Stirn. »Ich dachte, es sei das höchste Ziel im Leben, glücklich zu werden.«

Tristan lachte. »Hallie, meine Liebe, ich kann mir nicht vorstellen, daß du das wirklich glaubst. Denk mal darüber nach. Wie seicht wärst du dann. Wie kommt es zum Beispiel, daß du so wahllos mit Liebe um dich werfen kannst? Wenn du in der Oberschicht aufgewachsen wärst, glaubst du auch nur einen Moment lang, daß du dann so freundlich zu allen wärst, mit denen du zu tun hast?«

Hallie dachte darüber nach. Sie hatte es nie so empfunden, daß sie wahllos mit Liebe um sich warf. Sie fand es befremdlich, daß Tristan ausgerechnet das Wort »Liebe« benutzt hatte.

»Vielleicht benutzen wir das Wort auf unterschiedliche Weise«, sagte Tristan, »aber du weißt mehr über die Liebe als die meisten Menschen, die mir je begegnet sind.«

Es machte sie nervös, daß er sie so sah. Er sah in ihr einen Menschen, der sie nicht war. »Du meinst, weil ich Beth aufgenommen habe?«

»Das ist nur ein Punkt unter vielen.«

»Beth gibt mir mehr als ich ihr.« Hallie warf den Kopf zurück. Sah Tristan etwa eine Hallie, die es gar nicht gab?

»Weil du sie liebst. Und dann ist da Brians Familie.«

»Chad ist auf die Idee gekommen, sie holen zu lassen. Er wollte sich Brians Loyalität sichern. Damit habe ich nichts zu tun gehabt.«

»Und doch bist du es, die ihnen das Gefühl gibt, zu Hause zu sein, du, die ihnen ein Haus gebaut hat, du ...«

»Tristan! Stell mich nicht netter hin, als ich es bin.« Sie wollte, daß er die wahre Hallie liebte, nicht die Hallie, die er in seiner Vorstellung sah.

»Schon gut.« Tristan lächelte belustigt. »Wenn es dir unangenehm ist ... Aber es ändert nichts daran, daß du deine Nach-

barn besuchst, um zu sehen, ob es ihnen an etwas fehlt, und du machst den Sträflingen das Leben lebenswerter als fast überall sonst auf Erden, und du behandelst sie, als seien sie Menschen, die es verdient haben, rücksichtsvoll behandelt zu werden.«
»Das sind sie doch auch, oder nicht?« Ihre Stimme klang kämpferisch.
»Wenn es dir lieber ist, reden wir über etwas anderes. Aber noch ein letztes Wort dazu. Diese Idee, einen Laden aufzumachen, hast du doch nicht, weil du Geld damit verdienen willst? Du willst es tun, um deinen Nachbarn zu helfen. Ja, Hallie, das gehört zu den Dingen, die ich an dir liebe. Zu den vielen Dingen«, fügte er leise hinzu.
Sie starrten einander an. »Wenn wir schon von der Liebe zu den Menschen reden«, sagte Hallie, die versuchte, das Wort nicht überzubewerten. »Du bist hier der Held. Du tust weit mehr für andere als ich.«
»Das ist wahr ...« Er lächelte nicht, sondern starrte sie nur an. »Ich bin in der Lage, viel zu geben.«
»Das weiß ich«, sagte sie. »Meine ganze Familie weiß es. Du gibst uns mehr als der Rest der Welt zusammen.«
»Und ich würde euch noch mehr geben, wenn ich dürfte.«
Jetzt war es also ausgesprochen, stand da, stand zwischen ihnen. Und doch konnte keiner von ihnen etwas daran ändern.
»Hast du denn nie das Gefühl, daß das Geben einseitig ist? Willst du denn nicht auch etwas bekommen?« Sie wußte, daß sie sich auf gefährlichen Boden vorwagte.
Sie ritten dicht nebeneinander her. »Ach, darin könnte das Geheimnis liegen. Wenn es nur mehr Menschen wüßten. Hallie, meine Liebe, der Akt des Gebens gibt mir etwas.«
Sie dachte darüber nach und war erleichtert, weil das Gespräch nicht auf strikt Privates hinauslief. Sie waren inzwischen am Stadtrand von Parramatta angekommen und ritten nur noch im Trab.
»Ich erinnere mich an Weihnachten zu Hause«, fuhr Tristan nach

einer Pause fort. »Es war die schönste Zeit des Jahres. Kaminfeuer und Schnee, und da unser Haus das größte war, sind immer meine Tanten und Onkel und Cousins und Cousinen alle zu uns gekommen. Es gab Truthahn mit Preiselbeeren und Pflaumenpudding.«

»Ja, Pflaumenpudding hat es bei uns auch gegeben.« Hallie dachte an frühere Weihnachtsfeste, zu denen jedes Kind ein Spielzeug geschenkt bekommen hatte.

»Wir waren nie weniger als zwanzig. Wir sind am Heiligabend zur Christmette gegangen, und am ersten Weihnachtsfeiertag sind nach einem späten Frühstück die Verwandten eingetroffen, und wir haben um den Weihnachtsbaum herumgesessen und Stunden damit zugebracht, die Geschenke auszupacken.«

»Stunden? Wieso habt ihr solange gebraucht?« Hallie genoß dieses Gespräch. Tristan redete selten von seiner Vergangenheit.

Er lachte. »Es war einfach wunderbar, aber erst, als ich älter war und mein eigenes Geld verdient habe, hat Weihnachten angefangen, mir wirklich Freude zu machen. Die Freude, die ich daraus geschöpft habe, hat sich in den Gesichtern derer widergespiegelt, für die ich so liebevoll Geschenke ausgesucht hatte. Vor allem für meine Nichten und Neffen. Ich hatte nie das Gefühl, daß mir das Geben etwas nimmt, Hallie. Ich glaube nicht, daß ich es tue, um die Dankbarkeit derer zu erlangen, denen ich etwas gebe. Ich glaube, ich genieße ganz einfach den eigentlichen Akt des Gebens, das Nachdenken über Geschenke und die Vorstellung, daß ich mit dem, was ich gebe, einem anderen das Leben verschönern kann.« Er wirkte versonnen. »Möglicherweise ist das Geben bei mir egoistisch.«

Hallie dachte an die Dutzende von Pflanzen und Bäumen, die er ihnen auf die Farm mitgebracht hatte. An die Stunden, die er damit zugebracht hatte, ihnen allen das Addieren und das Subtrahieren beizubringen und jetzt sogar das Multiplizieren. An die Zeit, die er damit zubrachte, ihr zuzuhören ... Auch das war eine Form des Gebens.

»Weißt du, Tristan«, sagte sie, »du bist so ziemlich der netteste Mensch, der mir je begegnet ist.«
Sie hatten das Haus der Langleys erreicht, und Tristan sprang vom Pferd. »Ich hoffe, du wirst es immer so sehen«, sagte er und hob eine Hand, um ihr beim Absteigen behilflich zu sein.

Die Langleys freuten sich wie immer übermäßig, daß Hallie kam. Susan lud diesmal keine anderen Gäste zum Abendessen ein, und Hallie war dankbar dafür. Tristan war nach Sydney weitergeritten, und sie genoß es, mit Susan und Harry entspannt dazusitzen und sich den neuesten Klatsch aus Sydney und Parramatta anzuhören. Es war eine Freude, Susan auch nur anzusehen. Sie trug immer so hübsche pastellfarbene und sehr weibliche Kleider, die aussahen, als seien sie frisch gebügelt.
»Wir haben uns überlegt, ob wir nicht in Sydney auch ein Haus bauen«, erzählte ihr Susan. »Harry macht dort so viel Geschäfte, daß er mehrere Nächte in der Woche dort ist. Wenn der Gouverneur zwei Häuser haben kann, gibt es keinen Grund, aus dem wir das nicht auch haben könnten, sagt Harry.«
»Ich muß wettbewerbsfähig bleiben«, erklärte Harry, »und es sieht ganz so aus, als wüchse Sydney schneller als Parramatta. Die Geschäfte verlagern sich zusehends dorthin, obwohl die Landwirtschaft hier führend ist. Ich glaube, wir werden in Sydney eine Filiale der Bank eröffnen.«
»Die Kolonie scheint zu wachsen.« Hallie wußte nicht, ob ihr das gefiel. Sie hatte gern Platz.
»Captain Flinders hat diesen Inselkontinent jetzt umrundet und auf Karten verzeichnet, und das hat gezeigt, daß er sich in alle Richtungen über Tausende von Kilometern erstreckt ... unbegrenzte Möglichkeiten. Seit Wendworth und Freunde die Blue Mountains überquert und im Inland Flüsse und Grasland gefunden haben, sehen wir die Möglichkeit, genug Tiere zu züchten, um die ganze Welt zu ernähren.« Harrys Augen

strahlten. »Aus diesem Kontinent läßt sich unendlich viel machen.«
»Ich möchte jedenfalls etwas aus meinem kleinen Zipfel machen.«
Harry sah Hallie fragend an. »Normalerweise wird es interessant, wenn du diesen Ausdruck in den Augen hast.« Er stopfte seine Pfeife, lehnte sich zurück und wartete ab.
»Ich möchte einen Laden aufmachen ...«
Er hörte zu und dachte dann nach. »Vierundzwanzig Familien – das klingt nicht so, als würde sich ein Laden für sie lohnen, Hallie.«
»Es sind fast zweihundert Menschen«, sagte sie. »Wir allein, meine Familie und die Sträflinge und die bezahlten Arbeiter, sind fast dreißig Personen.«
»Das ist wahr«, stimmte ihr Harry zu. »Unter dem Gesichtspunkt habe ich es nicht betrachtet. Und die Bevölkerung im Tal wird mit Sicherheit zunehmen. Es würde mich nicht wundern, wenn sich dort draußen in nicht allzu langer Zeit eine Gemeinde bildet.«
»Was ich mir noch überlegt habe ... viele von den Leuten haben kein Geld für die Dinge, die sie dringend brauchen. Wir könnten unsere Waren gegen Vieh eintauschen – Schweine, Hühner, vielleicht auch Kälber. Wenn wir einen kleinen Viehhof aufbauen, könnten wir die Tiere in die Stadt bringen und sie dort verkaufen. Dasselbe gilt für diejenigen, die Gemüse, Eier oder Milch haben.«
Als Harry nicht antwortete, fragte Hallie: »Ist das eine dumme Idee?«
»Nein, keineswegs«, erwiderte er. »Ganz im Gegenteil. Hallie, kennst du dich mit Geschäften aus? Mit Buchführung?«
»Ich habe das Addieren und das Subtrahieren gelernt, und im Moment lerne ich das Multiplizieren«, sagte sie stolz.
»Ich glaube, das genügt nicht«, sagte Harry und sah Susan lächelnd an. »Ich werde darüber nachdenken.«

Später, auf dem Weg zu den Schlafzimmern, nahm Susan Hallie am Arm und sagte: »Ich bekomme wieder ein Baby.«
Hallie umarmte sie. Aber als sie einzuschlafen versuchte, dachte sie: Ich sollte auch mehr Kinder bekommen.
Beim Frühstück sagte Harry: »Bau den Laden, Hallie. Gib mir Bescheid, wenn er fertig ist, und ich komme und rede mit dir über die Lagerhaltung. Ich werde mich nach jemandem umsehen, der den Laden für dich führt, wenn du magst. Du hast doch hoffentlich nicht daran gedacht, ihn selbst zu führen, oder?«
Hallie lachte. »Nein, aber du weißt, daß ich geschäftlich deine Ratschläge brauche, Harry.«
»Ich bin nicht sicher, ob es nicht manchmal umgekehrt sein sollte«, sagte Harry. »Du wirst mit allem Erfolg haben.«
Sag das nicht, dachte Hallie. Das heißt, daß zwangsläufig irgendwann etwas schiefgehen muß.

22

»Dieser Tümpel mit dem stehenden Wasser auf der hintersten Weide – er ist nicht mehr da«, sagte Brian.
Hallie sah ihn an. »Nicht mehr da, was soll das heißen?«
Brian kratzte sich am Ohr. »Es ist eben so«, erwiderte er bedächtig. »Heute morgen haben wir dort ein paar tote Schafe gefunden. Es liegt daran, daß der Teich ausgetrocknet ist. Sie haben kein Wasser.«
»Er kann doch nicht einfach so verschwunden sein.«
»Ich fürchte, ja.«
Hallie lief ein Schauer über den Rücken, und sie beschloß, mit Brian zu Jock zu reiten.
Es war Anfang November, und der Regen – der im letzten März hätte kommen sollen – war bis auf kleine Schauer ausgeblieben. Als sie Jock fanden, einigten sich alle darauf, daß sie die Schafe

an die fließenden Gewässer bringen mußten, die zuverlässiger waren als jedes Wasserloch.
Da sie erst am späten Nachmittag losgeritten waren, schliefen sie im Freien. Hallie schaute zu den Sternen auf und suchte unbewußt das Kreuz des Südens. Chad kann es nicht sehen, dachte sie und versuchte, sich sein Gesicht vorzustellen. Sie konnte sich kaum noch an ihn erinnern. Sie fragte sich nicht einmal mehr, was er wohl tat. Er war in einer anderen Welt – in einer Welt, in der die Schwäne nicht schwarz waren, in der es keine Känguruhs und Ureinwohner gab; in einer Welt, in der Sträflinge nicht das tägliche Gesprächsthema waren, in der diejenigen, die in Umstände wie sie hineingeboren wurden, nie eine Chance hatten. Er war in einer Welt, die sich so sehr von ihrer unterschied – einer Welt, in der Frauen nicht unter den Sternen schliefen oder eine Farm leiteten, in der Teiche nicht austrockneten, in der Männer im ewigen Dunkel der Kohlenbergwerke arbeiteten, in der Bäume im Winter ihr Laub verloren und kahl wurden. In der im Dezember und im Januar und nicht im Juli und im August Winter war, in der der Winter kalt war und die Obdachlosen erfroren. In einer Welt, in der es keine Kakadus gab, in der man Pelikane und Papageien nicht kannte. In einer Welt, die sich so sehr von dieser unterschied. In der alles so anders war, so entgegengesetzt.
»Ich würde um keinen Preis dorthin zurückgehen«, sagte sie laut. Sie vermißte Mum und Dada, aber sie fühlte sich Beth und Susan näher, als sie sich ihren Schwestern je gefühlt hatte. Ich wünschte, sie könnten dieses Land sehen, hier leben, dachte sie. Frei atmen ohne Kohlenstaub. Das ganze Jahr lang die Sonne sehen. Diese Sterne sehen. Ihre Enkelkinder sehen.
Am Morgen ritten sie zurück, und am Nachmittag ritt Hallie zu dem Laden, den die Männer bauten. Tristan hatte ihr geraten, den Laden größer zu bauen, als sie es vorgehabt hatte, und eine Wohnung anzubauen, damit derjenige, der den Laden führte, in

den Hinterräumen leben konnte, eventuell sogar mit Familie. Die Männer bauten auch eine Koppel und einen kleinen Stall, um die Tiere für den Notfall vor den Naturkräften zu schützen. Hallie fand, allmählich sehe das Gebäude schon recht nett aus. Abends legte sie Listen der Waren an, die sie auf Lager haben wollte. Bleistifte und Papier waren zu ihrer Liste dazugekommen, da Tristan bei jedem Besuch mehr mitbringen mußte. Beim letztenmal hatte er ein paar einfache Bücher mitgebracht, und sie hatte begonnen, Jamie und Alexandra vorzulesen. Tristan sah zu, wie Hallie mit dem Finger den Wörtern folgte und die Augen zusammenkniff, wenn sie laut vorlas. Auch Robbie las Jamie vor, und er war so geduldig wie Hallie. Robbie beschäftigte sich auch stundenlang mit Alexandra und brachte ihr mit Murmeln das Rechnen bei. Hallie hielt ihn für den geborenen Lehrer.

Als die ersten Lämmer kamen, waren das nicht die einzigen Geburten. Belinda war es morgens übel. Beth bereitete wieder das Frühstück für die Sträflinge zu, und erst am späten Vormittag, wenn sie sich besser fühlte, löste Belinda sie in der Küche ab. Sie und Robbie blühten in der frischen Luft und der Sonne auf, aber auch bei der Freundschaft, die ihnen auf der Farm entgegengebracht wurde.

Als Tristan das nächste Mal kam, brachte er ein Geschenk mit, das Harry Hallie schickte. Er hatte Ben Lambert dabei.

Ben war ein Sträfling, ein Mann von etwa fünfundzwanzig Jahren, der griesgrämig aussah. Er war vor fünf Tagen in Sydney eingetroffen, hatte sich umgesehen und sich nach London zurückgesehnt. All diese Bäume, diese unbewohnte Weite ... und so wenig Menschen – ihm grauste.

Hallies erster Eindruck von ihm war ungünstig. Seine Manieren waren tadellos, und doch stammte er ganz offensichtlich aus der Unterschicht. Er war glattrasiert und hatte einen rotblonden Schopf und graugrüne Augen, die hinter einer verschmierten Nickelbrille aufblitzten. Offensichtlich war er das Reiten nicht gewohnt.

»Hallie, das ist Ben Lambert«, sagte Tristan. »Harry meint, er sei genau der Mann, den du für den Laden brauchst. Ben ist gerade erst mit dem Schiff gekommen. Er hat noch sechs Jahre abzusitzen. Harry sagt, im Umgang mit Zahlen ist er so geschickt wie kaum jemand sonst ...« Belustigung schlich sich in seine Augen. »Er ist wegen Fälschung und Unterschlagung angeklagt worden.«

Hallie wandte sich zu ihm um. »Unterschlagung? Ist das nicht Diebstahl?«

Tristan nickte, lächelte aber wie über einen Witz. »Trotzdem meint Harry – und ich muß zugeben, ich auch –, daß er genau der richtige Mann für dich ist. Der Umgang mit Zahlen wird mit Sicherheit bei weitem angenehmer sein, als Feldarbeit zu verrichten oder in einem zusammengeketteten Sträflingstrupp zu arbeiten, meinen Sie nicht auch, Mr. Lambert?«

»Kommen Sie rein, wir trinken eine Tasse Tee«, schlug Hallie vor. »Dann können wir darüber reden.«

Sie erfuhr, daß Ben als Buchhalter für eine große Reederei gearbeitet hatte. Dort war er beim Frisieren der Bücher ertappt worden, wenn er es auch nicht direkt so formulierte.

Wenn man ihm Fragen stellte, antwortete er wortkarg. Hallie kam nicht ganz dahinter, ob er schüchtern oder mißmutig war. Vielleicht war es von beidem etwas. Harry kann zwar sicher beurteilen, ob er etwas von Buchführung versteht, dachte sie, aber sie stellte sich vor, daß Ben kaufwillige Kunden vergraulen würde. Und ein Sträfling, den man im Laden allein ließ? Er könnte mit dem Geld fortlaufen, die Kunden betrügen, ihr die Nachbarn abspenstig machen.

»Nein«, erwiderte Ben, als Hallie ihn fragte, ob er Familie habe. Mit ihm zu reden war wie Zähneziehen.

»Haben Sie je Leute bedient?«

»Nein. Ich mache mir nicht viel aus Menschen.« Er rupfte einen Grashalm aus und steckte ihn sich zwischen die Zähne.

Hallie warf Tristan einen Blick zu. Ihr instinktives Gefühl sagte ihr, daß Harry und Tristan sich irrten. Aber sie konnten ja trotzdem zum Laden reiten, damit er ihn sich einmal ansah. Die wenigen Stoffballen brachten etwas Farbe in die Regale, und es roch nicht nur nach frisch gesägtem Holz, sondern auch schon nach Kaffee und Gewürzen.

Der Laden hatte große Fenster, denn Hallie liebte es, die Sonne einzulassen, wenn es irgend ging.

Als sie sich dem Laden näherten, sagte Hallie: »Sieht er nicht wirklich hübsch aus?«

»Also, das muß ich dir lassen«, sagte Tristan. »Es ist mit Sicherheit der netteste Laden in ... wo sind wir hier, Hallie?«

Ohne jedes Zögern antwortete sie: »Wir sind hier in Morgantown.« Chad hatte sich gewünscht, daß eine Stadt nach ihnen benannt wurde. Ihr fiel nicht auf, daß Tristans Augen sich verschleierten und das Lächeln von seinem Gesicht schwand.

Ben sah sich um. »Morgantown? Hier steht doch nur ein einziges Gebäude.«

»Das erste«, sagte Hallie.

»Wo leben die Leute denn?« fragte der bestürzte Stadtmensch.

»Der nächste Nachbar hat seine Farm etwa drei oder vier Meilen von hier«, antwortete Tristan. »Sie werden sie alle früher oder später kennenlernen. Das Geschäft steht auf Mrs. Morgans Land.«

Stolz zeigte Hallie Ben, wo er leben würde. Ein gehetzter Blick trat in seine Augen. »Sie meinen, ich bin ganz allein hier? Es ist niemand in der Nähe? Ich bin die ganze Nacht allein – und den ganzen Tag?« Es klang, als verkünde er sein eigenes Urteil. »Das ist ja Einzelhaft. Lieber gehe ich wieder nach Sydney und schaue, was da aus mir wird.«

Mir wäre es auch lieber, dachte Hallie. Sie war nicht für den jungen Mann eingenommen. Er mochte sich ja mit Zahlen auskennen, aber sie hatte nicht den Eindruck, daß sie ihn leiden konnte.

»Moment mal«, sagte Tristan. »Sie sollten es versuchen. Sie werden hier so oder so ein ganz anderes Leben führen als alles, was sie aus London kennen. Hier bietet sich Ihnen eine Chance, das zu tun, was Sie gelernt haben. Eine Chance, das Beste aus Ihrem Leben zu machen.«

»Das Beste aus meinem Leben zu machen?« Es klang fast wie ein Wehklagen.

»Probieren Sie es, bis ich in zwei Wochen wieder rauskomme. Oder machen wir lieber einen Monat daraus. Sehen Sie mal, wie Sie und Hallie – Mrs. Morgan – miteinander auskommen.«

Hallie hatte das Gefühl, Ben könnte sie auch nicht besser leiden als sie ihn. Eigentlich hätte er sogar ansprechend aussehen können, wenn sein Gesicht nicht so verdrossen gewirkt hätte, seine Haltung so unfreundlich. Etta würde sich so vor ihm fürchten, daß sie kein Wort mehr sagen würde, dachte sie. Die arme Frau würde fliehen, ehe sie auch nur Mehl verlangt hätte.

»Wir sind noch nicht ganz soweit, daß wir eröffnen können«, teilte sie ihm widerstrebend mit. »Mir fehlen noch ein paar Artikel, und ich muß den anderen Farmern Bescheid geben, daß der Laden aufgemacht wird.« Sie hatten mit Begeisterung reagiert, als sie das Thema eines Geschäfts hier in der Nähe angesprochen hatte. »Sie können mit den anderen Sträflingen in den Baracken wohnen«, bot sie ihm an.

Am Abend setzten Hallie, Tristan und Ben sich hin und beredeten, ob sie es sich leisten konnten, Kredit zu geben oder nicht. Sie wußte nicht, was das hieß. Wenn sich das Gespräch um Bereiche drehte, in denen Ben sich auskannte, fing er an, sich halbwegs selbstbewußt zu äußern. Als er erklärte, was Kredit bedeutete und wie Tauschhandel funktionierte, erwachte er zum Leben. Seine Stimme klang tiefer, und er fuchtelte mit den Händen in der Luft herum. Sie erstellten eine Liste all ihrer Nachbarn, und Ben kaute auf einem Bleistift herum, runzelte die Stirn und schrieb Zahlen hin.

Er sagte: »Ich finde, Sie sollten sich Lakritzstangen hinlegen, die Sie den Kindern schenken können.«
Hallie sah ihn verwundert an. »Warum das?«
Er zuckte die Achseln. »Eine gute Idee.« Darauf beschränkte sich seine Antwort.
Er hatte nicht den Eindruck gemacht, als hätte er Jamie und Alexandra ins Herz geschlossen, und daher glaubte Hallie, es läge nicht daran, daß er Kinder besonders gern mochte. »Ich werde es mir überlegen«, sagte sie.
In der Morgendämmerung sprang Hallie aus dem Bett, weil sie Pferdehufe hörte. Ein Fremder sprang vor dem Haus vom Pferd und klopfte an. Sie zog sich eilig etwas über, um zu öffnen.
»Ich bin Walker«, sagte er, als sei damit alles erklärt. »Mrs. Etta hat große Schwierigkeiten mit dem Baby. Sie hat gesagt, Sie sollen kommen.«
Hallie wurde klar, daß er der Sträfling der Coltons sein mußte. »Ja, natürlich«, sagte sie zu ihm. »Wir haben auch einen Arzt hier. Warten Sie einen Moment. Ich wecke ihn.«
Sie rannte in den Stall.
»Was ist passiert? Hallie, bist du krank?« fragte Tristan verschlafen.
»Nein. Etta Colton ist in den Wehen. Sie braucht dich.«
»Ich bin in zwei Minuten fertig«, rief er ihr zu.
Gemeinsam ritten Hallie, Tristan und Walker schnell zur Farm der Coltons. Etta lag halb bewußtlos im Bett. Mary Ann rannte umher. Will saß da und trank Kaffee; er hatte zugenommen, seit Hallie ihn das letzte Mal gesehen hatte. Er schenkte Ettas Schreien, die wie das Blöken verirrter Lämmer klangen, keine Beachtung. Sie war schweißbedeckt, und ihre Augen waren vor Schmerz glasig. Sie hatte sich auf das Kopfkissen übergeben, und Will hatte nichts getan.
Hallie stellte Tristan vor, der keine Zeit damit vergeudete, mit Will zu reden, sondern direkt auf Etta zuging. Kaum zwei Mi-

nuten später sagte er: »Eine Steißgeburt. Wo kann ich mich waschen?«
Will deutete auf einen Eimer in der Ecke.
»Erhitzen Sie das Wasser bis zum Siedepunkt«, sagte Tristan.
Will unternahm keine Anstalten, es zu tun.
Hallie schnappte sich den Eimer, schüttete Wasser in einen Topf und stellte ihn auf den Herd, der nicht brannte. Während sie Feuer machte, zog sich Tristan die Jacke aus und krempelte die Ärmel hoch.
»So, Mrs. Colton, ich werde Ihnen jetzt helfen.« Er wandte sich an Will. »Gibt es Whiskey?«
Will schüttelte den Kopf. »Das Zeug rühre ich nicht an.«
Tristan sagte zu Hallie: »Für genau solche Fälle habe ich welchen in der Satteltasche. Ich hole ihn.«
Walker, der in der Tür stand, sagte: »Das mache ich schon.«
Als Tristan sich gewaschen hatte und Etta untersuchen wollte, wandte er sich an Will. »Ich werde Ihre Frau jetzt untersuchen. Vielleicht wollen Sie lieber draußen warten.«
Will schüttelte den Kopf. »Sie ist meine Frau. Ich bleibe.«
Hallie sah Tristan in die Augen. Ich habe vergessen, Tristan zu erzählen, daß Will beim letzten Mal die ganze Zeit über zugesehen hat, dachte sie. Tristan sah Walker an. »Sie könnten mit dem kleinen Mädchen rausgehen und dafür sorgen, daß sie beschäftigt ist.«
Das brauchte er Walker nicht zweimal zu sagen. Mary Ann war fast genauso alt wie Alexandra, aber jetzt schon größer. Ihr schwarzes Haar war ungekämmt, und ihr Kleid war schmutzig.
»Ich will huckepack reiten«, sagte das kleine Mädchen, als Walker mit ihr aus dem Haus ging.
»Ich wünschte, ich hätte Mandragora mitgebracht«, murmelte Tristan. »Es wird sehr schmerzhaft für sie werden. Hier, Hallie, bring sie dazu, daß sie davon trinkt.« Er reichte ihr eine Whiskeyflasche.
Dann wandte er sich an Etta und sagte: »Es wird Ihnen nicht

schmecken, aber versuchen Sie, soviel wie möglich davon zu trinken. Ich muß jetzt das Baby umdrehen, und das kann ziemlich weh tun.«
»Schlimmer, als es jetzt schon ist, kann es nicht werden.« Ihre Stimme war heiser.
Hallie legte ein Handtuch über das Erbrochene. Sie würde das Bettzeug wechseln, nachdem das Baby herausgekommen war. Als sie Etta den Schnaps einflößte, umklammerte Etta ihre Hand. Etwa zwanzig Minuten später war Etta eingeschlafen, und die Whiskeyflasche war halb leer.
»Wasch dich, Hallie, du wirst mir helfen«, sagte Tristan zu ihr. Will Colton saß stumm am Tisch und starrte vor sich hin. Tristan hob Ettas Nachthemd hoch und spreizte ihre Beine. Er steckte die ganze Hand in ihre ausgeweitete Vagina und tastete das Baby ab, bis seine Hand den Kopf berührte. Dann vergewisserte er sich, daß das Baby die Arme an den Seiten und nicht über dem Kopf hatte, ehe er es umdrehte. Als der Kopf an der richtigen Stelle war, seufzte er erleichtert auf. Ihm wurde klar, daß der Whiskey seinen Zweck erfüllt hatte, und daher wußte er, daß er mit Ettas Mithilfe nicht rechnen konnte. Sie würde nicht drücken und nichts dergleichen.
Er wollte das Baby rausholen, und zwar jetzt. Der Flaum auf dem winzigen Kopf war schon zu sehen. Tristan legte seine Finger beidseits an den Kopf und zog ganz sachte und langsam. Will stand vom Tisch auf und sah ihm über die Schulter. Als er den Kopf herausgezogen hatte, folgte kurz darauf eine Schulter, dann die andere. Jetzt konnte Tristan das Baby ganz in die Welt hinausziehen. Er hielt es an den Füßen, klatschte ihm auf den Rücken, und ein kräftiger Schrei ertönte.
Tristan lächelte, als er Hallie das zappelnde Bündel reichte und sich wieder Etta zuwandte, um sich mit der Nachgeburt zu befassen.
»Wo ist eine Decke?« fragte Hallie. Will starrte die leberartige Plazenta an, die in Tristans Hände fiel.

Hallie sah sich im Zimmer um. Nichts war für das Baby vorbereitet. Die Wiege, in der Mary Ann geschlafen hatte, war nirgends zu sehen. Keine Babykleidung lag bereit, keine Decken, keine Handtücher.

»Will!« sagte sie mit scharfer Stimme. Er sah sie an. »Wo ist eine Decke?«

Er zog ein Messer aus der Tasche und schnitt eine Ecke von der Bettdecke ab.

In dem Moment kam Hallie zu der Überzeugung, daß Will Colton widerwärtig war.

Sie warteten, bis Etta wieder zu Bewußtsein kam, und dann hielt Tristan sie, während Hallie das Bett frisch bezog. Als Etta ihren neugeborenen Sohn in den Armen hielt und an sich schmiegte, sagte Will: »Tja, ich schätze, ich mache mich mal an die Arbeit.«

Hallie erbot sich, Mary Ann für eine Woche mitzunehmen, bis Etta wieder auf den Füßen war. Will lehnte das Angebot ab. »Wir schaffen das schon.«

Erst am frühen Nachmittag trafen sie und Tristan wieder auf der Farm ein. Er sagte: »Wenn ich gleich losreite, schaffe ich es bis zum Anbruch der Nacht nach Parramatta, und dann kann ich morgen im Lauf des Vormittags in Sydney sein.«

Direkt vor seinem Aufbruch schockierte Tristan Hallie mit der Bemerkung: »Erinnert dich Mary Ann an jemanden?«

»Wie meinst du das?«

»Sie ist geradezu ein Ebenbild von Robbie.«

23

Wochen vergingen, und es regnete immer noch nicht. Keine dramatischen Gewitter, die sich über die Hügel rollten. Keine zuckenden Blitze, die in tote Bäume einschlugen und Meilen höher in den Bergen Buschfeuer entfachten, deren Rauchschleier sich zur Küste wälzte und die ehrfurchtgebietendsten Sonnenuntergänge auf Erden auslöste. Keine wogenden grauen Wolken, die am Himmel brodelten und ihn aufreißen ließen.

Selbst der sachte nachmittägliche Nieselregen, an den sich Hallie gewöhnt hatte, stellte sich nicht mehr ein. Wer kein Land an einem Fluß oder Bach hatte, fand täglich totes Vieh. Das Getreide wuchs nicht, und die Erde zerbröselte in den Händen zu unfruchtbarem Staub. Die Eimer wurden nur noch halbvoll aus dem Fluß gezogen, wenn Hallies Sträflinge den Garten bewässerten. Schwarze Schlangen machten sich auf der Suche nach Wasser in den Feldern breit.

Täglich wurden die Kadaver abgemagerter Lämmer und alter Schafe gefunden, die einfach aufgegeben hatten. Auf dem Markt herrschte eine Fleischschwemme.

Der unablässige Sonnenschein über Monate hinweg deprimierte viele Menschen, die das üppige Grün des englischen Sommers gewohnt waren. Sie sehnten sich nach der grauen Feuchtigkeit des Winters in London. Die Eintönigkeit, die Trockenheit und der ewige Sonnenschein brachten die Leute um den Verstand. Manche Farmer verließen ihre fünfzig Morgen und zogen in die Stadt, um Zimmermann oder Maurer zu werden oder eine der zahllosen Stellungen zu übernehmen, die jedem offenstanden, der etwas konnte.

»Wieviel Geld hast du?« fragte Tristan Hallie.

Sie sah ihn an. »Ich weiß es nicht genau. Wieso?«

»Die Menschen in diesem Tal werden bald nicht mehr das Geld haben, Lebensmittel zu kaufen. Die Schafe sterben, und sie haben keine Einnahmen. Ich glaube, die meisten könnten diese Dürre überstehen«, sagte er, obwohl Tristan sich selbst eingestand, daß er keine Ahnung hatte, wie lange eine Dürre dauern konnte. Das wußte auch sonst niemand. »Aber sie brauchen finanzielle Hilfe. Wenn du ihnen Kredit geben könntest . . .«

»Du meinst, ich soll ihnen die Lebensmittel umsonst geben?«

»Vielleicht könntest du Zinsen berechnen. Ich sehe das Leid in ihren Augen, und . . .«

»Woher soll ich das Geld nehmen, um die Lebensmittel zu kaufen, wenn ich sie nicht weiterverkaufen kann?«
»Das weiß ich nicht«, erwiderte Tristan. »Deshalb frage ich ja. Manche dieser Menschen haben so hart gearbeitet, daß es ein Jammer wäre, wenn sie den Anspruch auf ihr Land aufgeben müßten, solange die Chance besteht, daß es im nächsten Jahr Wasser in Mengen gibt.«
»Nächstes Jahr?« Hallie hatte sich bewußt nicht ausgemalt, es könnte noch so lange so weitergehen. »Du willst, daß ich den Leuten einfach *gebe*, was ich kaufe?«
Sie glaubte nicht, daß Chad das gutheißen würde. Sie war nicht sicher, ob sie so hart gearbeitet hatte, wie es der Fall gewesen war, um jetzt alles ihren Nachbarn zu schenken. Was passierte, wenn sich die Dürre noch länger hinzog? Was wurde dann aus ihr, wenn sie ihr gesamtes Geld für die Unterstützung von Menschen ausgegeben hatte, die sie kaum kannte?
»Ich weiß, daß es ein Risiko wäre«, sagte Tristan, der sie nicht aus den Augen ließ. »Ich werde auch helfen. Ich habe Geld gespart. Diese Menschen brauchen Hilfe.«
Wenn Tristan Sydney verlassen konnte, traf er gewöhnlich am späten Nachmittag des Samstags auf der Farm ein und blieb bis Sonntag mittag. Für Hallie schien eine Ewigkeit zwischen seinen Besuchen zu liegen. Ab und zu fragte sie sich, ob es vielleicht in Sydney eine Frau gab. Aber das Krankenhaus wurde gebaut, und die wachsende Bevölkerung der Stadt beanspruchte ihn stärker. Sie wußte, daß er zu ihr ritt, wenn er ein Wochenende frei hatte.
Sie und Brian musterten so viele Schafe wie möglich aus und schickten sie zum Schlachten, um somit zu der Fleischschwemme auf dem Markt von Sydney auch noch beizutragen. Viel Fleisch verfaulte, wurde unbrauchbar.
»Warum redest du nicht mit Harry darüber?« sagte Hallie zu Tristan. »Hier gibt es so viel zu tun, daß es aussieht, als könnte ich kaum noch in die Stadt. Frag ihn, ob ich es mir leisten kann,

Kredit zu geben.« Sie zog es überhaupt nur in Erwägung, weil der Vorschlag von Tristan stammte.

Hallie fürchtete, mit dem Unterricht sei es vorbei, da Tristan nur noch einmal im Monat kam – und wenn es einmal aufhörte, dann würden Brian, Beth und sie wahrscheinlich nie mehr weitermachen, wenn es die Kinder eines Tages vielleicht auch schaffen würden.

Aber dann sprang Ben ein. Er wollte nachts nicht im Laden bleiben. Nach Einbruch der Dunkelheit ritt er zu den Baracken und aß dort die kalten Reste, die Belinda für ihn übrigließ. Das war ihm lieber, als ganz allein zu sein. Er schaute so selten wie möglich durch die Schaufensterscheiben. Schauer durchzuckten ihn angesichts der Leere und Weite.

Im Morgengrauen machte er sich wieder auf den Weg zum Laden. Dort war er nicht oft allein. Von Anfang an herrschte ein reger Zustrom von Familien, Frauen mit Kindern und Einzelpersonen beiderlei Geschlechts.

Es dauerte nicht lange, bis Ben wußte, wer im Tal schwanger war, wer seine Frau schlug, wer neue Sträflinge hatte, wem Schafe starben, wer kranke Kinder hatte. Er kannte die Namen aller Kinder und die der meisten Sträflinge, und er sprach sogar die Ehefrauen mit Vornamen an.

Sein ausdrucksloses Gesicht, das so frei von jedem Lächeln oder irgendeinem Lebenszeichen war, wurde sanfter. Er hatte immer einen trockenen Grashalm zwischen den Zähnen und betrieb den ganzen Tag lang Konversation. Er empfahl Heilmittel für wunde Fußballen, Kopfschmerzen und Gicht. Er bestellte alles, was irgend jemand haben wollte und bezahlen konnte.

Anfangs war er nur widerstrebend in die Koppel gestiegen, in der die Schafe eingezäunt waren, weil er glaubte, sie wollten ihn angreifen. Doch schon nach wenigen Wochen hatte jedes Schaf einen Namen, bekam von ihm besondere Leckerbissen und rieb sich an seinen Beinen.

Pferde betrachtete er immer noch grundsätzlich als seine Feinde. Ben ließ sich von Tristan bei jedem seiner Besuche beraten, um seinen Kunden auch Medizin empfehlen zu können. Hallie konnte sich zwar nicht für ihn erwärmen, aber sie respektierte ihn mit der Zeit. Es überraschte sie, daß ihre Nachbarn sich ihm anvertrauten und daß er eine wandelnde Zeitung war, über alle Neuigkeiten im Tal auf dem laufenden. Wenn er doch nur ab und zu einmal lächeln würde, dachte sie. Sie wußte nicht, warum er sich mit allen abgab; er besaß keinen Funken Sentimentalität. Nie zeigte er sich einfühlsam oder auch nur mitfühlend – und Wärme strahlte er auch nicht gerade aus.
Sonntags lud sie ihn zum Essen ein, obwohl sie selbst nicht wußte, warum. Die Daughertys wurden ebenfalls eingeladen, und es gab Hallie ein Gemeinschaftsgefühl, wenn am Sonntag so viele Menschen um ihren Tisch versammelt waren. Belinda und Beth arbeiteten harmonisch miteinander in der Küche, und an diesem einen Wochentag sollten die Sträflinge abwechselnd für sich selbst kochen.
Eines Sonntags beklagten sie beim Essen Tristans Abwesenheit. Robbie schien ein angeborenes Gefühl für Zahlen zu haben, und die Gruppe stellte ihm die mathematischen Fragen, die keiner für sich allein lösen konnte. Aber der Junge, der jetzt elf war, konnte nicht all ihre Fragen beantworten. Sie setzten sich immer noch abends zusammen, verbrachten ihre Zeit aber mit dem Lesenlernen, wenn Tristan nicht gerade auf dem Schauplatz des Geschehens auftauchte. Mit ihrem Mathematikunterricht lag es im argen.
»Ich kann euch helfen«, sagte Ben mit seiner traurigen Stimme. »Ich weiß nicht, wie gut ich mich als Lehrer eigne, aber ich kann eure Fragen beantworten.«
Hallie sah ihn an. Er steckte voller Widersprüche. Er sagte, daß er sich nicht viel aus Menschen machte, und doch zwängte er sich regelrecht in das Leben derer, von denen er umgeben war. So kam es, daß Ben sie an zwei Abenden in der Woche unter-

richtete. Er war nicht nur in Mathematik eine Kanone, sondern außerdem auch ein wandelndes Wörterbuch. Es gab kaum ein Wort, dessen Definition ihm nicht bekannt war. Außerdem gab er denen, die lesen lernten, Schreibübungen auf.

An den Abenden, an denen kein Unterricht abgehalten wurde, kam er nach dem Abendessen mit dem Packen Papier ins Haus, den seine Schüler vollgeschrieben hatten, und stellte eine Lampe auf den Eßtisch. Dort saß er dann konzentriert und mit zusammengekniffenen Augen und schrieb Randbemerkungen hin.

Eines Abends kam er mit einem Brief für Hallie, den ein Durchreisender abgegeben hatte, aus dem Laden zurück. Er kam von Chad, und er traf sie wie ein Blitz aus heiterem Himmel. Es war so lange her, seit sie auch nur an ihren Mann gedacht hatte. Sie wartete, bis sie allein war, ehe sie ihn las. Er war vor fast zehn Monaten geschrieben worden.

> Meine liebe Frau,
> ich habe noch keine Antwort auf meinen letzten Brief erhalten, erwarte sie aber gespannt, denn ich frage mich, wie es Dir und den Kindern geht.
>
> Mein Vater ist noch am Leben, aber es gleitet ihm sichtlich aus den Fingern. Und noch etwas, Hallie, meine Liebe, ich fürchte auch um Deinen Vater. Er kann nicht mehr im Bergwerk arbeiten. Wenn ich dort zu Besuch bin, hustet er ständig und spuckt Blut in sein Taschentuch. Ich habe den Verdacht, er hat die Schwindsucht. Ich werde dafür sorgen, daß Deine Familie immer ein eigenes Heim hat. Es ist traurig, mit anzusehen, wie unsere beiden Väter sterben, der eine, weil er ein Leben lang im Erdinneren gearbeitet hat, und der andere, weil ihm sein Geld nicht zu Gesundheit verhelfen kann.
>
> Dein Bruder Danny ist auch arbeitsunfähig. Es ist mir verhaßt, Dir diese Dinge schreiben zu müssen. Es wäre mir lieber, wenn ich dasein und Dich trösten könnte,

wenn Du diese Dinge hörst. Statt dessen bin ich der Übermittler trauriger Botschaften. Danny, dessen zweites Kind, ein kleines Mädchen mit Namen Pamela, gesund und wohlauf ist, hat bei einem Grubenunglück sein linkes Auge verloren. Reverend Macauley hat ihm eine Stelle als Verkäufer in einem Laden besorgt, aber Danny ist nervös und unzufrieden, weil er sich nach körperlicher Arbeit sehnt, und er ist wütend auf die ganze Welt.

Auch ich bin nervös und unzufrieden, weil ich mich nach körperlicher Arbeit sehne, nach Arbeit auf meinem eigenen Land. Ich habe das Gefühl, daß mein Traum mir entgleitet.

Ich hasse die grauen englischen Winter, den Ruß auf den Straßen, die Menschenmengen. Ich habe festgestellt, daß ich Deine Familie mag und immer mehr Zeit dort verbringe. Ich glaube, sie wissen nicht so recht, was sie mit mir anfangen sollen, aber ich fühle mich wohler, wenn ich dort bin, als bei meinem Bruder und seiner Frau. Meine Schwestern sind natürlich beide in London. Ich komme abwechselnd bei ihnen unter, wenn ich in der Stadt bin.

Mit Danny rede ich über die Farm. Ich glaube, er würde mit mir zurückkommen, wenn er nicht Angst davor hätte, Deine Mutter mit Deinem sterbenden Vater allein zu lassen. Ich kann sehen, welche Glut in ihm aufsteigt, wenn ich von unserem Land spreche. Je länger ich hier bin, desto besser verstehe ich, warum ich fortgegangen bin und warum Du das Wagnis einer achtmonatigen Seereise auf Dich genommen hast, um Dich zu einem Mann zu gesellen, an den Du Dich kaum noch erinnern konntest.

Wenn ich nach London komme, treibe ich mich immer wieder im Hafen herum und hoffe auf Neuigkeiten aus Australien. Wußtest Du schon, daß sie hier mit dem Gedanken spielen, es so zu nennen? Das heißt Süden. Terra

Australias – Land des Südens, aus dem Lateinischen. Der ganze Kontinent würde dann so genannt, aber für unsere Gegend werden wir trotzdem den Namen Neusüdwales beibehalten. Der Klang gefällt mir, Dir nicht auch?

Sag Archie, daß ich mich auf ihn verlasse. Wenn ich mit den Gewinnen zurückkomme, die wir mit der Wolle erwirtschaften, werden wir mehr Land kaufen – und ich werde ein intensives Zuchtprogramm beginnen, das uns die besten Schafe auf der ganzen Welt sichert.

Du solltest Dich besser nach neuen Sträflingen umsehen. Bis Du diese Zeilen bekommst, werden alle, die wir hatten, ihre Zeit abgebüßt haben. Zweifellos werden sie selbst fünfzig Morgen haben wollen oder frei sein, um eine Arbeit anzunehmen, die ihnen wirklich Spaß macht. Falls einige der Männer bereit sind, zu bleiben, dann sag ihnen, daß ich sie nach meiner Rückkehr bezahle, und daß ich ihnen Arbeit und eine Unterkunft zusichere. Es tut mir leid, daß ich Dir das aufbürden muß. Ich bin sicher, daß Du mit dem Haushalt und den Kindern schon genug zu tun hast.

Kauf Dir ein hübsches Kleid. Kauf den Kindern alles, was sie wollen oder brauchen. Zweifellos ist es an der Zeit, daß Jamie von einem Pony auf ein Pferd umsteigt. Sag ihm, nach meiner Rückkehr werde ich ihm als allererstes ein Pferd besorgen.

Mein Körper mag zwar hier sein, aber mein Herz ist bei Euch allen.

Chad

»Mein Vater liegt im Sterben«, sagte Hallie laut vor sich hin. »Und Danny ist auf einem Auge blind.« Das war mehr, als sie auf einmal verkraften konnte. Sie fing an zu weinen.

Schließlich stand sie auf und lief durch die Flügeltüren ins Freie. Diese verfluchten Kohlebergwerke! Sie fraßen ihre Familie auf.

Entrissen ihr die Männer, die sie liebte. Sie lief zum Fluß, der unter dem azurblauen Himmel über die Felsen floß, aber nicht strömte wie früher, als sie noch jedes Jahr Regen gehabt hatten. Was hieß das – das zweite Jahr ohne Regen? Sie seufzte laut und ging ins Haus zurück.

Lange starrte sie Chads Brief an. Inzwischen mußten die Felle bestimmt angekommen sein und mit ihnen die Nachricht, daß Archie tot war. Chad mußte sich Sorgen machen, daß alles, was er sich erträumt und wofür er gearbeitet hatte, zum Scheitern verurteilt war.

Für den unwahrscheinlichen Fall, daß er in neun oder zehn Monaten noch in England sein würde, verfaßte sie einen Brief an ihn, aber nur, um ihm zu versichern, daß alles in Ordnung war.

Sie erwähnte Tristan mit keinem Wort, auch nicht den Laden oder Ben und die tausend anderen Kleinigkeiten, die sich zu ihrem Leben verwoben. Es war ein förmlicher, steifer Brief an einen Mann, an den sie sich kaum noch erinnern konnte.

Am nächsten Tag traf Tristan ein und brachte Hallie gleich noch einen Brief mit, diesmal von Elizabeth Macquarie.

> Meine liebe Hallie,
> lehnen Sie diese Einladung bloß nicht ab, weil Chad nicht da ist. Kommen Sie doch bitte zu einem Abendessen, das wir geben, um den Geburtstag des Königs zu feiern und mit unseren neuen Möbeln anzugeben. Endlich ist das Regierungsgebäude neu eingerichtet, und die Renovierungsarbeiten sind abgeschlossen.
> Sie sind uns allein herzlich willkommen. Es gibt bei diesen Dinnerpartys so viel mehr Männer als Frauen, und bei Bällen scheint stets ein Ungleichgewicht zu herrschen. Vor Jahren haben Sie versprochen, uns eine Zeitlang in Sydney zu besuchen, und Sie haben es bis heute nicht getan.

Susan Langley und ich liegen im Streit darüber, wessen Gastfreundschaft Sie annehmen werden. Wenn Sie versprechen, ein paarmal bei uns zu essen und einen Nachmittag lang mit mir durch meine Gärten zu laufen, werde ich zum Frieden beitragen und mit Anstand hinnehmen, daß Sie Ihr Hauptquartier bei den Langleys aufschlagen. Wir wären jedoch sehr froh, wenn Sie bei uns blieben, solange Sie nur irgend können.

Sogar die Neuankömmlinge, die Sie noch nicht kennengelernt haben, haben schon von Ihnen gehört und werden sich freuen, Sie persönlich kennenzulernen. Ich habe Tristan gesagt, daß ich ein Nein nicht als Antwort gelten lasse. Kommen Sie, Hallie. Wir sehen Sie viel zu selten. Machen Sie mir die große Freude. Und Lachlan auch, sagt er.

Mit den herzlichsten Grüßen
Elizabeth Macquarie

»Ich habe nichts anzuziehen«, sagte Hallie und blickte auf, sowie sie den Brief gelesen hatte.

Tristan lachte schallend. »Das ist die erste typisch weibliche Reaktion, die ich je aus deinem Mund gehört habe.«

Sieht er mich als unweiblich an? fragte sie sich.

»Vertraust du es mir an, ein Kleid für dich zu kaufen?«

Die einzigen neuen Kleider, die sie je besessen hatte, hatte ihr Chad gekauft. »Nein«, sagte sie. »Das Vergnügen möchte ich mir selbst gönnen. Ich glaube, ich reite mit dir in die Stadt und nehme mir eine Woche Urlaub. Dann habe ich auch gleich Gelegenheit, mit Harry über mögliche Kredite zu reden. Und«, sagte sie lächelnd, »Chad hat geschrieben, ich soll mir ein neues Kleid kaufen. Ich brauche also noch nicht einmal ein schlechtes Gewissen dabei zu haben.«

Diesmal bemerkte sie die Ausdruckslosigkeit, die sich über Tristans Augen legte, als sie ihren Mann erwähnte. »Ich werde in

Sydney einige Einkäufe erledigen. Und ich brauche noch ein paar Sträflinge mehr. Vielleicht kann ich neue finden. Ich werde ein paar Nächte bei den Langleys bleiben und ein paar bei den Macquaries. Es klingt einfach wunderbar. Ich bin viel zu lange nicht mehr von der Farm fort gewesen. Und ein ganz besonderes Vergnügen wird es mir sein, in die Kirche zu gehen.«

»Ich bin nicht sicher, ob ich das in der Form nachvollziehen kann«, sagte Tristan trocken.

»Gehst du denn nicht in die Kirche, wenn du in der Stadt bist?« fragte sie. Darüber hatten sie nie miteinander geredet. Sie setzte als selbstverständlich voraus, daß in der Stadt alle zur Kirche gingen.

»So selten wie möglich. Männer wie Reverend Marsden sind meines Erachtens allzuleicht bereit, die Gerechtigkeit des Gottes des Zorns zu üben, von dem sie in der Kirche predigen. Er ist gleichzeitig Richter, verstehst du. Sie nennen ihn den ›peitschenden Richter‹. In meinen Augen läßt sich das nicht mit einem Mann Gottes vereinbaren.«

Hallie sah ihn an. »Machst du dir oft Gedanken über solche Dinge?« fragte sie neugierig.

Tristan zuckte die Achseln. »Wahrscheinlich zu oft. Wenn ich zwischen hier und Sydney unterwegs bin, löse ich entweder die Rätsel der Welt oder ich stelle mir die unlösbaren Fragen.«

»Was sind die unlösbaren Fragen?«

Er legte eine Hand unter ihr Kinn. »Machst du dir denn nie Gedanken über diese Dinge?«

»Ich weiß es nicht.« Sie wollte nicht, daß er seine Hand zurückzog. »Welches sind denn die unlösbaren Fragen?«

»Gibt es einen Gott? Gibt es einen Sinn des Lebens? Warum behandeln Menschen einander grausam? Was ist unsere Bestimmung hier? Wie soll ich mit dir umgehen?«

Er schlang sich eine ihrer Locken um den Finger.

Wie soll er mit mir umgehen? fragte sie sich. Und ich mit ihm?

24

Es war schon gegen Abend, als Tristan Hallie vor dem Haus der Langleys in Sydney absetzte. Es war alles andere als protzig, aber Hallie fand es sehr, sehr schön. Die Möbel, die sie aus England bestellt hatten, waren noch nicht gekommen. Die Stücke, mit denen das Haus bisher eingerichtet war, stammten von hier, und Harry fand, sie seien extrem gut gearbeitet. Es gab noch keine Teppiche, aber die breiten Bodendielen blinkten.

Die Zimmer waren geräumig und hatten hohe Decken und Sprossenfenster, vor denen die Vorhänge noch fehlten. Bisher war nur ein Zimmer beeindruckend eingerichtet – der Salon.

»Hier könntet ihr einen Ball geben«, murmelte Hallie.

Susan lächelte. »Das haben wir auch vor.«

Sie trug ihr zweites Kind aus und strahlte vor Glück. »Es ist immer wieder eine solche Freude, wenn du unerwartet auftauchst. Wirst du wirklich eine ganze Woche bleiben? Ich kann es kaum glauben.«

»Das könnte ich nicht, wenn Beth und Brian nicht wären«, erwiderte Hallie. »Aber ich bin sicher, daß sie eine Zeitlang ohne mich zurechtkommen. Als ich die Einladung von Elizabeth erhalten habe, schien es mir ein guter Zeitpunkt zu sein, um mir etwas zu gönnen. Ich habe vor, möglichst leichtsinnig zu sein. Ich bin in meinem ganzen Leben noch nicht leichtsinnig gewesen.«

»Dann ist es wirklich an der Zeit.« Ihre Freundin lächelte.

»Genau das dachte ich mir auch. Aber jetzt erzähl mir, was es alles Neues gibt.«

»Warte, bis Harry nach Hause kommt. Er hat immer noch so viel mehr zu erzählen. Er hat das Ohr am Puls der Kolonie.«

Hallie sah Susan in das auffallend hübsche Gesicht und die heiteren grauen Augen, die so klar waren. »Du bist stolz auf ihn, stimmt's?«

»O Hallie, ich schaue ihn nur an und denke mir manchmal, ich könnte vor Liebe bersten. Ich frage mich, wieso ich ein solches Glück habe. Stolz auf ihn, meine Güte, ja. Er hat soviel ... Voraussicht.«

»Ich erinnere mich noch, daß das zu den ersten Dingen gehört hat, die mich an Chad beeindruckt haben. Seine phantastischen Vorstellungen von der Zukunft dieses Landes.«

»Vermißt du ihn nicht furchtbar?« fragte Susan.

»Ich ... ich glaube nicht«, antwortete Hallie nachdenklich. »Oft kann ich mich kaum noch an ihn erinnern. Manchmal, Susan ... manchmal denke ich mir, wenn er nicht weggegangen wäre, hätte ich all das, was ich tue, nicht tun können. Am Anfang war ich wütend auf ihn und fand, kein Mann hätte das Recht, seine Frau allein zu lassen, damit sie selbst sieht, wie sie mit dem Leben fertig wird. Aber ich blühe dabei auf.«

Susan musterte sie genauer. »Du scheinst wirklich vor Überschwang zu bersten«, sagte sie, »wenn ich auch nicht weiß, wie du all das fertigbringst.«

»Das soll nicht undankbar klingen«, sagte Hallie. »Aber ich glaube, ich bin stärker geworden, seit er fortgegangen ist. Ich mag mich. Es ist nicht immer leicht, aber ich habe das Gefühl, daran zu wachsen. Wenn ich im Haus und bei den Kindern keine Hilfe hätte, könnte ich all das natürlich nie schaffen.«

»Und«, sagte Susan, und es klang zögernd, »du hast Tristan.«

Einen Moment lang herrschte Stille, während die beiden Frauen einander ansahen.

»Ich habe wunderbares Glück mit meinen Freunden«, sagte Hallie unverbindlich. »Ich habe nicht nur ihn, sondern auch dich und Harry.«

Susan setzte sich aufs Sofa, aber Hallie blieb lieber stehen. »Hallie, macht es dich auch so skeptisch wie mich, wenn das Leben so wunderbar ist? Hast du nicht manchmal Angst, daß es nicht so bleibt?«

Hallie lachte und setzte sich neben Susan. »Die Ruhe vor dem

Sturm?« sagte sie. »Manchmal sehe ich es schon so. Aber dann taucht wieder genug Neues auf, und ich komme doch nicht zur Ruhe. Diese Dürre macht mir angst. Es wird laufend schlimmer.« Sie hielt inne. »Archies Tod war ein Schicksalsschlag. Und mein Vater liegt im Sterben.«

Susan nahm Hallies Hand. »Das tut mir leid. Es muß ein furchtbares Gefühl für dich sein. Mein Glück wird durch nichts dergleichen getrübt.« Eine Weile saßen sie stumm da, und dann sagte Susan: »Ich bin froh, daß du da bist.«

In dem Moment trat Harry ein und drückte seine Freude über Hallies Besuch aus. Kurz darauf schlossen sich Christopher und Molly ihnen an. Hallie genoß es, sich mit Menschen zu unterhalten, die über etwas anderes als die Schafe und die Dürre redeten. Nach dem Abendessen sprach sie mit Harry über das Konzept »Kredit«.

»Das funktioniert so, Hallie: Ich gewähre dir einen höheren Kredit, damit du den Farmern Kredit gewähren kannst.«

Hallie ließ das auf sich wirken. »Was für ein Gefühl hast du dabei?« fragte sie und versuchte, die Verästelungen von Dingen zu durchschauen, die sie gerade erst zu verstehen begann.

Harry zwirbelte seinen Schnurrbart, das tat er immer, wenn er nachdachte. »Wie immer bei deinen Ideen, ich werde es mir durch den Kopf gehen lassen, solange du hier bist, ich werde mit dem Gouverneur sprechen und einige Zahlen aufs Papier bringen.«

»Vielleicht sollte ich mir kein neues Kleid kaufen«, erbot sich Hallie von sich aus, obwohl sie von der Aussicht enttäuscht war, sich keinen großen Einkaufsbummel zu gönnen.

Harry lächelte. »Das, meine Liebe, hat nichts mit der Ausweitung des Kredits auf deine Nachbarn zu tun. Kauf dir ein Kleid und alles andere, was dir einfällt, ehe die Dürre noch schlimmer wird.«

»Wird es denn noch schlimmer werden?«

»Woher soll ich das wissen? Das weiß keiner von uns. Wir sind

hier nicht in einer Wüstengegend wie der Sahara. Wir haben keine Ahnung, ob eine Dürre hier jahrelang anhalten kann oder nicht. Seit wir hier angekommen sind, hat keine Dürreperiode so lange angehalten, daß sie wirkliche Verheerungen angerichtet hätte.« Mit »wir« meinte er die Engländer. Manchmal hörte er sich an wie Tristan, dachte Hallie.
»Laß mich darüber nachdenken«, fuhr er fort. »In ein paar Tagen können wir darüber reden.«

Am nächsten Tag sah sich Hallie das neue Krankenhaus an, von dem Tristan schon soviel erzählt hatte. Es lag an der größten Durchfahrtsstraße, die schon bald nach Macquarie benannt werden sollte, und wirkte, als könne es allem standhalten.
Die Straßen waren mit mathematischer Genauigkeit angelegt und wirkten geplant. Der Stadtteil The Rocks – gleich westlich vom Hafen – war ein Viertel, das man meiden mußte. Es war keine Zeltstadt für frisch angekommene Sträflinge mehr, und in den Backsteinhäusern waren ehemalige Sträflinge und Prostituierte untergekommen. Das Abwasser lief über die Straßen und rief Krankheiten hervor. Doch das übrige von Sydney zeugte von einer Planung, von der bei Hallies Ankunft noch nichts zu sehen gewesen war. Die Häuser waren gepflegt und hatten die ordentlichen englischen Gärten, von denen ihr Tristan erzählt hatte. Aber auch die Tropenlage war offensichtlich: Bananenbäume und Palmen wuchsen in Gärten, roter Hibiskus, cremefarbene Frangipani und violette Jakarandabäume verliehen dem Olivgrün der allgegenwärtigen Gummibäume einen Hauch von Exotik. Hallie fand, Sydney sei ausgesprochen hübsch geworden.
Die neue Hyde-Park-Rennbahn, für die sich Macquarie eingesetzt hatte, lockte jetzt an den Sonntagnachmittagen Scharen an, und Hallie hatte den Verdacht, wenn Chad erst davon erfuhr, würde er auf der Stelle Rennpferde trainieren. Sie war noch nie bei einem Rennen gewesen, und solange sie in der Stadt war,

fanden keine Rennen statt, aber sie konnte sich vorstellen, welche Aufregung unter den Leuten ausbrach, die sich für Trubel und Sport begeisterten. Diese neuen Australier hatten nichts von den Puritanern an sich.
Sie mußte zugeben, daß Sydney wirklich aufregend war. Es war die erste Stadt – falls man es schon so nennen konnte –, die ihr Begeisterung entlockte. Es wurde so viel gebaut, daß das Hämmern bei Tageslicht einfach nicht aufhörte. Die neuen Häuser hatten nicht einmal mehr Kamine; Sydney schuf sich jetzt schon einen legendären Ruf für sein mildes, angenehmes Klima.
Sie kam sich vor wie ein Schulmädchen in Ferien. Als sie durch die Geschäfte zog, beschloß sie, sich das schönste Kleid in der ganzen Stadt zu kaufen. Es war so wunderbar, nicht arm zu sein. Sie hatte keine Ahnung, wieviel Geld sie hatte oder wieviel sie Harry schuldete, aber Chad hatte ihr nahezu befohlen – und Harry hatte sie noch zusätzlich ermutigt –, unnütze Dinge zu kaufen. Es würde Spaß machen, das Bankett des Gouverneurs zur Feier des Geburtstags des Königs zu besuchen, vom Lande anzureisen und dort die bestgekleidete Frau zu sein. Sie lachte. Sie, die sich nie viel aus Kleidern gemacht hatte, beschloß, auf dem Ball des Gouverneurs als bestgekleidete Frau zu erscheinen! Sie würde Tristan zeigen, wie typisch weiblich sie sein konnte!
In dem Moment, in dem sie das cremefarbene Satinkleid anprobierte, wußte sie, daß es wie für sie geschaffen war. Als sie sich im Spiegel betrachtete, dachte sie: Ich bin ja wirklich ganz hübsch. Das Kleid sieht zauberhaft an mir aus.
Seid Chad nicht mehr da war und ihr sagte, sie sei schön, hatte sie ganz vergessen, wie sie aussah, und sie dachte nur daran, wenn Tristan kam. Er äußerte sich zwar so gut wie nie zu ihrem Aussehen, und oft war sie ihm dankbar dafür – es reizte sie immer mehr, daß das der einzige Punkt war, in dem ihr Chad je Komplimente gemacht hatte – und doch merkte sie immer, daß sie ihm gefiel.

Als sie jetzt im matten Lichtschein der Garderobe ihr Spiegelbild betrachtete, dachte sie, Tristan müßte einfach beeindruckt sein, ob er wollte oder nicht. Die Verkäuferin versicherte ihr, es sei der letzte Schrei, die neueste Mode aus Europa, und sie war nur zu gern bereit, das Kleid zu den Langleys zu schicken.

Hallie beschloß, sich auch noch eine blaue Haarschleife, ein Paar blaue Schuhe und ein hellgraues Kleid zu kaufen. Das hellgraue Kleid war nicht raffiniert, aber sie würde es an den Abenden auf der Farm anziehen, an denen Tristan da war, um ihm zu verstehen zu geben, daß sie sich ihrer Weiblichkeit bewußt war.

Aber in Wirklichkeit bin ich mir meiner Weiblichkeit gar nicht bewußt, dachte sie versonnen, als sie durch die Straßen schlenderte. Ich bin eigentlich überhaupt nicht weiblich. Ich bleibe nicht zu Hause und führe nicht den Haushalt. Ich lasse mir kaum Zeit für meine eigenen Kinder. Nur abends war sie mit ihnen zusammen. Aber wenn sie sich in den Finger schnitten oder sich einen Zeh zerschrammten oder die Fragen stellten, die Kinder den ganzen Tag lang stellen, war sie nicht da.

Sie schüttelte den Kopf und versuchte, Gefühle der Unzulänglichkeit abzuschütteln. Ich kann nichts dafür, überlegte sie sich. Jemand muß sich schließlich um alles kümmern.

Die Stadt weckte in ihr den Wunsch, sie zu erkunden. Sie war nicht so schmutzig und beengt wie Newcastle. Es gab neue Straßen auszukundschaften, neue Geschäfte, neue Lokale. Gut, sie wäre nicht allein in ein Lokal gegangen. Frauen ohne männliche Begleitung, die sie auf der Straße sah, schauten starr vor sich hin und taten, als hörten und sähen sie nichts, wenn Männer sie lüstern angafften oder anzügliche Bemerkungen machten.

Plötzlich kam Hallie ein Gedanke, und sie blieb abrupt mitten auf der Straße stehen. Sie hatte nicht die geringste Ahnung, wo Tristan wohnte. Oft hatte sie sich gefragt, wie es bei ihm zu Hause aussehen mochte, wie seine Praxis aussah, ob er eine Haushälterin hatte oder nicht, wie er zu seinen Mahlzeiten kam oder ob sein Haus schlampig mit Kleiderbergen auf dem Boden oder wie geleckt war. Und wer erledigte die Hausarbeit für ihn? Es war ihr immer schwergefallen, sich Tristan in Sydney vorzustellen. Wenn sie an ihn dachte, stellte sie ihn sich immer auf der Farm oder auf dem Pferd zwischen Sydney und der Farm vor. In all diesen Jahren – ebenso vielen mit ihm wie mit Chad – hatte sie nicht ein einziges Mal sein Haus gesehen. Wenn er nicht bei ihr war, fragte sie sich, was für Krankheiten er behandelte, und sie stellte sich vor, wie er Krankenzimmer betrat, operierte und gesellschaftlichen Umgang in der Stadt pflegte. Aber schließlich war Sydney noch nicht so groß, daß sie ihn nicht leicht hätte ausfindig machen können. Der erste Ladenbesitzer, den sie fragte, konnte ihr den Weg zu Dr. Faulkner sagen. Sie stellte fest, daß sein Haus nicht weit vom Krankenhaus und von der Rennbahn entfernt lag, zwischen kleinen, ansehnlichen Häusern mit winzigen, gepflegten Gärten. Tristans Haus war höher als die anderen und großzügig angelegt, denn es schien zwei Parzellen einzunehmen. Die Ziegelmauern waren getüncht und schimmerten in der Sonne. Die leuchtendblauen Fensterläden entlockten Hallie ein breites Grinsen. Vor den Fenstern zur Straße waren ebenso leuchtendblaue Blumenkästen angebracht, die üppig bepflanzt waren. Durch das ordentlich gemähte Gras zog sich ein Pfad aus Steinplatten, und gleich an der Straße hing an einem Pfosten ein Schild, auf dem stand:

Dr. TRISTAN FAULKNER
ARZT UND CHIRURG

Die Tür stand einen Spalt weit offen, und daher trat sie ein und gelangte ins Wartezimmer. Abends diente es offensichtlich als Wohnzimmer, denn dort standen ein geschwungenes Sofa, ein Klavier und drei Stühle mit hoher Lehne auf einem runden Perserteppich. Mitten im Zimmer blinkte ein runder Mahagonitisch, auf dem in einem großen Zinngefäß Blumen standen. Über dem Kamin hing ein riesiges dunkles Gemälde, das eine Obstschale darstellte. Alles in allem wirkte es nicht wie der Haushalt eines alleinstehenden Mannes.

Auf einem der Stühle saß ein Mann, der einen Arm in einer Schlinge hatte. Er lächelte sie an, sagte aber nichts. Hallie konnte ihm ansehen, daß er zahnlos war; zumindest hatte er keine Schneidezähne, und sein Mund war so eingefallen, als habe er keine Lippen.

Sie setzte sich, faltete die Hände auf dem Schoß und sah sich um, um ein Gefühl für den Tristan zu bekommen, den sie nicht kannte. Als sich die Tür zu seiner Praxis öffnete, kamen eine Frau und ein kleines Mädchen heraus.

»Henry ...« Tristan nickte dem Mann mit dem geschienten Arm zu, und dann fiel sein Blick auf Hallie. Es war, als hätten sie einander nicht gerade erst gesehen. Seine Augen strahlten, und er sagte: »Es wird nicht lange dauern, Mrs. Morgan.«

Sie wartete dennoch länger als eine halbe Stunde und war erleichtert, daß keine neuen Patienten mehr eintrafen. Tristan schien sich über ihren Besuch zu freuen.

»Wolltest du mich in meiner Löwenhöhle sehen?« Er lächelte immer noch.

»Ich wollte mir ansehen, wie du lebst, wenn du hier bist«, sagte sie, ohne zu erkennen, daß sie plötzlich von einem Verlangen verzehrt wurde, alles über ihn zu wissen, alles, was sich dann abspielte, wenn er nicht bei ihr war. Warum hatte sie sich nie nach diesem Leben von ihm erkundigt, dem, in dem er vorwiegend tätig war und seine meiste Zeit verbrachte?

»Komm in die Küche, und ich mache dir eine Tasse Tee«, sagte er. »Es ist eine ganz neuartige Erfahrung, daß du zu mir zu Besuch kommst.«

»Es ist wirklich ein seltsames Gefühl«, stimmte Hallie zu und folgte ihm. Die Küche war hoch und hell. Fröhliche Gardinen zierten die Fenster, und funkelndes Porzellan stand in den Regalen. Die Küche war gelb gestrichen, etwas, was sie noch nie gesehen hatte.

Als sie sich dazu äußerte, sagte Tristan: »Küchen sollten meiner Meinung nach behaglich sein. Ich esse hier. Ich mache hier meine Abrechnungen. Ich schreibe hier Briefe. Ich mag die Gerüche hier. Diesen Fleckenteppich hat mir meine Mutter geschickt.« Es war ein großer ovaler Teppich aus verschiedenen Braun-, Blau- und Rottönen. »Sie hat ihn für mich gewebt.«

»Er ist schön.«

»Ja, das weiß ich.« Er goß Wasser in den Kessel und brühte den Tee auf. »Aber seine eigentliche Bedeutung geht tiefer. Ich weiß, was in diesen Teppich eingeflossen ist.« Seine Stimme klang zärtlich.

Hallie beobachtete ihn, als er sich in der Küche zu schaffen machte. »Vermißt du deine Familie sehr?«

»Ja, natürlich. Du etwa nicht? Aber andererseits bist du ja freiwillig hergekommen. Ich nicht. Wenn ich die Wahl gehabt hätte, hätte ich meine Familie nie verlassen. Ja, ich wünschte, meine Mutter könnte zu Besuch kommen, aber ich wünsche niemandem diese lange Reise. Von Kanada aus würde sie fast ein Jahr brauchen. Und ein Jahr zurück. Zwei Jahre ihres Lebens, nur um mich zu sehen. Nein, das würde ich nicht zulassen. Außerdem ist sie mit der Familie und all ihren Freunden – und das sind unzählige – sehr glücklich. Nur ich fehle ihr. Meine Mutter ist eine äußerst bemerkenswerte Frau.« Er schenkte Tee in zwei Tassen ein und reichte ihr eine.

»Du hast mir nie etwas über sie erzählt«, sagte Hallie. »Und auch sonst nichts über deine Familie.«

Tristan saß ihr gegenüber und lächelte. »Hier nehme ich all meine Mahlzeiten ein. Wenn ich keine Gäste habe, esse ich nie am Tisch im anderen Zimmer. Hier ist es viel gemütlicher.«

»Kochst du etwa selbst?« Er versetzte sie in Erstaunen. Die meisten Männer konnten sich überhaupt nicht in einer Küche bewegen.

»Nicht immer. Wenn ich zum Abendessen zu Hause bin, kommt nachmittags eine Frau, die für mich putzt und das Abendessen kocht. Aber ich bin nur wenige Nächte in der Woche zu Hause.« Hallie überlegte sich, wie wenig sie ihn doch kannte. »Wo verbringst du die restliche Zeit?«

Tristan grinste sie über seine Teetasse hinweg an. »Ich habe mich schon lange gefragt, ob und wann du dich endlich zu solchen Fragen durchringst. In Sydney ist man sehr gesellig, und sie haben sich des alleinstehenden Arztes erbarmt. Es gibt nicht viele Häuser, in denen ich noch nicht zum Essen eingeladen war.«

Und schon gar nicht, wenn die Familien heiratsfähige Töchter haben, dachte Hallie und betrachtete ihn. Sie hatte nie einen Mann gesehen, der besser aussah. »Mir ist gerade klargeworden, daß ich nichts darüber weiß, wie du hier lebst.«

»Vielleicht wolltest du es nicht wissen«, entgegnete Tristan, ohne sie anzusehen.

»Wie meinst du das?«

»Vielleicht existiert *unsere* Welt nur, wenn wir zusammen sind.«

Sie sahen einander an. Seine Augen waren sanft, zärtlich und glänzten ... nicht unergründlich wie sonst. Ich liebe ihn, dachte sie und wollte gern seine Hand nehmen, seinen Puls fühlen, seinen Herzschlag. Statt dessen fragte sie: »Warum bist du nicht verheiratet, Tristan?«

»Du weißt, warum.« Seine Stimme war gesenkt, so leise, daß sie ihn kaum hören konnte.

»Sag es mir.«

Er starrte sie lange an, schaute in sie hinein und sagte kein Wort. Dann stand er auf und meinte: »Möchtest du dir meine Praxis ansehen?«

Sie folgte ihm in einen kleinen dunklen Raum hinter dem Wohnzimmer, der sehr ordentlich und aufgeräumt war und einen Geruch ausströmte, der ihr ungewohnt war. Es roch nach Krankenhaus. Das einzige Fenster führte auf einen Garten hinter dem Haus, in dem gelbe und zartrote Blumen ihre Köpfe neigten.

Hier rettet er Leben, dachte Hallie, als sie sich umsah. Er flickt gebrochene Knochen. Er sagt Menschen, daß sie sterben werden. Er vollbringt Wunderheilungen. Hier dient er der Menschheit. Sie lief umher, faßte Flaschen an, nahm den Bleistift vom Tisch und ließ ihre Hand über die Tischplatte gleiten.

»Wo schläfst du?« fragte sie und sah zu ihm auf. »Ich möchte sehen, wo du schläfst.«

Wortlos wandte sich Tristan um, und Hallie folgte ihm in einen Korridor hinter dem Wohnzimmer. von dort aus stieg er Stufen hinauf, die quietschten.

Oben war nur ein Zimmer, groß und luftig, mit einer hohen Decke und Dachschrägen, aber mit hohen Fenstern, die viel Licht einließen. Ein Fenster stand offen und ließ einen Vorhang in der Brise flattern. Mitten im Zimmer stand ein riesiges vierpfostiges Bett mit einer geblümten Steppdecke.

»Auch von deiner Mutter?« Hallie ließ die Tagesdecke durch ihre Finger gleiten.

Tristan nickte, ohne sie aus den Augen zu lassen, als sie sich alles ansah. Die Bücher auf dem Nachttisch, Shakespeare, Wordsworth und die griechischen Tragödien, erschienen ihr äußerst uninteressant und so dick, daß sie ja doch niemand lesen würde. Sie legte sie wieder hin und wandte sich dem kleinen Schreibtisch unter einem der Fenster zu. Dort lag ein Stapel Papier neben einem Tintenfaß und einem Federhalter, und sie entdeckte eine Brille. »Ich wußte gar nicht, daß du eine Brille trägst.«

Er reagierte nicht darauf. Sie sah ihn fragend an.

»Hallie, verschwinde von hier. Raus aus meinem Schlafzimmer. Geh, solange du es noch kannst.«

Solange ich es noch kann? Er meint, ehe er mich küßt. Er meint, ehe ich ihn küsse, ehe ich seine Arme um mich spüre und wir etwas tun, wovon wir beide wissen, daß es unrecht ist. Ehe wir etwas Furchtbares tun.

Sie streifte ihn, als sie eilig zur Treppe lief und dabei spürte, daß ihr Herz rasend pochte.

25

Beim Bankett des Gouverneurs zu Ehren von König George waren die Männer hoffnungslos in der Überzahl. So etwas wie ein Mauerblümchen gab es nicht. Hallie sah in ihrem raffinierten neuen Ballkleid phantastisch aus und stellte fest, daß sich die Männer um sie scharten. Es änderte wenig, daß die meisten Frauen verheiratet waren. Die Männer lechzten nach weiblicher Gesellschaft, und wenn eine Frau noch dazu schön war, war das ein zusätzlicher Bonus.

Zwanzig Gäste waren geladen. Gouverneur Macquarie und seine Frau standen an der Tür und begrüßten die Eintreffenden. Hallie, die mit Susan und Harry gekommen war, stellte fest, daß die Frauen offensichtlich viel Zeit und Geld darauf verwendet hatten, sich für diesen Anlaß schön zu machen. In den pastellfarbenen Kleidern ähnelten sie Blumen, die durch den Raum schwebten. Wo steckte bloß Tristan? fragte sie sich, denn sie konnte es kaum erwarten, die Reaktion auf ihr sehr weibliches Aussehen in seinen Augen zu lesen.

Ein paar elegant gekleidete junge Offiziere standen stramm da und redeten miteinander. Sie mengten sich nicht gern unter die Zivilisten. Hallie hörte einen von ihnen klagen, er müsse hier »in Gesellschaft von zweifelhaften Gestalten speisen, denen man auf der Straße aus dem Weg ginge«. Sie sah sich um und fand niemanden, auf den diese Beschreibung paßte. Alle waren gutgekleidet und hatten gute Manieren. Ein junger Subalternoffizier mit roten Locken, die seine Sommersprossen noch betonten, nahm eine stramme Haltung ein und verkündete selbstgerecht: »Lieber esse ich nichts, als mit solchen Männern zu speisen.« Dann suchte er seine Mütze und ging zur Verblüffung aller Anwesenden vor dem Essen weg.

Daraus entwickelte sich ein anregendes Gespräch. Unter den anwesenden Gästen waren Simeon Lord, vielleicht der finanziell erfolgreichste frühere Sträfling. Lord war nach Neusüdwales transportiert worden, nachdem er 1790 wegen Diebstahl von hundert Metern Musselin und hundert Metern Kattun angeklagt worden war, im Gesamtwert von zehn Pence. Nach abgebüßter Strafe – er war einem Offizier des Corps von Neusüdwales als Bediensteter zugeteilt worden – blieb er in Sydney und fing an, mit Sandelholz, Walfischtran und anderen Gütern der pazifischen Inseln zu handeln. Es dauerte nicht lange, bis er Waren nach Canton und Amerika schickte und Jahr für Jahr mehr Menschen einstellte, und schnell war er auf dem besten Weg, zu einem der reichsten Männer in der Kolonie zu werden. Macquarie hatte ihn in den Stadtrat aufgenommen, und die beiden Männer hatten sich angefreundet.

Beim Abendessen saß Hallie zwischen zwei Männern, die sie noch nie getroffen hatte, einem Mr. Fulton und einem Mr. Grissom. Sie saßen an zwei langen Tischen, wobei Reverend Marsden am Kopfende des anderen Tischs saß. Hallie konnte nicht hören, worüber dort geredet wurde, aber sie fand das Gespräch an ihrem Tisch äußerst unterhaltsam und provokativ.

Der Gouverneur sagte: »Ich denke oft, die Kolonie setzt sich aus denjenigen zusammen, die man hertransportiert hat, und denen, die man hätte hertransportieren sollen.« Das Auftreten des jungen Subalternoffiziers hatte ihn nicht merklich beleidigt. »Ich sehe in der Kolonie eine Heimat für die Sträflinge. Nach ihrer Freilassung sollte man sie dazu antreiben, ein moralisches und produktives Leben zu führen. Es ist meine Verantwortung, ihnen dabei zu helfen. Wenn für sie keine Hoffnung besteht, daß sie als Gleichgestellte behandelt werden können, als Männer, die der Gerechtigkeit Genüge getan haben, dann haben diese Männer kein Ziel, keinen Traum – wenn sie ohnehin nicht in die Gesellschaft eingegliedert werden. Wenn man ihnen eine Chance gibt, akzeptiert zu werden, dann werden die Männer löblich handeln.«

Und was ist mit den Frauen? fragte sich Hallie stumm.

Henry Fulton, ein früherer Sträfling, der in den irischen Aufstand verwickelt war und deshalb in die Kolonie abgeschoben worden war, war ein angesehener Pfarrer und Lehrer. Er ergriff jetzt das Wort, mit einer leisen Stimme, die dennoch zur Aufmerksamkeit rief. »Ihre humanitären Impulse bieten Ihren Kritikern gute Angriffsflächen.«

»Vielleicht bin deshalb ich der Gouverneur«, sagte Macquarie, »und kein anderer.«

»Im allgemeinen kommt die heftigste Ablehnung von den Offizieren des Corps von Neusüdwales«, sagte ein kleingewachsener Mann, der kampflustig wirkte. Hallie erfuhr später, daß es sich um Francis Greenway handelte, ebenfalls ein früherer Sträfling. Die Gebäude, die er entworfen und errichtet hatte, sollten ihn unsterblich machen und die Landschaft von Neusüdwales für Jahrhunderte prägen. »Seit der Gründung dieser Kolonie versuchen sie, die Führung an sich zu reißen. Zu ihrem eigenen Nutzen und dem keines anderen.«

Auf diesen Sittenverstoß herrschte einen Moment lang Schweigen. Die wenigen Offiziere sagten nichts und schauten entweder auf ihre Teller oder starrten ihren Antagonisten feindselig an.

Das hielt Greenway jedoch nicht zurück. »Um ihre eigene Position der Überlegenheit zu wahren, wollen sie sich absichern, daß alle anderen unter ihnen stehen. Und was wird aus den freigelassenen, die von diesen Soldaten geschlagen und gedemütigt worden sind? Haben die Offiziere nicht jetzt, da sie ihnen gleichgestellt sind, Grund zur Furcht?«

Das ziemte sich nicht für ein Tischgespräch. So etwas hob man sich besser auf, bis die Männer nach dem Essen mit Cognac und Zigarren am Tisch saßen und die Frauen sich in den Salon zurückgezogen hatten. Aber jetzt war es zu spät.

»Als ich hier angekommen bin«, fuhr der Gouverneur fort, »habe ich ganz bestimmt nicht damit gerechnet, Umgang mit früheren Sträflingen zu pflegen.« Er lächelte die anwesenden Freigelassenen an, als wolle er sich bei ihnen entschuldigen. »Ich habe mich jedoch nach kurzer Erfahrung schon davon überzeugen können, daß manche der tadellosesten Männer in dieser Kolonie, die sowohl Fähigkeiten als auch Fleiß mitbringen, frühere Sträflinge sind. Ich habe gleich zu Anfang gelernt, daß es vorzuziehen ist, einem Mann keine Hoffnungen zu machen, wenn er für alle Zeiten als ein unehrenwertes Mitglied der Gesellschaft behandelt wird.«

»Hört, hört!« murmelte jemand.

»Was könnte für einen gebildeten Mann aus guter Familie, der auf die tiefsten Stufen der Erniedrigung gesunken ist, ein größerer Anreiz sein als das Wissen, daß es immer noch in seiner Macht steht, sich wieder anzueignen, was er eingebüßt hat, und ein achtbares Mitglied der Gesellschaft zu werden, das entsprechend behandelt wird?«

Susan Langley ergriff das Wort. »Gouverneur, ich frage mich, ob man sich in England darüber im klaren ist, wie glücklich sich dieses Land schätzen kann, seit wir Sie haben?«

Der Gouverneur nahm das Kompliment mit einem Lächeln entgegen. »Das frage ich mich manchmal allerdings auch. Aber schließlich muß ich mit mir selbst leben. Und ich kann mich nicht anders verhalten. Dieses Land sollte für jeden freigelassenen Sträfling, *der es verdient hat*, zu einem Zuhause werden, zu einem *glücklichen* Zuhause. Wenn Menschen zu stolz oder zu zartbesaitet sind, um mit Sträflingen und früheren Sträflingen umzugehen, sollten sie lieber woanders hingehen – schließlich ist dieses Land als Sträflingskolonie gegründet worden.«

Beim Nachtisch drehte sich das Gespräch um den Ausflug, den die Macquaries kürzlich über die Blue Mountains unternommen hatten. Beim Zuhören wurde Hallie klar, was für ein abgeschiedenes Leben sie führte.

Sie erfuhr, daß der Gouverneur nach der ersten Überquerung der Blue Mountains sofort beschlossen hatte, eine Straße über das hohe, zerklüftete Gebirge zu bauen, das den Bürgern Sydneys fünfundzwanzig Jahre lang getrotzt hatte. Er hatte von der Fruchtbarkeit und der Weite des Landes gehört, das hinter den Bergen lag, und er hatte allen Sträflingen Straferlaß angeboten, die sich freiwillig zu der gefährlichen und schwierigen Aufgabe meldeten, die Straße zu bauen, vorausgesetzt, daß die Strecke in sechs Monaten fertiggestellt war. Und als diese Aufgabe bewerkstelligt worden war – in der angesetzten Zeitspanne –, waren der Gouverneur und seine immer couragierte und tatkräftige Frau mit einer Schar von Männern aufgebrochen, um sich selbst den neuen Ausblick anzusehen, die Steilhänge, die einst den Zugang zum weiten Inland dieses Kontinents versperrt hatten.

Hinter den Bergen hatte er einen Ort für die Gründung der ersten Stadt bestimmt und ihr den Namen Bathurst gegeben, zu Ehren des Staatssekretärs, der für die Kolonien zuständig war. Warum gehörte diese Ehre nicht den Männern, die das Gebirge überquert hatten? fragte sich Hallie. Warum konnte man eine Stadt nicht nach jemandem benennen, der es hier zu etwas gebracht hatte?

Lachend berichtete Macquarie von jemandem, der Evans hieß und hinter Bathurst auf seinen Erkundungsreisen auf einen Fluß gestoßen war, den er Lachlan getauft hatte. Das ist schon besser, dachte Hallie. Es sollte wirklich etwas nach Lachlan Macquarie benannt werden. Was den Gouverneur jedoch amüsierte, war, daß Evans und seine Männer außerdem noch auf einen Ureinwohner gestoßen waren, der offensichtlich noch nie etwas von der Existenz Weißer gehört und sich entsetzlich gefürchtet hatte. Er war auf einen Baum geklettert und hatte fürchterlich laut geschrien.

»Ich habe immer noch große Hoffnung für diese schwarzen Geschöpfe«, sagte der Gouverneur. Niemand schien sich daran zu stören, daß er häufig selbst das Wort ergriff, denn schließlich erzählte er interessante Dinge, die die anderen zurückstecken ließen. »Schließlich kommen diese Menschen dank uns gerade aus der Steinzeit heraus, aus der Barbarei. Sie sind zwar von ihrer Natur her unzivilisiert – wenn auch nicht durch eigenes Verschulden –, aber jetzt, nachdem wir hier sind, zeigt sich, daß sie anscheinend Eigenschaften besitzen, die ihnen, wenn man sie entsprechend weiterentwickelt, helfen könnten, zu Feldarbeitern oder weniger qualifizierten Handwerkern aufzusteigen. Ich glaube wirklich, das erfordert nur die sachte Hand der Zeit, und mit Güte und Geduld sollten wir diesen armen, unaufgeklärten Barbaren ein Pflichtgefühl gegenüber ihren Mitmenschen beibringen – gegenüber der Gesellschaft.«

»Wollen Sie damit andeuten«, sagte Fulton, »wenn wir ihnen Pflichtgefühl als höchstes Ziel vermitteln, könnten die Feindseligkeiten gegen uns abnehmen?«

Der Gouverneur nickte, doch Hallie fiel auf, daß mehrere der Offiziere schnaubten. Ein Lieutenant lachte hämisch und sagte: »Das ist ganz ausgeschlossen. Wenn die etwas lernen, dann nur durch wiederholte Strafe. Sie wollen unsere Lebensweise nicht übernehmen.«

»Ich bin ganz Ihrer Meinung«, sagte ein Mr. Palmer, der nichts mit dem Heer zu tun hatte. »Wie können Sie Bauern aus Leuten machen, die nicht essen, was wir essen, die sich von Würmern und Insekten ernähren?«

Hallie sah, daß eine Frau sich schüttelte und ausrief: »Oh, wie gräßlich! Was sind das für Wesen, die Würmer essen?« Bei dem Gedanken schienen ihr Schauer über den Rücken zu laufen.

»Ich habe es schon getan«, sagte Hallie. Alle Augen wandten sich zu ihr.

»Vor ein paar Jahren hat sich eine Schar von Ureinwohnern auf unserem Land aufgehalten«, erklärte sie. »Sie waren sehr nett zu mir. Aus Gastfreundschaft haben sie mir etwas von ihrem Essen angeboten. Ich konnte nicht ablehnen.«

Alle starrten sie an, bis ihr leid tat, daß sie dieses Vorkommnis erwähnt hatte.

»Hatten Sie denn keine Angst?« fragte dieselbe junge Frau mit weitaufgerissenen Augen.

»Nein, überhaupt nicht. Ich habe ihre Gesellschaft genossen. Sie haben viel gelacht, und ich mochte sie.« Sie würde nichts von dem Baby erzählen, das sie über das Feuer gehalten hatten.

»Dennoch sind sie meiner Meinung nach nicht wirklich Menschen«, sagte einer der korpulenteren Männer.

»Ich glaube, sie können es werden«, warf der Gouverneur ein. »Ich plane, ein paar Jungen und Mädchen zu holen und in Parramatta eine Schule für Eingeborene zu gründen. Mr. William Shelley wird ihnen Fleiß und Reinlichkeit beibringen. Außerdem werde ich bei Port Jackson Land, das direkt ans Meer grenzt, für die Erwachsenen zur Verfügung stellen, das sie bebauen können, damit sie eine produktive Lebensweise kennenlernen, statt wie bisher ziellos durch die Wälder zu ziehen und zu jagen.«

Hallie fragte auch diesmal ohne Vorbedacht: »Warum? Haben wir denn nicht Platz genug, daß alle das tun können, was sie wollen?«

Warum trat nach jeder ihrer Fragen Stille ein?

Nach einer langen Pause sagte Gouverneur Macquarie: »Ich habe vor, in allen Ansiedlungen innerhalb des nächsten Jahres Schulen zu gründen. Dann brauchen die Leute ihre Söhne nicht mehr nach England in die Schule zu schicken.«

Hallie war entsetzt. Die Kinder zur Schule schicken? Fast ein Jahr ihres Lebens sollten sie an Bord vergeuden, und das nur, um in England zur Schule zu gehen?

»Ja«, sagte Reverend Marsden, »wir müssen wirklich dafür sorgen, daß jeder Mann die Bibel lesen kann. Jeder Mann sollte die heiligen Wahrheiten kennen. Ihnen entspringt der Quell der Tugendhaftigkeit.«

»Und was ist mit den Frauen?« fragte Hallie. »Wie sollen wir die heiligen Wahrheiten lernen?« Schließlich konnte sie lesen.

Wieder starrten alle sie an. »Von Ihren Männern natürlich«, erklärte der Gottesdiener.

Wie auf ein Stichwort hin erhob sich Mrs. Macquarie und sagte: »Meine Damen, sollen wir uns nicht in den Salon zurückziehen und die Männer mit dem Zeitgeschehen allein lassen?«

Warum wurden die Frauen in den Salon abgeschoben? fragte sich Hallie, wenn sie doch gern aus den Gesprächen der Männer gelernt hätte? Sie kam erstmals mit der Sitte der Geschlechtertrennung nach dem Essen in Berührung. Aber andererseits war es auch ihr erstes Bankett dieser Art.
Sowie sie im Salon saßen, entschuldigte sich Elizabeth Macquarie bei ihren Gästen, weil sie ein solches Entgleiten der Gesprächsthemen zugelassen hatte. Nachdem sie sich selbst überlassen waren, wandten sich die Gespräche der Damen jedoch keineswegs angenehmen und nichtssagenden Dingen zu. Statt dessen drehte sich das Gespräch um die morgige Hinrichtung.
Dieselbe junge Frau, der so bei der Vorstellung gegraust hatte, auf die Ureinwohner zu treffen, sagte: »Ich gehe wirklich nicht gern zu den Hinrichtungen, aber Trenton besteht darauf, daß unsere Jungen das Auspeitschen erleben. Er ist der Meinung, das sei abschreckend, ein gutes Exempel dafür, wohin das Böse führt.«
»Auspeitschungen?« Hallie hörte ihre eigene Stimme.
»Meine Liebe«, sagte Mrs. Palmer, »man merkt Ihnen deutlich an, daß Sie auf dem Land leben. Natürlich werden nicht alle Sträflinge öffentlich gehängt, aber wenn es schon zu einer Hinrichtung kommt, werden auch gleich einige der verstockteren Verbrecher bestraft, die schwerwiegende Verstöße begangen haben. Die meisten von uns gehen mit den Kindern hin, damit sie selbst sehen können, wohin Ungehorsam führt.«
Hallie sah Susan Langley an, die sich ein Taschentuch auf den Mund preßte. Gott sei Dank, dachte sie. Ich wäre sehr enttäuscht gewesen, wenn Susan so etwas gutgeheißen hätte.

Nach dem Bankett fragte Hallie auf dem Rückweg Harry: »Glaubst du, diese öffentlichen Hinrichtungen halten irgend jemanden davon ab, das Gesetz zu brechen?«
»Meine Güte«, sagte Harry, »du stellst jahrhundertealte Fragen, auf die man wahrscheinlich nie eine Antwort finden wird.«

Ach, dachte Hallie, eine der unbeantwortbaren Fragen des Lebens. Tristan wäre stolz auf sie gewesen ... Tristan! Er war doch nicht zum Bankett erschienen. Wo steckte er bloß?
»Du lebst nicht in der Stadt, Hallie«, fuhr Harry fort, »denn sonst wüßtest du, daß das Auspeitschen zu den Lieblingsspielen der Kinder gehört.«
Sie hatten das Haus der Langleys gerade erreicht. Vor dem Haus wartete Tristan in seiner Kutsche. »Ich dachte mir, ihr kämt bestimmt bald nach Hause, und daher habe ich auf dem Heimweg einen Umweg gemacht«, sagte er, als er absprang.
Jetzt sieht er also doch noch das sehr weibliche Kleid, das ich mir seinetwegen gekauft habe, dachte Hallie und lächelte.
»Ich hatte gehofft, daß ihr mich noch zu euch ins Haus bittet«, sagte Tristan. Er roch nach Antiseptikum, sein Kragen war zerknittert, und seine Augen wirkten müde. »Ich habe den ganzen Abend mit einer Geburt zugebracht.«
Er ist meinetwegen hergekommen, dachte sich Hallie.
Als Susan Kakao kochte und Harry die Stolen der Damen aufhängte, blieben Tristan und Hallie allein zurück. »Du bist wunderschön«, sagte er leise zu ihr. »Du bist die schönste Frau auf der ganzen Welt.«
Sie wünschte, er hätte sie in seine Arme gezogen.
»Unsere gute Hallie«, sagte Harry, der gerade eintrat, »ist noch nie bei einer Auspeitschung gewesen. Erklär du ihr, warum Hinrichtungen von öffentlichem Interesse sind.«
»Sie sind ein Bestandteil der australischen Kultur«, sagte Tristan, ohne den Blick von Hallie loszureißen.
»Man merkt, daß du nicht in England gelebt hast«, sagte Harry. »Dort werden sie auch zum Volksfest. Die Leute jubeln, wenn sie hören, wie das Genick bricht.«
»O Harry!« rief Susan aus, die wieder eintrat.
Harry fuhr fort. »Das ist die Form, in der die Gesellschaft die Strafe Gottes auslegt. Wenn du dieses Land verstehen willst, solltest du morgen hingehen.«

»Um Himmels willen«, fauchte Susan, »sie wird noch glauben, es sei dein Ernst.«
»Ich weiß nicht, ob ich das ertragen könnte«, sagte Hallie.
»Geh nicht hin«, sagte Tristan. »Es besteht kein Anlaß, die finstere Seite der menschlichen Natur ergründen zu müssen.«
Die finstere Seite der menschlichen Natur ... alle Menschen, die sie kannte, waren nett. Die Männer, die Beth gekannt hatte, waren schlecht, aber Hallie selbst war nie mit der »finsteren Seite« in Berührung gekommen. Vielleicht war das etwas, was sie über dieses Land erfahren mußte, das sie zu ihrem Land gemacht hatte, über Land und Leute.
»Ich denke, daß ich hingehen werde«, sagte Hallie. »Ich weiß, daß es mir nicht gefallen wird, aber vielleicht muß ich das wirklich tun.« Sie war selbst nicht sicher, warum.

Am Morgen versuchte Susan, sie davon abzubringen. Harry war bereits in die Bank gegangen, als Susan und sie frühstückten. Aber Hallie war wild entschlossen. Es war ein wesentlicher Bestandteil der Kultur des Landes, das sie zu ihrem erklärt hatte, und sie wollte es sich ansehen, obwohl sie glaubte, es würde sie krank machen.
»Ich will nicht vor Dingen nur deshalb weglaufen, weil sie nicht erfreulich sind«, sagte sie zu Susan. »Ich schreibe nach Hause und berichte Mum und Dada, wie vollkommen hier alles ist. Ich sage Danny, daß er herkommen soll, daß das Leben hier so ganz anders ist als zu Hause.« Sie sah Susan über den Tisch an. »Was ist, wenn nur *mein* Leben hier anders ist? Was ist, wenn dieses Leben wirklich eine häßliche Seite hat, von der ich nichts wahrnehme? Sollte ich sie nicht kennen, wenn das hier mein Land ist?«
»O Hallie, es genügt doch, wenn du davon weißt. Du brauchst es dir doch nicht auch noch selbst anzusehen.«
»Mein Entschluß steht fest, Susan.«
Schon morgens im Bett hatte sie sich gewappnet. Schließlich

hatte sie schon Tote gesehen. Sie sagte sich sogar, daß sie die Todesstrafe einsah. Wenn jemand der Gesellschaft gefährlich werden konnte, wenn zu befürchten stand, daß jemand noch mehr Menschen tötete – manche Menschen sollten sterben, dachte sie, zum Beispiel Beth' Peiniger.

Sie redete sich ein, sie würde der Ausübung von Gerechtigkeit beiwohnen, etwas, was gesetzlich verhängt wurde, damit der Rest des Landes sicher war. Keiner der Sträflinge, die nach Neusüdwales geschickt wurden, wurde zum Tode verurteilt. Nur, wenn sie flohen und weitere Verbrechen begingen, wurden sie hingerichtet. Es war also nicht so, als seien sie nicht vorgewarnt.

Die Sträflinge, die ihre Fehler wiedergutmachen und eine zweite Chance haben wollten, waren hier in der Überzahl, wie die Männer, die bei ihr beschäftigt waren. Hallie fand die Strafe einer Regierung zu hart, wenn sie die Armen wegen eines Akts der Verzweiflung zu sieben Jahren Haft verurteilte, nur weil ein Laib Brot gestohlen worden war, um die Familie zu ernähren.

All das ging ihr noch einmal durch den Kopf, als sie sich auf den Weg machte und schon die Trommelwirbel und eine Flöte hörte, die auf dem Paradeplatz den musikalischen Hintergrund des makabren Dramas bildeten, das hier aufgeführt wurde. Drei Männer und eine Frau waren bereits ausgepeitscht worden, und Hallie würde nur noch das letzte Opfer erleben. Der Mann war zu fünfzig Hieben mit der neunschwänzigen Katze verurteilt worden. Schon beim ersten Hieb bildeten sich sechs leuchtendrote Striemen auf seinem weißen Rücken.

Hallie keuchte. »Fünfzig Hiebe ... mein Gott!«

Beim dritten Hieb färbte sich das Blut violett, und der Sträfling schrie.

Beim fünften Hieb sackte er zusammen und wurde nur noch von den Fesseln aufrecht gehalten.

Tristan tauchte neben Hallie auf und nahm ihren Ellbogen. »Ich fand, du solltest das nicht ganz allein durchstehen müssen.«

Sie hing sich bei ihm ein, ohne zu merken, daß ihre Finger sich schmerzhaft in seinen Arm gruben. »Bei fünfzig ist er tot«, flüsterte sie.

Er nahm ihre Hand, sah sie aber nicht an. »Sie werden vorher aufhören. Die verbleibenden Peitschenhiebe bekommt er an einem anderen Tag.« Sein Blick war auf den jungen Sträfling geheftet.

Hallie spürte, wie die Galle in ihre Kehle aufstieg.

Nach dem zehnten Hieb klang der Schrei wie das letzte Ächzen eines verwundeten Tieres. Der Rücken des jungen Mannes war jetzt nur noch eine geschwollene, breiige rote Masse. Sein Kopf war nach unten gesackt, was darauf hinwies, daß er das Bewußtsein verloren hatte, und dafür war Hallie dankbar. Ein Mann kam auf ihn zu und untersuchte den Sträfling. Dann wurde er losgeschnitten, und zwei Soldaten trugen ihn vom Schauplatz.

»Wer war das?« fragte Hallie.

»Das war ein Arzt, der befunden hat, daß jeder weitere Hieb ihn umbringt.«

Hallie sah zu ihm auf und schlug sich die Hand vor den Mund. »Ein Arzt? O Tristan, du brauchst das doch nie zu tun, oder?«

Er schwieg eine Zeitlang. »Ich habe es getan. Dreimal. Aber dann nie mehr.«

Hallie fragte ihn nicht, warum. Sie hätte auch nicht dabeistehen und so etwas geschehen lassen können.

»Dieser Mann hat noch halbwegs Glück. Sadistische Wärter reiben Salz in die Wunden. Es tut weniger weh, wenn die Schnüre geknotet sind, und das waren sie, und die Hiebe sind in schneller Abfolge auf ihn geprasselt. Das war eine vergleichsweise milde Auspeitschung. Je länger der Zeitraum zwischen den Hieben ist, desto stechender ist der Schmerz.« Seine Stimme war bar von jeglicher Regung. Hallie fiel auf, daß Tristan nicht sein gewohntes Mitgefühl zeigte, und sie fragte sich, woran das lag.

Im nachhinein betrachtet, nahm die Hinrichtung sie nicht so

sehr mit wie das Auspeitschen. Tristan berichtete ihr: »Das ist ein Mann, der aus dem Gefängnis oben in Coaltown ausgebrochen ist. Er hat nicht nur seinen Wärter getötet, sondern ist durch die Gegend gezogen und hat Frauen und Kinder verstümmelt und hat gestohlen. Ich muß zugeben, daß ich keinerlei Mitgefühl mit ihm habe.«

Der Verurteilte wollte sich keine Kapuze aufsetzen lassen. Er stand da und schaute die Menschenmenge trotzig an. Die Hände waren ihm auf den Rücken gefesselt. Seine Augen sprühten selbst dann noch boshafte Funken, als die Schlinge schon locker um seinen Hals lag. Er war mit einem Haß erfüllt, den nur der Tod auslöschen konnte.

Wohin er wohl gegangen war? fragte sich Hallie, als die Beine des Mannes in der Luft baumelten.

Es erstaunte sie, die Menschenmenge zu beobachten, die in Festtagsstimmung geraten war und sich in Grüppchen auflöste, um sich zum Picknick zusammenzusetzen. Ein paar kleine Jungen liefen herum und taten so, als peitschten sie einander aus, und dabei schrien sie laut.

»Laß uns von hier verschwinden«, sagte Tristan mit rauher Stimme. »Laß uns einen Spaziergang zum Hafen machen und den Möwen und den Pelikanen zusehen.«

Es war ein stummer Spaziergang. Tristans Augen wirkten wie Gewitterwolken, und er lief mit etwas Abstand neben Hallie her. Nachdem sie durch die Gärten geschlendert waren, die Elizabeth Macquarie angelegt hatte, und die Vögel beobachteten, die auf das funkelnde Wasser hinabtauchten, brach Hallie das Schweigen.

»Tristan ...« Sie legte eine Hand auf seinen Arm, und er wandte ihr sein Gesicht zu. »Mir ist erst jetzt bei diesem Ereignis klargeworden, wie wenig ich über dich weiß.«

Er blieb stehen, bückte sich, hob einen glatten, flachen Stein auf, zielte und ließ ihn über das Wasser hüpfen. »Ich bin, wie alle Ärzte, turnusmäßig dazu eingeteilt worden, zu entscheiden, wann der Punkt erreicht ist, an dem der Sträfling die Hiebe nicht mehr überlebt. Ich habe das Auspeitschen nach dem ersten Hieb abbrechen lassen. Nachdem ich das dreimal getan hatte, hat mich der Gouverneur von dieser Aufgabe befreit.«

Hallie legte ihre Hand in seine. »Du hast so viel Mitgefühl«, sagte sie und fand, er war der netteste Mensch, den sie je kennengelernt hatte.

»Das ist es nicht«, sagte er und sah starr zum Horizont. »Ich bin selbst früher einmal ausgepeitscht worden. Fünfzig Hiebe.«

26

Das nächste Jahr war kein durchweg schlechtes Jahr.

Tristan entband Belinda von einem Sohn – zu Alexandras Mißvergnügen. Sie hatte gehofft, es würde ein Mädchen werden, obwohl Jamie und Robbie sie nur selten ausschlossen. Da sie ein Jahr jünger als Jamie war, war ihr jedoch manches unmöglich. Sie ritt noch ein Pony, als Tristan entschied, es sei an der Zeit, daß Jamie ein Fohlen zuritt.

Hallie konnte nie verstehen, woher Tristan soviel wußte. Sein Wissen beschränkte sich nicht auf die medizinische Praxis, sondern auch im Gartenbau war er ein Experte. Er schien für so viele Probleme Lösungen zu finden; sie nahm an, es kam von seiner unersättlichen Liebe zum Lesen.

In gewisser Hinsicht erleichterte es sie fast, daß er wenig vom Hausbau und nichts von der Schafzucht verstand. Andererseits war sein ästhetisches Empfinden weit ausgeprägter als ihres. Aber das war ja bei Chad auch der Fall.

Es überraschte sie, wenn sie überhaupt nur an Chad dachte, der geschrieben hatte, er würde noch länger aufgehalten. Er war jemand aus längst vergangenen Zeiten, obwohl nur vier Jahre vergangen waren. Ihre Eltern und Danny, die sie seit mehr als sechs Jahren nicht gesehen hatte, standen deutlicher vor ihren

Augen. Gierig verschlang sie die Neuigkeiten über ihre Familie, die in Chads Brief standen.
Der Krieg gegen Frankreich war vorbei. Er erwartete gespannt die Wolle, von der er wußte, daß sie inzwischen unterwegs sein mußte. Ihr Vater war bettlägerig, und Chad besuchte ihre Eltern mehrfach in der Woche, wenn er nicht in London war. Danny hatte er ganz besonders ins Herz geschlossen, »wahrscheinlich, weil er dein Zwillingsbruder ist, wenn auch in mehr als nur geographischer Hinsicht Welten zwischen euch liegen«, schrieb Chad. »Danny geht immer auf Nummer Sicher, ist aber deshalb wütend auf sich. Er ist böse auf die Welt, weil er sein linkes Auge nicht mehr hat. Er empfindet das als eine beträchtliche Einschränkung. Ich versuche, seinen Horizont zu erweitern.«
Hallie konnte sich nicht vorstellen, was Chad hätte tun können, um Danny aufzurichten. »Aber er sieht dir ähnlich, und das zieht mich magnetisch an.« Diese Worte ärgerten sie; Chad schien nie mehr in ihr gesehen zu haben, immer nur ihre äußere Erscheinung. Als Tristan gesagt hatte: »Du bist die schönste Frau auf der ganzen Welt«, war ihr klar gewesen, daß damit weit mehr als ihr Aussehen gemeint war.
Hallie empfand es als eine Ironie des Schicksals, daß Chad schrieb, er wolle Jamie das Reiten auf einem richtigen Pferd beibringen, Tristan aber derjenige war, der es in der Praxis tat. Eines Tages sah Tristan Jamie auf seinem Pony und sagte: »Du wirst viel zu groß für dieses Pony. Du brauchst ein Pferd von der Größe wie Robbies Pferd.« Er sah Hallie an. »Was ist mit dem Fohlen, dem zweijährigen? Das müßte man jetzt zureiten können. Wollen wir es mal ausprobieren?«
»Wir?«
»Jamie und ich.« Robbies Gesichtsausdruck entging ihm nicht. »Robbie kann es auch gleich lernen. Es ist nämlich eine Kunst, ein Pferd zuzureiten.« Er lächelte die Jungen an.
Tristan sollte selbst Kinder haben, dachte Hallie, und doch setzte ihr Herz bei der Vorstellung aus. Nein, keine andere Frau darf

seine Kinder austragen. Ich will nicht, daß er heiratet. Soll er doch der Vater meiner Kinder sein. Sie brauchen einen Vater. Sie brauchen ihn.

Brian hörte von dem Vorschlag und schloß sich ihnen an, als Tristan anfing, den Jungen Unterricht zu geben. Er war ein guter Reiter, hatte aber nie ein Pferd zugeritten. Niemand auf der Farm hatte je ein Pferd zugeritten. Das konnte nur Chad. Hallie hatte drei Fohlen an Nachbarn verkauft, weil sie nicht wußte, was sie mit ihnen anfangen sollte. Chad hätte sich Zeit dafür genommen und für hohe Summen gut zugerittene Pferde verkauft.

»Ich bin froh, daß Brian sich dafür interessiert«, sagte Tristan am Abend zu Hallie. »Das heißt, daß er zwischen meinen Besuchen die Jungen beaufsichtigen kann, wenn sie üben, was ich ihnen beigebracht habe.«

Er mochte die Daughertys. Und Robbie bewunderte nur seinen Vater noch mehr als Tristan. Wenn Tristan zu Besuch kam, hefteten sich Jamie und Robbie auf seine Fersen. Auch Alexandra kam immer mit. Sie wurde in alle Aktivitäten einbezogen, wenn auch manchmal nur am Rande. Sie fand es faszinierend, wie Tristan das Fohlen zuritt. Sie saß endlos da und sah zu, ohne je zu ermüden, bis Tristan die kleine Gestalt am Zaun bewußt wahrnahm und sagte: »Komm schon, Alex, probier du es mal.«

Sie betete Jamie und Robbie an, denen so mühelos zu gelingen schien, was sie kaum bewerkstelligen konnte. Die beiden waren ihre Brüder, ihre Freunde, ihre Beschützer. Meistens nahmen die Jungen Alex in die Mitte und hielten sie beide an der Hand.

Belinda und Brian nannten ihren neuen Sohn Morgan. Wenn Belinda die Mahlzeiten für die Sträflinge kochte, brachte sie Morgan ins Haus, damit Beth auf ihn aufpaßte. Beth war nie so glücklich wie in den Momenten, in denen sie das Baby im Arm hielt.

Zweimal in der Woche lasen sie jetzt abends abwechselnd vor, und an zwei anderen Abenden in der Woche drängten sie sich alle mit Bleistift und Papier um den Tisch und lösten mathematische Probleme, die Ben ihnen stellte. Tristan hatte diese Aufgabe ganz an Ben übergeben, der sich als ein geschickter Lehrer erwies und ständig zur Verfügung war. Brian und Robbie waren fast so schnell wie Hallie, aber sie kamen mit verschiedenen Methoden zu denselben Schlußfolgerungen. Brian und Robbie saßen da und gelangten logisch über rationale Schritte zur korrekten Antwort. Hallie konnte oft nicht sagen, wie sie die Lösung gefunden hatte. Was sie hinkritzelte, spiegelte keineswegs ihre Gedankengänge wider. Ben machte das rasend.

Da manchmal keine Kunden in den Laden kamen und Ben nicht allein sein wollte, schlug er vor, sie könnten eine Schmiede in der Stadt gebrauchen.

In der Stadt? Dieses eine Geschäft? Und doch hatte sie von einer Stadt gesprochen und sie Morgantown getauft. Davon wußte niemand außer Tristan und Ben. »Haben Sie gewußt, daß Everett früher Schmied war?« Er sprach von einem der freigelassenen Sträflinge, der geblieben war, um gegen Bezahlung zu arbeiten. Im Lauf der Jahre hatte Hallie behutsam Dinge über das frühere Leben ihrer Sträflinge in Erfahrung gebracht. Brian war der einzige unter ihnen, der verheiratet gewesen war. Aber was war mit Ben? Sie wußte so gut wie nichts über sein früheres Leben, nur, daß er als Buchhalter Gelder unterschlagen hatte.

»Warst du je verheiratet, Ben?« fragte sie ihn.

Er blinzelte hinter den verschmierten Brillengläsern und fragte sich, was das mit der Eröffnung einer Schmiede zu tun haben konnte. »Nein.«

Er war fast ein Jahr da. Was, fragte sie sich, taten Männer ohne Frauen? Sie hatte vor langer Zeit gehört, Frauen hätten nicht die sexuellen Gelüste der Männer, und Männer kämen nicht leicht ohne Frauen aus. Und doch waren all ihre Sträflinge seit fast sechs Jahren ohne Frauen – wahrscheinlich sogar noch länger. Sehnte sich Ben denn nie nach einer Frau, träumte er nachts nie davon, sie in seinen Armen zu halten? Hallie konnte sich noch nicht einmal vorstellen, Ben könnte eine Frau küssen. Gab es Menschen, die keine anderen Menschen brauchten? Sie hatte immer noch nicht bemerkt, daß Ben nie um etwas bat, nie den Eindruck vermittelte, als gingen ihn die Dinge etwas an, und dennoch war Ben immer von Menschen umgeben. Er hatte noch keine einzige Nacht allein in der Wohnung hinter dem Geschäft verbracht. Mindestens zwei Abende pro Woche verbrachte er im Haus, um ihnen das Rechnen beizubringen, und an mehreren anderen Abenden kam er auch. Sie wußte nicht, daß er es war, der in den Baracken die Kartenspiele organisierte, und sie wußte auch nicht, daß er es war, der Streitigkeiten zwischen den Männern beilegte, wenn ihre Gemüter sich erhitzten.

Sie hatte angefangen, ihn jeden zweiten Monat nach Parramatta mitzunehmen, um Waren für den Laden einzukaufen und die Hühner und Schweine und manchmal auch ein Kalb in die Stadt zu bringen. Ben traf die Entscheidungen, was für den Laden gebraucht wurde, und für die Geschäftsleute in Parramatta war er eine vertraute Gestalt.

Die Dürre war so schlimm geworden, daß sie Hallie Tag und Nacht beschäftigte. Unter den Farmern brach Panik aus. Nachts starrte Hallie hellwach in das Dunkel und fragte sich, was aus ihnen werden sollte. Sie fühlte sich für so viele Menschen verantwortlich – und für Chads Traum. Sie erkannte, daß es ihr Traum geworden war.

Sie hatten genug zu essen. Aber was war, wenn *alle* Schafe starben? Was, wenn das Weideland braun und unfruchtbar blieb? Wenn der Fluß austrocknete? Wenn die Dürre noch Jahre andauerte? Für immer?

Harry hatte zu ihr gesagt: »Gib den Leuten Kredit, Hallie. Wenn diese Farmer untergehen, geht das Land unter. Wenn Australien untergeht, was wird dann aus der Bank? Wir sitzen alle im selben Boot. Wenn diese Farmer ihr Land verlassen, ist dem Kontinent nicht damit gedient.«

Ben setzte die Nachricht in Umlauf. Und er war auch immer der erste, der Neuigkeiten erfuhr. Was ihm wirklich persönlich erschien, gab er nie weiter, aber harmlose Informationen, die ihm nützlich vorkamen, ließ er ins Gespräch einfließen. Und er hörte zu. Neben seiner mathematischen Begabung war Ben einer der besten Zuhörer auf Erden – und das war wahrscheinlich auch der Grund, weshalb Hallie ihn nie so sehr zu schätzen wußte wie die Farmer und ihre Frauen und die anderen Sträflinge. Sie redete mit ihm ausschließlich über das Geschäft. Persönliches teilte sie ihm nicht mit, sondern sprach mit Tristan und Beth darüber. Sie redete mit ihm auch nicht über ihre Sorgen um die Farm, wie sie es mit Brian tat. Und auch nicht über ihre Zukunftspläne, wie mit Harry. Da sie Ben nicht als Zuhörer brauchte, entging ihr seine wesentlichste Eigenschaft.

Ben erwartete nie von jemandem, daß er ihm zuhörte, aber das empfand er keineswegs als ungerecht. Es war seine eigene Entscheidung. Wenn er redete, dann nur über harmlose Neuigkeiten. Niemand wußte, was in seinem Kopf vorging. Der einzige, der sich je Gedanken darüber machte, war Tristan, und er sprach nicht mit Hallie darüber.

Das Getreide ließ sich selbst durch tägliches Bewässern nicht ganz retten, aber Hallie war besser dran als die meisten Farmer im Tal, weil sie den Fluß hatte. Ihre Schafe starben nicht in diesen gewaltigen Mengen.

Dreitausend ihrer Schafe waren jetzt auf den Weiden am Fluß untergebracht. Mit den jüngeren, kräftigeren Schafen war Jock in die Hügel gezogen, denn dort sprudelten auf den Wiesen noch Quellen, es war nicht so heiß, und das Gras war trotzdem trocken und knapp. Weder er noch Hallie hatten bisher aufgegeben, und sie wollten die Schafe nicht schlachten, die von Jahr zu Jahr dünner wurden. Viele Frühlingslämmer starben, weil ihre Mütter keine Milch gaben. Täglich fanden sie tote Schafe auf den Wiesen, deren Überreste die Vögel bereits gierig verschlangen.

Sie hatten genug Heu vom Vorjahr für die Pferde und die Rinder, aber es genügte nicht, um fast zehntausend Schafe zu füttern. Hallie bat den Gouverneur um mehr Weideland am Flußlauf in den Hügeln, denn dort war das Gras noch grün, aber die Weiden mußten erst noch eingezäunt werden.

»Miss Etta ist wieder schwanger«, sagte Ben eines Abends nach dem Mathematikunterricht. »Haben Sie sie in der letzten Zeit gesehen?«

Hallie sah ihn an. Es war ungewöhnlich, daß er noch blieb, nachdem die anderen gegangen waren. »Nein.« Ihr wurde klar, daß er geblieben war, um ihr etwas mitzuteilen, was er für wichtig hielt.

»Sie sieht nicht gut aus. Ihr kleines Mädchen ist außergewöhnlich hübsch, aber mit diesen Kindern stimmt etwas nicht. Sie haben keinen Funken Leben in sich.« In Bens Stimme drückte sich Verwunderung aus. Er sah Hallie beim Reden nicht an.

»Vielleicht bekommen sie nicht genug zu essen«, sagte Hallie und überlegte sich, daß sie ihnen ein paar Sachen bringen sollte.

»Das ist nicht alles. Und außerdem stimmt etwas nicht mit Miss Ettas Ohr.«

Sie runzelte die Stirn. »Mit ihrem Ohr? Wie soll ich das verstehen? Ist sie taub?«

»Nein.« Ben schüttelte den Kopf und wirkte verwirrt. »Ich komme auch nicht dahinter. Es sieht komisch aus. Will Colton kommt, sieht sich eine Stunde lang im Laden um und kauft dann etwas, während Miss Etta und die Kinder in einer Ecke sitzen und nie ein Wort sagen, sich nie auch nur von der Stelle rühren. Er kauft immer nur einen Artikel, nie mehr. Mir gefällt das nicht. Es ist, als wolle er Miss Etta verspotten. Er hebt etwas hoch, etwas ganz Einfaches, und sagt: ›Das hättest du doch gern, oder?‹ Und dann grinst er stumm und hämisch.«

»Ich konnte Will Colton noch nie leiden«, gab Hallie zu, »aber ich weiß nicht genau, warum.«
»Er ist gemein«, sagte Ben. »Bösartig. Ich mache mir Sorgen um Miss Etta und die Kinder.«
Hallie sah ihn an. Sie hätte sich nie vorstellen können, daß er sich um irgend jemanden Sorgen machte. »Ich werde rüberreiten und mal nachsehen«, sagte sie. »Willst du mitkommen?«
»Nein.« Ben stand auf und schüttelte den Kopf. »Das ist nicht nötig. Ich sehe sie ja im Laden.«

Hallie fand, es sei endlich an der Zeit, noch ein Zimmer ans Haus anzubauen. Jamie war jetzt fünf, Alexandra vier, und allmählich wurde es eng im Schlafzimmer. Warum eigentlich nur ein Zimmer, dachte sie? Eins für Beth und eins für die Kinder, aber die können schließlich auch nicht ewig in einem Zimmer miteinander schlafen. Also zwei Zimmer. Und was ist, wenn die Langleys oder der Gouverneur zu Besuch kommen? Und es ist doch einfach furchtbar, daß ich Tristan im Stall schlafen lasse. Es ist ein Wunder, daß er überhaupt noch kommt.
Viel würde es sie nicht kosten, rechnete sie sich aus. Den Brennofen hatten sie schon. Da durch die Dürre kein Heu gemacht werden mußte, keine Zäune der entlegensten Weiden repariert werden mußten und viele andere Aufgaben nicht erledigt werden konnten, hatte sie genug Arbeitskräfte und Zeit für das Bauvorhaben. Sie fand es aufregend, das Haus auszubauen. Chad hatte gesagt, er würde es später einmal tun, aber sie brauchte jetzt mehr Platz.
Als Tristan das nächste Mal kam, brachte er Susan, Molly, Christopher und Kara, das dreimonatige Baby, mit.
»Ich weiß, daß das Haus voll sein wird«, sagte Susan fröhlich, als Tristan ihr beim Absteigen behilflich war. »Aber in der Stadt ist es so heiß, und es hat mich unwiderstehlich aufs Land gezogen ... und ich hatte gehofft, du siehst darin eher ein einziges

großes Fest als Horden, die über dich hereinbrechen.« Sie war bildhübsch.

Tristan sagte: »Ich war so dreist, ihr zu sagen, daß du bestimmt nichts dagegen hast. Ich hatte wirklich das Gefühl, Gesellschaft könnte dir gelegen kommen.«

Hallie schlang die Arme um Susan. »Was für eine wunderbare Überraschung! Natürlich bin ich begeistert. Und du gibst meinem neuen Projekt Aufschwung.«

Molly und Beth schliefen mit dem größten Vergnügen im Stall, und Christopher und Jamie bettelten, auch dort schlafen zu dürfen. Kara schlief bei Susan, und Alex blieb auch gern im Haus.

Hallie konnte sich nicht erinnern, wann sie sich das letzte Mal zwei volle Wochen lang nur Freude und Ausgelassenheit geleistet hatte. Sie ritten in die Hügel und veranstalteten Picknicks unter den Bäumen. An den heißen Nachmittagen badeten sie genüßlich im Fluß. Sie ritten weit am Fluß hinauf. Susan erging sich immer wieder in begeisterten Ausrufen über die Landschaft, obwohl alles braun und ausgedörrt war.

An den Nachmittagen redeten sie miteinander, tauschten Erinnerungen der Vergangenheit aus, sprachen von anderen Ländern, von ihren Eltern, von ihren Familien. Während alle anderen lasen oder Mathematikunterricht hatten, verbrachten sie ihre Abende draußen in der lauen Nachtluft und redeten über Dinge, über die Hallie noch mit keinem Menschen geredet hatte. Sie sprachen darüber, was es hieß, schwanger zu sein und Kinder zu gebären. Susan drängte Hallie, mit ihr über Chad zu sprechen. Aber das war schwierig – es war so lange her. »Ich sehe ihn nur noch ganz verschwommen vor mir«, gab Hallie zu. »Ich kann mich kaum noch an ihn erinnern.«

»Ich würde mich noch an Harry erinnern, wenn er hundert Jahre fort wäre«, sagte Susan leise.

»Ich glaube«, sagte Hallie, die versuchte, sich selbst etwas klarzumachen, indem sie es aussprach, »es liegt daran, daß ich so viel zu tun habe, daß ich ganz auf mich gestellt bin. Wenn ich rumsitzen und auf ihn warten würde, während um mich herum das Leben weitergeht, würde ich mich sicher nach seiner Rückkehr sehnen. Aber seit Archies Tod habe ich ständig so viel zu tun, und es ist eine solche Herausforderung.«

»Harry und ich haben eine Liebesheirat geschlossen. Wir wissen, daß wir glücklicher dran sind als die meisten anderen.«

Hallie fragte sich, was sie für Chad empfand.

»Was du geleistet hast, hätte ich nie geschafft«, sagte Susan, um das Thema zu wechseln.

»Wenn es hätte sein müssen, dann hättest du das auch gekonnt. Ich sitze nicht da und lasse um mich herum alles geschehen. Ich warte nicht darauf, daß andere Entscheidungen treffen.«

Ein paar Minuten herrschte Schweigen, ehe Susan sagte: »Wie wirst du dich fühlen, wenn er zurückkommt?«

Hallie grübelte im Dunkeln über diese Frage nach. Er erschien ihr als ein Fremder, den sie möglicherweise nie wiedersehen würde.

»Was wird passieren, wenn du nicht länger die Entscheidungen treffen kannst?« Susans Stimme war zart, aber ihre Fragen waren hart. Aus dem Haus drang Gelächter.

»Susan«, sagte Hallie, »ich bin ja so glücklich! Ich wünschte mir, das Leben würde immer so weitergehen. Ich rede natürlich nicht von der Dürre. Sie ängstigt mich zu Tode. Es scheint, als sei es schon immer so gewesen und als würde sie nie enden.«

»Nichts bleibt ewig, wie es ist«, sagte Susan mit ruhiger Stimme.

»Das weiß ich«, sagte Hallie. »Aber ich habe noch nie eine Dürre erlebt. In der Bibel ist von sieben Jahren Hungersnot vor sieben üppigen Jahren die Rede, und ich frage mich, ob noch vier Jahre vor uns liegen, bis die Dürre endet. Aber wenn ich mir keine Gedanken wegen der Dürre mache, dann bin ich ja so glücklich. Ich war nie glücklicher als jetzt, weil ich meine Familie um mich habe und weil du hier bist. Ich glaube nicht, daß ich je zufriedener war als jetzt, in diesem Augenblick.«

Susan nahm Hallies Hand. »Ich bin so froh, daß wir gekommen sind. Schöner kann man den Sommer nicht verbringen.«
Und so kam es denn auch. Als Harry eintraf, um sie abzuholen, sagte er, er würde ein paar Tage bleiben und sich Urlaub nehmen. Er wollte durch die Gegend reiten, mit ihnen picknicken, im Fluß baden und seine Arbeit vergessen.
Hallie bestand darauf, auf dem Sofa zu schlafen und Harry und Susan ihr Bett abzutreten. Susan lag in den Armen ihres Mannes da und schmiegte sich an ihn, und während sie redeten, preßte er hauchzarte Küsse auf ihre Lider und ihre Wangen.
»Ich möchte noch bleiben, Harry«, sagte sie.
Er küßte ihr Ohr und murmelte: »Irgendwie habe ich das geahnt.« Susan redete weiter und versuchte, sich zu verteidigen. »Ich vermisse dich, und ich liebe dich, aber ich möchte länger bleiben. Christopher spielt mit den Kälbern, den Hunden und den Ferkeln. Er hat noch nie auf einem Pony gesessen, noch nie in einem Stall geschlafen. Und Molly und Beth lassen es sich miteinander prächtig gehen. Sie sind wie Schulmädchen. Sie sitzen bis spät in die Nacht hinein mit Belinda da und kichern. Belinda hat sogar eine Nacht mit ihrem neugeborenen Baby bei ihnen im Stall geschlafen. Alle sind entspannt und glücklich, und ich fühle mich, als sei ich in Ferien.
Hallie hat versprochen, mit mir andere Farmer im Tal zu besuchen, und eins der Pferde erwartet jetzt täglich ein Fohlen, und Hallie und ich haben noch so viel miteinander zu reden. Sag mir, daß es dich nicht stört.«
Harry lächelte und nahm ihre Hände in seine: »Natürlich stört es mich. Das Haus ist wie ein Mausoleum, wenn du nicht da bist.«
»Du kannst doch unmöglich Zeit haben, dich einsam zu fühlen. An drei oder vier Abenden in der Woche hast du geschäftliche Treffen!«
»Das mag sein, aber ich hasse es, in ein leeres Haus zurückzukommen. Es ist so still dort. Und wenn ich mich ins Bett lege, ist niemand da, den ich in meine Arme ziehen kann.«

»Nimm mich hier in deine Arme. Lieb mich so, daß es für Wochen reicht. Präg dir mich so gut ein, daß du nur die Augen zumachen mußt, wenn du dich ins Bett legst, und schon bin ich da.«

»Ich brauche nichts zu tun, um dich mir einzuprägen«, sagte Harry und küßte ihren Hals. »Ich trage dich immer in mir. Wo ich auch bin.«

Hallie und Susan beschlossen, beim Anbau auch gleich noch eine L-förmige Veranda einzuplanen. Diese Vorstellung begeisterte Hallie. Sämtliche Zimmer sollten geräumig werden und breite Flügeltüren bekommen, damit viel Licht in die Zimmer drang. Das Haus sollte großzügig wirken und nicht ziellos erweitert.

Susan, ihre Kinder und Molly blieben schließlich den ganzen Sommer. Harry kam an jedem zweiten Wochenende, und einmal im Monat begleitete ihn Tristan.

Tristan ... Hallies Herz schlug schneller, wenn sie ihn ansah. Was tat er bloß an den Tagen und Nächten in der Stadt? Was schrieb er abends an seinem Schreibtisch auf? Mit wem aß er zu Abend, und worüber wurde geredet? Was berichtete ihm seine Mutter in ihren Briefen? Wußte seine Mutter etwas von ihr? Was hatte er gemeint, als er gesagt hatte, er pflanzte Rosen in ganz Neusüdwales? Sie glaubte nicht, daß er von Pflanzen gesprochen hatte. Plötzlich fiel ihr auf, daß er ihr nie sagte, wenn er glücklich oder traurig war, wenn ihm ein Patient starb oder wenn ihm eine Heilung gelungen war. Er erzählte ihr nicht, wenn er mit dem Gouverneur gegessen oder spät abends noch die Langleys besucht hatte. Er erzählte ihr nichts von den Büchern, die er las. Er sagte ihr nicht, wie es war, allein in Sydney zu leben.

Sie starrte ihn an, als hätte sie ihn noch nie zuvor gesehen. Trägt er eine Maske? fragte sie sich. Oder sehe ich nur den Teil von ihm, den er glaubt mir gefahrlos zeigen zu können?

Abgesehen davon, daß sie nie mit Tristan allein war, war es der glücklichste Sommer ihres ganzen Lebens. Sie ließ die Arbeit sausen und kostete es aus, ihre Freunde um sich zu haben.

Nur der Ausflug, den Susan und Hallie zu den Coltons unternahmen, war unerfreulich. Hallie packte die verschiedensten Lebensmittel ein, aber nicht zuviel, damit Will nicht klagen konnte. Sie hoffte nur, sie bekäme ihn überhaupt nicht zu sehen.

Trotz Bens Warnung war Hallie nicht auf Ettas Aussehen vorbereitet. Nicht einmal ihre Augen leuchteten zur Begrüßung, sondern blieben hohl, ohne jeden Lebensfunken. Susan konnte es kaum glauben, als Hallie ihr später erzählte, wie schön Etta gewesen war, als sie sie kennengelernt hatte. Trotz ihrer Bräune wirkte Etta blaß und fahl.

Mary Ann, die bei Hallies letztem Besuch so fröhlich umhergelaufen war, kauerte in einer Ecke, bis ihre Mutter sie rief. Selbst dann ging sie nur zögernd auf Hallie und Susan zu und grub die Finger fest in einen Rock, der viel zu kurz für sie war.

Etta hatte vor Freude geweint, als sie gesehen hatte, was ihr Hallie mitgebracht hatte. Als das Baby – David, dessen Augen die Farbe des Winterhimmels hatten – weinte, kümmerte sich Etta nicht darum. Susan ging schließlich zu ihm und wechselte seine Windeln. »Darf ich ihn füttern?« fragte sie. »Er scheint hungrig zu sein.«

Etta machte einen Satz wie eine verängstigte Maus und sagte: »Oh, ja, natürlich. Ich war so beschäftigt mit Hallie, daß ich . . .« Ihre Stimme verhallte.

Aber dann fing sie an zu reden und zeigte ihnen stolz die Lebensmittel, die sie in Gläsern für den Winter eingemacht hatte. Das Haus war so sauber, daß man ohne weiteres vom Fußboden hätte essen können, wenn es auch immer noch sehr beengt war. Aber Etta hatte wirklich nichts zu sagen, sondern plapperte nur vor sich hin. Ihr Leben, befand Hallie, beschränkte sich auf diese vier Wände. Sie hatte kein Pferd, auf dem sie durch die Gegend reiten konnte, nichts im Freien zu tun, jahrein, jahraus keinen

Menschen, mit dem sie reden konnte. Nichts, worüber sie sich Gedanken machen konnte. Und sie unternahm nichts dagegen. Als Etta am Nachmittag gerade die Hand auf Hallies Arm gelegt und gesagt hatte: »Geht noch nicht. Bitte, geht noch nicht«, kamen Will und Walker. Will lachte und war offensichtlich gut gelaunt, aber Walker war stumm. Seine Kleider waren schmutzig und zerlumpt, und Will gab anscheinend kein Geld dafür aus, ihm etwas Neues zu kaufen. Und doch war er jetzt schon fast vier Jahre hier, dachte Hallie. Sie schaute ihn sich genauer an. Seine Augen waren blau, und sein hellbraunes Haar war graumeliert, obwohl er noch jung war. Er war ein mittelgroßer, stämmiger Mann, der sich hinter einem ausdruckslosen Blick verbarg. Wie furchtbar es doch sein muß, Sträfling zu sein, dachte Hallie, und nie selbst etwas entscheiden zu können. Sieben Jahre lang tun zu müssen, was ein anderer einem vorschreibt. Wie kommt es, fragte sie sich, daß ich nie so über meine Männer denke? Walker strahlte eine grenzenlose Traurigkeit aus. Ihr fiel auf, daß sein Blick immer wieder auf Etta fiel, die ihn nie auch nur ansah.

Will sagte, sie hätte nichts mitbringen dürfen.

»Ich bringe gern etwas mit, wenn ich Nachbarn besuche«, entschuldigte sich Hallie. Auf dem Rückritt war sie deprimiert. Susan bemerkte es und erkannte die Ursache. »Hallie, diese Frau leidet.«

»Ich weiß«, sagte Hallie, »aber ich weiß nicht, was ich daran ändern könnte.«

»Ich glaube nicht, daß du etwas tun kannst. Fragst du dich denn nicht, was dort vorgeht? Ich glaube, der Sträfling ist in sie verliebt. Er leidet auch.«

Hallie warf einen Blick auf ihre Freundin mit der guten Beobachtungsgabe. »Den Eindruck hatte ich auch. Wenn wir es uns schon denken, glaubst du, daß Will es dann weiß?«

»Ja. Hast du ihr Ohr gesehen? Es sieht wirklich wie ein Blumenkohl aus. Ich glaube, daß Will sie furchtbar verprügelt.«

»O Gott«, sagte Hallie, die sich wunderte, daß sie nicht selbst darauf gekommen war, aber noch mehr wunderte sie sich, daß sie nicht mehr überrascht war. »Weißt du, was Tristan zu mir gesagt hat, als er hier war, um sie von David zu entbinden? Er findet, Mary Ann sieht Brian ähnlich.« Sie hatte Brian gegenüber ein schlechtes Gewissen, weil sie so etwas auch nur laut aussprach.

Susan sagte lange gar nichts. Dann fragte sie: »War Brian denn jemals hier?«

»Ja, Chad hat ihn Will ein paarmal zur Verfügung gestellt. Aber dann hat sich Brian geweigert, noch einmal hinzugehen. Als Chad ihm angeboten hat, seine Familie kommen zu lassen, hat Brian ihn gebeten, er solle ihn nie mehr zu den Coltons schikken.«

»O Hallie, glaubst du etwa . . .?« Susans Gesicht war weiß.

»Ich weiß es nicht. Wir wollen lieber nicht darüber nachdenken.«

»Bestraft Will sie dafür? Für einen Augenblick mit Brian? Mein Gott, wer würde Brian nicht diesem häßlichen Kerl vorziehen?«

Aber Hallie dachte stumm, daß nicht nur Mary Ann auffallend schwarze Augen hatte, sondern David ebenso auffallende saphirblaue Augen.

27

Zwei Tage vorher bekamen sie eine Vorwarnung.

Weit im Osten blitzte es über dem Meer. Dann zogen dunkelgraue brodelnde Wolkenmassen über das Land. Ein leises Donnergrollen hallte durch den Himmel. Der Luftdruck sank so tief, daß ältere Menschen Atemnot hatten. Die Luftfeuchtigkeit drückte nach unten.

Aber die meisten Leute waren freudig gestimmt, wenn sie aus ihren Häusern rannten, um zu dem grauen Brodeln aufzublicken, diesen spektakulären Wolkenmassen, die nach Regen rochen. Kaum einer konnte in jener Nacht schlafen. Gegen Morgen schossen Blitze in die Berge, und der Donner folgte wie Kanonenschläge. Die Religiöseren fanden, es klänge wie der Zorn eines wütenden Gottes. Niemand hatte je solchen Lärm aus dem Himmel kommen gehört.

Die Güsse setzten am zweiten Tag im Zwielicht ein. Größere Regentropfen als alles, woran sich irgend jemand erinnern konnte, kamen herunter, erst langsam, doch man konnte sie überall hören, das willkommene Geräusch von Wasser, das auf die Erde trommelte. Selbst Stadtmenschen malten sich aus, wie die Wurzeln von Pflanzen gierig das lebenspendende Wasser aufsogen.

Pferde wieherten und hießen die großen Tropfen auf ihren staubigen Rücken willkommen. Lämmer, die noch nie Regen erlebt hatten, schmiegten sich eng an ihre Mütter. Die Leute standen draußen herum und lachten, ließen sich bis auf die Knochen durchweichen, hopsten auf und ab, riefen fröhlich und grinsten albern. Nur die Ureinwohner rannten in die Hügel und kletterten auf Bäume, als seien sie Koalabären. Nur die Texte ihrer Lieder warnten sie mit alten Geschichten.

Hallie lag im Bett und lauschte dem Regen. Sie glaubte, nie schönere Musik gehört zu haben. Es konnte Einbildung sein, aber sie glaubte sogar zu hören, daß der Bach wieder gluckernd plätscherte. Der Regen traf auf die steinharte, ausgedörrte Erde und prallte davon ab. Er floß über das Land, bis er Wasserläufe fand und sich hinein ergoß. Am Morgen war jeder Bachlauf, in dem auch nur noch ein Zentimeter Wasser geflossen war, über die Ufer getreten. Der Fluß, in den das Wasser aus den Hügeln und aus seinen Nebenflüssen floß, machte sich breit.

Es schüttete. Wie Kugeln prallte der Regen auf den Boden. Vom Haus aus konnte man weder die Baracken noch den Stall sehen. Sie hatten weder die Stiefel noch die Kleider, um sich gegen diese Regengüsse zu schützen.

Der Bach trat über die Ufer und kroch unbeirrbar auf das Haus zu.
»Was werden wir bloß tun?« fragte Beth, die Alexandras Hand umklammert hielt. Jamie preßte die Nase ans Fenster.
»Als erstes müssen die Männer die Pferde in die Hügel treiben«, sagte Hallie, die versuchte, klar zu denken. »Sie müssen die Tiere aus dem Stall so weit wie möglich weg vom Fluß und von den Bächen bringen.« Wenn der Bach so schnell angeschwollen war, konnte sie sich kaum vorstellen, was mit dem Fluß sein mußte. Hallie schickte alle in die Küche und machte sich auf den Weg zu den Baracken. Barfuß watete sie durch den Schlamm. Sie brauchte zwanzig Minuten, um die kurze Strecke zurückzulegen. Männliche Gesichter tauchten in den Fenstern auf. Sie setzten sich dem Sturm nicht aus. Eine Tür wurde geöffnet, und eine Hand zog Hallie in die Baracke.
»Der Bach steigt«, sagte sie. »Aber ich glaube, wir haben noch Zeit.«
»Zeit wofür?« fragte jemand.
»Ich bin nicht sicher«, räumte sie ein. »Ich weiß auch nicht besser als ihr, was man bei Überschwemmungen tut, und ich weiß auch nicht, ob das Wasser bis zum Haus steigen wird. Aber ich will, daß die Pferde und alle anderen Tiere aus dem Stall von hier fortgebracht werden – in die Berge. Ich will, daß ihr die Tiere zusammentreibt und sie in die Hügel bringt. Nicht zum Fluß, sondern nach Südosten. Das wird nicht einfach sein. Und ich will, daß ein paar von euch am Fluß die Zäune durchschneiden, damit die Schafe von den Weiden laufen können. Und dann werdet ihr in die Hügel ziehen – alle, und dort werdet ihr bleiben, bis die Regenfälle enden.«
Niemand rührte sich.
Allmächtiger Gott, dachte sie und spürte die prickelnde Furcht auf ihrer Haut. Genügen diese Anweisungen denn immer noch nicht? Dann wurde ihr klar, worauf sie warteten – sie mußte ihnen sagen, wer was tun sollte. Sie hatten seit so langer Zeit

keine Entscheidungen mehr getroffen, daß sie nicht mehr wußten, wie es geht. »Du, Charles, und Tom und du auch, Henry – ihr geht in den Stall. Clyde, geh mit ihnen. Vier von euch sollten genügen. Laßt die Hühner und die Schweine frei. Aber versucht, die Kuh und das Kalb und alle Pferde zusammenzutreiben ... nein, wartet, ich brauche selbst Pferde. Ich komme mit.« Sie konnte ihnen nicht genau sagen, wohin sie mit den Tieren gehen sollten. Sie würden ein gewisses Maß an kollektiver Intelligenz brauchen.

Sie wandte sich an die anderen. »Percy, du reitest mit Arthur über die tiefer gelegenen Weiden nach Osten. Die im Westen müssen wir vergessen, ihr kämt nie über den Fluß. Schneidet die Zäune ein, damit die Schafe vor dem Wasser fortlaufen können. Lawrence, nimm alle Männer mit, die zur Verfügung stehen. Arbeitet euch am Fluß entlang, soweit ihr kommt, und schneidet dort die Zäune durch. Und dann zieht ihr auch in die Hügel, hast du gehört? Bleibt dort, bis der Regen aufhört, bis ... bis ihr seht, daß das Land nicht überschwemmt ist.«

Vielleicht kommt es gar nicht zu einer Überschwemmung, dachte sie.

»Ihr übrigen – helft, wo ihr könnt, und reitet dann in die Hügel.« Sie machte kehrt und ging auf den Stall zu. Die Pferde waren unruhig, weil sie Gefahr witterten. Chads Hengst Thunder wieherte laut und wollte sich aus seiner Box befreien. Hallie beschloß, ihn mitzunehmen. Beth konnte Princess reiten, und sie würde Thunder nehmen. Chad hätte ihr niemals verziehen, wenn seinem Pferd etwas zugestoßen wäre. Jamie durfte Dancer nehmen, das Pferd, das er und Tristan gerade zuritten.

Sie glaubte nicht, daß Grund zur Eile bestand, aber sie wollte auch keine Zeit vergeuden. Jetzt erst fiel ihr auf, daß Ben ihr in den Stall gefolgt war. Er sattelte bereits das Pferd, das ihn täglich im Schritt zum Laden brachte.

»Ich komme mit«, sagte er, als gäbe es da nichts weiter zu diskutieren.

Vielleicht würde der Bach doch nicht bis zum Haus kommen, dachte Hallie, doch der Regen prasselte so heftig herunter, daß ihr die Aussichtslosigkeit dieser Vorstellung bewußt wurde. Ob das Haus wohl zerstört werden würde? Würde der Stall verschont bleiben? Würden die Baracken standhalten? Sie betete, es möge nicht alles vernichtet werden, wofür sie gearbeitet hatten. Wenn die Dürre fast drei Jahre angedauert hatte, wie lange konnte es dann regnen? Dürre und Überschwemmung kannte sie nur aus der Bibel.

Als sie in die Küche kam, lachten die Kinder fröhlich, aber sie sah die Angst in Beth' Augen.

»Laßt uns genug Essen für mehrere Mahlzeiten einpacken«, sagte Hallie zu Beth. »Dann reiten wir rüber zu Belinda und ziehen alle in die Berge.« Sie hoffte nur, Brian sei sich im klaren darüber, daß seine Verantwortung in erster Linie seiner Familie galt.

Hallie verschlang das Frühstück, das Beth ihr vorsetzte, ehe sie die Tür öffnete und zum Bach sah. Das Wasser kam ständig näher; sie wußte, daß sie bergauf reiten mußten. Aber wie hoch? Wo waren sie sicher? Sie konnte sich nicht vorstellen, daß das Wasser hoch genug steigen würde, um die Hügel zu überschwemmen.

Belinda weinte fast vor Erleichterung, als sie das trostlose Grüppchen kommen sah, doch sie hatte gehofft, Brian sei auch dabei. Er war vor mehr als einer Stunde aus dem Haus gegangen und hatte sich zu den Baracken begeben.

Es dauerte nicht lange, bis Brian nach Hause kam und berichtete, wie schnell das Wasser stieg. Er und Hallie waren sich darüber einig, daß sie in die Hügel im Südosten ziehen mußten, fort von den fließenden Gewässern. Am frühen Nachmittag brach die kleine Schar nach Süden auf. Hallie bemühte sich, nicht daran zu denken, was alles zerstört werden könnte. Sie durfte jetzt nur noch daran denken, daß sie von ihren Kindern und ihren Freunden umgeben war, die sich alle in Sicherheit brachten.

Keiner von ihnen wußte, daß der sintflutartige Regen sich in Strömen durch das Land wälzte, die Erde kaum berührte und den Flüssen und Bächen entgegenströmte. Die Altarme und die Tümpel hatten sich gefüllt und sich mit den Bächen verbunden, die zu Flüssen wurden und in die Ströme flossen, um Seen zu bilden, die sich in Wogen durch die Hügel wälzten und Tiere überraschten und ertränkten, ehe sie wußten, wie ihnen geschah. Die Flutwelle entwurzelte Bäume und rauschte durch Häuser; sie ergriff Menschen und wirbelte sie wie Spielzeug umher, ehe sie in ihren Sog gezogen wurden.

Keiner von ihnen wußte, mit welchem Ungestüm das Wasser durch das Land wütete.

Erst am späten Nachmittag beschlossen Hallie und Brian, sie könnten jetzt anhalten. Sie hatten keine Bäche überquert, und von dem Hügel aus, auf dem sie haltmachten, war nirgends Wasser zu sehen.

»Sieht so aus, als ließe es nach«, sagte Ben, der zum Himmel aufblickte. So war es auch tatsächlich. Der Wolkenbruch hatte sich zu einem Regen abgeschwächt, wie sie ihn früher im Spätsommer gewöhnt gewesen waren. Vielleicht war das Schlimmste vorbei.

So war es auch, was das Wetter betraf.

Zitternd und klatschnaß aßen sie das kalte Huhn, das Belinda mitgenommen hatte. Es war unmöglich, ein Feuer zu machen, denn überall tropfte Wasser vom Laub. Jamie und Robbie verschwanden für ein paar Minuten, und Hallie rief nach ihnen. Um Gottes willen, dachte sie, verirrt euch bloß nicht hier draußen.

»Gently ist verschwunden«, rief Jamie voller Panik.

»Wann habt ihr ihn das letzte Mal gesehen?« fragte Ben.

»Ich schätze, vor einer halben Stunde«, sagte Robbie.

»Wo?« fragte Belinda. »Ihr seid die ganze Zeit im Kreis gelaufen.«

»Ich weiß es nicht.« Jamie ballte eine Faust und rieb sich die Augen, um die Tränen zurückzuhalten.

Ben stand auf. »Kommt schon, ihr beiden, ich komme mit euch.« Hallie starrte ihn an. Normalerweise tat Ben alles, um sich nicht auf ein Pferd setzen zu müssen, und jetzt war er schon den ganzen Nachmittag geritten.
»Ben, ihr könntet euch verirren.« Er war zwar älter, aber das hieß noch lange nicht, daß er sich auskannte. Seit seiner Ankunft hatte er die Farm nur verlassen, um mit ihr nach Parramatta zu reiten. Er wußte noch nicht einmal, wo er am Himmel das Kreuz des Südens fand, aber das hätte man bei diesem Wetter ja doch nicht sehen können.
Er zog seine Uhr aus der Tasche. »Wir sind vor Einbruch der Dunkelheit zurück. In weniger als einer Stunde. Wir reiten nur den Hügel hinunter und rufen.«
Als Jamie und Robbie auf ihre Pferde sprangen, fing Alex an zu weinen. »Gently«, rief sie. Hallie zog sie an sich und hielt sie fest.
Sie kamen zurück, ehe es dunkel wurde, aber ohne den Hund. Alex weinte sich in den Schlaf. Jamie lag da und starrte in die Dunkelheit. Ben saß an einen Baumstamm gelehnt und wirkte gedankenverloren.
Obwohl sie vor Nässe zitterten, schliefen alle ein. Alle außer Ben.

Die Stille ließ Hallie erwachen. Keine Regentropfen. Kein Vogelgezwitscher. In einer halben Stunde sollte die Sonne am Himmel strahlen, als sei eine Million funkelnder Edelsteine am Firmament verstreut. Ihr erster Gedanke war der, daß es vorüber war. Sie sah ins Tal hinunter, und soweit sie sehen konnte, stieg überall Dampf aus der feuchten Erde in die Morgenluft auf, aber die tieferen Gegenden waren nicht unter Wasser. Sie lag stumm da und fühlte sich von Erleichterung durchflutet.
Als sie sich aufsetzte, merkte sie, daß es noch naß, aber nicht mehr kalt war. Es war warm. Alexandra schmiegte sich eng an Beth. Brian hatte einen Arm um Belinda gelegt, die Morgan im Arm hielt. Robbie schlief nicht weit von ihnen, und Jamie ...

Wo steckte Jamie? Hallie wurde es flau vor Angst. Sie wußte genau, wo Jamie steckte; er hatte sich auf die Suche nach Gently gemacht und würde sich in dieser Weite verirren. Ben ...
Ben war ebenfalls verschwunden. Und beide hatten ihre Pferde mitgenommen.
Ein erstickter Laut entrang sich ihr und weckte alle anderen. »Sie sind fort«, rief sie aus. »Sie haben sich auf die Suche nach Gently gemacht.«
»Ohne mich wären sie doch nicht fortgegangen!« rief Robbie aus und rannte zu den Pferden.
Hallie wandte sich an Brian. »Wenn sie bei Dunkelheit aufgebrochen sind, wissen sie noch nicht einmal, welche Richtung sie eingeschlagen haben. Ben ist ein Stadtmensch, und Jamie – Jamie ist erst fünf!«
Sie standen alle da, und jeder schaute in eine andere Richtung, doch sie ahnten alle, daß sie nicht sehen würden, worauf sie hofften.
Es war eine trostlose Schar, die sich auf den Heimweg machte. In regelmäßigen Abständen rief einer von ihnen: »Jamie!« Doch es kam keine Antwort. Hallie fühlte sich gelähmt. Wie konnte sie Jamie in dieser Weite finden? Und Ben, dieser verfluchte Kerl. Der Teufel sollte ihn holen! Wie kamen die beiden dazu, mitten in der Nacht loszuziehen, ohne auch nur zu wissen, wo sie waren oder wohin sie ritten? Ihm hätte man mehr Verstand zutrauen können. Sie hätte wach bleiben sollen, denn sie hätte selbst wissen müssen, daß Jamie so rasend vor Sorge um Gently war wie sie um ihn und daß er aus Sorge um seinen Hund seine eigene Sicherheit hintanstellen würde. Aber von einem fünfjährigen Jungen erwartete sie nicht den gesunden Menschenverstand, den sie von Ben erwartete. Plötzlich brach sie in Tränen aus. Wie sollte sie ihren Sohn je wiederfinden?
Am späten Vormittag kamen sie zu Hause an. Wenn sich nicht all ihre Gedanken um Jamie gedreht hätten, wäre Hallie entsetzt gewesen. Sämtliche Gebäude standen noch, aber im Haus

und im Stall war alles von einer Schlammschicht bedeckt. Die Baracken und Brians Haus waren verschont geblieben, doch das Wasser war vom Bach gekommen und unter den Türen durchgesickert und stand noch auf den Böden und überzog alles mit Schlick. Alle Stuhlbeine und Tischbeine waren schlammverkrustet, und die Tünche auf den Wänden war fünfzehn Zentimeter hoch mit Schlamm bespritzt. Überall schwappte noch Wasser in Pfützen und beschmutzte alles, womit es in Berührung kam.

Aus vollkommen unerfindlichen Gründen hatte das Wasser vor der Küchentür haltgemacht.

Der Bach, der noch Hochwasser hatte, strömte so schnell, daß sich die Wassermengen überschlugen, aber er war bis hinter den großen Gummibaum zurückgewichen und stellte keine Bedrohung mehr dar. Abgebrochene Äste und die Kadaver von Schafen wurden vorbeigewirbelt. Hallie wußte, daß es ihre Schafe sein mußten, denn weiter draußen lebte niemand mehr. Es spielte keine Rolle. Nichts zählte jetzt mehr.

Wo war Jamie? Lief er irgendwo durch die Gegend und hatte sich verirrt – hungrig und vielleicht auf dem Weg in die falsche Richtung und jetzt schon meilenweit entfernt? Ben nutzte ihm nichts, das wußte sie. Sie bezweifelte, daß er auch nur die Himmelsrichtungen erkannt hätte, wenn er die Sonne aufgehen sah. Städter schenkten diesen Dingen keine Aufmerksamkeit. Das wußte sie. Erst in den letzten sechs Jahren hatte sie den Himmel und seine Gestirne überhaupt wahrgenommen. Sieben, wenn man die Reise auf der CHARLESTON mitzählte.

Hallie sah, daß Beth, die Alexandra die ganze Zeit im Arm gehalten hatte, geweint haben mußte. Beth liebte Jamie wie einen eigenen Sohn, das wußte Hallie. Hilflos und hoffnungslos sahen sie einander an.

»Ich mache jetzt hier sauber«, sagte Beth, obwohl sie nichts tun konnten, solange das Wasser auf dem Boden nicht getrocknet war. Selbst dann würde es noch eine übermenschliche Aufgabe

sein. »Vorher mache ich uns etwas zu essen.« Hallie wußte, daß sie sich nur beschäftigen wollte, um sich von Jamie abzulenken.
Hallie hatte keine Ahnung, wo sie anfangen sollte. Ich kann nicht einfach dasitzen, dachte sie, aber ich weiß nicht, was ich tun soll, wo ich suchen soll. Jamie und Ben konnten überall sein. Sie konnten im Kreis umherlaufen. Sie konnten tot sein.
Je mehr sie versuchte, sich zu konzentrieren, desto schwieriger wurde es. Beim Mittagessen brachte sie keinen Bissen herunter. Tee konnten sie nicht kochen, weil das Wasser verschlammt war.
Am späten Nachmittag kam Brian. »Ich weiß, daß Sie an nichts anderes als an Jamie denken können«, sagte er, »aber Sie sollten trotzdem mitkommen und sich etwas ansehen.«
Sie folgte ihm auf Princess durch das Tal und auf den Hügel, von dem aus man den Fluß sah, der sich durch das Tal schlängelte, den Fluß, an den sie die Schafe getrieben hatten, damit sie während der Dürre Zugang zum Wasser hatten.
Auf Hallie wirkte es wie ein Kriegsschauplatz. Es sah aus, als hätte Gott seinen Zorn über dieses Land ergossen und es mit Zerstörung überhäuft. Hohe Bäume lagen da und reckten ihre Wurzeln in die Luft. Hunderte von toten Schafen türmten sich am Fuß der Hügel. Andere mußten fortgeschwemmt worden sein. Sämtliche Zäune waren eingerissen und lagen zersplittert auf der schlammigen Erde verstreut.
Sie konnten nicht wissen, daß es oben in den Bergen einen großen See mit zahllosen Zuflüssen gab, der viele kleinere Flüsse speiste und über seine Ufer getreten war. Sie wußten nicht, daß dieser eine Fluß, den sie kannten, der Zusammenfluß von zwei Flüssen beträchtlicher Breite war. Sie wußten nicht, daß sämtliche Wasserläufe, all die kleinen Nebenflüsse, die beiden größeren Ströme und der See selbst mit seinen zahlreichen Zuflüssen sich zusammengeschlossen hatten, um sich mit einer wahnsinnigen Wucht durch ein relativ schmales Flußbett zu wälzen, daß dieser reißende Strom schon viel weiter oben am

Flußlauf alles zerstörte und mitriß, was ihm im Weg war. Nur zwei Personen waren dort oben am Fluß gewesen und hatten den furchtbaren Lärm gehört, der die gigantische Woge ankündigte, die noch bei Dunkelheit am frühen Morgen durch das Tal gespült war. Wie die geballte Faust Gottes hatten sich die Wassermassen zusammengeschlossen und in ihrem schmalen Bett eine unglaubliche Geschwindigkeit zugelegt und auf dem Weg nach Norden schwere Zerstörungen angerichtet, ehe die Flutwelle sich dem Meer zuwandte, sich endlich brach und das Land überflutete.

Hallie und Brian sahen und wußten in dem Augenblick lediglich, was die Wassermassen an diesem Land und diesen Schafen angerichtet hatten. Und Hallie konnte an nichts anderes als an Jamie denken. Was war, wenn ihr Sohn dort war? Was, wenn eine dieser zerschmetterten Gestalten dort unten kein Schaf, sondern Jamie war?

28

Hallie schlief in der kommenden Nacht, aber sie erwachte schon vor der Morgendämmerung, sattelte Princess, ritt los und rief: »Jamie!« Sie ritt ohne Sinn und Verstand querfeldein. Jamie und Ben waren nirgends auf der ganzen Strecke gewesen, als sie von dem Platz zurückgeritten waren, an dem sie ihr Lager aufgeschlagen hatten.

Im Lauf des Vormittags kamen die Männer paarweise und in kleinen Grüppchen zurück. Diejenigen, die dazu eingeteilt worden waren, die Schafe am Fluß zu befreien, berichteten, es sei ihnen unmöglich gewesen, die Schafe zu retten. Hallie, deren Gedanken sich im Moment bestimmt nicht um die Tiere drehten, wurde sich nicht darüber klar, daß das einen Verlust von drei- oder viertausend Schafen bedeutete. Das einzige, was sie jetzt interessierte, war, Jamie zu finden.

Irgendwo tief in ihrem Innern wußte sie, daß ihr Sohn tot war. Sie wußte, daß sie den Jungen, den sie so sehr liebte, nie wiedersehen würde, oder zumindest würde sie ihn nicht lebend wiedersehen. Irgendwo sah sie ihn aber auch ziellos mit Ben durch die Gegend laufen und hoffte nur, daß sie sich wenigstens nach Norden wandten, denn dann hätten sie irgendwann Parramatta oder sogar Sydney erreicht oder den Fluß, der sie in beide Städte führen würde. Aber würden sie nicht bis dahin schon verhungert sein?

Hallie wollte nichts über die Verluste bei den Schafen hören. Sie schickte die Männer los, damit sie sich paarweise auffächerten und durch die Gegend streiften. Es hätte ihr nichts ausgemacht, wenn alle Schafe und Pferde gestorben wären, solange Jamie nur in Sicherheit war. Aber sie wußte, daß das nicht der Fall war.

Robbie und Brian ritten gemeinsam los. Wie auch die anderen Männer kehrten sie am Abend zurück, ohne auf etwas gestoßen zu sein. Hallie brach in unbeherrschte Hysterie aus. Sie schluckte, als Beth die Arme um sie schlang und mit ihr weinte.

Nachdem sie sich emotional vollkommen erschöpft hatten, schlief Hallie unruhig. Beth stürzte sich in rasende Aktivitäten, die nur dazu gedacht waren, sie von Jamie abzulenken, sie fegte das Haus aus, doch die Böden waren noch vom Schlamm verkrustet. Die Tage waren warm, und der Regen fiel jetzt sachte, sank in den Boden ein, nährte die Pflanzen und speiste die durstige Erde.

Am dritten Morgen nach der Flut hörte Hallie Pferdehufe aus der Ferne. Es dämmerte schon, und der Himmel war grau, aber es war ein Perlgrau – nicht das Grau der Sturmwolken.

Jamie! war ihr erster Gedanke, doch sie hörte an der Schnelligkeit der galoppierenden Hufe, daß es nicht Jamie sein konnte. Sie stand angekleidet auf – seit dem Morgen, an dem sie in die Hügel aufgebrochen waren, hatte sie sich nicht mehr ausgezogen. Um die anderen nicht zu wecken, schlich sie sich aus dem Schlafzimmer und öffnete die Haustür. Tristan sprang von seinem

Pferd. Er sah sie in der Dämmerung stehen, kam auf sie zu, schlang die Arme um sie und murmelte: »O Gott, du bist am Leben. Du bist hier.«

Sie klammerte sich an ihn. »Wir vermissen Jamie«, sagte sie, und ihre Worte überstürzten sich, als sie ihm die ganze Geschichte erzählte.

Sie sah, wie sich die Tür zur Baracke öffnete, mehrere Männer herauskamen und auf den Stall zugingen. Sie nahmen die Suche bereits wieder auf.

»Ich bin keinen Moment lang zum Nachdenken gekommen«, sagte Tristan, während Beth das Frühstück vorbereitete. »So viel war im Krankenhaus noch nie zu tun. Ich hatte keine Sekunde für mich, und doch konnte ich nur noch an dich denken. Ständig habe ich mich gefragt, ob du wohl in Sicherheit bist. Ich bin die ganze Nacht geritten, um herzukommen. Nach den unzähligen Ritten hierher findet mein Pferd wahrscheinlich sogar im Dunkeln ohne jede Hilfe den Weg.«

Hallie war froh, daß er sie nicht zu trösten versuchte, ihr nicht den Arm tätschelte und sagte: »Es wird schon alles wieder gut werden.« Niemand wußte, ob je wieder etwas gut werden würde.

Alexandra weinte, sowie sie erwachte. »Gently«, ächzte sie. Und dann: »Will Jamie haben.« Tristan nahm sie auf den Schoß, aber sie ließ sich durch nichts beschwichtigen. Ebensowenig wie Hallie.

Sie aßen in der Küche, dem einzigen Raum, der nicht schlammverkrustet war. Hallie konnte noch nicht einmal eine Scheibe warmes Brot hinunterwürgen, aber sie trank wenigstens Kaffee.

Ein Pferd wieherte, und es waren matte, schrille Laute. Hallie fragte sich, was ihm fehlte. Wenn sie auch an nichts anderes als an Jamie denken konnte, stand sie doch auf und sagte: »Ich gehe mal nachsehen, was im Stall los ist.«

Aber die Laute kamen nicht vom Stall. Dancer stand ohne Reiter im Sattel vor dem Stall und wieherte. Dancer, Jamies Fohlen.

Hallie schrie laut auf. Tristan, der Alexandra noch im Arm hielt, kam aus der Küche gerannt. Hallie deutete wortlos auf das Pferd. Tristan stellte Alex hin und rannte auf das Fohlen zu. Hallie folgte ihm und biß sich auf die Knöchel, bis sie bluteten, aber sie nahm weder den Schmerz noch das Blut wahr.

Sie starrten einander an.

Dancer tänzelte. Als Tristan ihn streicheln wollte, schnaubte er und warf den Kopf in die Luft.

»Mein Gott, Hallie ... ich glaube, er will uns etwas sagen.« Tristan sah sich um, als sei Jamie irgendwo zu sehen.

Eine Gänsehaut lief Hallie über die Arme. »Glaubst du das wirklich ... o Tristan ...« Sie schaute Dancer an, als versuche sie, eine Botschaft zu entschlüsseln.

»Eil dich«, sagte er. »Du mußt Princess satteln.« Dancer war ein paar Schritte weit gelaufen und sah sich nach ihnen um.

Hallie holte Princess und sprang auf, ohne sie zu satteln. »Nein«, sagte Tristan und hielt sie zurück. »Wir wissen nicht, wie weit wir reiten müssen. Hol den Sattel und Decken und etwas zu essen. Gibt es irgendwo abgekochtes Wasser? Ich besorge Taue.«

Zwanzig Minuten später folgten sie dem nervösen Pferd, das sich in regelmäßigen Abständen nach ihnen umdrehte und einen besorgten Ausdruck in den Augen hatte.

Weder Hallie noch Tristan zweifelten daran, daß er sie zu Jamie führen würde. Tot oder lebendig.

Das Pferd führte sie an die Stelle, an der der Bach in den Fluß floß, und wandte sich dann stromaufwärts. Die Pferdehufe versanken im Schlamm, und sie kamen nur noch langsam voran.

Hallie und Tristan redeten kein Wort miteinander. Ab und zu rief Hallie: »Jamie!«

Zwei Stunden nach ihrem Aufbruch blieb Dancer stehen. Hier rauschte der Fluß, nicht das silberne Band, das träge durch das Tal strömte, sondern eine brodelnde, schlammige Masse. Dennoch war das Wasser nicht über die Ufer getreten.

Hallie und Tristan hielten ihre Pferde hinter Dancer an. Sie sahen sich um und fanden nicht, wonach sie suchten.

»Was ist? Was siehst du, Junge?« sagte Tristan mit beschwichtigender Stimme zu Dancer. Das Fohlen scharrte mit den Vorderfüßen, schüttelte den Kopf und reckte die Nüstern hoch in die Luft. Sie blickten auf. Sie sahen nichts weiter als die riesigen Eukalyptusbäume, deren silbrige Rinde schlammverkrustet war.

»Das Wasser muß wie eine Flutwelle hier durchgeströmt sein«, bemerkte Tristan. »Mindestens fünfzehn Meter hoch, wenn man sich den Schlamm ...«

Beide sahen gleichzeitig den Jungen und Ben. Mindestens fünfzehn Meter über dem Boden saß Ben in einer Astgabelung eines hohen Baumes, lehnte am Stamm und hatte Jamie in den Armen, der Gently auf dem Schoß hielt. Es war absolut unmöglich für sie, von diesem Baum zu steigen. Und er stand am anderen Flußufer.

Ben wedelte mit einem Arm und schrie etwas, aber über das tosende Wasser konnten sie ihn nicht hören.

»Wie kommen wir rüber?« fragte Hallie, die so erleichtert war, daß sie zitterte, bis ihre Zähne klapperten. Tränen rannen über ihre Wangen.

»Gar nicht. Du bleibst hier. Ich reite stromaufwärts und sehe nach, ob ich eine Möglichkeit finde, nach drüben zu kommen.«

»O nein«, sagte Hallie. »Ich bleibe nicht hier stehen und warte auf dich und frage mich, ob du ertrunken bist. Ich komme mit, weil ich selbst sehen will, daß du heil drüben ankommst.«

Sie ritten eine weitere halbe Stunde flußaufwärts, ehe sie an eine Stelle kamen, an der der Fluß zwar noch eine starke Strömung hatte, aber nicht mehr ganz so wild wogte. »Hier«, sagte Tristan und reichte Hallie ein Ende des Seils. »Halt das fest.« Er sprang vom Pferd und zog seine Stiefel und seine Jacke aus. »Zum Glück bin ich einer der besten Schwimmer auf Erden«, sagte Tristan grinsend. Sie glaubte ihm nicht und konnte sich kein Lächeln abringen. Da sie jetzt wußte, daß Jamie am Leben war, galt ihre akute Sorge Tristan. Konnte er es eventuell schaffen, durch den Fluß zu schwimmen? Breit war er, Gott sei Dank, nicht, aber sie hätte es nie geschafft, nicht bei dieser heftigen Strömung.

»Wenn ich auf der anderen Seite ankomme ...«

Hallie warf stumm ein: *Falls* du ankommst.

»Dann werden wir flußabwärts laufen, und wir werden beide das Seil festhalten. Wenn wir dort angekommen sind, werde ich mir irgend etwas überlegen müssen, wie wir sie von dem Baum runterholen. Falls wir sie dort runterkriegen, müssen wir sie natürlich noch über den Fluß schaffen. Du wirst auf dieser Seite des Flusses ein Ende so hoch wie möglich an einen Baum binden, und ich werde am anderen Ufer dasselbe tun. Wir werden uns mit den Händen am Seil festhalten müssen, um rüberzukommen.«

»Was ist mit Gently? Der kann das nicht.«

»Ich werde mir etwas einfallen lassen. Wenn ich jedoch kräftig an dem Seil ziehe, dann läßt du es los. Es kann sein, daß ich es am anderen Flußufer brauche. Wenn ja, dann reitest du zurück und holst ein paar Männer und mehr Taue. Ich bezweifle, daß Jamie und Ben in der Verfassung sind, zu laufen. Wir werden also hier warten.«

Tristan band sich das Seil um die Taille und watete ins Wasser. Er sah sie über die Schulter an. »Es kann passieren, daß du mich rausziehen mußt«, sagte er und ließ sich von der reißenden Strömung packen, gegen die seine kräftigen Schwimmstöße so gut wie nichts nutzten. Sie zog ihn schnell flußabwärts, doch mit übermenschlicher Anstrengung erreichte er die andere Seite, ehe die Strömung ihn zwanzig Meter mitgerissen hatte.

Ich weiß nicht, wie er das geschafft hat, dachte Hallie.

Um die Mittagszeit hatten sie den Baum wieder erreicht.

Hallie konnte sehen, wie Tristan schrie und gestikulierte. Jamie rieb sich immer wieder mit der Faust die Augen, und Hallie wußte, daß er weinte. Tristan lief kopfschüttelnd umher und sah sich andere Bäume an. Schließlich riß er heftig an dem Seil, und Hallie dachte: Wie wollen sie je wieder an dieses Ufer kommen? Trotzdem ließ sie das Seil los, und Tristan rollte es wie ein Lasso zusammen. Nach mehreren Anläufen hatte Tristan das Seil in einen Baum mit tieferen Ästen geworfen, bis es sich verfangen hatte. Dann hielt er sich daran fest, preßte die Fußsohlen flach gegen den Stamm und kletterte nach oben, von einem Ast zum anderen. Als er beinah auf Bens Höhe war, warf er Ben das Seil ein dutzendmal zu, bis Ben es endlich gefangen hatte.

Hallie konnte sehen, daß sie einander Dinge zuschrien. Ben band das Seil um seinen dicken Ast, und dann kletterte Tristan an seinem Baumstamm hinunter. Die letzten Meter, mindestens sechs, mußte er am Stamm hinabrutschen. Sogar vom anderen Flußufer aus erkannte Hallie, daß der Aufprall Tristan weh tat. Er rieb sich einen Knöchel. Dann stellte er sich direkt unter Jamie und Ben und kletterte am Stamm hinauf, hangelte sich mit den Händen am Seil höher. Währenddessen zog Ben sich das Hemd aus und wickelte Gently hinein.

Als Tristan auf ihrer Höhe angekommen war, band Ben Tristan das Hemd um den Hals. Hallie hoffte nur, es würde ihn nicht ersticken. Dann machte sich Tristan mit dem Hund auf dem Rücken langsam an den Abstieg. Seine Zehen wanden sich um das Seil, während er behutsam eine Hand unter die andere legte. Als er auf dem Boden stand, schrie er etwas, und Hallie konnte sehen, daß Ben auf Jamie einredete. Warte, hätte sie gern gerufen, warte, bis Tristan dich holt. Aber Tristan machte keine Anstalten, das zu tun. Er stand mit dem Seil in der Hand da und wartete.

Jamie schaffte es! Als Tristan den Jungen an sich drückte, als wolle er ihn nie mehr loslassen, entrang sich Hallie ein ersticktes Schluchzen.

Kurz darauf war auch Ben bei ihnen, aber sie hatten kein Seil mehr. Ein Ende hing noch fünfzehn Meter hoch in der Luft.

Tristan drehte sich zu Hallie um und gestikulierte heftig. Er bedeutete ihr, sie solle die Männer und Seile holen. Sie band Dancer und Tristans Pferd an einen Baum und ritt los. Da sie nicht durch den Schlamm ritt, kam sie schneller voran und war in weniger als einer Stunde zu Hause.

Sie kam mit sieben Männern zurück. Alle hatten Taue mitgebracht, aber auch Äxte und Werkzeug, das keinem erdenklichen Gebrauch zugeführt werden konnte. Einer von ihnen, Percy, der schon vor Hallies Ankunft auf der Farm gearbeitet hatte, bestand darauf, an die Stelle gebracht zu werden, an der Tristan durch den Fluß geschwommen war, und dort schwamm auch er mit einem Tau durch den Fluß. Als Percy das kleine Grüppchen erreicht hatte, banden sie sein Ende des Seils um einen großen Baum. Einer der Sträflinge, die Hallie begleitet hatten, kletterte ein Stück weit auf einen Baum und band dort das Seil fest.

Jetzt war das Seil nicht sehr hoch über dem tosenden Wasser zwischen zwei Bäumen gespannt, und Ben kam als erster ans andere Ufer. Tristan ließ Jamie genau zusehen. Er sollte jede von Bens Bewegungen beobachten, sich ansehen, wie er sich an dem Seil festhielt. O Gott, dachte Hallie, laß keinen von ihnen ins Wasser stürzen. Laß jetzt, nachdem wir schon so weit sind, nicht noch jemanden ertrinken. Bens Füße berührten das Wasser, als er an dem schweren Seil eine Hand vor die andere setzte.

Sobald er den Fluß überquert hatte, ließ er sich einfach fallen. Hallie warf ihm eine Decke zu, war aber noch so wütend auf ihn, daß sie zu keiner Freundlichkeit imstande war. Ihr Blick blieb auf ihren Sohn gerichtet.

Tristan hob ihn hoch und hielt ihn fest, während der Junge die Fäuste um das Seil ballte. Langsam tastete er sich über den Fluß vor. Hallie hielt die ganze Zeit den Atem an. Jeder einzelne der Männer an ihrer Seite hielt sich in Bereitschaft, um in die brodelnden Fluten zu springen, wenn Jamie das Seil losließ. Endlich ließ er sich in Hallies ausgebreitete Arme sinken.

Er umarmte sie, aber er grinste breit. »Ich habe es geschafft! Ich habe es ganz allein geschafft!«

Hallie wollte ihn nicht loslassen. Gegen seine Proteste hüllte sie ihn in eine Decke. Inzwischen war Percy mit Gently in der Schlinge um seinen Hals am Ufer angekommen. Die Hände aller waren aufgeschürft und blutig. »Es hat einen Riß, genau in der Mitte«, berichtete Percy den Männern. »Ich weiß nicht, ob der Arzt es schafft.«

Natürlich würde er es schaffen, aber Hallie konnte den Blick nicht von Jamie losreißen. Und dann hörte sie über das Rauschen des Stroms hinweg das Reißen des Taus, und als sie aufblickte, sah sie Tristan durch die Luft sausen, ehe er ins Wasser geschleudert und flußabwärts gezogen wurde und nicht mehr zu sehen war. Zwei Männer packten das Seil. Zum Glück hatte Tristan es nicht losgelassen, und innerhalb von Sekunden hatten sie ihn an Land gezogen. Er war klatschnaß, aber er grinste breit. Die Männer packten ihn an den Händen und zogen ihn ganz aus dem Wasser.

»Danke«, sagte er und schüttelte sich wie ein Spaniel. »Ein bißchen Gefahr, und schon fließt das Adrenalin.«

»Habe ich so was auch?« fragte Jamie.

»Ja, ganz bestimmt«, sagte Tristan lächelnd und setzte sich erschöpft hin.

Hallie fragte sich, wie er so heiter sein konnte. Sie war immer noch böse auf Ben und hätte ihn angeschrien, er sei ein verantwortungsloser Idiot, wenn er nicht ganz so sehr gezittert hätte.

»Ich hätte nicht geglaubt, daß wir je wieder von diesem Baum runterkommen«, sagte Ben, und seine Stimme war kaum ein Flüstern.

»Das ist nicht wahr«, sagte Jamie anklagend. »Du hast mir gesagt, du wüßtest genau, daß sie uns retten werden.«

»Ich habe gelogen«, sagte Ben.

»Die beiden sollen dir selbst erzählen, was passiert ist«, sagte Tristan zu Hallie.

»Ich bin zu müde«, sagte Ben und streckte sich längelang auf dem nassen Boden aus.
»Ich erzähle es dir, ich erzähle es dir!« rief Jamie. »Ich wollte Gently suchen. Ich wußte, daß du es mir nicht erlaubst, und deshalb habe ich gewartet, bis du eingeschlafen bist. Und dann habe ich mich ganz leise mit Dancer den Hügel runtergeschlichen.«
»Ich habe die beiden trotzdem gehört«, murmelte Ben. »Ich wollte den Jungen nicht allein durch die Gegend streifen lassen, und deshalb bin ich hinter ihm hergerannt. Ich wollte ihn zurückholen.«
»Aber ich bin nicht stehengeblieben«, sagte Jamie. »Ich bin immer schneller gelaufen, aber Ben ist noch schneller gerannt und einfach auf Dancer gesprungen ...«
Hallie riß die Augen weit auf. Ben sollte im Laufen auf Dancer aufgesprungen sein? Ben haßte Pferde.
»Und er hat gesagt: ›Wenn du gehst, dann komme ich mit‹«, sagte Tristan.
Nach einer Stunde war Gently kläffend auf sie zugelaufen und hatte sich gefreut, sie zu sehen, aber inzwischen hatten sie sich verirrt und wußten nicht mehr, wie sie den Rückweg finden sollten. Ben hatte sich überlegt, wenn sie weiterritten, müßten sie schließlich irgendwo ankommen. Wenn sie einen Fluß oder einen Bach fänden, könnten sie flußabwärts reiten. Nach ein paar Stunden hörten sie den Fluß und ritten darauf zu. Sie wußten nicht, daß er sich in eben dem Moment zu einer Kugel von der Höhe eines zehnstöckigen Hauses zusammenballte und sich in das Tal stürzte, daß sie und dieser wirbelnde immense Wasserstrudel im selben Moment dieselbe Stelle des Flusses erreichen würden.
Ben hatte bewußt darauf geachtet, daß sie sich den überfluteten Ufern fernhielten. Sie hatten etwas gehört, was wie ein hundertfach verstärkter Donner klang. Die Erde bebte, und das Gebrüll von tausend Löwen ertönte. Der ganze Boden bebte, als sei eine

Elefantenherde durchgegangen. Und dann gerieten sie in den Strudel, aber nicht ehe Ben geschrien hatte: »Halt den gottverdammten Hund fest!«, und seine Arme um Jamie geschlungen hatte. Zu dritt wurden sie an einen Baum geschleudert, und Ben, der Jamie immer noch festhielt, packte den Ast, der ihnen gegen die Bäuche geschlagen war und über dem sie jetzt hingen. Das Wasser hatte sich weitergewälzt, und sie hatten sich an den Baum geklammert. Dort waren sie drei Tage lang geblieben, denn sie waren zu hoch über dem Boden, um freiwillig runterzuspringen. So hoch oben, daß die Höhenangst Ben in die Katatonie verfallen ließ, bis er erkannte, daß nur er Jamie beruhigen konnte, nur er ihn vor Schaden bewahren und am Leben erhalten konnte, in der Hoffnung, daß man sie irgendwie finden würde.

Später, nachdem Beth Ben und Jamie ein reichliches Abendessen vorgesetzt hatte, nachdem die Kinder eingeschlafen waren, nachdem Ben in einen Tiefschlaf versunken war, aus dem er in den nächsten zwanzig Stunden nicht erwachen sollte, nachdem Alex und Beth Jamie immer wieder gesagt hatten, wie lieb sie ihn hatten, und nachdem Alex Gently mit in ihr Bett gezerrt hatte, stand Hallie in der Tür. Sie hatte immer noch nicht aufgehört, innerlich zu zittern. Beim Abendessen hatte sie keinen Bissen runtergebracht.

Tristan saß vor dem Kamin, genoß die Wärme des Feuers und schaute sie an.

»Du hast schon wieder einen Teil von mir gerettet«, sagte Hallie mit bebendem Kinn. Sie fing an zu weinen, leise Laute der Erleichterung, der Ermattung und der Dankbarkeit.

Tristan stand auf und nahm sie in seine Arme. Sie schluchzte an seiner Schulter. »Was täte ich ohne dich?« fragte sie und versuchte zu lächeln. »Du rettest immer wieder mir oder einem Menschen, den ich liebe, das Leben.«

Er sah auf sie herunter, in ihre glitzernden Augen, auf ihr zerzaustes Haar. »Ich hoffe, du wirst nie dahinterkommen, wie ein Leben ohne mich aussieht.« Er senkte den Kopf und küßte die Tränen von ihren Wangen. Sie hob ihm ihr Gesicht entgegen, und als seine Lippen ihre berührten, brach das Verlangen von Jahren durch, und sie klammerten sich aneinander, und ihre Münder waren voller Glut.

»Tristan«, seufzte sie und schlang ihm die Arme um den Hals. »Halt mich für immer fest.«

»Mein Liebling ... mein herzallerliebster Liebling. Ich wünschte, das könnte ich«, murmelte er in ihr Haar.

Lange standen sie so da, bis der zunehmende Mond hinter den Wolken verschwand und wieder hervorkam, bis die Wolken weitergezogen waren und der Mond von einem Hof umgeben war.

Und dann machte sich Tristan auf den Weg zum Stall. Aber diesmal sah er sich nach ihr um und winkte. Hallie blieb noch lange in der Tür stehen, nachdem er gegangen war.

In diesem Moment hoffte sie zum ersten Mal ganz bewußt, Chad käme nie mehr zurück.

29

Zwei Tage nach Jamies Rettung setzte sich Hallie hin und verschaffte sich einen Überblick über ihre Verluste.

Sie spielte mit dem Gedanken, sich bei Ben für das zu entschuldigen, was sie ihm unterstellt hatte, aber da er ihre Unterstellungen nicht ahnen konnte, hielt sie den Mund. Sie sah ihn jedoch in einem ganz neuen Licht.

Beth sagte: »Verstehst du, er hat Jamie gerettet«, und auf kaum wahrnehmbare Weise fing sie an, das Abendessen eine halbe Stunde später zu servieren, damit Ben vom Laden aus direkt ins Haus kam. So wurde er allabendlich zum Essen in die Familie aufgenommen, und er blieb auch dann abends da, wenn er ihnen keine Mathematikstunden gab.

Gewöhnlich saß er stumm da und sog an seiner Pfeife, während Hallie die Buchführung aufs laufende brachte. Ab und zu fragte sie ihn etwas. Nachdem er ihr die Grundlagen der Buchhaltung erklärt hatte, sagte er meistens: »Lassen Sie mich das machen«, bis er ihre gesamte Buchhaltung übernommen hatte und alle Bereiche des Alltags auf der Farm festhielt. Er nahm die Bücher in den Laden mit und beschäftigte sich mit ihnen, wenn die Geschäfte flau liefen. Mit der Zeit lernte er den finanziellen Aspekt der Farm besser kennen als Hallie.

Hallie wußte, daß sie Jamies Leben Ben zu verdanken hatte, und sie schätzte seine Arbeit, aber sie konnte sich immer noch nicht für ihn erwärmen. Sie konnte ihn recht gut leiden, aber ihm brachte sie nicht die Offenheit und das Vertrauen entgegen, das ihren Umgang mit Brian prägte. Teils, entschied sie, lag es daran, daß Ben so selten lächelte. Außerdem konnte er nicht unverbindlich plaudern. Er legte den Kindern nie den Arm um die Schultern, wie es die anderen Männer taten. Er schien sich nie auf den lockeren kameradschaftlichen Umgang der anderen einzulassen. Und doch schien er neben Brian wie kein anderer respektiert zu werden. Andere Männer kamen mit ihren Sorgen und Hoffnungen zu ihm. Das war eine Seite seiner Person, die Hallie gänzlich verborgen blieb, da er Dinge, die ihm erzählt wurden, nie weitertrug.

Hallie sah der Tatsache ins Gesicht, daß mehrere tausend Schafe unwiderruflich verloren waren. Sie und Brian waren in die Hügel geritten und hatten dort festgestellt, daß mehr als siebentausend der jüngsten und kräftigsten Schafe die Überschwemmung unbeschadet überlebt hatten. Jock und die beiden Sträflinge, die ihm zugeteilt waren – Ralph und Edward – hatten kein einziges Schaf an den Sturm verloren. Sie wußten gar nichts von der Flutkatastrophe und waren froh gewesen, daß es endlich geregnet hatte.

Womit sich Hallie jedoch nicht abfinden konnte, war das Verschwinden von Clyde und Henry, die sie angewiesen hatte, einige der Pferde in die Hügel zu bringen. Ihre erste Reaktion war die Überzeugung, sie seien ertrunken. Die Männer gehörten zu der Gruppe von neueren Sträflingen, aber sie waren mehr als ein Jahr bei ihr gewesen. Sie hatten nie Unzufriedenheit gezeigt, und beide waren Pferdekenner.

Erst zwei Wochen nach ihrem Verschwinden gestand sich Hallie ein, daß sie nicht wiederkommen würden, und mit ihnen hatte sie einen ihrer zwei besten Zuchthengste und zwei der vielversprechendsten Stuten verloren. Dazu kamen noch die beiden Pferde, die die Männer selbst geritten hatten. Der Verlust dieser edlen Pferde ärgerte sie zwar, aber der Verlust von Tausenden von Schafen war so hart, daß eine weitere finanzielle Katastrophe Hallie nicht noch mehr entmutigen konnte. Viel näher ging ihr, daß zwei Männer, in die sie Vertrauen gesetzt hatte, sie bestohlen hatten und fortgelaufen waren.

Immer wieder versuchte sie, sich einzureden, die Männer hätten sich verirrt oder seien ertrunken, doch Bens und Brians Blicke sagten ihr, daß sie vorsätzlich an ihrer Naivität festhalten wollte.

Dieses Dilemma lastete täglich wieder auf ihr. Sie war unschlüssig, ob sie die geflohenen Sträflinge anzeigen sollte, zu deren Straftaten nicht nur die Flucht, sondern auch noch das Stehlen von wertvollem Besitz hinzukam. Sie fühlte sich verraten. Bei ihrem nächsten Aufenthalt in Parramatta holte sie sich Harrys Rat ein und informierte die Behörden über das Verschwinden der Männer.

In diesem Frühjahr brachten Hallies Schafe erstmals mehr als fünftausend lebende Lämmer zur Welt. Einige Lämmer würden sterben, soviel war klar, aber sie hatten mehr Zweifach- und Dreifachgeburten denn je. Sie würden zwar nur halb soviel Wolle wie sonst verkaufen können – die Lämmer wurden nicht geschoren –, aber sie hatten jetzt nahezu zwölftausend Schafe, und die Flut hatte keine bleibenden Schäden angerichtet. Alle Schafzüchter machten dieselbe Erfahrung: fast hundert Prozent Lebendgeburten. Das Land schien fruchtbarer denn je zu sein, wildwachsende Blumen blühten, wo bisher nichts gewachsen war, und Känguruhs sprangen in Herden, die so dicht wie Heuschreckenschwärme waren, durch die Gegend.

Und Tristan brachte Emil Schumacher mit auf die Farm.

Hallie und Tristan hatten sich nie wieder geküßt und den Kuß mit keinem Wort mehr erwähnt. Hallie fragte sich, ob es je wieder zu einem Kuß kommen würde – ob das Leben undenkbar oder undenkbar schön werden würde. Doch als Tristan diesmal kam, war es, als hätten sie einander nie geküßt, als hätte sich nichts geändert.

Emil Schumacher war ein Patient von Tristan, ein Deutscher, der mit einem so breiten Akzent sprach, daß Hallie Schwierigkeiten hatte, ihn zu verstehen. Tristan erklärte nicht gleich, warum er ihn mitgebracht hatte. Statt dessen ritten er und Emil stundenlang über die Farm und gruben mit einem langen Stock in der Erde herum. Emil roch an der Erde und zerbröselte sie in seinen Fingern. Jedesmal sagte er auf seine nüchterne Art: »Ja ... ja.«

Während sie derart beschäftigt waren, las Hallie den Brief von Chad, den Tristan ihr mitgebracht hatte. Er hatte geschrieben, um ihr mitzuteilen, daß ihr Vater gestorben war.

Er war tot.

Das hieß, daß er schon seit endlosen Monaten tot war, und sie hatte nichts davon gewußt. Er schrieb: »Deine Mutter hält sich den Umständen entsprechend gut.« Sein eigener Vater würde auch nicht mehr lange leben. »So Gott will, werde ich noch dieses Jahr zu Hause sein.«

Dada war gestorben ... Sie hatte gewußt, daß sie ihre Familie nie wiedersehen würde, aber allein das Wissen, daß sie ihre Familie hatte, wenn auch am anderen Ende der Welt, hatte ihr ein Gefühl von Geborgenheit gegeben, von Unsterblichkeit.

»Mein Vater ist tot«, sagte sie laut vor sich hin, und in ihr stieg eine Leere auf.

Beth sah von ihrem Flickzeug auf, ging zu Hallie, beugte sich vor und schlang die Arme um ihre Freundin. Hallie nahm ihre Hand und fing an zu weinen. »Dada«, sagte sie laut, obwohl sie eigentlich mit sich selbst redete. »Er hatte keine Träume. Wie traurig sein Leben doch gewesen sein muß. Tag für Tag und Jahr für Jahr ein Leben lang dasselbe. Und keine andere Hoffnung im Leben als die, seinen Söhnen dasselbe zu wünschen. Ich bin die einzige in der ganzen Familie, die vom Leben mehr erwartet hat als dieses kleine Häuschen in Newcastle, die mehr aus ihrem Leben gemacht hat. Weißt du, was die Firma jetzt tun wird?« Sie sah zu Beth auf. »Da Dada jetzt tot ist, werden sie Mum aus dem Haus werfen, in dem sie all ihre Ehejahre gelebt hat, und sie wird bei einem meiner Brüder leben müssen. Oder abwechselnd bei ihnen wohnen.« Die Zukunft ihrer Mutter erschien ihr unglaublich jämmerlich.
»Ich bin froh, daß Danny ein Auge verloren hat«, fuhr sie erbittert fort. »Er kann nicht den Rest seiner Tage im Innern der Erde verbringen. Wenn er auch noch so wütend darüber ist, dann wird ihm doch wenigstens nicht die Lunge versagen, wie es bei Dada passiert ist. Aber was wird Mum tun? Den Rest ihrer Tage mit dem Wissen zubringen, daß in keinem Haus genug Platz für sie ist? Keine eigene Küche haben, sondern immer nur Gast in den Küchen ihrer Schwiegertöchter sein? Sie wird nirgends mehr hingehören.« Hallie seufzte.
Beth kniete sich hin und schmiegte ihre Wange an Hallies Gesicht.
»O Beth, du bist mir ein solcher Trost. Verlaß mich nie.«
»Dich verlassen? O Hallie ... alles auf Erden, was ich liebe, ist hier. Ich fühle mich allmählich sogar wieder sicher. Du magst glauben, es sei dein Haus, es seien deine Kinder. Aber sie gehören auch mir. Und du auch. Du bist meine Schwester, meine Mutter, meine Freundin. Ehe du in mein Leben getreten bist, wußte ich nie, was das Wort ›Liebe‹ bedeutet. Nur, weil ich dich kenne, kann ich verstehen, was du für Mum und

Dada fühlst. Nur, weil es dich und die Kinder in meinem Leben gibt, konnte ich mit der Welt Frieden schließen.« Tränen traten in ihre Augen.
Hallie ging ins Schlafzimmer, warf sich aufs Bett und gestattete sich, zu weinen, bis keine Tränen mehr kamen.

Das Schlafzimmer hinter Hallies Schlafzimmer war schon vor mehr als einem Monat fertig geworden, und die aufgeregten Kinder waren dort eingezogen. Es war ein riesiger Raum mit Flügeltüren, die auf die Veranda führten. Jetzt stand ein weiterer großer Raum hinter dem Wohnzimmer kurz vor seiner Fertigstellung. Bald würde Tristan ein Zimmer zum Schlafen zur Verfügung haben. Es war wirklich eine Schande, dachte Hallie, daß er in all den Jahren dazu verurteilt gewesen war, im Stall zu schlafen – einer der geachtetsten Bürger von Sydney, und sie ließ ihn in ihrem Stall schlafen. Als nächstes würde sie mit dem Anbau von zwei Zimmern hinter dem großen Schlafzimmer beginnen, das an ihres grenzte. Dann hatten sie insgesamt sechs Zimmer. Wenn die Langleys kamen, würden sie reichlich Platz haben; alle Besucher konnten untergebracht werden. Selbst dann würden sie noch genug Platz haben, wenn Jamie und Alex getrennte Zimmer brauchten.
Kurz vor dem Abendessen kamen Tristan und Emil zurück. Als sie alle auf der Veranda saßen und warteten, bis Beth sie zum Essen rief, sagte Tristan zu Hallie: »Ich möchte, daß du einen Wein probierst.« Aufwendig entkorkte er eine dunkelgrüne Flasche und schenkte goldene Flüssigkeit in die Weingläser, die einzigen Gläser, die Hallie besaß.
Hallie erinnerte sich an den Madeira, den ihr der Kapitän auf der CHARLESTON vorgesetzt hatte, damit sie ihn kostete. Sie hatte letztes Jahr beim Bankett des Gouverneurs Wein getrunken, ein kleines Gläschen dunklen Burgunder. Daß Wein auch golden sein konnte, hatte sie bisher nicht gewußt.
»Riech daran«, sagte Tristan lächelnd. »Atme tief das Aroma ein.

Und dann trink einen kleinen Schluck, aber schluck ihn nicht gleich. Behalte ihn im Mund, und laß ihn auf der Zunge zergehen.«

Hallie tat, was er sagte.

»Und jetzt kannst du ihn schlucken, und dann trink einen Schluck, aber ohne Eile. Du mußt den Geschmack ganz langsam kosten.«

Hallie empfand den Wein wie Ambrosia auf der Zunge.

»Der Nektar der Götter«, sagte Emil.

»Das schmeckt ja einfach wunderbar«, hauchte Hallie. »Etwas so Gutes habe ich noch nie getrunken.«

Tristan konnte seine Aufregung nicht verbergen. »Sag du es ihr, Emil.«

Emil schien in den Dreißigern zu sein, aber er bekam jetzt schon eine Glatze, die er durch den buschigsten Schnurrbart ausglich, den Hallie je gesehen hatte. Er hatte ernste blaue Augen, denen jeglicher Humor fehlte, aber wenn er redete, spürte man seine Eindringlichkeit und seine Glut.

»Emil«, fuhr Tristan fort, ehe Emil beginnen konnte, »stammt aus dem Rheintal in Deutschland.« Das sagte Hallie gar nichts.

»Dieses Land ist wie geschaffen für den Anbau von Weinreben«, erklärte Emil. Hallie mußte sich konzentrieren, um ihn zu verstehen. »Es gibt gewisse Voraussetzungen für einen guten Wein, und die sind hier alle erfüllt. Der Boden ist nahezu ideal, und die Hänge haben genau die richtige Neigung, auf der die Luft im Sommer nicht liegenbleibt, sondern aufsteigt und ständig zirkuliert.«

Hallie fragte sich, weshalb das eine Rolle spielen sollte.

Emil sprach weiter. »Ich habe eine kleine Farm nördlich von Sydney. Dort habe ich die Trauben gezogen und den Wein hergestellt, den Sie gerade trinken.« Er schenkte allen nach. Hallie betrachtete die funkelnde Flüssigkeit, die aussah, als hätte man flüssigen Sonnenschein in dem Glas eingefangen. »In Neusüdwales haben wir genau die richtigen Voraussetzungen. Genügend

Regen im Frühjahr, aber gewöhnlich keine starken Regenfälle, die Schimmel und Pilzbefall begünstigen. Ein trockenes, gemäßigtes Klima zur Erntezeit, die hier von Ende Januar bis Mitte März liegt. All das bedeutet, daß Australien es eines Tages mit der herausragenden Qualität seiner Weine mit Frankreich und Deutschland aufnehmen könnte.« Er strahlte Hallie triumphierend an. Sie nippte noch einmal von dem köstlichen Nektar und sah Tristan an.

»Ja, und?« Hallie verstand nichts.

»Ich möchte in dieses Unternehmen einsteigen.« Tristans Augen glühten vor Spannung. »Und genau da kommst du ins Spiel, Hallie. Ich besitze kein Land. Natürlich könnte ich mühelos Land kaufen. Aber ich habe keine Zeit für die ganze Arbeit, die daran hängt. Meine oberste Aufgabe besteht darin, Leben zu retten, aber das heißt nicht, daß ich meinen Horizont nicht erweitern kann. Ich möchte bei einem landwirtschaftlichen Experiment mitmachen, das in dieser Gegend völlig neu ist – Weinberge. Ich habe Emil mitgebracht, damit er sich auf deinem Land umsieht, Hallie. Ich möchte, daß wir beide als Partner in dieses Geschäft einsteigen.«

Ach so, dachte sie. So sieht das also aus. Etwas, was uns miteinander verbindet, mehr als ein mitternächtlicher Kuß vor Monaten. Etwas, was ganz allein uns gehört. »Erzähl mir mehr«, sagte sie. War es der Wein, der sie innerlich wärmte?

»Dein Land eignet sich einmalig für den Weinbau, und du hast die Männer, die man in die Arbeiten einweisen könnte.«

»Und wie machen wir Wein aus den Trauben, die wir anpflanzen?« fragte Hallie.

»In einer Weinkellerei«, sagte Emil. »Wir bauen eine Weinkellerei.«

»Du stellst das Land und die Arbeitskräfte zur Verfügung«, sagte Tristan zu ihr. »Emil wird die Rebstöcke und die erforderlichen Kenntnisse einbringen. Ich stelle die notwendigen Mittel zur Finanzierung bereit.«

»Aber«, sagte Hallie an den Deutschen gewandt, »ich dachte, Sie hätten selbst eine kleine Farm.«

»Ach!« sagte er. »Das stimmt allerdings. Aber ich kann mir nicht die Arbeitskräfte und genug Land leisten, um eine Weinkellerei der Größenordnung aufzubauen, von der Dr. Faulkner spricht. Er will Wein nach England schicken. Statt selbst im Boden zu graben, statt selbst jede einzelne Traube zu pflücken, statt all die Arbeit allein zu tun, hat er mir vorgeschlagen, eine richtige Weinkellerei aufzubauen.«

Hallie war sich nicht schlüssig, ob der Schimmer in seinen Augen ihr einen Träumer oder einen Fanatiker zeigte. Sie warf einen Blick auf Tristan, der sie ansah, als erwarte er eine Antwort. Sie hätte alles getan, worum er sie bat. Sie hatte sich ausgemalt, er würde sie bitten, ihre Kinder mitzunehmen und mit ihm auszureißen; sie hatte ihrer Phantasie freien Lauf gelassen und Jamie, Alex, Tristan und sich selbst auf einem Schiff gesehen, das in Amerika anlegte. Sie hatte sich vorgestellt, wie sie zu viert die Blue Mountains überquerten und sich dort ein Leben aufbauten, wo niemand sie finden und verurteilen konnte. Wenn er sie jetzt um nichts weiter bat, als darum, gemeinsam mit ihm in dieses Projekt einzusteigen, dann fiel ihr die Antwort leicht.

»Natürlich, Tristan«, sagte sie. »Das klingt wirklich aufregend.«

»Ich rede von einer echten geschäftlichen Partnerschaft«, sagte er. »Dir gehört das Land, und du stellst die Arbeitskräfte zur Verfügung. Emil gehören die Reben. Ich werde die Weinkellerei bauen und alles Notwendige kaufen. Wir werden Jahre auf die ersten Früchte unserer gemeinsamen Anstrengungen warten müssen. Es können drei oder vier Jahre vergehen, ehe wir ein Gebäude für die Weinkellerei bauen, aber sie wird rechtzeitig bereitstehen, und wir werden die Fässer und die Pressen und alles andere, was Emil bestellen wird, dann schon haben. Und dann muß der Wein reifen und lagern. Wahrscheinlich wird es frühestens in sieben Jahren eine einträgliche Geschichte, Hallie.«

Was sollte mir das schon ausmachen? dachte sie. Ich werde Tristan sieben Jahre haben, mindestens sieben Jahre. Als meinen Partner.

Vielleicht war es eine Reaktion auf die Jahre der Dürre und auf die Katastrophe, die die Überschwemmung angerichtet hatte. Vielleicht lag es daran, daß in diesem Frühjahr in der fruchtbaren Erde alles zu keimen schien, vielleicht auch daran, daß der Duft der Rosen auf der Veranda hing. Möglicherweise war der Grund in der enormen Befriedigung zu suchen, die es Hallie verschaffte, das Haus auszubauen. Aber was auch der Grund sein mochte – zeitweise glaubte Hallie, sie könnte vor Glück in Stücke zerspringen.

Die Flut hatte ihr gezeigt, daß ihre Kinder ihr wichtiger als alles andere auf Erden waren, und daher nahm sie sich jetzt gewissenhaft mehr Zeit für Jamie und Alex. Sie ließ Beth Picknickkörbe packen, und dann ritten die beiden Frauen mit Jamie und Alex in die Hügel, bis sie wußten, was sie hinter jeder Wegbiegung erwartete. Sie nahm die Kinder mit nach Parramatta, damit sie ein anderes Leben als das bescheidene, das sie führten, kennenlernen konnten.

Robbie war inzwischen zwölf Jahre alt, und Brian nahm ihn mit zur Arbeit. Seine sorglose Kindheit mit Jamie hatte ein Ende, doch abends kam er noch ins Haus. Er arbeitete jetzt wie die Männer, und Jamies kindliche Interessen waren nicht mehr Robbies Interessen. Hallie bemerkte, daß sie sonntags trotzdem noch durch die Felder liefen und geduldig mit Alex spielten.

Robbie erzählte ihnen schon vor Brian, daß sie eine Schar von Ureinwohnern entdeckt hatten. Jamie wollte sie sehen, und als Hallie hörte, daß sie ihr Lager weiter oben am Fluß auf dem Land aufgeschlagen hatten, das sie noch nicht eingezäunt hatte, beschloß sie, mit den Kindern hinzureiten. Sie fragte sich, ob es derselbe Stamm war, der vor so langer Zeit zu Besuch gekommen war, als sie mit Jamie schwanger war.

Es war nicht derselbe Stamm, und Hallie und ihre Kinder wurden argwöhnisch begrüßt. Manche hatten ein paar Brocken Englisch gelernt, und als sie feststellten, daß Hallie sie willkommen hieß und ihnen sagte, es stünde ihnen frei, auf ihrem Land zu lagern, ließ die Anspannung nach, doch derjenige, der am besten englisch sprach, teilte ihr mit, dies sei nicht ihr Land, das Land stünde jedem zur Verfügung, der es benutzen wollte. Sie mußten dieses Land wegen des Wassers aufsuchen. Sie nannten es *Cowarra*, und sie glaubte zu verstehen, das hieße »Land an fließenden Gewässern«.

Sie ließ sich auf keine Diskussion mit ihm ein. Jamie, der die Neugier eines Fünfjährigen hatte, fragte, warum die sehr schwarzen kleinen Kinder »fast weißes Haar« hätten. Das konnte Hallie ihm nicht beantworten. Er und Alex hielten sich scheu zurück und waren verwundert darüber, fast zwei Dutzend schwarze Menschen zu sehen.

»Warum tragen sie keine Kleider?« fragte Alex.

»Es ist heiß«, antwortete Hallie, als sie zum Haus zurückritten. »Sie brauchen keine Kleider.«

»Für uns ist es doch auch heiß«, sagte Jamie. »Und wir tragen Kleider.«

»Ich vermute, sie haben keinen Stoff.« Hallie lachte. »Sie haben andere Sitten als wir.«

»Sie sind häßlich«, sagte Jamie.

»Sind das Menschen?« fragte seine Schwester.

»Ja«, antwortete Hallie. »Es sind menschliche Wesen, wie du und ich.« Aber sie war nicht sicher, ob ihre Antwort ganz richtig war. Alles, was sie wirklich über die Ureinwohner wußte, war, daß sie vor fast sechs Jahren mit den schwarzen Frauen gelacht und im Bach gebadet hatte und daß sie freundlich zu ihr gewesen waren. Sie war entsetzt gewesen, als sie kürzlich gehört hatte, daß manche Männer aus Parramatta ihre Sonntagnachmittage damit verbrachten, Känguruhs und Ureinwohner zu jagen, als sei das eine Sportart. Sie war sicher, daß sie das nicht richtig verstanden hatte.

Aber das Wort *Cowarra* hatte sie verstanden.
An fließenden Gewässern.
Harry sagte ihr schon immer, sie sollte der Farm einen Namen geben. Und ihre Weinkellerei würde bestimmt einen Namen brauchen.
Sie ließ sich das Wort auf der Zunge zergehen. Cowarra. Ein australischer Name.
Cowarra-Weine. An fließenden Gewässern. Wo der Fluß und der Bach zusammenflossen.
Cowarra.

30

Es bereitete Hallie zwar Schwierigkeiten, Emil zu verstehen, aber sie begriff, daß er keinesfalls in den Baracken wohnen wollte und es vorzog, in dem leeren Zimmer hinter dem Laden zu schlafen und dort auch sein Essen zu kochen, bis sein kleines Häuschen fertig war. »Ich muß allein sein«, sagte er.
Aber nicht bei der Arbeit. Er erklärte jeden Schritt, gelegentlich mehrfach. Hallie lief hinter ihm her und hörte zu – manchmal fasziniert und ab und zu ein wenig gelangweilt, da er sich so oft wiederholte. »Hier in Australien«, sagte er, »hat die Sonne Kraft, und daher ist der beste Platz für Reben auf den oberen drei Vierteln der Hänge mit Südost- oder Südwestlage.«
»Warum?«
Emil liebte Erklärungen, aber Hallie fiel es schwer, sich derart zu konzentrieren. Sie gewöhnte sich an, ein Notizbuch mitzubringen und Dinge aufzuschreiben, um sich das enzyklopädische Wissen zu merken, mit dem Emil so selbstbewußt um sich warf.
Zwei Sträflinge waren ihm zugeteilt worden und folgten ihnen. Sie verrollten die Augen, als Emil sagte, sie müßten die Erde achtzig Zentimeter tief umgraben, stellenweise sogar bis zu knapp zwei Metern. Das würde nicht einfach sein.

Emil gab sich, als unterrichte er Kinder. »Wir werden Gräben von fünfundsiebzig Zentimeter Tiefe und fünfundsiebzig Zentimeter Breite ausheben. Das Erdreich zerhacken, es lockern. Dann werden wir die Erde wieder in die Gräben schütten und erst im Frühjahr die Reben pflanzen.«

Sie brauchten Wochen für die Gräben, und dann machten sie sich an die Arbeit, ihm ein kleines Haus zu bauen.

Der Winter verging schnell. Emils kleines Häuschen war fertiggestellt, und die Anbauten an Hallies Haus waren so gut wie beendet. Nur ein Zimmer war noch nicht fertig, aber das Dach und die Wände standen schon.

Hallie wurde sich darüber klar, daß sie mehr Arbeitskräfte brauchte, nicht nur für das Anpflanzen der Rebstöcke im Frühling, sondern auch, weil sie den Garten vergrößert hatten und weitere Morgen Heu gemacht werden mußten, und dazu kamen noch die unzähligen Lämmer. Der Gouverneur erteilte ihr die Genehmigung, fünf zusätzliche Sträflinge zu beschäftigen.

Sie versuchte, dabeizusein, wenn Emil Anweisungen erteilte, wie die Rebstöcke gepflanzt werden mußten. Eigentlich müßte ich mich in fünf verschiedene Personen aufspalten können, dachte sie.

Eines Tages kniete sie sich sogar hin, grub in der Erde und pflanzte ein paar Rebstöcke, während Emil sie überwachte. Er erklärte ihr das Zurückschneiden der Wurzeln zur Förderung der Wurzelbildung, das Ziehen an Spalieren, das Kappen der Knospen, und dabei lachte er fröhlich.

Bis zum Herbst des ersten Jahres erforderten die Weinberge keine allzu große Arbeit, und doch waren Emil und Homer, der Sträfling, der sich trotz der harten körperlichen Arbeit für das Projekt begeisterte, täglich draußen auf den Hügeln. Hallie ließ sie allein. Sie würde sich im kommenden Herbst ansehen, was getan werden mußte.

Ende November kamen Susan und Harry, diesmal ohne die Kinder, aber sie brachten eine Einladung zu einem Silvesterball mit, den Gouverneur Macquarie und seine Frau veranstalteten. Susan und Harry hatten beschlossen, am Vorabend ein Dutzend Leute zum Abendessen einzuladen, und sie hofften, Hallie käme zu dem Ball und zu dem Abendessen in die Stadt. Am Neujahrstag konnten sie dann auf die Rennbahn gehen. Susan sagte, wenn Hallie Jamie und Alex mitbrächte und sie danach zwei Wochen bei ihnen in der Stadt ließe, um ihren Horizont zu erweitern, käme sie mit den Kindern zurück und bliebe einen Monat.

»Was für eine wunderbare Idee!« Hallie umarmte die beiden. »Ich sage zu allem ja. O ja!«

Harry, der Ben einmal im Monat traf, berichtete Hallie, daß sich die anderen Farmer langsamer als sie von der Dürre und der Überschwemmung erholten, aber schon begannen, ihre Kredite abzuzahlen.

Komisch, daß er nicht daran gedacht hatte, es ihr selbst zu sagen, dachte Hallie. Aber schließlich war der Laden Bens Steckenpferd, und sie kümmerte sich kaum darum.

»Kann man sich auf Ben verlassen?« fragte Hallie Harry, als sie auf der Veranda saßen.

»Hast du Grund, daran zu zweifeln?« fragte er daraufhin.

»Nein.« Sie schüttelte den Kopf. »Aber ich überprüfe seine Buchhaltung nie.«

»Ich schon. Ben ist in Ordnung.« Als Hallie nichts darauf sagte, fügte Harry noch hinzu: »Du kannst wirklich froh sein, daß du ihn hast.«

»Er hat sich sogar angewöhnt, meine Abrechnungen zu übernehmen – über alles, die Schafe, die Pferde. Er hält fest, welcher Hengst welche Stute gedeckt hat, wieviel Wolle wir haben, für wieviel wir sie verkaufen und an wen, an welchem Tag die Wolle in Sydney ausläuft und dergleichen. Über meine Finanzen ist er weit besser informiert als ich.«

»Wie ich schon sagte, du kannst froh sein, daß du ihn hast. So, wie die Dinge stehen, bist du eine der reichsten Frauen in Neusüdwales, Hallie.«

Sie sah ihn an und beugte sich auf ihrem Stuhl vor. »Ist das wahr?«

»Nun ja«, räumte er ein, »du und Chad, ihr gehört zu den reichsten Großgrundbesitzern. Euer Geld ist angelegt, aber es wird nicht lange dauern, Hallie ... auch das ist kein Problem mehr. Die Tausende von Schafen, die in den Bergen überlebt haben, haben dich in eine beneidenswerte Lage gebracht. Die Preise für Wolle und Fleisch sind in die Höhe geschossen, weil die Dürre und die Überschwemmung die Zahl der Schafe drastisch verringert haben.«

Hallie nickte. »Ich weiß. Ich verkaufe ständig Zuchttiere. In den letzten drei Monaten hatte ich hier mehr Besucher als in all den vorangegangenen Jahren – und alle wollen Zuchttiere kaufen, nicht nur Schafe, sondern auch Pferde. Den Bedarf an Pferden kann ich nicht decken, aber es ist ein schönes Gefühl, daß die Leute meine Tiere haben wollen. Und die Männer sind schon dabei, das Land hoch oben in den Hügeln einzuzäunen.« Es klappte alles so gut.

»Eine gute Idee, daß du neben dem Laden die Schmiede aufgemacht hast. Die Farmer brauchen jetzt nicht mehr mit lahmenden Pferden nach Parramatta zu kommen.«

»Das war Bens Idee«, räumte Hallie ein. »Aber es fängt wirklich an, eine selbständige Ortschaft zu werden, Harry. Ich habe ihr bereits einen Namen gegeben, und wenn ich an Neujahr in Sydney bin, werde ich allen Kaufleuten, die so weit aufs Land kommen wollen, anbieten, ihnen Geschäfte zu bauen. Und natürlich auch Häuser, in denen sie wohnen können.«

Susan war in der Tür aufgetaucht und hatte ihnen zugehört. Jetzt sagte sie: »Hallie, ich weiß einfach nicht, woher du die Ideen nimmst, ganz zu schweigen von deinen Energien.«

Hallie drehte sich um und lächelte sie an. »Ich hatte keine andere Wahl, Susan. Ich bin hier allein gelassen worden.«

»Oh, doch«, sagte Harry, »du hattest eine Wahl. Du hättest die Hände in den Schoß legen und abwarten können.«
»Diese Wahl«, sagte Hallie versonnen, »hatte ich nicht. Als der Mensch, der ich bin, konnte ich nur so und nicht anders handeln.«

Wie immer hatte Tristan versprochen, an Weihnachten zu kommen. Aber in der ersten Dezemberwoche sagte er zu ihr: »Du mußt dich entscheiden. Ich soll an Weihnachten arbeiten. Wenn du möchtest, komme ich trotzdem, aber dann müßte ich tauschen und am nächsten Wochenende arbeiten, wenn du bei den Langleys und auf dem Ball des Gouverneurs bist.«
Hier habe ich also wirklich die Wahl. Irgendwo tief in ihrem Innern hatte Hallie das Gefühl, diese kleine Entscheidung könnte ihr ganzes Leben verändern. Sie hatte keine Ahnung, wie sie darauf kam.
»Und die Alternative?« fragte Hallie.
»Ich werde mit dir bei den Langleys essen und auf dem Ball mit dir tanzen.«
Sie lachte. »Das klingt verlockend. Kommst du zum Rennen auch mit?«
Tristan lachte. »Wir werden einen ganz schönen Skandal auslösen. Aber ja, natürlich komme ich mit. Bist du je beim Pferderennen gewesen?«
Hallie schüttelte den Kopf. »Und ich habe auch noch nie getanzt.«
Sie trat auf die Veranda. Er folgte ihr und nahm sie an den Händen. »Meine arme Hallie. Du hast noch nie getanzt? Dann ist es aber an der Zeit, meinst du nicht auch?« Sie schmolz unter der Berührung seiner Hände.
»Also«, sagte er, »schau auf meine Füße und tu, was ich tue.« Hallie bewegte sich mit einer ungewohnten Scheu. »Leg deine linke Hand auf meine Schulter«, sagte er, »aber schau auf meine Füße.«

Hallie wünschte, er hätte sie dichter an sich gezogen, aber er ließ fast einen halben Meter Platz zwischen ihnen.

Alex kam auf die Veranda gerannt und rief: »Ich auch!«

Die drei tanzten zusammen, und Hallie hatte den Eindruck, ihre Tochter stellte sich geschickter an als sie.

Ehe Tristan am nächsten Morgen losritt, sagte Hallie zu ihm: »Ich werde Weihnachten hier auf der Farm verbringen, denn alles andere würde Beth mir nie verzeihen. Wir werden mit Brian und Belinda essen und Ben einladen. Ich gebe den Männern zwei Tage frei. Sie haben dieses Jahr alle einfach wunderbar gearbeitet.« Er sah sie an, und sie redete weiter. »Du bleibst in Sydney. Und am Tag nach Weihnachten komme ich mit den Kindern in die Stadt. Susan hat gesagt, daß sie bis zum achtundzwanzigsten in Parramatta sind. Wir werden dort hinfahren und mit ihnen nach Sydney kommen. Ich werde etwa eine Woche bleiben, ehe ich die Kinder bei Susan und Harry lasse.«

»Kommt ihr drei zu mir zum Abendessen?« fragte Tristan, als er auf sein Pferd stieg. »Die Kinder haben nie gesehen, wo ich wohne. Ich würde Jamie gern meine Praxis zeigen.«

»Das Skelett wird ihn begeistern.« Hallie lachte. »Natürlich kommen wir zu dir. Die Kinder und ich werden die tollsten Sachen unternehmen. Wir werden mit der Fähre nach Manly fahren. Das habe ich selbst noch nie getan. Vielleicht kannst du uns auch im Krankenhaus herumführen. Und es gibt ein paar geschäftliche Angelegenheiten, bei denen mir Harry helfen kann. Wenn ich weiß, daß ich das Geschäftliche mit dem Vergnügen verbinde, habe ich weniger Schuldgefühle.«

Tristan beugte sich herunter. »Warum hast du Schuldgefühle, wenn du etwas zu deinem Vergnügen tust?«

Hallie sah ihn scharf an. Ihr war nicht klar gewesen, daß sie es so empfand. »Ich weiß es nicht ... es ist nicht so, daß ich Schuldgefühle habe, wenn ich etwas zu meinem Vergnügen tue. Mir macht alles – na ja, fast alles –, was ich tue, Spaß. Das ganze Leben macht mir Spaß. Aber ich vermute ...« Sie suchte nach

einer Erklärung. »Ich habe das Gefühl, immer produktiv sein zu müssen.«
»Warum?« Tristan sah sie an.
Sie zuckte die Achseln. »Ich weiß es nicht. Vielleicht weil wir zu Hause nie die Zeit oder das Geld hatten, etwas zu tun, was nur Spaß macht. Alles war auf einen Zweck ausgerichtet.«
»Das müssen wir ändern, Hallie.« Er nahm ihre Hand. »Ab und zu mußt du dir etwas zum Vergnügen leisten. Ich habe ja selbst die meiste Zeit das Gefühl, etwas für die Menschheit tun zu müssen, aber zwischendurch nehme ich mir Zeit für mich.«
Inzwischen war es soweit, daß jede seiner Berührungen sie entflammen ließ. »Wann tust du das denn?«
»Wenn ich herkomme.« Er sah ihr in die Augen. Sie hätte alles gesagt, um zu bewirken, daß er ihre Hand nicht losließ.
»Aber du tust doch ständig etwas für uns alle. Du bist hier immer beschäftigt.«
»Aber das tue ich nur für mich selbst. Schließlich siehst du mich wochenlang nicht. Ab und zu nehme ich mir Zeit und tue absolut nichts für andre, und dabei bin ich mir keineswegs einer Schuld bewußt. Es ist ein gutes Gefühl. Ich muß mir etwas gönnen, was mir wieder die Kraft gibt, anderen etwas zu geben.«
»Was tust du dann?«
Er ließ ihre Hand los und richtete sich auf. »Manchmal lese ich den ganzen Tag. Oder ich fahre mit einem Boot raus und tue so, als wollte ich fischen. Ab und zu fange ich sogar etwas, aber ich tue es nur, um draußen zu sein, fern von allen, und die Möwen zu hören, zu beobachten, wie die Fische silbern glitzern, wenn sie aus dem Wasser springen, Wolkenbewegungen zu betrachten ... und nachzudenken. Mich selbst zu finden.«
Hallie starrte ihn an. Sie verstand diesen Mann nicht, dessen Berührungen sie entflammten.
Er lächelte. »Wenn du in die Stadt kommst, werde ich mir die Zeit nehmen, zu tanzen und zum Rennen zu geben, mit dir zu

essen und dich einzuladen. Ich werde mir das gönnen, zu meinem reinen Vergnügen, und ich werde nichts dulden, was dieses Vergnügen trübt.«

Nach einem Weihnachtsfest, das verschwenderischer als alles war, was sich Hallie in Newcastle je hätte träumen lassen, brach sie mit den Kindern nach Parramatta auf.

Hallie gab den Männern zwei Tage frei und besorgte ihnen ein Faß Rum, aber sie wollte mehr tun, um sich für ihre Hilfe dankbar zu erweisen. Sie kaufte jedem von ihnen neue Hemden und Hosen und bat Brian, neue Unterwäsche und Socken für die Männer zu kaufen, und sie schenkte allen breitkrempige Hüte, die sie gegen die Sonne schützten. Sie gab ihnen Tabak und ließ für ihr Weihnachtsessen zwei Gänse schlachten. Belinda und Beth arbeiteten am Heiligabend den ganzen Tag, um das Abendessen für die Männer vorzubereiten, damit sie an den Weihnachtsfeiertagen wenig Arbeit hatten. Hallie nahm sich die Zeit, Pflaumenpudding zuzubereiten, wie sie es zu Hause getan hatte, und sie füllte eine Gans, weil sie Belinda und Beth den Tag freigeben wollte. Zum ersten Mal seit Jahren stellte sie sich wieder in die Küche.

Ben kaufte sie einen Anzug. Keine Arbeitskleidung, sondern einen Anzug. Ihr fiel nichts anderes ein, was sie ihm hätte schenken können, außer Pfeifentabak. Jetzt sah er wie ein Kaufmann aus und nicht mehr wie ein Sträfling. Jamie durfte ihm einen breitkrempigen Hut schenken, und Alex schenkte ihm ein Rüschenhemd. Er sah ihnen nicht direkt in die Augen, als er sich bedankte, und Hallie wußte nicht, ob er sich freute oder nicht. Sie überhäufte sowohl Brians Kinder als auch ihre eigenen mit Spielsachen und neuen Kleidern. Brian und Belinda schenkte sie einen Tisch und Stühle und versprach ihnen außerdem, noch ein Zimmer an ihr Haus anzubauen. Beth schenkte sie ein vierpfostiges Bettgestell mit einer gefederten Matratze. Beth brach in Tränen aus, aber erst wesentlich später fragte sie: »Heißt das,

daß ich jetzt ganz allein in dem neuen Zimmer schlafen muß?« Hallie hatte geglaubt, sie würde sich freuen, ein Zimmer für sich zu haben, etwas, was sie in ihrem ganzen Leben noch nicht gehabt hatte.
Hallie genoß es, die gute Fee zu spielen. Sie hatte nicht geahnt, daß ihr das Schenken ein so unwahrscheinliches Vergnügen bereiten würde. Nie hatte sie ein glücklicheres Weihnachtsfest verbracht. Nach dem opulenten Essen badeten sie im Bach – die Männer hinter der Biegung. Gelächter erfüllte die warme Abendluft.
Als die Nacht hereinbrach und Brian und Belinda und ihre Kinder nach Hause gegangen waren, stand Ben noch in der Tür. Er hatte den neuen Hut auf dem Kopf und den Anzug in der Hand, scharrte mit den Füßen, richtete den Blick starr auf den Boden und murmelte: »Ich habe früher nie an Gott geglaubt. Ich habe früher nie an die Liebe geglaubt. Ich habe früher an gar nichts geglaubt.« Dann blickte er zu Hallie auf. »Aber jetzt glaube ich an alles.« Er wandte sich abrupt ab und verschwand in der Nacht.
Hallie schaute ihm überrascht nach.

Jamie und Alex waren außer sich vor Aufregung, weil sie mehrere Wochen in der Stadt verbringen würden, noch dazu zwei davon ohne ihre Mutter. Molly nahm sie unter ihre Fittiche, und sie brachen auf, um Parramatta zu erkunden. Sie standen vor den Schaufenstern und preßten die Nase an die Scheiben. Das Schulhaus stand über die Feiertage leer, aber Jamie starrte die Pulte und die Bücher an und sagte später zu seiner Mutter: »Ich werde Arzt, wie Tristan.«
»Weißt du denn überhaupt, was ein Arzt tut?« fragte sie ihn lächelnd.
»Das ist mir egal. Ich will genauso werden wie er.« Er konnte es kaum erwarten, das Krankenhaus und Tristans Praxis zu sehen.

Nach dem Abendessen sagte Hallie zu ihren Gastgebern: »Ihr habt drei Tage, mich gesellschaftsfähig zu machen. Bringt mir das Tanzen bei.« Am nächsten Nachmittag übte Hallie allein in ihrem Zimmer. Sie wollte Tristan überraschen, wollte in der Lage sein, die ganze Nacht mit ihm zu tanzen, in seinen Armen zu liegen.

Die Fahrt auf der Fähre nach Sydney begeisterte die Kinder. Alex hatte noch nie Pelikane oder Möwen gesehen. Als sie ankamen, herrschte in der ganzen Stadt eine festliche Stimmung. Sie unternahmen viel mit den Kindern, und als Hallie ihnen die Hafenzufahrt zeigte, hinter der das Meer lag, erklärte sie: »Und acht Monate von hier entfernt liegt England, wo ich aufgewachsen bin.« Sue wußte selbst, daß ihnen das nichts sagte.

Niemand fragte: »Ist das das Land, wo unser Vater ist?« Keins der Kinder konnte sich an ihn erinnern, und Hallie sprach selten von ihm.

In Manly liefen sie von der Anlegestelle aus über die schmale Landzunge, an deren Ende später einmal einer der berühmtesten Strände der Welt liegen sollte, doch bisher war es nur eine wunderschöne Sanddüne, an der sich die Wellen sachte brachen.

»Kommt, Kinder«, rief Molly. »Zieht die Schuhe aus, und laßt uns im Meer waten. Wir waten nicht weit hinaus, nur bis zu den Knöcheln. Das macht Spaß. Sie könnten es doch auch probieren«, sagte sie zu Hallie.

Molly hob die Röcke hoch und rannte barfuß durch die niedrigen Wellen, die auf den Strand schwappten. Hallie fand sie so anmutig wie einen Vogel.

Sie setzte sich in den Sand und zog Schuhe und Strümpfe aus. Das Wasser war warm, viel wärmer als der Bach. Ausgelassen lief sie hinter Molly und den Kindern her.

Auf dem Rückweg zur Fähre sagte Molly: »Erzählt bloß niemandem, daß ihr im Wasser gewesen seid. Nur arme Leute und Ureinwohner schwimmen im Meer. Die feinen Leute wollen nichts davon hören.«

»Warum nicht?« fragte Jamie.
»Das weiß der Himmel.« Molly lächelte und strich den Kindern über das Haar. »Aber laßt uns dieses Geheimnis für uns behalten.« Sie zwinkerte Hallie zu.

Am Abend vor dem Ball des Gouverneurs saß Tristan Hallie gegenüber bei dem Essen, zu dem die Langleys geladen hatten. Sie hatte ihn nie im Abendanzug gesehen und fand, er sähe sehr gut aus. Neben ihm saßen Frauen, die Tristan beide behandelte, als sei alles, was sie sagten, das interessanteste Gesprächsthema auf Erden. Eine von ihnen war Mary Reiby.
Später erzählte ihr Susan von Mary. »Sie ist eine ganz bemerkenswerte Frau. Es heißt, sie sei mit fünfzehn als Sträfling hergekommen. Kurz darauf hat sie den Kapitän geheiratet, der sie hergebracht hat. Sein Schiff hat ihm selbst gehört, und er hat Reisen zu den Molukken und nach China unternommen. Manchmal hat Mary ihn begleitet, aber sie haben hier ein Haus gebaut und ihren Wohnsitz gehabt. 1811 ist er gestorben – ich glaube, an einem Sonnenstich – und das ausgerechnet in Kalkutta.
Mary ist als Schiffseignerin hierher zurückgekommen und hat einen Wein- und Spirituosenhandel gegründet.
Sie wohnt über ihrem Hauptgeschäft am Macquarie Place und hat die seltsamste, dickste Hausangestellte, die ich je gesehen habe. Eine Frau, die nicht ganz schwarz ist, aber entschieden eine Farbige. Eine Frau von den Fidschi-Inseln, die Fee-Foo heißt. Sie laufen immer gemeinsam durch die Straßen. Es ist ein komischer Anblick. Mary kauft ganze Schiffsladungen und verkauft sie an die Siedler, und sie schafft es, damit reich zu werden, aber gleichzeitig übervorteilt sie ihre Kunden nicht. Sie handelt mit Wolle, Sandelholz und Walfischtran und mit ich weiß nicht was noch alles.«
»Wie auf Erden kann eine Frau all das gelernt haben?« fragte Hallie verwundert.

Susan legte eine Hand auf ihren Arm. Lächelnd sagte sie: »Wie auf Erden kann eine Frau Tausende von Schafen züchten und etliche tausend Morgen Land erwerben, Geschäfte gründen und Schmieden eröffnen, Häuser und Ställe bauen, Pferde züchten und zwei Dutzend Sträflinge überwachen?«

»Wenn du das sagst, klingt es so beeindruckend«, sagte Hallie versonnen und grinste breit. »Und doch ist es anscheinend ganz einfach. Es verschlingt sehr viel Zeit, ist aber eigentlich nicht furchtbar schwierig.«

»Für dich vielleicht nicht«, sagte ihre Freundin. »Anderen, ob Männern oder Frauen, wäre es unmöglich.«

»Es macht Spaß. Ich tue es gern. Mir fällt nichts ein, was ich lieber täte.«

»Auch nicht, mehr Kinder zu bekommen?«

Hallie zögerte. »Nicht, wenn das heißt, daß ich aufgeben müßte, was ich heute tue.« Und außerdem war niemand da, von dem sie Kinder bekommen konnte.

Hallie glaubte nicht an das Schicksal. Im Grunde genommen hatte sie sich nie viele Gedanken darüber gemacht. Noch wußte sie nicht, daß das Schicksal einem seltsame Streiche spielen konnte.

31

Zum Essen der Langleys hatte Hallie das cremefarbene Kleid getragen, das sie im letzten Jahr in der Hoffnung gekauft hatte, Tristan mit ihrer Weiblichkeit zu beeindrucken. Zum Ball trug sie das blaue Kleid, das ihr Chad vor Jahren gekauft hatte, weil es so gut zu ihren Augen paßte. Tristan lud sie und die Langleys vor dem Ball zu einem leichten Essen ein.

»Ich lade so selten Gäste ein, aber das erscheint mir als ein angemessener Anlaß«, erklärte er.

Alex und Jamie sahen zu, wie sich Hallie fertig machte. Das war

nicht die Mutter, die sie gewohnt waren. »Du siehst wunderschön aus«, sagte Alex und umarmte sie.
Hallie betrachtete ihr Spiegelbild. Molly hatte ihr das Haar gebürstet und raffiniert hochgesteckt, und von der jahrelangen Arbeit im Freien hatte sie eine gesunde Gesichtsfarbe.
»Wirst du heute abend tanzen?« fragte Jamie.
»Ja.« Hallie fand diese Aussicht aufregend. Beim letzten Ball hatte sie den Tänzern zugesehen und war ständig von Männern umgeben gewesen, die sich mit ihr unterhalten wollten. Aber diesmal konnte sie sich aktiv ins Geschehen stürzen, sie fragte sich, ob sie wohl tanzen konnte, ohne ihren Partnern auf die Zehen zu treten, und ob man ihr ansehen würde, daß sie zum ersten Mal tanzte. Würde Tristan sie zu allen Tänzen auffordern?
Auf dem Weg zu Tristan ritt Harry auf seinem Pferd neben der Kutsche her, in der nur zwei Personen bequem Platz hatten. Susan fragte: »Hallie, denkst du eigentlich je an Chad?«
»Natürlich«, antwortete Hallie abwehrend, weil sie so wenig an ihn dachte. »Wie kommst du denn jetzt darauf?«
»Hast du dir schon überlegt, was du mit Tristan anfängst, wenn Chad zurückkommt?« Susan nahm Hallies Hand.
»Was willst du denn damit sagen?« Hallie merkte, daß ihre Unschuld geheuchelt war.
»O Hallie, du brauchst mir doch nichts vorzumachen. Harry und ich sehen doch selbst, wie du empfindest. Ich mache mir ja solche Sorgen um dich. Ich verstehe dich *wirklich.* Du bist seit mehr als fünf Jahren allein, ohne deinen Mann. Und Tris ist äußerst charmant. Ich kenne keine Frau, die nicht in Tris verliebt ist. Sogar verheiratete Frauen. So jemanden wie ihn gibt es kein zweites Mal. Warum solltest du immun gegen ihn sein? Aber ich mache mir solche Sorgen, daß du leiden könntest.«
»Sei still, Susan.« Hallie zog ihre Hand zurück. »Sag so etwas nicht.«

»Du kannst doch nicht blind sein«, verfolgte Susan den Faden weiter. »Seit Jahren kommt er jeden Monat zu dir rausgeritten. Wie er dich ansieht, wenn er sich unbeobachtet fühlt ...«
»Ich bin nicht blind, Susan«, gab Hallie zu. »Es ist ziemlich aussichtslos, meinst du nicht auch? Ich glaube, wir ignorieren unsere tieferen Gefühle und begnügen uns mit einer Freundschaft.«
»Du bist in einer unangenehmen Lage, meine Liebe. Und die Leute reden soviel. Sei *bitte* vorsichtig.«
Was hätte sie sagen können ... wenn sie doch nachts davon träumte, mit ihm zu tanzen; wenn sie in ihrem Herzen die Erinnerung an die beiden Male trug, die er sie geküßt hatte; wenn sie sich heute nichts anderes mehr wünschte, als in seinen Armen zu liegen ...
Als sie schließlich bei Tristan eintrafen, verspürte Hallie eine prickelnde Vorfreude; es war, als würde sie ihn nicht schon seit Jahren kennen, als hätte sie nicht schon so viele Tage mit ihm verbracht. Von dem Moment an, in dem er die Tür öffnete, fühlte sie sich elektrisch aufgeladen. Es war etwas ganz anderes, Tristan im Abendanzug und mit förmlichem Auftreten in seinem Haus zu sehen, nicht bei ihr auf der Farm.
Tristans Blicke glitten bewundernd über Hallie und Susan. Harry bemerkte es und sagte: »Können wir uns nicht glücklich schätzen, heute abend die Begleiter der beiden schönsten Frauen in Neusüdwales zu sein?«
Tristan lächelte, sagte aber nichts dazu. Seine Hand streifte Hallies nackte Schulter, als er ihr die Stola abnahm. Sie glaubte, die Berührung müßte sie verbrannt und eine Narbe zurückgelassen haben, die jeder sehen konnte.
Es war zwar schon nach acht Uhr, aber es war immer noch hell draußen, denn das war einer der längsten Tage des Jahres. Tristan zündete die Kerzen an und verschwand in der Küche. Kurz darauf kehrte er mit einer Flasche Wein zurück.
Als er jedem von ihnen ein Glas eingeschenkt hatte und sie am Eßtisch saßen, lobte Harry die Qualität des Weins, und Tristan

sagte: »Wißt ihr, Hallie und ich sind gemeinsam in den Weinbau eingestiegen.«
»Das klingt ja toll«, sagte Harry mit dem für ihn so typischen Enthusiasmus. »Erzähl uns mehr darüber.«
Während Tristan berichtete, konnte Hallie den Blick nicht von ihm losreißen. Und wenn die Langleys etwas sagten, starrte Tristan Hallie an. Kopfschüttelnd schien sich Tristan wieder in die Realität zurückzurufen, und er erzählte Näheres über Emil und das Unterfangen, von dem sie sich die Ausweitung zu einem bedeutenden australischen Unternehmen versprachen.
Hallie betrachtete seinen Mund und die eine Augenbraue, die etwas höher als die andere war, etwas, was sie noch nie bemerkt hatte. Sie schaute seine Finger an, die das Weinglas am Stiel hielten, sah, wie sich seine Lippen verzogen, wenn er lächelte – und sie wollte diese Lippen auf ihren spüren, wollte ...
»Ah, da kommt Martha«, sagte Tristan. Die Frau, die für ihn putzte und seine Mahlzeiten kochte, war für die Essenseinladung ins Haus gekommen. Die Felsentaube, die mit frischen Kräutern gebraten worden war, war so zart, daß sie sich fast von allein von den Knochen löste. Kleine neue Kartoffeln, die mit Petersilie bestreut waren, und Karotten in Dillsauce rundeten das Abendessen ab.
»Martha ist ein Juwel«, sagte Susan. »Kein Wunder, daß du sie so hoch schätzt.«
Tristan grinste. »Ich halte sehr viel von ihr, aber dieses Essen habe ich gekocht.«
Hallie starrte ihn voller Erstaunen an. Harry sagte: »Achtung, alter Knabe. Sonst kommen diese Frauen noch auf schlechte Gedanken.«
Dann drehte sich das Gespräch um die morgigen Rennen. Pferde aus der ganzen Kolonie wurden schon seit Weihnachten in die Stadt gebracht. Alle wetteten, es würde das größte Rennen werden, das Sydney je erlebt hatte, und es sah so aus, als würde es zu einem herausragenden Ereignis.

»Ich glaube, Pferderennen und Wetten haben sich jetzt schon als beliebtester Volkssport durchgesetzt«, bemerkte Harry. »Ich spiele mit dem Gedanken, auf die Pferde der Coombs zu setzen. Sie haben die besten Pferde in der ganzen Kolonie gezüchtet und zugeritten.«

»Ich setze auf den Außenseiter«, sagte Tristan. »Auf Fair Weather.«

Harry grinste. »Das sieht dir ähnlich. Über dieses Pferd weiß niemand etwas Näheres.«

»Genau deshalb werde ich auf es wetten.«

Nach dem Abendessen merkte Hallie, daß sie nur sehr wenig zum Gespräch beigetragen hatte. Sie hatten sich über Dinge unterhalten, die ihr fremd waren, und daher hatte sie zugehört und versucht, etwas dazuzulernen. Aber in erster Linie lag es daran, daß Tristan ihr ständig durch den Kopf ging. Wenn sie Susan und Harry auch noch so gern mochte, hätten sie doch ebensogut gar nicht dasein können. Sie war überrascht, als es zehn Uhr war, an der Zeit, zum Gouverneur aufzubrechen.

Susan und Harry fuhren in der Kutsche, und Tristan und Harry ritten auf ihren Pferden voraus. Der Kies der Zufahrt war bereits beidseits von Kutschen gesäumt, und sie mußten fast eine Kreuzung weiter anhalten.

Hallie folgte Susans Beispiel und legte ihre Hand auf Tristans Arm, als sie über den Pfad schlenderten. Er legte seine Hand auf ihre. »So, wie du aussiehst, habe ich Glück, wenn ich auch nur einen Tanz mit dir bekomme«, murmelte er. »Wirst du mir wenigstens den ersten und den letzten Tanz freihalten?«

Hallie war entsetzt. »Nur zwei? Ich will ...«

Er preßte seine Hand auf ihre. »Hallie, was ich will, das bist du. Du bist heute abend so schön, daß ich kaum wahrgenommen habe, daß Susan und Harry überhaupt ...« Seine Stimme verhallte, als sie an der Tür angekommen waren.

Susan drehte sich um und sagte: »Darf ich einen Vorschlag machen? Tretet getrennt ein und laßt euch einzeln vorstellen. Und

noch etwas, Tristan, warum forderst du mich nicht zum ersten Tanz auf?«
Hallie hielt seinen Arm fest. »Nein«, flüsterte sie.
»Mrs. Chadwick Morgan und Dr. Tristan Faulkner«, wurden sie angekündigt.
Elizabeth und Lachlan Macquarie begrüßten sie herzlich. »Sie müssen mir einen Tanz freihalten, Hallie«, sagte der Gouverneur charmant.
»Du hast mir den ersten Tanz versprochen«, flüsterte Hallie Tristan zu. »Achte nicht auf das, was Susan sagt.« Sie wollte ihm zeigen, wieviel besser sie jetzt tanzen konnte. Sie wollte seine Arme um sich spüren.
Als die Kapelle des Corps von Neusüdwales den ersten Ton spielte, drehte sich Tristan zu Hallie um und breitete seine Arme aus. »Du wirst so beliebt sein, daß ich dich vielleicht für den Rest des Abends nicht mehr zu sehen bekomme. Wir wollen uns wenigstens diesen einen Tanz gönnen.«
Hallie sah, wie die Leute sie anschauten, sah die Blicke der Männer, als sie auf Tristan zuging, und zum ersten Mal in ihrem Leben war sie froh darüber, schön zu sein.
»Du hast geübt«, sagte er wenig später.
»Ich hatte gehofft, daß es dir auffällt.« Sie lächelte, als er sie herumwirbelte.
»Mir fällt alles auf, was mit dir zu tun hat.« Sie sahen einander fest in die Augen. »Dieses Kleid, das du trägst, hat die Farbe deiner Augen, und darunter trägst du blaue Satinschuhe. Mit fällt auf, daß dir niemand im Saal das Wasser reichen kann. Mir fällt auf, daß dein Haar gesponnenes Gold ist und daß die Sonne deine Haut geküßt hat.«
Seine Hand auf ihrem Rücken führte sie. Hallie schwebte auf Wolken. »Ich will mit keinem anderen tanzen«, sagte sie.
»Es wird dir gar nichts anderes übrigbleiben«, erwiderte Tristan. »Jeder Mann im Saal wird mit dir tanzen wollen. Wahrscheinlich fragen sie sich alle schon, wie lange es noch dauert, bis sie dich

in ihren Armen halten dürfen. Und ich muß mit Susan und Elizabeth und Dutzenden von Frauen tanzen, die du überhaupt nicht kennst.«
»Ich werde auf jede einzelne eifersüchtig sein.«
Es bestand kein Zweifel daran, daß Hallie an jenem Abend die Ballkönigin war. Erst, als um Mitternacht zum Bankett gebeten wurde, tauchte Tristan wieder an ihrem Ellbogen auf. »Ich wollte sichergehen, daß dich beim Essen kein anderer beschlagnahmt.«
Hallies Augen leuchteten. »Es macht ja solchen Spaß! Ich hatte keine Ahnung, wie belebend das Tanzen sein kann. Aber ich bin erschöpft. Ich möchte mich irgendwo hinsetzen.«
Lächelnd führte Tristan sie auf die Veranda und durch die laue Abendluft von Mrs. Macquaries Gärten, aus denen der Duft von Rosen und Jasmin aufstieg.
Gelächter hing in der Luft, aber Tristan und Hallie ließen die Paare hinter sich zurück, die über die Wege schlenderten. Erst unter einem großen Feigenbaum blieb Tristan stehen.
»Ich habe gehört, alle Frauen in Sydney seien in dich verliebt«, sagte Hallie und wurde sich bewußt, daß sie mit ihm flirtete. Sie fühlte sich wie ein junges Mädchen.
»Das muß eine Übertreibung sein.« Tristan ließ ihre Hand nicht los. Er lächelte sie an, doch der Ausdruck seiner Augen war unergründlich.
»Ich kann verstehen, warum es ihnen so ergeht«, sagte Hallie, als er sich ihr zuwandte. Er ließ ihre Hände los, blieb aber so dicht vor ihr stehen, daß sie seinen Atem spüren konnte.
»Mich interessiert nur eine«, sagte er mit gesenkter Stimme.
»Ich liebe dich auch. Das mußt du doch wissen.«
Er schlang die Arme um sie, zog sie dicht an sich und murmelte: »O ja, das weiß ich.« Seine Lippen legten sich auf ihren Mund, erst sachte, zu samtweichen Küssen, die ihren ganzen Körper zum Leben erwachen ließen. Als sie ihm die Arme um den Hals schlang, preßte er sie an sich, als könne sie ihm gar nicht nah genug sein. Sein Mund bewegte sich gierig auf ihren Lippen,

seine Zunge ging auf Erkundungen, und sein Kuß war eindringlich und fordernd. Er ließ schmetterlingszarte Küsse auf ihre Augen regnen. Dann beugte er sich herunter, bog sie zurück und küßte mit federleichten Lippen ihren Hals. Sie hörte sich selbst leise stöhnen. Er hielt sie so fest, daß ihre Brüste sich an ihn preßten.

»Ich will dich«, flüsterte er. »Ich will dich schon so lange, und ich begehre dich so sehr, daß ich manchmal glaube, das Verlangen nach dir bringt mich noch um den Verstand.«

»Nimm mich«, sagte sie, denn sie wollte seine Lippen wieder auf ihren spüren, und sie hoffte, er würde sie niemals loslassen.

»O Gott, Hallie!« Er vergrub sein Gesicht in ihrem Haar.

»Ich will dich auch, Tristan. Und auch schon lange.«

»Meine süße, entzückende Hallie.« Wieder suchten seine Lippen ihre, und diesmal waren sie unsanft.

Andere Paare, die schon etwas gegessen hatten, schlenderten auf die Veranda und die Treppe zum Garten hinunter. Tristan löste sich von ihr. »Ich bin ebenso ein Gefangener, wie ich es im Gefängnis wäre.«

Laß mich nicht los, dachte Hallie, in der das Verlangen entfacht war, das sie all die Jahre erstickt hatte. Sie war fast siebenundzwanzig Jahre alt, und seit mehr als fünf Jahren hatte kein Mann mehr mit ihr geschlafen. Aber andere wandelten durch die Gärten, und sie wußte, daß sie nicht so stehenbleiben konnten.

»Du darfst nicht so aussehen, als ob ...« Tristan beendete seinen Satz nicht, sondern führte Hallie zum Haus zurück. Abrupt sagte er: »Komisch, findest du nicht auch? Wir waren so oft allein miteinander, und wir suchen uns ausgerechnet diesen Moment aus, in dem wir von halb Sydney umgeben sind, um ...«

»Es kommt daher, daß wir ... hier sicher sind«, deutete Hallie an und nickte einem entgegenkommenden Paar zu.

»Wir sind nie irgendwo in Sicherheit gewesen«, sagte Tristan. »Seit dem Moment, seit wir uns kennen.«

Hallie wollte nichts essen. Sie brachte nichts herunter, ließ sich aber ein Glas Champagner bringen. Die Bläschen strömten durch ihre Kehle, und sie kicherte. »Das ist ja wunderbar. Wir müssen auch Champagner herstellen, wenn es erst einmal so weit ist.«

Tristan lachte, doch sie merkte ihm an, daß auch er sich sehr zusammenreißen mußte. Als die Musik wieder einsetzte, kam der Gouverneur durch den Saal auf Hallie zu. »Jetzt bin ich an der Reihe«, sagte er und verbeugte sich förmlich aus der Taille. »Ich will nicht der einzige Mann im ganzen Saal sein, dem ein Tanz mit Ihnen versagt bleibt.«

Er wirbelte sie über die Tanzfläche. Tristan forderte keine Frau zum Tanzen auf. Als Hallie nach ihm Ausschau hielt, war er verschwunden.

Ein paar Minuten später kam Harry zu ihr und sagte, sie gingen, da Susan müde sei. Er hatte mit Tristan geredet, der versprochen hatte, sie nach Hause zu bringen. »Es besteht also kein Grund, jetzt mit uns zu kommen«, schloß er. »Ich schicke die Kutsche zurück, sowie wir zu Hause angekommen sind.«

Erst gegen Ende des Balls, als Hallie vom Tanzen außer Atem war, sah sie Tristan wieder. Er stand in einer Gruppe von älteren Männern, die in ein ernsthaftes Gespräch vertieft zu sein schienen. Der Gouverneur war nicht unter ihnen; er tanzte immer noch.

Die Kapelle spielte noch einen Titel, ehe der Ball offiziell endete. Es war zwar schon zwei Uhr nachts, aber Hallie war nicht müde. Sie fühlte sich in der Lage, die Blue Mountains zu besteigen oder hundert Meilen an der Küste entlang nach Coal Town zu laufen, wo auch immer das liegen mochte. Tristan hatte ihre Stola geholt und erwartete sie. Als sie sich bei den Macquaries bedankt hatten und zur Kutsche der Langleys liefen, war der Mond über den Baumwipfeln kaum zu sehen. Auf der Fahrt sprach keiner von beiden, bis Hallie sagte: »Tristan, bring mich noch nicht nach Hause.«

Er drehte sich zu ihr um und sah sie an.
»Susan und Harry schlafen inzwischen. Bring mich nicht zurück.«
Er hielt die Zügel locker in der Hand. »Wohin möchtest du?«
Sie seufzte und sah ihn an. »Wenn es dir freistünde, augenblicklich zu entscheiden, an welchem Ort auf Erden du sein möchtest, wohin führen wir dann?«
Er sah ihr in die Augen. »Bist du sicher?«
»Ich war mir noch nie auf Erden sicherer.«
Er nahm ihre Hand. Als sie vor seinem Haus ankamen, half Tristan ihr beim Absteigen. Sowie sie im Haus waren, stieg er die Stufen hinauf, ohne ihre Hand loszulassen.
»Nächtelang habe ich im Bett gelegen und mir erträumt, du wärst hier«, sagte er mit ruhiger Stimme.
Ehe sie die Tür erreicht hatten, setzte er sich auf die Stufen, zog sie an sich, küßte ihren Hals, ihre Augen, ihre Ohren und ließ seine Zunge zart über ihren Nacken gleiten. Seine Hand streichelte ihre Brüste, und sie glaubte, ihr Herz schlage so laut, daß er es hören konnte. »Ich bin dein«, flüsterte er. »Ich war es schon immer.«
Er zog sie in seine Arme, stand auf und trug sie die letzten Stufen hinauf. Der untergehende Mond schickte seine letzten Strahlen durch das Fenster, das nach Westen ging, und er blieb im Lichtschein stehen, der mitten in sein Zimmer fiel.
Er küßte sie mit gierigen Lippen. Ihr Kopf sank zurück, und sie glaubte, zu ertrinken. Sie nahm nichts anderes mehr wahr als seine Lippen auf ihrem Mund, seine Arme, die sie hielten, seine Worte, als er immer wieder sagte: »Ich liebe dich. Ich liebe dich, o Gott, wie sehr ich dich doch liebe.«
Als sie im Mondschein dastand, begann er, ihr Kleid aufzuknöpfen. Langsam und zärtlich zog er sie aus. Sie fühlte sich schwanken, als er hinkniete, um ihr dic Strümpfe auszuziehen. Sie schloß die Augen, fuhr mit den Händen durch sein Haar und preßte seinen Kopf an ihren Bauch, spürte, wie er sie küßte und

zart mit den Zähnen an ihrem Fleisch knabberte, spürte seine Finger auf ihren Schenkeln und hörte eher, als sie sah, daß er sich selbst auszog. Dann stellte er sich vor sie, und ihre Körper trafen aufeinander und verschmolzen, als er sie zum Bett zog und sich über sie beugte.

Sie wollte ihn in sich, so tief in sich, daß er nie mehr fortgehen konnte, daß er für alle Zeiten ein Teil von ihr sein würde. Seine Lippen suchten ihre Brüste, und seine Zunge kreiste um ihre Brustwarzen, erst um die eine und dann um die andere. Ihr Körper begann, sich zu bewegen wie etwas Eigenständiges, von allem anderen auf Erden losgelöst. Er biß sie, und sie schrie vor Ekstase auf: »Hör nicht auf!« Aber er hatte zu lange gewartet, sie zu sehr begehrt.

Er zog sie an sich und stieß sich mit einer Leidenschaft in sie, die wie Feuerwerkskörper am westlichen Horizont explodierte, die nicht nachließ, als der Mond aus der Sicht sank, mit einem so tiefen Verlangen, daß es schien, als sei er ins Erdinnere vorgedrungen. Bebend lag er über ihr und hatte keine Kontrolle über sein heftiges Zittern. Er fiel auf sie, atmete schwer und schwieg einen Moment lang.

Schließlich sagte er: »Liebling, es tut mir leid ... ich konnte nicht warten. Ich habe mir das viel zu lange gewünscht.«

Und dann fing er an, sie zu lieben. Sie liebten sich bis zum Morgengrauen, zeitweise sanft, und dann wieder mit ungezügelter Leidenschaft, hauchten Liebkosungen und ließen sich so rückhaltlos von ihrer Leidenschaft verzehren, daß sie glaubten, nichts könnte sie wieder erregen ... und dann lagen sie mit verschlungenen Beinen da, flüsterten im Dunkel, und schon erwachte erneut das Verlangen, Zauber umgab sie, und Geister wurden heraufbeschworen. Selbst da wußten sie schon, daß dies eine Nacht war, die keiner von beiden jemals vergessen würde. Hallie wollte verschlingen und verschlungen werden.

Vor dem ersten Morgengrauen streichelte Tristan ihren Bauch und sagte: »Ich muß dich zurückbringen.«

»Und wenn ich mich weigere zu gehen?« fragte Hallie, die seine Finger an ihren Mund zog und sie einzeln küßte.
»Dann wäre dein Ruf für alle Zeiten ruiniert.«
»Was ist, wenn mir das egal ist?«
»Eines Tages wäre es dir nicht mehr egal.«
»Aber ich will dich nicht gehen lassen.«
»Ich werde niemals gehen.« Er setzte sich hin und fing an, sich anzukleiden.
Hallie richtete sich auf. »Tristan, ich will nicht, daß das alles für uns ist. Ich will dich. Ich brauche dich. Ich liebe dich. Ich könnte vor Liebe in Stücke zerspringen.«
Als er nichts sagte, fuhr sie fort. »Wie soll ich heute beim Rennen neben dir sitzen, ohne vor aller Welt zu zeigen, was ich empfinde?«
»Wir empfinden seit Jahren so und haben es ziemlich gut verborgen.« Er stand auf und zog sein Hemd an. Dann grinste er. »Die große Frage ist, wie wir uns beim Rennen wach halten sollen.« Er zog sie auf die Füße. »Eil dich, oder die Dämmerung kommt uns zuvor.«
»Das ist mir gleich«, sagte sie, als sie sich anzog. »Glaubst du, jeder, der uns heute sieht, wird genau wissen, wie wir die Nacht verbracht haben?«
»Mich interessiert das nur um deinetwillen.« Er beugte sich vor, um sie zart zu küssen. »Komm, ehe die Nachbarn wach werden und die Kutsche der Langleys vor meiner Tür sehen, denn sonst ist der Ruf der armen Susan ruiniert.«
Es war immer noch dunkel, als Tristan und Hallie vor dem Haus der Langleys ankamen. Hallie schlich sich auf Zehenspitzen auf die Veranda und öffnete die Tür. Zum Glück lag ihr Zimmer im Parterre, und sie konnte es durch das Wohnzimmer erreichen, ohne bemerkt zu werden.
Die Sonne hatte ihren Aufstieg in den leuchtendblauen Himmel schon begonnen, als sie einschlief. Am liebsten hätte sie vor Zufriedenheit geschnurrt, vor Glück über die ausgelebte Leiden-

schaft. Mit geschlossenen Lidern durchlebte sie alles noch einmal.
Dann riß sie die Augen auf und starrte die Decke an. »Sag mir«, flehte sie ein unsichtbares Wesen an, »sag mir, daß ich von diesem einen Mal nicht schwanger werde.«
Und doch gefiel ihr der Gedanke, Tristans Kind in sich zu tragen, die Vorstellung, ein Teil von Tristan könnte für alle Zeiten ihr gehören.

32

Hallie fühlte sich voller Tatendrang, obwohl sie nur drei Stunden geschlafen hatte. Aus Susans Blicken schloß sie, daß ihre Freundin wußte, was passiert war, aber nichts konnte Hallies Freude trüben. Als sie entschied, zu Fuß zur Rennbahn zu laufen, klatschte Molly in ihrer überschwenglichen Art in die Hände und rief aus: »Oh, wie schön! Die Kinder und ich kommen bis zum Eingang mit. An dem Ende der Stadt waren wir schon länger nicht mehr.« Nicht etwa, daß es weit gewesen wäre; von den Langleys aus konnte man alles zu Fuß erreichen.
Susan und Hallie hielten ihr einen Platz frei. Es schien, als sei die Gesamtbevölkerung von Sydney, Parramatta und Windsor, aber auch die Bewohner der Farmen in der Umgebung geschlossen zu den Rennen am Neujahrstag angetreten. Sie hatten Glück, denn der Tag war eher frühlingshaft und nicht so schwül und heiß, wie es für den Januar typisch war. Die Städterinnen schützten sich mit Sonnenschirmen gegen Sonnenbrand, Sommersprossen und den Anschein, im Freien zu arbeiten. Man konnte deutlich erkennen, welche Frauen aus der Umgebung kamen, Frauen, die mit ihren Männern im Freien arbeiteten.
Hallie hätte das Rennen noch mehr genossen, wenn Tristan dagewesen wäre. Sogar die Frauen schrien und klatschten, als die Pferde mit den Jockeys ihre Runden liefen. Hallie hätte diesem

neuartigen Erlebnis gern ihre ganze Aufmerksamkeit geschenkt, doch die Suche nach Tristan lenkte sie ab. Es war ihr noch nicht einmal peinlich, als Susan sich vorbeugte, ihre Hand drückte und flüsterte: »Er wird schon noch kommen, mach dir keine Sorgen.«

Zum vierten Rennen erschien er, entdeckte sie augenblicklich und bahnte sich einen Weg durch die Menge. Im Abstand von wenigen Metern blieb er stehen, drückte einem Mann die Hand, lächelte und sagte etwas zu einer Frau. Als er schließlich vor ihnen stand, mußte Hallie sich zusammenreißen, um ihm nicht um den Hals zu fallen.«

»Blinddarmentzündungen wissen nicht, wann Ärzte andere Pläne haben«, erklärte er.

»Ich hoffe, es ist alles gutgegangen«, sagte Susan.

»Ja ...« Tristan hatte Hallie noch nicht ins Gesicht gesehen. »Ich hoffe, Fair Weather ist noch nicht gelaufen.«

Harry lachte, und sie schlossen eine Wette miteinander ab. Tristan wandte sich zu Hallie um und sah sie an. »Deine Beliebtheit am gestrigen Abend scheint dir nicht geschadet zu haben. Du siehst aus, als hättest du gut geschlafen. Ich kann wohl annehmen, daß du den Ball genossen hast.« Er wandte sich an Susan und sagte: »Ich glaube wirklich, sie hat keinen einzigen Tanz ausgelassen. Man sollte meinen, sie sei erschöpft. Statt dessen wirkt sie so frisch wie ein Frühlingstag.«

»Oh, es war eine der schönsten Nächte, an die ich mich erinnern kann«, sagte Hallie lächelnd.

Tristan setzte sich neben sie. »Ich hoffe, diesen Platz habt ihr für mich freigehalten.«

Seine Nähe wirkte prickelnd auf Hallie.

»Natürlich, alter Knabe«, antwortete Harry. »Jetzt kommt *dein* Rennen. Fair Weather hat nicht die geringste Chance.«

»Ich bin deiner Meinung«, sagte Tristan. »Ich setze auf ihn, um ihm Mut zu machen.«

Fair Weather verlor, er ging tatsächlich als drittletzter durchs Ziel.

Tristan griff in die Tasche und gab Harry die vereinbarte Summe. »Seht ihr, wenn ich nicht Vertrauen in ihn gesetzt hätte, wäre er vielleicht letzter geworden.« Sie lachten alle.
Hallie bemühte sich, den Rennen zuzusehen und nicht statt dessen Tristan anzustarren. Wenigstens weiß ich, daß ich Willenskraft besitze, dachte sie. Es kostet mich wirklich Selbstbeherrschung, ihm nicht um den Hals zu fallen. Ihn nicht hier vor Hunderten von Menschen zu küssen. Mich nicht auf meinen Stuhl zu stellen und laut herauszuschreien: »Ich liebe diesen Mann!«
»Du kommst doch mit zu uns zum Essen, oder nicht?« fragte Susan Tristan.
Er nahm Susans Hand und lächelte verschmitzt. »Du hast mir die Peinlichkeit erspart, mich selbst einzuladen. Natürlich komme ich mit. Ich muß gestehen, daß ich das fest vorhatte.«
Hallie fuhr mit Susan in der Kutsche zurück, konnte ihrer Freundin aber nicht ins Gesicht sehen. Im Haus waren Tristan und Hallie keinen Moment lang allein. Sie saßen sich am Tisch gegenüber und mieden es gewissenhaft, einander anzusehen.
»Susan und Harry haben die Kinder eingeladen, noch zwei Wochen bei ihnen zu bleiben«, sagte Hallie, »und dann wird Susan für einen Monat auf die Farm kommen. Ich weiß nicht, was ich in all der Zeit ohne die Kinder anfangen soll.« Sie wußte, daß sie ihm all das schon gesagt hatte, aber sie wollte ganz sichergehen, daß er es sich gut merkte. Hatte er sie verstanden? »Ich reise morgen ab«, fuhr sie fort. »Ich nehme die Fähre nach Parramatta, bleibe über Nacht dort und reite am nächsten Tag auf Princess nach Hause.«
»Schade, daß du nicht länger bleiben kannst«, erwiderte Tristan in einem förmlichen Tonfall. »In Sydney hält man viel von dir, das weißt du doch. Mehr Zeit kannst du nicht für uns erübrigen?«
»Nein, ich bin jetzt eine Woche fort gewesen. Ich fühle mich verloren, wenn ich nicht arbeiten kann. Immer wieder rede ich

mir ein, daß sie unmöglich so lange ohne mich zurechtkommen können.«

»Ich glaube, du hättest eine gute Puritanerin abgegeben, Hallie«, bemerkte Harry.

Nicht, wenn du wüßtest, was ich letzte Nacht getan habe, dachte sie.

Auf der Fähre nach Parramatta plauderte Hallie mit allen Fahrgästen. Sie war eine Blume, die unter der Wärme der Zuneigung aufblühte und ihre Blätter entfaltete. Der Himmel war blauer als jemals zuvor, die Vögel sangen nur für sie, das Wasser funkelte im Sonnenschein. Australien war das wunderbarste Land auf Erden. Die anderen Fahrgäste gehörten zu den nettesten Menschen, die es auf der ganzen Welt gab.

Nachdem sie sich im Haus der Langleys ins Bett gelegt hatte, summte sie vor sich hin und konnte nicht schlafen. Sie war hoffnungslos verliebt und konnte an nichts anderes als an Tristan denken. Ob er ihre Andeutungen verstanden hatte? Sie konnten in die Hügel hinausreiten, weit ab von allem, und sich dort wieder lieben. Sie würde ihm an einem Tisch gegenübersitzen und ihm in die Augen schauen können, ohne ihre Gefühle zu verbergen. Sie konnte die Hand nach ihm ausstrecken und ihn berühren, wenn sie es wollte. Wie ließ es sich anstellen, in einem Bett mit ihm zu schlafen? Sie brauchte sich vor niemand anderem als Beth zu verantworten, und sie wußte, daß nichts, was sie je hätte tun können, ihr die Freundin abspenstig machen würde. Aber sie wollte keine Mißbilligung in ihren Augen sehen. Aber selbst das wäre es wert gewesen, oder nicht? Sie hatte nicht einmal mehr das Gefühl, verheiratet zu sein. Fünf Jahre waren solch eine lange Zeit. Tugendhaftigkeit hatte nichts mit dem zu tun, was sie und Tristan getan hatten, was sie füreinander empfanden.

Als sie endlich doch einschlief, träumte sie, sie und Tristan und die Kinder stiegen auf die Blue Mountains. Von den Gipfeln aus sahen sie Grasland, das sich ewig weit ausdehnte, silberne Flüsse, die das Land speisten, Ortschaften, die Ärzte brauchten. Gegen Morgen träumte sie, sie ginge in New York von einem Schiff an Land. Orte, an denen niemand sie kannte, an denen sie ein gemeinsames Leben beginnen konnten.

Doch als sie erwachte, wußte sie, daß sie das Land nicht verlassen konnte, das zu einem Teil ihrer selbst geworden war. Vielleicht konnte sie die Farm verlassen – wenn ihr bei diesem Gedanken auch fast das Herz brach –, aber sie wußte, daß sie Australien nicht verlassen konnte. Vielleicht konnten sie nach Norden ziehen, weiter oben am Coal River in tropischem Klima, in dem sich neue Siedlungen bildeten, einen Platz für sich finden. Sie konnten aber auch wirklich über die Berge ziehen. Die Farm konnte sie verlassen, das Land nicht.

Oder etwa doch?

Am späteren Morgen sagte sie sich auf dem Heimritt, sie müßte aufhören, sich ihr Ausreißen mit Tristan vorzustellen. Sie würden die Tage einfach nehmen müssen, wie sie kamen, dem Leben soviel wie möglich abringen und versuchen, nach Kräften glücklich zu werden. Sie hatten immer noch genug Zeit, um über die Zukunft zu reden.

Als sie am Nachmittag nach Hause kam, umarmte Beth sie und sagte: »Ich habe dich vermißt.« Brian kam zur Essenszeit vorbei und erzählte ihr die Dinge, die er für wichtig hielt. Keine größeren Vorfälle. Er glaubte, die Stute könnte jetzt jeden Tag fohlen, und er behielt sie sorgsam im Auge. Sie war nur eine Woche fort gewesen, sagte sich Hallie. Es gab keinen Grund, aus dem sich etwas geändert haben sollte.

Beth wartete mit dem Abendessen, bis Ben kam, und dann aßen sie draußen auf der Veranda. Hallie berichtete von den Höhepunkten der Woche und unterhielt die beiden bis zur Schlafenszeit. Sowie sie im Bett lagen, fragte sie: »Sehnst du dich denn nie danach, dir all das einmal anzusehen, in die Stadt zu fahren, ganz andere Dinge zu sehen?«

Beth schüttelte den Kopf. »Ich will nie von hier fortgehen, nicht eine Minute meines Lebens.«
Wenn ich wirklich mit Tristan in den Norden ginge, fragte sich Hallie, oder über die Berge – ob Beth dann wohl mitkäme?

Tristan kam am nächsten Abend kurz vor dem Essen. Er sagte zu Beth: »Ich hoffe, ihr habt genug zu essen für mich. Es ist mir gelungen, ein paar Tage freizunehmen.«
Sobald Beth in der Küche verschwunden war, zog er Hallie in seine Arme. »Du hast gewußt, daß ich komme, stimmt's?«
»Ich hatte es gehofft.«
Er küßte sie und hielt sie fest, als würde er sie nie mehr loslassen. »Ich kann eine ganze Woche bleiben«, flüsterte er ihr ins Ohr, und sein warmer Atem ließ sie erschauern. Beim Abendessen war es Hallie unmöglich, sich Tristan gegenüber so wie immer zu benehmen. Sie war sicher, daß Beth und Ben die Veränderung bemerkten.
Tristan fragte Ben: »Was haben Sie sich als nächstes ausgedacht, nachdem Ihre Schmiede und Ihr Lokal jetzt gut laufen?«
Ben lächelte schief und sah auf seinen Teller herunter. »Ich habe gehört, daß die Leute von einer Schule reden.«
Hallie starrte ihn an. Hätte er ihr das je erzählt, wenn Tristan nicht gefragt hätte? »Ben, Sie sind unschlagbar«, sagte sie. »Ich wette, kein Mensch hat etwas von einer Schule gesagt. Sie haben die Leute selbst auf diesen Gedanken gebracht.«
»Finden Sie denn nicht, daß die Leute etwas lernen sollten? Wie stünden denn Jamie und Alex und Robbie da, wenn wir hier keinen Unterricht hätten? Wollen Sie eine neue Nation von Analphabeten heranziehen?«
Hallie blickte ihn voller Bewunderung an. Vielleicht hatte sie ihn unterschätzt.
Beth sagte lediglich: »Nimm dir noch was nach, Ben.«
Ben, dem der Abend offensichtlich Spaß machte, blieb lange im Haus. Und selbst, nachdem er schon gegangen war, blieb Beth

noch eine Weile sitzen. Hallie hätte ihr gern gesagt, sie solle ins Bett gehen. Als sie statt dessen einen Spaziergang in der späten Abenddämmerung am Fluß vorschlug, sagte Beth: »Das klingt verlockend.« Sie schlenderten also zu dritt zum Fluß, bis es so dunkel war, daß sie nichts mehr sehen konnten.

Endlich sagte Beth zu Hallies großer Erleichterung: »Ich gehe dann jetzt ins Bett.«

Als sie endlich allein miteinander waren, lächelte Tristan sie an und sagte: »Komm mit mir in den Stall, Hallie.«

»In den Stall?« Sie lachte.

»Ich habe so lange gewartet, daß ich jetzt, da ich dich habe, nicht ohne dich sein will.«

»Das sollst du auch nicht«, sagte sie und küßte seine Handfläche, während sie auf den Stall zugingen. »Laß mich keinen Moment ohne dich sein. Ich will dich genauso sehr. Ich habe an nichts anderes mehr gedacht als an dich.«

Er küßte sie und sagte: »Mein Körper hat sich nach dir verzehrt. Ich kann zu Hause nicht schlafen, weil dein Duft noch in meinem Schlafzimmer hängt, weil sich dein Kopf noch auf meinem Kopfkissen abdrückt, weil ein Echo deiner Stimme von meinen Wänden hallt. Ich habe mir erträumt, dich dort zu haben, und ich wollte, daß du etwas von dir zurückläßt, was ich nie mehr auslöschen kann, und jetzt ist es soweit, und ich kann nicht mehr schlafen.«

Im Stall zündete er die Lampe neben dem Bett an, in dem er immer schlief. Es roch nach süßem Heu, und die Kuh muhte, ein Pferd schnaubte. »Ich möchte dir beim Ausziehen zusehen«, sagte er. »Laß mich dich von Kopf bis Fuß genüßlich in mich aufsaugen. Du hast doch nichts dagegen?«

Nein ... es würde ihr ein Hochgenuß sein, dachte sie. Mit jedem Kleidungsstück, das sie zur Seite warf, würde sie sich ihm anbieten, bis sie ganz die Seine war. Bis ihre Körper sich zu einem zusammenschlossen, bis die Sterne auf sie herabschienen, wenn sie einander in den Armen lagen, bis ihre Seelen sich in ihrer Ekstase umeinander wanden. Bis sie von Feuern verzehrt wurden, von denen sie wußte, daß sie sich niemals löschen ließen.

Der Lichtschein der Lampe flackerte, als Hallie aus ihrem Kleid stieg. Sie wollte ihn erregen, ihn rasend vor Verlangen nach ihr machen. Sie zog sich die Schuhe von den Füßen, zog bis auf ihre Strümpfe alles aus. Als sie sie herunterrollen wollte, sagte er: »Nein, laß mich das machen.« Doch ehe er zu ihr kam, zog er sich im Lichtschein aus. Es war dunkel gewesen, als sie sich in seinem Schlafzimmer geliebt hatten, und sie hatte ihn nicht nackt gesehen. Der Anblick seines straffen, schlanken Körpers begeisterte sie; griechische Götter konnten nicht schöner sein.

Dann kann er langsam auf sie zu, kniete sich vor ihr hin, küßte ihren Bauch, streichelte ihre Brüste und beugte sich herunter, um ihr die Strümpfe auszuziehen. Und dann sah sie die Narben, die entsetzlichen erhabenen Striemen, die selbst im schwachen Schein der Lampe weiß und tot schimmerten. Sie schnappte nach Luft und berührte die längste mit den Fingern.

Als sie mit einer Hand darüberfuhr, sagte er: »Ich kann dort nichts fühlen, das Gewebe ist tot.« Er blieb vor ihr knien, blickte auf und sagte: »Ich würde es noch hundertmal über mich ergehen lassen, noch tausendmal, wenn es heißen würde, daß ich dich bekomme. Wenn das nie passiert wäre, wäre ich nicht hier, in diesem Land, an diesem Ort, in diesem Augenblick mit dir zusammen. Und du bist alles wert – aber auch wirklich alles.« Er schlang die Arme um sie, zog sie dicht an sich, preßte sein Gesicht an sie und neckte sie mit kleinen Küssen und federleichten Berührungen seiner Zunge auf ihrem Bauch.

Ich werde ihn dafür entschädigen, dachte sie. Ich werde ihn heute nacht und jede Nacht dafür entschädigen. Ich werde ihn für alle Zeiten lieben, damit es das wirklich wert gewesen ist.

Sie zog ihn auf die Füße und führte ihn zum Bett. Langsam und

genüßlich liebten sie einander, und es erregte sie unglaublich, von ihm gestreichelt und geküßt zu werden.
Hinterher wollte sie ihn nicht gehen lassen, sondern hielt ihn in sich fest, preßte ihn an sich und fuhr mit den Fingern über das tote Gewebe auf seinem Rücken. Später, als sie nebeneinander lagen, sagte sie: »Ich möchte sie küssen.«
»Die Narben? Ich werde nichts spüren.«
»Das spielt keine Rolle.« Und als sie die harten, erhabenen Striemen küßte, weinte sie über das, was er durchgemacht hatte.

Zauber ist vergänglich.
Sie wußten beide, daß die Magie dieser Woche nicht andauern würde, daß sie bald vor schweren Fragen stehen würden. Aber keiner von beiden war gewillt, den Zauber ihrer gemeinsamen Woche zu gefährden.
Sie packten einen Picknickkorb und ritten weit nach Südwesten zur Flußbiegung. Dort liebten sie sich unter einem Baum am Ufer, während Schafe ohne jegliche Neugier weideten.
An einem anderen Tag ritten sie weiter hinaus in die Hügel, die Hallie noch nicht gehörten. Meilenweit waren Hügel und Täler zu sehen, und auf Boden, den noch kein Weißer betreten hatte, zogen sie sich aus und liebten sich mit einer Mischung aus Zärtlichkeit und Raserei. Hinterher lagen sie nackt da, während die Schatten des Laubs Muster über ihre Körper tanzen ließen. Tristan starrte auf das weite Land hinaus und fragte: »Wie viele Morgen besitzt du eigentlich?«
»Ich bin selbst nie ganz auf dem laufenden«, sagte Hallie, die die Sonne und Tristans Liebe wärmten. Sie drehte sich auf den Rücken und streckte einen Fuß in die Luft. »Ich glaube, es sind mehr als fünfzehntausend. Da bei der Flut so viele Schafe gestorben sind, werde ich jahrelang keine weiteren Weiden mehr brauchen. Aber wir hätten jetzt ungefähr fünfundzwanzigtausend Schafe, wenn die Flut nicht so viele trächtige Muttertiere getötet hätte.«

Er sah sie an. »Du scheinst dich nie geschlagen zu geben, wenn die Umstände widrig sind.« Bewunderung lag in seiner Stimme, als er einen Finger über ihre Schultern gleiten ließ.

Hallie lachte. »Weil das, was ich habe, so viel mehr ist, als ich mir je erträumt hätte. Weil alles, was ich hier habe, wenn es auch noch so wenig ist, so viel mehr ist als alles, was ich in Newcastle zu erwarten hatte. Weil ich nie zuwenig zu haben scheine. Alles, was mir zustößt, überrascht mich.« Sie lachte, drehte sich auf die Seite und küßte ihn. »Du auch.«

»Du scheinst die Verantwortung zu genießen.«

»Das ist wahr. Es begeistert mich, Entscheidungen zu treffen, selbst dann, wenn es nicht die richtigen sind.« Sie war froh, daß er sie verstand. »Natürlich sind meine Entscheidungen nicht immer gut gewesen. Ich war diejenige, die angeordnet hat, die Schafe auf die Weiden am Fluß zu treiben, damit die Dürre sie nicht umbringt, und deshalb sind sie ertrunken. Aber ich liebe es, Entscheidungen treffen zu können.«

»Gibt es dir ein Gefühl von Macht?« fragte er und blinzelte in die strahlende Sonne.

»Nein ...« Sie dachte einen Moment lang nach. »Nein, ich glaube nicht, daß es um Macht geht. Es geht darum, mein Leben selbst in die Hand zu nehmen. Nicht nur abzuwarten und auf die Entscheidungen zu reagieren, die andere über mein Leben treffen. Das Leben meiner Mutter hing immer davon ab, was mein Vater entschieden hat. Ich bin nicht sicher, ob Mum je in ihrem Leben eine Entscheidung getroffen hat, außer der, was sie zum Essen kauft, daß sie je in ihrem Leben etwas selbst in die Hand genommen hat. Gott sei Dank ist mir dieses Schicksal erspart geblieben!«

Jede Nacht beteuerten sie einander ihre Liebe und redeten darüber, wie ihnen im Lauf der Jahre in gewissen Momenten des Zusammenseins zumute gewesen war, wie schwer es ihnen gefallen war, ihre Gefühle zu verbergen. Tristan erzählte ihr, daß seine Mutter von ihr wußte, und auch wußte, daß in seinem

Herzen kein Platz für eine andere Frau in seinem Leben war, und sie hatte ihm etwas geschickt, was er ihr schenken wollte. Insofern, sagte er ihr, sei es eigentlich ein Geschenk von seiner Mutter. Sie hatte es von der Mutter seines Vaters geschenkt bekommen, als sie ihn geheiratet hatte. Seit Generationen war es im Besitz der Familie. Er zog ein Taschentuch aus seiner Tasche, in dem ein Paar tropfenförmige Saphirohrringe eingewickelt waren.

Hallie starrte erst die Ohrringe an, dann ihn. »Aber, Tristan, die müssen ein Vermögen wert sein.«

»Ihr materieller Wert ist vollkommen bedeutungslos, da es nie in Frage käme, sie zu verkaufen. Die Männer meiner Familie geben sie den Frauen, die sie ewig lieben werden. Meine Mutter fand, es sei an der Zeit, daß du sie bekommst. Seit Jahren trage ich sie mit mir herum und warte den richtigen Moment ab, um sie dir zu schenken.«

Ohne nachzudenken, sagte Hallie: »Du solltest warten und sie der Frau schenken, die du heiratest.« Dann sah sie betroffen zu ihm auf.

Tristan legte seine Hand auf ihre und drückte sie fest. »Wenn es einen Gott im Himmel gibt, dann bist du meine Frau.«

»Eines Tages ...« sagte sie, und ihre Stimme war kaum mehr als ein Flüstern. »Aber wo kann ich sie tragen?«

»Wenn wir zusammen sind. Nachts, wenn du schläfst. Bewahre sie an einem sicheren Ort auf, und denk an mich, wenn du sie in die Hand nimmst.«

»Ich brauche nichts, was mich an dich erinnert.« Tränen traten in ihre Augen.

Er küßte sie. »Hallie, ich liebe dich mehr als alles andere auf Erden. Mehr als das Leben.«

Und so kamen sie am letzten Tag seines Aufenthalts im Stall zusammen, in dem der süße Duft des Heus hing.

Tristan konnte seinen Aufenthalt nicht noch länger ausdehnen. Hallie wußte, daß es auch für sie an der Zeit war, sich der Arbeit wieder zuzuwenden, in die Realität zurückzukehren. In der ganzen Woche war niemand mit irgendwelchen Problemen zu ihr gekommen, und daher nahm sie an, daß Brian und Ben und Beth und wahrscheinlich auch alle anderen sich darüber klar waren, was sich hier abspielte; aber das war ihr gleich.

»Laß uns fortgehen«, schlug sie vor und lehnte den Kopf an seine Brust. »Wohin könnten wir gehen?« Sie hatten sich noch nicht angezogen und lagen dicht nebeneinander.

Tristan schlang seine Arme um sie und sagte: »Denk jetzt nicht darüber nach.«

»Ich liebe dich so sehr. Ich will, daß die ganze Welt es erfährt.«

»Ich kann unmöglich einen Monat warten, bis ich dich wiedersehe«, sagte er und küßte ihren Hals. »Ich bin in drei Wochen wieder da.«

»Mit anderen Worten, in einer Ewigkeit.« Ihre Lippen streiften seinen Mund.

»Dann werden wir weiterreden.« Er küßte ihr Haar.

Als sie ihn am nächsten Tag fortreiten sah, glaubte Hallie, in der Ferne Gelächter zu hören. Sie wußte nicht, daß sich dahinter das Schicksal verbarg.

33

Hallie lebte in einer Traumwelt und war beseligt.

Als Susan und Molly und sämtliche Kinder kamen, empfand Hallie sie am ersten Tag als Eindringlinge, doch am zweiten Tag begann das Leben wieder seinen Lauf zu nehmen, und sie wurde aus ihren Tagträumen aufgerüttelt. Harry blieb zwei Tage und versprach, am folgenden Wochenende wiederzukommen, und das fröhliche Geschrei der Kinder hing in der Luft.

Susan, der man die Schwangerschaft inzwischen ansah, hielt sich meistens in der Nähe des Hauses auf. Beth und Molly verschwanden, sowie die Kinder im Bett waren. Hallie wußte nicht, wohin sie gingen oder was sie taten, aber ihr gab es die Möglichkeit, abends mit Susan allein zu reden.

Erst gegen Ende der zweiten Woche sagte Susan: »Wenn du findest, daß es mich nichts angeht, bin ich nicht beleidigt. Aber wie soll es mit Tristan weitergehen? Und jetzt tu bloß nicht so, als wüßtest du nicht, wovon ich rede.«

Hallie sah ihre Freundin an. »Findest du es schlimm?«

Susan legte ihr eine Hand auf den Arm. »Hallie, du solltest mich doch wirklich besser kennen. Wie käme ich dazu, mir anzumaßen, ich wüßte, was für dich falsch oder richtig ist? Aber hier bahnt sich eine Tragödie an, und ich mache mir schreckliche Sorgen. Um euch beide. Ich habe euch so gern, und ich bin furchtbar besorgt.«

Hallie legte Susan eine Hand auf den Arm. »Mach dir keine Sorgen. Ich bin glücklich. Ich könnte vor Glück in Stücke zerspringen.«

»Meine Liebe, das sehe ich selbst. Aber was passiert, wenn ...« Sie beendete ihren Satz nicht.

»Ich weiß es nicht«, antwortete Hallie. »Soweit bin ich mit meinen Überlegungen noch nicht gekommen.«

»Dann solltest du dir aber schnellstens Gedanken darüber machen.«

»Wissen es alle?« Hallie wandte sich zu Susan um.

»Seit dem Ball des Gouverneurs ist es in Sydney eins der Gesprächsthemen.« Ihr Gesichtsausdruck und ihr Halblächeln waren rätselhaft.

»Hast du einen guten Vorschlag?« fragte Hallie.

Susan schüttelte den Kopf. »Ich wünschte, du würdest es auf der Stelle beenden, damit dir das unvermeidliche Leiden erspart bleibt.«

»Ich werde nicht leiden.« Hallie lächelte. »Ich bin glücklicher, als ich es je für möglich gehalten hätte.« Es spielte doch wirklich keine Rolle, dachte sie, was die anderen dachten.

Susan sah sie an, bis Hallie verlegen wurde.

»Wir werden uns etwas überlegen«, sagte Hallie. »Tristan wird sich schon etwas einfallen lassen.«
»Darauf würde ich mich nicht verlassen. Tristan hat ...«
Hallie fiel ihr ins Wort. »Ich bin bereit, einiges aufs Spiel zu setzen.«
»Was?« Susans Stimme klang schneidend. »Was bist du bereit aufs Spiel zu setzen? Bist du bereit, all das hier aufzugeben?« Mit einer ausholenden Geste beschrieb sie das Land und das Haus. Auch Hallie blickte auf das Land hinaus, das sie liebte. »Ich bin bereit, alles aufs Spiel zu setzen«, sagte sie schließlich.
»Auch deine Kinder?«
Hallies Herz blieb stehen. Auf den Gedanken war sie noch nicht gekommen.
»Du wirst leiden, Hallie, und die Vorstellung ist mir unerträglich.« Susans Augen waren voller Traurigkeit.

Etwa um dieselbe Zeit schöpfte Hallie den Verdacht, sie könnte schwanger sein. Ihre Periode war vier Tage überfällig. Das wunderte sie nicht: Chad hatte sie nur anschauen müssen, dachte sie, und schon war es passiert. Warum also nicht nach einer vollen Woche?
Sie bemühte sich, ihre Gefühle zu ordnen. Sie war keineswegs entsetzt, obwohl sie erkannte, daß sie entsetzt sein sollte. Welch ein Skandal. Ein Ehemann, der mehr als fünf Jahre fort war ... Die Vorstellung, daß ein Teil von Tristan in ihr wachsen könnte, daß sie und er ein menschliches Wesen erschaffen hatten, das sie für alle Zeiten miteinander vereinen würde, machte sie unbeschreiblich glücklich.
Dennoch war sie nicht sicher. Das würde heißen, daß sie und Tristan augenblicklich entscheiden mußten, was zu geschehen hatte. Sie hatte nie jemanden kennengelernt, der geschieden war, aber sie hatte von solchen Dingen gehört. Würde sie das für alle Zeiten als Hure brandmarken? Was mochte das heißen? Irgendwo war es ihr gleichgültig. Vielleicht, fragte sie sich, hatte ich

gehofft, daß es passiert. Vielleicht bringt das die Dinge ins Rollen. Fest steht jedenfalls, daß ich nicht hierbleiben und Chads treuergebene Gattin spielen kann.

Als sie aus dem Fenster in die helle Morgensonne sah, verwunderte sie die Traurigkeit, die sich plötzlich auf sie herabgesenkt hatte. Eine Scheidung hieß, daß sie dieses Haus und dieses Land verlassen mußte. So viel von ihr war in dieses Land eingeflossen. Es war zu einem wesentlichen Bestandteil ihrer selbst geworden.

Nun, sie war noch nicht ganz siebenundzwanzig. Sie konnte von vorn anfangen. Es gab viele schöne Orte in diesem Land. Sie und Tristan konnten sich für den Weinbau einen Ort weiter im Norden suchen. Aber was war mit Tristan? Würde er das denn wollen? Konnte er so leben, fern von einem Krankenhaus, und nur die wenigen Menschen behandeln, die auf dem Land lebten? Würde er sein Leben so radikal ändern wollen? Aber selbstverständlich. Was brauchten sie denn mehr als einander? Ihm würde es noch nicht einmal etwas ausmachen, von der Gesellschaft in Sydney verfemt zu werden.

Was war mit Jamie und Alex? Sie konnten sich nicht einmal mehr an Chad erinnern. Sie liebten Tristan. Aber was würde Chad tun, wenn er zurückkam? Hallie hatte begonnen zu glauben, er käme nie mehr zurück. Was war, wenn er wirklich nicht wiederkam? Was war, wenn seinem Bruder etwas zustieß und er in England bleiben und die Bergwerke leiten mußte? Was war, wenn er auf See Schiffbruch erlitt? Konnte sie dann nicht so weitermachen wie bisher, mit dem einen Unterschied, daß es ihr freistand, Tristan zu heiraten?

Sie hatte Kopfschmerzen. Es gab so viele Dinge, über die sie sich Gedanken machen mußte. Zum Glück war ihr nicht schwindlig und auch nicht so übel wie damals mit Jamie. Aber andererseits, sagte sie sich, kommen meine Tage vielleicht nur später, weil ich älter werde. Oder aus irgendwelchen anderen Gründen.

Sie würde warten, bis Tristan am nächsten Wochenende kam, und dann würde sie ihn fragen.
Doch als er kam, kam Harry mit ihm, und es war ihnen unmöglich, allein miteinander zu sein. Molly schlief mit allen Kindern in einem Zimmer, die arme Seele, und Beth lag an ihrem üblichen Platz neben Hallie. Hallie war von so vielen Menschen umgeben, daß sie sich nicht einfach aus dem Bett schleichen und zu Tristan gehen konnte. Stundenlang lag sie wach und konnte nicht schlafen, bis sie endlich die Vorsicht in den Wind schlug, unter der Decke ausglitt, barfuß durch die Flügeltüren lief und im Mondschein zum Stall rannte.
Tristan war eingeschlafen. Sie beugte sich über ihn, um ihn zu küssen, und mit verschlafener Stimme murmelte er: »Ich hatte schon aufgegeben.« Aber er zog sie an sich, und sie liebten sich. Hinterher wollte er sie nicht gehen lassen. »Das waren die drei längsten Wochen meines Lebens«, sagte er. »Ich konnte an nichts anderes als an dich denken, und ich wollte unbedingt wiederkommen.«
»Fast tut es mir leid, daß ich Susan eingeladen habe, wenn das heißt, daß du mir versagt bleibst.«
»Ich weiß.« Er hielt sie in seinen Armen und küßte ihre Nase.
Sie holte tief Atem. »Ich bin nicht sicher«, sagte sie, »aber ich glaube, ich bekomme ein Kind.«
Daraufhin ließ er sie los und setzte sich auf. »Ach, du lieber Gott! Himmel! Ich habe die Möglichkeit in Betracht gezogen, aber ich habe mich geweigert, an die Folgen zu denken.«
»Willst du es denn nicht?« fragte sie, und ihr Mut schwand.
Er sah sie an und zog sie in seine Arme. »Die Vorstellung, ein Kind mit dir zu haben – o Liebling, wenn du nur wüßtest, wie oft ich mir das im Lauf der Jahre erträumt habe.«
»Dann laß uns fortgehen. Laß uns woanders ein gemeinsames Leben beginnen. Wir werden die Kinder und Beth mitnehmen.«
»Hallie, was ist mit der Farm? Was ist mit Chad?«
Sie sah ihm in die Augen. »Ich kenne mich nicht damit aus,

aber könntest du dich nicht erkundigen, wie man eine Scheidung einleitet? Machst du dir etwas daraus, was die Leute sagen?«
»Nein ... doch. Ich mache mir etwas daraus, was sie über dich sagen. Es macht mir etwas aus, wie sehr dich das verletzen würde.« Er zog sie enger an sich.
»O Tristan, mach dir darüber keine Gedanken. Wir gehen an einen Ort, an dem uns niemand kennt. Wir könnten nach Amerika gehen.«
»Nein.« Er preßte sie so fest an sich, daß sie glaubte, er könnte sie zerquetschen. »Das geht nicht. Eine der Bedingungen meiner Begnadigung ist die, daß ich Neusüdwales nie mehr verlasse.« Verzweiflung schlich sich in seine Stimme ein. »Aber es ist ein weites Land. Wir ...«
»Wir könnten irgendwo weiter im Norden eine Weinkellerei aufbauen«, schlug sie hoffnungsvoll vor.
Er löste sich von ihr, um ihr in die Augen zu schauen. »Ich bin Arzt und nicht Weinbauer.«
»Würdest du es denn nicht wollen?« Sie brauchte seine wiederholten Beteuerungen.
Statt einer Antwort fragte er: »Bist du sicher, daß du schwanger bist?«
»Nein, aber ich kann mir nicht vorstellen, was es sonst sein könnte.« Sie zog die Stirn in Falten. »Kannst du es feststellen?«
»Noch nicht. Es ist noch zu früh. O meine geliebte Hallie, meine süße Hallie ...« Er preßte sie wieder an sich, und sie konnte seinen Herzschlag hören.
Sie küßte ihn. »Ich möchte mein ganzes Leben mit dir verbringen.«
»Ja, Liebling«, flüsterte er. »Ich werde mir etwas einfallen lassen.«
Am Morgen brachen er und Harry auf.

Drei Tage später berichtete Brian, er hätte auf einer fernen Weide im Nordwesten sechs tote Schafe vorgefunden.
Am Nachmittag, als Susan und Hallie gerade im Bach badeten,

hörten sie Rufe aus der Ferne, die aus der Richtung des Ladens zu kommen schienen. Es klang, als riefen mehrere Menschen einstimmig: »Hallie!« Die Stimmen schienen näher zu kommen. Die Frauen sahen einander an und wateten aus dem Wasser, um sich möglichst schnell anzuziehen. Als sie das Haus erreicht hatten, war ein Wagen zu sehen. Er war hoch beladen, und eine Anzahl von Leuten saß darin. Hallie konnte zwei Kinder sehen, die auf dem Gepäck saßen. Zwei Frauen und zwei Männer – soviel konnte sie aus dieser Entfernung bereits sagen. Sie alle winkten, und Hallie stieg die Stufen der Veranda hinunter, um ihnen entgegenzugehen. Sie hielt sich die Hand gegen die Sonne über die Augen.

Eine der Frauen stand auf und setzte sich als klare Silhouette gegen den dunstigen Himmel ab, und Hallie stockte der Atem in der Kehle. Es war eine Fata Morgana; ihr Verstand spielte ihr Streiche. Obwohl sie das Gesicht der Frau nicht sehen konnte, wußte sie genau, wer es war. War das denn möglich ...?

Susan sah Hallie an und bemerkte den ungläubigen Ausdruck, der auf ihr Gesicht trat. »Wer ist das?« fragte sie.

Hallie antwortete nicht. Sie hörte die vertraute Stimme rufen: »Hallie«, und sie wußte in dem Moment, daß es keine Täuschung war. Ihr Gesicht verzog sich, ihre Lippen bebten, und Tränen bildeten sich in ihren Augenwinkeln. »Das ist meine Mutter«, sagte sie mit einer kaum hörbaren Stimme. »Es ist Mum.«

Als sie auf den Wagen zurannte, fiel ihr Blick kurz auf die andere Frau, die sie nicht erkannte. Aber neben dem Fahrer, dessen Gesicht unter einem breitkrempigen Hut verborgen war, saß ein Mann ... saß ...

»O mein Gott!« rief Hallie aus. »Es ist Danny!«

Der Kutscher hielt die Pferde an und sprang vom Wagen, ohne den Damen beim Absteigen behilflich zu sein.

»Allmächtiger«, sagte Susan laut vor sich hin.

Mit weit ausgebreiteten Armen rannte Chad auf seine Frau zu, um sie zu begrüßen, und rief: »Hallie, ich bin wieder zu Hause!«

34

Er war sogar noch größer, als sie ihn in Erinnerung gehabt hatte. Er schlang die Arme um sie und wirbelte sie im Kreis herum. Aber die einzigen Worte, die ihr über die Lippen kamen, waren: »Mum ist hier.«

Mit einem breiten Grinsen stellte Chad sie auf den Boden. Sie sah ihn kaum an, sondern rannte zu dem Wagen, als Danny seiner Mutter gerade beim Aussteigen half und seine großen Hände um ihre schmale Taille gelegt hatte. Mums Haar war grauer geworden, aber sie sah nicht älter aus als beim letzten Mal, als Hallie sie gesehen hatte. Daniel stand hinter ihr und hatte eine schwarze Augenklappe im Gesicht, aber er lächelte glücklich.

Hallie brachte kein Wort heraus. Sie umarmte ihre Familie und fing an, so heftig zu schluchzen, daß sie niemanden mehr sehen konnte. Mum fing auch an zu weinen, und Danny drückte sie beide an sich. Chad sah die Familie an und sagte: »Und ich dachte, ihr freut euch.« Er ging zum Wagen und half Dannys Frau beim Absteigen, ehe er die beiden kleinen Kinder auf den Boden stellte.

Chad starrte das Haus an und ging auf Susan zu, die abseits stand und mit pochendem Herzen und Tränen in den Augen zusah, wie Hallie und ihre Familie wieder miteinander vereint wurden. Aber obwohl sie sich nicht darüber klar war, dachte sie nur noch: Gerade noch rechtzeitig. Gott sei Dank – gerade noch rechtzeitig! Sie hielt ihm die Hand hin und sagte: »Mr. Morgan.«

»Mrs. Langley, nicht wahr?« sagte er und verbeugte sich, als er ihre Hand nahm. »Wie nett, daß Sie hier sind. Es ist herrlich, wieder zu Hause zu sein.« Er sah sich um und hielt immer noch Susans Hand. »Obwohl es nicht mehr so aussieht wie damals. Diese Veranda ist neu.«

»Sie werden feststellen, daß das Haus größer geworden ist«, sagte Susan. »Es hat sich viel verändert.«

Chad wandte sich nach Hallie um und sah sie an. »Sie ist noch schöner geworden«, sagte er wie zu sich selbst.

»Sie ist die bemerkenswerteste Frau, die ich kenne«, sagte Susan. Und ihr Herz blutete für Hallie. Sie persönlich war froh darüber, daß Chad nach Hause gekommen war, aber sie wußte, daß Hallie innerlich zerrissen sein mußte. Und sie wußte auch, daß Hallie ihren Schmerz nicht zeigen durfte.

Danny stellte seine Frau Tess und die Kinder vor, Roger und Pamela. Während all dessen konnte Hallie die Hand ihrer Mutter nicht loslassen.

Als sie den Trubel hörte, kam Beth aus der Küche gerannt. Da sie nicht wußte, wer all diese Menschen waren, starrte sie den ganzen Haufen nur an und fragte sich, wie sie ohne jede Vorwarnung sechs Menschen mehr durchfüttern sollte. Dann sah sie Chad und wich in den Schatten der Veranda zurück. Sie wußte nicht, wer er war, doch sein Größe ängstigte sie.

Molly kam mit Jamie, Alex und Christopher vom Bach gelaufen. Sie standen da und schauten und versuchten, sich ein Bild davon zu machen, woher so viele Menschen plötzlich herkamen.

Als sie sah, daß Chad die drei Kinder anstarrte, lächelte Susan und sagte: »Das kleinste ist meins.«

Chad ging auf die Kinder zu, aber Alex hielte sich an Mollys Rock fest, und Jamie wich einen Schritt zurück. Chad ging vor Jamie in die Hocke.

»Erinnert ihr euch denn gar nicht mehr an mich?« fragte er, obwohl er wußte, daß sie sich beim besten Willen nicht an ihn erinnern konnten. »Ich bin euer Vater.« Er breitete die Arme aus, aber keins der Kinder kam zu ihm.

Molly schaute auf ihn herunter. »Entschuldigen Sie, bitte, Sir, aber ich schlage vor, daß Sie den Kindern Zeit lassen. Sie müssen sich erst an Sie gewöhnen, ehe Sie einen Kuß von ihnen erwarten können.«

Er blickte zu ihr auf und sah die braunen Locken, die vom

Spielen im Bach feucht und zerzaust waren, sah die fröhlichen grünbraunen Augen und fragte: »Wer sind Sie?«

»Ich bin Molly, Christophers Kindermädchen. Und Sie müssen Mr. Morgan sein, Hallies Mann.« Sie lächelte ihn an. »Ich dachte schon. Sie seien vielleicht nur ein Phantasiegespinst, aber es gibt Sie also doch.«

Chad erwiderte ihr Lächeln nicht. Hallies Mann?

»Drängen Sie sich den Kindern nicht auf«, warnte ihn Molly. »Sie sind ziemlich schüchtern. Keine Fremden gewohnt. Warten Sie ein Weilchen.«

Chad sah sie an, als fragte er sich, wie sie dazu kam, ihm zu erzählen, wie er mit seinen eigenen Kindern umgehen sollte. Susan tauchte hinter ihm auf und sagte: »Warten Sie, bis sich die ganze Aufregung gelegt hat.« Er ließ sich von ihr fortführen, und seine Kinder schauten ihm verwirrt nach.

»Ich hoffe, du freust dich, uns zu sehen«, sagte Danny, »weil du uns nämlich jetzt am Hals hast. Mum wird diese Reise nie mehr unternehmen, soviel steht fest.«

»Ich auch nicht«, sagte seine Frau, die etwas abseits stand.

Beth wagte sich endlich ins Freie und ging dann wieder in die Küche, aber sie war aufgewühlt, da sie den Verdacht hatte, ihr ganzes Leben würde auf den Kopf gestellt, und mit der Ruhe und dem Frieden der letzten fünf Jahre sei es aus und vorbei. Sie fürchtete allerdings auch, jetzt würde sie Hallie verlieren. Stumm stellte sie zwei Krüge Limonade und alle Gläser, die sie finden konnte, auf der Veranda auf den Tisch und ging wieder in die Küche, um sich Gedanken darüber zu machen, wie sie das Abendessen strecken konnte.

»Ich hätte im Traum nicht geglaubt, daß du je von zu Hause fortgehst«, sagte Hallie, die die Hand ihrer Mutter immer noch nicht loslassen konnte. Aber ihre Mutter sah die Kinder an. »Welche sind unsere?« fragte sie.

Hallie rief sie zu sich, und Jamie und Alex lösten sich unwillig von Molly, die ins Haus ging, um nach Kara, dem Säugling, zu

sehen. Hallie kniete sich neben die Kinder. »Das ist eure Großmutter«, sagte sie. »Und das sind euer Onkel und eure Tante, euer Cousin und eure Cousine.«
»Und euer Vater«, fügte Chad hinzu. Hallie blickte zu ihm auf. Sie hatte seine Gegenwart bisher kaum zur Kenntnis genommen.
»Ja, das ist euer Vater«, sagte sie und legte die Arme um ihre Kinder. Sie wußte nicht, ob sie es verstanden. »Kommt, ich sehe, daß Beth uns Limonade hingestellt hat.«
»Wer ist Beth?« fragte Chad, der verdrossen war, weil ihn niemand überschwenglich begrüßt hatte.
»Ich erkläre dir alles, aber laß mir ein paar Minuten Zeit«, antwortete Hallie und stellte ihre Familie Susan, Christopher und Molly vor, die mit Kara auf dem Arm auf die Veranda getreten war. Hallie schenkte allen etwas zu trinken ein und sagte dann: »Ich kann es einfach nicht glauben. Darauf wäre ich wirklich im Traum nicht gekommen.«
Mum sah Chad liebevoll an. »Ich auch nicht, aber er hat uns dazu überredet. Ich dachte, ich sei zu alt, um Newcastle noch zu verlassen.«
Chad lächelte Hallie an und sah ihr in die Augen. »Ich wußte, daß dich das glücklich macht.«
Danny sagte: »Er hat mich davon überzeugt, daß das das Land der Möglichkeiten ist. Er hat gesagt, ich bräuchte mich nie mehr als Verkäufer in einen Laden zu stellen und könnte das ganze Jahr lang im Freien arbeiten, und meine Kinder würden hier gesund aufwachsen und glücklicher werden, als sie es zu Hause je waren. Er hat versprochen, daß wir uns ein Haus bauen und daß wir wieder zusammensein können.« Bei diesen letzten Worten sah er seine Schwester an.
»Die Veranda ist neu«, sagte Chad.
»Wie vieles andere auch«, sagte Hallie, die ihre Mutter wieder an sich drückte, als könnte sie immer noch nicht glauben, daß sie wirklich da war.
»Ich weiß, daß es eng bei uns wird, bis wir Danny ein Haus

bauen«, sagte Chad, »aber es ist Sommer. Nach der Unterbringung auf dem Schiff wird es gar nicht so ungemütlich sein, im Wohnzimmer zu schlafen. Wir werden uns gleich an die Arbeit machen und ihm und seiner Familie ein Haus bauen.«

Hallie rechnete schnell nach. Molly und die Kinder waren bereits in dem Zimmer hinter ihrem untergebracht. Vielleicht konnte Mum mit Susan in einem Zimmer schlafen, und Danny und seine Familie konnten dann in dem hinteren Schlafzimmer schlafen, das noch nicht fertiggestellt war, aber doch zumindest Wände und eine Decke hatte. Chad konnte auf dem Sofa im Wohnzimmer schlafen oder vielleicht sogar in Tristans Bett im Stall.

»Wir haben Platz genug für alle«, erklärte sie. »Wir haben genügend Schlafzimmer.«

Chad sah sie fragend an, und sie erklärte: »Es gibt drei weitere Schlafzimmer.«

Sein Mund stand offen. »Ja«, sagte Susan, »ich habe sogar mein eigenes Zimmer hier.« Sie war nervös.

»Sie leben jetzt hier?« fragte Chad und zog eine Augenbraue hoch.

»Um Gottes willen, nein«, antwortete sie lachend. »Aber ich komme im Sommer für ein oder zwei Monate raus. Harry und ich nennen es unseren Landsitz.« Es gibt soviel, wovon er nichts weiß, dachte sie.

»Es ist alles so schön, Hallie«, sagte Mum. »Ich hätte nie geglaubt, daß du in einem so großen Haus wohnst, das noch dazu so hübsch aussieht. Chad hat wirklich damit geprahlt, aber er ist dem Haus nicht gerecht geworden.«

»Zeig mir das Haus, Hallie«, sagte Chad. »Zeig mir die neuen Zimmer.« Er nahm sie an der Hand. »Wir sind gleich wieder da.«

Hallie wollte nicht mit ihm allein sein. Sie wußte nicht, was sie sagen sollte, und sie konnte ihre Gefühle nicht sortieren; zuviel passierte auf einmal. Sie wußte nicht, ob sie furchtbar glücklich oder entsetzlich traurig war. Sie fühlte sich Chad gegenüber so schüchtern, als sei er ein Fremder.

Sie traten in das kühle Haus, und er folgte ihr durch den Gang ins Gästezimmer. »Das hier ist noch nicht fertig. Es muß noch gestrichen werden und ...«

Chad sah sich um. »Es ist groß.«

»Es ist das kleinste«, sagte Hallie. »Mit Beth hier und den Kindern, die größer werden, und einigen Besuchern brauchten wir mehr Platz.«

»Es gibt noch mehr Zimmer?«

Warum hatte sie das Gefühl, daß er sie stumm kritisierte, statt sich überschwenglich zu freuen, weil er wieder zu Hause war? Oder war es etwas in ihr selbst, was seine Freude erstickte? Sie fand, er sollte froh über den Anbau sein. Schließlich hatte sie den Stil beibehalten, in dem er das ursprüngliche Gebäude errichtet hatte.

Sie zeigte ihm das Zimmer, in dem jetzt die Kinder untergebracht waren. Susan hatte ihr beim Aussuchen der Möbel geholfen. Ob Chad wohl fand, sie hätte zuviel Geld ausgegeben? Er ging auf sie zu und streckte die Hände nach ihr aus, aber sie wich ihm aus und zeigte ihm das dritte Schlafzimmer, in dem sich Susan eingerichtet hatte. Hallie fand, mit seinem Himmelbett sei es das anmutigste Schlafzimmer im ganzen Haus.

»Wer ist Beth?« fragte er abrupt und folgte ihr.

Hallie holte tief Atem. »Beth ist schon fast so lange hier, wie du fort warst. Sie und Susan sind meine beiden liebsten Freundinnen auf Erden. Wenn Beth nicht gewesen wäre, hätte ich nie allein die Arbeit geschafft. Nach Archies Tod ...«

Sie hatte ihm geschrieben, daß Archie gestorben war, hatte ihm aber keine Einzelheiten berichtet und ihm auch nichts von der zweiten Gruppe von Sträflingen geschrieben. Sie hatte nichts von dem Land geschrieben, das sie erworben hatte, ihm nichts über Ben und den Laden berichtet. Er wußte nicht, wie viele Schafe sie hatten. Er konnte auch nichts von dem Schaden wissen, den

die Flut angerichtet hatte, wußte aber, daß Belinda und Robbie eingetroffen waren und daß Hallie ihnen ein Haus hatte bauen lassen. Sogar von ihrer Fehlgeburt wußte er nichts, und sie hatte auch die Bälle des Gouverneurs nicht erwähnt. Wenn sie ihm geschrieben hatte, dann einen Begleitbrief zu den jährlichen Wollsendungen, kurze Nachrichten, aus denen Chad entnehmen konnte, daß Brian jetzt der Vorarbeiter war und daß sie seine Freilassung bewirkt hatte. Sie hatte nicht berichtet, daß Tristan bereits einen ausgezeichneten Reiter aus Jamie gemacht hatte, auch nicht, daß einige von ihnen rechnen lernten, und ebensowenig, daß Harry ihren Kreditrahmen erweitert hatte. Sie hatte nicht gewußt, wie sie all das jemandem mitteilen sollte, der am anderen Ende der Welt war.
Dennoch wandte sie sich zu ihm um und lächelte. »Wie nett von dir, daß du Mum und Danny mitgebracht hast.«
Er nahm sie an den Händen. »Macht es dich glücklich?«
»Natürlich«, sagte sie, und seine Berührung war ihr unangenehm. »Ich kann mir wirklich nicht vorstellen, wie du Mum dazu überredet hast.«
»Eigentlich war es gar nicht so schwierig.« Er trat näher zu ihr. »Sie glaubte, das Leben hielte nichts mehr für sie bereit und sie müßte der Reihe nach jeweils für ein paar Monate zu deinen Geschwistern ziehen, aber nirgends sei Platz für sie. Sie dachte, sie würden sie vielleicht gar nicht bei sich haben wollen, in ihren engen Häusern. Am schwersten ist es ihr gefallen, sich von ihren Enkeln zu trennen, aber ich habe betont, daß sie auch hier Enkel hat, die sie noch nie gesehen hat – und daß sie noch mehr Enkel bekommen wird.« Er lächelte. »Da Danny sich entschlossen hatte mitzukommen und da sie dich seit mehr als sieben Jahren nicht gesehen hatte, war es nicht so schwer. Sie hat volle drei bis vier Minuten nachgedacht, ehe sie mir ihre Antwort gegeben hat«, sagte er lachend. »Es würde mich überhaupt nicht wundern, wenn sie selbst schon auf die Idee gekommen wäre und es sich durch den Kopf hätte gehen lassen. Dannys Entschluß

mitzukommen hat ihr die Entscheidung erleichtert. Aber es war eine harte Überfahrt.« Er suchte in Hallies Augen, fand aber nicht, was er sich erhoffte.
»Trotzdem war es sehr nett von dir.« Ihr Tonfall war förmlich. »Aus deinen Briefen hatte ich den Eindruck, als hätte Danny aufgegeben.«
Er nickte. »Das hier könnte seine Rettung sein. Er war ständig an Deck und hat die offene Weite und das Abenteuer der Reise ausgekostet. Wie seine Schwester, vermute ich.« Sie lächelten einander mit der verlegenen Scheu von zwei Menschen an, die sich seit vielen Jahren nicht gesehen haben und nicht genau wissen, wie sie miteinander umgehen sollen.
»Ich bin dir dankbar«, sagte Hallie und kehrte auf die Veranda zurück. »Aber ich bin noch derart überrascht, daß ich nicht recht weiß, wie ich mich benehmen soll.«
»Ich auch nicht. Es war eine viel zu lange Zeit.« Er wollte eine Hand auf ihren Arm legen, aber sie war schon vorausgegangen.
Jamie und Alex betrachteten Roger und Pamela, als seien sie unerwünschte Eindringlinge. Hallie nahm Jamie zur Seite und sagte: »Sie sind jünger als du, und deshalb wirst du auf sie aufpassen müssen. Sie haben noch nie einen Stall oder eine Kuh gesehen ... und auch keinen Bach. Wag es also nicht, sie zu nah ans Wasser laufen zu lassen.« Gott sei Dank war der Bach seicht, da die Regenfälle noch nicht eingesetzt hatten. »Du bist verantwortlich dafür.« Sie sah, daß er sich aufrichtete und die Schultern zurückzog. »Sie sind unsere Gäste, und daher müßt ihr nett zu ihnen sein, du und Alex.«
Susan stand auf und sagte: »Ich sehe mal nach, ob ich Beth helfen kann.«
»Beth kocht für uns«, erklärte Hallie den anderen.
»Du hast ein Hausmädchen?« fragte ihre Mutter ungläubig.
»Nein, sie ist eine Freundin, die hier bei uns lebt. Aber wir haben uns die Arbeit geteilt, und sie ist für die Küchenarbeit zuständig.«
»Du kochst nicht?« fragte Tess mit kugelrunden Augen.

Hallie lachte. »Ich glaube, ich habe seit Jahren nicht mehr gekocht. Ich denke, ich brächte es noch fertig, wenn Beth krank würde, aber es ist lange her. Ich ... ich habe andere Aufgaben.«

Chad, der an einem der Pfeiler der Veranda lehnte, starrte abwechselnd Hallie an und schaute auf die Landschaft hinaus.

»Was tust du denn?« Danny beugte sich gespannt vor. »Wenn du nicht kochst ...«

Hallie lächelte. »Ich putze auch nicht das Haus, und ich wasche auch keine Kleider ...«

Mum starrte sie an. »Ja, tust du denn überhaupt nichts?«

Es schien, als erwarte auch Chad eine Antwort. Hallie lächelte vor sich hin. Das Leben, das sie geführt hatte, konnte sich in England niemand auch nur vorstellen. »Ich helfe, die Schafe zusammenzutreiben, und ich kümmere mich darum, welche Zäune repariert werden müssen – manchmal helfe ich auch dabei mit. Ich helfe, wenn die Kuh kalbt und wenn die Pferde Fohlen kriegen. Ich sorge dafür, daß zweiundzwanzig Männer – Freigelassene und Sträflinge – beschäftigt sind. Ich reite zum Schäfer hinaus ...«

»Zum Schäfer? Zweiundzwanzig Männer?« fiel ihr Chad ins Wort.

Oh, sie hatte ihm ja so viel zu erzählen.

»Ich helfe, wenn die Lämmer geboren werden, und manchmal helfe ich auch beim Schafescheren, aber nicht mehr oft. Inzwischen habe ich zehn Männer, die dazu ausgebildet sind. Ich sorge dafür, daß der Garten gepflegt wird und daß das Heu ...«

»Zehn?« fragte Chad.

Hallie lächelte. Es machte ihr Spaß, ihm von ihren Erfolgen zu berichten. »Wir haben schließlich eine ganze Menge Schafe.«

Während sie weiterredete, stand Ben plötzlich da.

Er wirkte überrascht, obwohl er den Wagen vorbeifahren sehen und sich gefragt hatte, wohin diese Leute wollten. Ah, der Hausherr war zurückgekehrt. Hallie sah Chad an und sagte: »Das ist Ben Lambert. Ben führt den Laden.«

»Den Laden?« Er hatte vermutet, daß es sich bei dem Gebäude, an dem sie vorbeigefahren waren, um ein Geschäft handelte, und er wußte, daß es auf seinem Land stand, aber er hatte nicht gewußt, daß es *sein* Geschäft war. Gehörte die Schmiede etwa auch ihm? Und das, was wie eine Kneipe aussah? Er fühlte sich als Fremder hier, als sei er der einzige, der keine Ahnung hatte, was hier vorging, und doch nahm er an, daß all das ihm gehörte. Er würde warten, bis er mit Hallie allein war. Schließlich hätte er sich klarmachen müssen, daß nicht fünf Jahre lang alles beim alten blieb. In mancher Hinsicht erschien ihm die Zeit wie ein halbes Leben. Aber in seiner Vorstellung hatte er das Leben hier so vor sich gesehen, wie er es zurückgelassen hatte, eine Hallie, die kochte und putzte und Zeit mit den Kindern verbrachte, während Brian die Männerarbeit übernahm. Er hatte sich das kleine Haus vorgestellt, das er gebaut hatte, als es für sie beide allein noch groß genug gewesen war. Er hätte es besser wissen müssen. Er hatte sich außerdem Sorgen gemacht, die Zeit könnte ihm durch die Finger gleiten und die Schafe könnten sich nicht vermehrt haben, obwohl die Felle, die Hallie geschickt hatte, ihm bei Gott Tausende von Pfund eingetragen hatten. Aber er konnte beim besten Willen nicht wissen, wie viele aus welchem Jahr und von wie vielen Schafen kamen ... Er hatte die Wolle kiloweise verkauft, nicht nach der Anzahl von Fellen. Wie viele Schafe sie wohl hatten? fragte er sich. So, wie die Dinge aussahen, mußten sie eine Herde von mehr als fünftausend Schafen haben ... weit mehr sogar. Er würde den rechten Zeitpunkt für all seine Fragen abwarten. Sie mußten nicht jetzt sofort beantwortet werden. Heute abend würde er mit Hallie allein sein, und sie hatten auch noch morgen und bis in alle Ewigkeit Zeit. Er gelobte sich, nie wieder fortzugehen; er hatte zuviel vermißt. Seine Kinder, die er in den Schlaf gesungen hatte, kannten ihn nicht mehr.

Molly und Beth brachten dampfende, vollgehäufte Platten auf die Veranda. Es gab rotes, zartes Roastbeef, süße, kleine Karotten, neue Kartoffeln, die in der Butter von heute geschwenkt und mit Petersilie bestreut waren, Pfannkuchen mit Bratensauce und zum Nachtisch Rhabarberkuchen. Der Tisch war nicht groß genug für alle, und es gab auch nicht genug Stühle, und daher setzten sich die Kinder auf die Stufen.

Beth sagte kein Wort und aß sehr wenig, und sie lächelte noch nicht einmal, als sich alle nach der langen Seereise begeistert über das Essen äußerten. Natürlich war alles schnell verschlungen.

Chad ... inmitten dieser lauten Tischrunde, während sie sich anhörte, wie wunderschön und sauber und warm Australien war, was für ein schönes Haus sie hatte, wie die achtmonatige Reise verlaufen war, wie phantastisch es war, endlich hierzusein – inmitten all dessen dachte Hallie: Chad ... Weiter konnte sie nicht denken.

Erst später, nachdem der Wagen abgeladen und alle untergebracht waren, Mum sich schlafen gelegt und Molly die Kinder ins Bett gebracht hatte und Hallie mit Susan und Beth und Chad dasaß und sie miteinander redeten – erst dann begriff Hallie plötzlich schlagartig, was passiert war.

Sie hatte soeben zu Chad gesagt: »Vielleicht hast du es in dem Bett im Stall bequemer als auf dem Sofa im Wohnzimmer.«

Er sah sie an, als hätte sie den Verstand verloren. Erst als Susan sagte: »Beth kann bei Molly und den Kindern schlafen«, begriff Hallie, daß ihr Mann wieder zu Hause war.

Beth hatte länger mit Hallie in einem Bett geschlafen als Chad jemals. Jetzt wurde sie abgeschoben. Sie hatten keine Zeit gehabt, sich auf diesen überfallartigen Umsturz vorzubereiten, auf diese Menschen, deren Erscheinen für immer alles ändern sollte. In dem Moment ahnte nur Susan, daß das Leben, das Hallie und Beth geführt hatten, nicht so bleiben würde, nie mehr so werden würde, daß ihnen etwas genommen worden war ... für alle Zeiten verloren.

35

Mit den Händen unter dem Kopf lag Hallie da und starrte ins Dunkel. Neben ihr atmete Chad gleichgültig. Sowie sie sicher war, daß er eingeschlafen war, hatte sie seinen Arm, der auf ihr lag, zur Seite geschoben.

Sie verspürte den unwiderstehlichen Drang zu weinen.

In den ersten Jahren ihrer Ehe hatte Chad sich ihr versagt, wenn sie schwanger war, und er hatte ihr erklärt, aller Wahrscheinlichkeit nach würde das Baby, das in ihr wuchs, sterben, wenn er mit ihr schlief. Hatten diese wenigen Momente nach seiner Heimkehr Tristans Kind getötet?

Tristan – o Gott! Was sollte jetzt aus ihnen werden? Es war allzu deutlich, daß sie ihn nicht haben konnte. War es nach all den Jahren, in denen sie einander geliebt hatten, nachdem sie diese Liebe endlich ausgelebt hatten, jetzt vorbei?

Chads Hände hatten sie nicht erregt; als sein Mund ihre Lippen berührt hatte, war ihr nach Zittern zumute gewesen. An dem gemessen, was ihr all die Worte bedeuteten, die er ihr ins Ohr geflüstert hatte, hätte sie taub sein können.

»Du hast mir gefehlt. Ich habe davon geträumt, dich wieder in meinen Armen zu halten, dich zu küssen, deinen Körper an meinem zu spüren.«

»Du bist noch schöner geworden.«

»Ich will die Farm sehen und alles hören, bis in alle Einzelheiten wissen, was ich hier verpaßt habe, aber ich kann den Blick einfach nicht von dir losreißen. Ich möchte die Hände nach dir ausstrecken und dich anfassen, deine Brüste fühlen, sie küssen.«

Aber er konnte ihr keine Reaktion entlocken. Sie lag regungslos da, während er versuchte, ihre Leidenschaft zu wecken. Schließlich unterbrach er abrupt den Liebesakt und fragte: »Was ist los mit dir?«

Sie sagte: »Ich war nicht darauf vorbereitet. Ich habe dich nicht erwartet. Du bist ein Fremder.«

»Beim ersten Mal stand dir das nicht im Weg.«
Als sie nichts darauf antwortete, bewegte er sich auf ihr und tat die Dinge, die sie früher hatten entflammen lassen; und sie lag starr da. Nachdem er gekommen war, legte er sich neben sie, schmiegte den Kopf an ihre Brust und sagte: »Ich bin zu Hause. Ich werde dich nie mehr verlassen, Hallie. Ich weiß, wie unfair das alles gewesen ist. Jetzt bin ich wieder zu Hause und werde mich um dich kümmern, mein tapferes Mädchen.«
Tapferes Mädchen! Sie biß sich auf die Zunge, um nicht herauszuschreien: »Ich will niemanden, der sich um mich kümmert.« Nichts in ihrem Innern regte sich. Er wußte nicht, daß sie sich ihm auch innerlich verschlossen hatte. Sie war auf Tristan fixiert und voller Verzweiflung.
Sie stand auf und trat auf die Veranda. Die Melancholie fiel von ihr ab, als sie daran dachte, wie sehr es sie gefreut hatte, Mum und Danny wiederzusehen. Doch sie erkannte auch, daß gerade dieses Glück sie versklavte, jeden Gedanken an Tristan ausschloß. O Tristan!
Und was war mit dem Baby? Sie glaubte, sie müßte seit etwa einem Monat schwanger sein. Was konnte sie Chad sagen? Aber vielleicht erübrigte sich all das. Wenn er recht hatte, dann würde sie den Fötus verlieren, weil sie gerade mit ihm geschlafen hatte. Aber sie wollte ein Kind von Tristan!
Sie fing an, leise vor sich hin zu weinen. Wie konnte sie ein Kind von Tristan bekommen und weiterhin mit Chad verheiratet bleiben? Wie konnte Tristan damit fertig werden? Und Chad . . . Chad würde ihr niemals verzeihen.
Sie dachte nicht daran, wie rücksichtsvoll Chad gewesen war, ihre Mutter und ihren Bruder mitzubringen. Im Moment spürte sie nur Wut und Ablehnung ihm gegenüber, er war eine unerwünschte Störung für sie. Dieser verfluchte Kerl! Warum war er nach Hause gekommen? Gleichzeitig erdrückte sie ihr Schuldbewußtsein. Ihr Mann war hier, und sie war von einem anderen Mann schwanger.

Als Chad am Morgen aufwachte, war sie schon aufgestanden. Beth war bereits in der Küche, und Susan war bei ihr. Als Hallie kam, ging Susan auf sie zu und umarmte sie.

»Liebes«, war alles, was sie sagte.

Beth hielt die Augen abgewandt.

»Ich glaube«, sagte Susan, »es wäre das beste, wenn ich mit Molly und den Kindern aufbreche.«

»Du wirst nichts dergleichen tun. Wenn du meine Freundin bist, bleibst du hier, bis Harry in zehn Tagen kommt, und bist Beth und mir eine Stütze. Ich brauche dich. Ich brauche euch beide.«

Hallies Augen waren so hart und kalt wie Saphire.

Am Vormittag unternahm Hallie einen Rundgang mit Chad und Danny. Chad sagte kein Wort dazu, daß sie am Haus und am Stall angebaut hatte. Die zweite Baracke, die ein exakter Nachbau der ersten war, nahm er mit einem Nicken zur Kenntnis. Hallie stellte ihn den neueren Sträflingen vor. Danny, der noch nie auf einem Pferd gesessen hatte, fand die Vorstellung aufregend, reiten zu lernen.

»Heute nachmittag suchen wir eine sanftmütige Stute für dich aus«, versprach Chad, »und dann fangen wir gleich mit dem Unterricht an.«

Da Danny nicht reiten konnte, fuhren sie im Wagen zum Laden. Danny sah sich voller Begeisterung um. »Das gehört auch dir, Hallie? Du hast diesen Laden aufgemacht?«

Hallie warf einen Blick auf Ben. »Es war meine Idee, aber alles andere geht auf Ben zurück. Er hat den Laden fest in der Hand.«

Ben kaute auf einem Grashalm herum und ließ Chad nicht aus den Augen. Chad sah sich an, was in den Regalen stand, ehe er sich das große leerstehende Zimmer mit dem unbenutzten Bett betrachtete, in dem Emil geschlafen hatte, ehe er in sein eigenes Häuschen gezogen war. »Bringt der Laden Geld ein?« fragte er. Ben nickte. »Genug.« Er rechnete damit, daß er sich von jetzt an nicht mehr nur vor Harry, sondern auch vor Chad verantworten mußte. Ihm war nicht wohl bei dem Gedanken.

Während sie im Haus zu Mittag aßen, kam Jock aus den Bergen geritten. Außerhalb der Schurzeit kam er selten ins Tal. Mehrfach jährlich ließ er sich Lebensmittel bringen, aber er und die beiden Männer, die ihm zugeteilt worden waren, führten in den Bergen ein Nomadenleben. Hallie wußte nie genau, wo sie sich aufhielten, aber wenn sie ausritt, um sie zu suchen, fand sie sie immer.
Hallie stellte ihn Chad vor, aber Jock würdigte ihn kaum eines Blickes. Er wandte sich an Hallie. »Wir stecken in Schwierigkeiten. Ma'am. Schafe sterben.«
In all dem Trubel hatte Hallie ganz vergessen, daß Brian ihr gestern vormittag berichtet hatte, er habe sechs Schafe tot aufgefunden. Jock beschrieb ihr, auf welcher Weide sie die toten Schafe gefunden hatten, und sie lag noch weiter entfernt als das Weideland, auf dem Brian diese Entdeckung gemacht hatte. »Krämpfe haben sie auch.« Er kratzte sich am Kopf. Hallie wußte, daß es wichtig sein mußte, wenn der Schäfer aus den Bergen gekommen war. »Es könnte Anthrax sein.«
»Anthrax?« wiederholte sie verwirrt.
Chad sprang auf. »Mein Gott! Das kann die gesamte Herde ausrotten.«
Jock nickte. »Jedes einzelne Schaf im Umkreis von Meilen kann daran sterben.«
»Anthrax?« wiederholte Hallie noch einmal.
»Milzbrand«, erklärte Chad. »Daran kann eine ganze Zucht zugrunde gehen. Kommen Sie mit«, sagte er zu dem Mann, den er gerade erst kennengelernt hatte. »Bringen Sie mich hin.«
»Es ist ein halber Tagesritt.« Jock sah Hallie an.
»Ich komme auch mit«, sagte sie.
»Nein.« Chad legte eine Hand auf ihre Schulter. »Das ist nichts für dich. Das ist Männerarbeit.«
Gereizt sagte Hallie: »Was glaubst du wohl, was ich in all den Jahren getan habe, die du fort warst? Was wäre gewesen, wenn dasselbe gestern um diese Tageszeit passiert wäre und du nicht dagewesen wärst? Fast fünf Jahre lang habe ich alle Schwierig-

keiten bewältigt, die aufgetreten sind. Männerarbeit! Mum«, sagte sie und wandte sich den Frauen zu, die am Tisch saßen, »wir haben noch so viel Zeit, miteinander zu reden und uns alles zu erzählen. Ich muß in die Berge reiten. Wir kommen morgen zurück.«

Beth packte ihnen Essen ein, während Chad Thunder und Princess sattelte. Er fühlte sich als Fremder auf dem Land, das er sich selbst ausgesucht hatte, und er wußte, daß er sich zu Recht so fühlte. Das Leben war in seiner Abwesenheit nicht stehengeblieben, aber vermutlich hatte er sich eingebildet, es sei so. Natürlich hatte Hallie Männerarbeit geleistet. Was hatte er denn geglaubt – daß sich alles wie durch Zauberhand von allein geregelt hatte?

Als sie mit Jock in die Berge aufbrachen, fragte Chad Hallie: »Wie viele Schafe haben wir eigentlich?« Er erwartete morgen die Ankunft der hundert ausgewählten Zuchttiere, die er mitgebracht hatte.

»Ich weiß es nicht genau«, erwiderte Hallie. »Etwa dreitausend sind bei der Überschwemmung umgekommen.«

»Dreitausend?« Die Herde mußte enorm dezimiert sein, dachte er.

»Wir haben verschiedene Herden auf verschiedenen Weiden. Jock holt im Frühjahr immer alle jungen Tiere, die kräftig und gesund sind. Wie viele haben Sie hier oben?« rief sie Jock zu.

Er schwieg ein paar Minuten. »Kann ich nicht genau sagen. Ich schätze, an die achttausend.«

»Achttausend?« wiederholte Chad erstaunt. »Hallie, vor fünf Jahren hatten wir zweitausend. Wo kommen all diese Schafe her?«

»Die meisten von uns, aber es sind auch ein paar Farmer weggegangen, und ich habe ihnen die Herden abgekauft. Ein paar haben ihr Land während der Dürre aufgegeben. Deren Tiere habe ich auch gekauft. Wir haben versucht, sie immer wieder bis auf die besten auszumustern. Darum kümmert sich Jock.«

Hallies erste Information brachte Chad immer noch in Verwirrung. »Wie können zwölftausend Schafe auf nicht mehr als zweitausend Morgen Land weiden?« Er glaubte, sie brächen in Niemandsland auf, zu Weideland, das zu weit draußen lag, um jemandem zu gehören.

Hallie sagte: »Wir haben noch mal zehn- oder zwölftausend Schafe drüben auf den Weiden, für die Brian zuständig ist, und auch weiter südlich. Es ist noch nicht alles eingezäunt, und daher mußten wir ein paar Männer dazu einteilen, die Schafe zu hüten.« Sie sah Chad lächelnd an. Es war das erste Mal an diesem Tag, daß sie lächelte. »Wir haben nicht nur zweitausend Morgen. Zwanzigtausend käme dem schon näher.«

»Wie auf Erden ...« Er konnte den Satz nicht beenden. »Zwanzigtausend Morgen!«

»Der Gouverneur hat uns mehr Land bewilligt, aber das meiste habe ich dazugekauft.«

»Woher hattest du das Geld?«

»Das weiß ich nicht genau. Aber Harry hat mir gesagt, ich könnte es mir leisten. Seine Bank hat mir einen Kredit gegeben, und jedesmal, wenn wir Felle verschifft oder Schafe geschlachtet oder Pferde verkauft haben, hat er die Einnahmen mit dem Kredit verrechnet.«

Chad runzelte die Stirn. »Wie hoch sind wir verschuldet?«

Plötzlich freute sich Hallie. Die harte Arbeit von Jahren, die Jahre, in denen sie mehr Land und Vieh erworben hatte, all die Jahre, in denen sie die Entscheidungen getroffen hatte, trugen jetzt ihre Früchte. »Harry hat mir kürzlich gesagt, wir gehörten zu den reichsten Leuten in der ganzen Kolonie. Ich glaube nicht, daß wir im Moment Schulden haben. Aber darüber sind Ben und er auf dem laufenden, nicht ich. Mit Zahlen stelle ich mich nicht besonders geschickt an.«

Natürlich nicht, dachte Chad. Frauen hatten kein Gefühl für Zahlen.

Ihm schwirrte der Kopf. Zwanzigtausend Morgen ... mehr als fünfzehntausend Schafe. Das war mehr, als er sich je erträumt hatte. Als er die Zucht begonnen hatte, hatte er geglaubt, siebentausendfünfhundert oder vielleicht sogar zehntausend Schafe und vielleicht bis zu zehntausend Morgen Land seien eine ganze Menge. Er hatte geglaubt, er würde ein Leben lang brauchen, um diese Ziele zu erreichen. Er hatte sich ausgerechnet, wenn die beiden letzten Wollieferungen, die Hallie nach England verschifft hatte – Fracht, die erst nach seiner Abreise aus England angekommen sein konnte –, auch nur die Hälfte dessen gewesen wären, dann wären sie bereits reich. Harrys Bank hatte einer Frau ein Darlehen gegeben? Das war in England undenkbar. Ein Darlehen an eine Frau – wer hätte das riskiert? Er sah Hallie an.

Diese Frau, die er geheiratet hatte, um eine Dynastie zu gründen ... niemand anderes als er selbst trug die Schuld daran, daß er fortgegangen war, daran, daß es nicht noch mehr Kinder gab. Aber was für eine Frau! Er hatte gefürchtet, aufgrund der Jahre, die er fort gewesen war, würde er den Traum seines Lebens nie verwirklichen können. Das Geld hatte er, soviel war ihm schon vorher klar, vom Verkauf der Felle und von seinen Gewinnen beim Spiel. Er wußte, daß er reich war. Aber jetzt war er sogar Großgrundbesitzer! Er war mit grandiosen Träumen zurückgekehrt. Er wollte mit den Merinos und den afrikanischen Schafen, die er mitgebracht hatte, ein wissenschaftlich fundiertes Zuchtprogramm in Angriff nehmen und die beste Wolle auf Erden produzieren. Ein Zuchtprogramm, das in diesem Land einen neuen Industriezweig begründete und es weltberühmt machte. Acht Monate lang hatte er auf der stürmischen See zum Horizont geschaut und sich ausgemalt, daß er sich weitere zweitausend Morgen bewilligen lassen würde. Und jetzt bekam er zu hören, daß sie bereits zwanzigtausend besaßen!

In seiner Vorstellung hatte er ein neues Haus gebaut, ein prachtvolles Anwesen auf einem Hügel. Es würde zwei-, wenn nicht gar dreistöckig sein, mit einem Ausblick auf den Fluß und das Tal. Es sollte mehr als ein Dutzend Zimmer haben und ein echtes Prunkstück werden. Jetzt war er nicht in sein Zweizimmerhaus zurückgekehrt, sondern in ein Haus mit sechs geräumigen Zimmern. Er hatte Möbel mitgebracht – und in Sydney eingelagert, bis sie Platz dafür hatten –, Möbelstücke, von denen er wußte, daß sie Hallie wahrscheinlich ganz Neusüdwales in Erstaunen versetzen würden. Er hatte Kronleuchter und Sofas mitgebracht, Betten und Mahagonitische. Er hatte ein Klavier erstanden, einen Schreibtisch, Schränke und Teppiche, und er hatte geglaubt, mit diesen Käufen würde er Hallie überraschen und begeistern.

Was er hier in der Realität vorfand, überstieg seine kühnsten Träume für die Zukunft. Ihm waren seine Vorstellungen grandios und glorreich erschienen, wenn auch vielleicht undenkbar und nicht zu verwirklichen. Jetzt erfuhr er, daß sie bereits in die Tat umgesetzt worden waren, daß seine Ziele bereits erreicht waren. Von einer Frau.

Er sah Hallie an, und er sah nichts mehr von ihrer weichen, sanften Art, die er in Erinnerung hatte. Letzte Nacht war nichts von der Glut dagewesen, die er von früher kannte, wenig, das seine Gier stillte. Kein Funke der Elektrizität, die früher zwischen ihnen die Luft geladen hatte.

Sie hatte sich verändert, das merkte er. Aber dagegen ließ sich etwas tun. Jetzt war er wieder zu Hause, und sie konnte es sich leisten, wieder Frau zu sein. Sie konnte sich entspannen. Er würde die Dinge in die Hand nehmen, die Entscheidungen treffen, sich einen Überblick über alles verschaffen, was inzwischen geschehen war, und auch darüber, was alles zu geschehen hatte. Sie würden mehr Kinder haben, und sie konnte die harte Arbeit vergessen. Zwar mochte sie die gewaltigen Schafherden und die unvergleichlichen Landmengen erworben haben, aber er würde jetzt das Zuchtprogramm in Angriff nehmen, mit dem er Neusüdwales weltberühmt machen würde; nach all den Jahren der harten Arbeit würde er es ihr jetzt erlauben, ein bequemes Leben zu führen. Er würde ihr ein Schloß bauen, von dem aus sie das ferne Gebirge sehen konnten. Sie würden Ställe und Scheunen und bezahlte Hausangestellte haben.

Er erkannte, daß sie bisher wenig Zeit zum Reden gehabt hatten, daß er so gut wie nichts darüber wußte, was sich in den Jahren seiner Abwesenheit abgespielt hatte. Seine Kinder waren heute morgen vor ihm zurückgescheut und hatten sich lieber an Beth und Molly gehalten. Aber er mußte Zäune reparieren und Brükken bauen, ehe er sich damit wirklich auseinandersetzte.

Als sie in die Hügel ritten und den Fluß durchquerten, traf er die bewußte Entscheidung, über diese Dinge später nachzudenken. Er befand sich auf Neuland, weiter draußen, als er je gewesen war, und er bewunderte die Schönheit der Landschaft.

»Gehört uns dieses Land?« rief er.

Er sah Hallie nicken.

Nach mehreren Stunden fanden sie die ersten toten Schafe. Jock hielt dicht neben seinem Planwagen an, und zwei Männer kamen auf ihren Pferden angeritten.

»Da hinten winden sich Schafe in Krämpfen«, sagte einer von ihnen.

Chad und Jock sahen einander an und ritten dann hin, um es sich selbst anzusehen.

Es war Anthrax. Keiner der beiden Männer hegte auch nur den geringsten Zweifel daran. Jock sagte, das sei ihm bisher nur einmal begegnet. »Wir mußten die Felder anstecken und sie brach liegen lassen«, sagte er. »Die Kadaver der Schafe haben wir auch verbrannt.«

»Was heißt das?« fragte Hallie, die beobachtete, wie ein Schaf mit Schaum vor dem Maul in Krämpfen zuckte.

»Es ist eine der tödlichsten Krankheiten, von denen Vieh befallen werden kann«, sagte Chad.

»Was ist mit Menschen?« fragte Hallie.

»Ziemlich unwahrscheinlich«, antwortete Jock, der sich neben das zuckende Schaf kauerte. »Schafe, Rinder, Schweine . . .«

Chad sagte: »Wenn der Boden einmal verseucht ist, können sich die Bakterien jahrelang halten. Wenn beispielsweise durch Tiere, die Höhlen graben, Anthraxkeime tief aus der Erde gewühlt und an die Oberfläche gebracht werden, kann sich jedes anfällige Tier schon durch einen winzigen, unsichtbaren Kratzer am Bein oder an der Klaue infizieren.«

»Was können wir dagegen tun?«

Chad zuckte die Achseln. »Du sagst, Brian hat Fälle auf einer anderen Weide gemeldet? Ist sie hier in der Nähe?«

»Es ist nicht weit. Die nächste Weide nordöstlich von hier«, antwortete Hallie.

»Die meisten Tiere«, sagte Jock, der aufstand, »sterben innerhalb von zwölf Stunden nach den ersten Krankheitsanzeichen an Blutvergiftung.«

»Verläuft die Krankheit immer tödlich?« Würden sie noch mehr Tiere verlieren, als sie durch die Flut verloren hatten?

»Fast immer«, murmelte Jock. »Man sollte sie lieber erschießen, ehe sie andere Tiere verseuchen.«

»Manche sterben erst nach drei bis fünf Tagen«, warf Chad ein. »Wir müssen Männer ausschicken, die alle Herden kontrollieren. Zu den Symptomen gehören Dysenterie, Schüttelfrost, Fieber ...«

»Wie kann man einem Schaf ansehen, ob es Fieber hat?« fragte Hallie.

»Der Herzschlag beschleunigt sich«, antwortete Chad. »Man sieht es, wenn sie Atemnot haben. Es kommt zu einer fortschreitenden Entkräftung. Sie fangen an zu stolpern, oder sie legen sich gleich hin. Oder es kommt zu Zuckungen, wie bei diesem Schaf dort drüben, das innerhalb von wenigen Stunden tot sein wird.« Er wandte sich an einen der Männer. »Erschießen Sie es. Erlösen Sie es von seinen Qualen, aber rühren Sie es nicht an. Wir werden es wie die anderen toten Schafe verbrennen.«

Hallie fragte sich, wie sie die toten Schafe zusammentragen sollten, ohne sie zu berühren. »Sie können die Schafe nicht erschießen«, sagte sie zu Chad. »Sie tragen keine Waffen.« Niemand war bewaffnet. Chad würde zurückreiten und die beiden einzigen Waffen holen müssen, die er im Haus hatte.

»Wir können nicht bis morgen warten«, sagte er. »Wir müssen heute abend noch zurückreiten. Wir brauchen Hilfe. Wir brauchen alle Männer, die wir haben. Wenn wir die toten Schafe nicht verbrennen, kann ihr Fell oder das getrocknete Blut jahrelang im Boden weiterkeimen oder immer wieder Krankheiten hervorrufen.«

»Woher wissen wir, welche Schafe wir fortbringen müssen? Vielleicht haben sich manche schon angesteckt, aber man sieht es ihnen noch nicht an«, sagte Hallie.

»Das ist das Risiko, das wir eingehen müssen.« Chad wandte sich an Jock. »Wohin können Sie die Schafe bringen?«

Jock sagte: »Von hier aus unbegrenzt in diese Richtung.« Er deutete nach Westen. »Dort liegt nur offenes Land.«

Aber wir wollen nicht das weite, offene Land verseuchen, dachte Chad. Und das Land, das uns selbst gehört, wollen wir auch nicht verseuchen. Das hieße, daß wir es über Jahre nicht benutzen können, vielleicht nie mehr.

Adrenalinstöße stärkten seine Entschlossenheit. Das war schon eher etwas für ihn, dachte er. Ein Notfall. Ein Ausnahmezustand. Eine Krise, die er zu bewältigen hatte. Gerade noch war er sich wie ein Gast in seinem eigenen Haus vorgekommen, und jetzt mußte er das Kommando übernehmen.

Er warf einen Blick auf Hallie. Sie wartete nur darauf, daß er ihr sagen würde, was jetzt zu geschehen hatte.

36

Es war zwar einer der längsten Tage des Jahres, doch als sie zurückkamen, war es schon dunkel. Beide ware erschöpft; Hallie hätte sich am liebsten gleich ins Bett gelegt, aber Chad aß die warme Mahlzeit, die Beth für sie aufgehoben hatte, und dann machte er sich auf den Weg zu Brian. Dort teilte er seinem Vorarbeiter mit, was sie in Erfahrung gebracht hatten;

er wollte, daß am Morgen sämtliche Männer zusammengetrommelt wurden. Das hier hatte Vorrang; nichts anderes zählte jetzt.

Als sich am nächsten Morgen alle Männer versammelt hatten, erklärte Chad: »Der Milzbrand kann nicht nur unsere gesamten Herden befallen, sondern auch die Felder für mehr als zwanzig Jahre unbestellbar machen. Er könnte sich im ganzen Tal ausbreiten und jeder Schafzucht in Neusüdwales ein Ende setzen. Wenn ihr von den Weiden zurückkommt, dann haltet euch vom Stall fern. Bindet eure Pferde weit von den anderen Tieren entfernt an. Ihr könntet Keime an den Stiefeln haben. Kommt der Kuh, den Pferden im Stall und auch den Schweinen nicht zu nah. Wenn wir nicht gut aufpassen, kann jegliches Vieh sterben.«

Sechs Männer sollten der Reihe nach die anderen Weiden abreiten und Bericht erstatten, wenn sie erkrankte Schafe fanden. Die restlichen – von denen die meisten Chad noch nie gesehen hatten – würden mit ihm in die Hügel kommen, in die Gegend, in der die infizierten Schafe entdeckt worden waren.

Er wandte sich an Beth. »Sie müssen alles Wasser mindestens zwanzig Minuten abkochen. Man kann nie wissen, ob weiter oben am Fluß infizierte Schafe getrunken haben.« Dann wandte er sich an Susan und sagte: »Sie sollten sich mit Ihren Kindern besser auf den Heimweg machen.«

»Ich nehme Jamie und Alex mit«, erbot sich Susan. »Wir brauchen keine Hilfe. Molly und ich können den Wagen abwechselnd lenken.« Sie wandte sich ab, um ins Haus zu gehen und ihre Sachen zu packen.

Hallie folgte ihr. »Sag Tristan noch nichts«, sagte sie.

»Du meinst vom Milzbrand?«

»Von Chad. Ich will diejenige sein, von der er es erfährt.«

Susan sah sie an und begann, ihre Kleider zusammenzupacken. »Ich wünschte, ich könnte dir irgendwie helfen. Chad, deine Mutter und Danny und jetzt auch noch der Milzbrand ...

o Hallie.« Plötzlich brach sie vor Mitgefühl mit ihrer Freundin in Tränen aus.
»Tu das nicht«, sagte Hallie mit harter Stimme. »Ich ertrage es nicht. Ich habe keine Zeit, mir darüber jetzt Gedanken zu machen. Ich kann nicht an Tristan, nicht an Chad und auch sonst an nichts denken ... noch nicht einmal an mich selbst.«
In dem Moment tauchte Chad in der Tür auf. »Susan, erwähnen Sie den Milzbrand nicht. Wir werden sehen, ob wir ihn hier eindämmen können. Vielleicht hat er sich noch nicht weiter ausgebreitet. Es ist sinnlos, die Leute in Panik zu versetzen. Sollte es jedoch der Fall sein, daß Sie von anderer Seite etwas darüber hören, dann unterrichten Sie den Gouverneur. Ansonsten bitte ich Sie, es für sich zu behalten.«
»Ich werde es Harry sagen müssen«, sagte Susan verunsichert.
»Selbstverständlich«, sagte Chad. »Und vielen Dank dafür, daß Sie die Kinder mitnehmen. Ich habe ein besseres Gefühl, wenn sie nicht hier sind. Wir sollten Sophie auch in die Stadt schikken«, sagte er zu Hallie.
Sophie? dachte Hallie erstaunt. Sie hatte selten gehört, daß ihre Mutter so angesprochen wurde, nur von ein paar Nachbarinnen zu Hause. Ihr Vater hatte von ihr immer als »eure Mutter« gesprochen, und wenn er sie direkt angeredet hatte, hatte er »Mrs. Thomas« zu ihr gesagt. Irgendwie schockierte es sie, daß Chad sie Sophie nannte.
»Mrs. Thomas kann jederzeit gern mit uns kommen«, bot Susan an. »Tess und ihre Kinder natürlich auch.«
Sophie lehnte entschieden ab, aber Tess ging nur zu gern auf den Vorschlag ein. Daher machten sich die drei Frauen mit den sechs Kindern auf den Weg.
Chad sagte Hallie, sie müßten jedes blutende Tier erschießen, das sie fanden. Und das konnten Hunderte sein. Eins der größten Probleme, überlegte er sich, war die Tatsache, daß sie nur zwei Schußwaffen hatten: seine sperrige Flinte mit dem langen Lauf und die Pistole, mit der Hallie Archies Mörder erschossen

hatte und ohne die sie nie in die Stadt ritt. Den Sträflingen war die Benutzung von Schußwaffen gesetzlich untersagt. Brian antwortete auf Chads Frage, er habe noch nie eine Waffe in der Hand gehalten.

»Wenn es tatsächlich Hunderte sind, wird es für eine einzelne Person hart. Es ist kaum zu schaffen«, sagte Chad kopfschüttelnd. »Vielleicht haben wir Glück, und es sind nur ein paar Dutzend. Vielleicht kann ich Brian das Schießen beibringen.«

Hallie meldete sich zu Wort. »Es wäre nicht das erste Mal, daß ich ein Tier erschieße. Ich tue es nur ungern, aber ich kann es wenigstens.«

Chad würdigte sie kaum eines Blickes. »Hallie, das ist keine Arbeit für ...«

»So?« fiel sie ihm ins Wort. »Für Frauen etwa?«

»Aber ...« Er hielt sich im letzten Moment zurück. Als er sie anschaute, dachte er: Was ist bloß für eine Frau aus ihr geworden?

»Du kannst schießen?« Danny sah sie mit aufgesperrtem Mund an. Auch Sophie wirkte entgeistert.

Hallie nickte matt. »Ich sage Beth, daß sie uns etwas zum Essen einpackt. Mum, es kann sein, daß wir ein paar Tage unterwegs sind. Ich habe das Gefühl, ich bin noch gar nicht dazu gekommen, mit dir zu reden.«

Sophie schüttelte den Kopf. »Mach dir um mich keine Sorgen. Danny und ich kommen schon zurecht.«

Danny sagte: »Nein, Mum. Du wirst mit Beth zurechtkommen müssen. Ich gehe mit.«

»Du hast doch noch gar nicht reiten gelernt«, sagte Hallie.

»Ich schätze, so lerne ich es wenigstens«, antwortete er. »Ich habe nicht diese weite Reise gemacht, um mir jetzt alles entgehen zu lassen, was spannend ist.«

»Du wirst dich beim Reiten aufscheuern«, warnte ihn Chad.

Danny reckte stur und unnachgiebig das Kinn in die Luft. »Ich komme mit.«

Am späteren Vormittag brachen sie mit Brian und Robby und den übrigen Männern auf. Hallie schlug vor, Beth sollte mit Sophie zu Belinda gehen und die Frauen einander vorstellen.
Sie durchquerten den Fluß etwa an der Stelle, an der Jamie und Ben im Baum festgesessen hatten. Niemand redete viel, und sie ritten langsam. Brian ritt voraus; Chad hätte den Weg noch nicht allein gefunden.
»Es kommt mir so komisch vor«, sagte er zu Hallie. »Wenn ich bedenke, daß mir dieses Land gehört und daß ich es bis gestern noch nie gesehen habe.«
»Du besitzt noch viel mehr, was du noch nicht gesehen hast«, sagte sie.
»Weiden, auf denen wir auch nur ein einziges totes Schaf finden, werden wir absperren müssen«, sagte Chad, der laut vor sich hin dachte. »Die Kadaver verbrennen. Die kranken Tiere töten. Die Felder anzünden.«
»Warum?« fragte sie.
»Die Tiere haben sich über den Boden angesteckt und sich diese Blutvergiftung geholt. Schafe können sich am Kot anderer Schafe oder durch engen Kontakt mit erkrankten Schafen infizieren. Ein einziges Schaf genügt, um eine Epidemie auszulösen.«
»Also, ich will mich bestimmt nicht anstecken«, rief einer der Männer.
»Dann passen Sie auf«, warnte Chad. »Menschen erkranken ganz selten daran, aber wenn ihr euren gesunden Menschenverstand nicht benutzt – wenn ihr barfuß rumlauft zum Beispiel –, dann *könnt* ihr es kriegen. Und bei Menschen ist diese Krankheit fast immer tödlich.« Er wollte den Männern keine Angst einjagen, sie nur zur Vorsicht rufen. »Faßt die infizierten Tiere nicht an. Wir verbrennen sie an Ort und Stelle. Haltet euch ihnen fern.« Zu Hallie sagte er: »Geschafft haben wir es erst, wenn drei Tage lang keine neuen Fälle ausbrechen.« Er bemerkte ihren betroffenen Gesichtsausdruck. »Ich bezweifle, daß das gesamte Weideland verseucht ist«, sagte er, um ihr Mut zuzusprechen. »Wahr-

scheinlich hat es hier auf den westlichen Weiden mit einem Schaf begonnen, und dann hat ein Schaf das nächste infiziert. Aber solange die Schafe nicht in Kontakt miteinander kommen, sind die Schafe sicher, die auf den entfernteren Weiden grasen. Schlimm wird es erst, wenn wir Schafe auf andere Weiden bringen und hinterher feststellen, daß sich noch infizierte Tiere darunter befinden.«

Auf dem Weg stießen sie nicht auf tote Schafe. Es waren sogar fast überhaupt keine Schafe zu sehen, bis sie das Lager des Schäfers erreichten. Der ekelerregende süße Geruch brennender Kadaver hing in der Luft, der Geruch brennender Felder, des Todes. Der Verwesung.

Jock sagte: »Ich reite am besten voraus. Wir haben die toten verbrannt, aber wir wagen es nicht, die kranken anzurühren.«

»Bist du ganz sicher, daß du das tun willst?« fragte Chad Hallie noch einmal, ehe sie losritten. »Tiere töten ... ein totes Tier ist kein erfreulicher Anblick.«

Ohne zu antworten, legte Hallie auf ein blutendes, zuckendes Schaf an und traf es. Als sie den Schuß hörte, fiel ihr wieder das Pferd ein, das sie vor zwei Jahren erschießen mußte, weil es gestolpert war und sich ein Bein gebrochen hatte. Es konnte nicht mehr stehen und hatte sie aus gequälten Augen flehentlich angesehen.

Nachdem sie die ganze Nacht bei dem Pferd gewacht hatte, hatte sie sich klargemacht, was sie schon die ganze Zeit über gewußt hatte – daß ihr nichts anderes übrigblieb. Die Augen des Tiers hatten sie um Erlösung angefleht, und doch war sie zusammengebrochen, nachdem sie es genau zwischen den Augen getroffen hatte, und noch Nächte später hatte sie davon geträumt, war in ihren Träumen die Kugel gewesen, die sich in den edlen Pferdekopf bohrte, und dieses Erlebnis hatte sie ihrer eigenen Sterblichkeit ein Stück nähergebracht.

Jetzt, nach vier Tagen, empfand sie nichts mehr, wenn sie mit schmerzendem Finger den Abzug betätigte. Ihre Hand tat weh,

Muskeln, die sie mehr als fünfhundertmal benutzt hatte, aber innerlich spürte sie nichts mehr.

Jeden Morgen nach dem Aufstehen übergab sie sich und wußte, daß sie weiterhin schwanger war. Sie hatte geglaubt, der Ritt durch das rauhe Gelände hätte vielleicht etwas bewirkt, aber nichts von allem, was Chad ihr während ihrer bisherigen Schwangerschaften verboten hatte, hatte dem Fötus etwas anhaben können. Sie wußte nicht, ob sie froh darüber war oder nicht. Sie kam nicht dazu, an etwas anderes als die Schafe und den Milzbrand zu denken. Mit anderen Problemen konnte sie sich nicht auseinandersetzen, sich noch nicht einmal über das Eintreffen von Mum und Danny freuen, denn sie wußte, daß das ein zweischneidiges Schwert war. Sie konnte sich keine Gedanken über Tristan machen, nicht darüber, daß sie ein Kind von ihm bekam und doch mit Chad verheiratet war. Sie konnte sich keine Gedanken darüber machen, wie sie sich wieder an ein Leben mit Chad gewöhnen würde, ein Leben ohne Tristan.

Und doch war es letztendlich das, was sie nachts nach den anstrengenden Tagen im Sattel wach hielt. Sie legte sich abends hin und schlief augenblicklich ein, wachte aber mitten in der Nacht auf und wußte, daß ihr die Vorstellung unerträglich war, auf Tristan zu verzichten. Da lag sie dann im Dunkeln, lauschte dem Blöken der Schafe in der Ferne und malte sich Lösungen aus, die ihr das Herz nicht brachen.

Doch wenn sie bei Tageslicht mit Chad und Jock losritt, fragte sie sich, wie sie Mum ins Gesicht sehen konnte. Mum und Danny hatten Chad offenbar sehr ins Herz geschlossen. Sie hatten das einzige Leben hinter sich gelassen, das sie je gekannt hatten, und sie hatten das Wagnis, ans andere Ende der Welt zu reisen, nicht nur unternommen, um bei ihr zu sein, sondern weil sie Chad vertrauten, weil er ihnen ein besseres Leben vor Augen geführt hatte.

Und wie sollte sie Chad ins Gesicht sehen? fragte sie sich. Er war in all den Jahren nicht nur in der Hoffnung fort gewesen, seiner Familie ein angenehmeres Leben zu ermöglichen, sondern auch, weil er einem sterbenden Vater gegenüber eine Verpflichtung zu haben glaubte. Und dabei hatte er sich auch gleich noch um ihren eigenen sterbenden Vater gekümmert.

Aber ich liebe Tristan, dachte sie, und ihr Herz verkrampfte sich gequält. Vorher habe ich nie gewußt, was Liebe ist. Ich habe Chad immer gern gehabt; ich habe ihn früher weiß Gott sehr gemocht. Es war so lange her, daß sie sich kaum noch daran erinnern konnte, was sie wirklich für ihren Ehemann empfunden hatte. Sie hatte Spaß mit ihm gehabt, und er war nett zu ihr gewesen ... aber sie hatte sich nie als ein Teil von ihm gefühlt, wie es ihr bei Tristan erging. Es war fraglos bewundernswert, wie er sich jetzt benahm. Er wußte, wie man Dinge anpackte. Und selbst dann, wenn er sehr erschöpft war, behandelte er die Männer immer noch höflich und rücksichtsvoll. Und sie auch. Sie kam sich aufbrausend und launisch vor, und es wunderte sie, daß Chad keine Anzeichen von Ungeduld oder Gereiztheit zeigte.

Wenn sie miteinander redeten, dann nur über das, was akut anstand. Nachts schlief sie zwischen ihm und Danny, den es in Erstaunen versetzte, daß er »im Februar« unter den Sternen schlief.

Chad zeigte auch ihm, wie er das Kreuz des Südens finden konnte. Hallie lag stumm da.

Am vierten Tag fanden sie keine neuen Fälle mehr – keine toten Schafe und keine, die im Sterben lagen. Aber es hing ein ekelerregend süßlicher Rauch über dem Land, der spektakuläre Sonnenuntergänge bewirkte, tiefhängende rotgoldene Wolken mit purpurner Unterseite, die den Himmel in einem prachtvollen Glanz erstrahlen ließen. Hallie war zwischen Staunen und Ekel hin und her gerissen. Am fünften Tag begann sich der Rauch aufzulösen.

Chad sagte: »Warum nimmst du nicht Brian, Danny und vier von den Männern mit, und ihr reitet zurück? Wenn wir bis

morgen abend keine neuen Fälle finden, könnten wir es geschafft haben.« Mehr als die Hälfte der Männer zäunte Weideland im Westen ein, auf dem die Schafe noch nicht gegrast hatten.
Inzwischen wußten sie alle, daß die Hunderte von Morgen, die sie angezündet hatten – wahrscheinlich sogar Tausende – verloren waren. »Sie sind für Jahre unbrauchbar, vielleicht sogar für länger, als wir leben«, sagte Chad. Jock nickte. Er wußte es auch. »Wir werden sie einzäunen müssen, aber ich weiß nicht, was wir dagegen tun sollen, daß wilde Tiere oder Ureinwohner, die nichts davon wissen, sich dort bewegen. Sie könnten die Krankheit über den ganzen Kontinent ausbreiten.«
»Werden die Keime denn nicht durch das Anzünden abgetötet?« fragte Danny.
»Ich hoffe, daß wir sie damit ausgerottet haben. Aber ich bin nicht optimistisch. Es ist eine Seuche, die jeden vor Schrecken erstarren läßt, der ihre Folgen kennt.« Er wandte sich an Hallie. »Ich vermute, wir haben zwei- bis dreitausend Schafe eingebüßt.« Ihre Schätzung belief sich auf dasselbe. »Müssen wir unseren Nachbarn nicht Bescheid geben?« fragte sie.
»Doch, natürlich. Sie müssen darüber informiert werden. Aber ich wollte nicht, daß Panik ausbricht.«
Mit Danny und vier Männern ritt Hallie zum Haus zurück. Sie waren alle so müde, daß keiner mehr aufrecht im Sattel sitzen konnte. Und Danny hatte sich beim Reiten so übel aufgescheuert, daß er sich fragte, ob er je wieder würde laufen können.
Es war dunkel, als sie zu Hause ankamen. Hallie erwachte erst am späten Vormittag. Als sie endlich aus ihrem Schlafzimmer kam, bemutterte Sophie sie, als sei sie noch lange nicht erwachsen. Es war ein angenehmes Gefühl. Sie setzte sich auf die Veranda und lauschte Mum, die ihr von Leuten in Newcastle erzählte, die sie so gut wie vergessen hatte, von ihren Geschwistern, ihren Nichten und Neffen, Nachbarn und Mädchen, mit denen sie als Kind gespielt hatte. Sie schloß die Augen, hielt die Hand ihrer Mutter,

und lauschte ihrer Stimme und fühlte sich geborgen. Vage ging ihr der Gedanke durch den Kopf, ob Mum sie noch liebhaben würde, wenn sie dahinterkam, was ihre Tochter getan hatte. Aber sie war zu müde, um einen klaren Gedanken zu fassen.

Danny lag zwei Tage lang auf dem Bauch im Bett.

Als Chad mit den meisten anderen Männern zurückkehrte, sagte er: »Seit vier Tagen sind wir auf keine Anzeichen mehr gestoßen. Wenn noch Fälle gefunden werden, wird jemand kommen und mich holen. Viele Schafe haben wir nach Westen gebracht, auf Land, das noch nicht eingezäunt ist. Aber ich glaube, wir haben die Seuche unter Kontrolle.« Dann fiel er ins Bett und schlief zwanzig Stunden durch.

Als er aufwachte, hustete er. »Ich habe zuviel Rauch eingeatmet«, sagte er mit heiserer Stimme. Er schaffte es kaum bis an den Frühstückstisch auf der Veranda.

Sophie und Danny saßen schon dort. »Das ist nicht gerade der großartige erste Eindruck, den ich mir für euch vorgestellt hatte«, sagte Chad und lächelte matt.

Sophie sprach es zwar nicht aus, aber sie fand, der Rauch, der durch das Tal getrieben war, sei genauso übel wie der ständige Kohlenstaub in Newcastle. An den jedoch hatte sie sich gewöhnt; hier stellte sie fest, daß sie hustete, und ihre Augen tränten. Aber so reagierten sie schließlich alle darauf.

»Du siehst erschöpft aus«, sagte sie zu ihrem Schwiegersohn.

»Ich habe auch nicht härter gearbeitet als die anderen Männer«, sagte Chad. Er zögerte einen Moment. »Oder als Hallie ...« Er ließ den Satz abreißen, als ihn ein neuer Hustenanfall packte, so heftig, als fielen ihm die Eingeweide heraus. Sophie sprach nicht laut aus, was sie dachte – daß es genau der Husten war, den sie von Dada kannte.

Hallie beobachtete ihn. Ihr gesamtes Wesen war in inneren Aufruhr geraten und von den Ereignissen der letzten Woche ausgelaugt. O Gott! War je vor ihr eine Frau in einer so vertrackten Klemme gewesen? Was sollte sie bloß tun? Sie wußte, daß sie es

Chad sagen mußte. Ungeachtet aller Folgen. Sie würde warten, bis er wieder etwas mehr bei Kräften war, bis sie mit Tristan ... Tränen traten ihr in die Augen, und sie stand so abrupt auf, daß ihr Stuhl umkippte. Sie stürzte in die Küche und merkte dort plötzlich, daß Beth nicht mit ihnen gegessen hatte. Beth hatte auch gestern abend nicht mit ihnen gegessen. Sie hatte das Essen auf den Tisch gestellt und war verschwunden.

Beth stand mit einem Teller in der Hand im Sonnenschein in der Küchentür und frühstückte. Sie sah Hallie fest an.

»Warum?« fragte Hallie leise mit erstickter Stimme. »Warum bist du hier draußen?«

»Ich weiß es nicht«, erwiderte Beth nach kurzem Schweigen. Dann stellte sie ihren Teller auf den Tisch und wandte sich Hallie zu, die sich in ihre ausgebreiteten Arme warf und anfing zu schluchzen. Und Beth – die nur wußte, daß Hallie mit Tristan glücklich gewesen war und jetzt litt – hielt sie zärtlich umarmt und weinte mit ihr, weil sie erkannte, daß fünf Jahre der Geborgenheit und der Ruhe, Jahre, in denen sie geliebt worden war und gelernt hatte, diese Liebe zu erwidern, ein jähes Ende gefunden hatten.

Nachdem sich Hallie die Tränen abgewischt und das Gesicht gewaschen hatte, kehrte sie auf die Veranda zurück, doch dort saß niemand mehr. Sie sah Chad, Danny und ihre Mutter an der Stalltür stehen und ging zu ihnen.

Chad stützte sich an die Stallwand und schüttelte den Kopf, als wolle er sich von etwas frei machen. »Mir ist schwindlig«, sagte er.

»Laß uns zum Haus zurückgehen, damit du dich hinlegen kannst«, schlug Hallie vor. »Es hat dir nicht gutgetan, soviel Rauch einzuatmen.«

Ohne Einwände zu erheben, kam Chad mit ins Haus. Sobald er sich hingelegt hatte, schlief er ein. Er atmete hörbar, und es klang, als käme jeder Atemzug ganz tief aus seinem Innern.

»Er ist uns ein solcher Trost gewesen, hat uns eine solche Kraft gegeben«, sagte Sophie, die neben Hallie saß. »In all der Zeit, als Dada im Sterben lag, in all diesen Monaten und Jahren ist Chad immer wieder vorbeigekommen. Er hat ihm vorgelesen und mit ihm geredet, und er hat ihn zum Lachen gebracht. Er war der einzige, der das geschafft hat. Er hat uns allen Geschenke mitgebracht und uns das Leben erleichtert.« Sie seufzte bei der Erinnerung. »Ich weiß nicht, wie Danny über die Runden kommen würde, wenn Chad nicht gewesen wäre. Man braucht nur mit Chad zusammenzusein, und schon schöpft man Mut. Er ist ein außergewöhnlicher Mensch, von seltener Güte.«

»Er hat mich fast fünf Jahre lang allein gelassen«, sagte Hallie mit ausdrucksloser Stimme.

Sophie sah sie scharf an, sagte aber nichts dazu.

Hallie weckte Chad nicht zum Mittagessen. Sie bestand darauf, daß Beth mit ihnen aß, aber ihre Freundin blieb stumm. Danny bemühte sich, sie ins Gespräch einzubeziehen, aber Beth hatte sich ganz und gar verschlossen und war zu keiner Form von Kommunikation zu bewegen. Schließlich gab er auf und wandte sich an seine Schwester.

»Ich weiß, daß das, was passiert ist, furchtbar ist, Hallie, aber ich kann nichts dafür, verflixt noch mal, ich finde es trotzdem aufregend, obwohl mir das Sitzen immer noch weh tut. Ein so prachtvolles und grandioses Land! Wenn ich mir nur vorstelle, morgens von Vogelgezwitscher zu erwachen und dann den ganzen Tag über diese Geräusche zu hören. Das ist Musik und nichts anderes. So schöne Vögel habe ich überhaupt noch nie gesehen. Was sind das für Vögel?«

»Die, die dich wecken, die schwarzweißen, sind Elstern«, sagte sie zu ihm. »Die, die den Lärm machen und so klingen, als lachten sie, sind eine Kakaduart. Die, die ...«

»Allein schon diese Namen – Kakadu ...« sagte Danny.

Hallie setzte sich neben ihn.

Er sah sie gespannt an. »Und was ist mit den Ureinwohnern?

Habt ihr Probleme mit ihnen? Sind sie wie die Indianer in Amerika?«

»Nein.« Sie lächelte. »Die wenigen Male, die ich ihnen begegnet bin, waren sie sehr freundlich. Aber es gibt hier viele Leute, die sie hassen.«

»Warum?« fragte Sophie, die hinter ihnen auf dem Schaukelstuhl saß.

»Ich vermute, daß die Leute sich vor ihnen fürchten. Sie sind schwarz. Sie sind anders. Sie haben andere Sitten als wir. Sie glauben nicht an unseren Gott.«

Danny blickte zu ihr auf. »Dein Gott, nicht meiner.«

Ein gequälter Ausdruck trat in Sophies Augen. Sie hörte auf zu schaukeln, streckte eine Hand aus und legte sie Danny auf die Schulter. »So darfst du nicht reden.«

In dem Moment tauchte Chad in der Tür auf und hielt sich am Türrahmen fest, als könnte er fallen, wenn er sich nicht abstützte. Seine Augen waren fiebrig und glasig.

»Ich habe mich angesteckt«, flüsterte er heiser. »Kommt mir nicht zu nah. Ich habe Anthrax.«

Als er gleich darauf stürzte, mußten Danny und Hallie ihn jedoch anfassen, um ihn aufzuheben und ins Bett zu tragen.

»Gütiger Gott im Himmel«, murmelte Sophie. »Was sollen wir jetzt bloß tun?«

»Wir werden den Arzt kommen lassen«, sagte Hallie. »Ich reite rüber und sage Brian, daß er den Arzt aus Sydney holen muß.«

37

Sie sagte Brian, er solle reiten, so schnell er könne. »Sag dem Arzt nicht, daß es Chad ist«, sagte sie und sah ihn fest an. »Sag ihm nur, daß wir einen Fall von Milzbrand haben und daß er schnell herkommen muß. Wenn du dich beeilst, kannst du kurz nach Einbruch der Dunkelheit in Sydney sein. Versucht, morgen in der Dämmerung aufzubrechen. Ich möchte, daß du morgen nachmittag mit Dr. Faulkner hier bist. Sag ihm, es sei dringend.«

Als sie zum Haus zurückritt, war sie sich über die Ironie der Situation im klaren – sie bat ihren Geliebten herzukommen, damit er ihren Gatten rettete. Und doch betete sie eindringlich: »Laß ihn nicht sterben. Bitte – bitte, laß Chad nicht sterben.«

Andererseits hätten sich durch seinen Tod all ihre Probleme gelöst.

Hallie und Sophie und sogar Danny setzten sich abwechselnd zu Chad und wuschen ihn mit kaltem, abgekochtem Wasser, wenn ihm der Fieberschweiß ausbrach. Sophie versuchte, ihm gewaltsam eine dünne Hühnerbrühe einzuflößen, die Beth nach ihren Angaben gekocht hatte. Während all dessen hustete Chad, als könnten ihm die Rippen brechen.

Hallie und Sophie sahen einander an und fragten sich, ob sie sich wohl anstecken würden, während sie ihn pflegten. Warum hatte es Danny nicht erwischt? Waren noch Männer weit oben in den Hügeln, die vielleicht erkrankt waren und im Sterben lagen? Hatte Chad nicht gesagt, bei Menschen verliefe die Krankheit so gut wie immer tödlich?

Ungelegener hätte dieses Wiederzusammentreffen gar nicht kommen können. Seit der Ankunft ihrer Familie hatte keiner von ihnen Zeit gehabt, sich emotional einzugewöhnen. Sophie hatte sich noch keine Gelegenheit geboten, ihre Enkel kennenzulernen. Hallie hatte Dannys Verwandlung nicht bemerkt: Ihr kam er so fröhlich und gutgelaunt vor wie damals, als sie zusammen aufgewachsen waren; sie sah nichts von der Bitterkeit, von der ihr Chad in seinen Briefen berichtet hatte.

Der Mann, der in ihrem Bett lag, war ein Fremder, war ihr so fremd wie selbst damals nicht, als sie ihn am Strand von Sydney erstmals wiedergesehen hatte. Wenn sie ihn mit kühlem Wasser abrieb oder auf dem Stuhl saß und ihn anstarrte, schlug er glasige, verschleierte Augen auf und versuchte, sie anzulächeln und matt nach ihrer Hand zu greifen. Hinterher dachte sie daran, daß sie sich die Hände waschen mußte.

Von der Mittagszeit an lauschte sie auf Hufe. Sie wußte, daß Tristan und Brian mindestens acht Stunden für den Weg brauchten, selbst dann, wenn sie ihre Pferde zu einem harten Galopp antrieben. Sie konnte frühestens im Lauf des Nachmittags mit ihnen rechnen – falls sie in der Dämmerung aufgebrochen waren, falls Tristan augenblicklich aufbrechen konnte, falls …

Doch schon kurz nach eins sah sie zwei Reiter über den Hügel kommen. Sie hob ihre Röcke und rannte. Als sie vor ihnen stand, konnte Brian ihr ansehen, daß sie mit Tristan allein sein wollte.

»Wir sind gekommen, so schnell wir konnten«, sagte Tristan, der von seinem Pferd glitt und Hallie an den Händen nehmen wollte. Dann sah er den Ausdruck, der in ihren Augen stand. »Wie kommst du darauf, daß es Anthrax sein könnte?«

»Wir waren fast eine Woche in den Bergen. Jock wußte, was es war.«

»Laß mir nur einen Moment Zeit mit dir.« Tristan wollte sie an sich ziehen, aber sie wich zurück.

»Meine Mutter und mein Bruder sind hier«, sagte sie.

»Gütiger Himmel!« rief er aus und starrte sie an. »Es ist doch nicht etwa dein Bruder, oder?«

Hallie schüttelte den Kopf und sah ihn gequält an. Sie schlang ihm die Arme um die Taille, hielt ihn fest, preßte den Kopf an seine Brust und hielt den Blick abgewandt. Er schloß sie in seine Arme und hörte kaum ihr Flüstern: »Es ist Chad.«

Matt ließ er die Arme sinken. Hallie hielt ihn fest und sah schließlich zu ihm auf. »Gleich, nachdem du losgeritten bist, sind sie gekommen. Und dann waren wir in den Bergen und haben Schafe getötet und neue Weiden eingezäunt …«

Tristan starrte sie an. »Chad?«

Hallie fing an zu weinen. »Und ich bin jetzt ganz sicher, daß ich schwanger bin. Ich weiß nicht, was ich machen soll. Ich will dein Kind. Ich will dich.«

Es herrschte Schweigen. Während sie ihn anstarrte, erloschen seine Augen. Dann zog er sie dicht an sich, und sie spürte seinen Herzschlag. »Hallie, versprich mir, daß du mir nie sagen wirst, es gäbe einen Gott.«

Nein, dachte sie, das werde ich nie sagen.

Sie standen da, klammerten sich aneinander, bis sie sich von ihm löste, zurücktrat und sagte: »Möglicherweise stirbt er.«

»Und ich soll ihn retten, ist es nicht so?«

Sie machten sich auf den Weg zum Haus.

»Die Kinder sind mit Susan nach Parramatta gefahren«, berichtete sie ihm. »Dannys Frau auch. Es schien uns sicherer zu sein.«

»Ich weiß so gut wie nichts über Anthrax«, gab Tristan zu. »Ich habe nie selbst einen Fall gesehen. Letzte Nacht habe ich in meinen medizinischen Büchern nachgelesen und herausgefunden, daß Anthrax beim Menschen als innere oder äußerliche Krankheit auftreten kann. Die innere Erkrankung verläuft fast immer tödlich und neigt dazu, sich in bestimmten Organen festzusetzen, ehe der Bazillus in den Blutkreislauf vordringt.«

Hallie verstand nicht, worüber er redete, aber sie stellte ihm keine Fragen.

Er fuhr mit seinen Erklärungen fort, als sagte er einen Text auf, den er auswendig gelernt hatte.

Danny stand auf der Veranda und sah ihnen entgegen. Hallie fragte sich, wie lange er wohl schon dort gestanden hatte. Sie stellte die beiden einander vor, und Tristan drückte Danny die Hand. »Sie hätte ich überall erkannt«, sagte Tristan. »Ihr müßt eineiige Zwillinge sein.«

Danny nickte geistesabwesend; er war in Gedanken ganz bei Chad.

Chad delirierte und schwitzte heftig, obwohl sein ganzer Körper vor Schüttelfrost zitterte. Tristan zog die Decke zurück und

horchte seinen Herzschlag und das Rasseln in seiner Lunge ab. Lange Zeit sah er ihn an.
Hallie stand neben ihrer Mutter in der Tür und betrachtete die beiden – den Mann, den sie geheiratet hatte ... und den Mann, den sie mehr als alles andere auf Erden liebte.

Tristan blieb den ganzen Nachmittag bei Chad; ab und zu stand er auf und streckte sich und trat an die Flügeltüren, um auf das Land hinauszuschauen. Hallie ahnte, daß er die Landschaft gar nicht wahrnahm, sondern etwas sah, was für keinen anderen sichtbar war. Als Hallie es einfach nicht mehr aushielt, lief sie zum Stall. Schon immer hatte sie den Geruch des Heus geliebt, den Düngergeruch und die tröstlichen Laute, die die Tiere von sich gaben.
Sie setzte sich auf das Bett, in dem Tristan seine Nächte immer verbracht hatte und in dem sie möglicherweise ihr gemeinsames Kind gezeugt hatten. Sie ließ die Finger über die Decke gleiten und fing an zu schluchzen. So fand Danny sie vor, der Hallie nicht gesucht hatte, sondern ziellos umherlief. Mit roten, geschwollenen Augen lag sie da und trommelte mit den Fäusten auf das Bett, und dabei flüsterte sie mit brüchiger Stimme vor sich hin: »Warum ... oh, warum nur?«
Augenblicklich kniete er sich neben sie und nahm ihre Hände in seine. »Weißt du, ich hänge auch sehr an ihm«, murmelte er. Hallie sah ihn ganz seltsam an. »Er hat mir den Mut gegeben, in dieses Land zu kommen, trotz aller Ängste und Einwände, die Tess erhoben hat. Dieser Mann hat Mum davon überzeugt, daß sie nicht zu alt für dieses Wagnis ist. Der Mann, der dir, meiner Schwester, all das gegeben hat – dieses Land, dieses Haus, ein Leben voller Abenteuer. Der Mann, der uns alle wieder zusammengebracht hat. Hallie, wenn er nicht gewesen wäre, glaubte ich heute noch, das Leben hätte mir einen gemeinen Streich gespielt. Ich stünde immer noch als Verkäufer in diesem verdammten Laden, und ich lebte immer noch in diesem Haus,

das wie jedes andere Haus aussieht. Ich steckte immer noch in der Tretmühle.«

Plötzlich vergrub Danny seinen Kopf in Hallies Schoß und umklammerte ihre Hand so fest, daß es ihr weh tat. »Er *darf* einfach nicht sterben!« flüsterte er inbrünstig. »Er ist die einzige Hoffnung, die ich habe. O Gott, Hallie, wenn ich bei einem anderen Mann auf Erden als Dada von Liebe sprechen könnte, dann liebe ich Chad.«

Hallie starrte ihren Bruder an und ließ ihre Finger träge durch sein Haar gleiten, das jetzt auch die hellen Strähnen von der Sonne hatte. Nach einer Weile sah er ihr in die Augen. »Er hat unsere Familie gerettet«, sagte er. »Taugt dieser Arzt etwas? Kann er unseren Retter retten?«

Hallie strich ihm über die Wangen, um die Tränen wegzuwischen, die Danny vergossen hatte. Sie sah ihm fest in die Augen, diesem Bruder, der noch mehr als ihre Kinder ein Teil von ihr war. Und sie wußte, daß dieser Bruder, wenn Chad überlebte, mitschuldig an ihrer lebenslänglichen Gefangenschaft sein würde, an dem Verzicht auf den Mann, der ihr mehr als ihr eigenes Leben bedeutete. Mit seiner edelmütigen Geste – Mum und Danny mitzubringen –, mit der er ihr einen Gefallen hatte tun wollen, würde Chad sie für alle Zeiten zugrunde richten, denn damit hatte er ihr den Mann genommen, den sie liebte und ewig lieben würde.

Um Dannys Frage zu beantworten, sagte sie schließlich: »Er ist ein wunderbarer Arzt und außerdem einer meiner besten Freunde.«

In dem Moment ahnte sie, daß Chad am Leben bleiben würde.

Tristan dagegen war sich keineswegs so sicher. Er verließ sich mehr auf seine medizinischen Kenntnisse als auf die Intuition.

Beim Abendessen redete Tristan erstmals mit Hallies Familie. Er umriß in kurzen Zügen die Geschichte des Kontinents in den letzten fünf Jahren und berichtete von Gouverneur Macquaries

Errungenschaften. Trotz ihrer Sorge um Chad saßen Sophie und Danny gebannt da und stellten Fragen nach Land und Leuten – wollten mehr über diesen Ort wissen, für den sie alles aufgegeben hatten, was ihnen vertraut gewesen war.
Hallie schlief mit Beth im Kinderzimmer – wegen der Ansteckungsgefahr. Tristan erklärte, er würde nicht wie gewohnt im Stall schlafen. Er und Danny trugen das Sofa neben Hallies Schlafzimmertür. Dann sagte Tristan zu Hallie, es sei eine gute Idee, Chad noch einmal mit kühlem Wasser zu waschen, ehe sie sich schlafen legten. Sie taten es gemeinsam und starrten einander über den nackten Körper des Kranken hinweg an.
Als sie damit fertig waren und Danny sich ins Bett gelegt hatte, nahm Tristan Hallie an der Hand und führte sie zum Bach. Es war jetzt ganz dunkel, und kein Mond stand am Himmel. Er zog Hallie in seine Arme, begrub sein Gesicht in ihrem Haar und preßte sie an sich.
»Du gehörst zu mir«, flüsterte er. »Ganz gleich, was alle anderen glauben, aber du bist mein.«
Dort in der Schwärze der Nacht hielten Hallie und Tristan einander umarmt, während Hallies Mann – bewußtlos und in Todesnähe – in ihrem Bett lag.
»Tristan, was werden wir bloß tun?« Seine Arme schlossen sich noch fester um sie. »Das Baby ...«
»O Gott, Hallie, ich weiß nur, daß ich mich fühle, als sei mein Leben aus mir herausgerissen worden. Ich blute innerlich, und außer dir kann es niemand sehen. Ich bin so krank wie dieser Mann in deinem Bett. Ich leide ebensosehr wie er. Aber er ist bewußtlos, und ich bin es nicht.« Seine Stimme wurde lauter, sein Tonfall gequält. »Ich werde ihm helfen, am Leben zu bleiben. Und wenn er lebt, wird ein Teil von mir sterben.« Er lachte; es war ein rauhes, metallisches Geräusch. »Was meinst du, was hat das Schicksal wohl gegen uns, Hallie? Aller Wahrscheinlichkeit nach werde ich dich von meinem Kind entbinden, damit es ein anderer Mann als sein Vater aufziehen kann!«

Er ließ sie los und stemmte sich mit der Hand an einen Baumstamm.
»Ich weiß nur, daß ich alles tun muß, was in meiner Macht steht, um diesen Mann, deinen Ehemann, am Leben zu erhalten.« Er trommelte mit den Fäusten gegen den Baumstamm.

Tristan saß drei Tage lang bei Chad, wie er bei Hallie gesessen hatte, als sie ihr Baby verloren hatte und auch sie bewußtlos gewesen war. Nach diesen drei Tagen ging das Fieber zurück.
»Er ist immer noch nicht außer Gefahr«, sagte Tristan zu Hallie. Sie standen auf der Veranda und hatten gerade gefrühstückt. »Es könnte zu allen erdenklichen Komplikationen kommen. Er könnte in Stupor verfallen, es kann zu Anfällen kommen. Taubheit und Lähmung kann auftreten, aber beides ist unwahrscheinlich. Ich sage das nicht, um dir Angst zu machen, Hallie, sondern nur, damit du vorbereitet bist. Soweit ich weiß, gibt es dagegen keine spezielle Behandlung. Wenn ich noch länger bliebe, wäre das kaum eine Hilfe. Sogar Blindheit ist nicht . . .« Er zuckte die Achseln.
»Kann ich irgend etwas tun?« fragte Hallie. Ihre Stimme klang hohl, und ihre Augen waren leer.
»Er darf nicht aus dem Bett aufstehen, und ihm muß Flüssignahrung eingeflößt werden und einmal am Tag ein dünner Haferschleim.« Er legte seine Hand auf ihre, und seine Augen waren blutunterlaufen, als hätte auch er die ganze Nacht geweint. »Ich komme so bald wie möglich wieder, aber bis dahin darf er nicht aus dem Bett aufstehen, ob ich in einer Woche komme oder erst in zwei oder drei Wochen. Ich glaube, er wird es überleben, aber es wird lange dauern, bis er wieder ganz gesund ist. In seiner geschwächten Verfassung ist er für alles anfällig. Schon eine Erkältung kann nach einer Lungenentzündung katastrophale Folgen haben. Es besteht auch die Gefahr der Meningitis. Ob diese Phase schon vorbei ist oder nicht, kann ich dir wirklich nicht sagen. Es ist wahrscheinlich der erste Fall von Anthrax bei einem

Menschen in diesem ganzen Land. Ich habe während meines Studiums nie damit zu tun gehabt.«

Er wandte sich von ihr ab. »Ich muß nach Sydney zurückreiten. Ich war schon zu lange fort. Ich denke mir, daß Susan in Parramatta ist. Ich werde ihr Bescheid geben, daß die Kinder in einer Woche gefahrlos zurückkommen können. Aber du mußt dafür sorgen, daß ihr Lärm seine Ruhe nicht beeinträchtigt. Er darf jetzt durch nichts gestört werden.«

Hallie versuchte, ihm in die Augen zu sehen, doch er zeigte sich ihr ausschließlich von seiner beruflichen Seite. »Nächste Woche«, sagte sie, »schicke ich einen der Männer mit dem Wagen in die Stadt, damit er alle wieder nach Hause holt.«

Als Tristan sich abwandte und wieder zu Chad ging, folgte ihm Hallie nicht, sondern blieb vor der Flügeltür stehen und lauschte. Chad war noch zu schwach, um sich aufzusetzen, zu sehr entkräftet, um viel zu reden. Sie stellte sich vor, daß Tristan sich vorbeugte, um überhaupt verstehen zu können, was ihr Mann sagte, und sie hörte Tristan antworten: »Ja, selbstverständlich werden wir Freunde sein, wenn Sie wieder gesund sind.« Seine Stimme hatte einen hohlen Klang.

Als Tristan wieder ins Freie trat, waren seine Augen verschleiert und leblos. Er packte seine ärztlichen Instrumente in die Satteltasche, überprüfte den Gurt und drehte sich zu ihr um. »Wenn du mich aus irgendwelchen Gründen brauchst, komme ich natürlich«, sagte er.

Hallie nahm seine Hand und preßte sie an ihre Lippen, und der Schmerz, den sie empfand, zeigte sich in ihren Tränen. »Ich werde dich immer brauchen«, flüsterte sie und sah ihm flehentlich in die Augen.

Er strich ihr die Tränen aus dem Gesicht. Dann wandte er sich abrupt ab und sprang auf sein Pferd.

»Sag mir, daß das kein endgültiger Abschied ist.« Sie blickte zu ihm auf. »Das wäre mir unerträglich.«

Tränen standen in seinen Augen. »Natürlich ist es kein endgültiger Abschied. Es wird nie zu einem endgültigen Abschied kommen. Das weißt du selbst.« Einen Moment lang schwieg er, und sie starrten einander an. »Wir sind für alle Zeiten aneinander gefesselt.«

»Auf ewig.« Die Tränen strömten jetzt ungehindert. »O Tristan ...«

Er beugte sich herunter und legte ihr einen Finger auf die Lippen, um sie zum Schweigen zu bringen.

In dem Moment trat Sophie auf die Veranda. Tristan richtete sich im Sattel auf, zog den Hut vor ihr und sagte zu Hallie: »Auf Wiedersehen.« Dann ritt er los.

»Was sollte denn das?« fragte Sophie, die die Stufen herunterkam und einen Arm um Hallies Schultern legte.

»Ich weiß es nicht«, sagte Hallie, der immer noch Tränen über das Gesicht liefen. »Er hat mir gerade gesagt, was für entsetzliche Dinge auch jetzt noch vorkommen können.«

Aber kann überhaupt etwas noch Entsetzlicheres passieren? fragte sie sich und spürte, wie ihr Herz in tausend Splitter sprang. Sie würde den Rest ihres Lebens als Tote verbringen – eine Frau ohne Herz, deren Gefühle gerade in den Wind zerstreut worden waren und hinter einem einsamen Mann herjagten, der nach Norden galoppierte.

38

Chads Anfall am nächsten Tag jagte ihnen allen Angst ein. Er verdrehte die Augen, und seine Beine und Arme zuckten heftig. Sophie rief laut nach ihrem Schwiegersohn, obwohl sie neben ihm saß – denn sie spürte, daß er sich an einen fernen Ort begab, den sie nicht sehen konnte. Auf ihr Rufen stürzten Hallie und Danny ins Zimmer und sahen gerade noch, wie Chad mit den Armen um sich schlug, während seine Beine in Krämpfen zuckten.

Zu dritt starrten sie ihn entsetzt an. »Entweder er verschluckt seine Zunge, oder er beißt sie sich ab!« schrie Danny.
Sophie zog ein Taschentuch heraus und stopfte es Chad in den Mund. Er biß fest darauf, während Schweiß auf seiner Stirn ausbrach und seine Augen sich verdrehten. Es war, als sei er tot, dachte Hallie. Sein Körper war da, aber Verstand und Seele hatten sich an einen anderen Ort begeben. Auf dem Bett lag nichts weiter als ein zuckender Körper, der für sie alle unerreichbar war. So etwas hatte keiner von ihnen je gesehen.
In weniger als zwei Minuten war es vorbei, und doch erschien es wie eine Ewigkeit. Als die Krämpfe aufhörten, lag er ein paar Minuten still, und der Schweiß rann ihm in Strömen über Gesicht und Nacken. Dann schaute er sie an – sah sie wirklich – und lächelte ganz bezaubernd. »Ich bin müde«, sagte er. »Ich glaube, ich werde jetzt schlafen.« Und das tat er auch. Augenblicklich.
Die drei schauten einander an und waren nicht nur über das erschrocken, was sie soeben mit angesehen hatten, sondern über das eigene Gefühl der Hilflosigkeit. Sophie und Danny folgten Hallie auf die Veranda. Hallie sog die Luft in tiefen Zügen ein und spürte, wie ihr Atem und ihr Herzschlag sich verlangsamten. Ich muß dringend etwas tun, dachte sie und fragte an Sophie gewandt: »Macht es dir etwas aus, wenn wir dich allein hierlassen und Danny mir bei der Arbeit hilft? Ich habe alles schon viel zu lange schleifen lassen. Erst die Zeit in den Bergen, als wir die Schafe erschossen haben, und jetzt auch noch das mit Chad. Ich bin mit allen Arbeiten im Rückstand. Und wenn Danny sich auf dieses Leben hier einlassen will, dann sollte ich ihm am besten das Reiten gründlich beibringen.«
Sophie lief auf und ab, um etwas gegen ihre Anspannung zu unternehmen. »Hallie, ich will wirklich bei Chad bleiben, aber wenn du Danny das Reiten beibringst, dann will ich dabeisein und nicht ausgeschlossen werden, ja?«

»Wir haben einen Wagen für dich. In deinem Alter brauchst du das Reiten nicht mehr zu lernen.«

Sophie sah sie scharf an. »In diesen acht Monaten auf dem Schiff habe ich mich jeden einzelnen Abend gefragt, warum ich eigentlich in eine neue Welt aufbreche. Alles, was ich je gekannt habe, habe ich hinter mir gelassen. Und schließlich bin ich zu der Entscheidung gelangt, daß mich nicht nur ein neues Land erwartet, sondern auch ein neues Leben. Ich habe mir gelobt, hier nicht so weiterzumachen, wie ich in den letzten zweiundfünfzig Jahren gelebt habe. Ich habe mir gelobt, ab sofort noch soviel wie möglich zu erleben, ehe ich sterbe. Wenn es sein muß, werde ich kochen und putzen und all die Dinge tun, die mir mein ganzes Leben lang aufgebürdet worden sind. Aber ich bin nicht nach Australien gekommen, um so weiterzuleben, wie ich bisher gelebt habe.«

Hallie war entgeistert; diese Willenskraft war etwas, was sie von ihrer Mutter nicht erwartet hätte.

»Fürs erste will ich reiten lernen«, fuhr ihre Mutter fort. »Ich weiß nicht, was ich noch alles lernen will, aber mir wird schon etwas einfallen.«

»Nach dem Mittagessen gebe ich euch Reitunterricht«, versprach Hallie lächelnd.

Chad bekam keine weiteren Anfälle mehr. Es war fast so, als hätte dieser Anfall sein Lebenslicht wieder angezündet, und er fing an, ernstlich zu genesen. Er setzte sich im Bett auf und interessierte sich für alles, was um ihn herum geschah. Er fragte Hallie nach den Kindern. Er plauderte mit Sophie und lächelte, wenn er sich Dannys endlose Schwärmereien darüber anhörte, wie wunderbar dieses neue Land doch war.

»Wenn ich nur daran denke, daß ich draußen im Sonnenschein arbeiten kann, in der frischen, sauberen Luft, mit Blick auf die Berge und das grüne Gras unter den Füßen statt Kohle, und daß ich zu einem blauen Himmel aufschaue und nicht zu einer niedrigen schwarzen Decke! Ich kann kaum glauben, daß ich hier bin.«

Abends, wenn Ben gegangen war und Beth, Danny und Sophie sich schlafen gelegt hatten, sagte Chad: »Geh noch nicht, Hallie«, und er streckte die Hand nach ihr aus. Dann ging sie zu ihm und nahm seine Hand, und er zog sie neben sich aufs Bett. »Wir haben soviel miteinander zu bereden. Und tagsüber bekomme ich dich anscheinend nie zu sehen. Erzähl mir etwas ... erzähl mir etwas über die fünf Jahre, die mir entgangen sind. Was du getan hast und ... erzähl mir alles.«

So erfuhr er die näheren Umstände von Archies Tod, von Bens Ankunft und wie Brian in seine Stellung hineingewachsen war. Er hörte zu, ohne Fragen zu stellen, und sah sie dabei unablässig an. Als sie in ihren Berichten bei Emil und dem Weinbau angelangt war, unterbrach er sie, erkundigte sich nach Einzelheiten und holte aus ihr heraus, daß es sich um ein Gemeinschaftsprojekt mit Tristan handelte.

Sie erklärte zögernd und widerstrebend, daß Tristan ihr nicht nur das Leben gerettet hatte, als Archie gestorben war, sondern auf dem Schiff schon einmal, als er ihr den Blinddarm herausgenommen hatte. »Ich weiß nicht, was ich ohne ihn getan hätte.« Dann schwieg sie, und Chad starrte sie an. Sie bemühte sich, ihm nicht in die Augen zu sehen.

»Er hat es sich zur Gewohnheit gemacht, den Angehörigen dieser Familie immer wieder das Leben zu retten«, fügte sie leise hinzu. »Er war es auch, der Jamie während der Überschwemmung gerettet hat.«

»Während der Überschwemmung?« fragte Chad entsetzt.

Oh, es gab soviel, wovon er nichts wußte. Sie konnte sich nicht erinnern, ob sie ihm etwas über diese Dinge geschrieben hatte. Sie mußte ihm von der Überschwemmung und der Dürre berichten. Er wollte jede Einzelheit über Jamies Fortlaufen hören, wie Ben ihm gefolgt war ... und wie Tristan beide gerettet hatte. Sie erzählte ihm nicht, daß sie tanzen gelernt hatte, und sie redete nicht über den Ball des Gouverneurs, aber sie .sprach von den Pferderennen und von dem öffentlichen Auspeitschen und der Hinrichtung, die sie mit angesehen hatte. Er hörte ihr zu, als sie ihm berichtete, wie sie immer mehr Land gekauft hatte, und er lächelte, als sie erzählte, wir gute Freunde Harry und Susan waren.

Jeden Tag erzählte sie ihm etwas mehr, und jeden Tag verbrachte er die langen Stunden in der freudigen Erwartung der gemeinsamen Abende mit Hallie.

Bei allem, was sie sagte, belog sie ihn nur in einem Punkt: Beth. Sie erzählte ihm, Beth sei hergekommen, um einen Mann zu heiraten, und sowie sie ihn kennengelernt hatte, hätte sie das Gefühl gehabt, es ließe sich einfach nicht machen. Da sie sich auf der CHARLESTON miteinander angefreundet hatten, erklärte sie, hatte Beth sie gesucht und war kurz nach Chads Abreise hier erschienen. Chad fragte nicht, warum Beth drei Jahre gebraucht hatte, um Hallie zu finden, wenn sie sofort gemerkt hatte, daß dieser Mann nichts für sie war.

»Sie hat es mir ermöglicht, mich ganz auf die Farmarbeit zu konzentrieren«, schloß Hallie. »Sie hat sämtliche Hausarbeiten übernommen.«

Als sie Chad von den Abendkursen erzählte und daß sie alle – Brian, Beth und die Kinder inbegriffen – jetzt lesen, aber auch addieren und subtrahieren, dividieren und multiplizieren konnten, erwähnte sie nicht, daß Tristan ihr Lehrer gewesen war, ehe Ben diese Aufgabe übernommen hatte.

Sie erzählte ihm, wie es notwendig geworden war, das Haus auszubauen, sagte aber nicht dazu, welches Vergnügen es ihr bereitet hatte; sie berichtete, wie sie Brians Haus gebaut hatten, die zweite Baracke, den Anbau an den Stall.

Es gab unzählige Kleinigkeiten, aus denen sich ihr Alltag zusammensetzte, die sie ihm zu erzählen vergaß. Sie berichtete ihm nichts von ihren Gefühlen. Sie erzählte ihm alles, was sie getan hatte – weniger, weil sie ihn daran teilhaben lassen wollte, sondern mehr, um Gesprächsstoff zu haben. Sie enthüllte dabei nichts von dem, was sie innerlich empfand. Sie setzte ihm die Ereignisse der Jahre wie eine Dokumentation vor.

In all ihren Berichten kam Tristan immer nur als edelmütiger Retter oder vertrauenswürdiger Geschäftspartner vor. Sie vergaß die Zeit zu erwähnen, die sie in Sydney verbracht hatte, und auch den Umstand, daß der Gouverneur und seine Frau auf der Farm gewesen waren und daß sie bei ihnen zu Besuch gewesen war. Sie erzählte ihm nicht von den vielen Büschen und Sträuchern, die Tristan gepflanzt hatte, und sie ließ auch den Umstand aus, daß diese Landschaftsgestaltung, die viel zur Schönheit der Farm beitrug, auf den Mann zurückging, der auch ihm jetzt das Leben gerettet hatte. Sie sagte ihrem Mann nicht, daß ihr Herz in Sydney war, bei einem Mann, der jetzt wahrscheinlich in seinem Wagen herumfuhr – Patienten besuchte, Operationen durchführte, Mütter von ihren Babys entband, den Tod sah und gebrochene Knochen schiente –, daß ihr Herz bei einem Mann weilte, dessen Herz so gesprungen wie ihres war.

Sie erzählte ihm nicht, daß Tristan Jamie und Robby das Reiten beigebracht hatte, daß er den Kindern Gently mitgebracht hatte, daß er sie geliebt hatte und daß sie von ihm schwanger war.

Sie hörte ihm nur mit einem Ohr zu, als Chad von seinen Jahren in England erzählte, wenn er versuchte, ihr seine Einsamkeit ohne die Familie zu beschreiben, die Geschäfte erklärte, die er mit den Spinnereien gemacht hatte, und daß ihm die königliche Herde gezeigt worden war, daß man ihm zwölf Schafe aus eben dieser Herde geschenkt hatte, damit er sein ohnehin schon hervorragendes Zuchtprogramm qualitativ noch mehr verbessern konnte. Sie hörte schon genauer zu, als er Dadas letztes Jahr schilderte, seinen langsamen, qualvollen Tod. Sie hörte ihm mit größter Aufmerksamkeit zu, als er von Dannys Verzweiflung über seine Erblindung auf einem Auge sprach, über seine Depressionen und seine Enttäuschung. Sie setzte sich abrupt auf, als er ihr erzählte, wie sehr sich Danny und Tess über diesen

Umzug in die neue Welt gestritten hatten. Monatelang hatte sich Tess geweigert, den Umzug auch nur in Erwägung zu ziehen, obwohl Danny darauf versessen war, nach Australien mitzukommen.

»Hätte er seine Kinder zurückgelassen?« fragte Hallie.

»Ich weiß es nicht«, antwortete Chad. »Nachdem ich selbst meine eigenen Kinder fünf Jahre lang allein gelassen habe, weiß ich, daß ich es nie wieder täte. O Hallie, wie oft habe ich mich gefragt, wie ich so etwas nur tun konnte! Ob Geld es wert ist, dafür die Familie aufzugeben? Ob Reichtum es wert ist, die eigenen Kinder nicht zu sehen, wenn sie heranwachsen? Sie haben mich nicht wiedererkannt! Ob es das Ganze wert war, dich dafür allein zu lassen? Es hat nicht eine einzige Frau in England gegeben, die sich mit dir hätte messen können. Wenn ich in London war und die Partys und Bälle meiner Schwestern besucht habe, hat mich jede Frau nur an dich denken lassen. Ich wollte dich, Hallie, und du hast mir furchtbar gefehlt. Ich werde dich nie mehr verlassen. Ganz gleich, was geschieht.«

Seine Hand koste ihre Brust. Ohne es zu merken, wich sie vor ihm zurück.

»Wenn ich wieder gesund bin, Hallie ...«

Nein, dachte sie. Das werden wir eben nicht tun, wenn du wieder gesund bist. Der einzige Mann, den ich will, ist Tristan. Aber Chad verfolgte einen ganz anderen Faden. »Wenn ich wieder gesund bin, werde ich dich für all die Jahre entschädigen, in denen du so hart gearbeitet hast. Du wirst nicht mehr arbeiten müssen. Du kannst dich ganz darauf konzentrieren, eine Dame zu sein. Als ich dich aufgefordert habe, herzukommen, hätte ich wirklich im Traum nicht geglaubt, daß du einmal tun müßtest, was du getan hast. Ich werde versuchen, dich für all das zu entschädigen.«

»Es hat mir große Freude gemacht.« Sie rief nicht laut aus: Ich will nicht, daß es aufhört! Es fiel ihr schwer, Chad ihre tieferen Gefühle zu zeigen, ihm zu sagen, was ihr wichtig war.

»Laß morgen die Kinder holen, ja?« sagte er.
Hallie nickte. »Jetzt ist es aber Schlafenszeit.« Sie beugte sich vor, um die Lampe auszupusten, aber Chad streckte die Hände nach ihr aus, zog sie an sich und küßte sie auf den Mund.
»Geh heute nacht nicht in Beth' Zimmer«, murmelte er. »Schlaf hier neben mir. Ich möchte deine Wärme spüren. Ich will wissen, daß ich endlich wieder zu Hause und bei dir bin, wo ich von jetzt an auch bleiben werde. Ich bin doch bestimmt schon wieder gesund genug, um neben dir in einem Bett zu schlafen.«
Sie blies die Lampe aus. »Einverstanden.«
Mondschein wurde durch das Laub gefiltert und warf filigrane Muster auf die Wand. »Ich möchte dir beim Ausziehen zusehen«, sagte er.
Sie zog sich so schnell wie möglich ihr Nachthemd an und schlüpfte unter die Decke. Als er ihre Hand nahm, zog sie sie nicht zurück. Bald darauf hörte sie seinen gleichmäßigen Atem. Stundenlang lag Hallie regungslos da und starrte die Decke an. Wenn es ihm wieder besser ging, würde sie ihm sagen, daß sie schwanger war, und damit waren jegliche Annäherungsversuche abgewehrt, bis das Baby geboren wurde.
Das Baby ... Tristans Baby. Wie konnte er damit fertig werden? Lag er in seinem Bett und litt darunter, daß er sein eigenes Kind nicht würde aufziehen dürfen? Sie drehte sich auf die Seite, wandte Chad den Rücken zu und weinte in ihr Kissen.

Als die Kinder zurückkamen, war es aus mit der Stille, die Chad genossen hatte. Dannys Kinder waren jünger als Jamie und Alex und machten noch mehr Lärm. Hallie stellte zu ihrem Mißvergnügen fest, daß es ihr schwerfiel, Tess zu mögen. Ihre Schwägerin war wirklich recht hübsch, eine blasse Schönheit aus dem Norden. Selbst auf der monatelangen Schiffsreise war ihr Teint bleich geblieben. Sie hatte es vorgezogen, unter Deck zu bleiben, da sie gefürchtet hatte, die Kinder würden in dem Moment über Bord gespült, in dem sie nach oben gingen. Sie gehörte zu den

Menschen, die sich den ganzen Tag lang Sorgen machen. Sowie sie die Kinder einen Moment lang nicht im Auge hatte, geriet sie vor Panik außer sich. Sie wußte genau, daß sie im Bach ertranken, daß im Stall ein Pferd auf sie trat. Ihre größte Angst schien die zu sein, daß irgendein Sträfling nichts lieber wollte, als sie zu enthaupten oder das kleine Mädchen zu vergewaltigen. Tess ließ sich täglich neue Greueltaten einfallen. Ein Schwarzer könnte sie fressen wollen. Schwarze und Sträflinge jagten ihr teuflische Angst ein. Sie hatte in Parramatta gesehen, wie Frauen angesprochen und von freigelassenen Sträflingen anzüglich angesehen worden waren.
Sie starrte auf das weite Land hinaus, und ihr lief ein Schauer über den Rücken. »Schließlich könnten Stämme von Ureinwohnern oder Horden von entsprungenen Sträflingen über uns herfallen und uns alle in Stücke hacken oder uns Frauen entführen und mitnehmen, wohin auch immer, und die schrecklichsten Dinge mit uns tun. Ich habe gehört, daß das am Hawkesbury passiert ist«, sagte sie zu Sophie und sprach von dem Massaker am Hawkesbury River in der Nähe von Windsor. Ein paar Männer, die dort wohnten, hatten zwei Eingeborene vergewaltigt, und der Stamm hatte es ihnen damit vergolten, drei weiße Frauen und fünf Kinder mit Messerstichen umzubringen.
Es gäbe niemanden, mit dem man reden könnte, jammerte sie. Hallie mußte darüber lachen. Sie fand, es seien viel zu viele Leute da, die sie bei ihrer Arbeit störten. Irgend jemand wollte immer etwas von ihr, bat sie um etwas, wollte stehenbleiben und plaudern. Niemand, mit dem man reden konnte? Sie dachte an die Jahre, in denen sie und Chad hier allein gewesen waren und nur einander und Archie als Gesprächspartner gehabt hatten. Danny sagte ihr, Tess meinte nur, sie wünschte, ihre Mutter und ihre Schwestern wären hier.
Allmählich ging Hallie wieder zu dem Tagesablauf der letzten fünf Jahre über. Sie stand in der Morgendämmerung auf und frühstückte mit Beth, ehe sie aufbrach, um nach den Arbeits-

trupps zu sehen. Als Danny erkannte, daß sie um die Zeit, um die er erwachte, schon fort war, zwang er sich, ebenfalls früh aufzustehen, und dann ritt er mit seiner Schwester hinaus, wohin sie auch wollte. Das Reiten machte ihm Freude, und auch Sophie begeisterte sich dafür. Sophie ritt zwar nicht mit ihnen los, und sie verbrachte auch nicht ganze Tage im Sattel, aber sie unterließ es nie, am Nachmittag einen Ausritt zu machen und sich die Gegend anzuschauen. Beth taute Sophie gegenüber auf, sowie sie erst erkannt hatte, daß Sophie nicht den Wunsch hatte, sie aus der Küche zu verdrängen. Sie war ebenso ungern wie Hallie mit Tess zusammen, und daher richtete sie es sich mit Jamie und Alex meistens ein, daß sie nach dem Mittagessen die Zeit hatten, mit Sophie auszureiten.

Montags ging Sophie mit Beth und den Kindern zum Bach, und während die Kinder dort planschten, half sie Beth beim Waschen. Hier in der frischen, wohlriechenden Landluft war das gleich eine ganz andere Arbeit! Sie liebte den Geruch von Kleidungsstücken, die in der Sonne trockneten, und sie half Beth, das Bettzeug im Gras auszubreiten.

Hallie überwachte die Heuernte. Das hatte ihr schon immer Spaß gemacht, und sie wollte sichergehen, daß sie alles Heu im Stall hatten, ehe der Märzregen einsetzte.

Täglich stellte sie irgend etwas an ihrem Bruder fest, das ihr zeigte, wie froh er war, hierzusein. Danny genoß es, in der Erde zu graben und dort Kartoffeln zu finden; er geriet ins Schwärmen, wenn er am Grünzeug zog und zarte Karotten aus dem Boden kamen. Er pflückte Tomaten, als streichelte er zärtlich eine Frau.

Beth beobachtete ihn von der Veranda aus. »Er wirkt wie ein Mann, der zum Bauern geschaffen ist«, bemerkte sie gegenüber Tess, die gerade in der Nähe war.

Tess sagte nichts dazu.

Inmitten all des Durcheinanders, das infolge des Eintreffens so vieler Leute und Chads Krankheit immer noch herrschte, sagte

Ben eines Abends am Eßtisch zu Hallie: »Dürfte ich Sie nach dem Abendessen unter vier Augen sprechen?«

Hallies Magen verknotete sich. Mit dem Geld stimmt etwas nicht, dachte sie. Wir sind verschuldet, oder im Laden ist etwas Schlimmes passiert. Seit Wochen hatte sie außer beim Abendessen kaum noch Zeit gehabt, mit Ben zu reden. Es gab im Haus keinen Ort, an dem sie sich ungestört unterhalten konnten, und daher schlug sie einen Spaziergang zum Bach vor.

»Was ist passiert?« fragte Hallie und dachte sich: Bringen wir es hinter uns.

»Ich weiß, daß ich noch drei Jahre abzubüßen habe.« Er sah sie nicht an, sondern rupfte einen Grashalm aus und steckte ihn sich zwischen die Zähne. »Ich hätte gern Ihre Erlaubnis zu heiraten«, sagte er.

Hallie bemühte sich, nicht laut zu lachen, und sie wußte nicht, ob es ihrer Erleichterung entsprang oder nur daher kam, daß sie sich Ben einfach nicht verheiratet vorstellen konnte. Er schien ihr trotz der Tatsache, daß er sich ständig mit Menschen umgab, ein solcher Eigenbrötler zu sein.

»Da sind diese zwei Zimmer hinter dem Laden«, fuhr er fort und sah über den Bach die Bäume an. »Sie wissen ja, daß ich sie nie benutzt habe. Dort könnten wir wohnen. Ich meine, ich würde gern weiterhin im Haus mit den anderen essen, aber ...« Es bereitete ihm große Schwierigkeiten.

»Hatten Sie jemand Bestimmtes im Sinn?« Hallie war bemüht, sich die Belustigung nicht anhören zu lassen.

Er warf einen Blick auf sie. »Ich dachte, Sie wüßten es längst. Ich hätte gern Ihre Genehmigung, um Beth' Hand anzuhalten.

Hallie wünschte, sie hätte gesessen.

»Sie scheint etwas für mich übrig zu haben, seit Jamie und ich damals ...«

Hallie war überrascht. »Ich wußte gar nicht, daß ihr beide außerhalb des Hauses je zwei Worte miteinander gewechselt habt.«

»Das haben wir eigentlich auch nicht. Ich möchte gern Kinder, eine Familie. Beth ist die geborene Mutter. Wir sind seit Jahren gern miteinander zusammen. Sie ist eine gute Köchin. Und außerdem ist sie genau so, wie eine Frau sein sollte.«

Wie sollte eine Frau wohl sein? fragte sich Hallie. Ahnte Ben, daß Beth eine Mörderin war, daß sie verführt, vergewaltigt und gebrandmarkt worden war? »Haben Sie schon mit Beth darüber geredet?« fragte sie.

Ben schüttelte den Kopf. »Ich fand, ich sollte Sie erst um Erlaubnis bitten.«

»Wissen Sie, wie sie zu Männern steht?«

Ben sah sie fragend an.

»Ich muß Ihnen sagen, daß ich glaube, Ihre Chancen stehen schlecht. Aber wenn Sie meine Erlaubnis brauchen, dann bekommen Sie sie natürlich.«

»Warum mag sie Männer nicht?« fragte Ben verwundert.

»Das kann ich nicht sagen. Aber sie hat mir einmal erzählt«, sagte Hallie und fragte sich, wie sie Ben schonend vorbereiten konnte, ohne Beth zu verraten, »daß sie nie heiraten will.«

»Würden Sie sie in meinem Namen fragen?« Er sprach leise und konnte sie nicht ansehen.

»Ich? Warum fragen Sie sie nicht selbst?«

»Ich weiß nicht, wie ich das machen soll.« Jetzt sah er sie mit flehentlichen Augen an. »Bitte.«

Zum ersten Mal war Hallie danach zumute, ihn in den Arm zu nehmen, aber sie unterließ es. Er hatte ihrem Sohn das Leben gerettet; er führte ihre Bücher ehrlich und korrekt; er aß jeden Tag mit ihnen zu Abend und trug im allgemeinen wenig zum Tischgespräch bei. Er berichtete ihr, wenn Leute neu ins Tal gezogen kamen, wenn sie Kredit brauchten, wenn sie Babys erwarteten. Harry hatte gewaltigen Respekt vor ihm. Und doch fehlte es Ben an der Form von Wärme, derentwegen sie ihn hätte liebgewinnen können. Hallie hatte den Verdacht, daß sie ihn viel mehr brauchte, als sie wußte, aber er erschien ihr manchmal blutleer, als strömte keine Leidenschaft durch seine Adern, als lebte er sein Leben und täte, was er tat, ohne dabei einen Pulsschlag zu haben.

Hallie konnte sich nicht vorstellen, daß irgendeine Frau ihn wirklich hätte begehren können. Fast hätte sie gelacht, als sie versuchte, sich ihn mit einer Frau im Bett vorzustellen. Sie fragte sich, ob er je eine Frau gehabt hatte, je genußvoll oder mit irgendwelchen Gefühlen mit einer Frau geschlafen hatte.

»Ja«, sagte sie nach einem Moment. »Ich werde mit ihr reden. Aber wenn ich an Ihrer Stelle wäre, würde ich meine Hoffnungen nicht zu hoch schrauben.«

Als sie das Thema ansprach, knetete Beth Brotteig. Hallie versuchte, sie mit den Augen eines Mannes zu sehen, und beschloß, sie sähe allerliebst aus – so, wie eine Frau eben aussehen sollte, und sie tat auch das, was Frauen tun sollten.

»Beth ...« Hallie hatte nicht vor, um den heißen Brei herumzureden. »Ben hat gestern abend mit mir geredet. Er möchte dich gern heiraten.«

Das Nudelholz fiel klappernd auf den Boden. Beth bückte sich und hob es auf. Unbeirrt knetete sie den Teig.

»Er hat gesagt, er hätte das Gefühl, du hast ihn ins Herz geschlossen, seit er Jamie gerettet hat«, fuhr Hallie fort.

Beth sagte mehrere Minuten lang kein Wort und konzentrierte sich ganz auf ihren Teig. Erst, als sie ihn mit einem Handtuch zugedeckt und auf eine sonnige Fensterbank gestellt hatte, sagte sie: »Es ist wahr. Er hat Jamie das Leben gerettet. Dafür kann ich ihm nicht dankbar genug sein. Und er ist ein freundlicher Mensch. Vielleicht kann ich ihn deshalb mögen.« Sie sah Hallie an. »Aber ich stelle ihn mir nie als einen Mann vor.«

Hallie wußte, was sie meinte. »Er sagt, er findet, du bist genau das, was eine Frau sein sollte.« Sie lehnte sich an die Wand und wartete.

Beth warf Hallie einen Blick zu und legte die Stirn in Falten. »Ben kennt mich nicht. Er hat keine Ahnung, was unter der

Oberfläche steckt. Er weiß nichts von dem Haß und der Wut, die mich zu dem Menschen gemacht haben, der ich bin. Es ist wahr, daß ich es ab und zu vergesse. Ich bin hier so glücklich, und die Männer hier sind alle so nett zu mir. Ich kann entspannt sein und brauche mich nicht zu fürchten. Aber ich kann niemals heiraten, Hallie. Ich könnte nicht mit einem Mann ins Bett gehen! Ich habe Angst, ich brächte ihn um, wenn er auch nur versucht ...« Sie hielt inne und nahm einen Kessel von einem Wandregal. »Ben mag mich aus den falschen Gründen. Er sieht in mir eine ruhige, ausgeglichene Frau, die Hausarbeiten verrichtet, wie eine Ehefrau es tun sollte. Und ich tue es wirklich immer wieder gern. Das Kochen macht mir Freude, und ich kümmere mich unglaublich gern um Jamie und Alex, und ich tue Kleinigkeiten für ihn, wie ich zum Beispiel mit dem Abendessen auf ihn warte, weil er Jamie gerettet hat. Aber ich werde niemanden heiraten. Mich wird nie mehr ein Mann berühren.«

Hallie nickte. »Ich dachte mir schon, daß du es so siehst. Ich werde es ihm sagen.«

»Du wirst ihm doch nicht sagen, warum es so ist, oder?«

Hallie war verletzt. »Glaubst du, ich würde es jemals auch nur *irgend jemandem* erzählen?«

»Noch nicht einmal Chad?«

Hallie ging auf Beth zu und zog sie in ihre Arme. »Ich habe keinen Grund und nicht den Wunsch, es irgend jemandem zu erzählen. Du bist mir eine sehr, sehr liebe Freundin. Das weißt du doch, und du weißt doch auch, wie lieb ich dich habe.«

»Ich wußte es einmal.«

Hallie wich zurück. »Was soll das heißen?«

»Ach, ich weiß nicht. Nichts scheint mehr wir früher zu sein, seit dein Mann nach Hause gekommen ist.«

Hallie seufzte. »Ich weiß.«

»Was wirst du mit Dr. Faulkner machen?«

Hallie zögerte. Sie hatte nie über Tristan geredet, aber ... wenn

sie ihr tiefstes Geheimnis mit Beth teilte, dann würden sie vielleicht quitt sein, und es würde sie miteinander verbinden. »Ich bekomme ein Kind von ihm«, sagte sie leise. Sie fühlte sich innerlich befreit, nachdem sie es ausgesprochen hatte.
Beth sperrte den Mund auf und schlug sich eine Hand auf die Kehle. »Ach, du lieber Gott«, flüsterte sie.
Hallie wandte sich ab und verließ die Küche. Später, als sie Ben von Beth' Reaktion berichtete, nickte er, als überraschte es ihn nicht, und erwiderte darauf: »Ich werde warten. Ich habe alle Zeit auf Erden. Aber das Saatkorn ist gepflanzt.«

39

Nach weiteren zwei Wochen konnte Chad aus dem Bett aufstehen, war aber noch nicht kräftig genug, um zu arbeiten. Er verbrachte seine Zeit damit, auf der Veranda zu sitzen, in den Märzregen zu schauen und das Land zu betrachten, das er so lange nicht mehr gesehen hatte. Sophie leistet ihm gewöhnlich Gesellschaft. während Hallie sich darum kümmerte, die Arbeiten zu überwachen. Emil und Danny waren voneinander angetan; Emil gewöhnte sich an, zum Stall zu reiten, wenn er morgens aufbruchsbereit war, und dort Danny abzuholen, der ihn mit gesatteltem Pferd erwartete. Danny schien es kaum Schwierigkeiten zu bereiten, den breiten Akzent des deutschen Weinbauern zu verstehen, und es begeisterte ihn, draußen in den Feldern zu sein und mit den Händen zu arbeiten.
Tess dagegen schrie nur laufend ihre Kinder an und hatte das Gefühl, genug getan zu haben. Nie bot sie ihre Hilfe an, aber sie saß auch selten da, sondern lief ständig auf und ab, obwohl sie kaum aus dem Haus ging. Der Bach war ihr zu kalt, und sie glaubte außerdem, zuviel Baden würde zu Lungenentzündung führen.
Hallie hätte Dannys Familie gern mit offenen Armen willkom-

men geheißen, ihnen ein Haus gebaut und sie alle aktiv in ihr Leben einbezogen, aber bald ertappte sie sich dabei, daß sie – wie alle anderen auch – so tat, als sei Tess gar nicht da. Diese Frau plapperte ständig vor sich hin, bis man ihre Stimme nur noch als Untermalung wahrnahm, und niemand hörte, was sie sagte, oder schenkte ihr Aufmerksamkeit. Wenn Sophie und Chad nachmittags auf der Veranda saßen und sich unterhielten, mischte sich Tess manchmal in ihre Gespräche ein. Dann versuchten sie, ihr zuzuhören, aber wenn sie einfach nicht aufhörte, nahmen sie ihr Gespräch wieder auf, und Tess verschwand früher oder später.

Sie redete immer nur über dasselbe. Wie konnte jemand auf dem Land leben, so fern von anderen Menschen? All diese Weite mochte ja für Ureinwohner taugen, aber zivilisierte Menschen lebten in Städten. Sie vermißte es, mit ihrer Mutter und ihren Schwestern zu plaudern. Sie schrieb ihnen aber auch keine Briefe. Mit einer merkwürdigen Form von Stolz behauptete sie, sie hätte nicht den Wunsch zu lesen, und sie plapperte die Moralpredigt ihres Vaters nach: »Frauen sind nicht dazu bestimmt, zu lesen und zu schreiben. Je mehr sie lesen, desto größer wird ihr Gehirn, und desto kleiner wird die Gebärmutter.« Tess wußte, daß ihre Rolle darin bestand, viele Kinder zu bekommen, sie wollte nicht, daß sich das geschriebene Wort zwischen sie und ihre Bestimmung stellte.

Sie wollte unbedingt noch ein Kind haben, aber nachdem er die Tage mit harter Arbeit im Freien verbrachte, war Danny schon eingeschlafen, wenn sie unter die Bettdecke schlüpfte.

Es dauerte drei Wochen, bis Tristan wieder herausgeritten kam. Er erklärte, Chads Lunge hätte einen Schaden davongetragen und er dürfte noch etliche Monate keine schweren Arbeiten verrichten.

Chad war enttäuscht, und er sagte: »Ich hoffe doch, daß Sie über Nacht bleiben, nachdem Sie den weiten Ritt hinter sich gebracht haben.«

Tristan zog eine Augenbraue hoch und sah Hallie an. Sie fühlte, wie sie errötete.

»Natürlich«, sagte er. »Ich bleibe immer über Nacht, wenn ich herkomme.«

Chad sah erst Tristan und dann Hallie an, und ein Schatten glitt über seine Augen. Dann lächelte er.

Tristan blieb nicht nur über Nacht, sondern gleich zwei Nächte. Die meiste Zeit verbrachte er mit Gesprächen mit Chad, während Hallie sich um die Arbeit kümmerte. Chads Bett konnte sie nachts nicht verlassen, wie sie es getan hatte, als Beth noch bei ihr geschlafen hatte.

Erst am Morgen seines Aufbruchs hatte sie ihn einen Moment für sich allein. In der Morgendämmerung schlich sie sich auf Zehenspitzen durch die Flügeltür und rannte hinüber zum Stall. Tristan war gerade wach geworden.

»Es ist die reinste Folter«, flüsterte sie und kniete sich neben sein Bett. »Es ist mir unerträglich, nicht die Hand nach dir auszustrecken und dich zu berühren. Ich ertrage es nicht, dich anzusehen, als seist du ... als seist du nicht ein Teil von mir.«

Er zog sie in seine Arme und küßte sie. Dann sagte er: »So können wir nicht weitermachen. Es gibt so etwas wie Ehrgefühl. Ich kann nicht rumlaufen und die Frau eines anderen Mannes küssen, wenn er gleich nebenan ist.«

Hallie starrte ihn an. »Ich bin die Mutter deines Kindes! So leicht kann ich nicht von dir lassen. Ich kann überhaupt nicht von dir lassen. Wir gehören zusammen.«

Er preßte sie an sich, und sie hörte seinen Herzschlag. »Hast du es ihm schon gesagt?«

»Nein.« Sie schüttelte heftig den Kopf.

Er legte eine Hand unter ihr Kinn und sah sie an. »Du wirst es ihm sagen müssen. Und zwar bald.«

»Ich weiß. Es geht ihm wieder besser, und er wird wollen, daß ... du weißt schon was. Wenn ich ihm sage, daß ich schwanger bin, dann ist damit schon mal Schluß.«

Tristan sah ihr ins Gesicht. »Was hat denn eine Schwangerschaft damit zu tun?«

Sie sah ihn bestürzt an. »Ich will doch keine Fehlgeburt haben. Ich hatte Angst, in der Nacht, als er nach Hause gekommen ist – das war das einzige Mal«, sagte sie, als wolle sie damit ihre Treue unter Beweis stellen. »Damals dachte ich, es könnte das Baby töten.«

»Hallie, das hat nichts miteinander zu tun. Wenn es nicht schmerzhaft ist oder Blutungen herbeiführt, und das kommt nur bei manchen Frauen vor und selbst dann erst im letzten Drittel, dann hat das nicht …«

Sie schwieg einen Moment lang und ließ seine Worte einsickern. Dann sagte sie: »Sag Chad das bloß nicht. Er hat mir das nämlich erzählt. Ich will ihn nicht in meiner Nähe haben. Ich will nicht, daß er mit mir schläft.«

»Mich quält die Vorstellung, daß du mit ihm im Bett liegst, daß er dich berührt. Ich wache mitten in der Nacht in kalten Schweiß gebadet auf und habe Alpträume, in denen du in seinen Armen liegst. Ich werde es ihm nicht sagen. Ich will auch nicht, daß er dich berührt.«

Eine Zeitlang klammerten sie sich aneinander. Dann sagte Tristan: »Aber selbst wenn ich mich noch so sehr bemühe, kann ich nichts gegen ihn haben. Als wir dagesessen und miteinander geredet haben, habe ich mich sogar dabei ertappt, daß ich ihn unglaublich gut leiden kann. Unter anderen Umständen wäre er mir ein äußerst willkommener Freund. Er hat eine Lebensfreude und, selbst wenn er krank ist, noch solche Energien, daß es einfach auf andere abfärbt. Er ist ein hochinteressanter Mann, Hallie. Er hat mir von dem Herrenhaus erzählt, das er bauen will, von dem wissenschaftlich fundierten Zuchtprogramm, das er in Angriff nehmen wird, von seinen Plänen, Pferde nicht nur für der Verkauf zu züchten, sondern auch als Rennpferde.«

Hallie starrte ihn an und ließ seine Hand los. Nichts von alledem hatte Chad ihr gegenüber erwähnt. Ein Herrenhaus …?

»Er will, daß alle Welt sieht, daß Australien nicht nur ein Schuttabladeplatz für den Abschaum der Menschheit ist, sondern ein Land, das man nicht außer acht lassen darf, ein Land mit einer unbegrenzten Zukunft. Es schien ihn überhaupt nicht zu stören, daß ich ein früherer Sträfling bin.«
Ihre Augen spiegelten ihre Verwirrung wider. »Warum hast du es ihm gesagt?«
»Ich weiß es nicht. Ist es dir peinlich?« fragte er anklagend.
»Natürlich nicht«, sagte sie heftig. »Ich liebe dich deshalb nur um so mehr.« Dann legte sie ihm eine Hand aufs Knie und sagte: »Wirst du mich wirklich nicht mehr küssen?«
»Hallie, was würde passieren, wenn uns jemand sähe?« fragte er, als flehte er sie an, es zu verstehen. »Was wäre ich für ein Mann, wenn ich die Frau eines anderen Mannes verführe?«
»Das haben wir doch schon getan«, warf sie ihm an den Kopf.
»Um Gottes willen, aber doch nicht unter den jetzigen Umständen! Das weißt du doch selbst.« Seine Stimme klang gequält.
Natürlich wußte sie es, aber der Gedanke, Tristan würde sie nie mehr berühren, war ihr absolut unerträglich. Sie stand auf und begann, ihr Kleid aufzuknöpfen, und Tristan hielt sie nicht zurück. »Ein letztes Mal«, flehte sie ihn an. »Lieb mich nur noch ein letztes Mal. Laß mich jeden einzelnen Moment auskosten, damit ich es mein Leben lang immer wieder durchleben kann, deinen Atem spüren kann, mich an deine Lippen erinnern kann, an die Berührungen deiner Hände ...«
»O Gott, Hallie!« Er streckte die Arme nach ihr aus.

Hinterher sagte er: »Meine Liebe ... meine einzig wahre Liebe. Ich weiß nicht, was aus uns werden wird.« Dann zog er sich eilig an, sah noch kurz nach Chad und ritt los.
Als er fort war, ging Hallie zu Chad. »Ich vermute es schon seit einer Weile, aber Tristan hat es mir gerade bestätigt. Ich bin schwanger.«

Chads Augen strahlten. »Ich muß schon sagen, wir haben wirklich keine Zeit verschwendet.« Er nahm ihre Hand. »Nach all den Jahren, in denen ich mir so sehr gewünscht habe, wieder bei dir zu sein! Ich habe nachts hier neben dir gelegen und konnte mein Verlangen kaum beherrschen. Ich dachte, ich wüßte, was ich als erstes will, wenn ich wieder gesund bin. Ich habe gegen dieses Verlangen angekämpft, weil ich wußte, daß ich mich schonen muß. Ich habe mich nach deinem Körper verzehrt, und jetzt soll er mir fast ein Jahr lang versagt bleiben.« Sein Lachen klang spröde. »O Hallie, ich weiß nicht, ob ich das aushalte.«

Hatte sie gerade dasselbe gesagt, oder war es Tristan gewesen? »Ich dachte, du würdest dich freuen. Ein weiterer Schritt auf dem Weg zu deiner Dynastie.« Ihre Stimme war ausdruckslos.

Er schaute sie an. »Natürlich bin ich froh. Das ist es doch, was ich mir über alles wünsche. Aber es ist nicht frei von einer gewissen Ironie.« Sein Lächeln war wehmütig.

Im Lauf der nächsten Monate hatte Hallie den Eindruck, die Farm sei der Mittelpunkt des gesellschaftlichen Lebens in der Kolonie. Ein stetiger Strom von Besuchern traf ein. Nachbarn, die noch nie gekommen waren, erschienen, um zu plaudern. Gouverneur Macquarie, der von Chads Heimkehr und von seiner Krankheit gehört hatte, kam ohne seine Frau herausgeritten. Als sich der Gouverneur zu der Schmiede und dem Lokal neben dem Laden äußerte, sagte Hallie: »Eines Tages wird hier eine Stadt stehen. Sie hat auch schon einen Namen.« Als der Gouverneur fragend eine Augenbraue hochzog, lächelte sie und sagte: »Morgantown.«

»Das klingt einleuchtend«, sagte er.

Chad sah sie an und führte in einer ungewohnten öffentlichen Zuneigungsbezeugung ihre Finger an seine Lippen.

»Diese Frau, die Sie geheiratet haben«, erklärte der Gouverneur, »stellt jede Frau in den Schatten, die mir je begegnet ist.«

»In all den Jahren in England«, sagte Chad, »und in all den Monaten der Überfahrt hatte ich einen Traum. Ich wollte mehr Land und mehr Schafe besitzen, als sich irgend jemand vorstellen kann. Und als ich nach Hause gekommen bin, habe ich festgestellt, daß ich bereits mehr als das Doppelte dessen besaß, was ich mir erträumt hatte.«

Der Gouverneur lachte. »Ihre Frau ist wirklich eine beachtliche Frau!«

Als wenige Tage später Harry und Susan zu Besuch kamen, sagte Hallie zu ihrer Freundin: »Ich hätte im Traum nie geglaubt, daß ein Haus mit vier Gästeschlafzimmern nicht groß genug ist.«

Während Harry stundenlang mit Chad auf der Veranda saß und mit ihm über den aktuellen Stand seiner Finanzen und seines Besitzes diskutierte – und nur Zahlen nannte, die Chad beeindruckten und überraschten –, ritten Susan und Hallie am Fluß entlang.

»Ich denke so oft an dich«, sagte Susan. »Wie kommst du bloß mit all dem zurecht, mein Liebes? Manchmal ertappe ich mich dabei, daß ich weine, weil ich weiß, was alles auf deinen Schultern lastet.« Sie schaute auf den Fluß hinaus, der sich wie ein schimmerndes blaues Band in der Ferne schlängelte.

»Tristan habe ich in all diesen Wochen kein einziges Mal lächeln sehen«, fuhr sie nach einem Moment fort. »Er nimmt keine Esseneinladungen an, nicht nur von uns nicht, sondern nach allem, was ich gehört habe, von niemandem. Er hat sich aus dem gesellschaftlichen Leben von Sydney zurückgezogen. Du mußt innerlich zerrissen sein.«

»Das bin ich«, sagte Hallie mit hohler Stimme. »Ich sage mir, daß ich zuviel zu tun habe, um nachzudenken, aber nachts . . .«

»Aber nachts?« half ihr die Freundin weiter.

»O Susan, manchmal fällt es mir schon schwer, auch nur halbwegs freundlich zu Chad zu sein. Aber zwischendurch ist er . . . er ist einfach so nett.«

Susan lachte. »Von allen Worten, die man auf Chad anwenden könnte, ist das wohl das nichtssagendste.«

»Sein Verstand steht nie still. Selbst als kranker Mann hat er noch Ideen, die Brian und die Männer umzusetzen beginnen. Er kann es kaum erwarten, sein Zuchtprogramm in Angriff zu nehmen. Außerdem will er Rennpferde züchten und in jeder Kleinstadt Rennbahnen bauen. Er will seine Pferde und Schafe über die ganze Kolonie ausbreiten, und er will, daß die Leute von nah und fern kommen, um die Tiere zu kaufen. Er will ein Herrenhaus auf einem Hügel mit Blick auf den Fluß bauen, ein Haus, dem eine Überschwemmung nichts anhaben kann, ein Haus mit einem Dutzend Schlafzimmern ... kannst du dir das vorstellen?«

»Chad hat sich noch nie mit Kleinigkeiten abgegeben«, sagte Susan.

»Chad will, daß jedes Kind ein eigenes Zimmer hat, und wer weiß, wie viele Kinder wir noch haben werden. Ich bin wieder schwanger.«

Susan versuchte, ihrer Freundin tief in die Augen zu sehen. »Und wie ist dir dabei zumute?«

Hallie seufzte. »Ich wünschte, ich wüßte es.«

»Wann kommt das Kind?«

Hallie zögerte und fragte sich, ob Susan es sich schon gedacht hatte. »Neun Monate nach der Nacht seiner Rückkehr.«

»Also Ende Oktober. O Hallie, ich fand schon immer, Kinder zu bekommen, sei das Schönste auf Erden, und zwar nicht nur, weil ich meine Kinder so sehr liebe, sondern auch, weil es ein Ausdruck der Gefühle ist, die Harry und ich füreinander empfinden.« Sie schwiegen eine Zeitlang und lauschten dem Rauschen des Flusses, der vom Herbstregen angeschwollen war. »Das wird auch vorbeigehen. Du wirst das Kind lieben, und es wird dich enger an Chad binden.«

Plötzlich fing Hallie an zu weinen.

Susan nahm ihre Hand. »Hallie, ich habe nie eine Freundin

gehabt, die ich mehr als dich mochte. Wenn du leidest, leide ich mit. Ich leide schon, wenn ich mir nur vorstelle, du könntest leiden. Ich weiß nicht, wie ich mit dem Dilemma umginge, in dem du steckst – ob ich überhaupt damit umgehen könnte. Aber irgendwie geht das Leben weiter. Wenn Chad nicht so ›nett‹ wäre ... aber er ist einfach wunderbar, Hallie. Ehe er abgereist ist, habe ich in ihm immer einen dieser überlebensgroßen Männer gesehen, Männer, die ihre Träume in die Realität umsetzen. Außerdem ist mir noch nie ein Mann begegnet, der besser aussieht als er, Harry und Tristan mit eingerechnet.«

Hallie mußte trotzdem lächeln. Tristan war wahrhaft ein schöner Anblick, aber Harry konnte man beim besten Willen und mit noch soviel Phantasie nicht als gutaussehend bezeichnen. Er hatte ein prachtvolles kantiges Gesicht, dem der überdimensionale rostrote Schnurrbart etwas Freches gab ... aber gutaussehend, nein, niemals.

»Ich weiß nicht, was das Aussehen mit dem Menschen zu tun haben soll, der dahintersteckt«, murmelte Hallie, die an Tristan dachte.

»Ich bin deiner Meinung. Vielleicht ist es nicht nur sein Aussehen, aber wenn Chad einen Raum betritt, lenkt er sofort alle Aufmerksamkeit auf sich und steht im Mittelpunkt.«

»Und noch dazu« – es war, als versuchte Hallie, sich selbst etwas einzureden – »ist er so auffallend großmütig. Er hat Mum und Danny nicht nur um ihretwillen mitgebracht, sondern auch, weil er wußte, daß es mich freut. Ich sage mir immer wieder, daß ich früher mit ihm glücklich war. Ich kenne all seine guten Seiten, aber ich muß sie mir täglich erneut vor Augen rufen. Weil ein großer Teil von mir ihn ablehnt ...«

Susan drückte Hallies Hand. »Ich weiß. Aber das mußt du überwinden. Das Glück zu vieler Menschen hängt von dir ab.«

»Aber was ist mit mir? Was ist mit meinem Glück?« Hallies gequälte Stimme spiegelte ihre Gefühle wider.

»Hallie, schau mich an. Im Leben geht es nicht um Glück. Wir haben größere Pflichten als die Sorge um unser eigenes Glück. Ich weiß, ich weiß, ausgerechnet ich muß das sagen. Jeder Tag meines Lebens ist von einem Übermaß an Glück erfüllt.« Sie zögerte und zog an Hallies Hand, damit Hallie sie ansah. »Aber das heißt nicht, daß ich nichts verstehen kann, was ich nicht selbst erlebe. Wenn Chad dich schlüge, grob wäre, sich nicht um dich kümmern würde oder einfach nur todlangweilig wäre, würde ich dir diesen unerbetenen Rat vielleicht nicht geben. Aber Chad ist ... er ist wirklich in vieler Hinsicht wunderbar, und er liebt dich. Denk immer daran.«

Hallie zog ihre Hand zurück und schüttelte den Kopf. »Zu allererst einmal liebt Chad mich nicht. Ich weiß, daß er mich gern hat. Ich glaube sogar, daß er Achtung vor mir hat.« Jetzt jedenfalls, dachte sie. Jetzt, nachdem ich Männerarbeit geleistet habe. »Verstehst du, Liebe hat bei unserer Heirat keine Rolle gespielt. Wir wußten bei unserer Eheschließung beide, was wir zu erwarten hatten.« Sie schaute auf das Land hinaus. »Er wollte jemanden, der harte Arbeit nicht scheut, eine Mutter für eine große Kinderschar, jemanden, den er gern anschaut.« Sie sah Susan mit flehentlichem Blick an. »Aber er ist nie auf mich eingegangen, wie Tristan, hat mich nie an seinem Leben wirklich teilhaben lassen. Er hat nie stundenlang mit mir über seine Zukunftspläne geredet, wie er es mit Archie getan hat. Um Gottes willen, er hat mir nicht einmal gesagt, daß er fortgehen wird! Die ganze Kolonie hat es vor mir gewußt.« Ihre Stimme wurde hart. »Chad hat nie unter die Oberfläche geschaut, mich nie gefragt, wie ich etwas empfinde, mich nie nach meiner Meinung zu seinen Ideen gefragt. Ich bezweifle, daß er mein wahres Ich kennt. Oder auch nur weiß, daß an mir mehr dran ist als das, was er sieht.«

Susan legte den Kopf zur Seite und musterte ihre Freundin, sagte aber nichts. Sie saßen stumm da und hielten sich an den Händen. Dann beugte sich Susan vor und legte einen Arm um Hallie. Hallie drehte sich um und küßte sie auf die Wange.

In dem Moment hätte sie Susan fast erzählt, daß Tristan der Vater ihres Kindes war.

»Ob du es weißt oder nicht, aber Chad liebt dich«, sagte Susan leise. »Er strahlt, wenn du einen Raum betrittst. Ich habe den Verdacht, er hat es im Moment schwer. Er – der Mann, der immer das Kommando hatte – wird bedient.« Als Hallie nichts dazu sagte, sprach sie weiter. »Er ist nach Hause gekommen und hat festgestellt, daß seine Frau seine eigenen Träume verwirklicht hat und sogar noch über seine ursprünglichen Ziele hinausgegangen ist. Er ist nach Hause gekommen und hat Kinder vorgefunden, die ihn nicht kennen, ist in einen Haushalt und auf eine Farm zurückgekehrt, wo alles bestens ohne ihn klappt. Ich glaube, wenn man all das zusammennimmt, dann ist es mit Sicherheit mehr, als seine Selbstachtung verkraften kann. Ehe er fortgegangen ist, hat sich seine ganze Welt um ihn gedreht. Jetzt entdeckt er, daß er in seiner eigenen Welt lediglich eine Randfigur ist.«

»Was soll das heißen?«

»Er ist nicht unabkömmlich«, erklärte Susan. »Er ist eine Speiche, aber nicht der Mittelpunkt des Rades. Bilder, die sich Männer von sich selbst machen, sind zerbrechlicher, als das bei uns der Fall ist, Hallie, und daher habe ich den Verdacht, daß Chad es mit seinen Überlegungen, in die er dich nicht einbezieht, nicht leicht hat. Du bist der Mittelpunkt – nicht nur in seinem Leben, sondern im Leben aller auf der Farm. Alles hier dreht sich um dich. Ich kann mir vorstellen, daß er sich sagt, es sei seine Schuld, weil er fortgegangen ist. Wäre er nicht nach England gegangen, dann hätte er natürlich sicher nicht die Preise erzielen können, die die Spinnereien zugesagt haben, und damit hätte er uns nicht die Chance gegeben, in dieser Art als Kontinent hervorzutreten. Aber er war auch in ein Netz von Verpflichtungen eingesponnen. Sein Vater, deine Familie. Er hat die Pflicht über das Glück gestellt, meine Liebe.«

Hallie ließ all das auf sich wirken, ehe sie sagte: »Susan, du mußt immer meine Freundin bleiben, ja? Ich brauche dich.«

Susan lachte. »Das schmeichelt mir. Alle anderen brauchen dich, und ausgerechnet du brauchst mich.«

»Niemand hat mir je gesagt, daß Freundschaft zu den größten Schätzen des Lebens gehört.«

Susan lächelte. »Ich habe den Verdacht, unsere Freundschaft geht über das Übliche hinaus, Hallie.«

40

In den folgenden Monaten erholte sich Chad, wenn auch langsam. Seine Gereiztheit brach ab und zu durch, obwohl er sich meistens beherrschte. Er war kein Mann, der es gewohnt war, sich bedienen zu lassen oder warten zu müssen. Chad nahm seine Tatenlosigkeit nur unwillig hin.

Danny besaß nicht Hallies Geschick, sofort zu erkennen, was getan werden mußte, und er gab sich gern damit zufrieden, an Emils Seite soviel wie möglich über den Alltagsablauf und die notwendigen Arbeiten zu lernen. Es würde noch ein Jahr dauern, bis die Rebstöcke erstklassige Weintrauben hervorbrachten.

»In diesem Klima wird vermutlich jedes Jahr ein Spitzenjahr für Weine sein«, sagte Emil zu ihm und zeigte lächelnd seine Zahnlücke.

Danny und er pflanzten in diesem Jahr noch mehr Rebstöcke, und Danny half wochenlang mit, die Gräben auszuheben und den Boden zu lockern. Er begeisterte sich für die schwere körperliche Arbeit, die seine Armmuskulatur wieder stärkte und seiner Seele Aufschwung gab.

Für Tess würde es gut sein, wenn sie endlich ein eigenes Haus hatte, dachte Hallie. Dann war sie nämlich gezwungen, es selbst sauberzuhalten und zu kochen. Hier ließ sie alles rumliegen, und Beth oder Sophie räumten ihre Unordnung auf. Sowie ihren Kindern die Zügel lockerer gelassen wurden und sie mit Jamie und Alex umherliefen, hörten sie auf zu jammern und wurden recht liebenswert. Hallie mußte sich eingestehen, daß Danny kein allzu guter Vater war. Er schien zu glauben, seine Sache sei es, den ganzen Tag im Freien zu arbeiten, und die Kindererziehung sei ausschließlich die Angelegenheit von Tess.

Manchmal hörte sie Chad mit den Kindern reden und ihnen Geschichten erzählen, und einmal hörte sie sogar, wie er ihnen leise etwas vorsang. Das waren die Situationen, in denen sie sich für ihren Unmut über seine Heimkehr haßte.

Sophie und Beth ritten nachmittags los, oft nur zu zweit, und Hallie hatte keine Ahnung, wohin sie ritten. Sie hatten sich miteinander angefreundet, weil Sophie nichts weniger wollte, als den Rest ihres Lebens in der Küche zu verbringen.

Hallie überraschte es auch, wenn sie ihre Mutter still dasitzen sah, ohne etwas Nützliches oder Praktisches zu tun. Stundenlang saß Sophie da und unterhielt sich mit Chad und schaute von Zufriedenheit erfüllt auf das Land hinaus. Sie begeisterte sich für den ewigen Sonnenschein und all die Blumen, von denen sie umgeben waren, und sie beschloß, daß sie selbst Blumen pflanzen wollte, etwas, was sie in ihrem ganzen Leben noch nicht getan hatte. In Newcastle waren die einzigen Blumen, die sie je gesehen hatten, im Frühjahr und im Sommer im Park gewachsen.

Ihre Mutter nahm nicht aktiv an dem Unterricht teil, den Ben zweimal in der Woche abends erteilte, doch sie setzte sich dazu. Die Beobachtungen, die sie machte, waren mehr menschlicher als intellektueller Natur. Besonders gern mochte sie Robbie, diesen gutaussehenden Jungen, der seinem Vater so unglaublich ähnlich sah und »Lippen hatte, die« – so sagte Sophie zu Hallies größtem Erstaunen – »die Mädchen in nicht allzu langer Zeit verrückt machen werden«. In dem Jahr, in dem er dreizehn wurde, schoß er fast fünfzehn Zentimeter in die Höhe, und sein stämmiger Körperbau wich katzenhafter Anmut. Seine schnelle Auffassungsgabe und seine Bereitschaft, hart zu arbeiten, machten ihn allgemein beliebt, nicht nur bei Sophie. Ben sagte zu ihm, er sei so geschickt mit Zahlen, daß er ein guter Buchhalter werden könnte, aber Robbie lachte spöttisch. Das war kein Leben für ihn.

Tristan kam einmal im Monat, angeblich, um nach Chad zu sehen. Er führte lange Gespräche mit Chad, der ihm einfach nichts abschlagen konnte. Tristan hatte nicht nur ihm das Leben gerettet, sondern auch seinem Sohn und seiner Frau gleich zweimal. Tristan ritt mit den Kindern aus und schlug vor, es sei an der Zeit, Alex ein eigenes Pferd zu geben. Chad zeigte nie offensichtliche Anzeichen von Groll, weil Tristans Umgang mit den Kindern auffallend locker und vertraulich war, und er schien auch gegen Jamies Heldenverehrung nichts einzuwenden zu haben. Und doch beobachtete er sie mit einem seltsamen Ausdruck in den Augen, wenn sie auf ihren Pferden losritten.

Tristan lachte selten; seine Augen waren verschleiert. Er legte eine förmliche Art an den Tag, die Hallie nie an ihm erlebt hatte, auch nicht in Sydney. Sie fragte sich, ob es sie schwächte, von seinen Qualen zu wissen. Während Chad wieder kräftiger wurde, schien sie immer mehr an Stärke einzubüßen. Sie empfand alles nur noch als harte Arbeit. Sie fühlte sich schwerfällig und unwohl und konnte sich nicht erinnern, bei ihren früheren Schwangerschaften einen so dicken Bauch gehabt zu haben. Ihr Atem ging schwerer, und sie mußte mitten in der Nacht aufstehen, weil sie Wadenkrämpfe hatte. Dann lief sie im Zimmer auf und ab, bis die Schmerzen in den Beinen nachließen, aber bis dahin war sie hellwach und stand dann da und starrte den sternenklaren Nachthimmel an.

Davon erwachte Chad, der schon immer einen leichten Schlaf gehabt hatte, und er blieb still liegen und beobachtete sie im Dunkeln. Danach lag er noch lange wach, wenn sie bereits wieder eingeschlafen war. Einmal jedoch streckte er die Hand nach ihr aus und fragte: »Was ist los mit dir?«

»Nichts. Meine Beine tun weh.«

Deshalb lief sie im Zimmer auf und ab, soviel war ihm klar, aber er wußte, daß das nicht der Grund war, aus dem sie dastand und seufzend ins Dunkel hinausblickte. Als sie sich wieder ins Bett legte, stützte er sich auf einen Ellbogen und sagte: »Es wird nicht mehr lange dauern, bis ich dir die Arbeit wieder abnehmen kann. Dann kannst du dich entspannen und nur noch Mutter sein.«

Hallie lag mit starrem Körper da und fühlte sich unsäglich frustriert. Sie hätte ihn am liebsten angeschrien.

Aber er ließ sie nicht in Ruhe, sondern strich ihr über das Haar und küßte sie auf die Schulter. »Du hast mir nie geschrieben, was du alles auf dich genommen hast. Eine bessere Ehefrau kann es nicht geben, Hallie. Ich hatte keine Ahnung, wieviel Glück ich mit dir haben würde. Ich kenne keine zweite Frau von deinem Kaliber, Hallie. Mir ist bewußt, daß du zuviel geleistet hast, daß du weit über deine Rolle hinauswachsen mußtest, und dafür werde ich dir ewig dankbar sein. Ich werde dich dafür entschädigen, Liebes.«

Er hob ihre Hand an seine Lippen und küßte erst ihre Finger, dann ihre Handflächen. »O Gott, Hallie, du folterst mich! Im Moment – und so oft, wenn ich dich ansehe – wünsche ich mir nichts mehr, als die Wildheit wieder zu erleben, mit der wir uns früher berührt haben, deinen Körper an meinem zu spüren, dich an Stellen zu küssen, die nur ich je berührt habe ...«

Es gibt keine solchen Stellen, dachte sie. Keine Stelle, die du je berührt hast, hat Tristan nicht auch berührt. Keine Stelle, die du je geküßt hast, hat Tristan nicht auch geküßt.

»Ich könnte die Fruchtbarkeit verwünschen«, fuhr er flüsternd fort. »Jedes verdammte Mal, wenn ich dich nehme, wirst du schwanger. Es sollte nicht jedesmal dazu führen. Das ist auch weiß Gott nicht bei allen Frauen der Fall. Ich wünsche mir ein Jahr – ein ganzes Jahr –, in dem ich dich lieben kann, wann immer ich will, eine Zeit, in der ich immer wieder deinen seidigen Körper an meinem spüren kann, in der ich diese furchtbare Sehnsucht stillen kann, die immer in mir erwacht, wenn ich bei dir bin.«

Er schmiegte sich an sie und küßte sie, etwas, was er normalerweise nur tat, wenn er mit ihr schlafen wollte. Bloß das nicht, dachte sie. Mein Bauch ist zu dick. Ich will ihn nicht haben. Wenn er doch bloß nicht erfährt, daß es dem Baby nichts schadet – aber vielleicht würde es ihm ja doch schaden, es sind nur noch zwei Monate, wenn er auch glaubt, es seien drei. Lieber Gott, wenn es dich gibt, dann sorg dafür, daß er das jetzt nicht tut.

Chads Lippen glitten sanft über ihren Mund; seine Zunge streifte ihre Lippen und zwängte sie sachte auseinander. Als sie keinerlei Reaktion zeigte, zog er den Kopf zurück. »Ich möchte dich nur küssen«, sagte er, »dich berühren. Ich gehe nicht ... weiter.« Aber ihr war jede Reaktion unmöglich.

Als er sich wieder auf den Rücken legte, schlang er einen Arm um sie, und sie fühlte sich eingeengt, gefangen. Plötzlich trat das Baby gegen ihre Bauchdecke. Sie legte sich die Hand auf den Bauch, und Chads Hand legte sich auf ihre. So lagen sie lange Zeit da. »Ich spüre seine Tritte auch«, sagte er mit schläfriger Stimme.

Als Dannys Haus fertig war, hätte man unmöglich sagen können, ob er stolzer darauf war, ein eigenes Haus zu besitzen, oder ob die anderen froher darüber waren, Tess los zu sein.

Als Chad Tess gefragt hatte, ob sie irgendwelche speziellen Wünsche hätte, hatte sie lediglich gesagt: »Menschen. Ich will kein Haus hier draußen haben.«

Sophie konnte nicht glauben, daß sogar im späten Winter die Mittagstemperaturen noch auf über zwanzig Grad stiegen. »Hier blühen das ganze Jahr über Blumen«, sagte sie verwundert. Sie drängte sich Jamie und Alex nicht auf, und daher wurden sie ihr gegenüber schnell zutraulich und waren nicht so schüchtern wie bei Chad, dem sie nach wie vor nicht die überschwengliche Zuneigung entgegenbrachten, mit der sie Tristan überschütteten.

Hallie machte sich manchmal Sorgen, Jamie und Alex seien zu perfekt. Sie waren mit viel Liebe aufgewachsen und stritten nie. Sie wurden angesporn mitzuhelfen, wo sie es nur irgend wollten, aber es wurde nicht von ihnen verlangt. Sie empfanden es als ein lustiges Spiel, die Wäsche auf dem Rasen auszubreiten. Auch den Unterricht nach dem Abendessen nahmen sie spielerisch.
Sie gaben Beth und Hallie nie freche Antworten. Sie liefen zu den Baracken und unterhielten sich mit den Sträflingen, und Hallie hielt sie nicht davon ab. Die Sträflinge verwöhnten sie unbeschreiblich und spielten geduldig mit ihnen. Die Kinder brachten Sophie bei, wie man Eier suchte.
Alex liebte alles Lebendige, vor allem Vögel und Pflanzen. Jamie dagegen war ein Träumer. Auch er liebte Tiere, aber seine ganz große Leidenschaft gehörte den Büchern. Tristan brachte ihm bei jedem seiner Besuche neue Bücher mit. Wenn es ihm erlaubt worden wäre, hätte Jamie mit einem Buch in der linken Hand am Eßtisch gesessen. Seine Absicht, Arzt zu werden, hatte er bereits bekundet.
Als Hallie es Chad gegenüber erwähnte, sagte er: »Aber er ist der Älteste. Er wird diese Farm leiten. Deshalb bin ich hergekommen.«
Hallie sah ihn an. »Ist das nicht auch der Grund, aus dem dein Vater das Kohlenbergwerk hatte? Um es seinen Söhnen zu hinterlassen? Sie zu verpflichten, seinen persönlichen Traum weiterzuführen?«
Chad sah sie scharf an, erwiderte aber nichts. Später sagte er: »Du hast recht. Keins der Kinder muß auf der Farm bleiben. Sie dürfen alle tun, was sie wollen, und sie können sich über die ganze Kolonie ausbreiten. Jamie braucht nicht auf der Farm zu bleiben.« Für sich dachte er: Aber er wäre hiergeblieben, wenn ich hier gewesen wäre. Es ist meine Schuld.
Er sah es als seine eigene Schuld an, daß seine Kinder und seine Frau so reserviert waren, aber andererseits wußte er auch, was

er in den Jahren in England erreicht hatte, in denen er die Beziehungen zu den Spinnereien aufgebaut und für australische Wolle geworben hatte. Andernfalls könnte dieses Land nicht die Wollpreise verlangen, die er jetzt forderte. Er wußte auch, daß andernfalls Sophie und Danny nicht hier wären. Er wußte, daß es sein Gewissen belastet hätte, wenn er sich nicht um seinen Vater gekümmert hätte. Und doch tat es ihm leid, daß er fortgegangen war. Er wußte, daß ihm aufgrund dieser Reise manches in dieser Familie entgangen war und daß die Beziehung zu seinen Kindern gelitten hatte. An seinen weiteren Kindern, gelobte er sich, würde er all das wieder gutmachen.

Es war nicht etwa so, daß er Jamie und Alex nicht liebte; es war einfach nur, daß sie ihn wie einen Fremden behandelten. Sie waren ausnahmslos höflich. Sie gaben ihm abends einen Gutenachtkuß auf die Wange. Sie hörten ihm begeistert zu, wenn er ihnen Geschichten erzählte. Es machte ihnen großen Spaß, sich von ihm den Sternenhimmel erklären zu lassen. Aber sie behandelten ihn mit einer Zurückhaltung, mit der sie selbst die Sträflinge nicht bedachten.

Mitte September sagte Ben eines Tages beim Abendessen: »Das neue Baby der Coltons ist gestorben.«

Hallie war entgeistert. Sie war so sehr von den Problemen ihres eigenen Lebens gefangengenommen, daß sie schon lange nicht mehr an die Nachbarn gedacht hatte. Jetzt konnte sie nicht zu Etta reiten, weil sie selbst bald ein Kind bekommen würde. Ihr Bauch war so dick, daß Chad sie damit aufzog, und Sophie sagte: »Mich würde es überhaupt nicht wundern, wenn es Zwillinge wären. Mit dir und Danny hatte ich auch so einen dicken Bauch. Und zu früh seid ihr noch dazu gekommen.«

Zwillinge? Warum war sie von sich aus nie auf den Gedanken gekommen? Selbst Tristan hatte diesen Gedanken nicht geäußert. Sie wollte, daß Tristan sie von ihrem Baby entband – oder von ihren Babys. Aber wie ließ sich das machen? Sophie hatte mindestens ein Dutzend Babys zur Welt gebracht. Chad hatte sie selbst von Jamie und Alex entbunden. Welchen Grund hätte sie dafür anführen können, daß sie einen Arzt haben wollte? Als Tristan das nächste Mal kam, fand sie eine Möglichkeit, ihn allein zu sprechen.

»Es kann jetzt jederzeit ...«

»Das weiß ich auch!« Seine Stimme war scharf. Als er sah, wie sie ihn anschaute, legte er ihr eine Hand auf den Arm. »Es tut mir leid. Ich weiß, daß es für dich auch schwierig ist.«

»Für mich auch schwierig! O Tristan, weißt du, was ich in diesen letzten acht Monaten durchgemacht habe?«

»Ich weiß es nur zu gut. Aber vielleicht hatte ich so viel damit zu tun, mich meinem Selbstmitleid hinzugeben, daß ich mir nicht überlegt habe, wie schwierig diese Zeit für dich gewesen ist. Ich dachte, du seist hier und hättest alles ... wenn ich herkomme, wirkst du nie unglücklich. Du bist von Menschen umgeben, die dich lieben, von deinen Kindern, von ...«

Sie schlang die Arme um ihn. »O Tris.« So hatte sie ihn noch nie genannt. »Ich leide um uns. Ich verzehre mich nach dir. Nach unserer Liebe. Ich weiß, daß es für dich noch schwerer sein muß als für mich, aber, Tristan – o Gott, ich liebe dich so sehr, daß ich mich immer wieder frage, ob mich diese ganze Geschichte noch um den Verstand bringt! Ich scheine nichts mehr hinzukriegen. Ich bin nur noch müde, alles tut mir weh, und ich kann nicht schlafen, weil ich an dich denke. Manchmal glaube ich, ich werde verrückt!«

Er hielt sie fest und streichelte ihr Haar. »Liebling. Mein Liebling ...«

Sie sah zu ihm auf. »Mum glaubt, daß es Zwillinge sind.«

»Das habe ich auch schon in Erwägung gezogen«, gestand er. »Es würde viel erklären. Deine Lethargie, deinen Körperumfang ...«

»Tris ... ich will, daß du mich von unseren Kindern entbindest.«

»Selbstverständlich«, sagte er mit zarter Stimme.
»Aber ich weiß nicht, wie ich das anstellen soll. In Newcastle hat nie jemand einen Arzt zu einer Geburt geholt. Mum und Chad sind beide hier ... ich bin sicher, daß die Kinder einen Monat zu früh kommen. Was sollen wir bloß tun? Ich wünsche mir so sehr, daß du sie zur Welt bringst.«
»Laß mich holen, sowie die ersten Wehen einsetzen«, sagte er. »Ich komme augenblicklich her.«
Zwei Wochen später erwachte Hallie noch vor dem Morgengrauen und schickte Robbie los, damit er Tristan holte. Sie wußte, daß heute der Tag war. »Es ist noch zu früh«, sagte sie zu Chad. »Vielleicht sind es also wirklich Zwillinge, wie meine Mutter vermutet hat.« Damit sollte jeder Argwohn ausgeräumt sein.
Als im Lauf des Nachmittags die Fruchtblase platzte und die Wehen kräftiger wurden, mußte Hallie sich hinlegen. Sophie hielt Hallies Hand und lächelte. »Als du damals abgereist bist, war ich sicher, daß ich nie die Geburt eines deiner Kinder miterleben würde und dir helfen könnte. Heute ist ein glücklicher Tag für mich.«
In dem Moment betrat Chad mit hochgekrempelten Ärmeln das Schlafzimmer und trocknete sich an einem Handtuch die Hände ab. »Ich habe mich gerade gewaschen. Ich bin bereit, wenn es soweit ist.«
Sophie sah ihn streng an. »Ein Mann hat hier überhaupt nichts zu suchen.«
»Du vergißt, daß ich Hallie von Jamie und Alex entbunden habe. Ich habe vor, bei der Geburt wenigstens zu helfen. Ich möchte all meine Kinder selbst in die Welt setzen«, sagte er.
»Das gehört sich nicht«, murrte Sophie.
Lachend legte er ihr eine Hand auf die Schulter. »In diesem Land gehört sich vieles nicht. Hallie, erzähl du es ihr. Sag ihr, daß ich eine ausgezeichnete Hebamme bin.« Er setzte sich zu ihr aufs Bett und wischte ihr mit dem Handtuch den Schweiß

von der Stirn. Dann beugte er sich herunter und küßte sie zart. »Natürlich werde ich bei Hallie bleiben.«
Sophie schüttelte mißbilligend den Kopf. »Geburten sind keine Männersache.«
Chad warf ihr über die Schulter einen Blick zu. »Geburten sind ebensosehr Männersache wie Frauensache. Und jetzt wollen wir nicht mehr darüber reden, Sophie. Ich bleibe hier. Und ich werde helfen.«
In dem Moment stöhnte Hallie, deren Gedanken nur darum kreisten, wie sie die Kinder zurückhalten konnte, bis Tristan kam. »O Gott«, sagte sie. »Ich kann nicht mehr warten, ich weiß es genau.«
Chad sank auf die Knie und schmiegte sein Gesicht an ihren Kopf. »Liebling, dazu besteht gar kein Grund. Wir sind hier, deine Mutter und ich. Wir werden uns um dich kümmern, das verspreche ich dir.« Er stand auf und ging ins Wohnzimmer. Dort schenkte er sich erst selbst einen Whiskey ein, ehe er zurückging, Hallie aufsetzte und ihr die bernsteinfarbene Flüssigkeit einflößte. Einen Moment lang sah sie ihn an und dachte: O Gott, Chad, wie kann ich dir das bloß antun? Dann sah sie nur noch schwarz und erkannte die Stimme, die laut aufschrie, als ihre eigene.
»Der Kopf liegt richtig. Ich sehe schon den Flaum ... Hallie«, sagte Sophie und erhob die Stimme, »du mußt jetzt fest drükken.«
Hallie atmete tief. Sie hörte ihre Mutter sagen: »Ich drehe jetzt die Schulter um, denn der Kopf ist schon draußen – wenn das keine Schönheit ist. Halte dich bereit, Chad. Ich werde dir das Baby reichen müssen, damit ich bereit bin, wenn ... ich bin sicher, daß noch eins da ist. So, das hätten wir.«
Sie und Chad lächelten einander an, als Sophie ihm das Baby reichte.
»Ein Sohn«, sagte Sophie.
»Laß sie mich von dem zweiten entbinden.« Chads Stimme bebte.

Hallie hörte sie wie aus weiter Ferne. Ein schwarzer Abgrund klaffte im Universum auf, und sie fiel hinein.

»Du mußt pressen, Hallie ...« Chads Stimme war zärtlich und einschmeichelnd. »Komm schon, Schätzchen. Nur noch einmal. Ich weiß, daß es weh tut. Noch ein bißchen, Liebes, nur ein wenig, gleich haben wir es geschafft.«

Plötzlich war alles vorbei. Der Schmerz hörte auf. Als sie endlich mit aller Anstrengung die Augen aufschlug, lächelten Chad und Sophie sie an, und in Chads Augen standen Tränen.

Wie aus weiter Ferne hörte sie die Stimme ihrer Mutter. »Die beiden«, sagte sie, »sehen ganz genauso aus wie du und Danny damals mit euren blonden Schöpfen.«

Hallie schlief ein.

Als sie wesentlich später wieder erwachte, war es dunkel, und niemand war bei ihr im Zimmer. Tristan mußte dasein, denn sie hörte Stimmen aus dem Wohnzimmer, darunter auch Robbies Stimme.

Kurz darauf kam Chad mit einer Kerze in der Hand, und Robbie folgte ihm ins Schlafzimmer und blieb als Silhouette in der Tür stehen.

»Wo ist Tristan?« fragte Hallie.

Chad sah Robbie an. »Er kann nicht kommen«, sagte der junge Mann.

»Er kann nicht kommen?« wiederholte sie. »Warum auf Erden kann er nicht kommen?«

Chad kam auf sie zu. »Wir brauchen ihn ohnehin nicht. Es ist ja alles gutgegangen.«

»Er hat gerade geheiratet«, erklärte Robbie. »Ich mußte abwarten, bis das Trauungszeremoniell abgeschlossen war, und dann hat er gesagt, ich soll Ihnen ausrichten, es täte ihm leid, aber im Moment könnte er einfach nicht herkommen.«

41

Am späten Nachmittag des nächsten Tages kam Tristan mit Molly. Ihre Augen glänzten, und sie eilte zu Hallie und umarmte sie.

»O Hallie, Chad hat gesagt, es sind Zwillinge. Wie wunderbar! Und sie sind noch dazu ausgerechnet an meinem Hochzeitstag auf die Welt gekommen.«

Tristan stand in der Tür.

Irgendwie brachte Hallie es fertig, sich zu einem Lächeln durchzuringen. »Warum habt ihr uns nichts davon gesagt?«

»Wir haben niemandem etwas gesagt, nur Susan und Harry«, sagte Molly, die Hallie immer noch in den Armen hielt.

Die Langleys wußten es also ... wenn sie sich auch noch so sehr bemühte, konnte Hallie Tristan doch nicht aus den Augen lassen.

»Ich konnte natürlich beim besten Willen nicht wissen, daß du dir ausgerechnet diesen Tag für die Geburt aussuchst«, sagte er.

»Natürlich nicht, alter Knabe.« Chad grinste ihn an. »Das wirft Ihnen niemand vor. Sophie und ich hatten keine Probleme. Jetzt habe ich meine Frau von allen meinen Kindern entbunden.«

Tristan sah Hallie fest in die Augen. »Ich wußte, daß du es ohne mich schaffst. Wo sind die Zwillinge?«

Tristan untersuchte die Kinder und reichte sie anschließend Molly, die sie wieder in die Wiege legte. »Beim Nabel haben Sie gute Arbeit geleistet, Chad. Sie könnten immer noch Hebamme werden, wenn Sie mit Ihrer Farm scheitern.«

Chad lachte. Er war bester Laune.

»Wie wollt ihr sie nennen?« fragte Molly.

»Ich habe mir schon immer gewünscht, daß ein Junge nach mir genannt wird«, sagte Chad, »aber ich kann den Namen Chadwick nicht ausstehen. Wir werden den Jungen Wick nennen.«

Mich hast du nie gefragt, dachte Hallie, die eine Ironie des Schicksals darin sah, daß er ausgerechnet Tristans Sohn nach sich selbst benannte. Sie hatte sich überlegt, daß es ihr gefallen würde, das Mädchen Sophie zu nennen, aber sie und Chad hatten nicht darüber geredet.

Tristan sah Chad über Hallies Bett hinweg an. Chad bedachte Tristan mit einem entwaffnenden Lächeln und sagte: »Da Sie es sich zur Gewohnheit gemacht haben, den Mitgliedern meiner Familie das Leben zu retten, und da Sie im Lauf der Jahre ein so guter Freund der Familie geworden sind, würde ich dem Jungen gern Ihren Namen als zweiten Vornamen geben. Chadwick Tristan Morgan.«

Tristans Blick glitt auf Hallie. »Ich fühle mich geschmeichelt«, sagte er.

Chad ging zu ihm und legte Tristan einen Arm um die Schultern. »Und Sie sind der Taufpate der beiden, einverstanden?«

Tristan sah den Vater seiner Kinder an und sagte: »Ihnen kann man schlecht etwas abschlagen, Chad.«

»Gut, dann wäre das also geregelt. Warum suchen Sie nicht einen Namen für das kleine Mädchen aus?«

Hallie, die diese Szene erst schmerzlich mit angesehen hatte, war jetzt gerührt, und plötzlich stellte sie fest, daß sie wütend wurde. Hatte sie denn nichts dazu zu sagen? Sie hatte diese Kinder geboren; stand es ihr etwa nicht zu, bei der Namensgebung ein Wort mitzureden? Sie erinnerte sich wieder an ihre früheren Geburten und daran, daß Chad auch Jamie und Alex ihre Namen gegeben hatte, aber damals wäre sie im Traum nicht auf den Gedanken gekommen, seine Entscheidung in Frage zu stellen. Sie war sicher, daß Tristan sie fragen würde, wie sie ihre Tochter nennen wollte.

Statt dessen sagte er jedoch: »Meine Mutter heißt Julie. Der Name hat mir immer gefallen.«

»Julie?« Chad kratzte sich am Kopf.

»Sie muß ja nicht so heißen«, fügte Tristan eilig hinzu. Er merkte, daß Chad den Namen nicht mochte.

Die Vorstellung, daß seine Mutter eine Enkelin haben würde,

die nach ihr benannt war, machte Hallie plötzlich Freude. »Mir gefällt das sehr gut«, sagte sie. »Wir werden sie Julie nennen.«
»Wenn ihr uns jetzt ein paar Minuten allein lassen würdet«, sagte Tristan zu Molly und Chad, »dann werde ich die Patientin untersuchen.«
Chad hängte sich bei Molly ein und fragte: »Ihr bleibt natürlich über Nacht?«
»Ja, selbstverständlich.« Ihre Stimme klang überglücklich.
Als sie das Zimmer verlassen hatten, ließ sich Tristan neben Hallie auf das Bett sinken. »Versuch, es zu verstehen«, murmelte er. »Es war mir einfach unerträglich, Hallie – zu wissen, daß du unsere Kinder bekommst und daß ich sie nicht mit dir aufziehen darf. Sie können mich niemals als ihren Vater ansehen. In den letzten Monaten hat es immer wieder Zeiten gegeben, in denen ich dachte, ich verkrafte es nicht. Ich habe den Zeitpunkt bewußt ausgesucht – natürlich nicht auf den Tag, denn ich hatte wirklich vor, bei der Geburt dabeizusein ... Hallie, du hast alles, und ich hatte gar nichts. Versuch bitte, mich zu verstehen.«
Tränen traten in ihre Augen. »O Tristan, natürlich verstehe ich das! Es war nur ein solcher Schock für mich. Ich vermute, ich habe mir nie vorgestellt, du könntest heiraten. Im ersten Moment habe ich mich verraten gefühlt. Wie egoistisch von mir. Ich weiß eben nur, daß ich dich ewig lieben werde, und ich dachte ... ich weiß selbst nicht, was ich mir gedacht habe.«
»Ich werde nie einen Menschen so lieben wie dich. Aber auch ich brauche jemanden. Ich möchte eine Familie haben. Ich will nicht mit ansehen, wie meine Kinder von einem anderen großgezogen werden.« Tränen traten in seine Augen. »Keine andere Frau fühlt so wie du, keine andere Frau küßt so wie du, keine andere Frau kann sich mit dir messen. Es gibt keine zweite Frau auf Erden, die dem Vergleich mit dir stand hielte, die so stark und so geschickt und so eigensinnig ist.«
»Eigensinnig?«
»Wenn du dir etwas vornimmst, dann tust du es auch. Du bist

nicht wie andere Frauen, Hallie. Und du mußt eins wissen: Ganz gleich, wie sich unser Leben von jetzt an gestalten wird – ich werde dich immer lieben.« Er beugte sich vor und küßte sie zärtlich und ohne jede Leidenschaft. »Kannst du versuchen, nett zu Molly zu sein?« fragte er sie.

»Natürlich.« Sie versuchte zu lächeln, doch es gelang ihr nur halbwegs. »Ich mochte sie schon immer. Dennoch überrascht es mich, daß du sie geheiratet hast.«

»Das verstehe ich nicht. Sie ist eine wunderbare Frau.«

»Das bestreite ich nicht.« Hallie fühlte sich matt und schwach. Sie wußte, daß es nicht nur von der Geburt der Zwillinge herrührte.

Tristan stand auf und trat ans Fenster. »Ich treffe mich schon seit vielen Monaten mit ihr. Ich dachte, Susan hätte es dir vielleicht gesagt.«

Hallie schüttelte den Kopf. »Niemand hat mir ein Wort davon erzählt.«

Er drehte sich um und sah sie an. »Laß uns Freunde sein, Hallie. Laß unsere Familien miteinander befreundet sein. Und nur wir beide, du und ich, werden wissen, daß wir in Wirklichkeit *eine* Familie sind.«

»Auf ewig miteinander verbunden.«

Tristan lächelte.

Da Hallie noch zu schwach war, um aus dem Bett aufzustehen, holten sich Molly, Tristan und Chad nach dem Abendessen Stühle ins Schlafzimmer und unterhielten sich. Anscheinend hatten sie beim Essen über die Ausbildung der Kinder geredet, denn darum drehte sich das Gespräch jetzt.

»Ich weigere mich jedenfalls, das zu tun, was alle anderen Großgrundbesitzer und sämtliche Regierungsbeamten tun«, sagte Chad zu Tristan. »Ich werde Jamie nicht nach England schicken, damit er dort zur Schule geht.«

Hallie holte hörbar Luft. »Natürlich nicht«, sagte sie und machte sich klar, daß er sie wieder einmal nicht nach ihrer Meinung fragte.

»Wir werden Lehrer holen und in diesem Land ein Schulsystem begründen müssen, damit hier alle Kinder etwas lernen können«, fuhr Chad fort. »Ich will nicht, daß mein Sohn fast zwanzigtausend Kilometer weit von hier entfernt ist. Ich habe fünf Jahre ohne ihn verbracht. Ich denke gar nicht daran, noch einmal fünfzehn Jahre ohne ihn zu sein.«

»In Sydney gibt es eine ausgezeichnete Knabenschule, und in Parramatta gibt es auch eine, die recht gut ist«, warf Tristan ein.

»Ich werde mich näher damit befassen«, sagte Chad, »aber eigentlich macht mich selbst das nicht glücklich, wenn ich mir vorstelle, daß er dann die ganze Woche über fort wäre. Ich denke mir, wir könnten ihn bei jemandem unterbringen.«

Hallies Herz schien stehengeblieben zu sein. Jamie allein bei Fremden unterbringen? »Ich will nicht, daß er ohne uns aufwächst und bei Menschen lebt, die er nicht kennt, die ihn nicht lieben.«

»Besser Sydney als London«, sagte Chad.

»Dann«, sagte Hallie, die fand, es geschähe zuviel auf einmal, »werde ich mit den Langleys reden. Vielleicht hätten sie nichts dagegen, ihn bei sich aufzunehmen. Sie sind zwar nicht immer in Sydney, aber es gibt eine Haushälterin, die dort wohnt. Laßt mich mit Susan und Harry reden.«

»Nein«, sagte Tristan. »Laßt uns ihn aufnehmen. Laßt ihn zu mir kommen.«

Hallie fand es anstrengend, zwei Babys zu stillen. Sie kam nicht so schnell wieder zu Kräften, und es erschien ihr, als müßten die beiden ständig gestillt werden. Die Babys lagen in einer Wiege im Schlafzimmer, und Chad schlief fast so wenig wie Hallie. Als sie ihm vorschlug, Dannys früheres Zimmer zu benutzen, lehnte er ab. »Ich mag die Geräusche. Ich sehe gern zu, wenn du die Babys stillst. Ich werde mir nie mehr etwas entgehen lassen, was mit Vaterschaft oder Ehe zu tun hat.«

Die Zwillinge kamen um die Zeit zur Welt, um die die Lämmer kamen und alles angepflanzt wurde, zur arbeitsreichsten Jahreszeit. Drei Pferde fohlten, die Kuh kalbte, kleine Ferkel quiekten im Stall, und flauschige gelbe Küken begeisterten die Kinder. Robbie kam, um Jamie aufzuwecken, damit er zusehen konnte, wie das Kalb geboren wurde. Alex lief hinter ihnen her, und ihr folgte Beth.

Zum ersten Mal in all den Jahren, seit sie hier lebte, beteiligte sich Hallie nicht an den Arbeiten. Zum ersten Mal seit fünf Jahren lag die Leitung der Farm nicht in ihrer Hand. Ihr fehlte es nicht nur an Energien, sondern Chad wollte nichts davon hören, daß sie sich »überanstrengte«.

»Ich bin jetzt zu Hause«, sagte er. »Du brauchst all das nie wieder zu tun.«

»Aber ich mache es gern«, protestierte sie.

Er lächelte sie an und schaute auf sie herunter, während sie Wick stillte. »Du hast doch alle Hände voll zu tun.«

Es gab jedoch einen Menschen, der sie immer noch als den Boss ansah: Ben. Eines Sonntags fragte er nach dem Abendessen: »Haben Sie ein paar Minuten Zeit für mich?«

Sie schlenderten auf die Veranda, und er setzte sich neben sie. »Vor ein paar Tagen, als der Doktor und seine neue Frau hier draußen waren, haben sie beim Abendessen über die Schulbildung der Kinder geredet. Seit da an denke ich ständig nach … Wissen Sie, diese beiden Räume hinter dem Laden, die ich nie benutze, außer um Dinge einzulagern – ich denke, aus einem davon könnte man doch ein Klassenzimmer machen.«

Hallie starrte ihn mit offenem Mund an. Monate konnten vergehen, in denen sie kaum einen Gedanken an Ben verschwendete, und dann kam er mit so etwas.

»Es gibt viele Kinder im Tal«, fuhr er fort. »Unsere sind die einzigen, die lesen und rechnen können.« Hallie lächelte über seine Formulierung »unsere Kinder«.

»Wie könnten wir einen Lehrer finden?« fragte Hallie, die sich für die Idee erwärmte.

»Tja . . .« Ben zog den allgegenwärtigen Grashalm zwischen seinen Zähnen heraus. »Ich dachte, das könnte ich übernehmen. Wir könnten den Leuten sagen, daß der Laden dreimal in der Woche an den Vormittagen oder an den Nachmittagen, wie es sich ergibt, geschlossen bleibt. In Notfällen bin ich natürlich trotzdem da, weil ich gleich im Nebenzimmer sitze. Die Leute würden sich schon daran gewöhnen.«

Hallie lehnte sich zurück, kniff die Augen zusammen und musterte ihn. Ban war ihr ein Rätsel.

»Wenn alles klappt«, fuhr er fort, »und wir eine Menge Schüler bekommen, dann müßten wir vielleicht in Erwägung ziehen, uns einen Lehrer für jeden Tag zu holen. Aber es ist eine Schande, ein Land voll Analphabeten und Vollidioten zu haben. Als wären wir im finstersten Mittelalter. Sydney und Parramatta sind zu weit entfernt für die Kinder, um dort zur Schule zu gehen, und außerdem kosten diese Schulen Geld. Die Farmer im Tal können sich das wirklich nicht leisten.«

Hallie bemühte sich, nicht zu lächeln. »Dann täten Sie es also unbezahlt?«

Ben nickte mit ernstem Gesicht. »Wozu brauche ich Geld? Ich habe hier alles, was ich brauche. Ich weiß nicht, wie wir das mit den Büchern anfangen sollen, wenn es Familien gibt, die sie sich nicht leisten können.«

»Ich kann mir denken, daß uns dazu etwas einfällt.«

»Ich dachte mir, daß Sie das sagen.« Zum ersten Mal in all den Jahren, seit sie Ben kannte, stand die Spur eines Lächelns in seinen Augen.

»Natürlich. Nehmen Sie das in Angriff. Ich finde, es ist eine wunderbare Idee. Außerdem sollten die Kinder andere Kinder kennenlernen.«

»Ganz meine Meinung.« Er stand auf und rieb sich die Hände an der Hose. »Ich weiß, daß Jamie zu weit fortgeschritten ist.

Er weiß soviel wie Kinder, die drei oder vier Jahre zur Schule gegangen sind. Für ihn ist diese Schule nichts. Sie haben recht, wenn Sie ihn in die Stadt schicken. Seinen scharfen Verstand sollte man nicht brachliegen lassen.«

»Was ist mit Alex? Sie scheint auch gut denken zu können.«

Ben entging ihr Tonfall nicht. »Allerdings. Vielleicht sollten wir auch Mädchen in der Schule aufnehmen.«

Hallie hatte noch nie davon gehört, daß Jungen und Mädchen gemeinsam in einer Schule unterrichtet wurden. Sie wußte nicht, wie die anderen Eltern reagieren würden, aber ihr schien es richtig zu sein.

»Sie müssen aber daran denken, daß die meisten Farmer nicht anstreben werden, daß ihre Mädchen lesen und schreiben lernen«, fügte Ben mit einer Stimme hinzu, die seine Verachtung für eine solche Denkweise deutlich ausdrückte.

Hallie seufzte. Sie wußte, daß ihre Eltern in Newcastle verspottet worden waren, weil sie versucht hatten, »etwas zu sein, was sie ja doch nicht sind. Wozu soll ein Bergarbeiter lesen lernen? Und dann schicken sie auch noch ihre Töchter in die Schule.« Nun, keins der Kinder hatte nach der vierten Klasse weitergemacht, und sie hatte bis auf das Lesen alles vergessen, was sie dort gelernt hatte, und dann waren ihr Bücher nicht mehr zugänglich gewesen. Selbst an die mathematischen Grundkenntnisse von damals hatte sie sich nicht mehr erinnern können, als Tristan angefangen hatte, sie zu unterrichten.

»Soll ich mit dem Meister darüber reden?« fragte Ben.

Hallies Nackenhaare stellten sich auf. »Das ist nicht nötig. Ich werde es ihm sagen. Ich bin sicher, daß es ihm recht ist. Die Idee ist einfach großartig, Ben.«

Er nickte, stand mit dem Hut in der Hand auf und schlurfte zu den Baracken.

42

In den Monaten seit der Geburt der Zwillinge war Hallie die Rolle der Mutter und Ehefrau zugewiesen worden, und sie war übellaunig und wußte nicht, wohin mit ihrem Tatendrang. Sie vermißte es, täglich mit Brian loszureiten, vermißte es, für Cowarra verantwortlich zu sein, vermißte das Leben im Freien. Chad war den ganzen Tag über fort, und daher gesellte sie sich zu Emil und Danny und stand oft in der Weinkellerei herum. Das Stillen von zwei Säuglingen ließ ihr nicht genügend Energie, die sie für die Arbeit in den Weinbergen gebraucht hätte, in denen dieses Jahr erstmals die Traubenlese stattfinden würde, aber der schmucke Backsteinbau, den die beiden Männer unter Mithilfe von Sträflingen hingestellt hatten, lockte sie an.

Emil schien sein Leben der Herstellung herausragender Weine geweiht zu haben, und Hallie fragte sich oft, wie er darin Erfüllung fand. Der einzige Mensch, mit dem er sich wirklich unterhielt, war Danny, und wenn er sonntags zum Essen ins Haus kam, hatte er nur ein Gesprächsthema.

Hallie persönlich brauchte eine Aufgabe, die sie forderte. Es war nicht etwa so, daß sie keine Freude an ihrer Mutterschaft hatte, aber wenn es auch ihre Seele ausfüllte, dann reichte es doch nicht immer aus, um ihren Verstand zu beschäftigen. Und die fehlende geistige Anforderung schwächte sie in einem Maß, das sie sich nie hätte vorstellen können.

Abgesehen davon, daß sie sich jetzt abgeschoben fühlte, weil Chad die Arbeit wieder übernommen hatte, war sie außerdem verwirrt. Ein Teil des Problems war Tristan, der sie heute nur noch unpersönlich ansah und sie kaum je direkt ansprach. Doch der weit größere Teil ihrer Verwirrung entsprang ihrer Beziehung zu Chad. Es lag auf der Hand, daß ihr seine Heimkehr nicht gepaßt hatte, aber sie litt auch unter den bohrenden Schuldgefühlen, die ihre eigenen Lügen auslösten. Wie würde er sich fühlen, wenn er je die Wahrheit erfuhr? Was würde er dann tun?

Diese Ängste waren jedoch zweitrangig im Vergleich zu den Selbstvorwürfen, die sie sich machte.
Jedesmal, wenn Chad mit ihr schlafen wollte, dachte sie: Du willst doch gar nicht mich. Du willst die Frau, für die du mich hältst, und die bin ich keineswegs. Gleichzeitig genoß sie wider Willen seine Berührungen. Seit er wieder gesund war, strömte er die Vitalität aus, die sie gleich nach ihrer Ankunft auf diesem Kontinent zu ihm hingezogen hatte. Es war keineswegs so, daß er ständig redete, aber die Gespräche drehten sich immer um ihn. Auch Ben hatte mit der Zeit aufgehört, sich an sie zu wenden, er fing jetzt an, Chads Meinung einzuholen.
Sophie und Danny unterhielten sich endlos mit ihm. Hallie fragte sich, was für Gesprächsthemen sie hatten; mit ihr redete er über die Kinder und ab und zu über den Laden. Er redete kein bißchen über die Geschehnisse, die seinen Alltagsablauf ausmachten, oder über seine Zukunftsvisionen, so wie er es vor seiner Abreise nach England auch nicht getan hatte. Abgesehen von der Begeisterung, die er für sein »Schloß« aufbrachte, wußte sie kaum, was er dachte und fühlte. Aber schließlich vertraute sie sich ihm auch nie an.
Wenn sie allein miteinander waren, war er freundlich und liebevoll. Erst zwei Monate nach der Geburt der Zwillinge machte er einen Annäherungsversuch. »Ich weiß, wie anstrengend es für dich sein muß, zwei Säuglinge zu stillen«, sagte er. »Und Tristan hat mir gesagt, du solltest nicht gleich noch mehr Kinder bekommen.«
Sie hatte sich gerade ins Bett gelegt und blickte bei diesen Worten auf. Dann hatte Tristan Chad wohl gesagt, er solle sich von ihr fernhalten, oder?
»Ich habe eine ganze Menge Zeit damit zugebracht, mir Gedanken über uns zu machen, Hallie.« Chad setzte sich neben sie, nahm ihre Hand und sah ihr in die Augen. »Ich habe auch darüber nachgedacht, daß ich dich nur zu berühren brauche, und schon wirst du schwanger. Einmal – einmal in sechs Jahren

– haben wir miteinander geschlafen, und schon hast du die Zwillinge bekommen. Aber in all der Zeit, die ich in England verbracht habe, habe ich mich nach dir verzehrt, nach deinem Körper, nach deinen Küssen. Ich will nicht noch länger auf dich verzichten müssen.« Er beugte sich vor, küßte ihren Hals und fuhr mit der Zunge zart über ihre Haut.
Sie hätte sich gern abgewandt und sagte sich immer wieder, daß er nicht Tristan war. Dennoch lief ihr eine Gänsehaut über den Arm. Seine Finger streiften ihre Brustwarzen. Es war wirklich lange her, fast ein Jahr.
»Ich begehre dich so sehr, daß es ans Unerträgliche grenzt. Tag für Tag sehe ich dich an. Du bist meine Frau, verdammt noch mal, und für den allergrößten Teil unseres gemeinsamen Lebens bist du mir versagt geblieben. Ich will dich verschlingen, ich will dich ganze Nächte lang lieben, ich will ...« Er hielt inne und sah ihr tief in die Augen. »Hallie, wir können uns so lieben, daß du nicht schwanger davon wirst.«
Er zog ihr Nachthemd höher, und seine Finger glitten federleicht über ihre Oberschenkel. »Ich verspreche es dir«, flüsterte er und beugte sich vor, um seine Lippen seinen spielerischen Fingern folgen zu lassen. »Ich verspreche dir, daß du nicht schwanger wirst.«
Sie spürte, wie seine Zunge über die Innenseite eines Oberschenkels glitt, spürte, wie sich seine Zähne zart in das weiche Fleisch gruben, und hörte ihr eigenes Stöhnen. Es tat ja so gut.
Sie spreizte die Beine. Dann schloß sie die Augen und dachte: Ich mache mir vor, daß es Tristan ist ... Und so wurden es Tristans forschende Lippen, Tristans Zunge, die in sie eintauchte, Tristans Finger auf ihren Brüsten, Tristans Worte, als er: »Mein Liebling« hauchte ...
Ihr Körper wand sich und zuckte, als sein Mund über ihren Bauch glitt und er sie mit einer Hand an sein Gesicht preßte, während die andere sie immer noch zwischen den Beinen erkundete und sie zart und rhythmisch rieb. Er zog ihr das Nachthemd ganz aus und schmiegte sich von Kopf bis Fuß an sie. Sie

fand es schön, seinen nackten Brustkorb an ihren Brüsten zu spüren, seine Härte zwischen ihren Beinen zu fühlen. Er küßte sie erst sachte auf den Mund und dann mit einer Gier, die die Leidenschaft wachrief, die sie so lange unterdrückt hatte. Ihre Zungen trafen aufeinander. Seine Hände glitten über ihren Körper und legten sich auf ihre Brüste. Als seine Lippen sich um ihre Brustwarzen schlossen, entflammte sie vor Verlangen. Ihre Glut war entfacht.

»Faß mich an«, flüsterte er und führte ihre Hand.

Er war steif und fest; sie spürte den Puls. Als sie ihre Hand auf und ab bewegte, hörte sie ihn sagen: »O Jesus ...« Seine Lippen glitten über ihren Bauch und wieder zwischen ihre Beine, und er küßte sie dort. Unabsichtlich wölbte sie sich ihm entgegen, gab sich ihm hin, spreizte die Beine und die Arme weit auseinander und wollte ihn überall gleichzeitig spüren: seinen Mund, der sich an sie preßte, seine Zunge, die in sie drang und sich zurückzog ... sie wünschte sich seine Hände und seine Lippen auf ihren Brüsten, sie wollte ihn in sich haben, sie wollte seinen Mund auf ihren Lippen spüren, wie er sie verschlang. Sie hatte jede Kontrolle über ihre Bewegungen verloren, griff nach ihm und schlang ihm die Beine um den Hals.

Sie bewegten sich gemeinsam. Nichts außer ihnen beiden existierte mehr auf Erden. Als seine Zunge sich heftiger und tiefer in sie stieß, spürte sie die wunderbaren warmen Wogen, die über sie hinwegspülten, und sie lernte die Ekstase wieder kennen, als sei es das erste Mal.

Danach konnte sie ihn nicht mehr ablehnen. Nicht hinterher, als sie in seiner Armbeuge lag und sich an die immense Lust erinnerte, die er ihr bereitet hatte. Nicht, als seine Lippen sich zart auf ihre Lider legten. Nicht, als sie hörte, wie sein stoßweiser Atem wieder gleichmäßiger ging, und wußte, daß er am Einschlafen war. Sie konnte die Macht nicht leugnen, die er in solchen Momenten über sie hatte, und sie wollte es auch gar nicht. Sie kostete es genüßlich aus.

Es war mehr als animalisches Kopulieren, aber sie wußte nicht genau, was. Es war wirklich verwirrend, denn sie wußte nicht, was sie für Chad empfand. Aber was es auch sein mochte, sie wußte, daß es nicht Liebe war.

Da sie ständig einen der Zwillinge an der Brust hatte, lehnten sie und Chad die Einladung des Gouverneurs zu seinem zweiten Silvesterball ab, doch in einem anderen Punkt ließ sich Chad nicht beirren. »Ich werde mir am Neujahrstag die Rennen ansehen«, erklärte er am Tag nach Weihnachten. »Ich habe sie schließlich noch nie gesehen. Jamie muß ich ohnehin zu Tristan bringen, denn gleich nach den Feiertagen geht die Schule los.«

Jamie fand es aufregend, zur Schule zu gehen und bei Tristan zu wohnen. Er war den ungestümen Vater noch nicht gewohnt, der ihn abrupt aus seinem friedlichen Dasein gerissen hatte und ihn ständig zu Arbeiten mitnehmen wollte, bei denen sie von einer Horde von Menschen umgeben waren. Er war den rauhen Umgang der Männer miteinander, ihre derbe Sprache und ihre Scherze nicht gewohnt, denn so hatten sie sich nie benommen, wenn seine Mutter dabei war.

Selbst mit seinen sieben Jahren war Jamie schon klar, daß Alex am meisten unter seiner Abwesenheit leiden würde. Er fürchtete sich zwar ein wenig vor seinem neuen Leben, war aber gespannt auf die Abenteuer, die ihm bevorstanden. Alex würde hier auf Cowarra bleiben. Was sie wohl ohne ihn tun würde? fragte er sich. Ob sie sich sehr einsam fühlen würde? In der letzten Zeit hatte sie es sich zur Gewohnheit gemacht, beim Einschlafen seine Hand halten zu wollen. Er war besorgt, was seine Schwester ohne ihn anfangen würde, aber gleichzeitig war er außer sich vor Freude. Wie das Leben in der Stadt wohl sein würde?

Das Wunderbarste war jedoch, daß Tristan ihn eingeladen hatte, bei ihm zu wohnen.

Hallie bezweifelte nicht, daß Jamie später einmal Arzt werden würde. Wahrscheinlich würde Tristan ihn nach der Schule zu

Hausbesuchen und vielleicht sogar ins Krankenhaus mitnehmen. Hallie malte sich aus, wie die beiden abends dasaßen und miteinander redeten. Es war eine solche Ironie des Schicksals. Chad hielt Tristans Einladung für eine edelmütige Geste, und sie fragte sich, ob Tristan nicht einfach aus reinem Egoismus wenigstens bei einem ihrer Kinder die Vaterrolle einnehmen wollte. Vielleicht tat er es aber auch nur, weil er ihren ältesten Sohn sehr mochte.

Als Chad aus Sydney zurückkehrte, hatte er bei den Rennen viel Geld gewonnen und sagte: »Nächstes Jahr lassen wir auch ein Pferd dort laufen. Hallie, du kennst die Pferde. Welchen Einjährigen sollten wir trainieren?«

»Laß mich darüber nachdenken«, sagte sie und war überrascht, daß er sie um Rat fragte.

Danny und Alex spielten noch draußen im Garten. Manchmal ritten die beiden am Nachmittag gemeinsam aus und kamen mit Blumen zurück, die keiner von ihnen je zuvor gesehen hatte und die sie wie Edelsteine in den Händen hielten. Erstaunlicherweise war es gerade Danny, an den sich Alex hielt, wenn Jamie nicht da war – Danny, der ihre Liebe zu den Pflanzen und allem, was wuchs, teilte, Danny, der für seine eigenen zwei Kinder nie Zeit und Geduld zu haben schien. Er gab sich nur zu gern mit Alex ab. »Sie bringt Licht in mein Leben«, sagte er zu Hallie.

Eines Abends stand Chad nach dem Essen auf, ging auf Hallie zu und hielt ihr seine Hand hin. »Komm mit«, sagte er. »Mach einen Spaziergang mit mir. Laß uns ein Stückchen am Bach entlanglaufen.«

Verblüfft nahm sie seine Hand, und er zog sie auf die Füße. Ihr fiel auf, daß Sophie ihnen mit einem unergründlichen Ausdruck in den Augen nachschaute.

Chad ließ ihre Hand nicht los, sondern hängte sich bei ihr ein und legte seine Hand auf ihre. So führte er sie zum Bach, der in der lauen Abendluft leise plätscherte. Als sie an die Biegung

kamen, an der die Frauen nachmittags schwammen, blieb er stehen und drehte sich zu ihr um.
»Hallie, was ist los mit dir?« fragte er mit ruhiger Stimme.
Auf diese Frage war sie derart unvorbereitet, daß sie kein Wort sagte. Ihr fiel beim besten Willen keine Antwort ein. Sie zog ihre Hände zurück.
»Genau das tust du ständig«, sagte er. »Du weichst mir aus. Du weichst allen aus. Du ziehst dich in dein Schneckenhaus zurück. Wohin begibst du dich, wenn du dich so tief in dich zurückziehst?«
Sie stand mit dem Rücken zu ihm da und wußte nicht, was sie sagen sollte. Er schlang die Arme um sie und schmiegte sich an ihren Rücken. »Wo ist die Hallie, die ich gekannt habe? Wo ist die Hallie, die ich will?« Er zögerte. »Tristan hat gesagt, manche Frauen verfielen nach der Geburt in Depressionen. Ist es das? Aber es geht jetzt schon seit Monaten so, Hallie. Die Zwillinge sind mehr als vier Monate alt.«
Dann hatte er also mit Tristan über sie geredet.
Als sie immer noch nichts sagte, fuhr er fort: »Ich habe dich in England besser gekannt, als ich dich seit meiner Heimkehr kenne. Ich habe mich dir dort näher gefühlt als seit meiner Rückkehr.«
»Diese Hallie gibt es nicht mehr«, sagte sie. »Sie hat aufgehört zu existieren, als du sie verlassen hast und sie alle Entscheidungen selbst treffen mußte, als sie die Farm leiten mußte, als es ihre geringste Sorge war, sich um die Kinder zu kümmern und das Haus sauberzuhalten ...«
»Als sie gegen die Überschwemmung und die Dürre angekämpft und ein Imperium von vielen tausend Morgen aufgebaut hat«, ergänzte er.
»Als ich ein ganzer Mensch war und nicht nur eine Kindergebärende ...« Worte, die sie bisher noch nicht einmal gedacht hatte, sprudelten aus ihr heraus, und sie fing an zu weinen.
Chad suchte sein Taschentuch und wischte ihr die Wangen ab,

und dann schlang er die Arme um sie und strich ihr über das Haar, während sie schluchzte. Hallie war verwirrt. Sie hatte geglaubt, ihr ganzes Unglück sei nur darauf zurückzuführen, daß ihr Tristan versagt blieb, und auf den Ehebruch, den sie begangen hatte. Jetzt wurde ihr klar, daß die Gründe nicht so durchsichtig waren.

»O Chad, ich fühle mich so nutzlos. Ich habe mit Begeisterung Entscheidungen getroffen, und ich bin nur zu gern jeden Tag rausgeritten, um mich auf den Weiden umzusehen, die Männer zu überwachen, mir einen Überblick zu verschaffen und zu bestimmen, welche Arbeiten getan werden müssen.« Sie schneuzte sich die Nase. »Es ist nicht etwa so, daß ich die Babys für unwichtig halte ...«

»Aber sie genügen dir nicht, das ist es doch?« Er sah ihr forschend in die Augen.

»Es war immer so, daß ich morgens aufgewacht bin und mehr zu tun hatte, als an einem Tag zu schaffen ist. Jetzt wache ich auf, und ich habe nichts zu tun.« Sie trat zurück und wandte ihre Augen ab. »Beth und Sophie kümmern sich um die Hausarbeiten. Danny – und sogar Alex – kümmern sich um den Garten. Du kümmerst dich um – um unser Leben. Tristan kümmert sich um Jamie. Und ich kümmere mich um die Zwillinge. Es ist, als läge meine gesamte Bedeutung in meinen Brüsten!«

Chad trat an den Bach und starrte ins Zwielicht hinaus. »Liegt es daran, daß wir nicht miteinander reden?« fragte er.

»Nicht miteinander reden?« Augenblicklich ging Hallie in Verteidigungsstellung. »Mir kommt es vor, als redetest du mit allen außer mir. Alle anderen scheinen zu wissen, wie es mit dem Haus vorangeht, das du baust. Es ist immer alles deine Sache, nie unsere.«

Er drehte sich abrupt zu ihr um. »Hallie, jedesmal, wenn ich das Haus auch nur erwähnt habe, schon damals, als ich noch krank war, hast du es als unwesentlich abgetan. Du hast nie das geringste Interesse daran gezeigt.«

»Hättest du mich nicht wenigstens fragen können, ob ich es überhaupt haben will?«

Er schwieg einen Moment lang. »Daran liegt es also.«

Nicht ganz, dachte sie. In erster Linie lag es daran, daß er Chad und nicht Tristan war.

»Das erste Mal, daß du mich je nach meiner Meinung gefragt hast, war, als du überlegt hast, welches Pferd du für das Rennen im nächsten Jahr trainieren solltest. Du hast mich nie gefragt, wie ich die Kinder gern nennen würde. Du hast mich nie gefragt, was ich davon halte, Jamie zur Schule zu schicken. Du hast nie auch nur ein Wort dazu gesagt, was ich in deiner Abwesenheit alles auf Cowarra getan habe. Du triffst immer deine Entscheidungen – und das war auch schon so, ehe du fortgegangen bist – und erzählst mir erst hinterher davon. Und du scheinst zu glauben, daß mir alles, was du entscheidest, recht ist, oder wenn nicht, dann mußt du glauben, meine Meinung sei unwichtig.«

Chad starrte sie an, ehe er ihr eine Hand auf die Wange legte: »Wie nachlässig von mir, daß ich dir nie gesagt habe, was ich von deinen Errungenschaften auf der Farm halte. In all den Jahren, die ich in England verbracht habe, hat es mich verdrossen, daß alles stehenbleibt, daß ich nicht an der Verwirklichung meines Traums weiterarbeiten kann. Ich bin nach Hause gekommen und habe mehr vorgefunden, als ich mir je erträumt hatte – und all das war ohne mein Wissen vor sich gegangen. Vielleicht war das schwierig für mich, Hallie. Aber ich bin auch dankbar, überrascht und begeistert. Es ist nicht leicht, wenn ich mir vorstelle, daß ich in mir einen Helden gesehen habe, der in einem neuen Land ein Imperium aufbaut, und wenn ich dann sehe, daß meine Visionen übertroffen worden sind – von einer Frau.«

»Was soll denn gegen Frauen einzuwenden sein?« fragte Hallie mit den Händen in den Hüften.

Chad lachte, aber es klang gezwungen. »Offensichtlich nichts. Da durchbrichst du alle Regeln, Hallie. Aber du läßt mich auch mein Gefühl dafür in Frage stellen, wer … wer ich bin. Mir ist wohler zumute, wenn du Säuglinge stillst und ihnen eine Mutter bist. Auf dem Gebiet stellst du keine ... Bedrohung für mich dar.«

»Eine Bedrohung?« wiederholte sie entgeistert.

»Mir war weit wohler zumute, als ich dachte, du fühlst dich mir verpflichtet. Ich war der Held, der dich vor der Trostlosigkeit in Newcastle gerettet hat, der dich vor dem trübsinnigen Alltag bewahrt hat.« Sein Lächeln wirkte traurig. »Ich habe dir ein neues Leben bieten können, Abenteuer, eine Chance, die du ohne mich nie gehabt hättest. Diese Rolle hat mir recht gut gefallen. Ich wußte, als ich dich gebeten habe zu kommen, daß du mir dankbar sein wirst. Und wir waren doch glücklich miteinander, oder nicht?«

Hallie nickte. Plötzlich erschien ihr Chad .... verletzbar, etwas, was sie sich bei ihm nie hätte vorstellen können. »Ja, ich war glücklich. Es hat mich alles begeistert.«

»Aber heute ist es nicht mehr dasselbe, oder? Ich bin noch derselbe wie vor meiner Englandreise, aber du nicht mehr. Und ich wußte nicht, wie ich damit umgehen soll. Du bist mir fremd geworden, Hallie. Ich dachte, es macht dich glücklich, daß ich deine Mutter und Danny mitbringe. Aber sogar sie haben ... Hallie ...« Er nahm ihre Hände. »Sag mir, was ich tun soll. Ich werde alles auf Erden versuchen, um dich glücklich zu machen.«

Aber sie konnte ihm das nicht sagen. Das Leben war viel zu kompliziert für eine simple Antwort.

Laß uns die Zeit zurückdrehen, hätte sie gern ausgerufen, und geh nicht nach England. Laß mich nicht fünf Jahre allein, in denen ich meine Liebe zu Tristan entdecke. Laß mir nicht die Zeit, dir untreu zu sein, laß mich nicht in deiner Abwesenheit mich selbst so viel besser kennenlernen. Laß uns die Zeit zurückdrehen und noch einmal von vorn anfangen und nichts von den Dingen tun, die uns geschadet haben. Laß uns die Unschuld wiederfinden.

Aber sie wußte, daß die Unschuld, wenn man sie einmal verloren hat, unwiederbringlich ist.

43

Im zweiten Jahr nach Chads Rückkehr interessierten sich alle für die Traubenlese. Es war, wie Emil immer wieder betonte, ein nahezu perfektes Jahr für den Weinbau gewesen. Danny wich nicht von seiner Seite. Mehr zu sich selbst als zu Dannys Belehrung sagte Emil: »Manchmal führt ein Tag Zuckerbildung mehr zu dem perfekten Wein, und ein anderes Mal werden die Trauben an einem weiteren Tag so trocken, daß der Wein kaum noch trinkbar ist.«

Seit fast einem Jahr trafen die Maschinen ein. Dann kam der Tag, an dem Emil sagte: »Heute beginnen wir mit der Ernte.« Jeder, der ihm nahestand, konnte seine Aufregung sehen. Er wirkte wie ein Hauptdarsteller mit Lampenfieber.

Hallie pflückte am Morgen an Dannys Seite Trauben. Alle Trauben dieser ersten Ernte waren für Burgunder bestimmt. »Wir werden uns am besten Cabernet Sauvignon außerhalb von Europa versuchen«, gelobte Emil. »Und wir werden uns auch am Semillon probieren, aber berühmt werden wir mit den Burgundersorten.«

Erst im Mai würde der Wein in die Eichenfässer gegossen und im Sommer darauf in Flaschen abgefüllt werden. Nach einem Jahr konnte man ihn dann trinken.

Sechs Jahre, dachte Hallie, für eine Flasche Wein.

Insgesamt sechs Jahre Arbeit und Träume, und es bestand keine Garantie, daß man ein mehr als nur trinkbares Ergebnis erzielte. Emil interessierte sich für nichts anderes als seine Trauben. Er war besessen von der Idee, einen Wein herzustellen, den die Welt als erstklassig anerkennen und der Australien die Bewunderung und den Respekt von Weinkennern und Gourmets aus allen Ländern eintragen würde.

Hallie vermißte Jamie entsetzlich, doch er genoß es, in der Stadt zu sein, sowohl wegen der Schule und seiner neuen Freunde als

auch, weil Tristan ihn in die Erwachsenenwelt der Medizin und der Politik einführte. Tristan hatte ihn bereits bei einer Operation zusehen lassen und nahm ihn nach der Schule zu Hausbesuchen mit, wie Hallie es vermutet hatte.
»Ich wünschte, wir lebten auch in der Stadt«, klagte Tess, deren Mann in einem Land, in dem er das ganze Jahr lang draußen im Sonnenschein arbeiten konnte, zu neuem Leben erwacht war. »Ich habe wirklich gar nichts vom Leben.«

Eines Abends, Ende März, nahm Ben Hallie zur Seite und sagte: »Vielleicht sollten Sie Etta Colton mal besuchen. Ich glaube, daß Will sie schlägt.«
Im ersten Moment war Hallie schockiert. Warum hätte ein Mann seine Frau schlagen sollen? Und dann stellte sie fest, daß es sie überhaupt nicht wunderte. Sie erinnerte sich an Ettas Ohr und an den gehetzten Blick in ihren Augen.
»Ich denke mir, ihr Arm könnte gebrochen sein«, sagte Ben beiläufig.
Daraufhin machte sich Hallie am nächsten Morgen mit Sophie und den Zwillingen auf den Weg zu den Coltons. Es war ein ungewöhnlich heißer Märztag, und die Herbstregen hatten noch nicht eingesetzt. Sophie blickte zum Himmel auf und bemerkte: »Einen schöneren Tag kann man sich einfach nicht denken. Ich weiß nicht, wie jemand bei diesem Wetter nicht glücklich sein kann. Vorausgesetzt, man ist gesund.«
»Dann bist du froh darüber, daß du hergekommen bist?« fragte Hallie.
Sophie sah ihre Tochter an, die die Zügel locker in der Hand hielt. Die Säuglinge lagen hinten im Wagen und schliefen. »Merkst du das denn nicht selbst? Es ist, als sei ich neu geboren, in ein ganz neues Leben hinein. Ich bin aus etwas rausgekrochen, aus meiner Haut, aus meinem Kopf, ich weiß es nicht. Ich bin dreiundfünfzig Jahre alt, und in meinem Innern weiß ich, daß ich ein neues Leben beginne.«

»Was meinst du mit beginnen?«
Sophie lachte. »Ich weiß, daß das nicht einleuchtend klingt. Siehst du, wie ich abends rumsitze und kein Strickzeug in den Händen halte? Ich habe nicht das Gefühl, ständig etwas tun zu müssen. Ich glaube, ich ruhe mich aus und sammele Kräfte für den nächsten Schritt. Ich eile nicht umher und kümmere mich um andere. Niemand braucht mich . . .«
»Stört dich das denn nicht?« fragte Hallie.
Sophie schüttelte mit strahlenden Augen den Kopf. »Mir gefällt das. Ich habe Zeit für mich selbst. Ich glaube, früher habe ich mich gar nicht gekannt. Vielleicht war ich gar niemand. Ich war die Tochter meines Vaters, bis ich Dada geheiratet habe. Dann war ich die Frau von Mr. Thomas. Und die Mutter von euch allen . . . die Mutter meiner neun Kinder. Alles, was ich getan habe, war für andere. So waren alle Frauen, die ich kannte. Ich habe mich nicht ausgenutzt gefühlt. Es hat mir nichts ausgemacht. Als Dada gestorben ist, hatte ich Angst, niemand würde mich mehr brauchen, und ich würde von meinen Kindern abhängig sein, die mich bald satt haben könnten. Ich habe gefürchtet, daß ich nirgends mehr hingehöre. Im ersten Jahr hat er mir so furchtbar gefehlt. Es war, als hätte auch mein Leben aufgehört.«
Sie schwieg einen Moment lang und schaute in die Weite hinaus, die vor ihr lag. »Weißt du«, sagte sie schließlich, »ich dachte wirklich, ich käme nach Australien, um zu sterben. Ich würde mich eine Zeitlang um deine Kinder kümmern, vielleicht auch um dich und um Dannys Kinder. Meinen jüngsten Kindern nah sein und ihnen vielleicht eine größere Hilfe sein, als ich es gewesen wäre, wenn ich in Newcastle geblieben wäre. Ich sitze oft auf der Veranda«, sagte sie lachend, »aber statt einfach auf einem Schaukelstuhl alt zu werden, habe ich das Gefühl, es tut mir gut, eine Zeitlang nur zu tun, was mir Spaß macht«, fuhr die ältere Frau fort. »Es gefällt mir, daß ich nicht ständig den Wünschen anderer nachkommen muß. Ich liebe es, mich einfach nur

umzusehen und mir keine Sorgen machen zu müssen, wir könnten nicht genug zu essen haben. Mir macht das Gefühl Spaß, überall dazuzugehören. Neue Dinge zu lernen, zum Beispiel das Reiten. Das Lesen. Menschen kennenzulernen ... Beth, Ben, Emil, Brians Familie – und insbesondere Robbie. Alles Leute, wie ich sie zu Hause nie kennengelernt hätte. Der Doktor. Bei uns zu Hause wäre nie ein Arzt zum Abendessen gekommen. Kein Bankier. Sogar den Gouverneur habe ich schon kennengelernt. Alles Dinge, die nie passiert wären, wenn ...« Sophies Stimme verklang.

Inzwischen sperrte Hallie vor Staunen den Mund auf.

»Und wenn es das nächste Mal gilt, eine Entscheidung zu treffen«, schloß Sophie, »wenn ich soweit bin, dann werde *ich* entscheiden, was ich mit meinem Leben anfangen will. Und all das habe ich nur deinem Mann zu verdanken, Hallie. Er ist der wunderbarste Mann, der mir je begegnet ist. Er ist nicht so wie andere Männer. Nicht nur irgend jemand. Aber«, sagte sie und schaute zum Himmel auf, »du liebst ihn nicht, stimmt's?«

Diese Frage überraschte Hallie. Sie und ihre Mutter hatten seit Sophies Ankunft über nichts Persönliches geredet. »Was hat die Liebe mit der Ehe zu tun?« entgegnete sie. »Ich bin hergekommen, um einen Mann zu heiraten, an den ich mich nicht erinnern konnte, jemanden, den ich nicht gekannt habe. Warst du denn in Dada verliebt?«

»Ah«, sagte Sophie, »zwischen Verliebtheit und Liebe liegen Welten. Ich war nie ›verliebt‹. Aber ich habe ihn geliebt. Im Lauf der Jahre immer mehr. Aber ich vermisse ihn nicht mehr, Hallie. Du wirst mich zweifellos für einen furchtbaren Menschen halten, aber mir tut es nicht leid, daß er zu dem Zeitpunkt gestorben ist, zu dem er gestorben ist. Andernfalls hätte ich wahrscheinlich nie angefangen, zu mir selbst zu finden.«

»Ich glaube, das verstehe ich ...« Hallie dachte an die Jahre, in denen Chad fort gewesen war. Sie lächelte kläglich. Später würde sie sich dieses Gespräch noch einmal durch den Kopf gehen lassen, eine Weile darüber nachdenken müssen, um mehr Verständnis für diese Frau aufzubringen, die sie seit siebenundzwanzig Jahren kannte.

»Also, ich kann nicht verstehen, wie es kommt, daß du diesen Mann nicht liebst, mit dem du verheiratet bist«, sagte Sophie. »Wenn er mir gehören würde, wäre ich in ihn ›verliebt‹, Hals über Kopf verliebt, und ich hielte mich für die glücklichste Frau auf Erden.«

In dem Moment sahen sie die Hütte der Coltons.

Kein Laut war zu hören. Hallie stellte fest, daß die Felder ordentlich bestellt waren und das Heu kurz vor der Ernte stand. Der Garten war gepflegt. Die Haustür stand trotz des schönen Wetters nur einen Spalt weit offen. Als Hallie anklopfte und niemand antwortete, öffnete sie die Tür, und Etta und ihre drei Kinder kauerten in einer Ecke.

»Meine Güte, Etta!« Hallie eilte zu ihr.

Etta schien gelähmt zu sein. »Du bist es, Hallie«, murmelte sie, und ihre Stimme drückte Erleichterung aus.

Als Hallie die Hände ausstrecken und sie vom Boden hochziehen wollte, hielt Etta ihr den rechten Arm hin. Der linke hing an ihr herunter, und Hallie sah, daß sie Schmerzen hatte.

Hallie starrte sie schockiert an. Etta war ungewaschen, hatte schmutziges Haar und roch nach geronnener Milch. Sie preßte ihr kleinstes Kind an sich, das sich über sie erbrochen hatte, machte aber keine Anstalten, aus der Ecke herauszukommen. Mary Ann und der kleine Junge hielten sich an ihrem Rock fest und sahen Hallie scheu an.

»Was hat er dir getan?« fragte Hallie wutentbrannt.

Tränen traten in Ettas Augen. »Es ist meine Schuld, Hallie. Ich bin ihm keine gute Frau. Ich ...«

»Von mir aus kannst du einen Mord begangen haben!« rief Hallie aus. »Was er auch getan haben mag – das hätte er nicht tun dürfen. Du brauchst einen Arzt für deinen Arm.« Als Etta sich zu ihr umdrehte, sah Hallie, daß ihre Backe violett geschwollen war und daß sie ein blaues Auge hatte. »Oh, mein Gott!»

Die Kinder wirkten genauso verängstigt wie Etta. Mary Ann war mit ihren sechs Jahren so dürr, daß sie ausgemergelt wirkte. Das kleine Mädchen hatte Narben auf dem Bein. Alle waren barfuß.

»Ich habe meine Mutter und meine Zwillinge zu einem Picknick mitgebracht«, erklärte Hallie hastig, »aber wir bleiben nicht hier. Ich lade euch auf und nehme euch mit zu mir nach Hause.«

Etta schüttelte heftig den Kopf. »Nein, nein«, sagte sie mit einer matten, rauhen Stimme. »Wir können nicht fortgehen. Er würde uns umbringen.«

»In meinem Haus kann er euch nicht umbringen«, sagte Hallie. »Komm mit, eil dich, ehe er nach Hause kommt. So kannst du nicht weiterleben.«

»Ich kann nicht mitkommen«, sagte Etta zitternd. »Das würde er nicht zulassen. Er würde uns holen und dann ... o Hallie, wenn ich es bloß lernen könnte, besser zu putzen und zu kochen, wenn ich bloß aufhören könnte, Fragen zu stellen oder nein zu sagen, auch innerlich ... wenn ich es lerne, ihm eine bessere Frau zu sein, wird er damit aufhören. Er sagt, er tut es nur, um mir beizubringen, wie ich eine gute Ehefrau werden kann.«

Hallie sah plötzlich Beth vor sich, was sie durchgemacht hatte. Sophie, die in der Tür gestanden hatte, kam plötzlich schnell ins Haus. Ohne ein Wort zu sagen, nahm sie den kleinen Jungen auf den Arm und Mary Ann bei der Hand. »Eilt euch«, sagte sie.

Etta war so schwach, daß sie nicht auf den Wagen steigen konnte, und Sophie und Hallie mußten sie mit vereinten Kräften heben. Als sie die Kinder aufgeladen hatten, sagte Sophie zu Hallie: »Eil dich, laß uns losfahren. Diese ganze Farm macht mich nervös.«

Hallie wünschte, sie hätte ein Pferdegespann mitgebracht; sie waren so viele, daß die Stute nicht schnell vorankam. Sie hörte Etta leise weinen und vor sich hin murmeln: »Es ist nicht seine Schuld. Er versucht nur, mir beizubringen, wie ich eine gute Frau werde. Ich bin schlecht, Hallie. Und die Kinder sind auch schlecht.«

Hallie drehte sich um und sah sich die schlechten Kinder an, und sie sah dürre Kerlchen, die sich mit entsetzten Augen zusammenkauerten und an ihre Mutter klammerten. Der kleine Junge hatte angefangen zu weinen, aber Mary Ann sah nur starr vor Grauen vor sich hin. Plötzlich sah Hallie in der Ferne einen Schatten zwischen den Bäumen hinter dem Stall auftauchen.

»Verdammter Mist«, flüsterte sie.

Sophie, die Hallie noch nie fluchen gehört hatte, drehte sich um und sah eine Gestalt auf das Haus zulaufen, das nur noch ein Punkt in der Ferne war. »Eil dich«, trieb sie Hallie an.

»Schneller kann Sable uns nicht ziehen.« Und das war keineswegs schnell. In weniger als fünf Minuten konnten sie Hufe hören, aber Hallie hielt nicht an.

Als Will Colton sie eingeholt hatte, ließ er seine Peitsche durch die Luft sausen. Hallie zuckte zusammen, hielt aber trotzdem nicht an. Sie drehte sich zu ihm um und rief: »Kommen Sie mir bloß nicht zu nah, Will Colton!«

Er ritt direkt vor Sable und hielt sein Pferd an. Sable blieb ebenfalls stehen. »Guten Tag, Hallie ...« Er beugte sich vor und zog seinen Hut. »Wir haben Sie schon lange nicht mehr gesehen. Wie ich sehe, machen Sie eine kleine Spazierfahrt mit meiner Familie.«

»Will Colton, ich bringe Ihre Familie in mein Haus«, fauchte Hallie. »Geben Sie mir den Weg frei.«

Er rührte sich nicht. Unter stahlharten Augen verzogen sich seine Lippen zu einem Lächeln. »Nein, das werden Sie nicht tun, Hallie. Ich gebe meine Erlaubnis nicht. Meine Familie verläßt nur mit mir gemeinsam das Haus. Komm, Etta.« Seine Stimme war gemäßigt, geradezu freundlich.

Etta stand auf und wollte mit dem Baby vom Wagen steigen.
»Nein.« Hallie hielt sie fest. »Tu das nicht, Etta.«
»Siehst du, Etta«, sagte Will aalglatt, »genau das meine ich. Du mußt noch viel lernen und dich sehr anstrengen, um gut zu sein. Wenn du mit Hallie wegfahren wolltest, dann zeigt mir das, daß du nicht brav gewesen bist. Komm schon, steig mit den Kindern ab.« Er wandte sich nicht direkt an die Kinder. »Und ihr werdet zu Fuß zurücklaufen, wie eine brave Familie.«
»Nein«, sagte Hallie.
»Ich muß gehen, Hallie«, sagte Etta flehentlich, und in ihren Augen stand helle Panik.
»Ich bringe dich nicht zurück«, sagte Hallie.
»Natürlich werden Sie das nicht tun«, sagte Will. »Sie wird mit den Kindern laufen. Ein schöner Tag für einen Spaziergang.«
»Sie sind alle barfuß. Es ist eine Meile, durch stacheliges Gras.«
Wills Mund verzog sich. »Was man sät, das wird man ernten.«
Als Hallie sah, daß sie Etta unter keinen Umständen überreden konnte, seufzte sie. »In Ordnung, ich fahre euch zurück.«
»Nein«, sagte Will. »Das werden Sie nicht tun. Und Sie werden auch nicht mehr zu Besuch kommen, Hallie. Sie haben versucht, meine Familie auseinanderzureißen, und Sie haben sich alles andere als gutnachbarlich verhalten. Sie haben meine Kinder entführt ...«
»Etta braucht einen Arzt«, sagte Hallie, die vor Wut hätte weinen können.
»Was ich mit meiner Familie tue, ist *meine* Angelegenheit, Hallie, nicht Ihre. Der Herr hat beschlossen, sie dafür zu strafen, daß sie eine schlechte Frau ist. Aber sie lernt schon dazu, das glaube ich wirklich. Stimmt's, Etta?«
Als seine Frau nicht ihn ansah, sondern vor sich zu Boden, sagte er mit einer Stimme, die so glatt war, daß Hallie die Drohung kaum heraushören konnte: »Du lernst doch dazu, Henrietta?«
Sie nickte stumm.

»Sag es!«
»Ich lerne dazu.« Etta blickte nicht auf.
Will lachte. »Sie macht nur langsam Fortschritte, aber ich denke, sie wird es schaffen.«
»Will Colton, ich werde jedem erzählen, daß Sie Ihre Frau schlagen«, sagte Hallie wutentbrannt. »Ich werde einen Magistrat zu Ihnen rausschicken.«
»Ich habe gegen kein Gesetz verstoßen. Was ich mit meiner Familie mache, geht niemand anderen etwas an.«
»Ich werde mich aber einmischen.«
Er sah sie an, und das Lächeln war von seinen Lippen gewichen. »Sie wissen gar nicht, wie leid Ihnen das noch tun wird. Lauf los, Etta, setz dich in Bewegung.«
Er ließ die Peitsche wieder durch die Luft zischen; alle zuckten bei diesem Laut zusammen. Julie und Wick weinten jetzt, und Sophie nahm sie in die Arme. »Laß uns fahren«, flüsterte sie. »Bitte.«
Hallie sah sie und die Zwillinge an, ehe sie Etta und ihre drei Kinder anschaute, die durch das stachelige Gras liefen. Sie hörte, daß der kleine Junge weinte und jetzt schon sagte: »Mein Fuß blutet ...« Weder sie noch Sophie redeten auch nur ein Wort auf der Heimfahrt.
Um die Mittagszeit kamen sie zu Hause an. Hallie lief auf der Veranda auf und ab und erwartete Chads Heimkehr. Am Nachmittag konnte sie ihre eigene Unruhe nicht mehr ertragen, und daher ritt sie zum Laden, um mit Ben zu reden.
»Sie hatten recht«, sagte sie zu ihm. »Will schlägt sie.« Sie berichtete ihm, was sich abgespielt hatte. »Was können wir tun? Was glauben Sie, was sich gesetzlich machen läßt?«
Darüber wußte er nicht mehr als Hallie, aber er war ebensosehr wie sie entschlossen, etwas zu unternehmen. Als sie Chad nach dem Abendessen daraufhin ansprachen, sagte Chad jedoch: »Es gibt nichts, was wir tun können. Es ist seine Familie. Wir können Tris hinschicken und hoffen, daß Will ihn Ettas Arm

behandeln läßt, aber rechtlich können wir überhaupt nichts unternehmen.«

»Chad«, sagte Hallie und klammerte sich an seinen Arm, »wir *müssen* etwas tun, um diese Frau und diese Kinder zu retten.«

Er sah sie an. »Mein Liebes, es gibt absolut nichts, was wir tun können. Das Gesetz ist auf seiner Seite.«

Am nächsten Tag entschloß sich Hallie, nach Parramatta zu reiten. Als Alex davon hörte, fragte sie: »Darf ich mitkommen?«

»Natürlich, mein Liebling.« Hallie freute sich sehr darüber. »Aber wir reiten nicht nach Sydney, und Jamie wirst du nicht sehen.«

»Das ist schon in Ordnung«, erwiderte die kleine Sechsjährige. »Ich bin schon lange nicht mehr in der Stadt gewesen.«

»Und was ist mit mir?« fragte Sophie und sah Alex lächelnd an. »Darf ich auch mitkommen?«

»Natürlich, Mum!« Alex hatte den Namen, mit dem Hallie sie ansprach, von Anfang an übernommen. Sie kicherte. »*Mich* brauchst du doch nicht zu fragen.«

Sie nahmen den Wagen und kamen am frühen Nachmittag an. Zum Glück war Susan dort und nicht in Sydney. Sie hatte Kara und ihr kleinstes Kind bei sich. Christopher ging jetzt in Sydney zur Schule. »Wenn wir hier sind«, sagte sie, als sie Hallie umarmte, »bleibt Christopher bei den Faulkners, bei Molly. Er ist an sie genauso wie an mich gewöhnt. Er und Jamie kommen gut miteinander aus. Ich vermisse Molly. Sie hat so eine wunderbare Art, mit Babys umzugehen.«

»Schön, dich zu sehen, Hallie«, sagte Harry, der eben eingetreten war.

»Eigentlich bin ich gekommen, um dich zu sehen, Harry. Tristan hat uns erzählt, du seist zum Magistrat ernannt worden.«

Harry nickte. »Ich hoffe, ich bin ein gerechterer Richter als Marsden ... brauchst du rechtliche Beratung?«

»Hat das nicht Zeit?« warf Susan ein. »Bis nach dem Abendessen?«

Hallie wollte keinen Moment länger warten. Sie lief im Zimmer auf und ab und berichtete ihnen von Etta Colton.

»Und was willst du von mir?« fragte Harry stirnrunzelnd, als sie ausgeredet hatte.
»Tu irgend etwas! Hol sie von diesem Mann fort. Irgend etwas muß man zu ihrem Schutz doch tun können.«
Harry zog an seinem Schnurrbart. »Ich fürchte nein. Es ist seine Familie. Er hat gegen kein Gesetz verstoßen.«
»Den Arm kann er ihr brechen, und ein Gesetz bricht er damit nicht?« fragte Hallie ungläubig.
Harry sah sie an. »Es ist seine Familie«, sagte er noch einmal.
»Harry ...« Hallie erhob die Stimme. »Hörst du eigentlich, was du da sagst? Du läßt ihn sie schlagen und verstümmeln und seine Kinder halb zu Tode ängstigen? Was müssen wir tun, warten, bis er sie umbringt?«
Harry nickte. »So etwa sieht es aus.«
Susan nahm Harrys Hand. »Es muß doch etwas geben, was wir tun können.« Ihre Stimme war zart und flehentlich.
Harry schüttelte den Kopf. »Wir können nichts tun. Es ist seine Familie.«
»Ich gehe zum Gouverneur«, sagte Hallie mit gepreßter Stimme.
»Der kann auch nichts tun«, sagte Harry. »Hallie, versteh, daß es ...«
»... seine Familie ist, ja, das weiß ich selbst. Um Gottes willen, Harry!« Hallies Stimme war schneidend. »Diese Menschen sind doch nicht sein Eigentum, oder? Sie sind doch keine Sklaven, oder?« Ihre Stimme klang sarkastisch.
»Sie könnten es ebensogut sein«, erwiderte Harry mit ausdrucksloser Stimme. »Etta hat schlicht und einfach keine Rechte.«
Hallie sah ihn lange Zeit an; Susan ließ seine Hände los. »*Ich* hatte Rechte. Du hast mich Land kaufen lassen. Du hast mir Geld geliehen. Du hast mir grünes Licht gegeben, den Laden zu eröffnen. Du hast mich Schafe kaufen lassen. Du hast meinen Kreditrahmen erweitert.«
»Ja, nun ...«, sagte Harry, ohne ihr in die Augen zu sehen. »Chad war fort.«

»Meinst du damit, nachdem Chad jetzt wieder zu Hause ist, könnte ich nichts von alledem tun?«
»Nicht ohne seine Erlaubnis.«
Das Schweigen zog sich peinlich in die Länge. Schließlich ergriff Susan das Wort.
»Was wäre – wenn du mich vergewaltigen würdest?«
Sophie war so schockiert über diese Frage, daß sie hörbar nach Luft schnappte.
»Du weißt, daß ich das niemals täte.« Harrys Stimme klang gequält.
»Natürlich weiß ich das. Aber was wäre, wenn du nicht du wärst? Was wäre, wenn ich es nicht wollte . . . und du mein Nein nicht als Antwort gelten ließest? Was wäre dann?«
»Ich würde lediglich meine ehelichen Rechte geltend machen.«
»Mit anderen Worten, Männer können mit Frauen so ziemlich alles tun, was sie wollen?« Hallies Frage klang mehr nach einer Feststellung.
»Ich hoffe, beim Mord hört es auf«, sagte Harry. Er spürte, daß über ihn verhandelt wurde und daß er zu Unrecht verurteilt wurde. »Ihr wißt doch, daß das nicht meinem Empfinden entspricht. Ihr fragt mich nach der Rechtslage.«
»Und du sagst, daß wir nichts unternehmen können, was dazu beiträgt, eine Frau und ihre Kinder zu retten . . .« Hallies Stimme war von Zorn erfüllt. »Nicht das geringste.«
»Richtig«, sagte er. »Nicht das geringste.«

44

Ende des nächsten Jahres, 1820, hatte Chad sein Herrenhaus fertiggestellt. Alex war acht und besuchte gemeinsam mit zwölf anderen Kindern drei Vormittage in der Woche Bens Schule. Sie gehörte zu den drei einzigen Mädchen.
Emil hatte befunden, die beiden ersten Weinlesen seien von

herausragender Qualität. Danny verbrachte ebensoviel Zeit wie er in den Weinbergen und so gut wie keine Zeit mit Tess, die weiterhin ständig nur klagte. Gegen ihre Proteste besuchten Pam und Roger gemeinsam mit Alex die Schule.

Jamie verbrachte eine Woche im Monat und sämtliche Schulferien auf Cowarra. In Sydney fühlte er sich ebensosehr zu Hause und war nicht nur einer der Klassenbesten, sondern kam auch in den Genuß von Tristans und Mollys überschwenglicher Zuneigung, obwohl sie inzwischen selbst Kinder hatten, Megan und William.

Julie und Wick waren einander so ähnlich, wie man es sich nur irgend denken konnte. Sie widersetzten sich schon im Alter von zwei Jahren jedem Verbot und jeder Einengung. Der einzige Mensch, dem sie immer gehorchten, war Alex, die ihnen stundenlang vorlas, sie an der Hand nahm und auf ihr Pony setzte und sie im Kreis umherführte und in ihnen die Freude daran weckte, zuzusehen, wie eine Blume ihre Blütenblätter öffnete, oder den Gesang eines Vogels zu hören.

Von allen Seiten wurden sie mit Liebe und Zuneigung überschüttet. Beth bemutterte sie so liebevoll, wie sie es schon bei Jamie und Alex getan hatte, und Sophie war nie zu beschäftigt, um sich Zeit für sie zu nehmen oder sie an sich zu drücken. Ben redete mit ihnen wie mit Erwachsenen und behandelte sie mit größtem Ernst. Aber sie gaben sich nie mit dem zufrieden, was sie bekamen.

Chad himmelte die beiden an. Einer der Zwillinge saß oft vor ihm im Sattel. Wie Ben hörte auch er ihnen mit großem Ernst zu, aber im Gegensatz zu Ben brachte er sie zum Lachen und weckte ihre Fröhlichkeit, lehrte sie Respektlosigkeit gegenüber Konventionen und Stolz auf die eigene Individualität. Er hatte eine Hündin ungewisser Herkunft als Gefährtin für Gently mitgebracht, und jetzt tollten ständig sechs oder sieben Hunde um die Kinder herum.

Ein weiterer Sohn, Garth, war vier Monate alt. Hallie fragte sich, ob sie ihr Leben lang stillen müßte. Mit einem Säugling an der Brust konnte sie keine Spritztouren nach Sydney unternehmen, und mit Tristan hatte sie seit mehr als einem Jahr nicht mehr unter vier Augen gesprochen, seit dem Tag nicht mehr, an dem sie ihn zu den Coltons geschickt hatte, damit er sich Ettas Arm einmal ansah. Und das war Hallies Meinung nach eher tragisch ausgegangen. Will Colton hatte sich geweigert, Tristan seine Erlaubnis zu geben, daß er den Arm seiner Frau noch einmal brach und geraderichtete, und daher hing er jetzt unbrauchbar an Ettas Seite herunter. Hallie war nach diesem einen Zwischenfall nicht mehr dort gewesen, träumte aber nachts noch davon.

Hallie mußte zugeben, daß Chads Haus genauso aussah, wie sie sich ein Herrenhaus vorgestellt hätte. Sie hatte nie geahnt, daß man in so großen Häusern leben konnte. »Wir werden uns darin verirren«, bemerkte sie erstaunt.

»Dann werde ich dich eben in allen Ecken und Winkeln suchen, bis ich dich wiederfinde«, sagte Chad und schlang die Arme um sie.

Das prächtige Haus war an dem Hang gebaut, unterhalb dessen der Bach in den Fluß einmündete. Es hatte drei Stockwerke und war vorwiegend aus Sandstein, der jedoch mit Backstein durchsetzt war. An der Westseite zierte den zweiten Stock ein rundes Türmchen, das Chad als Schlafzimmer für sich und Hallie entworfen hatte – groß und rund, mit Sprossenfenstern und einem Ausblick auf das Tal, den Fluß und die Berge im Westen. Eine lange Auffahrt wand sich von der Talsohle zum Haus und war beidseits von jungen Eukalyptusbäumen gesäumt.

In den Strahlen der untergehenden Sonne ähnelte das Haus einer Auslage von funkelnden Juwelen, die violette, rote, blaue und rosa Schattierungen hatten.

Eine breite, rechteckige Veranda aus Sandsteinblöcken zog sich mit einem schmiedeeisernen Geländer an der ganzen Fassade entlang, und dort hießen Topfpflanzen und gelbweiß gestreifte

Stühle, die überall herumstanden, Besucher willkommen. Wenn in der Dämmerung die hohen Lampen angezündet wurden, fand Emil, es erinnerte ihn an die Burgen am Rhein.
Die gewaltige Eingangshalle mit ihrem blinkenden Parkettboden, auf dem Perserteppiche lagen, gab nur einen Vorgeschmack auf das ungeheure Treppenhaus. Unter den Stufen, die mit Teppich bedeckt waren und zu beiden Flügeln des Hauses führten, sollten sich zeitweilig hundert Menschen versammeln, ohne sich beengt zu fühlen.
Rechts neben der Eingangshalle lag ein riesiges Eßzimmer mit einem langen Mahagonitisch, an dem dreißig Personen bequem Platz fanden. Durch die Fenster, die fast zwei Meter breit waren, konnte man die Veranda und das Tal sehen. Dahinter lag ein kleineres Eßzimmer, das die Familie benutzte, wenn keine Gäste im Haus waren. Hinter diesen Räumen lag der Küchentrakt, zu dem eine Speisekammer und eine Backstube mit mehreren Öfen gehörte. Funkelnde Kupfertöpfe und -pfannen, die man an einer Schnur an die Decke hochziehen konnte, hingen in Reichweite der Köche. Hinter der Küchentür lag ein Kräutergarten, und von der Speisekammer ging ein Raum ab, der nur der Aufbewahrung von Porzellan, Tischdecken und Silber diente.
Links von der Eingangshalle war der große Salon mit der zartvioletten Tapete und den laubgrünen Teppichen. Dort standen verschnörkelte Sofas, Teakholzstühle mit hohen Lehnen und Satinpolstern und ein Klavier. Dahinter lag das Wohnzimmer der Familie, in dem zwei blaugelbe Wellensittiche in einem goldenen Käfig herumflatterten und zwitscherten.
Dahinter lag am anderen Ende des Ganges Chads Büro mit dem Teakholzschreibtisch und den bequemen dunklen Ledersesseln. Dort, wie im Wohnzimmer, war ständig Spielzeug verstreut. Es gab noch etliche kleine Räume, die im Lauf der Zeit jedem erdenklichen Zweck zugeführt wurden.
Oben wurden die beiden Flügel des Hauses von der Treppe abgeteilt. Rechts war das runde Türmchen, in dem Chad und

Hallie schliefen. Zwei Ankleidezimmer und ein großes Bad mit einer massiven gußeisernen Wanne gingen davon ab.
Auch Sophie und Beth hatten ihre Zimmer in diesem Flügel, und außerdem gab es dort noch zwei große Gästezimmer und ein Bad, in dessen Schränken mindestens fünf Dutzend Handtücher lagen. Chad hatte einen Lastenaufzug eingebaut, damit die Dienstmädchen die Wassereimer nicht nach oben tragen mußten.
Die Kinder hatten in ihrem Flügel sechs Zimmer und ein eigenes Bad. Im zweiten Stock, der ebenfalls ein eigenes Bad hatte, waren die Hausangestellten untergebracht, und ansonsten gab es dort ein riesengroßes quadratisches Spielzimmer für die Kinder. Dort vertrieben sie sich an regnerischen Tagen die Langeweile, und es war das Zimmer, an das sich jedes der Kinder später nur zu gern erinnern würde.

Sowie Hallie erst einmal begriffen hatte, daß sie nie mehr mit Tristan zusammenkommen würde, versuchte sie, sich nicht mehr nach ihm zu sehnen. Chad war schließlich wirklich ein aufregender Mensch. Seine Träume und Ansprüche waren enorm, und sie alle wurden Wirklichkeit. Er behandelte sie liebevoll, und Hallie konnte sich keinen besseren Vater vorstellen.
Sie hörte ihm zu gern zu, wenn er über die Schafe oder die Zuchtergebnisse erzählte, und es machte ihr auch Freude, ihm vorzuschlagen, welcher Hengst welche Stute decken sollte. Aber die großen Entscheidungen lagen nicht mehr bei ihr. Sie schöpfte nicht die Befriedigung daraus, die es ihr verschafft hatte, alles selbst in die Hand zu nehmen, aber wenigstens hatte Chad angefangen, sie nach ihrer Meinung zu fragen. Sie war zwar nie ganz sicher, ob er ihr wirklich zuhörte oder sie nur bei Laune halten wollte, doch das schien nicht mehr so wichtig für sie zu sein. Er war ihr Mann, und er konnte Gefühle in ihr wachrufen, die sich nicht leugnen ließen: Wut, Begeisterung und Zärtlichkeit, und sie hatte soviel Spaß mit ihm wie mit niemandem sonst

auf Erden ... Und in den Nächten, in denen sie sich liebten, führte er sie zu taumelnder Ekstase und auf die Gipfel der Leidenschaft.

»Wir werden eine Party geben«, verkündete Chad eines Morgens mit strahlenden Augen. »Zur Hauseinweihung. Ein Grillfest. Wir werden Gruben im Boden ausheben und ein Schwein und einen Stier braten. Ich schätze, ein Lamm sollten wir auch gleich noch servieren.«

»Gruben im Boden?« fragte Sophie und blickte von ihrem Stopfzeug auf.

Chad nickte. »Wir werden ein Fest geben, das diese Kolonie so schnell nicht vergißt. Wenn wir beide Häuser benutzen, haben wir genug Schlafzimmer für die meisten Ehepaare. Für die alleinstehenden Männer besorge ich Zelte von der Armee. Wir werden sie ausschmücken, und niemand wird glauben, daß ein solcher Luxus in einem Zelt möglich ist. Die Kapelle wird hier spielen, und abends gibt es einen Ball. Und zum Frühstück Champagner.«

»Das ist eine herrliche Idee«, sagte Hallie, die sich gleich von seiner Begeisterung anstecken ließ. »Was dachtest du dir – wie viele Leute möchtest du einladen?«

Chad grinste, und sie schrieben eine Liste, auf der dann hundert Namen standen. Chad gab Hallie die Liste und fragte: »Willst du die Vorbereitungen übernehmen?«

Es stimmte, daß sie ihn um Aufgaben gebeten hatte und sich danach sehnte, für Dinge verantwortlich zu sein. Aber an eine Party hatte sie dabei nicht gedacht. »Nein«, sagte sie zögernd. »Damit kenne ich mich überhaupt nicht aus.«

»Dann solltest du es lernen«, riet ihr Chad. »Das ist erst der Anfang.«

Susan, dachte sie ... Susan wird wissen, was man tun muß. Sie lächelte.

»Scheu keine Unkosten«, fuhr Chad fort. »Ich will, daß es ein Ereignis wird, das niemand vergißt.«

Als Hallie mit Garth in Parramatta ankam, mußte sie feststellen, daß sich die Langleys in Sydney aufhielten. Sie blieb bei der Haushälterin über Nacht im Haus der Langleys und erfuhr, daß sie jetzt nur noch ein paar Tage im Monat in Parramatta verbrachten.

Am nächsten Tag nahm sie die Fähre flußabwärts. Beim Anlegen stellte sie verblüfft fest, wieviel größer Sydney geworden war, seit sie es zum letzten Mal gesehen hatte ... wann war das bloß?

Es war ... es war beim Ball des Gouverneurs vor drei Jahren. Damals, als ... vielleicht waren Wick und Julie damals gezeugt worden. Oh, war das schon so lange her? So viel Zeit war vergangen, seit sie Tristan und so viel anderes verloren hatte.

Vielleicht kann ich ihn heute ein Weilchen sehen, dachte sie. Gar am Abend? Ich möchte Jamie sehen, und vielleicht kann ich mit Tristan unter vier Augen reden.

Auf dem Weg zu den Langleys klopfte sie dem Fahrer auf die Schulter, als jemand ihren Namen rief.

»Hallie!« rief Tristan, der an ihr vorbeigefahren war und jetzt auf ihren Wagen zulief. Lächelnd blickte er zu ihr auf. »Was führt dich in die Stadt?«

Ihr Herz schlug heftig, als sie ihm die Freude in den Augen ansah.

»Ich wollte Susan besuchen«, sagte sie. »Und Jamie natürlich auch.«

»Gerade eben habe ich an dich gedacht«, sagte er, und sie schmolz. »Hast du ein paar Minuten Zeit für mich, solange du hier bist? Ich muß dich um einen Gefallen bitten ... aber das kann warten. Wir essen heute abend auch bei Susan. Wäre es dir möglich, vorher zu mir zu kommen? Ich möchte dich allein sprechen.«

»Wie geheimnisvoll!« Sie lächelte, und ihr Herz strömte ihm entgegen. O Tristan!

»Nicht wirklich. Es dreht sich um ... komm um fünf, das wäre ausgezeichnet.« Hallie sah ihm nach, als er in den Wagen stieg und losfuhr.

»Was für eine willkommene Überraschung! Nach der langen Zeit kann ich es kaum glauben!« rief Susan aus, als Hallie läutete. »Wie schön!« Sie streckte die Arme nach Garth aus.

Als Garth schlief, erklärte Hallie Susan bei einer Tasse Tee, warum sie in die Stadt gekommen war.

»Etwas ganz Extravagantes will er haben!« rief Susan fröhlich aus und klatschte in die Hände. Sie lachte, wie ein glückliches Kind. »Ich werde versuchen, mich an die ungeheuerlichsten Feste zu erinnern, die wir in Indien besucht haben. Hallie, meine Liebe, ich glaube, das wird herrlich. Ich finde es so schön, etwas gemeinsam mit dir zu planen. Du warst viel zu lange nicht hier.«

Das stimmte. Hallie hatte Susan und Harry seit Chads Rückkehr viel zu selten gesehen. Als sie sich auf den Weg zu Tristan machte, sah Susan sie an und umarmte die Freundin.

»Ich bin in einer Stunde wieder da«, sagte Hallie.

»Ich kann mir vorstellen, daß es dir wesentlich länger vorkommen wird.«

Jamie begrüßte sie auf seine liebevolle Art und sagte dann: »Ich gehe nach oben. Tristan hat gesagt, er möchte allein mit dir reden. Wir können dann hinterher alle zusammen zu Tante Susan gehen.«

Tristan erwartete sie in seinem Büro. Nachdem sie sich gesetzt hatte, hörte Hallie, wie er aufstand, um sie herumging und die Tür schloß. Wärme durchströmte sie. »Ich möchte dich um einen enormen Gefallen bitten«, sagte er mit gesenkter Stimme.

Hallie wartete. Sie hätte alles getan, was er von ihr wollte.

Er verschränkte die Hände hinter dem Rücken und lief auf und ab. »Vor zwei Wochen hat mich eine meiner Patientinnen holen lassen. Sie heißt Mary und lebt etwa eine Meile außerhalb der Stadt. Sie stand unmittelbar vor der Geburt ihres Babys, und ihr Mann war auf See.« Er sah Hallie an. »Da ich dachte, das Baby käme, bin ich rausgeritten, aber darum ging es überhaupt nicht. Sie hat mich in ihr Schlafzimmer geführt, und auf dem blutverkrusteten Laken lag eine junge Frau, die kaum noch bei Bewußtsein war.«

Hallie spürte, wie ihr die Enttäuschung einen heftigen Stich versetzte. Es dreht sich also doch nicht um *uns*, erkannte sie.

»Am Vorabend hat Mary während eines starken Gewitters ein Klopfen gehört, und als sie an die Tür ging, ist diese junge Frau ihr mehr oder weniger entgegengefallen. Erst dachte sie, das Mädchen sei tot. Sie hatte einen Messerstich im Arm und einen anderen im Oberschenkel. Mary hat das Mädchen gewaschen und versucht, die Blutungen zu stillen. Sie hat ihr Suppe eingeflößt und sie in ihr eigenes Schlafzimmer gezerrt. Dort hat sie neben ihr geschlafen, um sie zu wärmen. Am frühen Morgen hat sie mich dann holen lassen.«

Tristan hielt inne, und Hallie hörte ihn seufzen. »Als ich ankam, stand außer Frage, daß der Unterarm amputiert werden muß. Die Schenkelwunde war zwar vereitert, aber weniger tief, und ich konnte sie reinigen. Für die Amputation wollte ich das Mädchen ins Krankenhaus bringen, aber als ich sie hochgehoben habe, flatterten die Lider, und sie hat mich gefragt, was ich vorhabe. Als ich es ihr gesagt hatte, hat sie mit einer so matten Stimme, daß ich sie kaum hören konnte, gesagt: ›Nein. Lassen Sie mich lieber sterben.‹ Hallie, sie ist eine entsprungene Gefangene, die vor dem Mann davongelaufen ist, der das mit ihr getan hat. Manchmal flößt es mir Schuldbewußtsein ein, ein Mann zu sein, dem Geschlecht anzugehören, das solche furchtbaren Dinge an dieser jungen Frau und Beth begeht. Ich verstehe nicht, was Männer dazu bringt ...«

Hallie dachte: Ich weiß, was er will. Ich weiß, warum er das ausgerechnet mir erzählt. O Tristan, ich liebe dich so sehr. Du hast so viel Mitgefühl. Sie legte eine Hand auf seinen Arm. »Hast du den Arm amputiert?«

»Ja.« Seine Stimme war tonlos.

»Ich weiß, was du von mir willst«, sagte Hallie. »Natürlich tue ich das für dich.«
Er sah sie an. »Woher weißt du das?«
»Du willst, daß ich dieses Mädchen aufnehme ... wie heißt sie übrigens?«
»Laurie.«
»Du willst, daß ich Laurie bei mir im Haus aufnehme, stimmt's?«
Er kniete sich neben sie. »O Hallie. Ich habe immer wieder versucht, mir etwas einfallen zu lassen, und jedesmal bin ich nur auf dich gekommen. Aber andererseits will ich dich nicht in Gefahr bringen.« Er nahm ihre Hand.
»Niemand hat je Fragen nach Beth gestellt. Deshalb denkst du an mich. Du fühlst dich meiner sicher, nicht wahr?« Sie spürte Kraft durch ihre Adern strömen.
Tristan sah sie verwundert an. »Weiß Chad denn nichts über Beth?«
»Nur du und ich kennen ihre Geschichte.«
Er schlang die Arme um sie und vergrub seinen Kopf in ihrem Schoß. »O Hallie, du bist so stark! Und so gut. Ich dachte, vielleicht würdest du es nicht tun wollen – schließlich sind jetzt Chad und deine Mutter da und all die Kinder ...«
Seine Berührungen wärmten sie, und sie fühlte sich glücklich. »Natürlich nehme ich sie auf. Wir werden Vorkehrungen treffen. Sorg du dafür, daß sie in zwei Tagen in Parramatta ist, und von dort aus nehme ich sie mit.«
»Was ist mit Chad?« Er hob den Kopf und ließ sie los.
»Verlaß dich auf mich«, flüsterte sie dicht an seinem Gesicht.
»O Gott, Hallie ... o Gott!« Als seine Lippen ihren Mund fanden, schlang sie die Arme um ihn und zog ihn so eng wie möglich an sich. Dann hörte sie ihren eigenen Herzschlag und spürte, wie er sie von sich stieß und ausrief: »Nein, Hallie! Nein.« Ehe sie wußte, wie ihr geschah, stand er am anderen Ende des Raums und drehte sich wieder zu ihr um. »Das halte ich nicht aus«, sagte er.

Es herrschte Stille im Zimmer.
»Sag mir eins, liebst du sie?« flüsterte Hallie, und ihre Augen flehten ihn um die eine Antwort an, die sie so dringend hören wollte.
Tristan schwieg einen Moment lang. »Nicht so, wie ich dich geliebt habe. Nicht so, wie ich dich immer lieben werde. Aber ich halte sie für eine ausgezeichnete Mutter und für eine gute Ehefrau. Ihre Art macht mir Freude, ihre Heiterkeit, ihre Lebendigkeit ... und noch viel mehr. Von dir kann ich mich nie lösen, Hallie. Du bist das Unerreichbare, für alle Zeiten ein Teil von mir. Und wir sind in einer Form miteinander verbunden, von der nur wir beide wissen. Meine Leidenschaft gehört Cowarra, aber wenn ich mit Molly zusammen bin, erfüllt mich Frieden und Ausgeglichenheit.«
»Erträgst du es?« Das war eine Frage, die sie ihm schon immer hatte stellen wollen. »Erträgst du es, daß Chad deine Kinder als ihr Vater großzieht?«
Tristan zögerte. »Es mag dir seltsam erscheinen, aber ich ertrage es durchaus. Kein anderer wäre mir als Vater meiner Kinder lieber als Chad. Ich empfinde ihn inzwischen wie einen Bruder, ihn und Harry. Und schließlich habe ich *seinen* Sohn bei mir und nehme eine Vaterrolle ein.«
Hallie fragte sich, ob er diesen Handel gerecht fand. »Das ist nicht ganz dasselbe. Jamie weiß, daß Chad sein Vater ist.«
Tristan kam auf sie zu. »Und du und ich, wir wissen von Wick und Julie. Wenn ich nicht inzwischen eigene Kinder hätte und schon wieder ein Kind erwarten würde, hielte ich es vielleicht nicht aus. Aber ich bitte dich, Hallie, du darfst dir meinetwegen keine Schuldgefühle machen.«
Es schien, als setzten ihm die Selbstvorwürfe nicht halb so sehr wie ihr zu. »Dann bleibt mir also nur noch die Schuld, Chad etwas angetan zu haben?« sagtc sic bitter.
Tristan nahm ihre Hände. »Versuch, dir das nicht anzutun. Du hast ihm zwei prächtige Kinder geschenkt, die er lieben darf. Ich

bin auch stolz auf sie, aber ich kann mich damit zufriedengeben, daß Chad ihr Vater ist.«

»Heißt das, daß du auch mit deinem Leben zufrieden bist?«

Er zog ihre Hände an seine Lippen. »Ab und zu erlebe ich einen glücklichen Augenblick, aber Zufriedenheit kann ich nie ohne dich erlangen.«

45

1821 florierte Australien. Es war kein Land, das sich an dem festgefügten Sittenkodex Londons messen ließ, aber im zweiten Jahrzehnt des neunzehnten Jahrhunderts fanden hier Konzerte und Tanzveranstaltungen statt, Pferderennen und Jachtensegeln, Känguruhjagden und Picknicks, und sogar Opern wurden aufgeführt. Eine Reihe von Literaturzeitschriften erschien allmählich, und eine Mrs. Hickey eröffnete sogar ein Pensionat für junge Damen und unterrichtete sie in Englisch, Französisch und Geographie. Chad weigerte sich jedoch, Alexandra dort einzuschreiben. Er hatte nicht vor, seinen Töchtern zu erlauben, daß sie nur wegen der Schulbildung Cowarra verließen. Statt dessen ließ er eine Gouvernante aus England kommen, die sie in einem Haus unterrichten sollte, das er in Morgantown bauen würde. Wenn andere aus der Umgebung ihre Töchter hinschicken wollten, dann war er damit einverstanden.

Ihm ging nicht auf, und es hätte auch nichts an seinem Entschluß geändert, daß Ben darin eine persönliche Beleidigung sah. Chad glaubte fest daran, daß Mädchen eine vollkommen andere Schulbildung als Jungen erhalten sollten. Außerdem war er der Meinung, daß Mädchen und Jungen im Alter von zehn Jahren nicht stundenlang miteinander in einem Raum eingepfercht sein sollten, noch nicht einmal, wenn es nur um drei halbe Tage in der Woche ging.

Hallie erwartete die Geburt ihres sechsten Kindes. Als sie Tristans

Patientin nach Hause mitgebracht hatte, hatte Sophie nur einen flüchtigen Blick auf sie geworfen und vorgeschlagen, daß sie und die kranke Frau gemeinsam in das frühere Haus der Familie ziehen könnten, dessen Behaglichkeit sie oft vermißte. Viele Wochen lang lag Laurie, die junge Frau, leblos im ehemaligen Kinderzimmer im Bett. Sophie zog in Hallies früheres Schlafzimmer und fing wieder an, selbst zu kochen. Sie bereitete Gerichte zu, denen Laurie unmöglich widerstehen konnte, und während sie ihr den Kopf stützte und ihr behutsam die Suppe einflößte, redete sie ständig leise auf sie ein, bis Laurie ganz langsam die zusammengebissenen Zähne voneinander löste und Sophie direkt ins Gesicht sah. Nach einer Weile leuchteten ihre Augen jedesmal, wenn Sophie das Zimmer betrat. Sophie las ihr selbst dann vor, wenn sie für möglich hielt, daß Laurie schlief.

Später saßen sie zusammen auf der Veranda auf den Schaukelstühlen, und eines Nachmittags hörte Hallie zu ihrem Erstaunen, daß Laurie ihre Mutter mit »Sophie« ansprach. Sophie kam täglich zu dem großen Haus geritten, aber eigentlich lebte sie mit Laurie in dem anderen Haus. Als Hallie eines Tages rüberritt, um nach ihnen zu sehen, hörte sie Gelächter vom Bach. Sie folgte den Geräuschen und fand Mum und Laurie beim Baden vor. Die beiden kicherten wie Schulmädchen.

Als Hallie im letzten Monat ihrer Schwangerschaft angelangt war und Laurie schon sieben Monate bei ihnen wohnte, kam Tristan mit Molly und den drei Kindern und einer Fremden zu Besuch.

»Ich muß euch schon wieder um einen Gefallen bitten«, sagte er zu Hallie und Chad. »Sie heißt Melanie. Sie erwartet ein Kind.«

Hallie und Chad wußten beide, daß es sich um eine weitere mißhandelte Frau drehte. Chad sah Hallie an. »Das tut doch jede zweite Frau in Neusüdwales«, sagte Chad.

Hallie wußte jedoch, daß ihr etwas Furchtbares zugestoßen sein mußte.

»Wir wollen sie zu Mum bringen und hören, was sie dazu zu sagen hat. Mir ist es recht«, sagte Hallie, »aber schließlich ist Mum doch diejenige, die sich dann um sie kümmert.«

So kam Melanie nach Cowarra, und Hallie fragte sich, wie viele andere Tristan im Lauf der Zeit noch zu ihnen bringen würde. Sie litt mit diesen jungen Frauen, die ähnliche Erfahrungen wie Beth gemacht haben mußten. Gab es denn nichts, was man tun konnte, um diese Brutalität zu unterbinden?

Tristan hatte den Gouverneur darüber unterrichtet, wo sich diese jungen Frauen aufhielten, und er hatte sie seiner Obhut unterstellen lassen. Aber Lachlan Macquarie war kein typischer Gouverneur. Und gerade deshalb brach die Katastrophe herein.

Er wurde nach England zurückberufen.

Diese Nachricht erschütterte Neusüdwales bis ins Mark, obwohl sich viele freuten, wie beispielsweise der selbstgerechte Reverend Samuel Marsden. Gerade die Dinge, die historisch als ethisch, human und löblich angesehen werden sollten, führten zur Zurückberufung des Gouverneurs.

Das Schiff, das einlief und die Macquaries nach England brachte, hatte nicht nur den Gouverneur Thomas Brisbane und seine Frau an Bord, sondern auch die Lehrerin, die Chad hatte kommen lassen, Dorothy Hamilton, und ihren vierjährigen Sohn Nathan.

»Ich bin jetzt dreißig, Chad.« Hallie lag im Bett und hielt ihre dreitägige Tochter Chloe im Arm. »Wir haben sechs Kinder. Genügt das nicht für deine Dynastie?«

»Ich dachte, du liebst die Kinder.« Es klang wie eine Anschuldigung.

»Das ist wahr, aber ich komme zu nichts anderem mehr.« Seit sie im Morgengrauen aufgewacht war, hatte sie darüber nachgedacht. »Jetzt werde ich erst einmal eineinhalb Jahre lang Chloe stillen. Ich komme kaum noch nach Sydney. Säuglinge fesseln mich ans Haus. Es gibt noch mehr, was ich unbedingt in meinem Leben möchte, außer Babys zu stillen. Und außerdem ist dreißig ein Alter, in dem man mit dem Kinderkriegen aufhören sollte.«

Chad saß auf der Bettkante. »Mir kommt es vor, als hättest du alles getan, was eine Frau nur irgend tun kann. Du bist ans andere Ende der Welt gefahren, du hast eine Schafzucht zu einem Imperium ausgebaut, du hast eine großartige Weinkellerei, die all den Bestellungen nicht annähernd nachkommen kann ...«

»Mit der Weinkellerei habe ich etwa soviel zu tun wie du!« fauchte Hallie. »Ursprünglich war sie ein Gemeinschaftsprojekt von mir und Tristan, aber sie ist heute ganz Emils Angelegenheit, und auch Danny scheint dort seine Berufung gefunden zu haben.«

»Dennoch trägst du die Verantwortung. Aber wenn es dir darum geht, etwas *Eigenes* zu besitzen – Cowarra gehört ebensosehr dir wie mir.«

»Das mag sein. Aber ich *tue* überhaupt nichts mehr. Ich habe schon seit Jahren nichts mehr getan!«

»Ich frage mich, warum du dich nicht damit begnügen kannst, wie andere Frauen zu sein?«

»Welche anderen Frauen?« fragte Hallie aufsässig. Wenn er solche Bemerkungen machte, wurde sie immer aggressiv, weil sie sich angegriffen fühlte. »Wäre es dir lieber, wenn ich so wäre wie Tess? Oder würdest du es vorziehen, wenn ich wie Beth oder Melanie oder Laurie wäre? Oder Etta Colton? Passen diese Frauen in irgendeine Kategorie? Oder selbst meine Mutter ... sie gibt sich nicht länger mit dem zufrieden, was sie in den ersten fünfundvierzig Jahren ihres Lebens war. In Wirklichkeit fragst du dich doch nur, warum ich mich nicht damit zufriedengeben kann, wie Susan und Molly zu sein. Sind das nicht die perfekten Frauen?«

Chad seufzte und sah sie mit einem melancholischen Lächeln an. »Sie sind das Ideal, das gebe ich gern zu, vor allem Susan –

die Sorte Frau, die sich ein Mann als Ehefrau erträumt. Wer könnte sie nicht lieben? Aber, Hallie«, sagte er und spielte mit einer langen Locke, »es gibt keine Frau auf Erden, die dir das Wasser reichen kann. Wenn jedoch einmal alles glatt zu laufen scheint, wenn ich glaube, ich könnte mich für das nächste Jahr entspannt zurücklehnen, dann sorgst du für Dramatik in unserem Leben.«

»Mir ist nicht ganz klar, ob ich das als Beschwerde auffassen soll oder nicht.« Sie sah ihm forschend ins Gesicht.

»Da bin ich mir auch nicht so sicher.« Er grinste. »Laß es mich so formulieren: Ohne dich wäre das Leben wie früher in England.«

Hallie lachte. »Was soll das heißen?«

»Grau. Und jetzt sag mir schon, was du gern tätest.«

Er nahm ihr Chloe ab und tätschelte sie liebevoll.

»Was für ein bezaubernder Vater du doch bist«, sagte sie und sprach damit ihre Gedanken laut aus.

»Weißt du nicht, was du willst, oder hast du Angst, es mir zu sagen?« fragte er und sah ihr fest in die Augen.

»Angst?« Was für ein merkwürdiges Wort, dachte Hallie. Ich fürchte mich doch nicht vor ihm.

»Hast du Angst, ich könnte nein sagen?«

»Das hast du noch nie getan«, sagte sie und zog ihn zu sich. »Du behandelst mich wirklich mit viel Nachsicht. Aber ich bin nicht das, was du erwartet hast, stimmt's? Als du mich aufgefordert hast, herzukommen.«

Er zog ihre Hände an seine Lippen und küßte die Handflächen. »Nicht direkt.«

Nach dieser Geburt hatte sie keine Depressionen oder zumindest bisher noch nicht. Sie war von Zufriedenheit erfüllt und streckte sich jetzt wie eine träge Katze. Chad beobachtete sie und fügte mit zarter Stimme hinzu: »Aber du warst es, in unseren ersten Jahren hier. Weit mehr, als ich es mir erhofft hatte.« Es klang sehnsüchtig und verträumt.

Hallie fiel auf, daß er sich in der Vergangenheitsform ausgedrückt hatte. Sie war gehemmt, weil sie sich angreifbar fühlte, als sie sagte: »Ich will ... das Los der Frauen in Australien verändern.«

Ihre Worte verblüfften ihn erst und belustigten ihn dann. »Ich hätte es mir ja denken können. Wie komme ich dazu, dir eine solche Frage zu stellen? ›Hallie, was würdest du gern mit deinem Leben anfangen?‹ Und dann bekomme ich zur Antwort, daß du auf dich allein gestellt das Los der Frauen in Australien ändern willst.«

Sie spürte, wie ihre Wangen glühten. »Ich habe nicht gesagt, daß ich das allein schaffe.«

Chad lachte. »Meine Güte, wie friedlich hätte mein Leben verlaufen können, wenn ich eine andere Frau geheiratet hätte.« Aber sie wußte, daß er sich nicht beklagte. »Das Los der Frauen verbessern? Ist dein Los denn so fürchterlich?«

»Nein«, sagte sie. »Ich habe unglaublich Glück gehabt, und das weißt du selbst. Na ja, ab und zu ist mir ein bißchen langweilig. Aber sieh dir nur Laurie und Melanie und Beth an.« Sie hätte sich die Zunge abbeißen können. Beth ... Aber Chad schien ihre Äußerung hinzunehmen, ohne sie zu hinterfragen.

»Ich dachte mir, daß Beth etwas zugestoßen ist, wenn sie derart vor einer Ehe zurückschreckt.« Er nickte. »In Australien kann jede Frau einen Mann zum Heiraten finden.«

Hallie fiel ihm ins Wort. »Das ist einfach nicht wahr. Weibliche Sträflinge werden ausgeliehen ...«

»Ausgeliehen?« Chad erhob die Stimme.

»So kann man es wahrhaft nennen. Sie werden von dem Mann, der sie zu sich geholt hat, in jeder beliebigen Form mißbraucht. Wenn sie sich darüber beklagen, dann werden sie ins Gefängnis zurückgeschickt. Sie werden vergewaltigt, jedenfalls viele von ihnen, sie werden mißhandelt ...«

»Hör mal, ich bezweifle, daß das der ...«

Hallie hob die Hand, und er verstummte. »Nachdem das sieben

Jahre lang so gegangen ist, nachdem sie zu allem mißbraucht worden sind, wozu der betreffende Mann sie mißbrauchen wollte, wird kein anständiger Mann sie mehr heiraten. Es kann eben *nicht* jede Frau hier einen Mann finden, Chad. Es gibt viele, die kein Mann heiraten will. Und viele der Männer kämen gar nicht auf den Gedanken, sie zu heiraten, wenn sie sie auch umsonst haben können – ohne jede Verpflichtung außer der, sie zu ernähren. Du weißt, daß die Ehe auch kein Allheilmittel ist. Sieh dir doch nur die Coltons an.«

Chad starrte sie weiterhin stumm an.

»Die meisten Frauen kommen auf Sträflingsschiffen an und werden schon engagiert, ehe sie überhaupt ins Gefängnis gekommen sind«, fuhr sie fort und erwärmte sich zusehends für ihr Thema. »Und manche der Frauen, die aus freiem Willen in der Hoffnung auf ein besseres Leben herkommen, haben auch keine Chance. Schon an der Anlegestelle machen ihnen Männer Heiratsanträge, aber wenn sie sie erst einmal bei sich zu Hause und im Bett haben, dann weigern sie sich, die Frauen zu heiraten. Du hast diese Geschichten selbst gehört.«

»Selbst wenn alles wahr wäre, was du sagst – wie willst du daran etwas ändern?« fragte Chad. »Mir scheint, wir tun schon viel, wenn wir diese beiden jungen Frauen in unserem Haus aufnehmen.«

»Aber das genügt nicht.« Die Überzeugung war deutlich aus Hallies Stimme herauszuhören. »Ich weiß nicht, was ich tun werde. Solange ich Chloe noch stille, kann ich ohnehin nicht viel tun. Aber ich werde mir Gedanken darüber machen.«

Chad lächelte. »Ich frage mich, ob ein friedliches Dasein langweilig wäre.« Er stand auf und ging zur Tür. Dort zögerte er, drehte sich um und fragte: »Findest du Männer so furchtbar, Hallie?«

»Einige der nettesten Menschen, die ich kenne, sind Männer.« Hallie lächelte ihn an. »Dazu zählt auch meine derzeitige Gesellschaft.«

Chad sah sie an. »Irgendwann, Hallie, könntest du vielleicht herausfinden, daß ich auch nicht immer so nett gewesen bin«, sagte er und ließ sie allein an seinen Worten herumgrübeln.

Einen Monat nachdem sich Dorothy Hamilton und ihr kleiner Sohn Nathan in dem Häuschen eingerichtet hatten, das Chad für sie gebaut hatte, kaum mehr als zwei Wochen nachdem für Alex und zwei andere kleine Mädchen aus der Nähe der Unterricht begonnen hatte, sagte Ben auf seine wortkarge Art zu Hallie: »Ich finde, eine Frau sollte in einer Stadt nicht allein sein. Jemand sollte in der Nähe sein, falls sie irgendwann einmal Hilfe braucht.« Und so packte er seine Sachen und zog schließlich doch aus der Baracke in das Zimmer hinter dem Laden, das vor Jahren für ihn gebaut worden war.

Die junge Lehrerin mit dem frischen Gesicht schlich sich sofort in Alex' Herz ein, als sie sagte: »Ich möchte einen Garten hinter dem Haus anlegen. Weiß eine von euch, wie ich an Pflanzen komme?«

Alex berichtete Hallie: »Mrs. Hamilton ist die hübscheste Frau auf der ganzen Welt.« Auf den ersten Blick fand Hallie die Lehrerin attraktiv, aber keineswegs hübsch, doch nach fünf Minuten empfand auch sie Dorothy als eine absolute Schönheit. Ihr kastanienbraunes Haar fiel glatt in die Stirn und war im Nacken zu einem Knoten aufgesteckt. Ihre Alabasterhaut war von Sommersprossen gesprenkelt, und ihre Augen funkelten wie Smaragde. Ihr herzförmiges Gesicht hatte ein zu energisches Kinn, eine Nase, die nicht ganz gerade war, und Lippen, die für eine herkömmliche Schönheit zu voll waren. Sie hatte eine leise Stimme, die die Kinder zwang, im Unterricht still zu sein, damit sie sie hören konnten.

Alex ritt durch die Gegend und sammelte Blumen für Dorothy, die nirgends sonst wuchsen und bislang noch nicht einmal Namen hatten.

Jeden Nachmittag schlenderte Ben über die staubige Straße und lief über die große Rasenfläche vor Dorothys Haus und fragte: »Brauchen Sie irgend etwas?«

»Tja, Sie könnten ein Pfund Mehl mitbringen, wenn Sie zum Abendessen kommen«, sagte Dorothy dann beispielsweise. Und ab und zu kam sie dienstags oder donnerstags vormittags rüber, wenn er die neun Jungen unterrichtete, lief durch den Laden, blieb in der Tür stehen und hörte ihm zu. Er tat immer so, als sähe er sie nicht, aber alle wußten, daß er ihre Anwesenheit zur Kenntnis nahm.

Abends, nachdem er mit ihr und Nathan gegessen hatte, saßen sie da und redeten über das Unterrichten und über die Leute im Tal, und samstags konnte man Ben, der Pferde immer noch abgrundtief haßte, dabei entdecken, wie er Dorothy und Nathan das Reiten beibrachte.

Da Ben jetzt nicht mehr zum Essen ins Haus kam, entging Hallie und der restlichen Familie ein großer Teil des neuesten Klatsches im Tal. Hallie hätte im Traum nicht geglaubt, daß sein Fehlen am Eßtisch eine solche Lücke schlagen würde. Viele Jahre lang hatte er gemeinsam mit ihnen zu Abend gegessen, noch lange nachdem er seine Zeit abgedient hatte und von Chad seinen Lohn bezog. Es überraschte Hallie, wie sehr sie ihn vermißte und wie sehr sie sich darauf verlassen hatten, von ihm alle Neuigkeiten zu erfahren. Für sie war Ben immer jemand gewesen, der einfach da war und nicht wirklich etwas zu ihrem Leben beitrug. Als er nicht mehr kam, erkannte sie, wie sehr sie sich getäuscht hatte.

Zwei Monate nach Chloes Geburt kam Ben an einem Dienstag zum Haus geritten und suchte Hallie. »Mary Ann Colton ist verschwunden«, informierte er sie. »Wir trommeln ein paar Männer zusammen, die sie suchen sollen. Seit Samstag abend ist sie nicht mehr gesehen worden.« Das kleine Mädchen war neun, genauso alt wie Alex. Hallie hatte sie nicht mehr gesehen, seit sie Etta zu retten versucht hatte. »Ich dachte, vielleicht wollen Sie Miss Etta trösten.«

Hallie stellte sich vor, wie ihr zumute gewesen wäre, wenn Alex verschwunden wäre, aber sie sagte: »Ich glaube nicht, daß Will mich auch nur ins Haus läßt.«

Hallie beschloß, nicht hinzureiten; die Erinnerung an den letzten Besuch war noch zu deutlich. Daher erbot sich Sophie, die augenblicklich losritt, um zu sehen, ob sie behilflich sein konnte. Sie blieb allerdings nicht lange dort. Nicht etwa Will hatte sie fortgejagt, sondern Etta. Die verwirrte Frau weinte und kreischte und hatte geschrien: »Daß mir bloß niemand zu nah kommt, verstanden?«

Sophie fragte Will, ob er eine Ahnung hätte, was passiert sein könnte. Will sah ihr fest in die Augen und sagte: »Ich habe diesen großen, gutaussehenden Jungen von Ihrer Farm schon länger in Verdacht. Den Schwarzhaarigen. Er ist immer wieder hergeritten und hat uns aus der Ferne angestarrt.«

»Robbie?« Sophie konnte es einfach nicht glauben. Was hatte Robbie dort zu suchen?

»Er hat Mary Ann angestarrt«, sagte Will in seinem unbewegten Tonfall. »Dem kann man nicht trauen. Ich habe ihn im Laden gesehen. Er hat uns damals schon komisch angeschaut.«

Am selben Abend kam Brian zu Chad. Er hatte den Hut in der Hand und trat von einem Fuß auf den anderen. »Ich habe gehört, was Will Colton über meinen Jungen sagt. Das ist nicht wahr. Robbie würde keiner Frau ein Haar krümmen.«

»Hast du mit Robbie geredet?« fragte Chad.

»Ja. Aber das wäre nicht nötig gewesen.« Brians dunkle Augen glühten wie Kohlen.

Hallie wußte, daß das stimmte. Robbie konnte unmöglich etwas mit Mary Anns Verschwinden zu tun haben. Mit seinen sechzehn Jahren war Robbie ein stämmiger, gutaussehender Junge, der jeder jungen Frau, die ihn sah, das Herz schneller schlagen ließ. Niemand im ganzen Umkreis konnte wie Robbie ein Pferd mit dem Lasso fangen oder ein Schaf scheren. Jung und alt respektierten seine Fähigkeiten gleichermaßen. Er hatte eine sanfte Art, die ihn bei allen beliebt machte, die ihn kannten. Er scheute nicht vor Raufereien zurück, provozierte sie aber nicht von sich aus. Robbie war zu keiner Missetat fähig; das wußte Hallie tief in ihrem Innern. Sie wußte, daß auch Chad das wußte.

Am nächsten Morgen jedoch fanden Männer Mary Anns Leiche in einer Schlucht mit den Füßen in einem Bach. Sie war nackt, ihr Körper war von Narben übersät, und ihr Gesicht war geschwollen und violett.

»Das war Rob Daugherty« erklärte Will Colton. »Er schaut sie schon seit langem aus der Ferne an.«

Alle Blicke wandten sie Robbie zu, der das abstritt. Er gab jedoch zu, er sei zur Farm der Coltons geritten und hätte Mary Ann dort gesehen. Er reite schon seit ein paar Monaten hin, sagte er, aber er hätte noch nie mit ihr geredet, sei nie auch nur in ihre Nähe gekommen.

Als man in Parramatta davon erfuhr, schüttelten die Städter den Kopf und sagten: »Was kann man denn schon erwarten? Der Sohn eines Sträflings. Denen liegt das im Blut.« Sogar freigelassene Sträflinge neigten ohne jeden Anhaltspunkt zu dem Glauben, der Sohn eines ihresgleichen müßte das Verbrechen begangen haben.

Als Tristan dazu kam, die Leiche zu untersuchen, konnte er nicht sagen, ob Mary Ann vergewaltigt worden war, doch er bezweifelte es. Er sagte, die Narben stünden nicht in einem direkten Zusammenhang mit ihrem Tod; sie stammten von früheren Verletzungen. In der Stadt entschloß man sich, ihm nicht zu glauben. Warum sonst hätte jemand ein neunjähriges Mädchen ermorden sollen?

»Das ist einfach lachhaft«, sagte Sophie, die so aufgebracht war, als sei Robbie ihr eigener Sohn. »Er könnte jedes Mädchen haben, das er will. Weshalb so ein kleines Mädchen?«

»Aber warum ist er rübergeritten?« fragte Chad.

»Um Himmels willen, du glaubst doch nicht etwa, daß er es war?« Hallie sprang ihm vor Wut fast ins Gesicht. »Du kennst den Jungen zu gut, als daß du das glauben könntest.«

»Natürlich kann ich mir nicht vorstellen, daß er etwas Derartiges tut.« Chads Stirnrunzeln spiegelte seine Verwirrung wider. »Ich versuche nur, die Fragen zu stellen, die die Richter zweifellos stellen werden.«

»Oh, mein Gott, glaubst du, daß es dazu kommen wird?« Hallie legte sich eine Hand auf die Kehle.

Zwei Tage später kam es dazu, als Harry in seiner Rolle als Regierungsbeauftragter nach Cowarra geritten kam. »Ich bin gekommen, um Robbie festzunehmen«, erklärte er, und seine Stimme und sein Gesicht drückten deutlich seinen Widerwillen aus.

»Das kannst du nicht tun«, sagte Hallie flehentlich. »Er war es nicht.«

»Er wird eine faire Verhandlung bekommen«, versicherte ihr Harry. »Es tut mir leid, Hallie. Das ist nicht meine Initiative. Aber ich vertrete die Regierung.«

Hallies Augen glühten. »Du gibst etwas auf Will Coltons Wort? Das Wort eines Mannes, der seine Frau schlägt und mit niemandem im Tal oder in der Stadt Umgang hat? Der nicht zuläßt, daß ein Arzt den gebrochenen Arm seiner Frau schient?« Hallies Stimme war schneidend. »Auf sein Wort gibst du etwas?«

»Hallie, wir haben gehört, daß der Junge zugegeben hat, er sei dort drüben gewesen, er habe monatelang dagesessen und das Haus angestarrt«, sagte Harry und sah Chad an, als erhoffe er sich von ihm mehr Verständnis.

Hallie sträubten sich die Haare im Nacken. »Das macht ihn noch nicht zu einem Mörder!«

Chad legte ihr eine Hand auf den Arm, aber sie schüttelte ihn ab und funkelte die beiden Männer erbost an.

»Man fürchtet sich im Tal, Hallie. Die Leute wollen nicht, daß jemand frei rumläuft, der kleine Mädchen umbringt«, versuchte Harry zu erklären.

»Das will ich auch nicht. Aber es war nicht Robbie!« schrie sie.
»Dann wird sich das bei der Verhandlung herausstellen«, sagte Harry.
»Eine Verhandlung!« Hallie stieß die Worte erbittert hervor. »Ein Richter und zwei Vertreter der Regierung. Was wissen die schon über den Jungen?«
In seiner Verzweiflung wandte sich Harry an Chad. »Chad, sag du es ihr ...« Als Chad stumm blieb, wandte er sich wieder an Hallie. »Sei mir nicht böse«, flehte er sie an. »Wenn ich es nicht täte, dann käme doch nur ein anderer Regierungsbeauftragter.«
»Dann laß ihn hierbleiben. Ich verbürge mich dafür, daß er Cowarra nicht verlassen wird. Laß ihn hierbleiben.« Einen Moment lang glaubte Harry, Hallie könnte vor ihm auf die Knie fallen.
»Das kann ich nicht. Das weißt du selbst.«
Hallie ließ sich auf einen Stuhl sinken, sie sackte ganz in sich zusammen. »Wie kannst du bloß Will Colton glauben?«
»Wenn du ihn nicht leiden kannst, macht ihn das noch nicht zum Lügner«, sagte Harry mit unsicherer Stimme.
Hallie fing an zu schluchzen. »Wenn du Robbie holst, komme ich mit. Ich komme mit dir zum Haus der Daughertys. Ich will dabeisein, wenn du es ihnen sagst. Ich denke nicht daran, sie in dem Moment allein zu lassen.«
»Ich komme auch mit«, sagte Chad mit ruhiger Stimme.

46

Während Robbie in Parramatta im Gefängnis saß, ritt Harry zu den Coltons, um mit Will zu reden.
»Hast du mit Etta gesprochen?« fragte Hallie, als er wieder nach Cowarra kam.
Harry schüttelte den Kopf. »Sie ist außer sich. Ich habe keinen Anlaß gesehen, ihr noch mehr Leid zuzufügen.«

»Ist dir denn nicht die Idee gekommen, daß sie Näheres wissen könnte?«
Harry sah erst Hallie an und dann Chad, der nur die Achseln zuckte. Kaum jemand hatte die Kinder der Coltons je gesehen, und nur wenige wußten, wie Etta aussah. Sie war seit Jahren nicht mehr in der Stadt und noch nicht einmal im Laden gewesen.
»Was ist mit Walker, dem Sträfling der Coltons?« fragte Hallie Harry. »Hat er etwas gesehen?«
»Er sagt, sie haben schon seit langem niemanden mehr, der für sie arbeitet. Seit der Geburt ihres letzten Babys schon nicht mehr.«
Alle waren außer sich vor Sorge. Brian und Belinda waren schon nach Parramatta gefahren, um ihren Sohn zu besuchen. Nach ihrer Rückkehr entschloß sich Hallie, den Jungen aufzusuchen. Sie kam im Haus der Langleys unter, die allerdings noch in Sydney waren, und als sie sich ins Gefängnis begab, ließ sie Chloe bei der Haushälterin zurück.
»Ich habe es nicht getan«, sagte Robbie und sah sie aus seinen schwarzen Augen inständig an. »Ich schwöre bei Gott, daß ich es nicht war.«
»Das weiß ich.« Hallie nahm seine großen Hände. »Läßt sich irgendwie beweisen, wo du in jener Nacht gewesen bist? Können wir irgend etwas tun, um deine Unschuld zu beweisen? Robbie, ich weiß es – ich weiß, daß du so etwas nicht tätest, es gar nicht *könntest.*«
»In der betreffenden Nacht«, sagte Robbie und blickte zu Boden, »war ich ... war ich bei einer Frau.«
Hallie zog ihre Hand zurück. »Robbie – bei einer Frau?« Er war doch noch ein Junge! »Um Himmels willen, Robbie, bei wem? Warum ist sie nicht in Erscheinung getreten, um auszusagen, daß du bei ihr warst?«
»Ich weiß nicht, wer es war.« Es klang kläglich. »Ich würde sie noch nicht einmal wiedererkennen, wenn ich sie sähe.«

Hallie starrte ihn entgeistert an.
»Es war das erste Mal, daß ich so etwas getan habe. Ich ... ich habe mich betrunken und mich auf die Suche nach einer Frau gemacht.« Plötzlich riß er aggressiv den Kopf hoch. »Das tun doch alle Männer! Sie ziehen mich ständig auf, und deshalb dachte ich mir ...«
»Hast du das deinen Eltern je erzählt?« Hallie starrte ihn immer noch an, aber er wandte die Augen ab.
»Meinem Vater hätte ich es sagen können, aber nicht, wenn meine Mutter auch dabei ist.« Ja, dachte Hallie, Belinda wäre ebensosehr schockiert, wie ich es bin.
»Ist es wahr, daß du Mary Ann oft beobachtet hast?« Ihre Stimme wurde zarter.
Robbie nickte gequält.
»Warum?« drängte sie ihn.
Als er nicht darauf antwortete, holte Hallie tief Atem. »Robbie, sieh mich an. Ich glaube, ich weiß, warum.«
Das ließ ihn aufblicken.
»Es liegt daran, daß sie dir so ähnlich sieht, stimmt's?« Wieder nahm sie seine Hand.
Tränen traten in die Augen des jungen Mannes, und er nickte.
»Ich hatte jedesmal, wenn ich sie gesehen habe, das Gefühl, in einen Spiegel zu schauen. Ich wußte, daß es nicht sein kann, aber gleichzeitig wußte ich, daß es so sein muß. Ich habe mir gesagt, daß mein Vater lange Zeit ohne uns hier drüben war und noch nicht einmal gewußt hat, ob er uns je wiedersehen wird. Aber hätte Will Colton ihn dafür nicht umgebracht? Wenn meine Mutter das erführe, wäre es ihr Tod. Und doch konnte ich das Denken nicht sein lassen, und immer wieder habe ich mich gefragt, ob sie ...«
»Ob sie deine Halbschwester ist?«
Er nickte. »Das habe ich noch nie laut ausgesprochen.«
»Ich weiß. Ich auch nicht.« Hallie beugte sich vor und küßte ihn auf die Wange.

»Und« – er sah ihr flehentlich und verzweifelt in die Augen – »lieber möchte ich sterben, als daß meine Mutter es erfährt.«
Als Hallie die Arme um ihn schlang, reichte sie ihm kaum bis an die Schultern.

Von Parramatta machte sie sich auf den Weg nach Sydney und begab sich zielstrebig zu Tristans neuem Haus, das sie noch nicht kannte. Molly öffnete ihr die Tür, und Hallie mußte bis zum Abend warten. Sie sah sich das Haus und ihre Gastgeberin an. Beides, beschloß sie, war anmutig und schön. Molly schienen die Ehe und die Mutterschaft sichtlich zu bekommen, und sie blühte immer mehr auf. Zweifellos war alles in ihrem Leben so, wie sie es sich wünschte. Und doch beneidete Hallie sie ausschließlich um Tristan. Allein das schon hätte jede Frau verwandelt ...

Tristan kam zum Abendessen, und nachdem die Kinder endlich zu Bett gebracht waren, begann Hallie: »Tristan, Robbie hat Mary Ann Colton nicht ermordet. Er ist hingeritten, weil ... weil er sich dachte, sie könnte vielleicht seine Schwester sein.«

Molly schnappte hörbar nach Luft. »Ich kann mir vorstellen«, sagte Tristan bedächtig, »daß jeder, der beide gesehen hat, sich das denken muß.«

»Du auch?« Hallie fragte sich, warum sie das wunderte.

»Natürlich.«

»Jeder, der das weiß, begreift doch, daß Robbie sie nicht vergewaltigt und umgebracht hat.« Sie lief auf und ab, weil sie einfach nicht stillsitzen konnte.

Tristan sah sie an. »Ich glaube nicht, daß sie vergewaltigt worden ist, Hallie.«

Hallie kniff die Augen zusammen, als sie sich die wahrscheinlichsten Gründe für die Ermordung eines neunjährigen Mädchens noch einmal durch den Kopf gehen ließ.

»Du glaubst, daß Will es war, stimmt's?« fragte Tristan. Molly saß da und schaute gebannt jeweils denjenigen von beiden an, der gerade sprach.

»Natürlich«, erwiderte Hallie. »Er ist ein abscheulicher, widerwärtiger, brutaler Mann. Vielleicht hat er es getan und Robbie die Schuld zugeschoben, um sich auf die Weise an Brian zu rächen – ich meine, wenn Brian und Etta wirklich ...« Sie umklammerte mit weißen Knöcheln eine Stuhllehne.

Tristan nickte. »Der Gedanke ist mir auch schon durch den Kopf gegangen.«

»Und was sollen wir jetzt tun?« fragte sie forsch.

»Du erwartest von *mir*, daß ich eine Lösung finde?«

Hallie beugte sich vor. »Dir muß etwas einfallen. Wir müssen den Jungen retten.«

»Kann er beweisen, wo er das Wochenende verbracht hat?« fragte Tristan nach einer Weile.

»Nein.« Hallies Stimme wankte. »Er ist in die Stadt gekommen und hat die Nacht betrunken mit irgendeiner Frau verbracht, an die er sich nicht einmal mehr erinnern kann.«

»Robbie?« Mollys Stimme zeigte deutlich ihr Erstaunen. Auch sie kannte ihn schon, seit er noch ein Kind war. Für beide Frauen war der Sechzehnjährige noch ein kleiner Junge.

»Die Männlichkeitsriten ...« Tristans Stimme war freundlich. »Verurteilt ihn nicht zu hart.«

Beide Frauen starrten ihn an.

»Wenn wir beweisen könnten, daß Robbie Mary Ann für seine Schwester gehalten hat, dann entlastet ihn das nicht«, fuhr Tristan fort. »Ich glaube, es könnte sogar gegen ihn verwandt werden. Er hat sie getötet, damit seine Mutter nie etwas davon erfährt. Er hat in ihr die Saat des Bösen gesehen. Er hat es getan, weil er seinem Vater nicht verzeihen konnte. Es gibt eine Reihe von Gründen, die diesen Mord glaubhaft erscheinen ließen.«

Hallie dachte eine Weile darüber nach. »Ich glaube, daß Will Colton sie getötet hat, um Brian eins auszuwischen, und das ist ihm gelungen, indem er die Schuld auf Robbie schiebt«, sagte sie mit fester Stimme.

Tristan sah sie mit hochgezogenen Augenbrauen an. »Ich bin

deiner Meinung. Will ist zu jeder Schlechtigkeit imstande. Aber wie wollen wir das beweisen? Männer bringen ihre Kinder nun mal nicht um.«
»Und wenn wir beweisen könnten, daß Mary Ann nicht sein Kind war?«
»Das ist doch nicht dein Ernst? Du willst an die Öffentlichkeit bringen, daß Brian und Etta ...? Das willst du Belinda antun?« Hallie wandte sich an Molly. »Wäre es dir nicht auch lieber, du erführest, daß dein Mann dir untreu war, wenn ihr mehr als sechs Jahre auseinander wart, als deinen Sohn wegen eines Mordes hängen zu sehen?«
»Selbstverständlich.« Mollys Ausdruck war gequält.
»Wenn ich erführe, daß mein Mann ein Baby mit einer anderen Frau gezeugt hat, während wir sechs Jahre getrennt waren, dann könnte ich das gewiß verstehen.« Sie sah Tristan in die Augen. »Aber Robbie glaubt wirklich, er hilft seiner Mutter, wenn er den Mund hält.«
Tristan erhob die Stimme. »Verdammt noch mal, Hallie, selbst wenn Robbie zugibt, daß er Mary Ann für seine Schwester gehalten hat, dann beweist das noch nicht, daß er sie nicht getötet hat. Die öffentliche Meinung richtet sich bereits gegen ihn.«
»Die Leute kennen ihn doch überhaupt nicht.«
Dann verstummten alle drei. Schließlich sagte Hallie: »Die Verhandlung findet in fünf Tagen statt.«
»Hast du mit Chad darüber geredet?«
Sie schüttelte den Kopf. »Ich habe Robbie im Gefängnis besucht und bin von dort aus direkt hergekommen.«
Tristan ging auf sie zu und legte die Hände auf ihre Arme. »Du mußt an Etta rankommen, allein mit ihr reden. Sie anflehen. Sie überzeugen. Wahrscheinlich fürchtet sie sich zu Tode vor Will. Sieh dir nur an, was er ihr bereits getan hat. Wenn er Mary Ann getötet hat, dann hätte er keine Bedenken, auch sie zu töten. Das muß ihr klar sein. Bestimmt ist sie außer sich vor

Angst. Tu etwas, Hallie, womit du sie zwingen kannst, die Wahrheit zu sagen.«

Hallie starrte ihn an. Wie konnte sie das bloß anstellen? »Will wird mir verbieten, sein Grundstück auch nur zu betreten.«

Tristans Hände legten sich fester um ihre Arme, als er heftig sagte: »Finde eine Möglichkeit. Bring Chad dazu, daß er Will ablenkt, während zu zusiehst, daß du ins Haus kommst.«

»Wenn ich es schaffe, ins Haus zu kommen, heißt das noch lange nicht, daß es mir gelingt, ihr die Wahrheit zu entlocken.«

»Vielleicht«, warf Molly ein, »kennt sie die Wahrheit nicht.«

Tristan ließ Hallie los. »Wenn nicht, dann hat sie einen Verdacht, soviel ist für mich sicher. Und wenn Mary Ann wirklich Brians Kind war, weiß sie, wer Robbie ist. Natürlich kann es auch sein, daß Will nichts davon weiß, daß Brian und Etta ...« Tristan hielt inne.

Jetzt packte Hallie ihn am Arm. »Du mußt diese Information an Harry weiterleiten«, sagte sie eindringlich. »Ob es legal ist oder nicht. Ob es nützlich ist oder nicht. Harry *muß* sich für Robbie einsetzen.«

»Ich werde dafür sorgen. Aber so sehr, wie Harry die Hände gebunden sind ...«

»Kaum ein Mensch, den ich kenne, ist so gerecht wie Harry«, sagte Hallie. »Wenn er diese Information erst bekommen hat, wird er nicht zulassen, daß Robbie gehängt wird.«

»So weit wollen wir es gar nicht erst kommen lassen«, sagte Tristan, und seine Augen durchbohrten Hallie. »Geh zu Etta.«

Hallie rechnete nach. »Mit Chloe brauche ich eineinhalb Tage für die Heimfahrt. Die Verhandlung findet in Parramatta statt, und das ist einen halben Tagesritt von Cowarra entfernt. Somit bleiben uns drei Tage, um an Etta ranzukommen und sie anzuflehen, daß sie uns die Wahrheit sagt ... o Gott, Tristan, was machen wir bloß, wenn sie es nicht tut? Was ist, wenn sie zu große Angst hat? Was ist, wenn Will jedes Gespräch mit ihr verhindert?«

»Will Colton wird zu der Verhandlung kommen. Er wird an diesem Tag nicht zu Hause sein.«
Hallie seufzte. »Das könnte bereits zu spät sein.«

Zwei Tage später ritten Chad und Hallie zu den Coltons rüber. Will stand starr neben der Haustür.
»Guten Morgen, Will.« Chad nickte ihm zu. »Wir wollten mal sehen, ob Sie irgend etwas brauchen. Ob wir Ihnen in irgendeiner Form helfen können.«
»Wirklich gutnachbarlich von Ihnen.« Er sah Hallie nicht an. »Nein, wir kommen blendend zurecht.«
»Etta kann unmöglich blendend zurechtkommen, wenn sie gerade ein Kind verloren hat.« Hallies Stimme klang vor Wut gepreßt.
»Wenn wir *unser* Kind verlieren, ist das nicht *Ihre* Angelegenheit. Wir gehen auf unsere Art damit um.«
»Ich würde sie trotzdem gern sehen«, sagte Hallie, obwohl Chad ihr beschwichtigend eine Hand auf den Arm legte.
»Tut mir leid, Hallie. Sie will Sie nicht und auch sonst niemanden sehen.«
»Fragen Sie sie!«
Zu Hallies Erstaunen ging Will zur offenen Tür und rief: »Etta! Komm her.«
Ein Zombie tauchte im Halbdunkel auf. Etta war kreidebleich und hatte schmutziges, verfilztes Haar und starrte Chad und Hallie aus toten Augen an.
»Möchtest du Hallie sehen? Willst du, daß sie ins Haus kommt und mit dir redet?«
»Nein. Ich will niemanden sehen«, sagte Etta mit hohler Stimme.
Will wandte sich an Hallie. »Da haben Sie die Antwort.« Dann sagte er zu Etta: »Du kannst wieder gehen.«
Wie ein abgerichteter Hund drehte sich Etta um und ging wieder ins Haus.
Chad sagte: »Will, wenn es in diesen schweren Zeiten etwas gibt,

was wir für Sie tun können, dann zögern Sie nicht, uns zu verständigen.« Er ließ Thunder umkehren. »Komm, Hallie.«

Hallie siedete. Sie wartete, bis sie mehr als fünfhundert Meter zurückgelegt hatten, ehe sie herausplatzte: »Chad Morgan, taugst du denn zu gar nichts? Um Himmels willen ...«

»Beruhige dich, Hallie! Was glaubst du wohl, was du aus ihr herausgeholt hättest, wenn du mit ihr ins Haus gegangen wärst? Will hat eine unsichtbare Pistole in der Hand gehalten. Sie atmet noch nicht einmal, wenn er es ihr nicht vorschreibt.«

Hallie hielt Princess an. »Wird Robbie sterben?« fragte sie und fing an zu weinen.

Chad seufzte. »Ich wünschte, ich könnte nein sagen. Ich weiß es nicht. Etta ist unsere einzige Hoffnung ... und vielleicht Brian. Wenn wir ihn dazu bringen, zuzugeben, daß Mary Ann sein Kind war, dann zieht sich die Verhandlung vielleicht länger hin, und wir gewinnen Zeit und können dem Gericht klarmachen, daß Will rachsüchtige Motive hatte.«

»Ich hasse diesen Mann«, sagte Hallie und trieb Princess zum Galopp an.

Als sie vor dem Haus anhielt, sagte Chad: »Ich reite rüber zu den Daughertys und rede mit Brian.«

Während er im Schneckentempo rüberritt, gestand er sich ein, daß er ebensosehr wie Hallie um Robbies Leben fürchtete. Er kannte den Jungen wie einen eigenen Sohn. Eigentlich sogar besser als Jamie. Und wenn er ihn nicht wie einen Sohn liebte, dann doch wie einen Neffen, so, wie er gern für Dannys Kinder empfunden hätte. Auch er war der Überzeugung, daß Will Colton log.

Als er anklopfte, öffnete ihm Belinda. Ihre Augen waren blutunterlaufen. Mit dem Hut in der Hand fragte Chad: »Darf ich reinkommen?«

Brian saß in der Küche und blickte starr in eine Tasse Tee. Chad wandte sich an Belinda. »Ich komme gerade von Will Colton. Würde es Ihnen etwas ausmachen, mich mit Brian allein zu lassen?«

Einen Moment lang herrschte Schweigen. Dann sagte sie: »Ich weiß es. Ich habe es immer gewußt. Brian hat es mir vor langer Zeit erzählt.«

Erstaunt räusperte sich Chad und setzte sich Brian gegenüber. »Wenn du das mit ... mit dir und Etta vor Gericht aussagst, könnte es Robbie helfen. Dann muß das Gericht zumindest einen Racheakt von Wills Seite in Betracht ziehen, einen Versuch, dir etwas heimzuzahlen.«

»Mir etwas heimzuzahlen?« Brian sah ihn mit einem gequälten Ausdruck in den Augen an. »Um Gottes willen, er hat mich dazu *gezwungen*! Er hat sich hingesetzt, mit einem Gewehr auf dem Schoß, und hat uns gesagt, wir müßten es tun.«

47

Die Verhandlung sollte am Dienstag morgen beginnen. Chad konnte sich nicht vorstellen, daß sie länger als einen Tag dauern würde, wenn überhaupt. Am Sonntag brach er nach Parramatta auf, um Harry zu überreden, daß er seinen Einfluß dazu nutzte, die Verhandlung auf zwei Tage auszudehnen, damit sich Etta überreden ließ, gegen ihren Mann auszusagen. Will würde am Dienstag morgen in den Zeugenstand treten. Sie sagten sich, er würde früh aufstehen, noch bei Mondschein, und in die Stadt reiten; so konnte er sich das Geld für eine Unterkunft sparen. Dann würde Etta allein sein.

Hallie und Belinda ritten am Dienstag morgen ganz früh zu den Coltons. Als sie sich der Hütte näherten, hätte Hallie schwören können, daß sie die Stille hörte. Kein Lufthauch regte sich; keine farbenprächtigen Vögel flogen unter heiserem Geschrei von einem Baum zum anderen. Die Sonne knallte herunter, und die Hitze ließ Luftspiegelungen vor ihnen flimmern. Hallie konnte den Staub schmecken. Als sie sich umsah, erschien es ihr, als sei alles hier tot.

Die Tür des kleinen Hauses war geschlossen, und ein Schloß hing davor. Hallie klopfte an, aber es kam keine Antwort. Hatte Will Etta und die Kinder mitgenommen? Sie und Belinda liefen um das Haus und versuchten, durch die schmutzigen Fenster zu sehen. Hallie klopfte an eine Scheibe. Stille. Dann war das leise Weinen eines Säuglings zu hören.

Als sich das Fenster nicht öffnen ließ, holte Hallie eine Axt aus dem Schuppen und schlug eine Scheibe ein. Etta saß auf dem Bett und hielt ihr jüngstes Kind auf dem Schoß. Der kleine Junge stand hinter ihr und hatte die Arme um ihren Hals geschlungen. Das Baby weinte, aber Etta und der Junge gaben keinen Laut von sich.

Mit ausdruckslosen Augen starrte Etta die beiden Frauen an.

Hallie stieg durch das Fenster ein, und Belinda folgte ihr. Als Hallie sich vor Etta hinkniete, dachte sie: Ich frage mich wirklich, ob sie wahnsinnig ist, ob sie den Verstand verloren hat ... Kein Gefühl schien sich zu regen, kein Lebensfunke schien zu glimmen.

Belinda, die Etta noch nie gesehen hatte, starrte sie fasziniert und voller Grauen an. Sie war verstümmelt, verunstaltet, monströs, und das ganze Haus war unbeschreiblich schmutzig.

»Etta, wir sind gekommen, um dir zu helfen«, sagte Hallie behutsam.

Stille hallte von den Wänden.

Nach ein paar Minuten sagte Etta mit einer Totenstimme: »Niemand kann helfen.«

»Weißt du, wer ich bin?«

»Hallie ...«

»Ja. Weißt du, wo Will ist?«

Sie zögerte. »Er ist nicht hier. Er ist in die Stadt geritten.«

»Ja. Weißt du auch, warum?«

Etta nickte. »Ja ...«

»Warum, Etta? Warum ist er in die Stadt geritten?«

Etta sah Belinda an.

»Wer ist das?« fragte sie und wandte ihre leblosen Augen Hallie zu.
»Weißt du, wer Robbie ist?« Hallie machte beharrlich weiter. Sie war entschlossen, langsam vorzugehen.
Etta zuckte die Achseln.
»Erinnerst du dich noch an Brian?« Kein Laut war zu hören, noch nicht einmal das Atmen einer der Frauen.
Eine Träne bildete sich in Ettas rechtem Augenwinkel. »Ja ...« Ihre Stimme war ein Flüstern.
»Wer ist Brian?« drang Hallie in sie.
Ettas Lippen zitterten. »Er war freundlich zu mir. Er war sehr nett zu mir. Es ist sehr lange her.«
»Etta, Belinda ist Brians Frau, Robbies Mutter.« Hallie wartete einen Moment, um ihr Zeit zu lassen. »Will ist in die Stadt geritten, um auszusagen, daß Robbie Mary Ann getötet hat. Ich glaube nicht, daß er es war.«
Die verängstigten Augen eines Spatzen sahen Hallie an.
»Hat Will Mary Ann getötet?« flüsterte Hallie und nahm Ettas tote Hand.
Etta blieb stumm.
»Etta, du kannst uns helfen, Belindas Sohn zu retten.« Sie kniete sich neben die verängstigte Frau. »Du hast selbst gerade eine Tochter verloren. Du weißt, wir furchtbar das ist. Nichts auf Erden kann schlimmer sein. Ihr Sohn wird sterben, wenn die Wahrheit nicht herauskommt. Weißt du, wie Will sie getötet hat?«
»Er hat sie in einem Sack in den Wald getragen.«
Sie hatte keinen Moment lang gezögert, und ihre Stimme war ausdruckslos. Dennoch klang es wie eine Explosion.
Belinda sprang auf. »Hast du gesehen, wie er sie getötet hat?« Es war das erste Mal, daß sie etwas sagte.
Etta rührte sich nicht.
»Warum hat er sie getötet?« fragte Hallic. »Etta ... sieh mich an«, beharrte sie. »Hat Will es getan, weil Brian Mary Anns Vater ist?«

Etta sah starr vor sich hin.
»Will er dich und Brian bestrafen?«
Dann kamen die Worte herausgesprudelt – unbeirrbar, unabwendbar ... als führten sie ein Eigenleben. Etta machte den Mund auf, doch der Wortschwall, der sich ergoß, entzog sich ihrer Kontrolle.
»Wir waren sechs Monate verheiratet«, begann sie. Sie richtete den Blick auf einen Punkt in der Ferne, und ihre Stimme war monoton. »Will hat mich nie angerührt.«
Belinda und Hallie sahen einander an.
»Er hat mich ständig angestarrt, und er hat gern ... er hat gern zugesehen, wenn ich mich ausgezogen habe. Aber er hat mich nie angerührt. Mich nie geküßt ...« Ihre Stimme verhallte.
»Erzähl weiter«, drängte Hallie sanft.
»Ich dachte immer, er sei von mir enttäuscht.«
Hallie erinnerte sich daran, wie sie damals ausgesehen hatte: eine große Schönheit und äußerst reizvoll.
»Ich hatte Angst, ihn zu fragen, ob er bereut, daß er mich geheiratet hat. Ich hätte nicht gewußt, was ich tun sollte, wenn er ja gesagt hätte. Ich habe mich wirklich sehr angestrengt.« Ihr Blick kam aus der Ferne zurück, und sie sah Hallie an. »Ich habe mich wirklich sehr bemüht, für ihn hübsch zu sein. Und ich habe das Haus sehr sauber gehalten, erinnerst du dich noch?« Es klang, als flehte sie Hallie an, es zu bestätigen.
»Ich habe leckere Mahlzeiten gekocht. Ich habe Holz gehackt und Samen angepflanzt, und er brauchte mich nicht erst dazu aufzufordern. Ich habe ihm Fragen gestellt oder über das Wetter geredet, aber er hat kaum mit mir gesprochen.« Eine Träne rann über ihre Wange. »Nur abends, nach dem Essen. Dann hat er gesagt, es sei an der Zeit für eine Lektion. Er hat mich belehrt, wie ich eine bessere Ehefrau werde, ein guter Mensch. Ich hatte immer irgend etwas falsch gemacht, eine Serviette nicht so gefaltet, wie es ihm gefiel, oder seine Eier waren zu weich, oder ich hatte etwas ... Ungezogenes getan, genau so hat er es ge-

nannt. Ich hatte etwas getan, ohne ihn vorher zu fragen. Und dann«, sagte sie und fing an, leise vor sich hin zu weinen, »hat er gesagt, ich soll meine Hose runterziehen, und dann hat er mich übers Knie gelegt und mich versohlt. Wenn ich nicht geweint habe, hat er seinen Gürtel abgeschnallt und mich damit geschlagen, bis ich eine Woche nicht mehr sitzen konnte.«

Hallie spürte, wie sich Belindas Nägel in ihre Schulter gruben.

»Jeden Tag hat er etwas anderes gefunden. Ich weiß selbst nicht, wie ich immer wieder so dumm sein konnte. Ich konnte mir wohl einfach nicht merken, was ich alles nicht tun darf.« Ein Seufzen entrang sich ihr, und dann verstummte sie.

Hallie wußte, daß sie ihr Zeit lassen mußte.

»Als Chad dann einen Sträfling zum Pflügen rübergeschickt hat, war es Ihr Mann.« Sie wies mit einer Kopfbewegung auf Belinda, hielt den Blick jedoch gesenkt. »Ich habe gehört, wie Will Brian erzählt hat, er hätte als Kind eine Krankheit gehabt und könnte deshalb nie Kinder haben, aber ich wünschte mir unbedingt Kinder. ›Sie täten mir wirklich einen Gefallen, wenn Sie mit meiner Frau schlafen würden‹, hat er ganz leise zu ihm gesagt. ›Wenn Sie sie schwängern würden.‹« Etta schlug sich die Hand vor den Mund und ballte sie zur Faust.

»Brian hat nein gesagt, das könnte er nicht tun. Wieder und immer wieder. Aber Will hat nicht lockergelassen. ›Meine Frau wäre glücklich‹, hat er gesagt. ›Sie täten uns beiden einen Gefallen.‹ Und dann habe ich gehört, wie Brian gesagt hat: ›Ich habe seit mehr als vier Jahren keine Frau mehr gehabt. Lassen Sie mich Etta fragen, wie sie darüber denkt.‹«

Hallie hörte Belinda schluchzen.

Etta blickte vom Fußboden auf, sah Hallie an und sagte: »Ich hatte noch nie etwas von seiner Krankheit gehört. Ich habe ihm nicht geglaubt. Das hätte noch nicht erklärt, warum er mich nie angerührt hat. Und ich hatte Angst. Verheiratet sein und mit einem anderen Mann schlafen? Aber er sah so freundlich aus. Obwohl er so riesig war, war er sanft und hatte diese schönen

schwarzen Augen. Und mich hatte so lange niemand mehr im Arm gehalten oder berührt.« Es klang nach einer Ewigkeit. Dann sah sie Belinda an, als wollte sie damit die Gründe erklären. Belinda wischte sich mit dem Ärmel über die Augen.
»Ich dachte, daß kein Mann mich will. Ich konnte ihm ansehen, daß ich ihm gefalle.« Hallie spürte Belindas Hand wieder auf ihrer Schulter. »Und ich habe mir so sehr ein Baby gewünscht. Jemanden, den ich liebhaben kann.«
Hallie bog den Kopf zurück und schaute zu Belinda auf. Ihr Gesicht war tränenüberströmt.
»Und dann haben wir uns ins Bett gelegt, und er hat mich ausgezogen.« Wieder bohrten sich Belindas Nägel in Hallies Schultern. »Und als er gerade in mich eingedrungen ist – mein Gott, ich kann mich noch erinnern, als sei es erst gestern gewesen –, in dem Moment ist Will ins Zimmer gestürzt und hat fürchterlich gelacht.« Etta schluchzte jetzt heftig.
»Er hatte eine Waffe in der Hand ...« Ettas Stimme klang wie die eines kleinen Mädchens, eines verängstigten Kindes. »Er hat sich auf den Stuhl gesetzt und zu Brian gesagt, wenn er nicht weitermacht, erschießt er ihn. Will muß stundenlang dagesessen haben, und er hat Brian dazu gebracht, furchtbare Dinge mit mir zu tun.« Belindas Atem ging stoßweise.
»Schließlich hat Brian dann angefangen zu weinen. Will hat dagesessen und sich die Lippen geleckt, und seine Augen waren glasig.« Etta redete, als sähe sie alles nach so vielen Jahren noch deutlich vor sich. »Ab und zu hat er gerufen: ›Oh, ja.‹ Als Brian einfach nicht aufhören konnte zu weinen, hat Will gesagt: ›In Ordnung, Sie können jetzt aufhören.‹ Mir hat er gesagt, ich soll das Abendessen kochen. Er hat nicht zugelassen, daß einer von uns beiden sich etwas anzog. Brian hat unbekleidet auf dem Boden gesessen und einfach nur noch geweint. Wir haben gegessen ... ich erinnere mich nicht, was. Das ist das einzige, woran ich mich nicht mehr erinnere.«
Belinda ließ sich auf einen Stuhl sinken.

»Er hat Brian eine Decke zugeworfen und gesagt, er soll auf der Decke auf dem Boden schlafen. Dann hat er sich neben mich gelegt, und wir lagen alle drei nackt da. Und er hat mich immer wieder gefragt, was mir am besten gefallen hat. Und ich habe angefangen zu weinen, und er hat gesagt: ›Sag mir, wie du seine Berührungen empfunden hast ... sag mir, was dir am meisten weh getan hat.‹ Und während ich geweint und seine Fragen beantwortet habe, hat er an sich herumgespielt, bis er schließlich gestöhnt hat, und dann hat er mich schlafen lassen.«

Etta hielt erschöpft inne. Hallie fragte sich, ob sie es aushalten würde, noch mehr zu hören. Sie sah Belinda an, deren Hände zitterten.

»Am nächsten Morgen«, fuhr Etta fort, »war Will bester Laune. Er hat zu Brian gesagt: ›Ich nehme an, so gut ist es Ihnen nicht gegangen, seit Sie hergekommen sind, stimmt's?‹ Aber Brian hat ihm keine Antwort gegeben. Nachdem Brian fort war, hat Will mich in Ruhe gelassen und es nie mehr erwähnt.

Aber als Brian ein paar Wochen später wiedergekommen ist, hat er gesagt, er sei vor allem gekommen, weil er wissen wollte, ob mit mir alles in Ordnung ist. Aber Will hat sein Gewehr auf Brian gerichtet und diesmal gedroht, wenn er nicht dasselbe wieder mit mir tut, wird er jemandem von der Regierung melden, daß Brian mich vergewaltigt hat.« Etta sah Hallie an und umklammerte ihren Arm. »Er hat mich wie ein Tier auf allen vieren rumkriechen lassen, und Brian mußte über mich herfallen.«

Belinda schluchzte unbeherrscht.

»Ich kann mich nicht erinnern, was er sonst noch verlangt hat. Es war so gräßlich. Dann ist Will in den Stall gegangen, und Brian und ich haben dagesessen und beide geweint, und er hat gesagt: ›Du mußt verstehen, daß ich nicht wiederkommen kann. Aber wenn du je Hilfe brauchst, weißt du, wo du mich finden kannst.‹ Er hat sich bei mir für all die Dinge entschuldigt, die er gegen seinen Willen mit mir tun mußte, aber er hat mir gesagt, wie nett und wie hübsch ich bin, und dann hat er wieder geweint wie ein trauriger kleiner Junge.«

O Brian, dachte Hallie, und ich wußte von nichts. Ich wußte nie, wie sehr du gelitten hast. Und ihr fiel wieder ein, wie er gesagt hatte: »Schicken Sie mich nie mehr dorthin.«

»Als Walker gekommen ist, hat Will ihn dazu gebracht, diese Dinge mit mir zu tun. Anfangs schien es Walker Spaß zu machen. Er und Will saßen beim Abendessen am Tisch und haben sich darüber unterhalten, was Walker in derselben Nacht mit mir tun könnte. Sie haben beide gelacht, wenn ich vor Schmerz laut aufgeschrien habe. Will hat klargestellt, daß er Walker umbringt, wenn er mich je unaufgefordert berührt. So ist es zu David und meinem Baby gekommen. Sie sind beide von Walker.

Will hat mich nie angerührt, außer, um mich zu schlagen oder mir das Ohr oder den Arm zu zerfleischen. Immer wieder hat er mir gesagt, er könnte mich nicht anfassen, weil ich ›verderbt‹ bin – das war sein Wort. Mir würde es zuviel Spaß machen, die wollüstige Hure zu sein, hat er gesagt. Er könnte mich nicht anrühren, weil ich keine Dame bin, weil ich nicht gepflegt bin, weil mein Essen nicht schmeckt, weil das Haus nicht sauber genug ausgefegt ist, weil ich ungehorsam bin, weil ich ständig weine oder weil ich mich zu oft übergebe. Oder zu freundlich zu den Nachbarn bin . . .« Geistesabwesend tätschelte sie Hallies Knie. »Er hat mir gesagt, wenn er mich je dabei ertappt, daß ich irgend jemandem Familienangelegenheiten erzähle, dann wird er mich dafür bestrafen.« Als hätte er das nicht ohnehin schon getan.

»Dann kamen die Kinder dran. Wenn sie geweint haben, hat er sie mit dem Gürtel geschlagen. Wenn sie etwas verschüttet haben, haben sie seinen Handrücken zu spüren bekommen. Er hat Mary Ann quer durch das Zimmer an die Wand geschleudert, und sie ist bewußtlos liegengeblieben. Auf sie hatte er es ganz besonders abgesehen, vermutlich, weil sie ein Mädchen war. Ich

erinnere mich noch an die Nacht« – Ettas Stimme war jetzt kaum noch zu hören –, »in der er ihr drei Finger verbrannt hat.«
Belinda stand auf, ging vor die Tür und erbrach sich.
»Sie hat nichts mehr gefühlt.« Etta wartete mit diesen Worten, bis Belinda zurückgekommen war.
Hallie und Belinda konnten einander kaum ins Gesicht sehen. Lange Zeit sagte niemand etwas. Dann holte Hallie tief Atem und drehte Ettas Gesicht zu sich um, sah ihr fest in die Augen. »Wirst du zulassen, daß der Sohn des Mannes, der so nett zu dir war, der Sohn des Vaters deiner Tochter, für Wills Sünden stirbt?«
Belinda verharrte stocksteif.
»Er wird mich umbringen ...« Etta stieß den Laut eines verwundeten Tieres aus.
»Er hat deine Tochter getötet.«
Mindestens fünf Minuten lang zog sich das Schweigen hin. Selbst die Kinder gaben keinen Laut von sich.
Dann sagte Etta mit einer Stimme, die wie aus weiter Ferne klang: »Er hat angefangen, Mary Ann ganz komisch anzusehen, und das hat mir Angst gemacht, und eines Abends nach dem Essen hat er dann beschlossen, nicht mehr mir, sondern Mary Ann Lektionen zu erteilen. Sie mußte sich ausziehen, und er hat sie zugerichtet und sie geohrfeigt, bis sie Nasenbluten hatte. Dann hat er gesagt: ›Das war erst der Anfang. Du kannst dich auf viel mehr gefaßt machen.‹«
Hallie und Belinda hörten gebannt zu. Es ist, als könnte man aus einem Alptraum einfach nicht erwachen, dachte Hallie.
»In derselben Nacht habe ich ein Kissen genommen und es ihr aufs Gesicht gepreßt, bis sie nicht mehr geatmet hat«, sagte Etta mit monotoner Stimme.
Es war ein Blitz aus heiterem Himmel.
Und dann fing Etta an zu weinen. Sie schluchzte hysterisch, und Belinda schlug die Arme um sie und drückte sie an sich, streichelte ihr das schmutzige Haar. Hallie zog die Kinder in ihre Arme.
»Wenn ich ihm doch bloß eine bessere Frau gewesen wäre, dann

hätte er es nicht getan«, ächzte Etta. »Ich habe mich wirklich bemüht. Ich weiß nicht, was ich sonst noch hätte tun können. Er hat mir gesagt ...«

Hallie hätte sie am liebsten geschüttelt. »Etta«, sagte sie streng, »hör mir zu. Mit nichts, was du getan oder nicht getan hast, hast du diese Form von Behandlung verdient.« Aber sie wußte, daß Etta sie nicht hören konnte. Vielleicht die Worte, aber mit einer einzigen Bemerkung ließen sich nicht die Jahre aufwiegen, in denen sie auf Will gehört hatte.

»Hallie ...« Belinda sprach so leise, daß Hallie sie kaum hören konnte. »Wie können wir von ihr verlangen, daß sie das gesteht?«

»Robbie wird nicht hängen«, sagte Hallie, und ihre Augen sprühten Feuer. »Wir werden sie mitnehmen, und sie wird noch nicht einmal eine Aussage machen müssen. Wir werden sagen, daß es ... ein Unfall war, daß es passiert ist, weil sie sich selbst und das Mädchen schützen wollte.« Sie starrte Belinda herausfordernd an.

Als Belinda lediglich nickte, kniete sich Hallie neben Etta. »Wirst du mit uns kommen, Etta?« fragte sie leise.

Etta hörte auf zu weinen, zitterte aber immer noch. »Er wird mich umbringen.«

»Nein, das wird er nicht tun. Dafür sorgen wir. Du brauchst ihn nie mehr wiederzusehen.«

Mit dem Gesicht eines unschuldigen Kindes sah Etta zu ihnen auf. »Ich kann mich nicht allein ernähren. Niemand außer Will versorgt meine Kinder. Ohne ihn werde ich hier verhungern.«

»Ich würde lieber verhungern!« rief Belinda aus.

»Aber meine Kinder ...«

»Sieh dir nur an, was du einem deiner Kinder seinetwegen antun mußtest.« Hallie sah ein, daß sachliche Argumente nie eine Wirkung haben würden. Etta fürchtete sich zu sehr. »Du brauchst nichts weiter zu tun, als mitzukommen. Du wirst dich in den Gerichtssaal stellen und dich anschauen lassen. Du brauchst kein Wort zu sagen.«

Sie wußte nicht, ob sie noch rechtzeitig kommen würden, aber als sie um vier Uhr nachmittags in Parramatta eintrafen, war die Verhandlung noch im Gang.

Ihr Erscheinen löste Tumult aus.

Harry erhob sich, nachdem er einen flüchtigen Blick auf Hallie geworfen hatte. »Euer Gnaden, ich glaube, diese Frauen haben entscheidende Informationen, die sich auf den Urteilsspruch auswirken könnten.«

Hallie wollte, daß Etta sich neben sie setzte, aber sie riß sich los und lief durch den Gang und starrte dabei Will Colton an. Hallie streckte die Hand nach ihr aus, weil sie fürchtete, ein Blick von ihm würde ausreichen, um sie einzuschüchtern, aber Etta ließ sich nicht zurückhalten.

Die Menge schnappte hörbar nach Luft, als die Leute diese verstümmelte, groteske, roboterhafte Gestalt sahen.

»Nehmen Sie bitte Platz«, ordnete der Richter an.

Aber Etta blieb einfach stehen und starrte ihren Mann an. Dann wandte sie sich um und sah Robbie an, das Ebenbild ihrer toten Tochter.

»Herr Richter ...« Hallies Stimme zitterte. »Wir haben Beweise dafür, daß Robert Daugherty Mary Ann Colton nicht getötet hat.«

»Die Gerichtsordnung sieht vor ...« setzte der Richter an.

Hallie sah, daß Etta von Kopf bis Fuß zitterte. Gott im Himmel, dachte sie, laß sie bloß jetzt keinen Rückzieher machen. Sie wußte selbst nicht, was sie sagen würde, als sie laut und deutlich ihre eigene Stimme hörte: »Will Colton hat seine Tochter getötet.«

Etta drehte sich zu Hallie um und starrte sie an. Beide sahen einander fest in die Augen.

Hallie holte tief Atem. Vergib mir, Gott. Aber selbst, wenn du mir nicht vergibst ... Sie spürte, daß Belinda ihre Hand drückte. Als sie Belinda ansah, nahm nur sie das kaum wahrnehmbare Nicken zur Kenntnis.

»Sehen Sie sich diese Frau an«, fuhr Hallie fort. Sie wurde bereits mit aufgesperrten Mündern angestarrt. »Will Colton hat sie geschlagen. Er hat ihr den Arm gebrochen. Sehen Sie sich ihr Ohr an. Es ist nicht nur verstümmelt, sondern sie hört auch nichts mehr auf diesem Ohr. Ihr Körper weist unzählige Narben und Verletzungen von seinen Schlägen auf. Dr. Faulkner kann sie untersuchen und das bestätigen, und er kann auch bestätigen, daß der Körper des toten Mädchens Male von Schlägen aufgewiesen hat – und keineswegs frische.« Sie legte eine Pause von drei Herzschlägen ein, damit ihre Worte ankommen konnten. Dann sagte sie langsam und unbeirrt: »Mit seinem kleinen Mädchen hat er dasselbe getan wie mit seiner Frau – und an seinen Schlägen ist es gestorben.«

Will Colton sprang auf. »Ich habe niemanden getötet!« Seine Augen gruben sich glühend in seine Frau. »Sag es ihnen, Etta. Sag es ihnen!«

Etta hob den rechten Arm und deutete auf Will. »Er war es«, sagte sie mit einer lauten und deutlichen Stimme. »Ich habe es selbst gesehen. Er hat meine Tochter umgebracht.« Sie drehte sich um und sah erst Hallie und dann Belinda an. »Ich habe den beiden alles erzählt«, sagte sie. »Das stimmt doch?«

Erschöpft und schockiert zugleich sahen Hallie und Belinda einander an. »Ja . . .« Belindas Stimme war kaum mehr als ein Flüstern. Sie hielt Hallies Hand fest umklammert. »Genau das hat sie uns gesagt. Mr. Colton hat ihre Tochter getötet.«

Will sagte kein Wort. Etta lächelte ihn an.

48

Als Gouverneur Thomas Brisbane seinen Ball zum Geburtstag des Königs veranstaltete, fuhren Hallie und Chad ohne die Kinder nach Sydney. Ein ganze Woche lang würde es in der Stadt ein Fest nach dem anderen geben. Chad hatte den zweijährigen Timor für das Rennen am Samstag angemeldet. Er und Hallie wollten bei Tristan und Molly wohnen, damit sie möglichst viel Zeit mit Jamie verbringen konnten, obwohl sie bereits jeden Abend eingeladen waren.

Als Chad vorgeschlagen hatte, die Kinder bei Beth und Sophie zu lassen und eine Woche in Sydney durchzufeiern, zum ersten Mal überhaupt gemeinsam Ferien zu machen, war Hallies erster Gedanke gewesen, daß ihr keines ihrer Ballkleider mehr paßte. Sie war nicht etwa pummelig geworden, aber sechs Kinder hatten ihren Tribut gefordert – sie hatte keinen Taillenumfang von fünfundfünfzig Zentimetern mehr, und ihr Busen war jetzt so voll, daß die mädchenhaften Ballkleider ihr nicht mehr standen. Chad, der mit Begeisterung mit ihr einkaufen ging, bestand darauf, ihr ein wirklich phantastisches scharlachrotes Ballkleid zu kaufen, das zweifellos in ganz Sydney einen Skandal auslösen würde. Er gab Schuhe in Auftrag, die ebenfalls in Scharlachrot eingefärbt werden sollten, und als er Hallies Gesicht sah, lachte er.

»Meine Güte, Chad!« rief sie aus. »Das kann ich unmöglich tragen!«

»Warum denn nicht?« Er grinste. »Zeigen wir denen ruhig mal, daß wir Landpomeranzen tonangebend in der Mode sein können.«

Als sie sich für den Ball ankleideten, forderte er sie auf, die Augen zu schließen, und als sie sie wieder öffnen durfte, hatte er ihr eine Goldkette mit einem großen geschliffenen Diamanten umgehängt.

»O Chad!« Hallie konnte es kaum fassen. »Aber warum denn das?«

Er zuckte die Achseln. »Muß ich einen Grund dafür haben, meiner Frau Schmuck zu schenken? Wenn es unbedingt sein muß, dann sagen wir doch einfach, es ist . . . es ist ein Dankeschön für sechs reizende Kinder. Für alles, was wir *gemeinsam* aufgebaut haben. Und dafür, daß du wie keine zweite Frau auf Erden bist.«

Hallie lachte. »Du übertreibst mal wieder.« Die »sechs Kinder« hatten wie üblich Gewissensbisse bei ihr wachgerufen. »Alle anderen Frauen werden vor Neid sterben«, sagte sie und sah sich noch einmal in dem Rundspiegel an. »Das glaube ich wirklich.«

»Du hast doch noch nie Schmuck besessen, oder?« fragte Chad mit zusammengekniffenen Augen.

»Nein«, sagte sie. »Woher auch?« Wieder regten sich Schuldgefühle ... denn ganz hinten in einer Schublade lagen in ein Taschentuch geknotet die Ohrringe, die Tristans Mutter gehört hatten, der anderen Julie. Seit Chads Heimkehr hatte Hallie sie nicht mehr herausgeholt, sie nicht einmal mehr betrachtet.

Der Ball der Brisbanes war noch aufwendiger als die Bälle der Macquaries. Hallie wußte, daß sich viele nach ihr umdrehten, obwohl sie zweiunddreißig war und sechs Kinder hatte. An jenem Abend konnte sie keiner übersehen – und ihr fiel auf, daß nicht alle wohlwollend auf ihre auffällige Erscheinung reagierten.

Hallie ließ keinen Tanz aus und hatte immenses Vergnügen an dem Ball. Erst als zum Essen gerufen wurde, kam Chad auf sie zu. Sie hatte beobachtet, daß er sie den ganzen Abend über angestarrt hatte. Er selbst hatte nur zweimal getanzt, einmal mit Susan und einmal mit Mrs. Brisbane.

»Wann hast du tanzen gelernt?« fragte er, als er ihr etwas zu essen geholt hatte. »Davon hast du mir nie erzählt.«

»Ich habe dir doch erzählt, daß ich schon auf Bällen des Gouverneurs war, während du fort warst. Susan und Harry haben mir das Tanzen beigebracht.« Und Tristan ...

»Der nächste Tanz gehört mir«, kündigte Chad an.

Ihr Leben lang würde Hallie die Neujahrsbälle des Gouverneurs mit Tristan in Verbindung bringen, der nicht mehr dazu eingeladen wurde. Lord Bathurst, der Minister, der für die Kolonien zuständig war, und Brisbane, der neue Gouverneur, waren sich einig, freigelassene Sträflinge sollten weder Regierungsposten bekommen noch vom Gouverneur eingeladen werden. Sie mochten zwar für ihre Fehler gebüßt haben, aber der gesellschaftliche Umgang mit Immigranten, die nicht aus freien Stücken gekommen waren, nein, das schied aus. So kam es, daß einer der reichsten Bürger der besseren Gesellschaft von Sydney – und noch dazu einer der respektiertesten, der, der vielen das Leben gerettet und ihre Geschlechtsteile gesehen und ihre tiefsten Geheimnisse gehört hatte – jetzt offiziell gesellschaftlich verfemt war.

An jenem Abend war Hallie fraglos die bezauberndste Schönheit auf Gouverneur Brisbanes Ball. Aber es war ein hohler Triumph, denn das, was sie in den Augen von Fremden sah, spiegelte sich nicht in Tristans Blicken.

Auf der Rückfahrt zum Haus der Faulkners kündigte Chad an, er werde Hallie nach Hause bringen, dann aber gleich wieder losziehen. Merriwether und einige andere trafen sich zu einem Kartenspiel. »Wahrscheinlich komme ich erst gegen morgen zurück«, sagte er. Hallie konnte die Vorfreude aus seiner Stimme heraushören.

»Was tätest du, wenn du alles verlieren würdest?« fragte sie ohne allzu großes Interesse.

»Mein Liebes, dann wäre ich immer noch der reichste Mann, den man sich vorstellen kann. Ich habe dich und unsere Kinder, und wir würden ganz einfach noch einmal von vorn anfangen. Irgendwie bereitet mir das keine großen Sorgen. Wir würden über die Berge gehen und neu beginnen.« Er drückte ihre Hand und lachte. »Wahrscheinlich würde dir das sogar gefallen, stimmt's? Eine neue Herausforderung. Du müßtest wieder hart arbeiten, und jeder Tag wäre abenteuerlich.«

»Es hat schon einen gewissen Reiz«, stimmte sie ihm lächelnd zu. »Aber es täte mir trotzdem sehr weh, Cowarra zu verlieren.«

»Ich weiß«, sagte er. »Aber du hast mich gefragt.«

Als sie vor dem Haus standen, hob er ihre Hand an seine Lippen und murmelte: »Ich weiß selbst nicht genau, warum ich fortgehe, wo ich doch heute nacht nichts Aufregenderes tun könnte, als mit dir zu schlafen.«

Nein, dachte sie, nicht in Tristans Haus. Das könnte ich nie.

»Mich kannst du in jeder anderen Nacht auch haben«, sagte sie, als sie auf die Haustür zugingen.
»Nach all den Jahren finde ich diese Vorstellung immer noch erregend«, sagte er und sah sie mit unverhohlener Bewunderung an.
Plötzlich fühlte sie sich sehr von ihm angetan. Er war wirklich ein ungeheuerlich netter Mann, dachte sie. Sie beugte sich vor und küßte ihn zart. »Ich mache mir auch viel aus dir, Chad Morgan.«
»Also, so was, Hallie ...« Er lachte gehemmt. »Mir ist fast danach, dieses Kartenspiel doch ausfallen zu lassen. Solche Dinge sagst du sonst nie zu mir.« Er schlang die Arme um sie und küßte sie gierig.
Doch im nächsten Moment löste sie sich von ihm und sagte: »Du kannst mich jederzeit küssen. Geh schon, und viel Spaß beim Kartenspiel. Sieh zu, daß du genug gewinnst, um meine Kette zu bezahlen.«
»Magst du mich auch noch, wenn ich verliere?« fragte er im Scherz.
»Ich wüßte gar nicht, wie ich es erfahren sollte.« Sie hatte keinerlei Überblick mehr über ihre Finanzen. Sie wußte auch nicht mehr, wie viele Schafe sie besaßen oder wieviel Pfund Wolle sie nach England schickten. Manchmal wußte sie nicht einmal genau, wie viele Sträflinge sie hatten.
Chad grinste. »Es könnte sein, daß ich dich wecke, wenn ich wiederkomme«, sagte er und öffnete die Tür.
Tristan stand da.
Er war nicht zu Hause gewesen, als sie aufgebrochen waren, denn er hatte im Krankenhaus eine Notoperation durchgeführt. Er hatte nicht mit ihnen gegessen und Hallie auch noch nicht in ihrem roten Kleid gesehen. Die Diamantkette hatte er ebenfalls noch nicht gesehen.
»Hallo, alter Knabe«, sagte Chad und drückte ihm die Hand. »Ich hätte nicht erwartet, daß um die Tageszeit noch jemand auf ist.«

»Ich bin gerade erst nach Hause gekommen«, antwortete Tristan, ohne Hallie aus den Augen zu lassen.
Chad bemerkte seinen bewundernden Blick und lachte. »Nach all der Aufmerksamkeit, mit der sie überschüttet worden ist, hätte sie ebensogut die Königin persönlich sein können.«
»Ich erinnere mich«, sagte Tristan mit zarter Stimme, »an einen anderen Ball vor vielen Jahren, bei dem es genauso war.«
Chad legte Tristan eine Hand auf die Schulter und ging. Hallie winkte der Kutsche nach und wandte sich dann zu Tristan um, der den Blick immer noch nicht von ihr losgerissen hatte. Er trat ein paar Meter zurück, um sie besser betrachten zu können.
»Dreh dich um«, sagte er, »damit ich dich von allen Seiten sehen kann.«
Sie tat es.
»O Hallie ...« Es war kaum mehr als ein Flüstern. Ihre Augen erschienen ihm wie Magnete, und er ging langsam auf sie zu, ließ ihr Zeit, zurückzuweichen, Zeit, nein zu sagen. Doch sie konnte es nicht. Und sie wollte es auch nicht. Sie wollte ihn spüren, seinen Körper, seine Lippen, seinen Atem.
Sie lehnte sich an die Tür, und er blieb wenige Zentimeter vor ihr stehen. Sie konnte das Verlangen sehen, das sich in seinen Augen spiegelte, als sich sein Mund auf ihre Lippen legte. Ihre Körper berührten einander nicht. Die Hände hatte er beidseits von ihrem Kopf gegen die Tür gestemmt, und seine Lippen bewegten sich zart auf ihren, während seine Zunge sanft über ihren Mund glitt und sie dazu brachte, die Lippen zu öffnen. In dem Moment schmolzen fünf Jahre dahin. Sie waren wieder eins. Als sich sein Körper von Kopf bis Fuß an sie preßte, konnte sie seinen, aber auch ihren Herzschlag spüren, und sie schlang ihm die Arme um den Hals.
»O Tristan«, hauchte sie und hielt ihn fest. »Du fehlst mir so sehr.«
»Es war eine Folter, dich in dieser ganzen Woche nicht berühren zu können«, flüsterte er. »Wie oft wollte ich die Hand nach dir

ausstrecken, dich küssen. Oder dich einfach nur ansehen und dir sagen, daß ich dich liebe – daß ich nie jemanden so wie dich lieben werde.«

»Ja. Ja. Ich liebe dich auch. Ich denke an dich ...«

Abrupt wandte er sich ab, und seine Augen waren gepeinigt. »Mein Gott, Hallie, das dürfen wir nicht tun. Du siehst nur einfach ... ich habe dich dort stehen sehen ...« Seine Stimme verhallte, und er stand nur noch da und starrte sie an.

Sie bemühte sich, ihren beschleunigten Atem unter Kontrolle zu bekommen. Er hatte recht: Sie durften sich das nicht erlauben. Es war nicht recht. Tristan hatte eine Frau, die ihn liebte, und er hatte Kinder und trug Verantwortung. Und sie ... sie hatte einen Mann, der ihr scharlachrote Ballkleider und funkelnde Schmucksteine schenkte. Es war eine undenkbare Situation.

Tristan schenkte sich einen Drink ein. Hallie zog die Handschuhe aus und sank auf einen Stuhl. Tristan leerte das Glas mit einem Zug und blieb stehen. Im nächsten Moment kniete er neben ihr. »Ich habe nur ein Problem mit Molly. Sie ist nicht du. Ich liege nachts neben ihr, Hallie, und manchmal bin ich wütend auf sie, weil sie nicht du ist.«

Sie nickte. »Ich weiß. Mir geht es mit Chad ganz genauso. Ein wirklich liebenswürdiger Mann, dessen größter Fehler der ist, daß er nicht Dr. Tristan Faulkner ist.«

»Aber Chad verkörpert viel mehr als Tristan Faulkner. Dieser Mann besitzt Phantasie und Voraussicht, er ist ein Mann der Tat, er hat ein wunderbares Naturell ...«

»Ich habe nie erlebt, daß du aufbraust oder übellaunig bist«, sagte Hallie.

Er schüttelte den Kopf. »Ich bin fürchterlich launisch geworden.«

»Aber du besitzt eine Zartheit, die ihm fehlt.« Sie legte eine Hand auf seine Hand.

»Und er sprüht vor Spannung, und das geht mir ab.«

»Ganz gleich, was du bist oder nicht bist, ich liebe dich«, sagte

Hallie und nahm seine Hand. »Ich bin in meinem ganzen Leben nicht glücklicher gewesen als in den Jahren, in denen du nach Cowarra gekommen bist und wir über unsere Vorstellungen geredet haben, über unsere Ideen, als du Pflanzen und Rebstöcke mitgebracht und uns allen das Rechnen beigebracht hast. Ich war nie glücklicher als in jenen Jahren – den Jahren, in denen Chad fort war.«

»Wenn Molly und Chad bloß nicht so prachtvolle Menschen wären«, sagte Tristan und stand auf, »dann wäre alles einfacher. Mir wäre es lieb, wenn ich Chad nicht leiden könnte, denn er hat dich. Aber ich mag ihn, und wenn ich meine Kinder schon nicht großziehen kann, dann ist mir niemand lieber ...«

»Ich weiß«, sagte Hallie, die ebenfalls aufstand. »Das Leben steckt voller Rätsel, findest du nicht auch?«

Tristan lächelte wehmütig. »Ich bin nicht sicher, ob ich an Gott oder an ein Leben nach dem Tod glaube«, sagte er leise, »aber ich habe wirklich das Gefühl, daß unsere Asche eines Tages miteinander vermengt wird. Und dann werden wir auf ewig zusammensein. Das wird genügen müssen.«

Tränen traten in Hallies Augen. Sie streckte die Hände aus, und Tristan nahm sie und zog sie an sich. »Du sollst immer wissen, daß ich dich liebe und keinen Moment lang aufgehört habe, dich zu lieben. Du sollst wissen, daß du immer einen Platz in meinem Herzen hast.« Er küßte sie zärtlich.

Als Chad gegen fünf kam, lag sie noch wach.

Sie schlief ohne Nachthemd, und sie schlug die Augen nicht auf, als sie die Arme ausbreitete. Er lag kaum im Bett, als sie schon die Beine um seine Taille geschlungen hatte, und ihre Reaktion auf ihn erregte ihn und steigerte seine Leidenschaft. Er liebte sie mit einem Ungestüm wie seit langem nicht mehr.

Mit geschlossenen Augen reagierte Hallie auf Chad wie noch nie. Es war nämlich Tristan, mit dem sie sich liebte, der sie die ganze Nacht geliebt hatte, als sie allein im Bett lag.

49

Inzwischen gab es eine Straße zwischen Morgantown und Parramatta, aber Hallie hatte es vorgezogen, Princess zu reiten und nicht mit Chad einen Wagen zu nehmen. Erst als sie anhielten, um ein Picknick zu machen, hatten sie Gelegenheit, sich miteinander zu unterhalten. Chad war bestens aufgelegt. Timor hatte zum ersten Mal bei den Rennen in Sydney gewonnen, und Chad hatte nicht nur bei den Rennen eine Menge Geld verdient, sondern auch für eine ganz unglaubliche Summe künftige Zuchtrechte verkauft.

Er hatte versucht, Hallie zu erklären, für ihn zählte das Geld gar nicht so sehr, »obwohl das natürlich auch Spaß macht. Das bringt mir genug ein, um Kinkerlitzchen wie deine Kette zu kaufen. Aber was ich eigentlich spannend finde, ist, mich einfach nur auf meinen Instinkt zu verlassen, der sich dann bei den Wetten als richtig erweist.«

»Mir ist der Spaß am Glücksspiel völlig unverständlich«, sagte sie, obwohl sie sich kein bißchen an seiner Wettleidenschaft störte.

Chad lehnte sich an einen großen Känguruhbaum. Sein kastanienbraunes Haar wirkte nie wirklich frisiert. Fünf Minuten nachdem er es gebürstet hatte, fiel ihm eine Locke in die Stirn. Hallie fand, er sähe immer aus, als sei er vom Wind zerzaust. Sonnensprenkel fielen durch das Laub auf sein zerfurchtes Gesicht. Er lächelte sie aus grauen Augen an.

»Meine Liebe, du bist genauso eine Spielernatur wie ich«, sagte er zu ihr. »Du spielst in vieler Hinsicht gewagt, wenn auch vielleicht nicht um Geld. Du bist viele Risiken eingegangen. Das Geschäft, den Kauf von Tausenden von Morgen Land, all diese Schafe. Schau dir nur an, was du riskiert hast, als du ans andere Ende der Welt gekommen bist, um mich zu heiraten.«

»Das schien mir nie ein großes Risiko zu sein«, sagte Hallie.

»Hat es dir nie leid getan?«

Sie lächelte. »Habe ich jemals den Eindruck gemacht?«
»Ich meine, ob du bereut hast, daß du mich geheiratet hast?«
Eine Sekunde lang zögerte sie. »Habe ich je den Eindruck gemacht?«
Er nagte ein Hühnerbein ab und warf den Knochen über den Bach. »Hallie, wir brauchen mehr gesellschaftlichen Umgang. Dir hat diese letzte Woche doch großen Spaß gemacht, oder nicht?«
»Es war einfach wunderbar. Ich fühle mich wie neugeboren.«
»Ich habe mir überlegt ... laß uns ein Haus in Sydney bauen. Nein, hör mir erst zu«, sagte er, als sie den Mund aufmachte, um ihm ins Wort zu fallen. »Nicht, um dort zu leben, sondern damit wir es haben, wenn einer von uns Lust hat, in die Stadt zu fahren. Für Wochen wie diese letzte und für andere Festivitäten. Wenn wir zum Rennen gehen. Für Zeiten, in denen du Jamie vermißt. Wenn jemand von Cowarra gern in die Stadt fahren möchte. Nichts Großartiges, nur ein nettes Häuschen.«
Natürlich konnte er es nicht wissen, aber das paßte ausgezeichnet zu einer Idee, die in ihrem Kopf Gestalt annahm. Sie wollte trotzdem noch nicht mit ihm darüber reden.
»Es dauert nicht mehr allzu viele Jahre, bis unsere anderen Jungen auch in Sydney zur Schule gehen«, fuhr Chad fort. »Wir können den Faulkners nicht unsere sämtlichen Söhne aufbürden. Wick wird in einem Jahr zur Schule gehen, Garth zwei Jahre später. Ich komme so oft in die Stadt, daß ein Haus dort sich finanziell lohnen würde.
Außerdem finde ich, wir sollten neben dem Laden eine Mühle bauen. Mehl und Mais für die Farmer aus dem Tal mahlen. Und einen Brennofen. Unserer auf der Farm ist nicht groß genug für den gesamten Bedarf des Tals.«
Sie sah ihn neiderfüllt an. Offensichtlich hatte er eifrig Zukunftspläne geschmiedet. Und Tristan hatte recht, wenn er sagte, Chad sei aufregend. Aber sie empfand ihn nicht mehr als so anregend und überwältigend wie vor seinem Englandaufenthalt. Seit sie

damals die Chance gehabt hatte, alles selbst in die Hand zu nehmen, diejenige zu sein, die alle offenen Fragen beantworten konnte, sah sie ihr Leben aus einer anderen Perspektive. Und eine Umkehr gab es nicht. Nie wieder würde sie sich damit zufriedengeben, nichts weiter als Mutter und pflichtbewußte Ehefrau zu sein. Sie brauchte mehr.

Aber wie? Chad sprudelte ständig mit Plänen und Projekten für seine hochgeschätzte Dynastie über. Was motivierte ihn, was hielt sein Interesse wach und was fand er im Leben aufregend? Sie fragte sich ohne allzu großes Interesse, ob er je wirklich und wahrhaft verliebt gewesen war, so, wie sie Tristan liebte. Ohne es selbst zu merken, sprach sie ihre Gedanken laut aus. »Bist du je verliebt gewesen?«

Chad, der gerade eine Banane schälte, sah sie an. Erst nach einer langen Pause antwortete er: »Warum fragst du mich das?«

Hallie zuckte die Achseln und sah durch das Laub zu dem kobaltblauen Himmel auf. »Ich weiß es nicht. Es war nur eine Überlegung.«

Er blieb so lange stumm, daß sie schon dachte, er würde ihr keine Antwort mehr geben. Sie schaute in den Bach, der über die glatten Steine plätscherte.

»Ich war noch lange nicht zwanzig, als ich mir eingebildet habe, verliebt zu sein ... in eine ältere Frau. Ich konnte zwei Jahre lang an nichts anderes denken. Außer ihr hat nicht das geringste gezählt. Ist es das, was du meinst?«

»Ich weiß es selbst nicht.«

Er zog eine Augenbraue hoch und sah sie mit einem unergründlichen Gesichtsausdruck an, und er erschien Hallie verletzbar. Das überraschte sie. Plötzlich bekam sie Angst, und es tat ihr leid, eine so persönliche Frage gestellt zu haben. Was war, wenn er ihr die Gegenfrage stellte?

Sie stand abrupt auf und strich sich die Krumen vom Rock. »Wenn wir zum Abendessen zu Hause sein wollen, sollten wir lieber aufbrechen.«

1824 wurde Chads »nettes Häuschen« fertig. Es ähnelte einer italienischen Villa mit sechs Schlafzimmern im ersten Stock. Das Wohnzimmer war nicht protzig, aber es gab auch einen Ballsaal mit Marmorboden. Im dritten Stock war das Personal untergebracht. Von Hallies und Chads Schlafzimmer aus sah man auf die riesige Veranda mit den Marmorsäulen und die gepflegten Rasenflächen, die zum Hafen abfielen. Hallie und Alex übernahmen es, Tausende von Blumen, Knollen, Sträuchern und Bäumen zu pflanzen. Wieder einmal suchte Chad sämtliche Möbel aus, ohne Hallie zu fragen. Sie hatte nichts dagegen, denn sie wußte, daß sein Geschmack ausgebildeter war als ihrer. Das, was er ausgesucht hatte, für all ihre drei Häuser, hatte ihr bisher immer gefallen.

Die kleineren Kinder – Wick und Julie waren jetzt sechs, Garth vier und Chloe drei – liebten die Abwechslung und genossen es, zwischen zwei Häusern zu pendeln, in der Stadt neue Spielkameraden zu finden und sich in einer anderen Umgebung aufzuhalten. Alex war die einzige, die das Kinn in die Luft reckte und behauptete, die Stadt sei ihr verhaßt. Hallie konnte sie nur ködern, mitzukommen, wenn sie Rat und Hilfe im Garten brauchte. Mit zwölf kannte sich Alex mit Pflanzen besser aus als jeder andere, mit Ausnahme von Tristan. Jamie blieb auf seinen ausdrücklichen Wunsch hin bei den Faulkners, und Alex blieb im allgemeinen mit Beth auf Cowarra. Hallie hatte den Verdacht, es läge auch daran, daß sie in Robbies Nähe sein wollte.

»Drei Häuser. *Drei* Häuser.« Sophie konnte es einfach nicht fassen. Danny und Tess auch nicht. Sie kamen ein Wochenende in die Stadt, und Tess blühte auf. Sie lief selig durch die Straßen und blieb stehen, um sich mit Leuten zu unterhalten, die sie noch nie gesehen hatte.

Hallie war es peinlich, ein Gespräch mit anzuhören, das ihr Bruder und seine Frau am Sonntag nachmittag im Eßzimmer führten. Sie wußte, daß sie nicht hätte lauschen sollen, aber sie blieb wie angewurzelt stehen.

»Ich will hierbleiben.« Tess' Stimme klang hart. »Ich will nicht aufs Land zurückgehen.«
Nach einer Weile sagte Danny: »Aber dort hat für mich das Leben erst richtig angefangen.«
»Und ich bin dort gestorben«, zischte seine Frau. »Seit wir aus England fortgegangen sind, fühle ich mich lebendig begraben.«
»Du hast dich kein bißchen bemüht, dich in meine Familie einzugliedern.«
»Deine Familie! Klar, die leben da oben in dem großen Haus und spielen sich furchtbar auf! Du arbeitest genauso hart wie Chad. Härter als Hallie. Und sie sitzen da oben in diesem riesigen Schloß ... und statt uns das Haus zu geben, in dem sie vorher gelebt haben, stellen sie es sündhaften Frauen zur Verfügung. Frauen mit unehelichen Kindern und keinen Armen! Und uns lassen sie in diesem kleinen Fünfzimmerhaus sitzen, um uns zu zeigen, wie unbedeutend wir sind.«
Warum bin ich nicht von selbst darauf gekommen? dachte Hallie schuldbewußt. Natürlich hätte ich Danny das Haus geben sollen, und Melanie und Laurie hätte ich in ihrem kleinen Häuschen unterbringen können. Sie hörte, wie Danny seufzte.
»Es ist größer als jedes Haus, das wir in Newcastle je gehabt hätten«, sagte Danny zu seiner Verteidigung.
»Klar, du bist ja nie da. Aber ich bin den ganzen Tag mit den Kindern dort eingesperrt und habe niemanden, mit dem ich reden kann.«
»Es gibt genügend Leute auf Cowarra. Jede Menge Frauen. Du meinst, du willst deine Mutter und deine Schwestern um dich haben! Du versuchst gar nicht erst, hier mit jemandem zu reden.«
Tess fing jetzt an zu weinen. »*Du* redest nie mit mir. Du beantwortest noch nicht einmal meine Fragen. Du kümmerst dich nicht um die Kinder. Du hast nichts anderes im Kopf als deine Trauben. Um Himmels willen, es ist gottlos, Alkohol zu trinken,

und mein Mann muß ausgerechnet diese Arbeit machen. Das ist Teufelswerk!«
»Für dich ist alles Teufelswerk.« Dannys Stimme klang resigniert. »Du hast es auch für gottlos gehalten, Kinder zu machen.«
»Mir ist noch nicht aufgefallen, daß du mehr Kinder möchtest, seit wir hier sind.«
»Mein Gott!« rief er aus, »jedesmal wenn ich dich anfassen wollte, dann hast du getan, als ob ich stinke! Selbst wenn du mich nicht weggestoßen hast, hatte ich das Gefühl, dir etwas Fürchterliches anzutun. Warum zum Teufel sollte ich das immer noch probieren?«
»Es ist wahr«, schrie sie, »ich finde es abscheulich. Aber ich bin klug genug, um zu wissen, daß ich es tun muß, um Kinder zu bekommen. Aber ich hasse es; es ist gottlos.«
Dannys Stimme war ruhig und so leise, daß Hallie ihn nur mit Mühe verstehen konnte. »Was ist so böse daran, Kinder zu machen? Daran, daß ein verheirateter Mann und seine Frau einander berühren?«
»Berühren? So nennst du das? Nasse, sabbernde Lippen ...«
»Ja, selbst als du die Kinder gestillt hast, war es dir unerträglich, daß sie an dir saugen.«
Tess schluchzte jetzt. »Ich hasse Schweißgeruch. Ich hasse die Dinge, die Männer tun, um Babys zu machen. Ich hasse ...«
»Du haßt Küsse, und du haßt es, den Körper eines anderen Menschen zu berühren, und dir ist es verhaßt, wie Männer aussehen ...«
»Ich wünschte, ich hätte dich nie kennengelernt.« Sie hörte auf zu weinen, und es klang, als würde sie sich mit Nägeln und Zähnen auf ihn stürzen wollen.
Mit matter Stimme sagte Danny: »Das weiß ich. Das weiß ich schon seit Jahren.«
»Ich wünschte, du wärst im Kohlenbergwerk umgekommen. Ich wünschte, ich wäre bei meiner Mutter und meinen Schwestern

in Newcastle. Ich wünschte, ich wäre verwitwet und könnte von hier fortgehen, aus diesem gräßlichen Land verschwinden.«
Mit diesen Worten stürmte Tess aus dem Zimmer und an Hallie vorbei, die wie angewurzelt im Gang stand. Mit lodernden Augen fauchte sie Hallie an: »Und es ist alles deine Schuld!« Tess stürmte die breiten Stufen hinauf, und einen Moment später hörte Hallie, wie oben eine Tür zugeknallt wurde. Als sie ins Eßzimmer sah, hatte Danny den Kopf auf den Tisch gelegt, die Hände auf den Ohren.
Am nächsten Morgen ritt er nach Cowarra zurück. Tess blieb in der Stadt, zog schlichtweg in eines der großen Zimmer im ersten Stock ein und kehrte selbst über Weihnachten nicht auf die Farm zurück. Roger und Pamela, die jetzt niemanden mehr hatten, der auf sie aufpaßte und für sie sorgte, zogen in den Flügel des großen Hauses auf Cowarra, in dem die Kinder wohnten, und Danny lebte allein in dem kleinen Häuschen, das Chad für ihn gebaut hatte. Ein- oder zweimal in der Woche aß er mit Emil, aber ansonsten kam er ins große Haus zum Essen, und niemand erwähnte je die veränderten Wohnverhältnisse.

Eines Tages saß Hallie auf der Veranda, als sie Beth sagen hörte: »Ich habe einen Mann getötet. Oder zumindest glaube ich, daß ich ihn getötet habe ...«
Die Worte hingen in der Luft. Es war eine tonlose Aussage.
Hallie stand leise auf, doch dann hörte sie Dannys Stimme.
»Das macht nichts«, sagte er. »Er muß es verdient haben. Es spielt überhaupt keine Rolle, verstehst du? Es ändert meine Gefühle nicht im geringsten.«
Hallie blieb einen Moment lang versonnen stehen und zog sich dann leise zurück.
Beth kam nie mit nach Sydney und verließ Cowarra unter keinen Umständen, obwohl seit ihrer Ankunft hier jetzt schon fast zwölf Jahre vergangen waren. Manchmal konnte man sie mit Alex und Danny und Emil in den Weinbergen sehen, oder sie

ritt mit Sophie oder Alex in die Hügel. Und sie war das Kindermädchen sämtlicher Kinder, auch das von Dannys Kindern. In der letzten Zeit war Hallie aufgefallen, daß ein neuer Ausdruck in ihren Augen stand, ein Ausdruck, von dem sie glaubte, ihn zu kennen.

Sophie redete mit Hallie, denn sie fand es an der Zeit, daß etwas mit Melanie und Laurie geschah. Vielleicht konnten sie in Sydney oder Parramatta Arbeit finden, etwas, was sie in Kontakt mit Menschen brachte.

Etta dagegen kam nur langsam aus der Hölle heraus, die sie durchgemacht hatte, und sie zuckte immer noch zusammen, wenn sie sich in einem Spiegel sah. Ihr tat das Leben auf Cowarra gut. Vor ein paar Monaten war Will Colton im Gefängnis von Coal Town von zwei anderen Häftlingen erwürgt worden, die man daraufhin gehängt hatte. Erst als sie diese Nachricht hörte, fing Etta an, sich sichtlich zu entkrampfen. Hallie fragte sich dennoch, ob Etta sich nach den Jahren mit Will je wieder in die Gesellschaft würde einfügen können.

»Sie werden wie Nonnen«, sagte Sophie zu Hallie. Sie sprach von den beiden jüngeren Frauen, die Tristan hergebracht hatte. »Von der Welt abgeschieden. Wenn wir sie nicht bald wieder eingliedern, werden sie sich fürchten, je wieder mit Menschen zu reden. Sie müssen allmählich lernen, daß nicht alle Männer schlecht sind.«

Ja, dachte Hallie. Und es ist unsere Aufgabe, uns darum zu kümmern, daß sie nicht wieder so behandelt werden wie früher. Für diesen Zweck war das neue Stadthaus genau das, was sie brauchte. Seit es fertiggestellt war, verbrachte sie die Zeit zur Hälfte dort und nur noch zur Hälfte auf Cowarra.

Sie machte sich viele Gedanken über Etta, Laurie, Melanie und Beth. Das brachte sie dazu, sich jede Frau anzuschauen, die ihr auf den Straßen von Sydney entgegenkam. Wenn Schiffe in Sicht waren, trieb sie sich an den Anlegestellen herum und sah zu, wie die Frauen an Land kamen, und sie ging auf sie zu und stellte ihnen Fragen. Sie hatte die Fabrik des Frauengefängnisses von Parramatta immer wieder besucht, und manchmal gelang es ihr, Susan zu überreden, daß sie mitkam.

Eine Idee fing an, sich in Hallies Vorstellung herauszukristallisieren. »Warum können wir nicht eine Unterkunft für diese Frauen finden, die hier ankommen?« fragte sie Susan eines Tages.

Susan sah sie an und zog ihre vollkommen geformten Augenbrauen fragend hoch. »Komm schon, Hallie, ich merke doch, daß es dir um mehr geht.«

Hallie lächelte. »Wir könnten sie vom Schiff abholen und ihnen eine Unterkunft anbieten, ihnen anständige Stellungen suchen. Damit sie nicht das erste Angebot annehmen. Wir könnten dafür sorgen, daß Männer ihnen nicht die Ehe versprechen, sie mißbrauchen und dann ihr Versprechen nicht halten. Dafür sorgen, daß sie keine undankbaren Jobs annehmen, bei denen sie so gut wie nichts verdienen. Jemand – wir – könnte sich in diesem neuen Land ihrer annehmen und etwas für sie tun.«

Hallies Begeisterung war ansteckend. »Wir könnten uns sogar als Heiratsvermittler betätigen, oder nicht?« sagte Susan mit strahlendem Blick.

»Eine wunderbare Idee!« Hallie schlang die Arme um ihre Freundin. »Ja, wir könnten dafür sorgen, daß sie nicht übervorteilt werden. Ihnen anständige Löhne oder Ehemänner suchen, damit sie nicht auf der Straße enden. Ich habe mir schon Gedanken darüber gemacht, wie wir das Geld bekommen, um ein Heim für sie zu finanzieren, in dem wir fünfzig bis sechzig Frauen unterbringen können.«

»Lieber gleich neunzig, Hallie.« Susan lief jetzt in ihrem Wohnzimmer auf und ab. »Und was ist mit den jungen Frauen, die als Sträflinge herkommen? Manchen von ihnen sollte man auch eine Chance geben, statt sie willkürlich Männern zu überlassen, damit sie hinterher keiner mehr heiraten will.«

Hallie sah Susan bewundernd an. Seit Monaten dachte sie in

diese Richtung, und Susan stürzte sich mit Begeisterung darauf und hatte sofort neue Ideen.

»Laß mich mit Harry darüber reden«, fuhr Susan fort. »Vielleicht weiß er, wie wir das Geld zusammenbringen könnten ...«

»Ich glaube, wir könnten an die Frauen aller einflußreichen Männer in der Stadt herantreten«, sagte Hallie. »Nicht an die Männer. Wir werden die Frauen einbeziehen und ein Projekt daraus machen, an dem sie mitarbeiten können.«

»Das Geld wird natürlich von ihren Männern kommen müssen.«

»Natürlich«, sagte Hallie lächelnd.

Daraufhin brach Susan in Gelächter aus. »Was für eine großartige Idee, Hallie!«

Einmal kam Sophie mit nach Sydney. »Ich hatte ganz vergessen, daß es mir früher gefallen hat, Nachbarn in Sichtweite zu haben«, sagte sie. »Ich liebe das Landleben einfach zu sehr. Aber eine Stadt ist schon etwas Anregendes, findest du nicht auch?«

Bei Tageslicht liefen sie gemeinsam durch das verrufene Hafenviertel, und eines Abends, als er für ein paar Tage von Cowarra gekommen war, sagte Chad beim Essen: »Was hat es damit auf sich? Jeder, den ich treffe, erzählt mir als erstes, daß ihr zwei durchs Hafenviertel schlendert.«

Sophie und Hallie sahen einander an. Sie hätten nicht gedacht, daß es überhaupt jemand auch nur bemerkt hatte. Hallie beschloß, das sei ein guter Zeitpunkt, um Chad von ihren Plänen zu erzählen.

»Chad ... erinnerst du dich noch, als Chloe gerade geboren war, habe ich dir gesagt, ich wollte das Los der Frauen verändern?«

»Ich erinnere mich. Ich hatte gehofft, du hättest es vergessen. Du warst doch reichlich beschäftigt.«

»Es reicht nicht immer, beschäftigt zu sein«, bemerkte sie mit scharfer Stimme. »Es gibt mehr im Leben, als nur beschäftigt zu sein.«

»Willst du mir etwa erzählen, es genügt dir nicht, dich um zwei

Häuser, die Farm, die Weinberge, sechs Kinder, deine Mutter und deinen Bruder zu kümmern?«

»Ob es mir genügt? Was soll das heißen? Das ist doch keine Mengenfrage. Seit du nach Hause gekommen bist, ist mir die typische Rolle zugewiesen worden, mit der sich alle Frauen begnügen sollen. Und vieles davon füllt mich auch aus. Ich bin gern Mutter. Es macht Spaß, zwei Häuser zu haben. Aber, verdammt noch mal, Chad, du gestattest mir keine Träume, keine Ziele. Nichts, was aus meinem Innern kommt. Ich fülle eine Rolle aus, und oft macht es mir Spaß. Aber ich brauche mehr. Ich muß etwas *tun.* Ich brauche etwas, was meinen Verstand beschäftigt, ich muß Dinge planen, Dinge in die Tat umsetzen. Das hast du mir genommen, als du nach Hause gekommen bist, und ich vermisse es!«

Chad ließ sich auf einen Stuhl sinken und starrte sie an. »Ich habe dir etwas genommen?«

Sophie stand auf. »Entschuldigt mich«, sagte sie und ging aus dem Zimmer.

»Ja«, fuhr Hallie fort. »Kein Tag stellt mehr Herausforderungen an mich. Ich habe absolut *nichts* zu tun. Und es ändert nichts, daß wir reich sind. Wenn wir es nicht wären, würde ich putzen und kochen und all das tun, was Sophie jahrelang zwangsweise getan hat.« Sie fing an, auf und ab zu laufen. »Die reinste Plackerei. Ich bin dir wirklich dankbar dafür, daß du mich davor bewahrt hast. Aber seit du aus England zurückgekommen bist, habe ich ständig das Gefühl, eine Rolle zu spielen. Mrs. Chadwick Morgan. Mutter Morgan. Ich konnte nicht mehr die Person sein, die ich in mir entdeckt und gemocht habe, und ich konnte auch nicht mehr das Leben führen, das mir solche Freude gemacht hat, während du fort warst!«

»Hallie, ich wußte nicht ...« Er sah bestürzt zu ihr auf.

»O doch, du hast es gewußt. Wie oft hast du zu mir gesagt: ›Ich verstehe dich nicht‹? Du hast gespürt, daß tief in meinem Innern etwas ist, was unzufrieden ist, aber du wolltest es nicht sehen.« Sie wies anklagend mit dem Finger auf ihn. »Du hast gefunden, ich sollte dir dankbar sein, weil du mich aus dem Schmutz von Newcastle – wo mein Leben eine endlose Schinderei gewesen wäre – in ein sauberes Land geholt und mir Reichtümer geboten hast, Häuser und Hausangestellte, diese Weite, Einladungen beim Gouverneur und schöne Kleider – die zugegebenermaßen wirklich hübsch sind. Du fandest, ich sollte meinem Glücksstern danken, weil du mich hergeholt und mir so viel gegeben hast!«

»Habe ich das je gesagt?« Chad klang hilflos.

»Nein. Dazu bist du viel zu sehr ein Gentleman.«

»Hallie ...« Er schwieg einen Moment lang, ehe er weiterredete. »Vielleicht war es so, obwohl ich mir nicht darüber im klaren war. Es hat mir großen Spaß gemacht, dir Dinge zu kaufen, dir Häuser zu bauen ...«

»Du hast diese Dinge nicht für mich getan«, fiel sie ihm ins Wort. »Du hast sie für dich selbst getan. Weil du geglaubt hast, mir damit solche Freude zu machen. Weil es dich mit Stolz erfüllt, wenn andere die Häuser, die Kleider, die Kutschen und die Diamanten von Chad Morgans Frau preisen.«

Die Luft war elektrisch geladen. Woher kam nur all dieser Zorn? fragte sich Hallie mit klopfendem Herzen.

Sie erzählte ihm, wie sie gedachten, Frauen vor der Prostitution und einem aussichtslosen Leben zu bewahren.

Chad sperrte vor Erstaunen den Mund auf. »Wie wollt ihr all das bezahlen? Für ein Haus braucht man Geld. Und es kostet auch etwas, die Frauen zu ernähren.«

»Du brauchst kein Geld hineinzustecken. Wir werden das Geld selbst auftreiben. Von den Frauen, die in der Stadt leben.«

Chad starrte sie immer noch entgeistert an. »Du bist die unglaublichste Frau auf Erden.« Sie konnte nicht sagen, ob es ein Kompliment oder eine Klage war, ... bis er lächelte.

In den nächsten sechs Monaten führten sie alle erdenklichen Wohltätigkeitsveranstaltungen durch. Die Männer lächelten einander über die Köpfe der Frauen hinweg an und waren überzeugt, sie brächten niemals genug Geld zusammen. Harry hatte sich angeboten, ihre Finanzen zu verwalten, und er hatte ihnen bei der Bank ein Konto eröffnet. Die Frauen bekamen kaum ein Viertel des Geldes zusammen, um die Kosten eines dreistöckigen Hauses für neunzig Frauen zu decken. Bei einem seiner Besuche sagte Chad zu Harry: »Gib ihnen das Gefühl, daß sie es allein geschafft haben, aber sag mir, was ihnen noch fehlt.«

Am selben Abend hielt Harry Susan in seinen Armen und hörte ihr zu, als sie schwärmend von dem Projekt berichtete. Am nächsten Tag stiftete er ein Grundstück in der George Street. Tristan machte eine Stiftung von mehr als dreihundert Pfund, die für die Unkosten im ersten Jahr bestimmt waren. Die Frauen erfuhren nie, daß dreiviertel ihres Geldes, die Differenz zwischen dem, was sie brauchten, und dem, was sie selbst aufgetrieben hatten, durch einen Scheck zustande kam, den Chad Harry überreichte.

50

Während Hallie und Sophie das Hafenviertel durchstreiften und mit ihrer Kühnheit die gute Gesellschaft von Sydney schockierten, warb Ben Lambert um Dorothy Hamilton – und hatte Erfolg. Zwar wußte niemand mit Sicherheit, zu was es eher gekommen war – zu Dorothys Schwangerschaft oder zu Bens Heiratsantrag –, doch alles klappte bestens, und Hallie kehrte für die Hochzeit nach Hause zurück. Sie und Chad einigten sich auf ein ansehnliches Hochzeitsgeschenk, um dem glücklichen Paar zu einem Start zu verhelfen: Hallie schenkte ihnen eine fünfzigprozentige Beteiligung am Laden, Chad fünfzig Prozent an der Mühle und am Brennofen, die gerade im Bau waren.

Kurz nach der Hochzeit, als Nathan offiziell adoptiert worden war, kam Ben ins Haus, um mit Chad zu reden. »Ich habe nachgedacht«, setzte er an. »Da ich jetzt Miteigentümer des Ladens bin, würde ich gern expandieren.«

Chad lächelte. »Ich hatte mich schon gefragt, wie lange Sie brauchen würden, um sich Gedanken in dieser Richtung zu machen. Was genauer haben Sie im Sinn?«

»All diese kleinen Städtchen, die wie unseres aus dem Boden geschossen sind, könnten ein Geschäft wie unseres gebrauchen. Und ich möchte ein großes Geschäft in Sydney haben. Eins, das alles führt. Ein Geschäft, das es mir ermöglicht, Schiffsladungen direkt einzukaufen und die Dinge einzulagern. Ein Geschäft, das die Läden in den kleinen Städten direkt beliefern kann, denn dann wären wir mit der ganzen Ladenkette nur noch auf uns selbst angewiesen.«

»Was wollen Sie von mir?« fragte Chad. »Beifall?«

»Tja, das auch.« Ben ließ den unvermeidlichen Grashalm von einem Mundwinkel in den anderen gleiten. »Aber in erster Linie Geld. Billig wird das nicht. Sie stellen das Geld bereit, und ich mache die Arbeit und ... übernehme die Planung«, sagte er, und Chad hätte schwören können, daß Ben sich wie ein Hahn aufplusterte. »Wenn wir in Morgantown Partner sind, könnte ich Sie ebensogut gleich an allen anderen Läden beteiligen.«

»Ich sage Ihnen, wie wir das machen«, sagte Chad. »Falls einer meiner Söhne, wenn sie älter sind, ins Geschäft einsteigen will, dann nehmen Sie ihn. Dann kann er meinen Anteil an dieser Partnerschaft übernehmen.«

Ben kratzte sich am Kopf. »Dann gilt dasselbe für mich. Wenn Nathan einsteigen will. Oder wenn das Baby ein Junge ist.«

Chad streckte ihm die Hand hin. »Ich werde Harry sagen, daß er Ihnen einen Kreditrahmen zur Verfügung stellt. Halten Sie mich über die Entwicklung zwischendurch auf dem laufenden.«

Ben drückte Chad die Hand. »Ich brauche allerdings auch Hilfe hier im Laden. Ich werde mich oft in Sydney aufhalten müssen.

Und ich muß nach Windsor, nach Richmond und nach Parramatta fahren. Ich hätte gern Charlie.«

Charlie war ein unauffälliger Sträfling, den sie seit etwa zwei Jahren hatten, ein dürrer junger Mann, der hart arbeitete, aber kräftemäßig nicht mit den anderen mithalten konnte.

Chad nickte. »Fangen Sie gleich morgen an, ihn einzuarbeiten. Kann er halbwegs mit Zahlen umgehen?«

»Besser als ich in seinem Alter.« Ben drehte sich um und wollte gehen.

Chad sagte: »Partner.«

Ben drehte sich lächelnd wieder zu ihm um. »Wissen Sie, was? Ich werde jemand sein. Ich habe eine Familie, die ich in England nie gehabt hätte, und ich spüre es durch und durch – aus mir wird noch jemand. Ich schätze, ich bin schon etwas, wenn ich Ihr Partner bin, was?«

»Ben, ich sage Ihnen eins. Von dem Moment an, als ich aus England zurückgekommen bin, wußte ich, daß Sie jemand sind, eine Persönlichkeit, und daß Sie viel erreichen werden.«

Ben blinzelte und sagte. »Danke, Chad.« Es war das erste Mal, daß er ihn nicht als Mr. Morgan anredete.

Etwa zur selben Zeit teilte Tristan ihnen mit, es sei an der Zeit, Jamie nach England zu schicken, damit er dort Medizin studieren konnte. Hallie erhob Einwände.

»Du kannst ihm doch bestimmt alles beibringen, was er lernen muß. Alles, was du weißt«, sagte sie.

»Ich kann nicht zulassen, daß er mit diesem beschränkten Wissen zurechtkommen soll. Jamie sollte an das Royal College of Surgery gehen.«

Hallie sah ihren Sohn an. Sie sah ihn oft. Er war zwar das Schuljahr über bei den Faulkners, im Sommer aber weiterhin auf Cowarra. Wenn er nach Hause kam, hatte Alex für niemand anderen Augen. »Willst du das wirklich?« fragte ihn Hallie. »Das heißt nicht nur fünf Jahre Studium, sondern auch eineinhalb Jahre für die Hin- und Rückreise.«

»Ich weiß, Mama, aber ich will wirklich unbedingt Arzt werden.«
»Er kann in London bei meiner Schwester wohnen«, sagte Chad, dem der Gedanke, daß Jamie fortging, ebensowenig behagte wie Hallie.
So wurde beschlossen, daß Jamie im folgenden Jahr – mit fünfzehn – nach England aufbrechen sollte. Das Jahr 1826 brachte aber auch das Ende der kurzen Amtsperiode von Gouverneur Thomas Brisbane mit sich. Er war als Gouverneur untauglich gewesen und hatte sich mehr darum bemüht, sich einen Platz im Himmel zu sichern, als die Kolonie zu regieren. Hallie jedoch würde er immer als der Gesetzgeber in Erinnerung bleiben, zu dessen Amtszeit sie das Projekt startete, das ihr so sehr am Herzen lag. Sie hatte ein dreistöckiges Haus mit Sechsbettzimmern bauen lassen, und vom Aufenthaltsraum ging ein Wohnschlafzimmer für Sophie ab, die sich schon lange zur Heimleiterin der Frauen ernannt hatte, die kommen und gehen würden.
Am 20. Dezember 1826, dem Tag, an dem Hallie das Haus offiziell eröffnete, traf Lieutenant General Ralph Darling, der neue Gouverneur, in Sydney ein. Hallie hatte vor, zum Schiff zu kommen, obwohl sie nicht wußte, daß er an Bord war. Sie verspätete sich jedoch aus einem Grund, der sie zutiefst beunruhigte: Sie konnte die fünfzig Pfund nicht finden, die sie am Vortag von der Bank abgehoben hatte. Sie hatte vorgehabt, für all die Frauen, die mit ihr kamen, Kleider zu kaufen. Sie erinnerte sich noch daran, wie Beth auf der CHARLESTON ausgesehen hatte.
Neue Kleider waren ein nettes Weihnachtsgeschenk für die zerlumpten Neuankömmlinge, eine Geste, mit der dieses neue Land sie willkommen hieß. Aber jetzt war das Geld verschwunden. Sie versuchte, die unerfreuliche Vorstellung abzuschütteln, Melanie oder Laurie, die vor kurzem als Hausmädchen in das Stadthaus gezogen waren, könnten sie bestohlen haben. Sie wußte, daß sie das Geld auf ihre Kommode gelegt und dann ein Bad genommen hatte, aber sie konnte es nicht mehr finden.

Sie hatte viel zuviel zu tun, um sich mit den beiden Frauen auseinanderzusetzen, ehe sie zur Kutsche eilte, aber in ihrem Innersten war sie sicher, daß weder Melanie noch Laurie das Geld genommen hatten. Sie hätten ihr Leben für sie gegeben. Und doch nagte der Zweifel in ihrem Hinterkopf weiter, als sie am Anlegesteg darauf wartete, daß die Passagiere von Deck gingen.

Sie trat an junge Frauen heran, die offensichtlich von niemandem abgeholt wurden. Insgesamt gabelte sie dreiunddreißig Frauen auf, die ohne eine Ahnung, was sie erwartete, nach Australien gekommen waren.

Schließlich eilte sie an Deck, und eine vertraute Stimme rief ihren Namen. Es war Tristan, der mit seiner schwarzen Tasche hinter ihr hereilte. O Gott, dachte sie, er sieht besser denn je aus. Das Alter ist gnädig zu ihm.

»Ich dachte, wenn du die Begleitung eines Arztes hast, ist der Kapitän vielleicht entgegenkommender«, sagte er, als er neben ihr stand.

Keiner von ihnen wußte, daß unter den Passagieren des zweiten Schiffs der neue Gouverneur war und daß der Kapitän es daher besonders eilig hatte, seine Passagiere an Land zu bringen.

Hallie suchte nicht die koketten Huren aus London und Liverpool, sondern die scheuen Rehe, die die Männer furchtsam ansahen. Sie nahm weitere siebenundzwanzig Frauen mit. Nach den Feiertagen würde sie die Fabrik des Frauengefängnisses von Parramatta aufsuchen und sich dort umsehen.

Nachdem sie mit sechzig Frauen zurückgekehrt war, fand Hallie in den beiden folgenden Tagen wenig Zeit zum Nachdenken. Abends fiel sie erschöpft ins Bett. Chad und die Kinder kehrten nach Cowarra zurück; am frühen Morgen des zweiundzwanzigsten brachen sie auf. Hallie versprach ihnen, am Abend des dreiundzwanzigsten zu Hause zu sein. Sie war äußerst zufrieden mit dem, was sie bisher erreicht hatte. Ihr Traum fing schon an, Früchte zu tragen.

Am Morgen des dreiundzwanzigsten klopfte sie an Tess' Tür, weil sie ihr sagen wollte, sie solle um zehn Uhr fertig zum Aufbruch sein.

Tess war nicht in ihrem Zimmer, aber ein großer Umschlag lag auf dem Bett. »Danke für die fünfzig Pfund«, las Hallie. »Das ist das einzig Wertvolle, was ich je von dir bekommen habe. Pamela und ich kehren nach England zurück. Ich bin sicher, daß hier niemand mein Verschwinden auch nur bemerken wird. Ich werde euch auch nicht vermissen. Das ist kein Land, in dem man leben kann. Ich habe jetzt schon zu viele Jahre meines Lebens hier vergeudet.« Der Brief trug noch nicht einmal eine Unterschrift.

Keine Zeile an Danny. Das Zimmer war so ordentlich, als sei es nie bewohnt gewesen. Tess hatte keine Spuren hinterlassen, die an sie erinnert hätten. Hallies erste Reaktion war Erleichterung: Jetzt brauchte sie Melanie oder Laurie nicht des Diebstahls zu bezichtigen. Sie hätte es gleich wissen müssen.

Die große Überraschung dieses Weihnachtsfests kam für Hallie nicht von Chad – obwohl er ihr eine braune Stute als Ersatz für die alternde Princess schenkte –, sondern von Beth.

»Ich bin verliebt«, teilte sie Hallie am Weihnachtsmorgen schüchtern mit. »In Danny. Ich war sicher, daß du es schon weißt. So blind kannst du nicht sein.«

Hallie sah sie nur mit offenem Mund an.

»Es ist ganz allmählich dazu gekommen, im Lauf der Jahre«, fuhr Beth fort. »Ich glaube, es hat angefangen, weil ... weil er dir so ähnlich sieht. Und er ist sanft und freundlich und ...« Sie sah Hallie in die Augen. »O Hallie, seit Jahren geht es jetzt schon so! Es kommt mir vor wie eine Ewigkeit.«

Hallie merkte, daß sie zu viel mit ihren eigenen Träumen zu tun gehabt hatte, und daher war ihr manches um sie herum entgangen. »Er weiß alles über mich, weiß alles, was geschehen ist«, fuhr Beth fort. »Zwischen uns ist alles ganz langsam gegangen ... eine Kleinigkeit kam zur nächsten ... Ich habe mich nie vor

ihm gefürchtet, Hallie. Ich habe ihn sogar begehrt und mir gewünscht, daß er mich auch begehrt – jahrelang.«
»Weiß er es?« Hallie war überglücklich für ihre Freundin.
Beth lachte. »Natürlich, aber bis jetzt haben wir uns nur versehentlich im Vorbeigehen an den Händen berührt.«
»Es muß eine Qual für dich gewesen sein.«
Beth schüttelte den Kopf. »Es war wunderbar. Das hat mir Zeit gegeben, mich darauf einzulassen. Jetzt ist Tess fort, und wir sind frei ... ich möchte ein Baby haben.«
Hallie starrte sie immer noch an. Beth wollte im Alter von dreißig ein Baby haben? Das erschien ihr fast ungehörig. Aber sie fand es auch phantastisch, als könnte das die Vergangenheit wiedergutmachen.
»Ich liebe ihn so sehr, Hallie.« Beth lächelte und errötete. »Ich sehe ihn an, und ich verzehre mich, wenn ich sehe, wie schön er ist.«
Ja, dachte Hallie, das ist Liebe. »Ich darf doch voraussetzen, daß er dich auch liebt?« fragte sie.
Beth nickte. »Ich glaube, er hat mich vom ersten Moment an geliebt. Wir haben fast neun Jahre lang zusammen gearbeitet, gegessen und miteinander geredet. Und trotzdem ist er ein Ehrenmann. Und auch das liebe ich an ihm. Solange Tess hier war, wollte er, obwohl er sie nicht geliebt hat, wollte er nicht ... konnte er nicht ...«
»Was wirst du jetzt tun, nachdem Tess fort ist?«
»Ich bin nicht sicher, aber heute nach dem Essen gehe ich zu ihm. Und wenn er will, können wir zusammensein.«
Hallie umarmte ihre Freundin. Sie hätte nie geglaubt, daß Beth das je schaffen würde. »Jetzt wirst du wirklich in jeder Hinsicht meine Schwester sein«, sagte sie leise.
Sie hielten einander in den Armen und weinten vor Glück.

Als Chad nach dem Festessen in sein Büro ging, folgte ihm Hallie und erzählte ihm von Beth und Danny.

»Also, ich will verdammt sein!« rief er grinsend aus. »Hast du schon mit ihm darüber gesprochen?«

Sie schüttelte den Kopf. »Ich frage mich, ob sie überhaupt heiraten können. Ob es die Möglichkeit gibt, daß er sich von Tess scheiden läßt?«

»Ich werde das herausfinden«, erbot er sich. »Aber ob es nun juristisch möglich ist oder nicht – ich bezweifle, daß Tess je wieder an dieses Ende der Welt zurückkehren wird. Ich glaube kaum, daß es irgendwelche Komplikationen geben wird.«

»Chad«, sagte Hallie, »du hast einmal gesagt, die Weinkellerei sei meine Sache und du hättest überhaupt nichts damit zu tun.«

»Das stimmt.« Er nickte und wartete darauf, was er als nächstes hören würde.

Hallie stand auf und verließ sein Büro. Chad starrte hinter ihr her. Dann wurde ihm klar, was sie sich überlegt hatte, und ein Grinsen breitete sich auf seinem Gesicht aus.

Er wußte, schon ehe er aus dem Fenster sah, daß Hallie die Stufen hinunterlief, daß sie zum Stall rannte und daß sie wahrscheinlich Princess und nicht ihr neues Pferd satteln würde. Und daß sie zu Danny reiten würde.

Genau das tat sie auch. Vor seinem Haus sprang sie von Princess und rief: »Danny!« Er war gleich nach dem Essen fortgegangen und wartete jetzt hier auf Beth.

Als er in der Tür auftauchte, warf sie sich ihm an den Hals. »Danny, Beth muß mit dir geredet haben. Sie hat mir gesagt, daß sie es vorhat. Ich bin ja so glücklich!«

Seine Arme schlangen sich um sie, und er sagte: »Ich meine, ich weiß nicht so recht, schließlich bin ich noch verheiratet ...«

Hallie löste sich von ihm und hielt ihn auf Armeslänge von sich. »Ich möchte euch ein Geschenk machen. Ich möchte, daß du mit Beth in das alte Haus ziehst, in dem Beth und ich zusammen gelebt haben. Etta und ihre Kinder werden hierherziehen.«

Danny zog die Augenbrauen hoch. »Hallie, du brauchst nicht ...«

Aber Hallie ließ sich nicht davon abbringen. »Ich bin sicher, daß

Beth liebend gern wieder dort wohnen möchte.« Für sie barg das Haus Erinnerungen an glückliche Zeiten, und sie wußte, daß es Beth ebenso ging. »Und noch etwas ...« Sie konnte das Lächeln nicht unterdrücken. »O Danny, ich weiß nicht, wann mich das letzte Mal etwas so glücklich gemacht hat!«

Er grinste. »So geht es mir auch.«

»Danny ... du hängst doch an der Weinkellerei, oder nicht?«

Er wollte schon antworten, doch als er in Hallies glänzende Augen sah, hielt er, der seine Schwester besser als jeder andere kannte, eine Hand hoch und sagte: »Hör mal, Hallie, du kannst doch nicht ...«

»Erzähl mir nicht, was ich tun kann und was nicht. Ich möchte sie dir schenken. Jedenfalls meine Hälfte.« Sie wischte mit einer Handbewegung jeden Einwand vom Tisch. »Ich werde eine rechtskräftige Urkunde aufsetzen lassen. Bitte, laß mich das tun. Du hast viel mehr Arbeit hineingesteckt als ich. Du hast es dir verdient. Wirklich.«

Er zog sie an sich und sagte mit gesenkter Stimme: »Erinnerst du dich noch, als ich dich damals in Newcastle einmal gefragt habe, was das Leben denn sonst noch zu bieten hätte, wonach du suchst? Damals konnte ich es nicht verstehen. Und irgendwie bin ich doch auf diese Reise mitgekommen. Oh, du ...« Er küßte sie auf die Stirn und schlang seine Arme um sie. »Du bist der wunderbarste Mensch auf Erden.« Seine erstickte Stimme ließ auch in Hallies Augen Tränen treten.

»Stell dir nur vor«, murmelte er, »ein Grubenarbeiter aus England als Eigentümer des Cowarra-Weinguts.« Seine Stimme drückte Verwunderung aus.

»Du behältst den Namen doch bei, ja?« Sie lächelte ihn an.

»Selbstverständlich. Jetzt bin auch ich ein Teil von Cowarra.«

Wir sind alle ein Teil von Cowarra, dachte sie. Chad und ich, unsere Kinder, Danny, Mum, Beth ... sogar Tristan mit seinem Teil, dem die andere Hälfte der Weinkellerei gehört.

All die Menschen, die sie mehr als alles andere auf Erden liebte.

51

Seit sie vor zwei Jahren ihr Frauenhaus eröffnet hatte, verbrachte Hallie mehr Zeit in Sydney als auf Cowarra. In Sydney vermißte sie das grüne Tal und die Weite, und obwohl sie viel zu tun hatte und ständig von Leuten umgeben war, fühlte sie sich sehr einsam.

Alex kam kaum in die Stadt. Mit sechzehn hatte sie die Schule jetzt beendet, aber ihre Gedanken kreisten, wie schon immer, um Robbie, der jeden Tag nach dem Abendessen kam und dem sie mit gar nicht damenhaftem Eifer entgegenstürzte. Manchmal gingen sie Hand in Hand am Bach spazieren, und an anderen Abenden saßen sie auf den Treppenstufen und redeten endlos miteinander.

Tagsüber half sie Danny und Emil in den Weinbergen. Innerhalb von wenigen Jahren hatten sich die Cowarra-Weine einen beträchtlichen Namen gemacht. Emils Traum war es, ausgewählte Jahrgänge nach England zu schicken, Weine, die sich an den besten französischen und deutschen Produkten messen konnten. Bisher war jedoch alles, was sie produzierten, augenblicklich von den Australiern aufgekauft worden. Daher pflanzten Emil und Danny jedes Jahr mehr Rebstöcke.

Danny war glücklicher, als Hallie ihn je gesehen hatte, doch mit dem Kinderkriegen hatten er und Beth kein Glück.

Chad und Hallie wollten beide nicht, daß Wick fortging, doch sie wurden sich darüber klar, daß die Knabenschule in Sydney ihrer kleinen Schule in Morgantown bei weitem überlegen war. Hallie war zwar oft in Sydney, aber sie war selten zu Hause, und deshalb langweilte sich Wick. Schließlich fragte er, ob er in Jamies Fußstapfen treten und bei den Faulkners wohnen dürfte. Molly hatte immer Zeit für Kinder. Sie redete mit ihnen wie mit Erwachsenen, brachte ihnen aber auch Spiele bei und lachte mit ihnen wie mit Gleichaltrigen.

Hallie wunderte sich überhaupt nicht über Tristans und Mollys freudige Zustimmung, als sie sie fragte, was sie davon hielten, Wick bei sich aufzunehmen. Das Leben ist doch immer wieder voller Rätsel, dachte sie. Es war nur gerecht, daß Wick eine Chance bekam, bei seinem Vater zu leben. Je mehr Zeit verging, desto tiefer wurden die Schuldgefühle, die sie wegen ihrer Untreue plagten. Wenn Wick zu Tristan zog, würde ihn das Chad entfremden?

Auf Cowarra berichtete sie Chad von ihrer Entscheidung, und sie sah, daß seine Augen so dunkel wie Gewitterwolken wurden. »Soll ich etwa meine beiden Söhne verlieren?« fragte er mehr sich selbst als sie.

In dem Moment haßte sich Hallie. Trotzdem sagte sie: »Wenn sich etwas zwischen dich und Jamie gestellt hat, dann war das nicht Tristan. Es waren die fünf Jahre seines Lebens, in denen du fort warst.« Das wenigstens entsprach der Wahrheit. Dein Fortgehen hat außerdem Wick und Julie hervorgebracht, dachte sie.

»Ich weiß.« Chad stützte die Ellbogen auf den Tisch und vergrub sein Gesicht in den Händen. »Ich weiß es, Hallie. Ich gebe niemand anderem als mir selbst die Schuld daran. Und natürlich ist es mir lieber, wenn die Jungen bei Tris und Molly wohnen als im Internat, wo man ihnen strenge Vorschriften machen würde, sie aber keine Zuwendung bekämen. Für ihre Gastfreundschaft werde ich den Faulkners immer dankbar sein.«

»Sei nicht so förmlich«, sagte Hallie. »Du weißt, daß sie es gern tun.«

»Ja. Ich glaube«, sagte Chad und sah Hallie in die Augen, »sie könnten unsere Kinder nicht mehr lieben, wenn es ihre eigenen wären.«

Hat er einen Verdacht? fragte sich Hallie erschüttert. Sie war nie auf den Gedanken gekommen, Chad könnte irgendwie die Wahrheit herausgefunden haben. Beide Zwillinge sahen wie sie aus, waren fast vollkommene Ebenbilder von ihr und Danny.

Schließlich stellte sich dann heraus, daß Wick nichts für die

Schule und für das Stadtleben übrig hatte. Wenn er sich auch noch so geschickt bei Dingen anstellte, die ihn interessierten, dann war er doch nicht bereit, sich auf die Kniffligkeiten des Lateins oder der Mathematik zu konzentrieren. Gegen das Lesen hatte er nichts, und er konnte auch recht gut schreiben, aber es lag ihm nicht, den ganzen Tag lang in einem Klassenzimmer eingezwängt zu sein und Dinge zu lernen, denen er keinerlei Bedeutung zumaß. Sein Wesen war ungestüm – wie auch Julies –, doch in der Stadt hielt er seine Wildheit in Schach. Wenn er sich auch noch so sehr langweilte, machte es ihm doch keinen Spaß, seinen Lehrern oder anderen Schülern Streiche zu spielen, und daher machte er keine Probleme.

Er lebte nur für die Ferien und für Cowarra. Wenn er zu Hause war, waren er und Julie ständig auf den Pferden unterwegs. Im allgemeinen ritten sie frühmorgens mit ihrem Vater zu den Daughertys und begleiteten sie. Wick konnte ein Kalb mit einem Lasso fangen wie kein anderer auf der Farm. Selbst Julie war darin recht geschickt. Beide konnten problemlos Lämmer kastrieren, etwas, woran Alex im Traum nicht gedacht hätte. Sie schliefen mit Begeisterung nachts im Freien an einem Lagerfeuer und hörten den Männern beim Reden zu. Sogar das Heumachen bereitete ihnen Vergnügen. Was Wick auch tat, Julie machte mit.

Wenn sie keinen Unterricht hatte, stand Julie oft vor dem Morgengrauen auf und ritt mit Chad aus. »Manchmal glaube ich, sie weiß überhaupt nicht, daß sie ein Mädchen ist«, sagte Chad immer wieder. Nicht etwa, daß ihn das gestört hätte. Alles, was seine Kinder tun wollten, war ihm recht, solange es nur konstruktiv war. Wenn Wick in der Schule war, überredete Julie Alex, mit ihr loszugaloppieren. Sie war zwischen ihren beiden Idolen hin und her gerissen, Wick und Alex, doch wenn Wick zu Hause war, war ihre Entscheidung klar. Julie machte alles mit, was Wick tun wollte, aber sie lief nicht nur immer hinter ihm her, denn sie konnte ihn auch zu allem überreden, was sie sich in den Kopf gesetzt hatte.

Da Ben jetzt glücklich verheiratet war und eine eigene Familie hatte, war es eine Ironie des Schicksals, daß er mehr Zeit unterwegs verbrachte als in Morgantown. Dorothy unterrichtete auch nach der Geburt ihrer Tochter Annie weiter. Sie hatte nichts gegen Bens häufige Abwesenheit einzuwenden, denn so konnte sie ungehindert ihrer Berufung nachgehen. Alle lachten darüber, wie viele Stunden Ben im Sattel verbrachte, denn sie wußten, wie er über Pferde dachte. Er richtete nicht nur Geschäfte in Richmond, Windsor und Campbelltown ein, sondern wagte sich auch über die Berge, um einen Laden in Bathurst zu eröffnen. Das Hochzeitsgeschenk, das ihm Hallie und Chad gemacht hatten, regte ihn zu Träumen und Taten an, die er sich selbst nie zugetraut hätte. Seine Kinder sollten als die Kinder von »Jemand« aufwachsen, und diesem Ziel weihte er sein Leben.

Hallie tat, was sie konnte, damit ihre Mädchen, die meistens unter zwanzig waren, von niemandem ausgenutzt wurden. Ende 1828 konnte man keine weiblichen Arbeitskräfte mehr haben, ohne daß Hallie es billigte, und es trafen auch keine Frauen mehr in Sydney ein – oder wohnten dort –, die sich ein alleinstehender Mann einfach ins Haus holen konnte, ohne ihnen die Ehe zu versprechen.

Eines Abends, als Hallie und Chad bei den Langleys aßen, sagte Harry: »Hallie, ich glaube, du hast es in nur zwei Jahren geschafft, zur unbeliebtesten Frau von Neusüdwales zu werden. Ich meine natürlich, bei den Männern unbeliebt. Die Frauen sind nicht mehr ohne weiteres für sie zu haben.«

Susans Augen sprühten Funken. »Bist du nicht stolz darauf?« Es begeisterte sie, daß Hallie jetzt so viel Zeit in Sydney verbrachte, wenn sie sich auch fragte, ob die Arbeit ihre Ehe mit Chad nicht gefährdete. Es sah nie danach aus, aber Susan wußte zuviel, um je seelenruhig zu sein, wenn es um ihre geliebte Freundin ging. Sie selbst befaßte sich fast soviel wie Hallie mit dem Haus in der George Street und mit seinen Bewohnerinnen.

Harry wandte sich an Chad. »Stört dich das eigentlich?«

Chad, der zartes Kalbfleisch im Mund hatte, antwortete: »Wenn jemand es fertigbringt, daß Reverend Marsden von der Kanzel herab etwas Freundliches sagt, dann besteht Grund zur Sorge. Er hat Hallie lautstark seinen Beifall bekundet, und das macht mich nervös.« Er lachte. »Wenn dieser scheinheilige Mistkerl etwas billigt, dann bin ich skeptisch.«

»Nun«, warf Susan ein, »der Gouverneur preist sie als ›einen Menschen, der die Grundsätze des Christentums in Neusüdwales in die Praxis umsetzt‹.«

Viele der »christlichen« Frauen – sogar diejenigen, die Zeit opferten und durch Wohltätigkeitsveranstaltungen Geld beitrugen – fanden, Hallie wagte sich auf gefährlichen Boden vor. Sie bezeichneten sie als aggressiv, und damit beraubte sie sich – in ihren Augen – der weiblichen Züge, die sie an sich selbst hochstilisierten. Sie sagten, sie hätte zu Hause sein und sich um ihren Mann und ihre Kinder kümmern sollen, statt darum zu kämpfen, daß es anderen Frauen besser erging, sich in etwas einzumischen, was nicht ihre Angelegenheit war, und sich mit »verruchten« Frauen einzulassen.

Eines Abends, als die gesamte Familie auf Cowarra war und den ganzen Tag über viel gelacht worden war, sah Hallie Chad an, daß er durch und durch zufrieden war. Er sah ihr in die Augen, und sie lächelten einander an.

Als sie allein waren, trat Chad vor die Vitrine. »Was hältst du von einem Cognac?«

Hallie schnitt eine Grimasse. »Ein Glas Wein wäre mir lieber.«

Er kam mit den Gläsern zurück und schlug vor: »Wollen wir uns draußen hinsetzen?«

Als sie in den Sonnenuntergang schauten, legte Chad einen Arm um Hallie und sagte: »Ich liebe dieses Land. Sieh dich nur um. Ich frage mich, ob es hier irgendeinen Winkel gibt, der nicht schön ist.«

»Das fände ich gern heraus.«

Er zog eine Augenbraue hoch. »Was soll das heißen?«

»Ich habe gehört, daß es oben am Hunter River ein paar Farmer gibt.«
Chad nippte von seinem Cognac und wartete ab.
»Ich denke mir«, sagte Hallie versonnen, »daß sie Frauen brauchen könnten – Ehefrauen und Mütter. Ich bin zu der Überzeugung gelangt, daß Frauen – insbesondere Mütter – der zivilisierende Einfluß in dieser Welt sind.«
Chad lachte, doch es klang schroff, wie die fernen Berge. »Das machst du immer wieder mit mir, mein Liebes. Du lullst mich ein, bis ich seelenruhig mein Leben und meine Familie genieße, und dann gibst du einen Kanonenschuß ab.«
Hallie sah auf. »Das ist keine Absicht. Ich tue das nicht, um dich zu ärgern.«
Chad seufzte. »Das weiß ich doch. Du tust es für grandiose Ziele – einen Kontinent zu zivilisieren, meine Güte! Das erzählst du mir doch, oder nicht?«
»Ich rede nur vom Hunter River Valley. Ich dachte, ich könnte etwa vierzig oder fünfzig Frauen mitnehmen. Ben will nach New Castle fahren.«
»Welche Ironie, findest du nicht auch … Newcastle?«
Hallie nickte. »Bis dorthin könnten wir mit ihm zusammen reisen. Er sagt, es gibt Schiffe auf dem Hunter River, und ich dachte, wir besorgen uns eins und halten bei jeder Farm an, während wir flußaufwärts fahren. Vielleicht wollen die Leute Ehefrauen oder Hausmädchen.«
»Ich vermute, du hast vor, diese Expedition anzuführen?«
»O Chad, hättest du etwas dagegen? Ich glaube nicht, daß wir mehr als einen Monat brauchen, wenn überhaupt. Hier kommen alle bestens ohne mich zurecht, und es wäre eine so wunderbare Gelegenheit, Familien zu gründen, ja, du hast recht, ich habe vor, Teile dieses Landes zu zivilisieren. Und« – jetzt war es so dunkel, daß Chad ihre glänzenden Augen nicht mehr sehen konnte – »ich könnte mir wirklich mehr von dieser Kolonie anschauen, die wir beide so sehr lieben.«

»Es wird dir sicher großen Spaß machen.«

Ihre Begeisterung verhinderte, daß sie seinen Tonfall wahrnahm.

»Du verstehst es also! Natürlich macht es mir Spaß. Es wird mir das Gefühl geben, etwas zu tun – etwas, woran niemand außer mir auch nur gedacht hat. Etwas Einschneidendes.«

»Ich kann mir vorstellen«, sagte Chad trocken, aber nicht humorlos, »wenn mein Name je in Geschichtsbüchern erwähnt wird, dann als der Mann der Frau, die die Zivilisation in die entlegenen Winkel Australiens gebracht hat ... oder zumindest aus Barbaren zivilisierte Menschen gemacht hat.«

»Leg mir nichts in den Mund, was ich nicht gesagt habe«, sagte Hallie. »Alle Männer, die ich kenne, sind äußerst zivilisiert.«

Chad legte ihr eine Hand auf die Schulter. »Es gibt Momente«, sagte er mit leiser Stimme, »in denen es gewisse Vorzüge hat, ein wenig barbarisch zu sein.«

Sie legte ihre Hand auf seine. Sie verstummten; Gelächter klang vom Bach herauf.

»Ob Robbie wohl unser Schwiegersohn werden wird?« fragte Chad, der den Stimmen lauschte.

»Das hoffe ich allerdings, du nicht auch? Sie lieben einander doch schon lange. Alex wird bald siebzehn.«

»Mein kleines Mädchen«, sagte Chad. »Gott sei Dank ist sie mit ihrem Los zufrieden. Sie wird liebend gern ihr ganzes Leben auf Cowarra verbringen.«

»Ich weiß. Und Robbie auch.« Sie lehnte sich mit dem Rücken an ihn.

Er schlang die Arme um sie. »Wir haben Platz genug für alle.«

Hallie nickte. »Aber stutz ihnen nicht die Flügel – noch nicht.«

»Ich habe Jamie doch nach England gehen lassen, oder nicht?« sagte er und küßte ihren Nacken.

»Er wird zurückkommen. Er wird ein Bestandteil deiner australischen Dynastie sein.« Sie drehte sich um und rieb ihre Wange an seiner.

»Ich frage mich, ob er sich in Sydney niederlassen wird?«

»Wo sonst?«

»Monatlich sprießen neue Städte aus dem Boden. Neue Erkundungsreisen werden unternommen ... ja, ja, ich weiß schon, neue Orte, an die du deine Frauen schicken kannst. Mach schon, Hallie, zieh mit ihnen los. Daran dachtest du doch gerade, oder nicht?«

Hallie fuhr mit siebenunddreißig Frauen nach Newcastle. Dort verabschiedete sie sich von Ben und ging an Bord eines Postschiffs, das auch Fracht flußaufwärts beförderte. Es dauerte drei Wochen, bis Hallie und vier der Frauen nach Newcastle zurückkehrten. Drei von den vieren hatten beschlossen, so weit außerhalb der Stadt könnten sie wirklich nicht leben, und die vierte hatte einfach keinen Mann gefunden, den sie hätte heiraten wollen. Fünf Frauen hatten sich entschieden, als Dienstmädchen für Familien zu arbeiten, und achtundzwanzig hatten Männer geheiratet, die bereits Häuser gebaut hatten – teilweise nur Hütten, aber wenigstens Holzhütten, keine Lehmhütten. Als Hallie nach Sydney zurückkam, waren sieben von ihnen bereits schwanger.

Hallie berichtete Chad: »In diesem Land gibt es keine Gegend, die nicht schön ist, wenn man Newcastle nicht mitzählt.«

Hallie wußte nie, wie es sich herumgesprochen hatte, aber innerhalb von zwei Jahren bekam sie mehr als hundert schriftliche Bitten um Ehefrauen. Gleichzeitig trafen Briefe von Familien ein, die Angestellte suchten: Hausmädchen, Küchenhilfen, Kindermädchen und in manchen Fällen einfach nur weibliche Gesellschaft.

Doch ehe sie die jungen Frauen in die weite Ferne schickte, weitab von Nachbarn und jeglichem Schutz, fand sie, sie und die Frauen sollten die Männer kennenlernen, die so weitab von der Zivilisation ihr Glück versuchen wollten.

Chad saß mit ausdruckslosem Gesicht da, als sie ihm von ihrem Plan erzählte. »Ich werde mit diesen Frauen über die Berge ziehen und Ehemänner oder Stellungen für sie finden. Je weiter außerhalb der Städte die Leute leben, desto höhere Löhne können die Mädchen fordern. Diese Frauen sollten sich selbst ein Urteil bilden, ob sie das Risiko eingehen wollen oder nicht, ehe sie zur Isolation mit einem Mann verdammt sind, den sie nicht ausstehen können.«

»Du hast weder mich noch dieses Land gekannt, als du hergekommen bist.«

»Ich habe Glück gehabt.«

Er zog die Augenbrauen hoch, lächelte ein wenig und nickte andeutungsweise, als nehme er ein Kompliment entgegen. »Du hast vor, ganz allein mit einer Handvoll Frauen über die Berge zu ziehen?«

Sie nickte und dachte plötzlich wieder an Archie und den lauschigen Tümpel.

»Dann werde ich den Gouverneur um Soldaten bitten«, sagte Chad. »Andernfalls verbiete ich es dir.«

Hallies Augen sprühten Funken. »Du willst es mir verbieten? Was bin ich, dein Kind, oder was?«

Chad schüttelte den Kopf. »Tut mir leid, Hallie. Aber in den Bergen gibt es Trupps von aneinandergeketteten Sträflingen, und entflohene Gefangene ziehen durch die Gegend ... es gibt keine Straßen – weißt du überhaupt, ob außer dir eine der Frauen schießen kann?«

»O Chad, was für eine kluge Idee! Darauf wäre ich gar nicht gekommen. Ich werde ihnen das Schießen beibringen und jeder von ihnen eine Pistole besorgen.«

Er war geschlagen – und er wußte es. »Woher willst du Pferde für die Frauen bekommen?«

»Sie werden laufen müssen. Die Soldaten und ich werden reiten. Aber die Frauen müssen zu Fuß gehen.«

»Machst du dir überhaupt eine Vorstellung davon, wie lange es dauert, eine Handvoll – übrigens, an wie viele Frauen dachtest du eigentlich?«

Sie lächelte unwillkürlich. »An etwa zweihundert.«
Chad brach in Gelächter aus. »Erst dachte ich, du meinst es ernst. Niemand kann zweihundert Frauen zu Fuß über die Berge in eine Gegend ohne Straßen führen, in ein Gebiet, das sich, soweit ich gehört habe, endlos erstreckt. Womit willst du die Frauen ernähren? Wie willst du verhindern, daß ihr euch verirrt? Wie wollt ihr euch schützen? Wie könntet ihr das überstehen?«
Er hörte auf zu lachen, als er den Ausdruck in ihren Augen sah. »Herr im Himmel, Hallie, du hast schon einige der ungeheuerlichsten Dinge getan, die je eine Frau – warte – je irgend jemand getan hat, aber das kann einfach nicht dein Ernst sein.«
Ihre Stimme war eisig. »Nicht nur zweihundert Frauen, sondern noch dazu etwa fünfzig Kinder.«
»Was ist mit *deinen* Kindern, mit *deiner* Familie?«
»Sei nicht albern, Chad.« Sie wandte sich von ihm ab. »Ihr kommt zwei bis drei Monate bestens ohne mich aus. Schließlich sind wir fünf Jahre lang ohne dich zurechtgekommen. Außerdem werde ich hier nicht mehr gebraucht, seit ich aufgehört habe, Chloe zu stillen. Beth führt den Haushalt ohnehin, die Kinder sind alle gut geraten und glücklich, und ich glaube wirklich, daß ich zu ihnen allen eine sehr gute Beziehung habe. Ich hatte nie zuviel zu tun, um ihnen zuzuhören, ihnen das Reiten beizubringen, sie mitzunehmen oder ihre Fragen zu beantworten.«
Chad holte seine neue Brille heraus und hauchte auf die Gläser. »Aber du hattest nie Zeit, mit ihnen zu spielen oder ...«
Hallie wirbelte herum. »Ich bin ganz einfach nicht der Typ dafür. Vielleicht sind Susan und Molly eher so, wie Frauen sein sollten, aber du weißt, daß meine Familie mir wichtig ist. Ich glaube nicht, daß irgend etwas von dem, was ich getan habe, der Familie etwas genommen hat, außer vielleicht in den Jahren, in denen du fort warst und Beth vorwiegend ihre Mutter war, weil ich nicht die Zeit hatte. Ich hatte zuviel damit zu tun, die Farm zu leiten, und damals hatte ich Schuldgefühle,

weil ich nicht mehr Zeit mit ihnen verbracht habe. Aber ich habe die Kinder nie anderen Dingen geopfert, die ich unternommen habe.«

Er sah sie an, und seine Augen wurden dunkler. »Was ist mit mir?« fragte er. »Mit Zeit für mich? Ist dir nie aufgefallen, daß wir in den letzten Jahren nicht viel Zeit gemeinsam verbracht haben? Du bist jetzt öfter in der Stadt als hier. Du hast so viel damit zu tun, ein Zuhause oder eine Stellung für deine Mädchen zu finden, daß du vergißt, daß du auch noch einen Mann hast.«

Sie hätte sich nie vorstellen können, daß er es so empfand. Er war den ganzen Tag außer Haus und arbeitete, und abends brütete er über den Rechnungsbüchern oder unterhielt sich mit Brian, Robbie oder Ben. Wenn sie in Sydney waren, gingen sie zum Essen aus oder luden Gäste ein, und wenn die Gäste früh aufbrachen, suchte sich Chad eine Kartenrunde. Er hatte immer zu tun.

»Ich möchte nicht, daß du das tust, Hallie«, sagte er leise. »Es ist zu gefährlich für Frauen, allein durch diesen Kontinent zu ziehen. Ihr könntet euch verirren. Eine Handvoll Soldaten genügt nicht, um euch zu beschützen.«

Er hatte ihr noch nie etwas abgeschlagen, was sie tun wollte, auch dann nicht, wenn sie wußte, daß er es mißbilligte. Er sagte auch jetzt nicht nein. Er erklärte ihr nur, daß ihm der Gedanke nicht gefiel.

»Was wäre, wenn ich ein Mann wäre?« fragte sie in einem kämpferischen Tonfall.

»Um Himmels willen, dann würden wir dieses Gespräch gar nicht erst führen! Aber Männer verirren sich tatsächlich dort, Männer werden dort draußen tatsächlich ausgeraubt und ermordet. Es ist ein großes, menschenleeres Land, und nach einer Weile richtet die Sonne verrückte Dinge mit dem Verstand der Männer an. Und manche von ihnen sind seit Jahren ohne eine Frau.«

»Deshalb will ich ja gerade hingehen. Sie brauchen Frauen.

Und vergiß nicht, wir werden zweihundert bewaffnete Frauen sein.«
Chad schüttelte den Kopf, als sei schon allein die Vorstellung unfaßbar. Dann lächelte er. »Wie lange sind wir jetzt verheiratet?« fragte er. »Neunzehn Jahre, nicht wahr? Und vierzehn davon waren wir zusammen. Und es ist immer noch, als begegnete ich dir zum ersten Mal. Du bist bestimmt nicht langweilig, Hallie. Soviel muß ich dir lassen. Warum mußt du bloß alles haben? Warum kannst du dich nie mit etwas zufriedengeben?«
Sie sah ihn an. Er versteht gar nichts, dachte sie. Der Mann, der ihr überlebensgroß erschienen war, als sie ihn das erste Mal gesehen hatte, der Mann, der in ihren ersten Ehejahren ein Gigant gewesen war, wirkte jetzt wie ein verwunderter kleiner Junge. Daran hatte Hallie noch nie gedacht. Nie hatte sie sich gefragt, wie sehr es einen Mann verwirren konnte, wenn seine Frau nicht so wie andere Frauen war.
»Nein«, sagte sie. »Du hast alles, was du willst. Du würdest dich langweilen – so gut kenne ich dich –, wenn alles von allein so glattginge, daß du den ganzen Tag lang einfach auf der Veranda sitzen und auf das Essen warten oder zum Vergnügen ausreiten könntest. Erzähl mir bloß nicht, du würdest nicht unruhig, wenn du nicht täglich vor Herausforderungen stündest, Problemen, die du lösen mußt, Arbeit, die du liebst. Du mußtest ein zweites Haus entwerfen, du mußtest die größte und beste Schafzucht im Land haben, du mußtest Pferde haben, die bei den Rennen gewinnen. Du mußtest Kinder haben, von denen du glaubst, daß sie deinen Namen weltweit bekannt machen. Und Tag für Tag arbeitest du auf diese Ziele hin.«
Sie kniete sich neben ihn und sah ihm in die Augen. Er spielte mit einer ihrer Locken. »Schämst du dich meiner?« fragte sie. »Machen sich die Leute über dich lustig, weil deine Frau nicht wie andere Frauen ist?«
Er gestattete sich ein Lächeln. »Mein Liebes, wenn sich jemand deinetwegen über mich lustig machen würde, dann niemals in

meiner Hörweite. Ich habe keine Ahnung, was andere Leute von dir halten, Hallie. Nein, ich schäme mich deiner nicht. Ich glaube sogar tatsächlich, daß ich ziemlich oft übermäßig stolz auf dich bin. Ich hatte vor, eine Dynastie zu begründen und dafür zu sorgen, daß man sich in hundert Jahren noch an den Namen Morgan erinnert, aber ich hätte im Traum nicht geglaubt, daß es meine Frau sein könnte, die das für mich erreicht.«

»Aber sie nennen dich jetzt schon den ›Begründer der australischen Schafzucht‹.«

Diesmal lachte er laut. »Und wieder sollte eigentlich meiner Frau diese Ehre gebühren. Während ich in England war, hast du Cowarra aufgebaut.«

»Aber du hast die besten Schafe auf Erden gezüchtet.« Sie fuhr ihm mit einer Hand durch das Haar. »Es war dein Traum, und ich habe ihn lediglich aufrechterhalten, solange du fort warst. In den letzten elf oder zwölf Jahren hast du alle Entscheidungen getroffen. Du hast uns reich gemacht. Du hast Villen gebaut. Du fragst mich nie um Rat. Du hast mich noch nie nach meiner Meinung gefragt, wenn es um Dinge ging, die dir wichtig erscheinen. Du kaufst mir Kleider ...«

Er strich ihr über die Wange. »Weißt du, ich glaube, eben gerade, in diesem Augenblick, fange ich an, dich zu verstehen. Jetzt, während wir miteinander reden.«

Sie wartete. Kein Laut war zu hören. Es war fast Mitternacht; kein Windhauch drang durch die geöffneten Flügeltüren. Es war, als seien sie als einzige im ganzen Universum wach.

Plötzlich hatte ihr Gespräch eine seltsame Wendung genommen. Hallie fühlte sich, als sie Chad ansah, so erregt wie seit dem ersten Mal nicht ...

»Was hast du verstanden?« flüsterte sie. Sie beobachtete den Puls an seiner Schläfe, sah die Krähenfüße in den Augenwinkeln, die ergrauenden Schläfen, und sie überlegte sich, daß sie lange Zeit mit diesem Mann zusammengelebt hatte. Vielleicht kannte sie ihn gar nicht.

»Ich habe dich nicht verstanden, weil ich in all diesen Jahren eine Frau in dir gesehen habe.« Seine Hand entfernte sich von ihrer Wange und streichelte ihre Brüste. »Das ist verständlich. Jeder, der dich sieht, denkt daran zuerst. Andere Männer müssen mich um eine Frau beneiden, die so aussieht wie du, die so lächelt wie du ...« Seine Stimme verklang.

Sie legte die Hand auf sein Knie, stützte das Kinn darauf und sah zu ihm auf.

Er lächelte. »Es fällt sehr schwer, dich anzusehen und nicht an den Inbegriff einer Frau zu denken. Begehrenswert. Und ich glaube, das war meine Reaktion in dem Moment, in dem ich dich vor all den Jahren am Strand habe stehen sehen. Ich konnte mein Glück nicht fassen, daß du die Hallie bist, die ich in Erinnerung hatte. Ich glaube, was mir im Gedächtnis geblieben war, das waren die Glut und die Ruhelosigkeit, die du ausgestrahlt hast. Und diese Eigenschaften hast du nie abgelegt. Und auch heute sind es noch diese Eigenschaften, für die ich dich liebe.«

Hallie hob abrupt den Kopf. »Liebe?« Ohne sich etwas dabei zu denken, sagte sie es laut.

Chad starrte sie an. »Hast du das denn nicht gewußt?«

Sie dachte an Tristan. Das war Liebe ...

»Aber warte. Laß mich erst das andere Thema beenden. Frauen machen Männer glücklich – oder unglücklich. Sie schenken ihnen Kinder, kochen ihnen das Essen, halten ihnen das Haus sauber und tragen die Kleider und den Schmuck, den ihre Männer ihnen kaufen, damit jeder sehen kann, wie erfolgreich ihre Männer sind ...« Er sprach jetzt langsamer, überlegte beim Reden und suchte nach Worten, um die Ideen auszudrücken, die sich überschlugen. »Sie lächeln bei Banketten und Festlichkeiten, sie benehmen sich damenhaft und schreien nicht beim Pferderennen, sie sind nett zu jedem – versuchen niemals, jemanden vor den Kopf zu stoßen – und bringen ihre Zeit damit zu, Mütter zu sein. Was ihren Männern gefällt, das gefällt auch ihnen. Wenn ihre Männer sich freuen, freuen sie sich auch. Der Erfolg ihrer Männer ist auch für sie ein Erfolg. Wenn ihre Kinder es zu etwas bringen, dann beweist das, daß sie gute Mütter gewesen sind. Wenn ein Familienmitglied krank ist, dann wird die Frau es pflegen. Frauen behalten ihre Meinung für sich oder äußern sie zumindest nicht außerhalb der eigenen vier Wände.«

»Mit anderen Worten, sie sind Heilige.« Chads Gedankengang faszinierte Hallie, und sie lächelte.

»Kurz gesagt, ja. Angeblich genügt es allen Frauen, durch ihren Mann und ihre Kinder zu leben.«

»Eine gewisse Zufriedenheit läßt sich schon daraus schöpfen ...«

»Selbstverständlich. Aber von Frauen erwartet man nicht, daß sie Träume haben. Von Frauen wird nicht erwartet, daß sie Ziele verfolgen ... Ziele, die über die Familie hinausgehen. Und genau da fällst du aus dem Rahmen. Ich kann mir vorstellen, daß es in erster Linie meine Schuld ist, wenn das überhaupt das richtige Wort dafür ist. Ehe ich fortgegangen bin, warst du so, wie man sich eine Ehefrau vorstellt. Und dann warst du gezwungen, vor allem durch Archies Tod, zu handeln und zu denken wie ein Mann. Du hast mehr erreicht, als sich die meisten Menschen in ihren kühnsten Träumen vorstellen können.«

Hallie starrte ihn erstaunt an.

»Und dann bin ich nach Hause gekommen und dachte, du seist froh, mich zu sehen, begeistert, daß dir die Arbeit endlich wieder abgenommen wird, nur zu gern bereit, wieder Mrs. Chadwick Morgan zu sein. Zufrieden damit, deine vorbestimmte Rolle im Leben wieder auszufüllen und mehr Kinder zu bekommen.«

»Ich habe große Freude an meinen Kindern.«

Er nickte. »Das weiß ich. Allerdings war ich manchmal verzweifelt, weil ich nicht verstehen konnte, weshalb dir all das nicht genügt. Aber ich habe in dir in allererster Linie eine Frau gesehen. Meine Frau. Erst jetzt, während wir miteinander reden, fange ich an zu begreifen, daß ich nicht weit genug gedacht habe. Du bist ein Mensch, der zufällig als Frau geboren worden ist. Jemand, der Träume hat, wie Männer sie haben. Jemand, der Vorstellungsvermögen besitzt und Dinge erreichen will wie manche Männer. Jemand, der glaubt, was er tut, kann für einen größeren Kreis als den der Familie von Bedeutung sein. Jemand, der etwas erreichen will, der Ziele hat und nicht in die Fußstapfen anderer treten oder den Träumen anderer nachhängen will.«

Er verstummte, als Hallie ihn anstarrte. Er hatte Dinge in Worte gefaßt, die sie vage geahnt hatte und niemals hätte ausdrücken können.

»Von dem Umstand, daß du eine Frau bist, habe ich mich blenden lassen und nicht gesehen, was in dir steckt«, schloß er und lächelte sie unendlich zärtlich an.

Tränen traten in Hallies Augen.

»Natürlich werde ich dich nicht von dieser Reise abhalten. Ich werde mir Sorgen machen. Vielleicht werde ich nicht eine Nacht lang gut schlafen. Aber ich kann dich nicht von dem abhalten, was du als deine Bestimmung ansiehst.«

»Wenn du das sagst, klingt es so edelmütig, Chad«, protestierte sie. »Ich denke, es geht nicht darum, daß ich glaube, eine Bestimmung zu haben. Ich denke, es geht darum, daß ich sehe, was getan werden muß, Dinge, die niemand tun wird, wenn ich sie nicht tue.«

Er streckte die Arme nach ihr aus, zog sie auf seinen Schoß und wiegte sie in seinen Armen. »Und jetzt ist es vielleicht nach all den Jahren an der Zeit, über die Liebe zu sprechen.«

52

Wie seltsam, dachte Hallie. Ich habe in Zusammenhang mit der Ehe nie an Liebe gedacht. Die einzigen verheirateten Menschen, die ich kenne und die einander lieben, sind Susan und Harry. In Zusammenhang mit Chad hätte ich nie an Liebe gedacht; Liebe hat für mich immer Tristan bedeutet.

Chad strich ihr über das Haar. »Vor einiger Zeit, vor Jahren, hast du mich gefragt, ob ich je verliebt gewesen bin. Ich glaubte, du sprächest von Frauen außer dir, und daher habe ich dir von meiner Jugendliebe erzählt. Ich dachte immer, du wüßtest, daß ich dich von dem Moment an geliebt habe, als ich dich am Strand gesehen habe. Und ich habe nie aufgehört, dich zu lieben, in all den neunzehn Jahren, keine Minute lang.«
Er zog den Kopf zurück, um sie sehen zu können. »Hast du das denn nicht gewußt, Hallie?«
»Ich wußte, daß es dich gefreut hat, wie ich aussehe«, begann sie zögernd, »und ich habe gewußt, daß du ab und zu stolz auf mich warst. Ich habe auch gewußt, daß ich dich manchmal um den Verstand gebracht habe und daß du dich gefragt hast, warum ich mich nicht mit dem zufriedengeben kann, was du mir geboten hast. Einschließlich dieser fünf Jahre. Anfangs war ich so wütend auf dich, weil du mich derart im Stich gelassen hast. Aber heute empfinde ich es als ein Geschenk. Ich habe etwas in mir entdeckt, wovon ich nicht wußte, daß es existiert.«
Chad seufzte. »Ich werde mir nie verzeihen, daß ich so viele Jahre fortgeblieben bin«, sagte er. »Vom ersten Moment an, als ich dich gesehen habe, war ich Hals über Kopf verliebt. Aber es ging nicht darum, wie du ausgesehen hast, nicht um die Äußerlichkeiten. Es war das Licht.«
Sie runzelte die Stirn. »Das Licht? Welches Licht?«
»Dein inneres Licht ... der Glanz, der nach außen strahlt. Ich bin mir wie der Schuljunge vorgekommen, der ich bei meiner ersten Romanze war. Das muß in den ersten Jahren ganz offensichtlich gewesen sein. Ich konnte es kaum erwarten, von den Feldern zurückzukommen und bei dir zu sein. Ich habe den ganzen Tag lang an dich gedacht, während ich draußen bei der Arbeit war. Es hat mich in die Raserei getrieben, wenn du schwanger wurdest, weil ich damals nicht wußte, daß es andere Dinge gibt, mit denen wir einander Lust bereiten können. In all den Monaten, die ich mich dir versagt habe, war ich außer

mir vor Verlangen. Ich konnte dich kaum ansehen, ohne dich so sehr zu begehren, daß es qualvoll war.«
Hallie setzte sich auf und schaute ihn an, als sehe sie ihn wieder zum ersten Mal, damals am Strand.
Mit zärtlichem Blick fuhr Chad fort: »Ich wußte nicht, daß Männer sich so irrsinnig in ihre Ehefrauen verlieben. Ich hatte gehofft, daß die Liebe sich, wie in den meisten Ehen, mit der Zeit einstellt, aber ›Verliebtheit‹ – du hast meine Gedanken und mein Herz vollständig ausgefüllt –, das kam unerwartet. Ich hatte nie wirklich geglaubt, daß solche Dinge sich außerhalb von Gedichten ereignen.«
»Und ich dachte, du wolltest mich nur, damit ich dir das Haus sauberhalte, koche und deine Kinder gebäre.«
»Das war ursprünglich mein Gedanke«, gab er mit einem schiefen Lächeln zu. »Aber du bist einfach aufregend, und du strahlst deine Spannung überall aus. Es war nicht nur dein Aussehen, obwohl ich zugebe, daß es mir Freude bereitet – ich werde es nie müde, dich anzusehen, nach all den Jahren nicht. Ich wache morgens auf, und wenn du noch schläfst, liege ich da und betrachte genüßlich deine Schönheit mit – mein Gott, wie alt bist du, siebenunddreißig? Du bist ein faszinierender Mensch. Und das bist du schon immer gewesen.«
»Das bist doch du mit deinen Ideen und deinen Vorstellungen. Und wie du, wohin du auch gehst, immer im Mittelpunkt stehst ...«
Er lachte. »Das streite ich nicht ab. Aber schau uns an – ich dachte immer, wir müßten das aufregendste Paar von Neusüdwales sein. Vielleicht sogar auf der ganzen Welt!«
Hallie beugte sich herunter und küßte ihn.
»Weißt du«, sagte er, »daß es das erste Mal ist, daß du das getan hast? Daß du diejenige bist, die mich küßt?«
»Laß dich dadurch nicht vom Reden abhalten«, sagte sie. Sie lehnte den Kopf an seine Schulter und schmiegte sich an ihn. Sie war noch nicht sicher, was sie empfand, aber so hatte sie

bisher nie empfunden. Seine Hand legte sich über dem Kleid auf ihre Brust und blieb dort liegen.

»Du willst, daß ich noch mehr über die Liebe rede?« Er lächelte sie an.

»Bisher haben wir sie kaum je erwähnt«, sagte sie. »Ich wußte nie, daß du so für mich empfindest. Mir war klar, daß du mich magst und daß ich dir manchmal eine zufriedenstellende Ehefrau war. Aber du hast nie gesagt, daß du mich liebst.«

»Ich vermute, ich dachte, daß du es weißt. Es immer gewußt hast. Von der ersten Nacht an, damals am Teich.« Er lachte. »Selbst jetzt noch, nach all den Jahren, kann ich mich bis in alle Einzelheiten an diese Nacht erinnern. Weißt du noch, ich habe dir das Kreuz des Südens gezeigt, und wir haben im Freien unter den Sternen geschlafen. Und ich dachte mir: Mein Gott, in weniger als vierundzwanzig Stunden habe ich mich hoffnungslos verliebt. Ich wußte damals schon, daß es für immer ist. Und ebenso wußte ich, daß ich der glücklichste Mann auf Erden sein muß. Das war einer der Momente, in denen ich an Gott geglaubt habe.«

»Ich erinnere mich«, sagte sie, obwohl sie sich die Erinnerung vor langer Zeit aus dem Herzen gerissen hatte. Noch heute verband sie mit diesem Teich auch den alptraumhaften Überfall, bei dem Archie durch die Hände dieses gräßlichen Mannes ums Leben gekommen war.

Chad preßte sie an sich. »Auf dem Schiff nach England habe ich dich in jedem Stern gesehen. Ich habe dein Lachen gehört. Ich habe jede Welle verflucht, die mich weiter von dir fort bringt. Ich habe mich gefragt, wie ich nur je hatte glauben können, Spitzenpreise für unsere Schafwolle seien eine Trennung von dir wert. Ich hätte im Traum nicht geglaubt, daß fünf Jahre daraus würden. Hallie, es hat keine Nacht gegeben, keinen Morgen, an dem ich die Entfernung nicht verflucht habe, die zwischen uns lag. Es hat mir leid getan, daß ich nicht gesehen habe, wie Jamie und Alex aufwuchsen – das wußte ich vorher, und doch hat es mich überrascht, daß es nicht meine Kinder waren, die ich am meisten vermißt habe, sondern du.«

O Gott, dachte sie. Während er so empfunden hat, habe ich mich in Tristan verliebt und Babys mit ihm gemacht. Sie schloß die Augen und versuchte, es von sich zu schieben, aber seine Stimme fuhr fort, und sein Murmeln drang in ihre Seele vor.

»Als ich damals zurückgekommen bin, wußte ich, daß es nicht mehr so wie vorher sein konnte. Wir ... das Leben. Ich war stehengeblieben, wo ich aufgehört hatte, und du und Neusüdwales, ihr hattet euch beide weiterentwickelt. Oft hat mich deine Ruhelosigkeit bestürzt und verwirrt. Ich dachte, ich mache dir eine Freude, wenn ich Sophie und Danny mitbringe.«

»Das hast du auch. Ich finde es wunderbar, sie hier zu haben. Damit faßt diese Familie hier Wurzeln. Und Mum habe ich hier in einer Form, wie ich sie in Newcastle nie gehabt hätte.«

Chad nickte und streichelte sachte ihre Brüste. »Das weiß ich. Aber dennoch war die Reaktion nicht ganz das, was ich erwartet hatte, und ich habe Angst bekommen.«

»Angst?« Chad und Angst?

»In diesen Jahren, in denen ich fort war, war uns etwas verlorengegangen, und ich wußte es. Du hattest die Kraft gefunden, allein zu leben, und ich hatte festgestellt, daß ich nicht ohne dich leben kann. Du hast mich nicht und auch sonst niemanden gebraucht, nein, ich glaube nicht.«

»Doch, natürlich«, sagte sie. »Wenn ich meine Familie nicht hätte, wäre ich nichts.«

»Das ist nicht ganz wahr«, sagte er. »Du hättest immer noch dich. So geht es den wenigsten Menschen. Und ich mußte zutiefst schockiert feststellen, daß du mich nicht so brauchst, wie ich dich brauche. O ja, geklappt hat es gut mit uns. Wir sind umgänglich. Ich kann mich nicht erinnern, daß wir je gestritten hätten, jedenfalls über nichts wirklich Wesentliches, aber vielleicht liegt es daran, daß von deiner Seite aus die Leidenschaft fehlt. Ich gebe zu, daß ich mich gefürchtet habe, meine Leidenschaft zu deutlich zu zeigen. Mir war es bei weitem lieber, so miteinander umzugehen, wie wir es getan haben, als dir zu sagen, wie sehr ich dich brauche, wie sehr ich dich liebe.«

Seine Stimme lullte sie ein. »Warum sagst du es mir dann jetzt?«

Er beugte sich zu ihr und küßte sie. »Ich weiß es nicht. Plötzlich schien mir der richtige Zeitpunkt gekommen zu sein, der Zeitpunkt, um ein Wagnis einzugehen, es zu riskieren ... dir die Wahrheit zu sagen. Ich hatte es nicht bewußt vor.«

Er seufzte. »Hallie, ich liebe dich jetzt mehr als in der ersten Nacht am Teich. Bis heute abend habe ich dir nicht vorgemacht, dich zu verstehen. Bis du mich plötzlich gezwungen hast, in dir nicht mehr nur eine Frau zu sehen, sondern einen Menschen, der Träume und Sehnsüchte und unbegrenzte Fähigkeiten hat. Zwar gewährleistet das nicht immer ein bequemes Leben, in dem sich alles um mich dreht, und ich hatte immer geglaubt, daß es so kommen würde ...«

»Wann hast du dir je meinetwegen etwas versagt, was du haben wolltest?« unterbrach ihn Hallie und setzte sich aufrecht hin.

Er dachte einen Moment lang darüber nach. »Du hast recht. Vielleicht ist es nur so, daß die Erfüllung meiner Wünsche nicht immer so süß war, wie ich es mir erhofft hatte, weil du nicht immer wirkliches Interesse daran zu haben schienst.«

»Zum Beispiel an den beiden Häusern?«

Chad nickte.

»Ich wäre vollauf zufrieden gewesen, wenn wir für immer in unserem ersten Haus gelebt hätten«, sagte sie mit zarter Stimme. »Ich habe immer noch Empfindungen in bezug auf dieses Haus, die keins der beiden großen Häuser in mir auslöst. Ich will nicht behaupten, daß mir der Luxus nicht behagt, aber ich hätte all das nicht gebraucht. Ich habe keinen vollen Kleiderschrank gebraucht ...«

»Brauchen hat damit gar nichts zu tun. Ich wollte dir zeigen, wieviel du mir bedeutest. Es war eine Form, dir zu sagen, daß ich dich liebe. Aber vielleicht habe ich die ganze Zeit versucht, deine Liebe zu kaufen, und geglaubt, wenn ich dir Geschenke mache ...«

Sie schwiegen lange Zeit. Hallie fühlte sich in Wärme gehüllt. Nie hatte sie sich Chad so nah gefühlt. Nie hatte sie sich irgend jemandem so nah gefühlt. Die Dinge, die er gesagt hatte, nicht nur, daß er sie liebte ... sondern Dinge – als sähe er in sie hinein und verstünde sie. Er hatte ihr Dinge über sie gesagt, die sogar ihr selbst nicht klar gewesen waren. Doch am wichtigsten war, daß er ihr gesagt hatte, seine Liebe sei groß genug, um ihr die Freiheit zu lassen, das zu tun, was sie mußte, statt zu versuchen, sie zu zwingen, das zu tun, was er wollte. Er liebte sie um ihrer selbst willen und nicht das Bild, das er sich von ihr gemacht hatte.

Sie schlang die Arme um seinen Hals, und seine plötzliche Einsicht und seine Liebeserklärungen überwältigten sie. »O Chad«, flüsterte sie. Langsam fing sie an, sein Hemd aufzuknöpfen. Dann beugte sie sich vor und küßte seine Brust, fuhr mit der Zunge darüber. »Ich habe nie gewußt, daß du mich liebst«, murmelte sie.

»Ich liebe dich heute so sehr wie immer, vielleicht sogar noch mehr. Ich werde dich bis zum letzten Atemzug lieben. Du bist eine Frau, die zur Königin geschaffen ist, Hallie ... und wenn ich mir vorstelle, daß du mir gehörst ...«

Hallie stand auf und streckte ihm die Hände entgegen, um ihn auf die Füße zu ziehen. Als er die Arme um sie schlingen wollte, sagte sie: »Nein, laß mich das tun.« Sie zog ihm das Hemd aus und knöpfte dann ihr eigenes Kleid auf. Als sie ihr Unterkleid ausgezogen hatte, stand sie ihm nackt gegenüber und rieb ihre Brüste an seinem Brustkorb. Es war ein wunderbares Gefühl, seine Haut zu spüren, und sie ahnte, daß es diesmal etwas anderes sein würde, wußte, daß sie die Initiative ergriff, die er sonst übernommen hatte, und ihr war bewußt, daß sie mit ihm schlafen wollte.

Sie knöpfte seine Hose auf und zog sie ihm kniend aus. Seine

Hände spielten mit ihrem Haar. Sie schaute zu ihm auf und dachte: Was für ein wunderbarer Körper für einen Mann von zweiundvierzig Jahren. Und sie nahm ihn in den Mund. Ihre Hände glitten federleicht über seine Beine, um ihn herum und preßten ihn an sich, und sie hörte ihn stöhnen: »Mein Gott, Hallie!«

Ja, dachte sie. Ja.

Langsam, ganz langsam ließ sie sich an seinem Körper hinaufgleiten. Als er ihre Brustwarzen berührte, schlang sie ihm die Beine um die Taille und küßte ihn mit einer Wildheit, die sie nur selten verspürt hatte. Sie wollte ihn verschlingen, die Dinge mit ihm tun, die er immer mit ihr getan hatte.

Er trug sie zum Bett, aber sie wollte nicht neben ihm liegen. Sie kroch ans Fußende des Bettes und küßte seine Zehen einzeln, tastete sich mit ihren Lippen langsam an seinen Beinen höher, bis sie ihn wieder in den Mund nahm. Sie hörte seinen schweren Atem und bewegte rhythmisch ihre Zunge. Schließlich stieß er sie von sich und keuchte: »Nein, noch nicht. Bitte, noch nicht.«

Er zog sie an sich, und ihre Körper bewegten sich gemeinsam. Sein Mund spielte mit ihren Brüsten, und sie wölbte sich ihm mit einem leisen Schrei entgegen.

»Jetzt«, sagte er, »kannst du es wieder tun. Aber dreh dich um, damit ich ... damit wir es beide tun können.«

Sie spürte ihn zwischen ihren Beinen, seine suchende Zunge, und sie spreizte die Beine, weil sie ihn tief in sich wollte, während sie ihn streichelte und seine Steifheit fühlte. Seine Hände fanden ihre Brüste, und sie glaubte augenblicklich wie ein Feuerwerkskörper zu explodieren und für alle Zeiten am Himmel zu verschwinden. Ihr Mund umschloß ihn, und sie bewegte sich auf und ab, bis sie sich selbst im Dunkeln aufschreien hörte.

Daraufhin hörte er auf, sich zu bewegen, drehte sie auf den Rücken und tauchte tief in sie ein. Dabei atmete er schwer und stieß Laute aus, die wie ein Schluchzen klangen, als er ausrief: »Hallie ... o Gott, Hallie, ich liebe dich so sehr!«

Als sie später nebeneinander lagen und sich an den Händen hielten, sagte Chad: »Wenn ich dich so sehr liebe, wie ich dich liebe, muß ich dir dann nicht die Freiheit zugestehen, die du brauchst, um aufzublühen und zu gedeihen?«
Hallie lag da und fragte sich, ob es wohl möglich sei, zwei Männer gleichzeitig zu lieben. Ihr war bewußt, daß sich die Waagschalen ihres Seelenlebens stark verschoben hatten. Oder waren sie endlich ins Gleichgewicht gekommen?

53

Der Gouverneur stellte Hallie nur deshalb sechs Soldaten als Begleitschutz zur Verfügung, weil er das Gefühl hatte, ihm bleibe nichts anderes übrig. Seine Gefühle gegenüber Hallie waren ambivalent. Mit Gewißheit war sie eine der schönsten Frauen in der ganzen Kolonie, aber sie äußerte ihre Meinung selbst bei offiziellen Anlässen im Regierungsgebäude, vorzugsweise als Gefühlsausbrüche über die ungerechte Behandlung der Sträflinge, so daß es allen Anwesenden peinlich für sie war. Doch das schienen weder sie noch ihr Mann zu bemerken. Chad war anscheinend sogar stolz auf sie. Kein Wunder, wenn man bedachte, wie sie aussah. Sie betonte ihre natürliche Schönheit mit Kleidern und Schmuckstücken, wie sie kein zweites Mal zu finden waren. Chad war inzwischen der wohlhabendste Großgrundbesitzer in der ganzen Kolonie. Die Morgans konnten sich alles leisten, und vielleicht war Hallie deshalb, wie sie war. Ihre Kinder waren immer höflich und hatten gute Manieren, schienen jedoch nicht stillsitzen zu können. Hoffentlich würde der älteste Sohn nach seinem Studium zurückkommen.
Und dann diese Tochter, Alexandra, Gott, was für eine Schönheit – eine Mischung aus beiden Elternteilen. Junge Männer ritten nach Cowarra und warben um sie, aber anscheinend hatten sie kein Glück. Mit achtzehn besuchte sie nicht die

Bälle von Sydney, keine Konzerte, Picknicks oder Regatten, nur ab und zu die Rennbahn, wenn Pferde ihres Vaters liefen. Und dann sprangen sie und ihre Schwester Julie in ganz und gar nicht damenhafter Manier auf und schrien. Ihre Eltern schalten sie nicht aus; Chad schien sogar tatsächlich belustigt zu sein.

Und erst die Zwillinge, die Ebenbilder ihrer Mutter! Sie schienen Chads Risikofreudigkeit geerbt zu haben. Der Kerl trank wie ein Gentleman, was er auch war. Er spielte gern, hatte aber nie Spielschulden. Und seine Arbeitsmoral schien puritanisch zu sein, was zweifellos einen Großteil seines Reichtums erklärte. Das, gepaart mit angeborener Intelligenz und der Bereitschaft zum Wagnis. Diese Eigenschaft zeichnete die ganze Familie aus, aber es konnte nicht genetisch bedingt sein, denn auch Hallie besaß sie.

Wick mit seinem unwiderstehlichen Charme erweckte schon mit seinen zwölf Jahren den Eindruck bei dem Gouverneur, von ihm als einem Morgan stünde noch viel zu erwarten.

Er beneidete die Morgans. Schon jetzt war eine wachsende Stadt nach ihnen benannt. Es hätte ihm gefallen, wenn etwas nach ihm benannt worden wäre.

Der Gouverneur wußte nicht, warum er Hallie ablehnte. Seine Frau hatte ihn darauf hingewiesen, daß er sie wirklich respektiert hätte, wenn sie ein Mann gewesen wäre. Er hatte also die Soldaten und einen Geistlichen für die Trauungen bewilligt.

Wer dagegen scharfe Kritik übte, war Tristan. Chad hatte die Faulkners eine Woche vor Hallies Exkursion zum Essen eingeladen. In den fünf Wochen, seit Hallie ihm von ihren Plänen berichtet hatte, war er selbst nicht mehr in der Stadt gewesen. Tristan verschwendete weder Zeit noch Worte.

»Das kannst du ihr unmöglich erlauben«, sagte er zu Chad. »Ich habe versucht, ihr klarzumachen, daß es gefährlich ist.« Er wandte sich an Hallie. »Du hast doch bestimmt nicht vergessen, was dir damals zugestoßen ist, obwohl du einen Mann bei dir hattest.« Er wandte sich wieder an Chad. »Der ganzen Stadt ist klar, daß sie eine Dummheit begeht. Aber daß sie Hunderte von Frauen auffordert, bei diesem Projekt mitzumachen ...«

»Hunderte von *bewaffneten* Frauen«, sagte Chad lächelnd. »Hast du je versucht, Hallie etwas auszureden? Ich kann nicht behaupten, daß mir wohl bei dem Gedanken ist, aber lieber lasse ich sie gehen, als für den Rest meines Lebens schuld daran zu sein, daß sie es nicht getan hat. Wenn ich mir das auf mein Gewissen lade, dann weiß ich nicht, wie lange unsere Ehe noch halten würde. Und außerdem ist sie nicht meine Tochter. Ich kann ihr nichts verbieten.« Er sah Hallie in die Augen.

Hallie saß da und sah die beiden Männer an, die sie liebte. Schon den ganzen Monat über hatte sie das Wort Liebe bewußt mit Chad in Zusammenhang gebracht. Sie hatte einst geglaubt, sie könnte nie einen anderen Mann als Tristan lieben. Wenn sie auch seit Jahren kaum noch unter vier Augen miteinander geredet hatten, hatte sie doch nie an den Gefühlen gezweifelt, die sie füreinander hegten. Sie hatte ihn zu lange und zu beharrlich geliebt, um jetzt daran zu zweifeln, und doch sah sie, wie sich die Gestalt dieser Liebe vor ihren Augen veränderte.

Es hatte in jener Nacht mit Chad begonnen. Seit damals sah sie ihren Mann täglich wieder mit neuen Augen. Sah ihn anders. Nahm seinen Gesichtsausdruck bewußt wahr, wenn er von seiner Familie umgeben war – als sei er gestorben und in den Himmel gekommen, dachte sie einmal.

Sie nahm ihn ganz anders wahr, vielleicht zum ersten Mal – obwohl sie all das im Lauf der Jahre immer wieder an ihm beobachtet hatte – nahm wahr, wie Julie beispielsweise mit einem verletzten Vogel zu ihm kam und die beiden gemeinsam seinen Flügel schienten und ihn gemeinsam fütterten. Sie beobachtete, wie sie ihm geduldig über Wochen das Fliegen wieder beibrachten, und sie sah den Ausdruck in Julies Augen, als der Vogel endlich wieder in die Freiheit flog. Aber der Ausdruck in Chads

Augen, während er Julie betrachtete, war das, was Hallie unter die Haut ging.
Und ihr wurde klar, daß sie in all den Jahren blind gewesen war, daß sie sich entschlossen haben mußte, diesen Teil ihres Mannes nicht zu sehen, der ihr jetzt so naheging.
»Wenn wir gerade von Töchtern sprechen«, sagte Tristan zu Hallie und riß sie aus ihren Tagträumen. »Ich habe gehört, daß du Julie mitnimmst.«
Ach, das war es also, dachte sie.
»Sie ist zwölf. Sie findet, es klingt aufregend. Es ist eine Chance, mehr von diesem Land zu sehen. Von den anderen will niemand mitkommen. Ich dachte, wir könnten einen der Jungen mitnehmen, aber nein ... und Alex will ja nie von Cowarra fortgehen ...« Eigentlich meine ich, sie will nicht von Robbie fortgehen, dachte sie.
»Der glatte Wahnsinn«, fauchte Tristan. »Du hast nicht das Recht, Julie so etwas anzutun – und auch nicht all diesen Frauen!«
»Moment mal, Tris.« Chad steckte sich eine Zigarre an. »Hallie hat Freiwillige aufgefordert. Sie tut keiner der Frauen etwas an, sondern sie tut es meiner Meinung nach für diese Frauen. Über Julie haben wir miteinander geredet. Wie ich schon sagte, bin ich absolut nicht wild auf dieses ganze Unternehmen, aber wenn es schon stattfindet, werde ich mich nicht in den Weg stellen. Ich habe Julie das Schießen beigebracht. Sie ist so ruhelos wie ihre Mutter. Sie reizt alles, was anders ist, alles, was eine Herausforderung darstellt, was nach Abenteuer und vielleicht nach Gefahr riecht ...«
»Verdammt noch mal, eine Zwölfjährige sollte nicht durch die Wildnis ziehen!«
Chad blieb ruhig, aber seine Augen wurden kalt. »Tristan, du hast praktisch zwei meiner Söhne aufgezogen. Deine Gastfreundschaft war schon immer eine sehr enge Form von Freundschaft. Du bist ein Mensch, den ich sondergleichen respektiere und

bewundere. Du und Harry, ihr seid meine australischen Brüder, denen ich mich näher fühle als meinen leiblichen Brüdern. Aber ich will nicht, daß du mir sagst, was ich mit *meiner* Tochter tun kann und was nicht.«

Chad sah Tristan fest in die Augen, und im nächsten Moment beobachtete Hallie, wie Tristan die Schultern sinken ließ.

Sie sah Chad voller Zärtlichkeit an. Ihr war klar, daß er sie unterstützte, obwohl er selbst Bedenken hatte. Er gab ihr öffentlich seine Zustimmung. Ihm gefiel nicht, was sie plante, aber er kämpfte um ihr Recht, es durchzuführen.

Im letzten Monat war sie verwirrt gewesen. Und als die beiden heute abend am Tisch miteinander stritten, fragte sie sich nicht etwa, ob es möglich sei, zwei Männer zu lieben, sondern, ob die Leidenschaft, die sie immer für Tristan empfunden hatte, sie in den Jahren seit Chads Heimkehr hatte blind sein lassen, in den Jahren, seit Tristan Molly geheiratet hatte. Sie liebte ihn immer noch, soviel wußte sie, aber in welcher Form? Wäre sie ihm noch um den Hals gefallen, wenn er die Arme ausgebreitet hätte?

Tristan sah sie wieder an und sagte stumm mit flehentlichem Blick: Bring unsere Tochter nicht in Gefahr, Hallie. Bitte.

»Wir werden bestens zurechtkommen«, sagte sie. »Wenn ich das nicht glaubte, würde ich das Unternehmen gar nicht durchführen.« In Wirklichkeit hatte sie sich riesig gefreut, als Julie gebeten hatte, sie solle sie mitnehmen. Das gab ihnen etwas Gemeinsames, Erinnerungen, die immer nur ihnen gehören würden.

Am Morgen vor Hallies Aufbruch lief ein Schiff im Hafen ein. Susan hatte versprochen, gemeinsam mit Sophie die neuen Frauen in Empfang zu nehmen. Hallie wunderte sich immer wieder darüber, wie sehr sich ihre Freundin für das Projekt engagierte. Susan achtete immer darauf, daß Harry nicht zu kurz kam, denn er stand für sie an erster Stelle, aber sie hatte sich freiwillig erboten, sich während Hallies Abwesenheit um alles zu kümmern. Harry hatte an seinem Schnurrbart gezogen, aber nichts gesagt. Jetzt würden Susans Aktivitäten sein Privatleben beeinträchtigen, denn Hallie würde mehrere Monate lang unterwegs sein.

Sophie tauchte in Hallies Schlafzimmertür auf, als sie gerade beim Packen war. Ihre Haltung drückte eine seltsame Mischung aus Trotz und Unbeholfenheit aus.

»Ich wollte dich um einen Gefallen bitten.« Sie stand aufrecht da. Ihr Haar war jetzt ganz grau geworden, aber sie strahlte Vitalität aus. »Aber vorher muß ich dich etwas fragen.«

Hallie sah zu ihr auf. »Würdest du diese Reise unternehmen, wenn niemand hier wäre, der sich um die Frauen kümmert?« fragte Sophie.

Hallie sah ihre Mutter an. »Ja, selbstverständlich. Die, die schon hier sind, können sich ein paar Monate lang allein durchschlagen. Ich muß nicht alles selbst tun. Ich bin, wie du nur allzugut weißt, keine Perfektionistin. Fürchtest du, ich könnte zurückkommen und dir vorwerfen, du hättest versagt?«

Sophie setzte sich zu ihrer Tochter auf den Fußboden. »Nein. Ich fürchte, daß ihr ein unvergeßliches Abenteuer erleben werdet, Julie und du, und daß ich es mir entgehen lasse. Ich will mit euch kommen.«

Hallie brach in Gelächter aus und schlang ihrer Mutter die Arme um den Hals. »Pack deine Sachen«, sagte sie. »Wir besorgen dir ein Pferd.«

Ihre Mutter gab ihr einen Kuß, stand auf und eilte die Stufen hinunter.

Am späteren Nachmittag tauchte Susan mit einem jungen Mädchen von vierzehn oder fünfzehn Jahren auf.

»Das ist Lucinda«, sagte sie. »Sie sucht Chad.«

Das Mädchen, dem das kastanienbraune Haar in langen Locken auf den Rücken fiel und dessen graue Augen klar und selbstsicher waren, sagte: »Ich habe einen Brief für ihn, einen Brief von meiner Mutter. Er ist mein Onkel.«

Wessen Tochter sie wohl war? fragte sich Hallie. War Elizabeth ihre Mutter? Oder Millicent? Sie konnte sich nur vage an Chads Schwestern erinnern.

»Meine Mutter ist gestorben«, sagte das Mädchen. »Sie hat gesagt, mein Onkel würde sich um mich kümmern.«

Warum nicht ihr Vater oder seine Brüder, die das Kohlenbergwerk leiteten? Warum hatten sie nichts vom Tod oder der Krankheit seiner Schwester gehört?

Das Mädchen sah sich mit großen Augen um, strahlte aber eine Selbstsicherheit aus, die bei einem so jungen Menschen ungewöhnlich war. Vielleicht, dachte Hallie, ist man so, wenn man in der guten Gesellschaft von London aufwächst. »Ich finde das alles sehr aufregend«, sagte sie.

In dem Moment kam Julie angerannt und wurde Lucinda vorgestellt. »Eine neue Cousine?« sagte sie begeistert. »Komm, ich bringe dich in dein Zimmer. Wie gräßlich, daß du ausgerechnet jetzt kommst, wenn ich gerade abreise.«

Die beiden Mädchen standen draußen auf dem Rasen und schauten auf den Hafen hinaus, als Chad mehrere Stunden später nach Hause kam.

»Deine Nichte«, sagte Hallie, die sich durch ein weiteres Familienmitglied keineswegs erschrecken ließ.

Er runzelte die Stirn. »Meine Nichte?«

»Die Tochter einer deiner Schwestern, ich habe sie nicht gefragt, welche. Sie ist gestorben und hat das Mädchen zu dir geschickt.«

Sie war so sehr mit dem Packen beschäftigt, daß sie nicht merkte, wie gefühllos sie ihn über den Tod seiner Schwester informierte.

Chad zog die Augenbrauen hoch und schaute aus dem Schlafzimmerfenster die beiden Mädchen auf dem Rasen an.

»Sie hat einen Brief mitgebracht. Er liegt auf deinem Schreibtisch«, fügte Hallie noch hinzu, während sie ihre Kleider zurechtlegte. Sie hörte, daß Chad die Treppe hinunterlief, um den Brief zu lesen. Als er zwanzig Minuten später noch nicht zurückgekommen war und sie keinen Laut von unten hörte, machte sich Hallie auf die Suche nach ihm. Er saß mit dem Kopf in den Händen hinter seinem riesigen Schreibtisch. Sie ging zu ihm und schlang ihm die Arme um den Hals.

»Es tut mir leid«, sagte sie. »Welche Schwester war es? Weißt du, mich stört es gar nicht, noch ein Kind mehr im Haus zu haben. Mir tut nur leid, daß sie gerade jetzt gekommen ist, wenn ich keine Zeit habe, sie gleich näher kennenzulernen, aber Alex und Beth und ...«

Chad drehte sich zu ihr um und nahm ihre Hand. Ein gequälter Ausdruck stand in seinen Augen. »Setz dich«, sagte er.

Hallie fürchtete sich. Jetzt kam etwas Gräßliches auf sie zu, das spürte sie. Etwas, worauf sie überhaupt nicht vorbereitet war. Etwas, was ihr Angst einjagen würde. Als sie sich auf den Stuhl neben ihm sinken ließ, nahm er ihre beiden Hände und sah ihr in die Augen.

»Sie ist nicht meine Nichte, Hallie«, sagte er mit erstickter Stimme. »Sie ist meine Tochter.«

54

Hallie sah den Schmerz und die Furcht in Chads Augen nicht. Ein paar Minuten lang sah sie überhaupt nichts. Sie hatte sich eine Hand auf die Brust geschlagen, und das Atmen fiel ihr schwer.

Sie wehrte Chad ab, der ihr eine Hand auf den Arm legen wollte.

»Du hast mir gesagt, du hättest mich immer geliebt«, murmelte sie, ohne zu merken, was sie sagte.

»Das habe ich auch. Seit ich dich das erste Mal gesehen habe, hat es keine Minute gegeben, in der ich dich nicht mehr als alles andere auf Erden geliebt habe.«

Sie saß da und sah starr vor sich hin.

»Ich weiß, daß es ein Schock für dich ist. Ich hätte im Traum nie geglaubt ...«

»Warum hast du es mir nicht gesagt?« Ihre Stimme war frei von jedem Gefühl.

»Es dir gesagt? Dir gesagt, daß ich eine Tochter von einer Frau habe, mit der ich mich eingelassen habe? Dir gesagt, dieses Kind hätte nichts mit uns zu tun?«

Sie sah ihn an, und jetzt stand Glut in ihren Augen. Wußte er es? Hatte er einen Verdacht? War er schuldiger als sie?

»Ich bitte dich, Hallie ...« Er beugte sich vor. »Versuch, mir zu vergeben. Ich war seit zwei Jahren fort, und ich war sechsundzwanzig.« Er stand auf, verschränkte die Hände auf dem Rücken und lief durch das Zimmer. »Du warst fast zwanzigtausend Kilometer weit entfernt, und ich habe mich nach dir gesehnt. Es ist nicht so, daß ich ein Lebemann oder ein Schlitzohr wie Tristan bin, der wahrscheinlich mit der Hälfte aller Witwen von Neusüdwales geschlafen hat. Nicht etwa, daß das seine bewundernswerten, ja geradezu wunderbaren Seiten schmälert. Aber bis auf Edythe in diesen Jahren der Einsamkeit bin ich dir nie untreu gewesen, noch nicht einmal in Gedanken.«

Hallie hörte nur noch eins: »der mit der Hälfte aller Witwen von Neusüdwales geschlafen hat«.

Chad fuhr fort: »... wie unangenehm, daß du Lucy jetzt täglich vor Augen hast und ständig wieder an meinen Fehltritt erinnert wirst. Ich habe dich immer geliebt, Hallie. Das mußt du wissen.«

Mit der Hälfte aller Witwen von Neusüdwales geschlafen! Sie schlug sich die Hand auf die Stirn. Ihr wurde schwindlig, und sie dachte: Mir wird übel. »Ich muß an die frische Luft ...« Ihre Stimme klang verschwommen. »Ich glaube, ich werde ohnmächtig.«

Chad war sofort an ihrer Seite. Er hob sie hoch und lief mit ihr durch den Gang auf die Veranda. Die Frühlingsluft war kühl, aber Hallie merkte es nicht – ihr Verstand war gelähmt.

Ihr Mann hatte in England ein Kind gezeugt, und Tristan hatte, wenn sie Chad glauben konnte, mit anderen Frauen geschlafen. Frauen, im Plural.

Sie kniete sich ins Gras und übergab sich.

»O Gott«, hörte sie Chad flüstern.

Den letzten Monat hatte er damit zugebracht, ihr seine Liebe zu erklären, und doch hatte er sich über Monate, wenn nicht Jahre, mit einer anderen Frau eingelassen, als er in England war. Während sie sich mit Tristan eingelassen hatte.

Eingelassen? Während sich ihr Herz vor Liebe verzehrt hatte.

Hatte Tristan mit anderen Frauen zu tun gehabt, oder hatte Chad – der vermutlich die Wahrheit über Julie und Wick kannte – ihr diesen Brocken absichtlich hingeworfen? Hatte Tristan in den Jahren, als er regelmäßig nach Cowarra gekommen war, in der Zeit, als die Zwillinge gezeugt worden waren, Verhältnisse gehabt – mit der Hälfte aller Witwen von Neusüdwales geschlafen?

Gewiß nicht. Das mußte gewesen sein, ehe sie und Tristan einander wiederentdeckt hatten. Er konnte nicht in den Jahren andere Frauen gehabt haben, als er ihnen geholfen hatte, das Lesen zu lernen, als er ihr Pflanzen mitgebracht und Jamie das Reiten beigebracht hatte. In jenen Jahren, als er ihr Ben und Emil mitgebracht hatte. Er hatte ihr in so vieler Hinsicht gezeigt, wieviel sie ihm bedeutete.

Er liebte sie, das wußte sie. Er konnte damals nicht mit anderen Frauen geschlafen haben.

Chad streichelte ihren Rücken und redete währenddessen, gestand ihr alles. »Ich kann es noch nicht einmal als einen flüchtigen Moment der Leidenschaft rechtfertigen«, sagte er. »Sie war eine Freundin meiner Schwester, eine junge Frau, die mit einem sehr alten Mann verheiratet war, und er war außerstande, seine ehelichen Pflichten zu erfüllen. Edythe war eine bezaubernde junge Frau. Ich habe mit ihr getanzt, und sie hat mich betörend angelächelt und gesagt: ›Ich glaube wirklich, Sie sind der Richtige.‹

Natürlich wußte ich nicht, was sie damit meinte, und als ich sie gefragt habe, hat sie mich mit funkelnden Augen von der Seite angesehen und lächelnd gemurmelt: ›Ich glaube, Sie möchte ich als Vater meines Kindes haben.‹

Ehe ich auch nur wußte, was geschah, war mir alles aus den Fingern geglitten, aber damit will ich mich nicht entschuldigen. Wochenenden in Schottland in der Jagdhütte ihres Mannes. Tage in einem Schloß in Cornwall. Nächte in ihrem Stadthaus in London, wenn ihr Mann nicht in der Stadt war.«

Warum erzählte er es ihr in allen Einzelheiten? fragte sie sich. Die Worte kamen überstürzt aus ihm heraus, als wolle er sich endlich von der Schuld befreien, die er all die Jahre mit sich herumgetragen hatte.

»Ich wußte, daß es Jahre dauert, bis ich dich wiedersehe, bis ich nach Hause zurückkehren kann. Es waren bereits Jahre vergangen, seit ich das letzte Mal mit dir geschlafen hatte. Ich wußte auch, daß es von Anfang an falsch war, meine Zeit mit Edythe Leigh zu verbringen. Und doch konnte ich nichts dagegen tun. Ich habe nachts im Bett gelegen und dein Gesicht gesehen und mich so sehr nach dir gesehnt – aber nur Edythe war in meiner Reichweite.«

Hallie drehte sich zu ihm um und starrte ihn an. Am liebsten hätte sie laut ausgerufen: Hör auf, aber sie brachte es nicht heraus.

»Edythe wußte, daß ich nach Neusüdwales zurückgehen würde, und sie wußte, daß ich dich liebe. Und dann war sie mit Lucy schwanger. Ich habe keine Ahnung, wie sie es ihrem Mann je erklärt hat, aber anscheinend hatte er keine Einwände. Ich bin ihm nie begegnet. Aber in ganz London hat man den Hut vor ihm gezogen und Witze darüber gemacht, in seinem Alter sei es bemerkenswert, daß er Lucinda gezeugt hat.

Ich habe mich anerboten, das Kind finanziell abzusichern, aber Edythe hat mich davon überzeugt, sie hätte mehr Geld, als sie je ausgeben könnte. Und, Hallie, ich konnte mich einfach nicht zusammenreißen. Täglich bin ich hingegangen, um Lucy zu sehen. Ich habe Alex nicht so aufwachsen sehen, wie ich es bei

Lucy erlebt habe. Als ich endlich aus England aufgebrochen bin, habe ich lediglich bedauert, daß ich meine Tochter nie wiedersehen werde, die Tochter, die ich damals besser als Jamie und Alex kannte, die Tochter, deretwegen ich mich so geschämt habe. Es ist die einzige Handlung in meinem Leben, die mir Gewissensbisse verursacht hat.«

Das konnte sie verstehen. So hatte sie sich selbst jahrelang gefühlt. Und doch war sie wütend auf ihn, zerschmettert, verletzt.

»Edythe hat gesagt, sie würde Lucy von mir erzählen, aber sie würde ihr sagen, ich sei ihr Onkel, der Abenteurer der Familie. Ich habe sie gebeten, mir nicht zu schreiben, und ich wußte im selben Moment schon, daß es mich in Stücke reißen würde, nichts von meiner Tochter zu hören. Aber ich wollte nicht, daß du es erfährst. Ich wollte, daß nichts meine Beziehung zu dir gefährdet.

Ich dachte, wenn ich nichts über Lucy erfahre, dann ist das eben der Preis, den ich zu zahlen gewillt bin. Jetzt sehe ich, daß ich gezwungen bin, noch einen weiteren Preis zu zahlen. Hallie, ich kann dich nicht belügen. Damit ist jetzt Schluß. Es ist das einzige gewesen, was sich in all den Jahren zwischen uns gestellt hat, auch wenn du es nicht gewußt hast.«

O nein, dachte sie. Auch meine Schuldgefühlen haben zwischen uns gestanden.

»Was du auch sonst empfinden magst, du sollst wissen, daß ich nicht einen Moment lang aufgehört habe, dich zu lieben. Ich bitte dich nicht um Vergebung. Vergebung kommt von innen heraus. Nur ich kann mir selbst vergeben, und dazu bin ich im Moment nicht in der Lage. Worum ich dich bitte, ist: Versuch, es zu verstehen. Erkunde dein Herz und sieh, ob du das kannst, ich bitte dich!«

Hallie stand auf und stieß seine Hand von sich. »Entschuldige mich beim Abendessen. Ich gehe ins Bett. Ich habe gräßliche Kopfschmerzen.« Mit diesen Worten ließ sie ihn stehen und ging ins Haus, stieg die Stufen hinauf und begab sich in ihr Zimmer.

Sie entkleidete sich, zog die Vorhänge zu, fiel ins Bett und wälzte sich herum – sie konnte keinen klaren Gedanken fassen.

War sie für Tristan nichts weiter als eine von vielen gewesen? Nein, das war ausgeschlossen. Sie wußte – und hatte immer gewußt –, daß sie seine große Liebe war. Und doch kreisten ihre Gedanken immer weiter. Hatte er in jenen Jahren, in denen er so oft auf Cowarra gewesen war, mit anderen Frauen geschlafen? Hatten Wick und Julie vielleicht Stiefbrüder und Stiefschwestern in Sydney? Hatte Tristan auch diesen Frauen erzählt, daß er sie liebte, daß ihre Haut wie Samt war? Hatte er sie so berührt, wie er sie berührt hatte?

Chads Schritte weckten sie. »Soll ich eine Kerze anzünden?« fragte er.

»Nein.«

Er setzte sich ans Fußende des Bettes. »Hallie, es erscheint mir als Teil eines anderen Lebens, eines Lebens, das nichts mit uns zu tun hatte«, sagte er mit sanfter Stimme. Er beugte sich vor und nahm ihre Hand.

»Es ist so lange her. Haben dir die Jahre seit damals denn nicht gezeigt, wie ich empfinde? Ich werde dich nicht bitten, Lucy wie eine Tochter zu behandeln, aber könntest du es über dich bringen, nett zu ihr zu sein? Es ist nicht ihre Schuld. Und ich fühle mich wirklich für sie verantwortlich.«

Hallies Antwort lautete nur: »Schlaf bitte in einem anderen Zimmer.«

Schon vor dem Frühstück war sie aufgestanden und aus dem Haus gegangen und zu Tristan gefahren.

Ein Dienstmädchen ließ sie ein und teilte ihr mit, weder der Doktor noch Mrs. Faulkner seien bereits nach unten gekommen. Hallie sagte, sie würde warten.

Als erste kam Molly. »Hallie, was für eine Überraschung! Ist etwas passiert?« rief sie aus.

»Ich muß Tristan sprechen.« Hallie stand steif neben der Tür seines Sprechzimmers.

»Fehlt dir etwas?« fragte Molly. »Er kommt jeden Moment runter.«

Hallie, der vollkommen gleich war, was Tristan Molly später erklären würde, antwortete: »Ich muß mit ihm reden.«

»Hast du schon gefrühstückt? Magst du vielleicht einen Tee?«

Hallie schüttelte in dem Moment den Kopf, in dem Tristan auftauchte.

»Hallie ...« Er zog die Augenbrauen hoch. »Was führt dich so früh am Morgen her? Wolltest du nicht heute morgen zu deinem großen Abenteuer aufbrechen?«

»Ich muß dich sprechen.«

Er warf einen Blick auf Molly. »Selbstverständlich. Sollen wir in mein Sprechzimmer gehen?«

»Nein. Nicht hier. Vielleicht könnten wir in meinem Wagen miteinander reden.«

»Ich hole meinen Mantel«, sagte er. Einen Moment später kam er zurück.

Keiner von beiden sagte ein Wort, während das Pferd durch die Straßen trabte. Hallie hielt erst auf einem Felsvorsprung mit Blick auf den Hafen an.

»Sag mir eins«, sagte sie und drehte sich zu ihm um. »Hast du mich geliebt?«

Er legte den Kopf auf die Seite und wirkte überrascht. Seit der Geburt der Zwillinge, vor mehr als zehn Jahren, hatten sie nicht mehr so miteinander geredet. »Natürlich. Ich habe dich immer geliebt.«

»Liebst du Molly?«

Er nickte. »Ja.«

»Ebensosehr wie mich?«

»Wie mißt man Liebe?« fragte Tristan, der offensichtlich bestürzt war. »In Teelöffeln? In Tassen?«

»In Weltmeeren«, sagte Hallie mit zusammengepreßten Lippen.

»Was soll das alles, Hallie? Es ist noch nicht neun Uhr morgens, und du hast mich aufs Land rausgefahren, um mit mir über Liebe zu reden. Was willst du eigentlich?«

»Ich habe dich all diese Jahre geliebt«, sagte Hallie.

»Und ich dich auch«, erwiderte Tristan.

»Aber ich bin nicht die einzige, die du geliebt hast?«

»Das scheint mir eine Frage zu sein. Hallie, bitte, sag mir, worum es geht.« Er nahm ihre kalten Hände. »Weshalb wirkst du so wütend? Ist etwas passiert?«

»Passiert?« rief sie aus und entzog ihm ihre Hände. »Es kann sein, daß ich mein ganzes Leben verpfuscht habe, sonst ist nichts passiert.«

»Was soll das heißen, dein Leben verpfuscht?«

»Es darauf vergeudet, dich zu lieben.«

»Ist Liebe denn eine solche Vergeudung?«

»Ach, verdammt noch mal, Tristan!« Sie fing an zu weinen. »Hat es andere Frauen vor mir gegeben – hier, in diesem Land?«

Er sah ihr ruhig in die Augen. »Ich weiß nicht, wieso du auf dieses Thema kommst. Natürlich hat es vor dir andere Frauen gegeben. Zwischen unserer Landung und dem Zeitpunkt, zu dem ich dich wiedergesehen habe, lagen fast drei Jahre. Ich bin Arzt, Hallie, kein keuscher Priester. Aber was hat das mit Liebe zu tun?«

»Hast du eine von ihnen geliebt?«

Er sah sie immer noch verwirrt an. »Nein, Hallie. Wenn du das meinst – ich habe nie jemanden so geliebt wie dich.«

Hallie sprang vom Wagen. Tristan folgte ihr und legte die Hand auf ihre Schulter. »Machst du dir Gedanken wegen damals? Es ist so lange her. Was bedrückt dich?«

»Was war damals – in den Jahren, als du nach Cowarra rausgeritten bist? In den Jahren, als Chad fort war.«

»Was soll damit sein?«

»Hat es ... hat es auch damals andere Frauen gegeben?«

Tristan zog die Hand zurück. »Hallie, was willst du eigentlich von mir?«

»Ich muß ein paar Sachen wissen. Ich brauche eine Erklärung.«

»Warum?«

»Ich glaube, wir ... ich habe eine Lüge gelebt.«

»Du meinst, weil Chad nichts von Wick und Julie weiß?«

»Das gehört auch dazu. Aber es ist nicht alles.«

»Und was ist sonst noch?«

»Chad hat gesagt«, brachte Hallie heraus und fing wieder an zu weinen, »du hättest mit der Hälfte aller Witwen von Neusüdwales geschlafen.«

Tristan wirkte, als hätte ihn jemand geohrfeigt. »Dann ist es also doch wahr«, murmelte er vor sich hin. »Was man sät, das wird man auch ernten.«

»Ist das wahr? Hast du in den Jahren, als Chad fort war, mit anderen Frauen geschlafen?«

Er streckte die Arme nach ihr aus, aber sie wich zurück. »Hallie, Liebes, ich habe nicht geahnt, daß du je ... daß du je für mich zu haben sein würdest. Du warst eine verheiratete Frau, eine ehrbare verheiratete Frau. Natürlich habe ich dich geliebt, wie ich dich schon immer geliebt habe. Du hast meinem Geist und meiner Seele Nahrung gegeben. Du hast Saiten in mir anklingen lassen, denen niemand je auch nur nahe gekommen ist. Aber du konntest meinem Körper keine Nahrung geben, meine akuten physischen Bedürfnisse nicht stillen. Was findest du so schlimm daran, wenn ich Frauen gefunden habe, die zu der Zeit diese Bedürfnisse gestillt haben?«

»O Tristan!« rief sie aus. »Wenn du mich geliebt hättest, dann hättest du das nie und nimmer tun können.«

»Sag mir um Himmels willen, was Liebe mit den Dingen zu tun hat, die sich in einem Schlafzimmer abspielen? Ich leugne nicht, daß Liebe die Ekstase verstärkt. Ich gebe sogar zu, daß es kaum überhaupt zur Ekstase kommt, wenn man mit irgend jemandem schläft. Und besser als mit dir ist es mit niemandem gewesen.

Niemand war je so leidenschaftlich, so verschwenderisch, so sprühend. Ich habe mich nie jemandem so nah gefühlt wie dir in jenen Jahren, in denen ich nach Cowarra gekommen bin.«
Hallie starrte ihn mit offenem Mund an, und die Tränen trockneten auf ihren Wangen. »Hast du noch andere uneheliche Kinder?« fragte sie leise.
Er zögerte. »Wenn ja, dann habe ich nie eine Frau übervorteilt. Ich habe jedes meiner Kinder, das es brauchte, unterstützt. Und ich habe niemals je den ersten Schritt gemacht. Wenn Chad glaubt, ich hätte nur mit Witwen geschlafen, dann liegt es wahrscheinlich daran, daß diese Frauen einsam sind. Sie waren diejenigen, die die Annäherungsversuche gemacht haben. Ich habe nie irgendeine Frau ausgenutzt. Wenn du dich erinnerst, *du* warst in der Nacht nach dem Ball des Gouverneurs diejenige, die vorgeschlagen hat, zu mir zu fahren. Du warst diejenige, die von mir geliebt werden wollte.«
Hallie schloß die Augen und zwang sich, normal zu atmen. Sie wartete, bis der Schmerz, der ihre Brust zusammenschnürte, sich gelegt hatte, ehe sie wieder etwas sagte. »Wenn ich frei gewesen wäre, hättest du mich doch geheiratet, oder nicht? Du hast dich doch in Mollys Arme treiben lassen, weil du mich nicht haben konntest, oder?« Sie sah ihm flehentlich in die Augen.
»Meine Güte, warum tust du dir das bloß an? Ich hätte liebend gern den Mut gehabt, aber ich hatte ihn nicht. Ich kenne keinen Mann außer Chad, der stark genug ist, um es mit einer Frau wie dir aufzunehmen. Neben dir wäre ich verblaßt.
Du liebst Herausforderungen und hättest mir nie das Gefühl gegeben, daß ich zu Hause meine Ruhe habe. Die Sorgen des Tages wären nicht von mir abgefallen, wenn ich jede Nacht zu dir zurückgekehrt wäre. Hallie, ich bin nicht so stark, daß ich es mit dir hätte aufnehmen können. Dich lieben? Wie hätte ich dich nicht lieben können? Du verkörperst das Abenteuer und die Leidenschaft und alles, wonach zu greifen wir gern den Mut hätten. Was du nicht verkörperst, sind Ruhe, Frieden und Ge-

borgenheit. Und all das sind die Dinge, die ich brauche, wenn ich abends nach Hause komme. O nein, ich wäre nie stark genug gewesen, dich zu heiraten. Du bist die Phantasie, die tief in meinem Herzen wurzelt. Nie sonst in meinem Leben habe ich so dicht davorgestanden, das zu haben, was zu nehmen ich nie den Mut gehabt hätte. Warum habe ich wohl eine Frau geheiratet, die ein freigelassener Sträfling ist? Eine Frau, die von ihrem Temperament her so ausgeglichen ist wie keine zweite Frau auf Erden, die mich und alles, was ich tue, bewundert? Wenn ich etwas meine, dann meint sie es auch. Wenn ich etwas tun will, dann tut sie es auch. Ich kann mich nicht erinnern, daß wir je eine Auseinandersetzung hatten. Sie ist es zufrieden, meine Frau und die Mutter meiner Kinder zu sein. Sie hat keine Träume, die darüber hinausgehen. Sie ist dankbar dafür, die Gattin eines Arztes zu sein, meine Frau. Dazu habe ich den Mut, Hallie. Zu wissen, daß ich in dieser Beziehung der Überlegene bin. Ich glaube nicht, daß ich mich sehr von den meisten anderen Männern unterscheide.«

Nein, dachte sie. Genau das hat sich Chad anfangs auch vorgestellt.

Sie spürte wieder Stiche in ihrem Herzen, die diesmal von blindwütigem Zorn begleitet wurden – und der Zorn legte sich nicht.

55

Mehr als sechs Meilen hatten sie noch an keinem Tag geschafft. Am ersten brachten sie es nur auf vier – Frauen, die das Laufen nicht gewohnt waren, und Dutzende von kleinen Kindern. Sie hatten vier Wagen mit Vorräten für zweihundertfünfzig Personen, die mehr als zwei Monate reichen würden, und in einen fünften Wagen setzten sich die, die keinen Schritt mehr laufen konnten; ansonsten war er für eventuelle Krankheitsfälle vorgesehen. Die Wagen wurden von Ochsen gezogen, die ebenfalls langsam waren. Chad hatte betont, daß die Geschwindigkeit bei diesem Unternehmen keine Rolle spielte, und Ochsen konnten schwere Lasten endlos ziehen.

Chad ritt mit ihnen bis zum Gebirge. Ben hatte sich anerboten, mit ihnen über die Berge zu kommen und sie bis Bathurst zu begleiten. Dort konnte er sich um seine Geschäfte kümmern und sicher sein, daß Hallie gut über das Gebirge gekommen war.

Am Morgen vor Chads Aufbruch nach Cowarra, ehe die Frauen den steilen Aufstieg unternahmen, hatte er zu ihr gesagt: »Ich wünschte, es wäre nicht ausgerechnet jetzt passiert, unmittelbar vor dieser Reise.«

Dann hatte er sie und Julie geküßt und war losgeritten. Hallie hatte benommen hinter ihm hergestarrt. Es war ihr immer noch unmöglich, sich mit den Gesprächen auseinanderzusetzen, die sie mit Chad und Tristan geführt hatte, sich Gedanken darüber zu machen, was es für sie hieß.

Sie und Sophie bildeten auf ihren Pferden die Nachhut. Ben und die Soldaten waren schon in die Berge geritten, die auch aus der Nähe in einen blauen Dunst getaucht waren. Eine der Frauen sagte schon am ersten Tag des Aufstiegs: »Ich kann nicht mehr«, und sie kehrte einfach um. Sie sahen ihr nach, bis sie nur noch ein kleiner Punkt in der Ferne war.

Zweieinhalb Wochen nach ihrem Aufbruch von Sydney hatten sie den Gipfel des zerklüfteten Gebirges erreicht und konnten auf die andere Seite sehen. Es war eine ganz andere Welt, üppiges Grasland, das sich endlos erstreckte, und die Flüsse wirkten wie glitzernde Bänder in der Sonne. Fast alle fanden, sie hätten die richtige Entscheidung getroffen. Nur ganz wenige schauten auf die endlose Weite hinaus und merkten, daß ihnen graute.

»Wie wunderschön«, hauchte Hallie, die sich von neuem Leben erfüllt fühlte. »Darauf war ich nicht vorbereitet.« Ich will fort, dachte sie. Ich will unerforschtes Land erkunden. Von vorn an-

fangen. Ich will eine der ersten sein. Wenn man sich nur überlegt, was sich hier mit Rindern und Schafen machen ließe. Was wäre das für eine Herausforderung!
»Im Sommer«, sagte Ben, »ist es hier staubig. Aber wenn jemand keine Menschenmassen mag und gern allein ist, dann kann er kaum etwas Paradiesischeres finden.«
Julie kam zu ihnen geritten. »O Mutter, ist das schön!« rief sie aus. Sie empfand jeden Tag als ein neues Abenteuer.
Nachts – und die Nächte waren kälter als alle, die Hallie seit Newcastle erlebt hatte – saßen sie in Decken gehüllt um Lagerfeuer herum, und es entwickelte sich ein Kameradschaftsgefühl, das ihr neu war. Ben und Julie fingen abends an zu singen, und schon bald hallte ein Chor von Stimmen durch die menschenleere Nacht.
Allabendlich lag Hallie wach, nachdem längst alle anderen eingeschlafen waren, und sie versuchte, ihre Gedanken zu ordnen, doch es gelang ihr nie.
Die meisten Frauen hatten nur ein einziges Abenteuer hinter sich gebracht – die lange Schiffsreise von England, der es jedoch an Abwechslung und Spannung fehlte. Das hier war etwas ganz anderes. Ein Gefühl von Freiheit hing in der Luft. Fröhlichkeit. Und viel Gelächter.
»Ich bin auf einen Berg gestiegen«, sagte eine der Frauen, und die Verwunderung war aus ihrer Stimme zu hören.
»So geht es ihnen allen«, sagte Sophie. »Sie sind stolz auf sich.«
Hallie lächelte. »Was ist mit dir? Bist du nicht auch stolz auf dich?«
Sophie lachte. »O doch. Ich bin jetzt zweiundsechzig Jahre alt, und was tue ich – ich überquere mit meiner Tochter und meiner Enkelin ein Gebirge. Wer hätte das je gedacht? Schon der Geruch dieser Höhenluft! Man bekommt sofort einen ganz klaren Kopf, meinst du nicht auch? Und dann diese Aussicht! Wie glücklich Julie dran ist. Als wir in ihrem Alter waren, hatten wir nie auch nur die geringste Hoffnung, stimmt's?«

»Tja, ich denke, Träume hatte ich schon, aber keine Hoffnung.«
»Ich schätze, deshalb warst du immer so unruhig. Ich dachte, du wolltest mehr, als sich ein Mensch erhoffen darf, und dir stünde noch eine gewaltige Enttäuschung bevor. Und jetzt sieh nur, was statt dessen passiert ist. Als du in ihrem Alter warst, warst du Chad schon begegnet, oder nicht? Aber du wußtest noch nicht, daß er die Erfüllung deiner Träume bedeutet.«
Die Erfüllung meiner Träume, dachte Hallie.
Was Julie am meisten faszinierte, waren die Koalabären und die Känguruhs. Ihr Ziel war es, ihnen so nah zu kommen, daß sie die Babys in den Beuteln sehen konnte. Mit unendlicher Geduld saß sie da, hielt Krumen in der Hand und bewegte sich kaum, um die scheuen Tiere anzulocken.
»Ein derart geduldiges Kind habe ich noch nie gesehen«, bemerkte Sophie. »Es ist kaum zu glauben, daß das dasselbe Mädchen ist, das zu Hause nicht stillsitzen kann.«
»Sie sitzt nicht still«, bemerkte Hallie. »Sie erlebt ein Abenteuer. Ein Abenteuer, das wenige Menschen je erlebt haben. Sie wäre wirklich überrascht, wenn sie uns sagen hörte, daß sie stillsitzt. Sie glaubt, sie ist vollauf damit beschäftigt, große Entdeckungen zu machen.«
Sophie sah Hallie mit einem versonnenen Gesichtsausdruck an. »Wenn ich mir die Zeit genommen hätte, dich so zu beobachten, wie du sie beobachtest, dann hätte ich deine Ruhelosigkeit vielleicht begriffen und dich verstanden.«
»Mach dir keine Vorwürfe«, sagte Hallie. »In deinem Leben hat es nicht eine Minute gegeben, in der du nicht alle Hände voll zu tun hattest. Du konntest das Leben nur an dem messen, was ihr immer gekannt habt, du und deine Eltern. Du kanntest kein anderes Leben als das, das du gelebt hast.«
»Du hast auch immer zu tun«, sagte Sophie.
»Ach, aber mein Leben ist so anders.« Hallie schlang einen Arm um ihre Mutter. »Mein Leben ist keine Plackerei. Es saugt mir nicht die Energie aus, und es läßt meinen Verstand nicht abstump-

fen. Mein Leben nährt Körper, Geist und Seele. Das ist etwas ganz anderes. Auch die Armut ist eine Form von Gefangenschaft, und sie engt Menschen nicht weniger ein als ein echtes Gefängnis. Ich glaube auch wirklich, daß die meisten Sträflinge hier sind, weil sie vorher im Gefängnis der Armut eingesperrt waren. Diese Menschen, die in dieses Land gekommen sind, wissen die Freiheit mehr als alle anderen zu schätzen. Armut schränkt auch den Verstand ein, behindert das Denken, soviel habe ich festgestellt. O Mum, ist dir überhaupt klar, was wir hier tun? Wir führen diese Frauen in ein Leben in Freiheit!«

Sophie schüttelte den Kopf. »Nicht zwangsläufig, mein Liebes. Manche von ihnen werden in ärmliche Verhältnisse einheiraten.«

Hallie schwieg einen Moment. »Daran habe ich noch gar nicht gedacht. Aber zumindest treffen sie selbst die Entscheidung. Sie werden in dieser endlosen Weite leben und nicht beengt in Städten, in denen die Abwässer durch die Straßen fließen ...«

»Wir hatten nie Abwässer auf den Straßen ...«

»Ja, ja, ich weiß, und ich glaube, wenn man wirklich arm ist, spielt es keine große Rolle, ob man beengt in einer Stadt oder unter der Weite des blauen Himmels lebt. Hier draußen kann man wenigstens Nahrung anbauen und braucht keine Angst zu haben, daß man ermordet oder ausgeraubt wird.«

Sophie lächelte nachsichtig und ließ Hallie weiterplappern. Ein Körnchen Wahrheit ist daran, dachte sie. Man braucht sich doch uns nur anzusehen. Wir sind großartige Beispiele. Wie anders ist unser Leben verlaufen, weil wir etwas riskiert haben, weil wir den Mut hatten, nein zu dem Leben zu sagen, das wir früher geführt haben, weil wir die Courage hatten, uns ins Unbekannte vorzuwagen. Sie fühlte sich von Stolz erfüllt.

Auf einem Baum vor ihnen saßen Papageien in allen Farben.

»Eigentlich«, sagte Julie, »liebe ich nichts mehr als die Vögel. Soll Alex doch ihre Pflanzen haben. Ich werde es nie müde, die Vögel zu beobachten.«

Täglich sahen sie neue Vogelarten, die sie noch nie gesehen

hatten. Vögel, die im Gras nisteten. Wasservögel, schwarze Schwäne, Emus – einer der Soldaten sagte ihnen, sie könnten nicht fliegen, aber auf ihren langen, steifen Beinen achtzig Kilometer in der Stunde laufen. Adler mit gewaltiger Flügelspanne und Eulen in der Nacht.

An jedem sechsten Tag machten sie Rast, und jeder konnte tun, was er wollte. Den Frauen wurden keine Einschränkungen auferlegt. Und gerade an diesen sechsten Tagen hätte ein Außenstehender die Veränderungen sehen können, die sich vollzogen, weniger innerhalb der Gemeinschaft, sondern vielmehr an jeder einzelnen der Frauen.

Erstaunlicherweise gab es nur drei Frauen, die jammerten und klagten, eine ständig, die beiden anderen ab und zu. Es gab zwei reizbare und aufbrausende Frauen unter ihnen. Hallie hatte sich ihretwegen Sorgen gemacht, doch sie rissen sich bis auf kurze Momente zusammen. Niemand verurteilte die Frauen allzu hart, wenn sie zu müde zum Laufen waren und sich ein paar Stunden in den Wagen setzten. Mit der Zeit taten das immer weniger Frauen. Das einzige, wovor sie sich wirklich fürchteten, waren die schwarzen Schlangen, die schnell verschwanden, wenn sie kamen. Und Ureinwohner, die ebenfalls vor ihnen wegrannten oder sie aus der Ferne von Bäumen anstarrten.

Wenn Konflikte zwischen Frauen auszubrechen schienen, schlug Hallie vor, daß sie sich umgruppierten; es bildeten sich Freundschaften, die fürs Leben bestehen würden. Es waren weniger als zwanzig Frauen, die dem Leben im Freien auch mit der Zeit nichts abgewinnen konnten. Alle bekamen Sonnenbrände, die Haut schälte sich, und dann wurden sie braun, und manche wirkten beinah schwarz.

Es gab niemanden, der sie ausgescholten hätte, niemanden, der ihnen Vorschriften gemacht hätte, niemanden, der sie verurteilt hätte. Blasen an den Füßen wichen Schwielen, die Erschöpfung wich einem Gefühl körperlichen Wohlbehagens. Sechs der Frauen blieben in Bathurst.

Eine von ihnen nahm eine Stellung auf der ersten Farm westlich der Stadt an. Eine unfrisierte Frau stand mit einem Baby im Arm auf der Veranda, und vier andere Kinder, von denen keins älter als fünf Jahre war, rannten schreiend durch die Gegend. Abigail, die Frau, die sich entschlossen hatte, dortzubleiben, sagte: »Sie braucht Hilfe, das sieht doch jeder. Sie ist jung und sieht nett aus, und es könnte ebensogut meine Familie sein. Ich brauche viel mehr eine Familie als einen Mann.« Abigail war eine gutaussehende junge Frau, die freundlich und ausgeglichen war und tief in ihrem Innern das Gefühl hatte, hier habe sie ihr Zuhause gefunden. »Mich hat in meinem ganzen Leben noch niemand gebraucht. Die meiste Zeit war ich allen nur im Weg. Ich habe den Verdacht, hier braucht man mich. Vielleicht hat mich Gott geschickt. Und wenn nicht, dann habe ich eben einfach nur Glück gehabt.« Und allzuweit von der Stadt lag die Farm auch nicht.

In der folgenden Nacht schlugen sie ihr Lager am Macquarie River auf, der durch den Frühlingsregen und die Schneeschmelze in den Bergen angeschwollen war.

Einmal wachte Hallie mitten in der Nacht auf und witterte Gefahr. Sie lag da und lauschte, hörte aber nur aus der Ferne den Ruf eines Vogels oder eines kleinen Tieres, das winselte. Dann Stille. Nur noch das Rascheln der Baumwipfel. Sie malte sich aus, daß sich eine Horde von Ureinwohnern auf dem Boden anschlich, um sie anzugreifen. Sie dachte an eine Bande entsprungener Sträflinge von dem Arbeitstrupp, dem sie in den Bergen begegnet waren. Sie malte sich alle Arten von Ungeheuern aus, wilde Tiere und Schlangen, die durch die Gegend zogen und alles verschlangen, was ihnen begegnete.

Aber es war kein Laut zu hören.

Weder Sträflinge noch Ureinwohner noch Schlangen griffen an. Sie sah die Umrisse der Soldaten, die einander ablösten. Schließlich schlief Hallie wieder ein.

Kurz nach der Dämmerung wurden sie alle vom Schrei einer

jungen Frau geweckt, die ihre zweijährige Tochter suchte und »Sara!« rief. Als Hallie halbwegs zu sich gekommen war, war die junge Frau bereits hysterisch. Alle machten sich auf die Suche nach dem Kind.

»Es ist verschwunden«, rief Mary, die junge Mutter. »O Gott, es ist meine Schuld. Die Kleine hat mich in der Nacht geweckt, und ich habe ihr gesagt, sie soll allein ins Feld gehen und schnell wieder zurückkommen. Ich war zu müde, um aufzustehen. Dann muß ich wieder eingeschlafen sein. Sie ist verschwunden.«

»Es fehlt ihr bestimmt nichts«, sagte eine andere junge Frau.

Hallie hätte sie am liebsten geschüttelt. Woher wollte sie wissen, daß dem Kind nichts zugestoßen war? Ein Schauer überlief sie, als sie sich an das Gefühl von Gefahr erinnerte, das sie in der Nacht geweckt hatte, an den Schrei, den sie für einen Vogel oder ein Jungtier gehalten hatte. Lieber Gott im Himmel, dachte sie.

Sie fächerten sich in den Feldern am Fluß auf. Niemand sprach es aus. Sie bemühten sich, noch nicht einmal daran zu denken. Es dauerte mehr als eine Stunde, bis sie sie gefunden hatten, bäuchlings im Fluß, zwischen zwei Felsen eingezwängt. Ein Soldat sagte: »Sie muß ins Wasser gefallen sein, und der Fluß hat sie mitgeschwemmt, bis sie hier steckengeblieben ist.«

Mary war untröstlich. »Es ist meine Schuld!« schrie sie, als alle versuchten, sie zu beruhigen. »Wäre ich doch bloß wach geworden und mit ihr gegangen. O Gott! Das ist meine *wahre* Strafe. Ich hätte niemals herkommen dürfen.« Sie kniete sich hin und schlug ihren Kopf gegen den Wagen. »Laßt mich sterben!« schrie sie.

Schließlich erschöpfte sie sich selbst mit ihrer Hysterie und brach zusammen. Sie hoben sie sachte auf und legten sie in den Wagen, während sie eine Grube aushoben und aus zwei Ästen ein Kreuz zimmerten. Alden Reed, der junge Geistliche, der sie begleitete, um die Trauungen zu vollziehen, fand im Begräbnis eines Kindes seine erste Aufgabe. Reed, der selbst erst vierundzwanzig war, fühlte sich unter so vielen Frauen unbeholfen. Er zog die Gesellschaft der Soldaten vor.

Auch die Soldaten hatten sich in den vergangenen Wochen beträchtlich verändert. Keiner von ihnen war freiwillig mitgekommen. Aber ihnen schmeckte das Essen, und ihnen gefielen die Lieder am Lagerfeuer, und es machte ihnen auch Spaß, daß Frauen ihnen Knöpfe an ihre Uniformen nähten, ihre Socken stopften und ihre Geschichten anhörten. Die größte Freude hatten sie an denen, die mit ihnen flirteten, und es gefiel ihnen auch, daß kaum Rivalität aufkam. Sie wurden lockerer. Und das war ein wohltuendes Gefühl.

Anfangs beäugten sie die Frauen, vor allem die hübschen jungen Frauen, lüstern. Aber Hallie informierte sie von Anfang an: »Meine Mädchen sind hier, um Ehemänner zu finden. Wenn ihr eine von ihnen haben wollt, dann müßt ihr sie heiraten. Wenn ihr sie mißbraucht, lasse ich euch vor ein Kriegsgericht stellen. Ich hoffe, ich habe mich klar genug ausgedrückt.« Kurz darauf beruhigte sich die Lage.

Hallie persönlich schied die Soldaten nicht als Heiratskandidaten aus. Alice, eins der jüngsten und hübschesten Mädchen, schien bereits das Herz des jungen Lieutenant Charles Godwin gewonnen zu haben. Alice war diejenige, die sich in den nächsten Tagen um Mary kümmerte, nicht von ihrer Seite wich, sie fütterte, wenn sie nichts essen wollte, und sie nachts in ihren Armen hielt. Und all das beobachtete Lieutenant Godwin.

Es war nicht leicht zu entscheiden, welche Frau bei welchem Mann bleiben sollte. Manche Männer wollten keins der Mädchen, und bei manchen Männern, die die Mädchen gern genommen hätten, wollte keine der Frauen bleiben. Aber in vielen Häusern ließen sie Frauen zurück. Es war nicht immer eine leichte Wahl. Die Männer schauten diese Scharen von Frauen an und deuteten immer auf die hübschesten und jüngsten. Aber die hübschesten hofften oft auf mehr. Sie wollten sehen, was ihnen vielleicht noch geboten würde. Hallie bestand darauf, sich mit jedem der Männer persönlich zu unterhalten und etwas über ihn herauszufinden. Sie hoffte nur, daß ihr Gefühl ihr sagen würde, ob sie ihnen glauben durfte oder nicht, wer seine Frau schlagen würde, wer trank oder wer aufbrausend war. Sie überstürzte nichts. Manchmal dauerte es fast einen ganzen Tag lang, manchmal dagegen nur ein paar Stunden.

In der dritten Woche nach dem Aufbruch von Bathurst kam Julie zu Hallie geritten, um sie wegen Eliza, einer der Frauen, um Rat zu fragen. »Sie blutet, Mama. Sie krümmt sich vor Schmerzen. Sie hat fast den ganzen Tag im Wagen gelegen, und ich glaube, du solltest besser nach ihr sehen.«

Hallie beugte sich über die stöhnende Frau, die sich in ihrem blutverkrusteten Kleid zusammengerollt hatte wie ein Embryo. »Was ist, Eliza?« fragte sie.

»Ich habe versucht, es wegzumachen«, keuchte sie.

»Was wegzumachen?« fragte Julie. Hallie warf ihrer Mutter einen Blick zu, und Sophie legte einen Arm um Julies Schultern und zog sie mit sich.

»Ich wußte, daß mich kein Mann will. Keine beschmutzte Ware.«

Hallie legte eine Hand auf Elizas dünnen Arm. »Was ist mit all den Frauen, die ihre Kinder mitbringen?«

Eliza schüttelte den Kopf. »Das ist etwas anderes. Aber wir übrigen ... sie wollen Jungfrauen haben. Ich wußte, daß mich keiner will. Und deshalb habe ich letzte Nacht versucht, es wegzumachen.«

»Was ist mit dem Vater?«

»Oh, der wollte nur ein paar Minuten seinen Spaß haben. Ich wußte überhaupt nicht, was er mit mir tut. Ich hatte es vorher noch nie getan. Er hat mir nette Sachen gesagt, und wir haben Bier getrunken, und er hat gesagt, daß er so gern heiraten will und wie hübsch ich bin ... und ehe ich wußte, was er tat, hatte er es schon getan. Dann ist er einfach aufgestanden und gegangen. Er hat sich die Hose angezogen, ist aus dem Zimmer gegangen, und ich habe ihn nie wieder gesehen. Noch nicht mal auf der Straße.«

Hallie schloß die Augen und atmete hörbar aus.

»Ich war krank vor Sorge«, fuhr Eliza fort. »Meine Mutter hat mir gesagt, Männer wollen nur Jungfrauen, wenn es nicht gerade eine Witwe ist. Kein Mann wird mich je haben wollen.«

Hallie hätte sie gern geschüttelt. »Glaubst du etwa, all diese Frauen mit Kindern seien Witwen?«

Die Frau sah sie aus glasigen Augen an.

»Jeder einzelnen dieser Mütter ist in etwa dasselbe passiert wie dir. Meine Güte, Eliza! Nur zwei dieser Frauen waren je verheiratet.« Hallie beugte sich vor und schmiegte ihre Wange an Elizas Gesicht.

»Ich habe einen Stock in mich reingesteckt«, sagte die junge Frau zu Hallie. »Ich dachte, vielleicht kann ich das Baby damit rausziehen.«

Hallie riß die Augen auf und sprang auf die Füße. Wir sind so viele Frauen. Vielleicht weiß eine, was man tun kann, dachte sie.

Sie mußten einen Tag lang Rast machen, und niemand fand eine Lösung. Um zwei Uhr am nächsten Nachmittag starb Eliza.

Zwei Tote ... zwei Begräbnisse, und wir sind noch nicht ganz fünf Wochen unterwegs, dachte Hallie.

Eines Nachmittags tauchten auf einem kleinen Hügel ein Pferd und ein Reiter auf. Er ritt den ganzen Nachmittag in ihrer Nähe, und als sie abends ihr Lager aufschlugen, ritt er zu ihnen. Er wurde zu Hallie geschickt, ein gutgekleideter Mann mit Bügelfalten in der Hose. Sein Gesicht war unter dem breitkrempigen Hut verborgen, aber er hatte den Körper eines Mannes, der in Form ist und viel im Freien gearbeitet hat. Und reiten konnte er wahrhaftig. Als er Hallie erreicht hatte, zog er den Hut, und sie konnte sehen, daß er etwa dreißig war und einen gepflegten Bart und ledrige Haut hatte; dazu kamen Augen, die selbst dann lächelten, wenn sein Mund sich nicht verzog.

»Man hat mir gesagt, Sie führen diese Frauen an.« Er wirkte sehr höflich.

Hallie stellte sich vor.

Er glitt vom Sattel und blieb vor ihr stehen. »Samuel Phillips, Ma'am.«

Hallie nickte wieder.

»Es hat sich wie ein Lauffeuer ausgebreitet, daß Sie durch die Gegend ziehen und Ehemänner für Ihre Damen suchen. Ich wollte mich umsehen.«

Hallie lächelte ihn an. »Wo leben Sie?«

»Etwa achtzehn Meilen in dieser Richtung.« Er deutete nach Nordwesten. »Ich dachte, ich reite ein paar Tage mit Ihnen, damit ich sehe, wer mir gefällt.«

»Was für ein Haus haben Sie, Mr. Phillips?« fragte Hallie.

»Ein großes«, sagte er und sah die Frauen an. »Ich habe auch einen Mann, der für mich arbeitet. Einen freien Mann. Ich will keinen Sträfling, nicht so weit draußen.« Nein, Grundbesitzer konnten sich so weit draußen mit Häftlingen nicht sicher fühlen, dachte Hallie. Sie bezweifelte, ob der Gouverneur so weit außerhalb der Stadt Sträflinge überhaupt als Arbeitskräfte bewilligt hätte.

Vor drei Jahren war er nach Neusüdwales gekommen, berichtete er ihr, und er hatte beschlossen, in Sydney und den Städten am Hawkesbury sei es ihm jetzt schon zu voll. Keine drei Wochen nach seiner Ankunft in der neuen Welt hatte er Vorräte auf einen Wagen geladen, einen Zimmermann eingestellt und war nach Westen gezogen. Seitdem war er nicht mehr im Osten des Gebirges gewesen. Sämtliche Vorräte, die er brauchte, kaufte er in Bathurst. Ein- oder zweimal im Jahr fuhr er hin und belud seinen Wagen. Er besaß mehr als zehntausend Schafe, sagte er ihr, und er und der Mann, den er eingestellt hatte, kümmerten sich um die gesamte Herde. Jetzt war er soweit, daß er eine Familie haben wollte. Er hatte das Haus bereits in Erwartung einer Frau und einiger Kinder gebaut.

Hallie erinnerte sich liebevoll an das Haus, das sie bei ihrer Ankunft in Neusüdwales erwartet hatte. »Sehen Sie sich um, Mr. Phillips, aber erst möchte ich sehen, wie Sie leben.«
Er lächelte verschmitzt. »Sie glauben mir nicht, stimmt's?«
»Das habe ich nicht gesagt. Aber ich bin heikel, wenn es darum geht, wo meine Mädchen untergebracht werden. Sehen Sie sich trotzdem ruhig schon um.«
In den folgenden Tagen ritt Samuel Phillips neben den Frauen her, ritt neben der Kolonne auf und ab und musterte die Frauen. Abends rollte er seinen Schlafsack unter einem Baum auseinander, abseits von den Frauen. Er schloß sich den Soldaten nicht an.
Wie Lieutenant Godwin sah auch Mr. Phillips immer wieder Alice an. Als er sich beim Abendessen neben sie setzte, erkannte Lieutenant Godwin, daß er seine Karten zeigen mußte, wenn er das bezaubernde Mädchen nicht verlieren wollte. Fast zweihundert Frauen waren auf der Suche nach Männern, und eine Frau wurde gleich von zwei Männern umworben. Ein oder zwei Frauen waren neidisch, aber Alice hatte zu viele von ihnen so liebevoll behandelt, hatte mit ihren Kindern geschmust oder die Füße von Frauen gerieben, die noch keine Schwielen hatten. Lieutenant Godwin und Mr. Phillips beobachteten sie, wie sie mit weit ausgebreiteten Armen mit den Kindern über die Wiesen lief, mit ihnen lachte und den Vögeln zuwinkte, die über ihnen kreisten.
Allabendlich kamen die beiden Männer mit ihrem Essensgeschirr und setzten sich beidseits von ihr. Am dritten Abend sagte sie: »Die Herren sollten vielleicht wissen, daß ich keine besonders gute Köchin bin.«
»Ich koche selbst gut«, sagte Sam Phillips.
»Ich kann es mir leisten, eine Köchin einzustellen«, sagte Lieutenant Godwin.
Am vierten Tag kam Alice ratsuchend zu Hallie. »Sie sind beide viel mehr, als ich in Sydney je hätte haben können, und mit

Sicherheit hätte ich zu Hause in Nottingham keinen annähernd so guten Mann gefunden. Welchen würden Sie an meiner Stelle nehmen?«

»O nein«, sagte Hallie lächelnd. »In die Falle gehe ich nicht. Ich bin nicht du. Findest du einen von beiden attraktiver als den anderen?«

»Ich finde beide ganz außerordentlich attraktiv«, gab Alice zu. »Es reizt mich nicht allzusehr, die Frau eines Soldaten zu sein.« Sie biß sich auf die Lippen und kniff die Augen zusammen, als dächte sie angestrengt nach. Dann grinste sie. »Aber er sieht schon furchtbar gut aus, meinen Sie nicht auch? Und er hat gesagt, er könnte Dienstboten einstellen. Zu Hause wäre ich vielleicht Dienstmädchen geworden, und jetzt sagt er, er kann mir ein Dienstmädchen einstellen.«

Hallie nickte. »Ja, wie anders unser Leben hier doch ist, als es dort verlaufen wäre, wo wir aufgewachsen sind. Ich wäre zu Hause vielleicht auch ein Dienstmädchen geworden, oder die Frau eines Bergarbeiters. Das und sonst gar nichts.«

»Sie?« Alice riß die Augen auf. »Aber wieso denn, Sie sind doch die Frau eines der reichsten Männer von Neusüdwales!«

»Das bin ich«, räumte Hallie ein. »Aber laß dir ein Geheimnis verraten. Ich habe ihm geholfen, das zu werden. Er hat nicht alles ganz allein erreicht. Und das hat mir den meisten Spaß gemacht. Ihm dabei zu helfen, daß mehr als ein kühner Traum daraus wird – mehr als man je zu träumen gewagt hätte, mehr als man sich je hätte erträumen können, weil man es nicht besser wußte. Das ist doch so wunderbar an diesem Land.«

Alice starrte sie an. »Entscheide dich jetzt noch nicht«, riet ihr Hallie. »Sieh dir Mr. Phillips' Haus an. Schau dir beide Männer ganz genau an, und warte, bis du sein Haus gesehen hast – vielleicht gibt es dir einen Hinweis darauf, wie dein Leben mit ihm aussehen würde. Schau dir an, ob einer von ihnen aufbrausend und gereizt reagiert, während sie beide um dich werben.«

Alice kicherte. »Ich hätte nie geglaubt, daß es einmal so kommen würde.« Sie drückte Hallies Hand. »Ich wäre gern wie Sie. Genau wie Sie.«

»Nein«, sagte Hallie und erwiderte den Händedruck. »Sei du selbst. Ich wäre nur zu gern noch einmal in deinem Alter. Du bist ein Jahr jünger, als ich es war, als ich hergekommen bin. Wie wunderbar, all das noch vor sich zu haben! Ich beneide dich. Neue Möglichkeiten. Neue Herausforderungen. Sichere dich ab, daß der, für den du dich entscheidest, dir die Freiheit läßt, dich Herausforderungen zu stellen, wenn es das ist, was du willst ... daß er dich an allem teilhaben läßt.«

Alice gähnte. »Ich denke, jetzt sollte ich mich lieber schlafen legen, denn sonst bin ich morgen für nichts zu gebrauchen.« Sie stand auf. »Kommen Sie mit?«

»Noch nicht«, sagte Hallie, die den Kopf an den Baumstamm lehnte. »Ich glaube, ich bleibe noch ein Weilchen einfach hier sitzen und schaue die Sterne an.«

Als sie zum Himmel aufblickte und das Kreuz des Südens suchte, senkte sich eine immense Niedergeschlagenheit auf Hallie herab. Chad und ich haben beide die Ehe gebrochen, dachte sie. In all den Jahren habe ich versucht, mir einzureden, die Liebe hätte meine Taten gerechtfertigt.

Aber es sind alles Lügen gewesen. Meine Ehe ist eine Lüge. Tristan ist eine Lüge.

Mein Leben ist eine Lüge gewesen.

Und sie fing an zu schluchzen.

56

Als ihre Mutter sie am nächsten Morgen fand, lehnte Hallie immer noch an dem Baumstamm. Sie hatte die ganze Nacht so dagesessen und schleppte sich steif und müde durch den Tag.

Einer der Soldaten, der vorausgeritten war, meldete, daß sich etwa eine Meile vor ihnen Hunderte von Ureinwohnern versammelt hatten. Hallie wußte, daß das ungewöhnlich war. Die Ureinwohner zogen selten in Scharen von mehr als ein paar Dutzend durch die Gegend. Um auf einige hundert zu kommen, mußten sich mehrere Stämme zusammengeschlossen haben. Lieutenant Godwin, der zwei Jahre in Afrika gekämpft hatte, war sicher, daß das nur Böses ahnen ließ.

»Sie haben uns gesehen und bereiten sich zum Angriff vor«, warnte er.

»Haltet eure Gewehre griffbereit.«

Sam Phillips kam zu ihnen und sagte: »Die Ureinwohner greifen nicht grundlos an. Hier draußen gibt es bisher noch nicht genug Engländer, um ihnen Angst einzujagen. Wir haben gute Beziehungen zu ihnen. Es sind noch keine Zäune da, die sie von ihren gewohnten Wasserstellen oder Jagdrevieren fernhalten. Ich habe noch nie Ärger mit ihnen gehabt.«

Godwin sah den Menschen wütend an, in dem er ohnehin bereits einen Feind sah.

»Ich finde sogar«, sagte Phillips, ohne ihn zu beachten, »daß sie ausgesprochen sanftmütige Menschen sind. Wenn sich so viele zusammentun, könnte das heißen, daß sie ein Fest feiern.«

»Ein Fest?« fragte Julie.

Er lächelte sie an. »Sie malen sich mit allen möglichen Farben an und tanzen, Tänze, die uns sehr wild erscheinen. Sie singen. Es ist alles ziemlich unverständlich und faszinierend. Manchmal kann es sich über Stunden hinziehen.«

»Sie haben es wohl schon öfter gesehen?« fragte Hallie.

»Nur einmal, und nur teilweise. Ich war auf der Jagd und habe nachts Trubel gehört. Ich habe mich hingeschlichen, um nachzusehen, was geschieht. Ich werde es nie vergessen.«

»Hatten Sie denn keine Angst?« fragte Alice, deren Augen vor Aufregung leuchteten.

»Ich würde mich gern als den Helden hinstellen und sagen, ich hätte mich gefürchtet. Aber die Ureinwohner haben nicht den Wunsch, uns etwas anzutun. Ich kann verstehen, warum sie in der Nähe von Sydney aufständisch sind, denn dort hat man ihnen ihr Land genommen. Und auch hier werden sie sich eines Tages auflehnen oder sich noch weiter ins Inland zurückziehen. Aber bisher – ich habe draußen im Busch mit ihnen gegessen, und sie haben mir ihre Frauen angeboten, die«, fügte er hastig hinzu, »ich natürlich höflich abgelehnt habe.«

Charles Godwin schaute finster und sagte nichts, doch seine Gereiztheit war ihm deutlich anzusehen.

»Sie werden erst tanzen und singen, wenn es dunkel ist«, sagte Sam. Er sah Julie an, redete aber eigentlich mit Alice. »Möchtest du es dir gern ansehen? Ich versichere dir, daß es vollkommen ungefährlich ist.«

Julies Augen glänzten. »O Mutter, dürfen wir hingehen?«

Hallie fand, es hörte sich faszinierend an.

»Ich schlage vor, daß wir uns auf maximal ein halbes Dutzend beschränken«, sagte Sam. »Wir wollen ihnen doch keine Angst einjagen und sie auch nicht bei ihrem Ritual stören.«

»Mich bringt niemand dazu, mir heidnische Tänze anzusehen«, murrte Lieutenant Godwin. »Meine Soldaten und ich bleiben hier, um die Frauen zu beschützen, falls Sie sich täuschen und wir doch angegriffen werden.«

Sam lächelte und wandte sich an Alice. »Möchten Sie mitkommen?«

In dem Moment wußten alle drei, daß ihre Zukunft von Alice' Antwort abhing. Wenn sie sich entschied, nicht hinzugehen, würde Sam zweifellos beschließen, er wollte keine Frau, die sich fürchtete, so weitab von der Zivilisation zu leben, so dicht bei den Wilden. Wenn sie hinging, würde sie sich Charles Godwins Wünschen widersetzen – und ihn in große Verlegenheit bringen.

»Ich möchte es mir zu gern ansehen«, sagte Alice und besiegelte damit ihr Schicksal.

Sophie sagte, als sie gefragt wurde: »Ich käme gern mit, aber heute kann ich keinen einzigen Schritt mehr laufen.«

Daher zog Sam Phillips kurz nach dem Abendessen mit fünf

Frauen los – Hallie, Julie, Alice, Emily – auch eine abenteuerfreudige Frau – und Mary, die Alice keinen Moment lang aus den Augen ließ. Der Soldat, der die Ureinwohner entdeckt hatte, ritt ein Stück mit, um ihnen die Richtung zu zeigen, aber Godwin hatte ihm den Befehl erteilt, gleich anschließend zurückzukommen. Der Lieutenant war übellaunig.

Im Sonnenuntergang sahen sie Adler, Habichte und Falken mit enormer Flügelspannweite, die hoch am Himmel kreisten. Um diese frühe Abendstunde ließen sich ganze Vogelschwärme in den Bäumen nieder.

»Die Emus sind nicht wie andere Vögel«, erklärte Sam. »Das Weibchen legt die Eier, und damit ist der Fall erledigt. Das Männchen brütet sie aus, fünf bis zwanzig Eier, und nach dem Ausschlüpfen laufen ihm die Jungen etwa ein Jahr lang nach. Seht sie euch nur an. Beachtliche Kerle, findet ihr nicht auch?«

»Wenn Sie ein Vogel wären, wären Sie dann gern ein Emu?« fragte Julie.

Sam lachte und lächelte sie an. »Kann schon sein.«

Es ist ein Jammer, daß er soviel älter ist als Julie, dachte Hallie. Genau das würde ihr gefallen – dieser Pioniergeist. Und dann noch ein Mann wie Sam. Sie fand Sam Phillips äußerst attraktiv. Alice konnte sich glücklich schätzen . . . vorausgesetzt, sein Haus war keine Bruchbude und sein Benehmen nicht nur im Moment gut. Aber Hallie glaubte ihm; er wirkte absolut natürlich.

Allmählich konnten sie Stimmen hören. Hallie kam es nicht vor, als hörte sie Hunderte von Menschen.

Sam legte einen Finger auf die Lippen. Sie folgten ihm und schlichen gerade einen kleinen Hügel hinauf, als ein Schrei hinter dem Hügel erschallte, der an ihrer aller Nerven zerrte. Gespenstische Klagelaute hallten durch die Nachtluft.

Vielleicht drei Dutzend Ureinwohner saßen um ein Feuer herum. Die Männer hatten sich wüst bemalt, und manche, die sich die Rippen scharlachrot und goldgelb beschmiert hatten, wirkten wie dämonische Skelette.

Wie aus dem Nichts erschien eine Schar von Frauen, die sich auf die Brüste schlugen und sich büschelweise das Haar ausrissen. Sie setzten sich im Schneidersitz um die Männer herum, breiteten Lederlappen zwischen ihren Schenkeln aus und trommelten darauf.
Ein alter Mann im Mittelpunkt des Kreises hob die Arme zum Himmel, und alles verstummte; nur er schrie unverständliche Laute in die Nacht. Dann schlugen die Frauen wieder auf ihre Lederlappen, und die Männer tanzten im Kreis um den alten Mann herum und schlugen ihre Stöcke gegeneinander, im Rhythmus der trommelnden Frauen.
Es war ein beängstigender Lärm, mit nichts vergleichbar, was Hallie je gehört hatte, und doch ergriff er sie auf unergründliche Weise. Julie nahm ihre Hand und drückte sie. Ein Blick auf ihre Tochter sagte Hallie, daß Julie keineswegs Angst hatte, sondern einen Augenblick unbeschreiblicher Faszination mit ihr teilen wollte. Die Augen des Kindes leuchteten.
Kinder tauchten jetzt auf und reihten sich in einer geraden Linie zwischen den Männern ein, und zum Trommeln der Frauen marschierten sie vorwärts und rückwärts und stimmten Laute an, bei denen es sich um Gesänge handeln mußte.
So ging es fast eine Stunde lang. Dann hörte es abrupt und ohne Vorwarnung auf. Die Männer eilten zum Feuer und löschten es so schnell und gründlich, daß Hallie überhaupt nichts mehr sehen konnte.
Kein Laut war zu hören.
Das kleine Grüppchen auf dem Hügel sah und hörte nichts mehr. Es war, als seien die Buschmänner und -frauen nie dagewesen.
»Wohin sind sie bloß gegangen?« flüsterte jemand.
Hallie ahnte, daß sie etwas beobachtet hatten, was nur ganz wenige Menschen auf Erden je gesehen hatten. Menschen, die noch in der Steinzeit lebten und ihre Religion zelebrierten, ihren Glauben kundtaten, ihren Göttern huldigten.

Während sie auf dem Boden lag und zusah, überlegte sie sich, was Lieutenant Godwin sich entgehen ließ, weil er nicht aufgeschlossen genug war, die Riten anderer Völker zu beobachten. Wie so viele Menschen, die sie kannte, behauptete er, es seien Heiden, die heidnische Riten begingen. Sie fragte sich, wie er so sicher sein konnte, daß sein Gott omnipotenter war als die Götter, denen diese schwarzen Menschen huldigten. Gab es denn nur einen Gott, der all jenen den Zutritt zum Himmel verweigerte, die nicht an Ihn glaubten? Vielleicht waren diese Menschen auf realere Götter eingestimmt. Gab es denn nicht einen Regengott, einen Sonnengott, einen Fruchtbarkeitsgott und wer weiß was? Oder ... gab es überhaupt Götter? Einen Gott?

Sam kroch den Hügel hinunter. Die Festlichkeit war vorbei, und er wollte nicht entdeckt werden. Sie redeten kein Wort miteinander, bis er sicher war, daß sie sich weit von der Schar der Ureinwohner entfernt hatten.

»Das hätte ich mir um keinen Preis entgehen lassen«, sagte Alice. Sam lächelte im Dunkeln und nahm ihre Hand. »Ich hätte auch nicht zugelassen, daß du es verpaßt.«

Als sie die beiden beobachtete, fühlte Hallie tiefe Zufriedenheit. Später, als sie und Julie unter ihren Decken lagen, schlang Julie die Arme um ihre Mutter und flüsterte: »Ich bin so froh, daß ich mitkommen durfte.« Ein paar Minuten später fragte sie dann mit schlaftrunkener Stimme: »Denkst du oft an Vater?« Ohne eine Antwort abzuwarten, fuhr sie fort: »Ich glaube, ihm hätte dieser Abend auch gefallen. Meinst du nicht?«

»O doch«, erwiderte Hallie. Chad wäre wirklich begeistert gewesen. Er hätte unter dem sternenbesäten Himmel gelegen und ihre Hand genommen, vielleicht kein Wort gesagt, aber er wäre sich ganz darüber im klaren gewesen, was sie an jenem Abend gesehen und gemeinsam erlebt hatten. Er hätte ähnlich wie Julie reagiert.

Zwei Tage später erreichten sie Sam Phillips' Haus. Ein Murmeln erhob sich unter den Frauen, deren Anzahl inzwischen auf siebzig geschrumpft war. Es war das erste zweistöckige Haus, das sie hier draußen im Busch sahen, und es schien gebaut zu sein, als sollte es Jahrhunderte überdauern. Und es war angestrichen.
»Gelb«, hauchte Alice. »Ein gelbes Haus!«
Es hingen sogar Vorhänge an den Fenstern, und von der Veranda aus rankten sich Pflanzen an den Wänden hinauf, die purpurne Knospen hatten.
Sie sahen Pferde und ein Füllen, einen großen Stall, fette braune Hennen mit Scharen von Küken und Schafe, soweit das Auge reichte. Zehntausend, hatte Sam gesagt. Eine dicke Katze hatte sich auf einem Schaukelstuhl auf der Veranda zusammengerollt. Ein Mann, der leicht humpelte, sich aber schnell bewegte und freundlich lächelte, kam aus dem Stall. Er war sauber und ordentlich gekleidet und frisch rasiert und wirkte eher wie der Besitzer und nicht wie ein bezahlter Arbeiter. Sam stellte ihn als Martin, seinen Vorarbeiter, vor.
»Es ist alles zu makellos«, murmelte Lieutenant Godwin. »Hier muß etwas faul sein. So lebt kein alleinstehender Mann.«
Hallie hoffte nur, daß er sich irrte.
Im Hausinnern glaubte man, in Sydney, wenn nicht gar in London zu sein. Die Orientteppiche und die Mahagonimöbel zeugten von erlesenem Geschmack, und in der Küche mußte Hallie zugeben, daß diese die Küchen ihrer eigenen Häuser bei weitem übertraf. Es gab sogar eine Pumpe, etwas, was es selbst auf Cowarra nicht gab.
»Wenn du möchtest«, sagte Sam, ohne Alice aus den Augen zu lassen, »könnten wir eine der Frauen bitten, zu deiner Gesellschaft hierzubleiben. Dann fühlst du dich in dieser Weite nicht so einsam. Wäre dir das lieb?«
Tränen traten in Alice' Augen. Sie bekam weit mehr, als sie sich je hätte vorstellen können.
Ehe die Frauen am nächsten Tag aufbrachen, hatte sich Emily

anerboten, mit ihrem Kind bei Alice zu bleiben. »Vielleicht«, sagte sie, »heirate ich eines Tages. Aber für den Moment ist es mehr, als ich mir je erträumt habe, bei Alice zu bleiben und in diesem Haus zu leben.«

Alice hatte gehofft, Mary würde bleiben, aber Mary war nicht aus ihren Depressionen herausgekommen. Sie weigerte sich, auch nur in Erwägung zu ziehen, diesseits des Gebirges zu bleiben, und an eine Heirat wollte sie überhaupt nicht denken.

»Wenn du eine Freundin hast, wirst du nicht einsam sein«, sagte Sam, »und dann wirst du deinen Entschluß nicht bereuen, so weitab von anderen Menschen zu leben.«

Alice sah zu ihm auf. »Ich glaube, ich habe keinen Grund, irgend etwas zu bereuen.«

Am Nachmittag, ehe sie das Abendessen grillten, fand mit Reverend Alden Reed die Trauung von Alice und Sam Phillips statt, und die beiden Frauen und das Kind zogen in sein großes Haus ein. Hallie glaubte, es würde nicht lange dauern, bis Emily und ihr Kind zu Martin ziehen würden. Er war ein solider junger Mann mit einem herzlichen Lachen, und er amüsierte die Frauen mit Anekdoten aus dem Leben im Busch.

Am nächsten Morgen strahlte Alice über das ganze Gesicht.

Lieutenant Godwin, der in dieser Nacht seine Niederlage eingesehen hatte, gab sich galant. Als sie weiterritten, sagte er zu Hallie: »Ich schätze, ich hätte eher den Mund aufmachen müssen.«

Als das Grüppchen nach drei Monaten wieder durch Bathurst kam, waren noch achtzehn Frauen bei Hallie. Eine epidemische Magen-Darm-Grippe war ausgebrochen, aber keine war daran gestorben. Auch ein unglaubliches Gewitter hatten sie erlebt, wilder und schöner als jedes andere, das Hallie je gesehen hatte. Dazu kamen viele kleinere Zwischenfälle, Schlangen im Lager, die Zahnschmerzen eines Soldaten, doch sie wurden mit allem fertig.

Sie waren auf keinen zweiten Mann wie Sam gestoßen, und auch kein anderes Haus war derart imposant gewesen, aber sie waren an Hütten und kleinen Häusern vorbeigekommen und hatten Familien vorgefunden, die Haushaltshilfen haben wollten, und Männer, die heiratswillig waren. Die Frauen, die mit Hallie zurückkehrten, kamen aus freiem Willen mit ihr. Einige hatten feststellen müssen, daß ihnen die unendliche Weite unerträglich war, und die anderen hatten keinen Mann gefunden, den sie heiraten wollten. Sämtliche Frauen mit Kindern waren untergebracht. Die Männer schienen sich Kinder ebensosehr wie Frauen zu wünschen.

Da jetzt die letzte Etappe des Heimwegs bevorstand, stellte Hallie fest, daß sie von tiefen Depressionen eingeholt wurde. Nun würde sie sich mit allem auseinandersetzen müssen, was sie in den letzten drei Monaten aus ihren Gedanken verbannt hatte.

57

Da nur ein Weg über die Berge führte, wußten die Frauen und die Soldaten, daß sie diese Strecke schon einmal zurückgelegt hatten, aber irgendwie erschien sie ihnen in der umgekehrten Richtung völlig anders – wie neues Territorium. Hallie fiel der Rückweg besonders schwer. Da sie jetzt all ihre Verpflichtungen den Frauen gegenüber erfüllt hatte und sie nach erfolgreich verlaufenem Abenteuer auf dem Heimweg waren, mußte sie gegen die Verzweiflung ankämpfen. Es bereitete ihr schon Schwierigkeiten, beim Aufstieg auch nur einen Fuß vor den anderen zu setzen. Von dieser Seite aus stieg das Gebirge weniger steil an, und doch schien ihr der Aufstieg kaum zu bewältigen, obwohl sie in einer weit besseren körperlichen Verfassung war als vor drei Monaten.

Flüsse waren bereits ausgetrocknet; das Gras war braun. Aber je höher sie kamen, desto frischer wurde die Luft, und der Staub der Ebene wehte ihnen nicht mehr ins Gesicht. Bäume schützten sie gegen die Sonne, die jetzt, Mitte Dezember, heiß herunter brannte. Sie würden rechtzeitig zu Weihnachten zu Hause sein, dachte Hallie. Ob sie es wohl fertigbrächte, sich zu den Festvorbereitungen aufzuraffen? Ihr Herz würde nicht bei der Sache sein.

In jener Nacht hielten sie hoch oben im Gebirge an und blickten nach Westen auf einen unendlichen Horizont und die felsigen Klippen, die steil in ein Tal dreihundert Meter tiefer abfielen. Der Abend war angenehm kühl, nicht wie die Nächte in der Ebene.

Nach dem Abendessen kam Lieutenant Godwin auf Hallie zu, die dasaß und zum Horizont hinausstarrte. Er lehnte sich an einen Baum und ließ sich langsam daran heruntergleiten. »Was dagegen, wenn ich mich zu Ihnen setze?« fragte er.

»Natürlich nicht«, antwortete sie und schlang die Arme um die Knie.

»Noch ein paar Tage, und wir haben das Gebirge hinter uns. Ich könnte nicht gerade behaupten, daß ich mich freue«, bemerkte er.

»Ich denke, Sie waren nicht besonders auf diesen Auftrag versessen«, sagte sie.

Er nickte. »Das ist wahr. Und ich bin auch nicht sicher, ob ich zugeben werde, welchen Spaß es mir gemacht hat – das heißt, meinem Captain gegenüber.« Er zündete seine Pfeife an. »Es war ein Erlebnis wie bisher kein anderes.«

»Ich nehme an, das trifft für uns alle zu«, sagte Hallie.

»Ich denke, ich habe immer geglaubt, eine Horde Frauen würde streiten und keifen, und sie würden unterwegs schlappmachen ...«

»Wenn dieser Mythos auch noch so verbreitet ist, mögen Frauen einander in Wirklichkeit.« Sie brauchen einander nichts vorzumachen, dachte Hallie. Nicht, wenn sie einander erst einmal kennengelernt haben. Nicht so, wie sie es bei den Männern oft

tun müssen. »Und wir haben nicht gerade ein hohes Tempo vorgelegt.«
»Anfangs nicht«, räumte er ein. »Vielleicht ist es Ihnen nicht aufgefallen, aber auf halber Strecke haben alle einen Zahn zugelegt. Sogar diejenigen, die sich bereits entschlossen hatten, wieder mit Ihnen zurückzukommen. Ich glaube, selbst denen tut es nicht leid, daß sie mitgekommen sind.«
Er sah erst sie an, dann den fernen Horizont. Sie schwiegen eine Zeitlang.
»Ich finde, Sie haben sich Alice gegenüber sehr ritterlich verhalten«, sagte Hallie schließlich und drehte sich lächelnd zu ihm.
»Ich habe etwas daraus gelernt«, sagte er und zog an seiner Pfeife. »Ich vermute, in erster Linie habe ich gelernt, daß wir in Wirklichkeit nur versuchen, uns selbst zu beeindrucken, wenn wir auf andere Eindruck machen wollen. Wir reden uns ein, wir seien stärker oder arbeiteten härter oder hätten die richtigeren Vorstellungen. Wir blasen uns auf, damit unser Gegenüber uns für etwas Besseres als das hält, was wir in Wirklichkeit sind. Aber damit erreichen wir nur eins: Wir zeigen dem anderen, wie wir in Wirklichkeit sind. Eitel ... und klein.«
Hallie sah ihn an. So hätte er vor drei Monaten niemals geredet.
»Sie sind ein sehr netter junger Mann«, sagte sie zu ihm. »Es gibt viele Frauen, die so reizend sind wie Alice. Wer Sie zum Mann bekommt, kann sich glücklich schätzen.«
Er lachte gehemmt. »Auch dazu habe ich etwas gelernt. Alice ist zwar außergewöhnlich hübsch, aber das waren etliche der Damen. Was mich zu ihr hingezogen hat, war nicht ihr Aussehen, sondern die Art, sie mit Mary und all den Kindern umgegangen ist. Sie war so ... ich weiß nicht, wie ich es nennen soll ...« Er suchte nach einem Wort.
»Liebevoll?«
Er zog die Stirn in Falten. »Warum fällt es mir so schwer, das zu sagen? Ja, natürlich. Und das hat mir gezeigt, daß ich bei einer Frau vielleicht viel mehr darauf achten sollte. Nicht nur

auf ihr Aussehen. Ich bin jedesmal regelrecht geschmolzen, wenn ich gesehen habe, wie Alice jemanden bemuttert oder anderen etwas gegeben hat, damit es ihnen besser geht.«
»Ich glaube, wenn sie anderen etwas gegeben hat, dann hat das auch ihr selbst etwas gegeben, wahrscheinlich mehr, als es ihr genommen hat. Deshalb fanden sie auch alle so schön. Sie haben recht, sie ist hübsch, aber das sind auch viele andere. Alice besitzt eine Schönheit, die daher rührt, daß sie so freigebig mit ihrer Zuneigung ist.«
Wieder Stille.
»Ich war noch nicht soweit«, sagte er abrupt. »Ich glaube, wenn ich die nächste Frau finde, die so ist, bin ich vielleicht soweit. Außerdem hat mir all das gezeigt, daß ich mein Offizierspatent zurückgeben will. Ich will kein Soldatenleben führen. Ich möchte seßhaft werden, obwohl ich nicht das geringste vom Ackerbau verstehe.«
»Sie könnten auch etwas anderes tun. Es muß keine Farm sein«, sagte sie.
»Tja, eigentlich kenne ich nichts anderes als das Soldatenleben. Jedenfalls nicht mehr, seit ich aus Sandhurst fortgegangen bin.«
»Ich bin sicher, daß Sie in vielen Bereichen erfolgreich sein könnten, Lieutenant.«
Seine Pfeife und die untergehende Sonne erloschen gleichzeitig. Der letzte Rest von Gold schimmerte am purpurnen Himmel.
»Was hat Ihnen diese Reise gebracht?« fragte er. »Ich möchte wetten, es hat Ihnen ebensoviel Vergnügen gemacht wie Alice. Frauen wie Sie beide sind mir noch nie begegnet. Für Sie persönlich ist doch nichts dabei herausgesprungen, oder?«
»O doch. Mehr als Sie oder irgend jemand sich vorstellen können. Und außerdem«, sagte sie lächelnd, und jetzt fühlte sie sich gehemmt, »wie viele Frauen haben schon mit zweihundert Frauen, für die sie verantwortlich sind, die Blue Mountains überquert? Finden Sie nicht, daß ich dafür in einem Geschichtsbuch Erwähnung finden sollte, Mr. Godwin?«

»Das halte ich allerdings nicht für den wahren Grund.«

Es könnte schon sein, dachte sie. Es war mir nicht klar, aber es könnte stimmen. Hallie Morgan, die ganz auf sich allein gestellt ... »Lieutenant, haben Sie noch einen Schluck Whiskey übrig? Ich wüßte zwar nicht, wie das nach drei Monaten kommen sollte ...«

»Ich habe noch einen edlen Tropfen«, sagte er und stand auf. »Und Rum auch.«

»Bekomme ich einen Schluck?« fragte sie. »Ich habe das Gefühl, heute abend hätte ich einen Drink besonders nötig.«

»Natürlich«, erwiderte er lächelnd. Er ging und kehrte mit einer halbvollen Flasche zurück.

»Trinken Sie einen Schluck mit mir?« fragte sie.

»Ich hätte nichts dagegen ...« Er schraubte die Flasche auf und reichte sie ihr. Sie trank einen großen Schluck und schnitt eine Grimasse, als der Schnaps in ihrer Kehle brannte.

Sie blieben sitzen und beobachteten, wie sich der Horizont allmählich auflöste, während die Nachtluft spürbar kühler wurde. Dann stand er auf und streckte ihr die Hand entgegen.

»Nein«, sagte sie. »Ich werde noch ein paar Minuten hier sitzen bleiben.«

»Kommen Sie ins Lager zurück, ehe es ganz finster wird«, sagte er.

Sie fühlte sich so wohl wie seit Tagen nicht mehr. In einer Woche, dachte sie, bin ich wieder zu Hause. Zu Hause. Auf Cowarra.

Irgendwie reizte es sie schon, hierzubleiben und neuen Horizonten entgegenzustreben. Ein neues Leben zu beginnen. Nicht weiterhin eine Lüge zu leben. Sie konnte Chad Lucinda verzeihen, aber konnte sie ihm glauben, daß er sie in all der Zeit wirklich geliebt hatte? Sie hatte geglaubt, Tristan hätte sie geliebt, geglaubt, ihre Liebe sei rein gewesen und daher seien Julie und Wick nicht in Sünde gezeugt worden. Aber für Tristan war sie nichts weiter als eine Frau unter vielen gewesen,

Es änderte nichts, wenn er ihr sagte, er hätte sie am meisten geliebt.

Ihre Leidenschaft, das gestand sie sich ein, entsprang teils seiner Liebe zu ihr. Und jetzt hatte sie herausgefunden, daß sie nur eine unter vielen war. Sie war also in das verliebt gewesen, was sie hatte sehen wollen, und nicht in das, was wirklich war. Sie hatte jemanden geliebt, an den sie geglaubt hatte, um jetzt festzustellen, daß ihr Glaube reine Einbildung gewesen war.

Hieß das, daß sie ihre Liebe die letzten fünfzehn Jahre lang vergeudet hatte?

Sie hätte gern genauer über Tristan nachgedacht, aber ihre Gedanken kehrten immer wieder zu Chad zurück. Seit dem Moment, in dem Lucinda eingetroffen war, war ihr klar, daß sie sich mit sich selbst auseinandersetzen mußte, sich Fragen stellen und sich mit Herzensangelegenheiten befassen mußte, denen sie bisher nie direkt ins Auge gesehen hatte.

Im letzten Monat vor ihrem Aufbruch zu dieser Reise hatte er ihr ein Gefühl innerer Harmonie vermittelt, die sie nie zuvor gekannt hatte. Einen inneren Frieden, der trotzdem erregend war und sie ausfüllte; ein Bewußtsein ihres täglichen Lebens und ihrer Innerlichkeit, für das sie sich noch keine Zeit gelassen und das sie nie näher ergründet hatte. Von der Nacht an, in der ihr Chad gesagt hatte, er hätte sie schon immer geliebt, spürte sie, daß sie – nach neunzehn Ehejahren – dabei war, sich in ihren Ehemann zu verlieben. Wenn er einen Raum betrat, erwachte sie zum Leben, und es war mehr als nur ein sexueller Kitzel. Die Sexualität mit ihm war im Lauf der Jahre fast immer prickelnd gewesen. Warum, fragte sie sich, hatte sie das nie mit Liebe in Verbindung gebracht?

Sie war am Boden zerstört gewesen, als Tristan gefragt hatte: »Was hat Liebe denn damit zu tun, was im Schlafzimmer geschieht?«

Es hatte sie verletzt, daß Chad, so kurz nachdem er ihr erklärt

hatte, wie lange und tief er sie liebte, hatte eingestehen müssen, daß er mit einer anderen Frau im Bett gewesen war.
Warum also hatte sie Liebe nie mit der Erregung – und oftmals Ekstase – in Verbindung gebracht, die sie mit Chad im Bett erlebte?
Weil ihr Herz Tristan gehört hatte.
Vielleicht war es das, womit sie sich auseinandersetzen mußte – ihre Vorstellung von Liebe. Als jüngstes Kind hatte sie mit angesehen, wie ihre älteren Brüder und Schwestern sich »verliebt« hatten, doch das hatte immer mit der Ehe und Genügsamkeit oder mit Gekeife geendet, oder es war zu nichts weiter als einem Bestandteil des Alltags geworden, der immer stumpfsinnig war, wenn er nicht durch Armut und Eintönigkeit bestimmt wurde und dadurch eine gewisse Spannung bekam. Sie hatte ihre Eltern beobachtet und gesehen, wie leer ihr Leben war, daß jeder Tag wie der andere verlief. In den Beziehungen, die sie aus der Nähe miterlebt hatte, hatte es so wenig Heiterkeit und Grund zur Freude gegeben. Freudige Ereignisse waren im allgemeinen bevorstehende Geburten, und doch bestand so wenig Hoffnung für das Leben des Neugeborenen.
Wenn sie als Kind erlebt hatte, wie eine ihrer Schwestern mehr Interesse an einem bestimmten Jungen zeigte und öfter kicherte und aus dem Fenster sah, dann hatte sie eine tiefe Traurigkeit gepackt, denn sie wußte, daß das das Ende der Kindheit ihrer Schwestern war, der Beginn eines Lebens voller Mühseligkeiten.
Als sie der Einladung nach Neusüdwales gefolgt war, hatte sie sich aus der Abgestumpftheit befreit, sich von dem Leben losgelöst, das sie immer gekannt hatte. Sie hatte die Möglichkeiten schon geahnt, ehe sie sie gekannt hatte, hatte in dem Moment, in dem Chad sie eingeladen hatte, bereits gewußt, daß sie entkommen und endlich ihr Leben beginnen konnte. Eine Heirat war unvermeidlich, etwas anderes blieb ihr nicht übrig, und sie würde die Babys bekommen, die sie auch in Newcastle bekommen hätte, aber sie würde kein hoffnungsloses Dasein unter

einem rußigen Himmel führen und auch kein Leben, das von der Sorge bestimmt wurde, ob ihr Mann unter Tage umkommen würde. Ihr Horizont würde nicht von Grau begrenzt.
Und täglich von neuem war sie mit Verwunderung erfüllt. Ihr Leben beschränkte sich nicht auf feuchtes Kopfsteinpflaster und ein winziges Zimmer unter den Dachtraufen in einem Bett, das kaum breit genug war, um sich darin umzudrehen. Statt dessen hatte sie der fruchtbaren braunen Erde Nahrung entlockt und den Wind im Gesicht gespürt, während sie auf ihrem eigenen Pferd durch die Weite galoppierte.
In den ersten Ehejahren hatte sie sich an den Tischgesprächen kaum mehr beteiligt als früher ihre Mutter, denn Chad hatte sich vorwiegend mit Archie unterhalten. Jetzt wurde ihr klar, daß es deshalb so gewesen war, weil sie und ihr Mann nicht gewußt hatten, was sie zueinander sagen sollten oder was sie voneinander brauchten und einander geben konnten. Sie hatten sich zwar auf ein Zusammenleben eingelassen, sie hatten sich nachts leidenschaftlich geliebt, sie hatten gemeinsam Kinder gezeugt, aber sie kannten einander nicht und wußten auch nicht, was sie miteinander reden sollten. Aber sie war damals zu jung und in ihren Vorstellungen vom Leben zu beschränkt gewesen, als daß sie das hätte verstehen können.
Und an Bord des Schiffs hatte sie sich in Tristan verliebt. Liebe ... was hieß das überhaupt?
Es war das, was sie zu empfinden glaubte, als sie nach ihrer Blinddarmoperation erwacht war und Tristans freundliche Augen gesehen hatte, was sie auch empfunden hatte, wenn er Mittel und Wege gefunden hatte, mit ihr zusammenzusein, und stundenlang mit ihr redete, während sie sich von der Operation erholte. Das hatte sie bei einem Mann nie erlebt. Nie hatte sie die prickelnde Vorfreude gekannt, die sie durchzuckte, wenn seine Hand sich auf ihre legte. Damals hatte sie, wie sie glaubte, unwiderruflich ihr Herz an ihn verloren, und daher war es ihr unmöglich gewesen, sich eine Liebe zu Chad vorzustellen.

Damals hatte sie noch nicht gewußt, daß sie zwei Männer lieben konnte. Daß die Liebe zu einem in den Hintergrund treten und einer anderen Liebe Platz machen konnte, damit diese größer werden durfte. Daß sie sich in einen Mann verlieben konnte, mit dem sie seit fast zwanzig Jahren verheiratet war.

Sie hatte nie erkannt, was er für sie empfunden hatte. Einer der Hauptgründe dafür, daß sie in den Jahren auf Tristan reagiert hatte, als Chad fort gewesen war, war das Wissen, daß Tristan sich etwas aus ihr machte, das Wissen, daß er sie liebte. Ihm ging es nicht nur um ihr Aussehen oder darum, daß sie Kinder bekommen konnte. Er schaute in sie hinein, sah den Menschen, der unter der Oberfläche steckte. Sein Verständnis war das, was sie zu ihm hingezogen hatte; seine sanfte Art und die Freigebigkeit, wie er sie mit seiner Zuneigung überschüttete.

In den Jahren, in denen Chad fort gewesen war, konnte sie im Bett liegen und ihre Phantasien um Tristan spinnen. Jahre hatte sie damit verbracht, von ihm zu träumen, ob sie schlief oder wach war. Die Beziehung zu ihm war frei von jedem Pflichtbewußtsein und stellte keine Forderungen an sie, sondern schwebte wie Nebel irgendwo dicht über dem Boden.

Solange Chad fort war, hatte sie jahrelang in Tristan den einzigen Mann ihres Lebens sehen können, sich danach verzehren können, ihn zu küssen, ihn an der Hand zu nehmen, von seiner Hand auf ihren Brüsten zu träumen und sich zu fragen, wie er aussehen würde, wenn er nackt im Mondschein stand. Das Wissen, daß Tristan ihr verboten war, hatte ihre Leidenschaft genährt. Sie war Anfang Zwanzig gewesen, und ohne einen Mann in ihrer Nähe hatte sie ihre leidenschaftliche Natur verleugnen müssen.

Sie hatte geglaubt, Chad zu kennen, da sie so viele Jahre mit ihm gelebt hatte. Jetzt merkte sie, daß sie den Mann kaum kannte, der in ihm steckte. Vieles von dem, was er nach außen gezeigt hatte, hatte sie bewußt übersehen, und seine Haltung seinen Kindern gegenüber hatte sie als selbstverständlich vorausgesetzt. Jetzt sah sie, daß auch er freimütig seine Liebe schenkte, wenn es auch bei ihm gewöhnlich eher Taten als Worte waren. Warum war ihr nicht schon vor Jahren klargeworden, was sie an Chad hatte? Sie hatte den Verdacht, ihre Liebe zu Tristan hatte sie blind gemacht. Vielleicht liebte sie nicht nur Tristan, sondern auch Chad schon seit vielen Jahren. Sie hätte sich vielleicht ebensoleicht in ihn verlieben können, wie sie sich in Tristan verliebt hatte, wenn letzterer sich nicht in ihr Herz geschlichen hätte, wenn die Trennung, zu der es gezwungenermaßen gekommen war, nicht noch eine offene Wunde in ihrem Innern gewesen wäre. Ihr Herz war zu sehr von Tristan erfüllt gewesen, und daher hatte sie sich Chad nicht vollständig öffnen können. Er war zu schnell nach dem Verlust ihrer ersten Liebe dagewesen.

Außerdem hatte Tristan ihr unsterbliche Liebe geschworen. Chad hatte nie auch nur von Liebe gesprochen – in all den gemeinsamen Jahren nicht ein einziges Mal, bis einen Monat vor Beginn dieser Reise nach Westen.

Von da an hatte er ihr immer wieder gesagt, daß er sie liebte, sie immer geliebt hatte, und eine neue Zärtlichkeit hatte sich in ihre Beziehung eingeschlichen. Sie berührten einander auch tagsüber, und sei es nur mit den Fingerspitzen. Sie stellte fest, daß sie öfter lachte, über nichts Besonderes lächelte und sich über das Leben im allgemeinen freute. Sie hatten angefangen, nackt zu schlafen, nicht zwangsläufig, um einander öfter zu lieben, sondern um sich nachts einander näher zu fühlen, ohne etwas dazwischen. Und doch benahm sich Chad immer so, als wartete er auf etwas, als lauschte er auf etwas in weiter Ferne, als rechnete er mit etwas, was bisher noch nicht eingetroffen war.

Jetzt erkannte sie, daß er darauf gehofft hatte, von ihr zu hören, daß sie ihn auch liebte.

Sie setzte sich kerzengerade hin. Plötzlich dachte sie: Er weiß es. Sie wußte nicht, wieso, aber sie war ganz sicher. Er wußte von Tristan. Vielleicht hatte er es schon immer gewußt. Nie hatte er auch nur eine Andeutung gemacht, die darauf hinwies, er könnte einen Verdacht hegen, Wick und Julie seien Tristans Kinder. Hatte seine Intuition es ihm von Anfang an gesagt? Nie hatte er ihnen seine Liebe vorenthalten, weil sie nicht seine leiblichen Kinder waren, und nie hatte er sich so verhalten, als sei ihr vorzuwerfen, was sie getan hatte. Nie hatte es ihn davon abgehalten, seine Freundschaft mit Tristan zu vertiefen.

Und jetzt machte es ihr Schwierigkeiten, damit umzugehen, daß er in England ein Kind gezeugt hatte. Er hatte ihr gesagt, er hätte sie seit ihrer Ankunft in Australien jede einzelne Minute geliebt. Wie hatte er ihr dann untreu sein können, während er fort war? Das war die Frage, die an ihr nagte. Wenn er ihr nie gesagt hätte, er liebte sie, hätte sie mit seiner Untreue umgehen können, glaubte sie. Sie hätte es mühelos verstehen können. Sie hätte sogar das Gefühl haben können, daß sie beide gleich dastanden; vielleicht hätte es sie von ihrem eigenen Schuldbewußtsein entlastet.

Aber jetzt hatte sie an einem und demselben Tag erfahren müssen, daß sich beide Männer in ihrem Leben anderen Frauen zugewandt hatten! Daß die Liebe von keinem der beiden groß genug gewesen war.

Das ist nicht wahr, dachte sie. Chads Affäre mit Lucys Mutter hatte nichts mit ihr zu tun. In dem Punkt hatte er recht. Sie waren fast zwanzigtausend Kilometer und fünf Jahre voneinander getrennt gewesen.

Von Anfang an hatte Tristan sie nicht so geliebt wie Chad. Dieser Liebe war sie so treu geblieben, daß sie Chad gegenüber blind gewesen war. Chad hatte sie nie davon abgehalten, die Dinge zu tun, die sie tun wollte. Wenn sie nach der Geburt der Zwillinge wie in den Jahren seiner Abwesenheit auf die Felder hinausreiten hätte wollen, dann hätte er nicht nein gesagt. Das hatte sie sich selbst angetan – sie hatte gesehen, daß sie nicht mehr in dem Maß wie bisher gebraucht wurde, und daher hatte sie sich zurückgezogen. Das hatte ihr nicht Chad angetan. Allein schon

seine Gegenwart hatte sie dazu gebracht, ihre Erwartungen an sich selbst zu senken.
Sie war ihm untreu gewesen, das stimmte, aber sie hatte sich eingeredet, das sei in Ordnung, weil sie ihren Mann nicht geliebt hatte, und außerdem hatte er sie so lange Zeit allein gelassen. Sie hatte Tristan geliebt, ihn immer geliebt, und fast fünf Jahre lang hatte sie gegen ihre Leidenschaft angekämpft. Ihr Mann hatte sie allein gelassen, und da hatte sie den Mann wiederentdeckt, den sie als ersten geliebt hatte, den Mann, der ihr die Stütze war, die ihr ihr Gatte hätte sein sollen. Chad, du verfluchter Kerl, dachte sie. Wenn er doch bloß nicht fortgegangen wäre.
Die allerersten Ehejahre waren aufregend gewesen, daran erinnerte sie sich noch gut. Sie hatte Chad bewundert und war empfänglich für ihn gewesen. Sie hatte sich nach seinen Berührungen verzehrt, nach seinen zarten Worten, seinen Küssen, als sie mit Jamie und Alex schwanger war. Wie hätte sie auf Tristan reagiert, wenn er wieder in ihr Leben getreten wäre und Chad nicht fort gewesen wäre? Sie wußte, daß sie ihre Gefühle nie ausgelebt hätte. Mit Sicherheit hätte sie niemals mit ihm geschlafen. Vielleicht hätte sie es sich noch nicht einmal gestattet, in ihn verliebt zu sein, wenn Chad nicht fortgegangen wäre. Chad, dieser verfluchte Kerl!
Warum saß sie mitten in der Nacht in der großen, weiten Leere des australischen Busches im Gebirge und fragte sich, was sie mit ihrer Ehe anfangen sollte und was sie zu Chad sagen sollte, wenn sie ihn das nächste Mal sah? Weil, sagte sie sich, äußerlich alles beim alten bleiben wird, aber zwischen uns werden die Dinge anders stehen, und es liegt an mir, welche Richtung unser beider Leben für alle Zeiten einschlagen wird.
An ihr lag es? Sie hatte als selbstverständlich vorausgesetzt, daß in ihrem Leben Gefühle und Taten von ihrem Ehemann und ihrem Geliebten bestimmt wurden. Sie war nur für die Frauen verantwortlich, und für Cowarra war sie nur verantwortlich ge-

wesen, als kein Mann in der Nähe war. Aber wenn Männer da waren, sah das Leben ganz anders aus. Sie hatte ihr Leben nicht so rundum in der Hand, wie sie es hatte, wenn keine Männer da waren. Und wenn sie sich vorstellte, daß ihr Leben mit Chad jetzt davon abhing, was sie empfand und tat! Daß er auf ihre Entscheidungen reagieren würde!

Jetzt lag es ganz allein an ihr, wie ihrer beider zukünftiges Leben aussehen würde.

58

»Ich möchte Vater und Wick zu gern sehen«, sagte Julie. »Alex natürlich auch. Alle. Es war das tollste Erlebnis meines Lebens, aber ich will sie unbedingt sehen. Weißt du überhaupt, wie glücklich wir dran sind? Wir haben die wunderbarste Familie auf der ganzen weiten Welt.«

Sophie lächelte. Auch ihr genügte jetzt das Herumziehen. Sie hatte nichts gegen ein bequemes Bett einzuwenden und sehnte sich danach, in einem behaglichen Sessel zu sitzen und die Füße hochzulegen. Sie versuchte, sich an den Geschmack von zarten süßen Karotten und kleinen Zwiebeln zu erinnern. An Erdbeerkuchen. Es war gerade die rechte Zeit für Erdbeeren. Frische Butter und ofenwarme Brotlaibe. Und doch hätte sie diese Reise für nichts hergegeben.

Die beiden hatten sich entschlossen, vorauszureiten. Der Weg führte immer noch steil bergauf, und sie wollten vor der Mittagszeit den Gipfel erreichen. Sie hatten versprochen, dort zu warten, wenn die anderen sie bis dahin nicht eingeholt hatten. Sie konnten es kaum erwarten, einen Blick auf die Seite des Gebirges zu werfen, auf der sie zu Hause waren, das Meer zu sehen, das sich endlos erstreckte, so endlos wie das Meer aus Gras auf dieser Seite der Berge. Aber hier war das Gras jetzt braun, und wenn sie den Gipfel erreichten, würden sie den Stillen Ozean blaugrün und kaum erkennbar siebzig Kilometer weiter östlich liegen sehen. Sie würden den Punkt ausmachen können, an dem Sydney lag, aber Morgantown war zu klein und aus dieser Höhe und Entfernung nicht zu erkennen. Dennoch konnten sie in die Richtung schauen, und sie würden wissen, wo sie zu Hause waren.

»Ich wünschte, Wick wäre mitgekommen«, sagte Julie. »Jetzt wird er diesen Teil von mir nie wirklich kennen.«

»Du kannst ihm alles erzählen.«

»Aber dann hört er es nur und fühlt es nicht selbst. Das gilt auch für Alex. Glaubst du, sie wird Robbie bald heiraten?«

»Das würde mich nicht wundern. Sie hat ihn ihr Leben lang geliebt. Und er sie. Sie sind beide mit Herz und Seele Farmer. Sie lieben das Land und alles, was darauf wächst und lebt. Wenn sie das haben und dazu noch eine Familie, dann werden sie glücklich sein.«

Wenigstens wird Cowarra weiterbestehen, dachte Sophie. Selbst dann, wenn Julie einen Städter heiratet oder Wick sich entschließt ... Alex und Robbie werden die Farm übernehmen.

Zum Glück ermutigten Chad und Hallie all ihre Kinder, selbständig zu denken und zu handeln, dachte sie. »Tut genau das, was ihr wollt«, hoben sie immer wieder hervor, »aber macht das, was ihr anfangt, gut und mit Begeisterung. Leistet, soviel in euren Kräften steht. Und laßt euch nicht davon beeinflussen, was andere Menschen denken. Tut das, was euch richtig erscheint. Bringt für irgend etwas genug Interesse auf, um ein Wagnis einzugehen! Dann werdet ihr immer wissen, daß ihr gelebt habt.«

Ja, Julie hatte recht. Wie glücklich sie doch dran waren. Sie hätte nicht gewußt, wie das Leben noch schöner sein könnte.

»Sieh nur«, rief Julie und deutete nach oben. »Da ist ein Arbeitstrupp von Sträflingen. Was glaubst du wohl, was sie hier tun?«

»Sie bessern die Straße aus«, erwiderte Sophie. »Ich vermute,

wenn Wagen hin und her fahren, sind ständige Instandhaltungsarbeiten nötig.«
Die unrasierten, grimmig wirkenden Männer in ihrer schlecht sitzenden, zerlumpten Arbeitskleidung grinsten anzüglich und stießen Pfiffe aus. Einer lehnte sich auf eine Spitzhacke und starrte sie an. Niemand schien sie zu beaufsichtigen, und Sophie spürte eine leichte Nervosität in sich aufkeimen. Als keiner Annäherungsversuche machte, schämte sie sich für ihre automatische Reaktion. Schließlich, sagte sie sich, sind einige der nettesten Menschen, die ich kenne, Sträflinge gewesen. Warum sollte ich mich vor einer Horde zerlumpter Männer derart fürchten?
»Ist es nicht eine gräßliche Vorstellung, daß sie nachts aneinandergekettet werden?« sagte Julie. »Daß sie den ganzen Tag lang Steine klopfen müssen. Nie selbst etwas entscheiden können, nichts tun können, was Spaß macht. Wie gräßlich es sein muß, wenn einem die Freiheit entzogen wird.«
Meine Güte, du bist wirklich glücklich dran, dachte Sophie.
Etwa fünfzehn Minuten später ritten sie auf schnaufenden Pferden immer noch bergauf, als Julie mit dem Finger deutete. »Sieh mal, hier oben sind noch zwei von ihnen. Sie lächeln uns an.« Sie winkte ihnen zu.
»Die armen Seelen«, sagte Sophie.

Zum ersten Mal bei dieser Reise bildete Hallie die Nachhut. Sie fragte sich, ob sie sich diesen Posten ausgesucht hatte, weil sie nicht nach Hause kommen und sich nicht der Realität stellen wollte, Chad und Lucy nicht gegenübertreten wollte, sich die Jahre nicht eingestehen wollte, die sie darauf vergeudet hatte, Tristan zu lieben.
Nach stundenlanger qualvoller Seelenforschung war sie zu der Erkenntnis gekommen, daß sie sich in einigem Grundsätzlichen getäuscht hatte, und diese Entdeckung hatte sie bis ins Mark erschüttert.
Tristan ... nicht die unsterbliche Liebe, für die sie ihn gehalten

hatte, sondern der ihr mehr oder weniger gesagt hatte, er hätte sie selbst dann nicht geheiratet, wenn diese Chance bestanden hätte, weil sie ihm »zu stark« war.

Und Chad ... ihr Ehemann, der Mann, der ihr immer und in allem eine Stütze gewesen war, obwohl er zugab, daß er sie nicht immer verstand. Selbst nach all der Zeit fand Chad sie noch faszinierend. Wäre er glücklich mit ihr geworden, wenn sie nicht ihre ruhelose Natur gehabt hätte? Wenn sie sich damit begnügt hätte, auf ihn zu reagieren? Nein, genau das war es – ihr glühendes Anliegen, sich wirklich zu engagieren, ihr Bedürfnis, die Führung zu übernehmen und Entscheidungen zu treffen, Neues auszuprobieren, sich Herausforderungen zu stellen und sich ständig neue Herausforderungen einfallen zu lassen –, was ihn faszinierte.

O Chad, dachte sie. Warum habe ich nicht schon vor langer Zeit begriffen, daß wir füreinander geschaffen sind? Bei anderen bekämen wir wahrscheinlich nicht, was wir brauchen, und das Leben wäre unglaublich langweilig.

Sie hatte das Gefühl, sich ihm jetzt öffnen zu müssen. Ihm eingestehen zu müssen, daß er nicht Julies und Wicks leiblicher Vater war. Ihm von ihrer Untreue berichten und ihn um Vergebung bitten zu müssen. Sie würde Lucy akzeptieren, wie er die Zwillinge akzeptiert hatte. Einen neuen Anfang mit ihm machen. Ihm sagen, daß ihr jetzt klar war, wieviel er ihr bedeutete. Daß ...

Sie nahm wahr, daß sie an einem Arbeitstrupp von Sträflingen vorbeikamen, die von der Arbeit aufblickten, die meisten mit Augen, in denen jedes Leben erloschen war, und mit ausgezehrten Gesichtern, die leicht beängstigend wirkten. Sie lehnten auf ihren Schaufeln oder hielten die Spitzhacken geschultert, als die kleine Schar an ihnen vorbeizog. Sie hörte Lieutenant Godwin rufen: »Sind hier zwei Frauen vorbeigekommen – eine alte und eine junge?«

»Etwa vor einer Stunde«, rief einer der Männer zurück. Es gab keinen anderen Weg. Nur diese eine Straße führte über die Berge.

Es wurde schon heiß, und die Sonne stand noch nicht im Zenit. Hallie schätzte, es müsse kurz nach elf sein. An jenem Morgen waren sie nicht allzu früh aufgebrochen. Ihr Pferd hatte noch Schwung und wäre tänzelnd bergauf gelaufen, wenn sie an der Spitze geritten wäre.

Sie drehte sich um und schaute zurück. Die Aussicht war spektakulär. Ja, es hätte Spaß machen können, es hier draußen noch mal zu probieren, aber eigentlich mochte sie die Wüstenlandschaft wirklich nicht; ihr war das Land bei weitem lieber, das sich im späten Winter nur golden färbte. In dem nie Schnee fiel und man nicht ständig eine Staubschicht auf dem Gesicht und im Haar hatte. Sie reizte lediglich der Gedanke an einen Neuanfang, an den Beginn eines neuen Projekts, an ein neues Leben. Als sie sich dem Gebirge wieder zuwandte, erkannte sie, wie lächerlich diese Vorstellung war. Schließlich war sie achtunddreißig. Viel zu spät, um noch einmal von vorn anzufangen.

»Ich habe ohnehin schon alles getan«, sagte sie laut zu sich selbst.

Als die Sonne hoch über ihnen stand und es auf die Mittagszeit zuging, kam der Gebirgsgrat in Sicht. Noch dreißig Meter, und sie hatten den Gipfel erreicht, dachte Hallie. Noch einmal dreißig Meter, und die Reise würde so gut wie vorbei sein. Plötzlich spürte sie den Wunsch, den Gipfel als erste zu erreichen. Sie preßte Coolinda, ihrer braunen Stute, die Fersen in die Flanken und trieb sie an. »Ich will auf das Land hinunterschauen, in dem ich zu Hause bin«, rief sie Lieutenant Godwin im Vorbeireiten zu.

Auf einer Lichtung sah sie zwei Männer stehen, von denen einer viel größer als der andere war. Der große hielt sich die Hände über die Augen, um in die Sonne zu schauen, und er erinnerte sie an Chad, wie sie ihn gesehen hatte, als sie damals am Sandstrand von Sydney gelandet war. Der kleinere fing an, hin und her zu hüpfen. Er schwenkte die Arme heftig durch die Luft und rannte auf sie zu. Hallies Herz schlug so schnell, daß sie glaubte, es würde zerspringen. Wick kam auf sie zugerannt.

Sie sprang vom Pferd und erwartete mit ausgebreiteten Armen ihren Sohn, doch währenddessen schaute sie unablässig die große Gestalt an, die sich nicht von der Stelle gerührt hatte.

Dann schloß sie Wick in die Arme. Seine Kleider waren staubig, und seine Augen leuchteten. »Mutter!« rief er aus, und als sie ihn in die Arme schloß, stellte sie fest, daß er genauso groß war wie sie. Dann löste er sich von ihr, rannte den Reitern entgegen und rief: »Julie!«

Ja, wo steckt Julie? fragte sie sich geistesabwesend. Dann verhallte der Mißklang in ihrem Innern, als sie Chad ansah. Einen Moment lang bewegte sich keiner von beiden, und dann gingen sie aufeinander zu.

Ich weiß nicht, wie ich mich verhalten soll, dachte Hallie. Es war, als wäre er ein Fremder, jemand, mit dem sie nicht all diese Jahre gemeinsam verbracht hatte.

Er konnte nichts von den Gedanken wissen, die sie sich gemacht hatte, konnte nicht wissen, daß sie bereit war, ihm ihr Herz ganz zu öffnen. Daß die Tränen, die in ihre Augen schossen, Tränen allergrößter Freude waren. Daß ihr Herz ihm entgegen strömte.

Sie breitete die Arme aus und fing an zu rennen. Als sie das tat, beschleunigte auch er seine Schritte. Seine Arme schlossen sich um sie, und er flüsterte: »Hallie ... Hallie.«

»Was tust du denn hier?« fragte sie. Er roch gut, nach Holzfeuer, nach Leder und nach Pferden.

Er grinste. »Ich dachte mir, du müßtest etwa um diese Zeit nach Hause kommen. Du hast von Mitte Dezember gesprochen. Und wir wußten, daß ihr hier vorbeikommen müßt, weil es keinen anderen Weg gibt. Also sind Wick und ich hergeritten, und seit zwei Nächten sind wir hier und warten auf euch. Wir haben dort drüben auf der Lichtung ein Zelt hingestellt. Wir hatten uns schon fast entschlossen, runterzureiten und dort zu warten. Mein Gott, wie schön es ist, dich wiederzusehen!«

Er ließ sie los, als die kleine Schar von Frauen und Soldaten in Sicht kam. Wick kam zurückgelaufen und rief: »Wo ist Julie? Ich sehe Julie nirgends!«

»Ist sie denn nicht hier?« fragte Hallie Chad. »Sie und Mum hatten einen Vorsprung von etwa einer Stunde. Inzwischen sollten sie längst hiersein. Ein Sträflingstrupp, an dem wir vorbeigekommen sind, hat die beiden gesehen.«

»Wir haben niemanden gesehen«, sagte Chad. »Heute jedenfalls nicht. Niemanden, der von Westen kam.«

Sie sahen einander an und waren plötzlich bestürzt und besorgt.

»Hier kann man nicht versehentlich vom Weg abkommen«, sagte Hallie. »Wenn sie irgendwelche Bedenken gehabt hätten, hätten sie auf uns gewartet. O Chad!«

Lieutenant Godwin ritt auf sie zu und zog den Hut. »Schön, Sie zu sehen, Sir. Wollten Sie sich vergewissern, daß wir alle heil und gesund sind?« Er lachte.

»Das sind wir nicht«, sagte Chad. »Meine Tochter und meine Schwiegermutter ... sie sind nicht hier.«

Das Lächeln schwand vom Gesicht des Lieutenant. »Was soll das heißen? Sie sind nicht hier? Gerade vorher haben die Sträflinge gesagt, sie hätten sie vor etwa einer Stunde vorbeireiten sehen. Sie ... o Gott im Himmel, zwei Frauen und dann diese Sträflinge!«

Hallie lief eine Gänsehaut über die Arme. Das Bild des Mannes an dem Tümpel prägte sich ihrem Auge auf. Selbst jetzt, nach siebzehn Jahren, konnte sie noch dieses zahnlose Lächeln sehen, das Geräusch seines Lachens hören, den Ausdruck seiner Augen vor sich sehen, als die Kugel sein Gesicht in Stücke riß.

Aber weder Mum noch Julie hatten Schußwaffen bei sich.

»Ich reite noch mal zu den Sträflingen zurück«, erbot sich der Lieutenant. »Ich lasse zwei Männer hier bei den Damen und nehme drei mit ...«

»Nein«, fiel ihm Hallie ins Wort. »Nehmen Sie alle mit. Im Wagen sind Waffen. Ich werde sie an die Frauen verteilen. Wir sind fast zwanzig, und das sollte uns genügend Sicherheit geben.«
»Wick und ich kommen mit. Wir werden auf dem Weg die Wälder durchsuchen.«
Hallie hörte die Sorge aus Chads eindringlichem Tonfall heraus. Sie konnte nicht hier mit den anderen Frauen warten, während diese Männer ihre Tochter und ihre Mutter suchten. Sie wandte sich an eine der Frauen und sagte: »Hol die Waffen aus dem Wagen. Bildet einen Kreis und rührt euch nicht von der Stelle.« Ihre eigene Pistole steckte sie in die Satteltasche. Zu Chad sagte sie: »Ich muß einfach mitkommen.«
»Selbstverständlich«, sagte er und ging auf sein Pferd zu. »Komm, Sohn«, rief er Wick zu, der ihm augenblicklich nachlief.
Als Hallie wieder auf Coolinda stieg, sah sie Julies verängstigte Augen, und sie sah zahnlose Männer, die ihre Tochter lüstern anschauten, sah, wie Mum nach den Männern trat und einer von ihnen sie niederschlug, sah wie ein Mann Julies Kleid über der Brust zerriß. Sie gab keinen Laut von sich, und doch fühlte sie, daß sie innerlich schluchzte.
Sie hätte den beiden niemals erlauben dürfen, allein vorauszureiten! Aber nach drei Monaten ohne jede wirkliche Gefahr … Nach all den Wochen am Ende der Welt, wo zwischen einer Farm und der nächsten Meilen lagen und keine Gefahr von anderen Menschen drohte. Jetzt waren sie wieder in die Zivilisation zurückgekehrt, in der es gefährliche Sträflinge gab, in der Habgier und Lust …
Sie trabte hinter Chad und Wick her, die so schnell wie möglich auf der Straße bergab ritten. Im Abstand von zehn bis zwanzig Sekunden rief Wick: »Julie!«, und Hallie ließ darauf »Mum!« folgen.
Die Soldaten griffen ihre Rufe auf, und ihre Schreie hallten durch die Wälder. Ohne die Frauen, die zu Fuß liefen, und die Wagen, die von Ochsen gezogen wurden, kamen sie weit schnel-

ler voran. Nach kaum einer halben Stunde fanden sie die Sträflinge, die immer noch Steine klopften.
Chad und Lieutenant Godwin fragten sie aus. Sie bestritten, irgend etwas Näheres über die Frauen zu wissen, und sie schworen, sie hätten sie im Lauf des Vormittags bergauf reiten sehen. Dann sagte einer der Männer: »Charlie und Tom sind verschwunden, Boss. Die beiden hab ich seit dem frühen Morgen nicht mehr gesehen. Davor waren sie ein bißchen höher in den Bergen.«
»Wo?« fragte Chad.
»Etwa zehn Minuten von hier. Vielleicht noch nicht mal. Aber das war vor Stunden. Ich hab sie schon eine ganze Weile nicht mehr gesehen.«
»Versuchen wir doch, sie zu finden«, sagte der Lieutenant. »Los, Männer. Fächert euch in den Wäldern auf und reitet bergauf.«
»Sollen wir Ihnen helfen, Boss?« fragte einer der Sträflinge.
»Wer ist hier verantwortlich?« fragte Chad.
Die Männer sahen einander an und zuckten die Achseln. »Capt'n Hunter, Sir. Er hat gesagt, er kommt heute nachmittag zurück.«
Kein Wunder, daß sie so halbherzig gearbeitet haben, dachte Hallie. Ein Sträflingstrupp ohne Aufseher.
»Ich verspreche dem, der die beiden findet, fünfzig Pfund«, bot Chad an.
Die Männer ließen augenblicklich ihre Schaufeln und Hacken fallen und liefen in die Wälder. »Wir übernehmen diese Straßenseite«, riefen sie. »Übernehmen Sie die andere.«
Chad, Hallie und Wick blieben zusammen, jeder von ihnen hielt seine Pistole bereit.
Als es acht Stunden später dunkel wurde, hatten sie immer noch keine Spur gefunden.
Keiner von ihnen hatte seit dem frühen Morgen etwas gegessen, sie hatten den ganzen Tag im Sattel gesessen, und sie waren ausgelaugt. Als sie den Berggipfel wieder erreichten, hielten die

Frauen das Abendessen für sie bereit, und bei der Vorstellung, Julie und Sophie könnte etwas zugestoßen sein, gerieten auch sie an den Rand der Hysterie.

»Ich kann nicht schlafen«, sagte Hallie. Ihr Magen war wie zugeschnürt, doch sie zwang sich, etwas zu essen.

»Versuch, dir nicht auszumalen, was passiert sein könnte«, sagte Chad und schlang seine Arme um sie.

»Kannst du das?«

»Natürlich nicht.« Keiner konnte es. Sie wußten alle, was passiert war. Es blieb nur eine Frage offen: Waren die Frauen noch am Leben, oder hatte man sie tot liegen lassen? Würden sie am Morgen ihre Leichen finden? Würden sie sie jemals finden?

Schließlich schlief Hallie doch ein, ließ sich von der Wärme und der Kraft von Chads Körper einlullen, der sich dicht an sie schmiegte. Er brauchte wesentlich länger, bis er einschlief, doch dann schlief er so fest, daß er nicht hörte, wie Wick sich davonschlich, solange es noch dunkel war, doch der Junge konnte aus den Lauten der Vögel schließen, daß die Dämmerung kurz bevorstand. Er schlich sich zwischen den Schlafenden zur Wiese, auf der die Pferde mit Fußfesseln standen. Mehrere wieherten, als er näher kam, aber niemand erwachte davon. Wick strich über das glatte Metall seiner Pistole, das ihm Sicherheit gab.

»Ich werde diese Halunken töten«, murmelte er seinem Pferd zu, als er es schnell fortführte.

In den Wäldern herrschte reges Leben – kleine Tiere liefen durch das Laub, Vögel zwitscherten einander zu, Tau tropfte von den Blättern. Wick fand im Dunkeln die Straße und führte sein Pferd an den Zügeln, bis er sicher war, daß er sich weit genug vom Lager entfernt hatte, um von niemandem gehört zu werden. Dann stieg er auf und trabte bergab. Seine Augen hatten sich an die Dunkelheit gewöhnt, und er konnte den steilen Abgrund neben der Straße sehen. Bald jedoch wich er Bäumen, die beidseits des Steilhangs wuchsen. Er fing an zu rufen, und je weiter er sich vom Lager entfernte, desto lauter rief er: »Julie!« Er wußte,

daß sie nicht in Hörweite sein konnten. So nah an der Straße konnten sie nicht sein. Sie mußten weiter abseits sein, außerhalb des Gebiets, das sie gestern durchsucht hatten.
Was täte ich wohl, überlegte er sich, wenn ich einer dieser Männer wäre? Er malte sich aus, er selbst steckte in zerlumpten Kleidern, ohne jede Aussicht auf Freiheit, schlüge mit einer Hacke auf Felsen ein und bebte bei jedem Schlag am ganzen Körper. Er spürte, wie ihm der Schmerz durch den Kopf schoß. Jedesmal wenn seine Hacke auf den Fels traf, fühlte er, wie er ins Wanken geriet.
Was würden mir diese beiden Frauen bedeuten? fragte er sich und versuchte, in die Köpfe dieser Männer zu schauen. In ihre hungrigen Köpfe. Körper, die in den kalten Nächten im Gebirge keine Decken hatten. Wesen, denen jede Hoffnung fehlte. Die Befehle befolgten, immerzu nur Befehle befolgten. Nie Hoffnung hatten. Und sich zu allem Überfluß auch noch furchtbar langweilten. Was hätte er an ihrer Stelle tun wollen?
Fliehen.
Ihr Interesse galt gar nicht den Frauen. Die Frauen wären das letzte gewesen, was er gewollt hätte.
Es ging um die Flucht.
Verschwinden. Irgendwo hingehen, wo einem niemand vorschrieb, was man zu tun hatte. Die Sträflinge mochten dort vielleicht frieren und Hunger leiden, aber es würde niemanden geben, der ihren Geist und ihren Körper gefangenhielt.
Die Pferde waren das, was sie wollten. Es ging nicht um Julie und Mum. Aber hatten sie die Frauen getötet, um die Pferde zu bekommen?
Nein. So viel stand für ihn beinahe fest. Mord war ein Verbrechen, für das man gehängt wurde. Und doch hatten sie vielleicht das Gefühl, der Tod sei dem Leben vorzuziehen, das sie führten. Es sei denn, sie wüßten, daß sie eines Tages – vielleicht erst in Jahren – frei sein würden. Hielt diese Hoffnung sie vom Töten ab? Er weigerte sich, daran zu glauben, Julie und Mum seien vergewaltigt worden – er wußte, was dieses Wort bedeutete –,

aber er stellte sich vor, daß sie irgendwo gefesselt waren, und vielleicht hatte man sie zurückgelassen, damit sie verhungerten, erfroren oder verdursteten ... aber er konnte sich nicht vorstellen, daß die beiden Männer tatsächlich Hand an sie gelegt, sie persönlich getötet hatten.
Julie war da, und sie war am Leben. Das fühlte er. Sie war irgendwo dort draußen und konnte sich nicht rühren, konnte sich nicht von der Stelle bewegen, aber sie war dort, irgendwo hier im Gebirge.
Er hörte sie. Es konnte zwar sein, daß niemand sonst sie hörte, aber er hörte sie. Es war still in den Wäldern, doch in seinem Hinterkopf hörte er ihre Stimme, die nach ihm rief.

59

»Los, Hallie, wach auf«, flüsterte Chad.
Sie setzte sich kerzengerade hin, ehe sie die Augen aufschlug. »Was ist? Ist Julie ...«
»Psst, nein ...« Er legte ihr die Hand auf den Arm. »Wick ist verschwunden.«
»O mein Gott!«
»Psst«, flüsterte er wieder.
Der Himmel hellte sich auf. Im Westen funkelte ein einziger klarer Stern. Hoch über ihnen stand eine bleiche Mondsichel.
»Ihm fehlt nichts, ich bin ganz sicher.«
»Wie kannst du das sagen?« Sie brachte es nicht fertig, die Stimme zu senken.
Chad nahm sie an der Hand und zog sie hoch. Er legte sich einen Finger auf die Lippen, um sie zum Schweigen zu bringen. Es war zwecklos, all die schlafenden Frauen zu wecken.
Chad nahm ihren Pferden die Fußfesseln ab und führte sie zur Straße. Hallie folgte ihm stumm. Sie war immer noch schlaftrunken. Nachdem sie ein paar hundert Meter auf der Straße gelaufen

waren, reichte er ihr Coolindas Zügel und sprang auf sein Pferd. Hallie stieg auf, und sie und Chad fingen an zu reden.

»Er muß in der Nacht wach geworden sein. Es muß nach drei gewesen sein, denn ich glaube nicht, daß ich eher eingeschlafen bin.«

»Wo könnte er bloß stecken?« Hallies Stimme spiegelte ihre Furcht wider. Zwei ihrer Kinder und ihre Mutter waren verschollen.

»Er sucht Julie, Du weißt doch, wie die beiden sind. In den drei Monaten, die ihr fort gewesen seid, war es, als sei ein Teil von ihm verschwunden. Aber er hat gewußt, daß ihr alle in Sicherheit seid, weil er nicht das ›Gefühl‹ hatte, daß ihr in Gefahr sein könntet. Jeden Abend habe ich ihn gefragt, ob bei euch alles in Ordnung ist, und dann hat er gelächelt. Ich habe auch daran geglaubt. Ich habe mich allabendlich ruhig – na ja, relativ ruhig – schlafen gelegt, weil Wicks ›Gefühl‹ gesagt hat, daß euch nichts fehlt. Und jetzt ist es, als sei er losgezogen, um einen Teil seiner selbst zu suchen.«

Hallie nickte. »Erinnerst du dich noch daran, wie Julie sich an einem Nagel den Finger aufgerissen hat und Wick aus einer anderen Richtung mit einem verletzten Finger heimgekommen ist?«

»Genau«, sagte Chad.

Es gab noch andere Vorfälle, an die Hallie sich erinnerte. Wenn jemand Julie finden konnte, dann vielleicht nur ihr Bruder. Vorausgesetzt, sie war irgendwo, wo er sie finden konnte.

»Woher sollen wir wissen, wo wir suchen sollen?« fragte sie Chad.

Er schüttelte den Kopf. Kurz darauf ertönte ein Schuß.

»Wick«, war alles, was Chad dazu sagte. Der Schuß war von weiter unten links gekommen. »Noch mal«, drängte ihn Chad. »Los, Wick, gib noch einen Schuß ab. Damit ich die Richtung genauer bestimmen kann.«

Als sei das Flehen des Vaters erhört worden, hallte ein zweiter Schuß durch die Wälder. Chad trieb sein Pferd an und hoffte nur, daß er bei diesem Tempo auf dem steilen Hang nicht über den Kopf seines Pferdes stürzen würde. Hallie folgte ihm auf den Fersen.

Dann bogen sie von der Straße ab und kämpften sich durch dichtes Unterholz, bis Chad sagte: »Wir sollten besser absteigen. Hier können wir nicht reiten. Die Pferde kommen kaum noch durch.«

Sie hielten ihre Pferde an den Zügeln und schlitterten bergab. Dabei hielten sie sich die Hände schützend vors Gesicht, um die Zweige fernzuhalten, die ihnen entgegenschlugen. »Sohn!« rief Chad.

Sohn, dachte Hallie. Er *ist* Wicks Vater, oder nicht? Mehr, als es Tristan je gewesen ist. Aber andererseits war Tristan eher Jamies Vater gewesen. Was machte eigentlich einen Vater aus oder eine Mutter? War es das Blut, der Same, die Biologie, oder war es ein unbestimmbarer, immaterieller, hauchdünner Faden? Hieß es, daß man einen Teil seiner selbst abspulte, für immer abwickelte, damit das Kind sich daran festhielt und man zu einem Anker wurde, zu etwas, woran sich das Kind in der unermeßlichen Weite der Welt halten konnte?

Und aus der Ferne ertönte eine Stimme, die sie rief.

Chad packte seine Pistole und zielte in die Bäume über ihnen. Der Schuß hallte ohrenbetäubend, und nach weniger als einer Minute antwortete ein Echo. Wick wies ihnen mit diesen Geräuschen den Weg.

Als sie endlich zu ihnen stießen, hielten Wick und Sophie eine weinende Julie in den Armen.

Chad sprang sofort vom Pferd, rannte auf sie zu und rief: »Prima gemacht, mein Sohn.«

Hallie blieb noch einen Moment lang sitzen. Tränen strömten ihr über die Wangen, und sie sagte nur immer wieder: »Danke, Gott. O Gott, ich danke dir. Sie sind am Leben!« Dann rannte auch sie auf die kleine Gruppe zu.

»Julie, mein Kleines . . .« Chad wiegte sie in seinen Armen, aber sie zuckte zusammen und schrie vor Schmerz auf.

»Ich glaube, ihr Arm ist gebrochen«, sagte Sophie. »Als sie mich an einen Baum binden wollten, hat Julie nach ihnen getreten, und einer hat sich umgedreht und sie geschlagen. Sie ist hingefallen, hat sich den Arm verrenkt und ist drauf gefallen. Er hat ihr den Arm auf den Rücken gebunden, als er sie an den Baum gefesselt hat.«

»Ich hatte recht«, sagte Wick, der stolz auf sich war. »Sie wollten nicht Mum und Julie. Sie wollten die Pferde haben.«

Julies Arm hing so an ihr herunter, daß Hallie sich an Ettas Arm erinnert fühlte. Es mußte gräßlich weh tun. »Wir dachten, hier findet uns kein Mensch«, sagte Julie schluchzend. »Sie haben uns nichts getan, aber sie haben uns hier an die Bäume gebunden und sind losgeritten.«

»Ich dachte, wir würden verdursten, ehe uns jemand findet«, sagte Sophie, die jetzt, nachdem es überstanden war, zitterte. Hallie zog ihre Mutter in die Arme und drückte sich an sie. Sie streichelte ihr das Haar, während Chad Julie hochhob und zu seinem Pferd trug.

»Wir müssen dich zu einem Arzt bringen, der dir den Arm schient«, sagte er.

Wick hopste erst auf einem Fuß herum, dann auf dem anderen. Er konnte einfach nicht stillhalten. Hallie beugte sich vor und gab ihm einen Kuß. »Ich weiß nicht, woher du wußtest, wo du suchen mußt, aber wenn du nicht gewesen wärst, hätten sie es weiß Gott nicht unbedingt überlebt.«

Wick grinste breit.

Hallie half Sophie auf Coolinda und setzte sich hinter ihr auf den Sattel.

»Du reitest voraus, Wick«, sagte Chad, »und zeigst uns die Richtung und schaffst uns die Äste aus dem Weg.« Er beugte sich herunter und legte seinem Sohn eine Hand auf die Schulter. Wick sah zu seinem Vater auf, und ihre Blicke trafen sich. Der Junge war stolzgeschwellt.

»Gott sei Dank, daß wir Wick haben«, murmelte Sophie.

Was wäre passiert, dachte Hallie, wenn Wick und Chad nicht dagewesen wären und uns auf dem Berggipfel erwartet hätten? Als sie zum Lager zurückkehrten, in dem alle die Schüsse gehört hatten, stiegen Lieutenant Godwin und seine Soldaten gerade auf ihre Pferde und wollten die Suche beginnen.
»Wir reiten voraus, Lieutenant«, erklärte Chad. »Ich will das Mädchen zum Arzt bringen.«
»Das werden mehr als zwei anstrengende Tagesritte, Sir«, sagte Lieutenant Godwin. »Ich kann den Arm richten, vielleicht nicht auf Dauer, aber doch so, daß er auf dem Weg nach Sydney nicht ganz so weh tun wird. Und ich habe noch genug Whiskey übrig ... damit sie den Schmerz nicht fühlt, wenn ich ihn geraderichte«, fügte er hastig hinzu, als er Sophies mißbilligenden Blick bemerkte. »Der Arzt wird den Arm wahrscheinlich noch einmal brechen müssen, aber ich kann den Schmerz fürs erste lindern.«
Komisch, dachte Hallie. Er hat drei Monate lang auf mich gehört, sich meinen Wünschen gebeugt, sich von mir Befehle geben lassen. Jetzt, sowie Chad da ist, bin ich unsichtbar geworden.
Julie sah Chad verängstigt an. Er schmiegte sie an sich. »Es wird nicht schlimmer als das, was du bis jetzt schon an Schmerzen durchgemacht hast. Zwei Tagesritte auf holprigem Untergrund, und du würdest uns vor Schmerz wahrscheinlich ohnmächtig. Ich werde dich im Arm halten, Schätzchen. Ich lasse dich nicht allein.«
»Wo ist Wick?« fragte sie.
»Hier, hier bin ich.« Der Junge kam auf sie zugerannt. »Ich werde dich auch festhalten«, sagte er entschlossen. Er fragte sich, warum wohl alle lachten.

Tristan warf nur einen einzigen Blick auf den Arm in der Schlinge. »Der Mann hat seine Sache gut gemacht, aber ich werde den Arm doch brechen und geraderichten müssen. Das können wir in meiner Praxis tun. Dazu brauchen wir nicht ins Krankenhaus zu gehen.«

Julie fing an zu weinen, und Tristan schlang die Arme um sie und sah Hallie in die Augen. Ausdruckslos erwiderte sie seinen Blick. Wie viele seiner Kinder hatte er schon behandelt? fragte sie sich. Wie viele seiner Kinder waren über Neusüdwales verteilt?

Vielleicht würde sich später einmal eine Freundschaft bilden, aber im Moment empfand sie so gut wie nichts für ihn. Die Wut, die in diesen letzten drei Monaten an ihr genagt hatte, war von ihr abgefallen. Jetzt war nicht einmal mehr Traurigkeit übrig. Kein Grund zur Trauer seinetwegen. Sein Leben war erfüllt und glücklich. Kein Grund zur Trauer um ihrer selbst willen, nur um die Jahre, die sie vergeudet hatte, ohne zu erkennen, was sie an Chad hatte. Jetzt, da sie ihm ihr Herz vollständig öffnen konnte, würde sie ihn für die Vergangenheit entschädigen. Ihm das geben, was er von ihr brauchte. Entdecken, was für ein vollständiges Ganzes sie beide miteinander sein konnten.

Jetzt sah sie beide an, wie sie sich über ihre Tochter beugten, ihrer beider Tochter.

»Ich will helfen«, sagte Wick. Er hatte den linken Ellbogen auf die rechte Hand gestützt und hielt ihn, als schmerzte auch ihn der linke Arm. Hallie lächelte unwillkürlich.

Nachdem er Julies Arm gerichtet und geschient hatte, sah Tristan Chad an und sagte: »Wenn sie diese Reise nie unternommen hätten ...«

»Wenn man nie etwas wagt«, fiel ihm Chad ins Wort, »wenn man nie das Risiko eingeht, Schmerzen zu erleiden oder vielleicht sogar zu sterben, dann schwingt man sich nie zu Höhenflügen auf. Das würde ich niemandem wünschen. Ich kann mir vorstellen, daß Julie nicht auf diese Reise verzichtet hätte, wenn sie vorher gewußt hätte, wie es ausgeht. Sag solche Sachen nicht, Tris. Es ist passiert. Schließlich könnte die Decke deines Schlafzimmers über dir herunterbrechen, und du könntest in deinem eigenen Bett sterben.«

Tristans Schultern sackten herab. »Ich wünschte, ich hätte deinen

Mut, mein Freund«, sagte er zu Chad. »Ich habe dich immer mehr als jeden anderen bewundert, der mir je begegnet ist. Dich«, sagte er und sah Hallie quer durch den Raum an, »und Hallie.«

Chad ging zu ihr und legte den Arm um sie. »Wir sind schon etwas ganz Besonderes, stimmt's? Und das gilt für unsere ganze Familie. Unser Wick ist ein Held, verdammt noch mal. Und diese drei Frauen sind nicht mehr und nicht weniger als Heldinnen. Sie haben das getan, wovon die Leute behauptet haben, es sei nicht machbar – man sollte es bleibenlassen. Stolzer könnte ich gar nicht auf meine Familie sein.«

Julie rief matt: »Vater ...?«

Beide Männer gingen auf sie zu. Dann blieb Tristan stehen, sah Chad in die Augen und ließ ihn zu ihrer beider Tochter hin.

»Ich bin hier, Schätzchen«, sagte Chad und nahm ihre Hände. »Ich werde immer für dich dasein.«

»Ich auch«, sagte Wick.

60

Am nächsten Tag brachen sie nach Cowarra auf.

Sophie sagte, sie würde im Heim warten, bis die Frauen zurückkehrten, käme aber rechtzeitig vor Weihnachten nach Cowarra. Hallie entschloß sich, später wieder in die Stadt zu kommen, um ihre Weihnachtseinkäufe zu erledigen. Sie mußte nach Hause, denn sie konnte es kaum erwarten, Alex und Garth und Chloe zu sehen. Auch auf Beth und Danny und Robbie freute sie sich. Sie ertappte sich dabei, daß sie sogar an Ben dachte.

Obwohl sie den Arm in einer Schlinge hatte, bestand Julie darauf, auf einem Pferd zu sitzen und nicht im Wagen zu fahren. Zu viert ritten sie durch die Wiesen und Täler und waren rechtzeitig zum Abendessen zu Hause.

Hallies Herz machte einen Satz, als sie an ihrem ersten Haus vorbeikamen. Die Veranda wirkte immer noch einladend. Ihr würde es immer ihr liebstes Haus sein. Trotzdem spürte sie den Stolz in sich aufwogen, als sich die Nachmittagssonne in den Dutzenden von Sprossenfenstern des großen Hauses brach. Mein Zuhause, dachte sie.

Hier lebten die Menschen, die sie mehr als alle anderen auf Erden liebte. Und sie hatte dazu beigetragen, all das hier aufzubauen. Auch der Name der Farm stammte von ihr.

Chad, der vorausgeritten war, drehte sich jetzt auf dem Sattel um und sah sie an. Sie hatte seine Haltung im Sattel beobachtet, und ihr war aufgefallen, welche Zärtlichkeit er nicht nur Julie, sondern auch Wick entgegenbrachte. Und sie dachte: Bisher war es mir nicht möglich, ihn zu lieben, und das hat nicht nur an Tristan gelegen. Wir haben all diese Jahre gebraucht, um einander kennen und verstehen zu lernen. Er hat mich meinen eigenen Weg gehen lassen, mir die Freiheit gegeben, die ich brauchte, und er hat mich angespornt, ich selbst zu sein. Er hat mir öfter zugehört als ich ihm. Er hat mir das gegeben, wovon er begriffen hat, daß ich es brauche. Und jetzt bin ich an der Reihe ...

Seit sie sich wiedergetroffen hatten, hatten sie wirklich noch keinen Moment miteinander allein gehabt. Nach zwei harten Tagesritten vom Gebirge waren sie zu Tristan gekommen, und Molly hatte darauf bestanden, daß sie zum Essen blieben. Sie waren über Nacht in dem großen Haus mit dem Blick auf den Hafen geblieben, aber sie waren erst am späten Abend dort angekommen und hatten die Nacht über abwechselnd an Julies Bett gesessen, und am Morgen darauf waren sie überstürzt aufgebrochen. Sie hatte noch nicht einmal bei Susan vorbeigeschaut. Mum würde ihr Bescheid geben, daß sie wieder zu Hause waren.

Als sie zwischen den Bäumen, die inzwischen größer als Chad waren, den Hügel hinaufritten, wartete Chad, bis sie ihn eingeholt hatte. »Bei all der Aufregung habe ich ganz vergessen, es dir zu sagen. Beth und Danny sind guter Hoffnung.«

»Worauf hoffen sie denn? Auf ein Baby?«

Chad lachte. »Auf was denn sonst? Und sie sind überglücklich. Sogar Roger freut sich.«
Beth war vierunddreißig Jahre alt. Alt genug, um Großmutter zu werden. Und als sie gerade »Großmutter« dachte, sagte Chad: »Und Robbie hat sich durchgerungen und um Alex' Hand angehalten. Sie möchten gern an Ostern heiraten.«
»So schnell schon?« sagte sie. »Alex ist noch keine siebzehn.«
»Robbie und sie haben ihr ganzes Leben lang darauf gewartet, daß sie alt genug werden«, antwortete er, und sie wußte, daß das die Wahrheit war.
Wick galoppierte an ihnen vorbei und schrie: »Wir sind wieder da! He, wo steckt ihr denn alle? Juhu! Wir sind zu Hause!«
Alex kam mit Lucy auf die Veranda gerannt, und Garth überschlug sich auf der Treppe, machte einen Purzelbaum nach dem anderen und schrie: »Mutter, Mutter, Mutter!«
Chloe tappte hinter Beth her, die die Arme schon ausgebreitet hatte, als sie ins Freie trat. »O Hallie . . .« Sie fing an zu weinen. »Ich habe dich so sehr vermißt. Herr im Himmel, Julie, was um alles auf der Welt ist dir denn zugestoßen?«
»Ich habe sie gerettet«, rief Wick. »Ich habe ihr das Leben gerettet – ihr und Mum.«
In den nächsten Stunden entfalteten sich wirbelwindartige Aktivitäten. Julie schlief schon ein, ehe Beth das Abendessen auf den Tisch gestellt hatte, doch alle anderen erschöpften Heimkehrer mußten endlose Fragen und ein Durcheinander von Stimmen über sich ergehen lassen. »Wir haben ein neues Fohlen!« »Gibt es da draußen viele Ureinwohner?« Dann senkte sich Schweigen herab, als alle mit weit aufgerissenen Augen Wicks Geschichte anhörten.
Hallie gelang es, Alex und Beth ein paar Minuten für sich zu haben, und sie sagte Lucy, wie sehr sie sich darauf freute, sie näher kennenzulernen. Schließlich bekundete sie, sie würde Julies Beispiel folgen und auch ins Bett gehen. »So müde bin ich in meinem ganzen Leben noch nicht gewesen. Aber vorher neh-

me ich noch ein Bad. Ich habe seit Ewigkeiten nicht mehr heiß gebadet.«
Eines der Hausmädchen lief mit heißem Badewasser die Treppe hoch und runter, und Hallie ließ sich in die gußeiserne Wanne sinken. Nachdem sie monatelang nur in kalten Flüssen gebadet hatte, war sie dankbar für diesen Luxus. Die Abenddämmerung brach gerade herein, als sie ins Schlafzimmer kam.
Chad saß auf einem Schaukelstuhl, hatte die Füße auf die Fensterbank gelegt und schaute zum offenen Fenster hinaus, während die Vorhänge sich in der lauen Abendluft bauschten. »Bist du zu müde für mich, Hallie?« fragte er mit gesenkter Stimme.
Das war sie. Sie war zu müde für alles, aber das Bad hatte sie entspannt, und jetzt fühlte sie sich träge und behaglich. Es war an der Zeit, an die Bedürfnisse ihres Mannes zu denken. Und außerdem wollte sie ihn schon seit dem Moment, in dem sie die Gewißheit hatten, daß Julie nichts Ernstes zugestoßen war. Als sie unter den Sternen neben ihm gelegen hatte, hatte sie gedacht: Ich möchte seine Arme um mich spüren. Ich will ihm sagen, daß er noch schöner ist, als ich ihn in Erinnerung hatte. Ich will ihm sagen, daß ich ihn liebe. Aber sie war nicht dazu in der Lage gewesen ... nicht in dem Moment. Jetzt war es an der Zeit.
Sie ließ ihren Morgenmantel auf den Boden gleiten. Er rührte sich nicht, sondern starrte sie nur an. »O Gott, Hallie, du kannst dir einfach nicht vorstellen, wie sehr du mir gefehlt hast«, hauchte er.
Hallie ging langsam auf ihn zu, beugte sich vor und fing an, sein Hemd aufzuknöpfen. »Ich glaube nicht, daß ich je zu müde für dich sein werde«, flüsterte sie und zog ihn vom Stuhl zum Bett. »Schöner als jetzt bist du mir noch nie erschienen.«
»Männer sind nicht schön«, murmelte er ihr ins Ohr.
»Der da schon«, sagte sie, als ihre Münder sich fanden.
Sie sagte ihm immer noch nicht, daß sie ihn liebte. Später, als sie gerade am Einschlafen war, sagte er: »Morgen mußt du den Brief lesen, den Jamie uns geschrieben hat.«

Jamie schrieb, er spielte bereits jetzt mit dem Gedanken, seine Praxis nicht in Sydney zu eröffnen. »Wir hören hier phantastische Geschichten über die neuen Entwicklungen in Melbourne«, hieß es da. »Wenn es so vielversprechend ist, wie hier alle glauben, dann wäre es vielleicht aufregender und erfolgversprechender, Arzt in einer neugegründeten Stadt zu werden – und alle glauben, daß es mit Sicherheit eine Stadt werden wird. Wenn sie auch nicht in Neusüdwales liegt, dann gehört sie doch zu Australien. Wir könnten uns bestimmt jedes Jahr an Weihnachten sehen. Also, ich bin noch nicht sicher, aber es klingt wirklich verlockend. Ich habe Onkel Tristan auch schon geschrieben. Ich wüßte gern, was er davon hält.«

»Melbourne? Wo auf Erden liegt das?« fragte Hallie mit gerunzelter Stirn.

»Ich glaube, es sind zwei bis drei Tagesreisen mit dem Schiff«, sagte Chad. »Nach Süden. Man hört grandiose Geschichten darüber. Ich nehme an, dort ist es so, wie es 1790 in Sydney war. Ich habe gehört, das Land in der Umgebung eigne sich ausgezeichnet für Schafe. Alle Anzeichen weisen auf einen erfolgversprechenden Neubeginn hin.«

»Jamie als Arzt in einer unzivilisierten Gegend?« Sie sah zu ihm auf. »Das klingt doch, als könnte es spannend sein, meinst du nicht auch? Erinnerst du dich noch daran, wie wir angefangen haben? Das könnte ich niemandem mißgönnen.«

»Das ist nur gut so, weil Robbie und Alex nämlich auch davon reden.«

»Alex? Ich dachte, sie und Robbie würden liebend gern für alle Zeiten auf Cowarra bleiben.«

»Ich glaube, sie werden liebend gern für alle Zeiten das Land bestellen und Tiere züchten. Aber sie wünschen sich einen Neubeginn. Sie wollen sich selbst etwas aufbauen: Alex hat nicht deine Energien, aber an Robbies Seite wird sie gut arbeiten.«

»Meine kleinen Kinder wollen fortgehen ...« Darauf war sie nicht wirklich vorbereitet. Sie hatte sich immer vorgestellt, ihre

Kinder würden für den Rest ihres Lebens auf Cowarra bleiben. »Hier ist doch genug Land für alle.«

»Darum geht es nicht«, sagte Chad grinsend. »Und außerdem gefällt mir die Vorstellung, daß sich die Morgans über den ganzen Kontinent ausbreiten. An neuen Projekten mitarbeiten, Neuland erschließen.«

»Was willst du denn – unzählige Morgantowns?« Hallie lachte. Heute morgen wünschte sie sich alles, was er sich wünschte. Aber es gefiel ihr nicht, daß Alex fortziehen wollte, daß sie ihre Kinder nicht öfter als einmal im Jahr sehen sollte, daß sie in eine Gegend wollten, die sie überhaupt nicht kannte.

Als sie an Chads Seite aufgewacht war, hatte sie gewußt, was sie ihm zu Weihnachten schenken wollte. Und ihr war auch klargeworden, was Tristan von ihr bekommen würde. Am nächsten Tag kehrte sie nach Sydney zurück, um Einkäufe für die Familie zu machen und Sophie abzuholen. Sie und Mutter aßen bei Susan und Harry, die alle Einzelheiten über die Reise hören wollten. Susan war erschöpft, weil sie das Heim ganz allein geleitet hatte, und sie sagte, sie bräuchte Urlaub. Sophie erklärte, sie sei bereit, die Leitung wieder zu übernehmen.

Ehe sie nach Cowarra aufbrachen, suchte Hallie Tristan auf. Sie zog es vor, ihn nicht zu Hause zu sehen, sondern vor dem Krankenhaus auf ihn zu warten. Als er sie dort stehen sah, war ihm deutlich anzusehen, daß er nicht wußte, ob er lächeln sollte oder nicht. Ihr letztes Zusammentreffen unter vier Augen war allzu traumatisch verlaufen.

»Ich bleibe nur einen Moment«, sagte sie. »Ich wollte dir etwas zurückbringen. Ich dachte, vielleicht könntest du sie Molly zu Weihnachten schenken.« Sie hielt ihm das Taschentuch hin, das in all den Jahren ganz hinten in ihrer Kommodenschublade gelegen hatte.

Tristan knotete es gar nicht erst auseinander. »Sie gehören dir, Hallie. Sie haben meiner Mutter gehört. Ich habe sie dir geschenkt.«

»Ich will sie nicht haben.« Ihre Finger berührten sich, als sie ihm die Ohrringe reichte. Es löste nichts in ihr aus.

»Hallie, ich liebe dich. Ich habe dich immer geliebt. Ich werde dich immer lieben.«

Sie schüttelte den Kopf. »Es tut mir leid«, sagte sie. »Ich liebe dich nicht mehr. Nicht so. Vielleicht auch nicht anders. Vielleicht liebe ich dich überhaupt nicht mehr. Ich bin ganz sicher, daß diese Ohrringe deiner Frau sehr viel bedeuten würden.«

Tröstete er immer noch einsame Witwen, oder war er seiner Frau treu? Für sie spielte das keine Rolle mehr.

Sie sah den Schmerz in Tristans Augen. »Werden wir nicht einmal mehr Freunde sein?«

»Ich weiß es nicht. Die Zeit wird es zeigen.« Sie wandte sich ab und ging, und als er ihren Namen rief, drehte sie sich nicht zu ihm um. In diesem Augenblick wußte sie, daß sie Chad nie sagen würde, er sei nicht der Vater der Zwillinge. Er war es.

Am Heiligabend kamen sie und Sophie am Nachmittag nach Cowarra. Chad und die Kinder hatten »den größten Weihnachtsbaum auf Erden geschmückt«, wie Chloe ihn nannte, die sich an Lucys Hand klammerte. Das Kind hatte seine »Cousine« ganz besonders ins Herz geschlossen und folgte ihr auf Schritt und Tritt.

Hallie sah Lucy an, ein auffallend hübsches Mädchen, und dachte: Wenn ich schon eine Tochter verlieren soll, dann gewinne ich doch eine neue Tochter hinzu.

Belinda, Brian und Robbie, aber auch Danny, Beth und Roger – alle kamen zu den Morgans zum Essen, und sie würden auch morgen wieder kommen, denn dann gab es Gänsebraten und Pflaumenpudding. Die Geschenke waren so hoch gestapelt, daß nur die obere Hälfte des Baums zu sehen war. Sie würden lange fürs Auspacken brauchen.

Am Heiligabend durfte jeder eins seiner Geschenke öffnen, und der Entschluß, welches es sein sollte, fiel immer wieder schwer. Chloe stellte einen Teller mit Plätzchen für den Weihnachtsmann

hin, und dann legten sie und Lucy sich schlafen. Die beiden hatten beschlossen, diese Nacht zusammen in einem Zimmer zu verbringen.
Hallie sagte: »Ich gehe auch nach oben.« Für sie war es ein langer Tag gewesen. Eigentlich war in der letzten Zeit jeder Tag lang gewesen. Sie überlegte sich, nach Weihnachten sollte sie mal eine Zeitlang gar nichts tun, vielleicht ein paar Wochen lang.
Als Chad nach oben kam, sagte sie: »Ich habe ein Geschenk für dich, und ich möchte, daß du es heute noch auspackst.«
Er sah sie strahlend an. »Wirklich?« Normalerweise war er derjenige, der die tollen Geschenke machte. »Mir genügt schon, daß du wieder zu Hause bist.«
»Ich werde nie mehr fortgehen.« Sie breitete die Arme aus, und er kam zu ihr.
»Dann wirst du an meinem Geschenk keine Freude haben«, neckte er sie.
»Was ist es denn?«
»O nein, erst dein Geschenk.« Er lachte, setzte sich neben sie auf das Bett und beugte sich vor, um sie zu küssen.
Sie zog das kleine Schächtelchen unter ihrem Kissen heraus und reichte es ihm. Plötzlich fühlte sie sich schüchtern, so schüchtern wie in der ersten Nacht am Tümpel, als er sie geliebt hatte.
Mit sichtlichem Vergnügen wickelte er das Päckchen aus. »Eine so kleine Schachtel«, sagte er. »Das muß ja ein großes Geschenk sein.«
»Ein bedeutsames jedenfalls«, sagte sie und wartete auf seine Reaktion.
In der Schachtel lag ein breiter goldener Ring. »Das ist ein Ehering«, erklärte sie. »Ich weiß, daß Männer keine Eheringe tragen, aber ich dachte, du tätest es vielleicht. Schau hinein, und lies die Gravur.«
Er drehte den Ring zum Licht. »Lies sie laut vor«, sagte sie.
Er schaute erst die Worte an, die eingraviert waren, und dann sie, und sie sah, daß seine Augen glänzten. »›Ich liebe dich‹, steht da.«

Hallie spürte, wie auch ihr Tränen in die Augen traten. Sie glaubte nicht, daß es genug Worte gab, um ihm zu sagen, wie übermäßig ihre Liebe zu ihm war.
Er reichte ihr den Ring und sagte: »Steck du ihn mir an.«
Sie tat es. Er saß perfekt.
»Da es ein Ehering ist«, sagte er mit brüchiger Stimme, »gelobe ich noch einmal, dich zu lieben, bis daß der Tod uns scheidet.«
Sein Kuß war zärtlicher als jeder andere, an den sie sich erinnern konnte.
»Und jetzt zu deinem Geschenk«, sagte er lächelnd. »Du hast gesagt, du wolltest zu Hause bleiben und nie mehr fortgehen. Hallie, mein Liebes, ich gebe dir fünf Wochen, bis zum ersten Februar, und dir wird etwas einfallen, was schlagartig all deine Energien aktiviert. Um dir Zeit und Kraft zu sparen«, sagte er strahlend, »habe ich dir diese Arbeit abgenommen. Das heißt, wenn du willst. Ich will in dem Punkt nicht der ausschlaggebende Faktor sein. Die Idee stammt von mir, aber wir führen sie nur aus, wenn du dich dafür begeisterst ... ich dachte, wir könnten eine Reise machen.«
»Eine Reise? Ich bin doch gerade erst von einer Reise zurückgekommen.« Doch ehe er dazu kam, es zu sagen, wußte sie es selbst. »O Chad, du sprichst von Melbourne, stimmt's?«
»Tja, ich dachte mir, wir könnten uns dort mal umsehen. Vielleicht Land für Robbie und Alex finden. Ihnen ein kleines Häuschen bauen.« Hallie lächelte; sie wußte, wie seine *kleinen* Häuschen aussahen. »Ich rede nicht davon, ganz von Cowarra fortzugehen, ganz bestimmt nicht. Nur für ein paar Monate. Uns dort einmal umsehen – eine neue Stadt, neues, nicht erschlossenes Land, neue Herausforderungen. Gleich nach der Hochzeit von Alex und Robbie, Flitterwochen für die beiden. Mal sehen, ob es ihnen dort gefällt. Aber wir werden alle Kinder mitnehmen. Dann können wir Jamie auch Genaueres schreiben.«
Ihre Gedanken überschlugen sich. Sie würde sich ansehen, ob der Boden gut für Trauben war. Wie die Frauen behandelt wur-

den, wenn sie von den Schiffen kamen. Und sie würde mit Chad gemeinsam ein neues Leben führen.
»O Liebling!« Sie breitete die Arme aus.
»So hast du mich noch nie genannt.«
»Es gibt so vieles, was ich dir noch nie gesagt habe. Komisch, ich dachte, wir hätten alles getan, was Menschen nur irgend tun können. Aber es gibt immer noch so viele Dinge, die wir ausprobieren können, oder nicht?«
Er sah sie an und lachte.

NACHWORT
ODER
EINE ANMERKUNG FÜR AUSTRALIER

Als ich mich entschlossen habe, über die Anfänge Australiens zu schreiben, und die ersten Nachforschungen angestellt habe, um mehr über diesen Inselkontinent zu erfahren und einen Faden für meine Geschichte zu finden, bin ich auf Informationen über Leute gestoßen, von denen ich noch nie gehört hatte, von denen ich aber im Lauf der Zeit noch viel lernen sollte.

Ich habe gelesen, daß Captain John MacArthur um die Wende zum neunzehnten Jahrhundert die erste große Schafzucht Australiens bei Camden begründet hat, und man bezeichnet ihn als »den Vater der australischen Schafzucht«. Dann erfuhr ich, daß er nach England zurückgeschickt wurde, um vor Gericht gestellt zu werden – wegen Beteiligung an der »Rum Rebellion« –, und er nahm seinen kleinen Sohn mit, damit er in England zur Schule gehen konnte. Mrs. MacArthur blieb mit den anderen Kindern zu Hause in Australien.

1805, vier Jahre später, kehrte er nach seinem Freispruch zurück und brachte ein paar Schafe aus der königlichen Herde und einige Schafe aus Südafrika mit, die er erworben hatte, als das Schiff in Kapstadt anlegte, und außerdem waren ihm weitere zweitausend Morgen Land bewilligt worden. Vier Jahre später fuhr er wieder nach England und blieb acht Jahre dort, was heißt, daß er zwischen 1801 und 1817 nur vier Jahre in Australien verbrachte. Im Lauf dieser Zeit weitete seine Frau Elizabeth den australischen Grundbesitz auf sechzigtausend Morgen Land aus, die Zahl der Schafe auf viele Tausende. Und ich dachte mir: *Ihn* nennt man den Vater der australischen Schafzucht! Das erschien mir als eine ungenaue und patriarchalische Sichtweise, und daher fing ich an, die Geschichte einer Frau herauszuarbeiten, die in etwa dasselbe erreicht hat.

Während meine Geschichte klarere Formen annahm, veränderten sich die Personen und nahmen immer mehr eigene Züge an, bis sie nichts mehr mit meinen ursprünglichen Überlegungen zu tun hatten. Dennoch muß ich zugeben – ohne mich dafür entschuldigen zu wollen –, daß da und dort ein paar Ähnlichkeiten mit dem vorliegen, was die MacArthurs getan haben, aber nur insofern, als sie nach Australien emigriert sind, die erste große Schafzucht begründet haben, in der Gegend von Camden gelebt haben, und auch, weil der Mann für eine längere Zeit nach England zurückgekehrt ist. Ansonsten gehen meine Romanfiguren nicht auf das Leben oder die Persönlichkeiten der MacArthurs zurück (und auch auf niemanden sonst). Ich bin dahintergekommen, daß John MacArthur zwar einer der Mitbegründer Australiens war, aber ein äußerst seltsamer, unangenehmer Mann. Seine Gattin Elizabeth war eine bemerkenswerte Frau, die in den Geschichtsbüchern mehr Beachtung verdient hätte. Aber da er der Pompösere und Geschichtsträchtigere und noch dazu ein Mann war, ist er derjenige, der weit häufiger erwähnt wird. In den letzten beiden Lebensjahren war er nicht mehr bei Verstand und weigerte sich, mit seiner geliebten Frau oder über seine geliebten Schafe zu reden. 1834 starb er in geistiger Verwirrung. Elizabeth lebte bis 1850 und wurde zur *grande dame* der australischen Gesellschaft, bis sie in ihren Achtzigern starb. Australien flößte ihr nie die Angst ein, die die meisten vornehmen Damen hatten, die mit ihren Ehemännern oder auf Männersuche hinfuhren. Und in dem Punkt ist meine Heldin ihr ähnlich. Aber diese wenigen Ähnlichkeiten machen die beiden noch lange nicht zur selben Person. Meine Romanfiguren entspringen ausschließlich meiner Phantasie.

Eine weitere schillernde Persönlichkeit, Carolyn Chisholm, die großen Einfluß auf das Los der Frauen in Australien nahm, lebte in den vierziger Jahren des neunzehnten Jahrhunderts sechs Jahre dort. Hallies Engagement für die weiblichen Sträflinge habe ich auf das begründet, was Mrs. Chisholm erreicht hat. Mrs. Chisholm war derart entsetzt über die Behandlung der Frauen, die in Sydney eintrafen, daß sie ihren Mann dazu überredete, ein großes Heim für sie zu bauen; sie suchte ihnen Arbeitsstellen und Ehemänner und überquerte – auf Captain, ihrem riesigen weißen Pferd, gefolgt von einer großen Frauenschar – das Gebirge, um für diese Frauen heiratswillige Männer und gutbezahlte Stellungen zu suchen. Viele Frauen wurden so vor der Prostitution bewahrt. Sie sorgte dafür, daß Männer Frauen nicht bei sich einstellten, um sie sexuell zu mißbrauchen, sondern bestand darauf, daß sie die Frauen heirateten. Sie war nicht bereit, den Frauen zu erlauben, schlechtbezahlte Stellungen anzunehmen. Es dauerte nicht lange, bis Männer aus ganz Australien Mrs. Chisholm schrieben, wenn sie Ehefrauen suchten. In ihren sechs Jahren auf dem Inselkontinent fand sie für elftausend Frauen Stellungen oder Ehemänner! Ich habe mich für ihre Errungenschaften begeistert, und ich ziehe nur ihre Erfolge heran, nicht ihre Persönlichkeit. Als sie nach England zurückkehrte, traf sie mit Charles Dickens zusammen, der sie in einem seiner Romane als Wohltäterin satirisch verarbeitete, eine Frau von der Sorte, die sich für große Ziele einsetzt, deren eigenes Haus aber schmutzig ist und deren Kinder in dreckigen Kleidern und mit laufenden Nasen herumlaufen und im großen und ganzen nicht beachtet werden. Ich habe mich entschlossen, nur ihre heldenhaften Taten, aber keinesfalls ihren Charakter oder ihr Privatleben festzuhalten. Mrs. Chisholm ist auf dem australischen Fünfdollarschein abgebildet – die einzige Frau von gigantischen Proportionen in der Geschichte dieses Landes.

Die Zitate, die ich Gouverneur Macquarie in Kapitel 25 zugeschrieben habe, stammen tatsächlich aus Briefen von ihm. Ich glaube, ich habe ihn wortwörtlich zitiert. Simeon Lord, William Shelley, der Forscher Evans, Francis Greenway und Henry Fulton, Namen, die in diesem Kapitel auftauchen, sind die real existierender Personen. Die Auspeitschszene im selben Kapitel geht weitgehend auf Roderick Camerons Buch: *Australia, History & Horizons* zurück.

Mary Reiby, die in Kapitel 30 erwähnt wird, hat es wirklich so gegeben, wie ich sie beschreibe. Dasselbe gilt für Mr. Bigge, Reverend Scott, Reverend Samuel Marsden und Gouverneur Brisbane in späteren Kapiteln. Ich habe sie so originalgetreu wiedergegeben, wie es meine Nachforschungen nur irgend zuließen.

Bei der Abhandlung des Milzbrands habe ich mir eine Freiheit herausgenommen. Die Bezeichnung Anthrax ist erst 1850 aufgekommen, als die Bakterien erstmals festgestellt wurden. Dennoch gab es diese Krankheit schon vor undenklichen Zeiten, und sie war unter allen möglichen Namen bekannt. Damit der heutige Leser versteht, wovon ich rede, habe ich mich entschlossen, den Begriff Anthrax zu benutzen, der erst fünfunddreißig Jahre später geprägt worden ist. Alle anderen Einzelheiten der Krankheit sind korrekt.

Die überlieferte Geschichte Australiens beschränkt sich auf einen so kurzen Zeitraum, daß sie mühelos aufzuspüren ist. In Sydney und in Parramatta habe ich die Gebäude, über die ich schreibe, aufgesucht. In Parramatta habe ich mir Privathäuser aus jener Zeit angesehen, die heute noch stehen, und ich habe die Gegend um Camden erkundet, um mich genau über die Topographie, die Fauna und die Flora zu informieren.

Ich weiß, daß der zu Recht berühmte Weinbau Australiens 1832 im Hunter River Valley begonnen wurde, aber ich habe auch erfahren, daß in der Umgebung von Sydney bereits um 1790 Weinberge angelegt worden sind. Als ich die Gegend um Camden und Parramatta aufgesucht habe, habe ich dort zu meiner größten Freude Weinberge vorgefunden. Ein Morgantown jedoch gibt es nicht. Ich muß zugeben, daß ich auch hier die Umgebung von Camden beschreibe. Im übrigen habe ich Melbourne ein paar Jahre eher gegründet, als es tatsächlich gegründet wurde.

All das wird für niemanden außer für die Australier einen Unterschied machen. Ich hoffe, kein Australier wird der Meinung sein, ich hätte die Geschichte oder die Geographie des Landes entstellt. Ich habe mich bemüht, sowohl das Land, wie es damals war, als auch den Zeitgeist so originalgetreu wie möglich zu schildern. Wenn ich mich auch mit mehr Geschichtsbüchern und Bildern befaßt habe, als daß ich meine Quellen einzeln anführen könnte, möchte ich doch ausdrücklich C. Manning Clarkes beeindruckendes wissenschaftliches und gut lesbares fünfbändiges Werk *A History of Australia* nennen und den Hyde Park Barracks und der New South Wales State Library in Sydney meinen Dank für die Lithographien, Kopien von Gemälden und Stadtpläne von Sydney aus den Jahren 1807, 1810 und 1821 aussprechen.

Im Sommer 1988 bin ich circa neuntausend Kilometer durch dieses wunderbare Land gereist. Ich bin hingefahren, um Nachforschungen anzustellen, und es endete damit, daß ich mich sowohl für die freundlichen, überschwenglichen und freigebigen Australier als auch für die unglaublich abwechslungsreiche und schöne Landschaft begeistert habe. Ich hoffe, ein Teil der Liebe, die ich zu diesem Land und seiner Bevölkerung entwickelt habe, wird durch mein Buch vermittelt.

Ich war nicht zum letzten Mal dort!

GESCHICHTLICHE ANMERKUNG

1821 war die Bevölkerung von Neusüdwales, die Ureinwohner nicht mitgerechnet, auf das Doppelte von 1810 angestiegen: 17 629 Männer, 3707 Frauen und 5668 Kinder lebten dort. In der ganzen Kolonie waren neue Städte gegründet worden, die Blue Mountains überquert, und das Land dahinter war schon teilweise erkundet.

Gouverneur Lachlan Macquarie war wahrscheinlich die entscheidendste Kraft, die dazu beitrug, das spätere Australien zu prägen. Es ist bezeichnend, daß Macquarie eine Strafreform anstrebte und die Tretmühlen und das Gefängnis auf Norfolk Island abschaffte. Er war zu dem Schluß gekommen, daß die überwiegende Mehrheit der Sträflinge durch jahrelange Zwangsarbeit und das zwangsläufige Ablegen von beklagenswerten Gewohnheiten nach und nach anständiger wurde, bis sie schließlich tüchtige Mitglieder der Gemeinschaft waren. Außerdem glaubte er, wenn man ihnen die Hoffnung auf ein anständiges und gleichberechtigtes Leben in Aussicht stellte, würde sie das dazu anspornen, vorbildliche Bürger zu werden. Er und seine Frau Elizabeth scheuten nie davor zurück, freigelassene Sträflinge ins Regierungsgebäude einzuladen und sie in ihrem Streben zu bestärken. Er ernannte Dr. John Redfern, einen freigelassenen Sträfling, sogar zum Regierungsbeamten und zog sich damit den Zorn der selbstgerechteren und religiöseren Bürger zu.

Mit der Einführung dieser »radikalen« Reformen säte Macquarie die Saat seines eigenen Sturzes, denn der Kolonialminister Lord Bathurst glaubte daran, daß in der Politik jede Veränderung eine Verschlechterung war, insbesondere, da eine Veränderung gewissermaßen bedeutete, bisherige politische Entscheidungen müßten Irrtümer gewesen sein, und er war kein Mann, der einen Irrtum eingestanden hätte. Bathurst hielt die Religion für den Grundpfeiler der Gesellschaft und die Erziehung zur Moral für eine Notwendigkeit. Wie die frühen amerikanischen Puritaner zog auch er nicht in Betracht, daß der Status quo gefährdet war, wenn man der Bevölkerung die ausreichende Bildung vermittelte, um die Bibel zu lesen, da dieser Status quo dann durch die Neugierigen, die Intelligenten, die Skeptiker bedroht wurde.

Bathurst schlug Macquaries Bitte um ein Schwurgerichtsverfahren mit der Behauptung ab, es gäbe nicht genug Siedler, die man als Geschworene heranziehen könnte. Er wollte um keinen Preis heftige Gemütsbewegungen im Volk entfachen. Es ist eine Ironie des Schicksals, daß Macquarie die erste Stadt, die im Westen gegründet wurde, Bathurst nannte, nachdem 1815 die Blue Mountains überquert worden waren.

1819 schickte Bathurst John Thomas Bigge nach Australien, damit er sich das Strafsystem genauer ansah. Bigge berichtete, den Sträflingen gegenüber würden Milde und Nachsicht geübt, denn sie wurden nicht in Gefängnisse gesperrt, sondern halfen beim Bau der meisten frühen und schönen öffentlichen Gebäude und Straßen Australiens. Er nahm Anstoß daran, daß Macquarie einen früheren Sträfling zum Regierungsbeamten ernannt hatte, und er sagte dem Gouverneur, er solle die Ernennung rückgängig machen. Macquarie weigerte sich mit den Worten: »Die Jahre hier haben mich davon überzeugt, daß viele der verdienstvollsten Männer in der Kolonie freigelassene Sträflinge sind. Neun Zehntel der Bevölkerung setzen sich aus früheren Sträflingen zusammen. Sie haben sich Häuser gebaut, das Land bestellt, Schiffe gebaut, gelernt, wie man Vieh hält, und bei der Erkundung des Landes geholfen; sie sind unsere Fabrikanten, unsere Maurer, unsere Zimmermänner und unsere Händler. Ich bitte Sie, versagen Sie ihnen nicht die uneingeschränkten Bürgerrechte und die Teilhaberschaft an diesem Land, in das man sie geschickt hat und dem sie so viel gegeben haben. Das ist eine Chance für menschliche Buße und Wiedergutmachung.«

Macquaries Haltung gegenüber den Ureinwohnern lieferte Bigge in dieser Schlacht, inzwischen ein Machtkampf subjektiver politischer Ziele und volksnaher Politik, das endgültige Argument: Nach Auffassung dieses illustren Gouverneurs konnten und sollten die »Eingeborenen« Australiens zivilisiert und zum Christentum bekehrt werden!

In seinem Bericht an den Kolonialminister empfahl Bigge, Macquarie abzulösen. London stimmte ihm zu.

